ANÁLISE
DO CARÁTER

Wilhelm Reich

ANÁLISE DO CARÁTER

Tradução
RICARDO AMARAL DO REGO

martins fontes

Título original: CHARAKTERANALYSE
Copyright © 1989 para a presente tradução por Mary Boyd Higgins
como curadora da Wilhelm Reich Infant Trust Fund.
Traduzido do alemão: Charakteranalyse, Copyright 1953 renovado em 1961
por Mary Bayd Higgins como curadora do Wilhelm Reich Infant Trust Fund.
"Prefácio à terceira edição" e Capítulo XV, "A cisão esquizofrênica",
traduzidos do inglês como estão na edição de "Character Analysis".
Copyright © 1949, 1972, renovado em 1976 por Mary Boyd Higgins
como curadora do Wilhelm Reich Infant Trust Fund.
A presente tradução foi aprovada pelo Wilhelm Reich Infant Trust Fund
e foi revisada e adaptada para o Brasil pelo sr. Ricardo Amaral do Rego.

Publisher Evandro Mendonça Martins Fontes
Coordenação editorial Vanessa Faleck
Produção editorial Carolina Cordeiro Lopes
Revisão Renata Sangeon

Dados Internacionais de Catalogação na Publicação (CIP)
(Câmara Brasileira do Livro, SP, Brasil)

Reich, Wilhelm, 1897-1957.

Análise do caráter / Wilhelm Reich ; [tradução de Ricardo Amaral do Rego]. – 3ª ed. – São Paulo : Martins Fontes, 1998.

Título original: Charakteranalyse.
ISBN: 978-85-336-0864-1

1. Psicanálise 2. Sexo (Psicologia) I. Título.

98-1579

CDD-616.8917
NLM-WN 460

Índice para catálogo sistemático:
1. Psicanálise : Medicina   616.8917

Todos os direitos desta edição reservados à
Martins Editora Livraria Ltda.
Av. Dr. Arnaldo, 2076
01255-000 São Paulo SP Brasil
Tel.: (11) 3116 0000
info@emartinsfontes.com.br
www.emartinsfontes.com.br

*Amor, trabalho e sabedoria
são as fontes de nossa vida.
Deviam também governá-la.*

Sumário

Prefácio à primeira edição   1
Prefácio à segunda edição   9
Prefácio à terceira edição   11

PARTE I – TÉCNICA

I. Alguns problemas da técnica psicanalítica   17

II. O ponto de vista econômico na teoria da terapia analítica   23

III. Sobre a técnica de interpretação e de análise da resistência   33
 1. Alguns erros típicos na técnica de interpretação e suas consequências   33
 2. Interpretação sistemática e análise da resistência   39
 3. A consistência em análise da resistência   47

IV. Sobre a técnica de análise do caráter   51
 1. Introdução   51
 2. Couraça do caráter e resistência de caráter   52
  a) A incapacidade de seguir a regra básica   52
  b) De onde provêm as resistências do caráter?   54
  c) Sobre a técnica de análise da resistência de caráter   57
  d) A técnica de lidar com situações individuais enquanto derivadas da estrutura da resistência de caráter (técnica de interpretação da defesa do ego)   64

e) A quebra do aparelho de defesa narcísico 76
f) Sobre as condições ideais para a redução analítica à situação infantil a partir da situação atual 86
g) A análise do caráter no caso de fluxo abundante de material 88
3. Um caso de caráter passivo-feminino 90
   a) Anamnese 90
   b) O desenvolvimento e a análise da resistência de caráter 92
   c) Ligação da análise do material atual com a do infantil 99
4. Resumo 117

V. Indicações e perigos da análise do caráter 119

VI. Sobre o manejo da transferência 125
1. A destilação da libido objetal genital 125
2. Narcisismo secundário, transferência negativa e percepção da doença 134
3. Sobre o manejo da regra da abstinência 136
4. Sobre a questão da "dissolução" da transferência positiva 138
5. Algumas observações sobre a contratransferência 140

PARTE II – TEORIA DA FORMAÇÃO DO CARÁTER

VII. A solução caracterológica do conflito sexual infantil 149
1. Conteúdo e forma das reações psíquicas 150
2. A função da formação do caráter 151
3. Condições da diferenciação do caráter 155

VIII. O caráter genital e o caráter neurótico 165
1. O caráter e a estase sexual 165
2. A diferença econômico-libidinal entre o caráter genital e o caráter neurótico 171
   a) A estrutura do id 172
   b) A estrutura do superego 173
   c) A estrutura do ego 174
3. Sublimação, formação reativa e a base da reação neurótica 179

IX. A fobia infantil e a formação do caráter 187
1. Um caráter "aristocrático" 187
2. A superação da fobia infantil pela formação de atitudes de caráter 190

X. Algumas formas definidas de caráter   197
   1. O caráter histérico   197
   2. O caráter compulsivo   201
   3. O caráter fálico-narcisista   208

XI. O caráter masoquista   215
    Nota da edição completa americana   215
    1. Resumo de opiniões   217
    2. O encouraçamento do caráter masoquista   225
    3. Exibicionismo inibido e paixão pela autodepreciação   237
    4. Percepção do aumento da excitação sexual como algo desagradável: a base específica do caráter masoquista   241
    5. Observações sobre a terapia do masoquismo   251

XII. Algumas observações sobre o conflito básico entre necessidade e mundo externo   255

PARTE III – DA PSICANÁLISE À BIOFÍSICA ORGÔNICA

XIII. Contato psíquico e corrente vegetativa   267
      Prefácio   267
      1. Outras referências ao conflito entre pulsão e mundo externo   269
      2. Alguns pressupostos técnicos   270
      3. A mudança de função da pulsão   277
      4. O intelecto como função defensiva   285
      5. O entrelaçamento das defesas pulsionais   287
      6. Falta de contato   289
      7. Contato substituto   300
      8. A representação psíquica do orgânico   305
         a) A ideia de "estourar"   305
         b) Sobre a ideia de morte   308
      9. Prazer, angústia, raiva e couraça muscular   313
      10. Os dois grandes saltos na evolução   326

XIV. A linguagem expressiva da vida   329
     1. A função da emoção na orgonoterapia   329
     2. Movimento expressivo plasmático e expressão emocional   332
     3. A disposição segmentar da couraça   341
     4. A expressão emocional do reflexo do orgasmo e a superposição sexual   359

XV. A cisão esquizofrênica   367
1. O "diabo" no processo esquizofrênico   367
2. As "forças"   381
3. A expressão esquizofrênica de distanciamento no olhar   395
4. A irrupção da despersonalização e a compreensão inicial da cisão esquizofrênica   397
5. A interdependência entre consciência e autopercepção   405
6. A função racional do "mal diabólico"   418
7. Regiões anorgonóticas no estado catatônico   422
8. A função da autoagressão na esquizofrenia   424
9. Crise e restabelecimento   440
   a) Progresso rápido em direção à saúde   440
   b) Súbito surto catatônico   441
   c) Restabelecimento lento   455

XVI. A peste emocional   461
Diferenças entre o caráter genital, o caráter neurótico e as reações de peste emocional   466
   a) No pensamento   466
   b) Na ação   468
   c) Na sexualidade   470
   d) No trabalho   472

Prefácio à primeira edição

Os estudos psicanalíticos do caráter humano aqui apresentados estão relacionados com os problemas da Clínica Psicanalítica de Viena, que descrevi há nove anos na introdução a meu livro *Der triebhafte Charakter (O Caráter Impulsivo)* sem, no entanto, ter chegado, na época, a qualquer solução. Aqueles que conhecem a pesquisa psicanalítica não estranharão a passagem de quase uma década entre a formulação do problema e sua solução parcial. Quando, de repente, decidi tratar várias psicopatias impulsivas na Clínica, fui logo colocado em confronto com alguns problemas terapêuticos. Sem dúvida, os *insights* obtidos em relação à estrutura de ego fragmentária do tipo impulsivo eram mais ou menos adequados para lidar com tais problemas. Todavia, mesmo então era possível supor que uma teoria genético-dinâmica do caráter, uma distinção rígida entre o conteúdo real e a forma das resistências com as quais a "personalidade" tenta distorcer a manifestação daquilo que está recalcado, e um exame bem fundamentado da diferenciação genética dos tipos de caráter seriam importantes para a teoria e a terapêutica das neuroses de caráter com inibição das pulsões, que, naquela época, eu colocava em contraste com as neuroses de caráter impulsivas.

As explicações de técnica terapêutica e a concepção dinâmico--econômica do caráter como um todo são, essencialmente, frutos de minhas vastas experiências e incontáveis discussões no Seminário de Terapia Psicanalítica da Clínica Psicanalítica de Viena, que dirigi durante seis anos com a colaboração de um grupo de jovens colegas entusiastas. Peço ao leitor, no entanto, que não espere, mesmo agora, uma clara elucidação dos problemas em consideração nem sua com-

1

pleta solução. Hoje, como há nove anos, estamos ainda longe de uma caracterologia psicanalítica sistemática e abrangente. Entretanto, com toda modéstia, creio que este livro representa uma contribuição valiosa nessa direção.

Os capítulos sobre técnica foram escritos entre o final do ano de 1928 e o início de 1929, e sua validade foi verificada durante um período de quatro anos. Não houve necessidade de mudanças essenciais. Os capítulos sobre teoria, até o terceiro da segunda parte, são reedições aumentadas, em parte revistas, de artigos meus que apareceram publicados, nos últimos anos, na *Internationalen Zeitschrift für Psychoanalyse* (Revista Internacional de Psicanálise).

Por várias razões – entre elas a falta de tempo –, não pude satisfazer o desejo de meus colegas de que eu escrevesse um livro sobre todas as fases da técnica analítica. Com relação a isso, limitei-me à descrição e à comprovação dos princípios da técnica que derivam da análise do caráter. Mesmo porque não se pode aprender a técnica analítica por meio de livros, pois a aplicação prática é muito complicada e só pode ser descoberta por meio do estudo aprofundado dos casos concretos em seminários e sessões supervisionadas.

Teremos, contudo, de fazer frente a uma crítica séria (que obviamente é esperada por parte de um certo grupo), pois à primeira vista ela leva a uma reflexão e a um questionamento sobre a necessidade do esforço e do dispêndio envolvidos numa publicação como esta. A questão é se este estudo, como um todo, não constitui uma supervalorização extravagante e unilateral da psicoterapia e da caracterologia do indivíduo. Numa cidade como Berlim há milhões de pessoas neuróticas com danos sérios em sua estrutura psíquica e, portanto, em sua capacidade de trabalho e de prazer; todos os dias, a toda hora, a educação familiar e as condições sociais criam novas milhares de neuroses. Tendo em vista a atual falta de interesse em tais assuntos, terá algum sentido publicar material pormenorizado sobre técnicas analíticas individuais, relações entre diversas estruturas psíquicas, dinâmicas de caráter e assuntos semelhantes. E essa questão torna-se ainda mais aguda tendo em vista que não possuo nenhum método rápido e eficiente que seja aplicável a uma terapia de massas da neurose. Durante muito tempo não fui capaz de encontrar argumentos contra essa objeção. Finalmente, tive de dizer a mim mesmo que se tratava de um ponto de vista míope, ainda mais acanhado que a obsessão atual em relação a problemas de psicoterapia do indivíduo. De um ponto de vista social, a posição da psicoterapia individual é desanimadora. O fato de ser precisamente esta compreensão – a de que as neuroses são produzidas socialmente em grande escala – que levava a uma preocupação ainda mais minuciosa, ainda mais intensa, com os problemas da terapia individual, pode até ser considerado um ardil dialético típico. Esforcei-me por demonstrar que as neuroses são o resultado de uma educação familiar patriarcal e repressiva no que se refere a questões sexuais; que, além disso, o que interessa de fato é a *profilaxia* das neuroses, objetivo para cuja realização prática, no moderno sistema social, faltam todas as condições prévias; que, em suma, só a mudança radical das instituições e ideologias sociais (mudança que depende do êxito das lutas políticas de nosso século) criará as condições necessárias a uma ampla profilaxia das neuroses. Portanto, é evidente que uma profilaxia das neuroses se torna impossível sem uma fundamentação teórica; é evidente também que, em suma, o estudo das condições dinâmicas e econômicas das estruturas humanas é o pré-requisito mais importante. Que tem isso a ver com a técnica da terapia individual? Para estudar as estruturas humanas de maneira adequada à profilaxia das neuroses, é necessário, antes de mais nada, o aperfeiçoamento das técnicas analíticas. Ao longo deste livro será demonstrado até que ponto os conhecimentos técnicos existentes podem ou não cumprir esse objetivo. O principal esforço da psicoterapia, no sentido de se preparar para a futura tarefa da prevenção das neuroses, deve ser, portanto, a criação de uma teoria da técnica e da terapia baseada nos processos dinâmicos e econômicos do mecanismo psíquico. Em primeiro lugar, precisamos de terapeutas que saibam por que conseguiram modificar uma estrutura ou possam explicar por que falharam. Quando, em qualquer outro ramo da medicina, queremos combater uma epidemia, usamos os melhores métodos conhecidos para estudar e entender casos individuais típicos da doença, para podermos estabelecer normas e instruções sobre higiene social. Assim, concentramo-nos sobre a técnica de análise individual, não porque a tenhamos em tão alta conta, mas pelo fato de que, sem uma boa técnica, não podemos obter os entendimentos necessários para o objetivo mais amplo – a investigação da própria estrutura humana.

Daí deriva uma outra consideração, que constitui o fundamento geral dos estudos clínicos apresentados a seguir. Vamos esboçá-la rapidamente para orientação do leitor. Em contraste com outros ramos da ciência médica, não lidamos com bactérias ou tumores, mas com reações humanas e doenças psíquicas. Saída da medicina, a psicanálise desenvolveu-se para muito além de seu âmbito. Se, de acordo com um dito famoso, o homem é autor de sua própria história, dependendo de certas condições econômicas e de certos pressupostos; se a concepção materialista[1] da História procede de fato da premissa básica

---

1. Nota, 1945: hoje deveríamos dizer concepção "funcional".

da sociologia, a organização natural e psíquica do homem, então está claro que, a uma certa altura, nossa pesquisa assume importância sociológica decisiva. Estudamos estruturas psíquicas, sua economia e dinâmica. A força produtiva mais importante, conhecida como força de trabalho, depende da estrutura psíquica do homem. Nem o chamado "fator subjetivo" da História nem a força de trabalho podem ser compreendidos sem uma psicologia científica natural. É preciso abandonar aqueles conceitos psicanalíticos que explicam a cultura e a história da sociedade humana com base em pulsões, sem levarem em conta que as condições sociais devem primeiro ter influenciado e mudado as necessidades humanas antes de essas pulsões e necessidades transformadas poderem começar a ter um efeito como fatores históricos. Os caracterologistas mais conhecidos de hoje procuram compreender o mundo com base nos "valores" e no "caráter", em vez de deduzir o caráter e as valorizações a partir do processo social.

No escopo mais amplo da questão acerca da função sociológica da formação do caráter, temos de atentar para um fato que, embora bem conhecido, é malcompreendido em seus pormenores, a saber, o de que certas estruturas humanas médias são inerentes a determinadas organizações sociais, ou, em outras palavras, cada organização social produz as estruturas de caráter de que necessita para existir. Na sociedade de classes, a classe dominante existente assegura seu domínio com o auxílio da educação e da instituição da família, tornando suas ideologias as ideologias dominantes de todos os membros da sociedade. Contudo, não se trata apenas de implantar as ideologias em todos os membros da sociedade. Não se trata de inculcar atitudes e opiniões; é um processo muito mais amplo, envolvendo cada nova geração de uma dada sociedade, com o fim de modificar e modelar estruturas psíquicas, em todas as camadas da população, em conformidade com a ordem social. Assim, a psicologia científica natural e a caracterologia têm uma tarefa claramente definida: traçar os caminhos e mecanismos pelos quais a existência social dos homens se transforma em estrutura psíquica e, consequentemente, em ideologia. A produção social de ideologias deve ser diferenciada, portanto, de sua reprodução no povo de qualquer sociedade. O estudo da primeira é tarefa da sociologia e da economia, enquanto a determinação da segunda cabe à psicanálise. Esta última deve pesquisar em que medida não somente a existência material imediata (alimentação, habitação, vestuário, processos de trabalho, ou seja, o modo de vida e a maneira como as necessidades são satisfeitas), mas também a chamada superestrutura social (moral, leis e instituições) afetam o aparelho pulsional. Ela deve determinar, da maneira mais completa possível, os inúmeros laços da transformação da "base material" em "superestrutura ideológica". Não pode ser indiferente à sociologia se a psicologia cumpre adequadamente e até que ponto essa tarefa, porque o homem é, antes de mais nada, o *objeto* de suas necessidades e da organização social que regula a satisfação dessas necessidades, desta ou daquela maneira. Em sua posição de objeto de suas necessidades, entretanto, o homem é, também e ao mesmo tempo, o *sujeito* da História e do processo social do qual "ele próprio é o autor", não, certamente, como gostaria, mas condicionado por certos pressupostos econômicos e culturais, que determinam o conteúdo e o resultado da ação humana.

Desde que a sociedade se dividiu entre aqueles que possuem os meios de produção e os que dispõem da mercadoria força de trabalho, toda a ordem social passou a ser estabelecida pelos primeiros, pelo menos independentemente da vontade e das inclinações dos últimos, e, na verdade, quase sempre contra a vontade deles. Entretanto, a partir do momento em que essa ordem social começa a moldar as estruturas psíquicas de todos os membros da sociedade, ela se *reproduz* no povo. E na medida em que isso se dá pela utilização e transformação do aparelho pulsional, que é governado pelas necessidades da libido, também *se ancora* afetivamente nele. O primeiro e mais importante órgão de reprodução da ordem social, desde os primórdios da propriedade privada dos meios de produção, está na família patriarcal, que incute em seus filhos a base caracterológica necessária à ulterior influência da ordem autoritária. Enquanto, de um lado, a família representa o principal órgão de reprodução de estruturas de caráter, o entendimento do papel da educação sexual no sistema educacional como um todo ensina-nos que, antes de mais nada, são energias e interesses *libidinais* empregados na ancoragem da ordem social autoritária. Portanto, as estruturas caracterológicas do povo de uma dada época ou de um determinado sistema social não são apenas um espelho desse sistema. Mais significativamente, representam sua ancoragem. Por ocasião de uma pesquisa sobre a mudança da moral sexual, durante a transição do matriarcado para o patriarcado[2], foi possível demonstrar que essa ancoragem por meio da adaptação da estrutura de caráter do povo à nova ordem social constitui a natureza conservadora da chamada "tradição".

É nessa ancoragem da ordem social na estrutura do caráter que se encontra a explicação da tolerância das camadas oprimidas da população em relação ao domínio de uma classe social superior, que dispõe dos meios do poder – uma tolerância que por vezes chega ao

---

2. Cf. *Der Einbruch der Sexual moral*, publicado em português com o título de *A Irrupção da Moral Sexual Repressiva*. (N. E.)

ponto de defender a repressão autoritária contra seus próprios interesses. Isso é bem mais evidente na esfera da repressão sexual do que na da satisfação das necessidades materiais e culturais. Todavia, é precisamente na formação da estrutura libidinal que se pode demonstrar a simultaneidade entre a ancoragem de uma ordem social – que obstrui parcial ou totalmente a satisfação das necessidades – e o surgimento de pré-condições psíquicas que solapam essa ancoragem na estrutura de caráter. Com o tempo aparece uma divergência cada vez maior entre a renúncia forçada e o crescente aumento das necessidades. Essa divergência ocorre ao mesmo tempo que se desenvolve o processo social e tem um efeito desintegrador sobre a "tradição", constituindo o núcleo psicológico da formação de atitudes mentais que solapam essa ancoragem.

Seria um erro equiparar o elemento conservador da estrutura caracterológica dos homens e mulheres de nossa sociedade ao árbitro a que chamamos de "superego". Se é obviamente verdadeiro que os juízos morais de uma pessoa derivam de certas proibições da sociedade, cujos principais representantes na vida são os pais, também é verdade que as primeiras alterações no ego e nas pulsões – alterações que ocorrem durante as primeiras frustrações e identificações, muito antes da formação do superego – são ditadas pela estrutura econômica da sociedade e representam as reproduções e ancoragens iniciais do sistema social, da mesma maneira que começam a desenvolver as primeiras contradições. (Se uma criança desenvolve um caráter anal, é certo que, ao mesmo tempo, desenvolve uma teimosia correspondente.) O superego adquire uma importância especial devido a essa ancoragem, visto que ele se associa ao núcleo que envolve as exigências genitais incestuosas da criança. É aí que as melhores energias são ligadas e a formação do caráter é determinada.

A dependência da formação do caráter em relação à situação histórico-econômica na qual ela tem lugar demonstra-se mais claramente nas mudanças observadas nos membros de sociedades primitivas, assim que eles caem sob a influência de uma economia ou cultura estranhas, ou começam a desenvolver uma nova ordem social por sua iniciativa. Os estudos de Malinowski deixam bastante claro que as distinções de caráter mudam de modo relativamente rápido quando se altera a estrutura social de uma região. Por exemplo, ele verificou que os nativos das ilhas Amphlett (Mares do Sul) eram desconfiados, tímidos e hostis, em contraste com os vizinhos trobiandeses, que ele achou simples, francos e abertos. Os primeiros já viviam num sistema social patriarcal, com costumes familiares e sexuais rígidos, ao passo que os segundos gozavam ainda, em grande parte, a liberdade do matriarcado. Essas descobertas confirmam o conceito, formulado na Clínica Psicanalítica de Viena e desenvolvido em outro local[3], de que a estrutura social e econômica de uma sociedade age sobre a formação do caráter de seus membros de um modo indireto e muito complexo. A estrutura socioeconômica da sociedade determina modos definidos de vida familiar, mas estes não só pressupõem formas definidas de sexualidade como também as produzem, na medida em que influenciam a vida pulsional da criança e do adolescente, do que resultam mudanças de atitudes e de modos de reação. A esta altura podemos ampliar nossa afirmação anterior sobre a reprodução e a ancoragem do sistema social e dizer: *a estrutura do caráter é o processo sociológico congelado de uma determinada época*. As ideologias de uma sociedade podem se tornar uma força material apenas com a condição de que mudem realmente as estruturas de caráter do povo. Portanto, o estudo da estrutura do caráter não tem somente interesse clínico. Ele pode revelar material essencial, se nos voltarmos à questão de por que as ideologias sofrem mudanças revolucionárias a um ritmo muito mais lento do que as de base socioeconômica, isto é, por que o homem geralmente fica muito atrás em relação àquilo que produz e que devia e podia modificá-lo realmente. Além da inibição quanto à participação nas atividades culturais devida à classe, temos o fato de que as estruturas de caráter são adquiridas na primeira infância e permanecem intactas, sem sofrer grandes alterações. Por outro lado, a situação socioeconômica, que constituiu sua base em determinado momento, muda rapidamente com o desenvolvimento das forças produtivas, fazendo exigências diferentes e pedindo outros tipos de adaptação mais tarde. Também cria, com certeza, novas atitudes e formas de reação, que se sobrepõem às características mais antigas – adquiridas primeiro –, penetrando-as, sem, contudo, eliminá-las. Esses dois conjuntos de características, que correspondem a situações sociológicas diferentes e historicamente diferenciadas, tornam-se contraditórios entre si. Um exemplo ilustrativo: uma mulher educada numa família de 1900 desenvolve uma forma de reação correspondente à situação socioeconômica de 1900; em 1925, contudo, como resultado do processo de desintegração econômica causado pelo capitalismo, as condições familiares mudaram tanto que ela se envolve numa contradição crucial, apesar de uma adaptação superficial e parcial de sua personalidade. Por exemplo, seu caráter requer uma vida sexual monogâmica estrita; nesse meio-tempo, contudo, a monogamia desintegrou-se social e ideologicamente. Do ponto de vista intelectual,

---

3. *Der Einbruch der Sexualmoral* [A Irrupção da Moral Sexual Repressiva] e "Dialektisher Materialismos und Psychoanalyse" [Materialismo Dialético e Psicanálise] em *Unte dem Banner des Marxismus*, 1929.

ela já não pode mais exigir monogamia de si ou de seu marido. Entretanto, em termos de sua estrutura pessoal, não a encontra nivelada às novas condições e exigências de seu intelecto.

Problemas semelhantes se apresentam quando se analisam as dificuldades resultantes de situações muito distintas, como, por exemplo, o caso de pessoas que, sendo proprietárias de terras, tiveram de se adaptar a formas de produção em regime de propriedade coletiva da terra, como aconteceu na União Soviética. A economia soviética teve de lutar não só contra as dificuldades econômicas, mas também contra a estrutura de caráter que o camponês russo havia adquirido com os czares e a empresa privada. O papel representado nessas dificuldades pela dissolução da família através das formas de produção coletivas e, acima de tudo, através da mudança revolucionária da sexualidade pode ser depreendido dos estudos publicados a respeito. As velhas estruturas não se conformam com ser ultrapassadas; lutam contra as novas de diversas maneiras. Se a antiga ideologia ou orientação que corresponde a uma situação sociológica anterior não estivesse ancorada na estrutura das pulsões, ou, falando mais apropriadamente, na estrutura do caráter, como um modo de reação automático e crônico, que conta, além disso, com o auxílio da energia da libido, ela seria capaz de se adaptar às revoluções econômicas de modo mais fácil e muito mais rápido. Fica assim evidente que um conhecimento exato dos mecanismos que fazem a ligação entre a situação econômica, a vida pulsional, a formação do caráter e a ideologia, tornaria possível um grande número de medidas práticas, sobretudo no campo da educação e, talvez, até na maneira de influenciar as massas.

Tudo isso ainda tem de ser preparado. A ciência psicanalítica, todavia, não pode exigir ser reconhecida, prática e teoricamente, em escala social, se *ela própria* não controlar os domínios a ela pertencentes e nos quais pode provar que não quer ficar de fora dos grandes acontecimentos históricos de nosso século. Por enquanto, a pesquisa no campo da caracterologia deve persistir em seus estudos clínicos. Talvez o material apresentado na Parte II mostre, ele próprio, onde se devem encontrar as transições para as questões sociológicas mais amplas. Em outro estudo já se procurou dar continuidade a elas. Conduzem a um campo inesperado, em que não entraremos nesta obra.

Berlim, janeiro de 1933
WILHELM REICH

Prefácio à segunda edição

Nos doze anos que se seguiram à primeira edição de *Análise do Caráter*, a técnica da análise do caráter desenvolveu-se até chegar à vegetoterapia. Apesar disso, não foram realizadas alterações na presente edição. Há uma boa razão para isso. Quando a técnica da análise do caráter foi clinicamente desenvolvida e testada, entre 1925 e 1933, a economia sexual ainda se encontrava no começo de sua evolução. O significado individual e social da função do orgasmo só fora reconhecido poucos anos antes. Naturalmente isso teve grande influência na teoria e na técnica da terapia psicanalítica. A análise do caráter pertence, hoje, como há doze anos, ao quadro da psicanálise freudiana. Foi dentro desse quadro, e apenas nele, que este livro foi escrito, e nesse sentido ainda hoje tem validade. Tendo sido dirigido a estudantes assim como a psicanalistas, eu não quis mudar esse propósito, e, portanto, não acrescentei nada nem fiz revisão em meu trabalho.

Contudo, com o tempo, o conceito analítico de estrutura do caráter humano, em especial da *"couraça do caráter"* – tão importante do ponto de vista patológico e terapêutico –, continuou a desenvolver-se. A couraça do caráter representa o ponto de partida da moderna *biofísica do orgone* e das técnicas terapêuticas correspondentes – a *vegetoterapia* e a *orgonoterapia* –, cujos elementos básicos foram expostos em meu livro *A Descoberta do Orgone* (vol. I, 1942)[1] e em diversos ensaios que tratam especificamente da física do orgone. É interessante e importante que todos os psiquiatras compreendam de que maneira o problema psiquiátrico original, que consiste no fenômeno da incrus-

---

1. *A Função do Orgasmo, A Descoberta do Orgone.* Lisboa, Dom Quixote, 1978.

tação do caráter humano, abriu o caminho para a energia biológica e para as biopatias. A biofísica do orgone não trouxe nenhuma oposição às conclusões sobre análise do caráter expostas neste livro; muito pelo contrário, deu-lhes uma sólida base científica natural.

O apêndice à presente edição de *Análise do Caráter* contém a última conferência que proferi na Associação Psicanalítica Internacional, no 13º Congresso, em Lucerna, em 1934: *Contato Psíquico e Corrente Vegetativa*. Essa conferência representa a transição da psicologia profunda de Freud para a biologia e depois para a biofísica do orgone. Os problemas do orgone não são tratados neste livro. Mas quem conhece meus últimos escritos encontrará com facilidade as passagens em que a biofísica do orgone se encontra com os problemas da estrutura do caráter. Pela inserção de notas de rodapé, tentei mostrar aquelas passagens em que encontramos a transição da psicologia profunda para a biofísica do orgone.

A responsabilidade pela fixação dos limites da psicanálise oficial, mediante a qual a economia sexual e a teoria do orgasmo ficaram excluídas, é daqueles mesmos membros da Associação Psicanalítica Internacional que lutaram por minha expulsão desta. Mais tarde eles começaram a ter problemas de consciência e tentaram fazer parecer que havia sido eu quem quisera separar minhas teorias da teoria psicanalítica. Todavia, é preciso que fique bem claro aqui que a economia sexual nunca se afastou do conteúdo central das conquistas científicas de Freud. Falsas considerações de natureza social, que perderam seu valor em consequência das revoluções sociais dos dez últimos anos, levaram a que o movimento psicanalítico se desvinculasse da economia sexual. A economia sexual não é rival da psicanálise, tal como a lei da gravidade de Newton não é rival da lei da harmonia de Kepler. A economia sexual representa a continuação da psicanálise freudiana e dá-lhe uma base científica natural na esfera da biofísica e da sexologia social. Hoje a economia sexual pode se gabar de ter levado à descoberta da energia biológica, o *orgone*, que, governada por leis físicas definidas, está na base das funções sexuais humanas, descritas pela primeira vez por Freud. As *"biopatias"* que a biofísica do orgone conseguiu detectar na esfera *orgânica* são os correlatos das "psiconeuroses" de Freud na esfera psicológica.

Gostaria de dizer, em resumo, que a *"análise do caráter"* é ainda válida no quadro de referência teórico da psicologia profunda e das técnicas psicoterapêuticas a ela pertencentes. É válida, também, como técnica auxiliar indispensável na vegetoterapia e na orgonoterapia. Mas com o passar do tempo continuamos avançando: o economista sexual e vegetoterapeuta é essencialmente um *bioterapeuta*, e não mais apenas um psicoterapeuta.

Nova York, novembro de 1944
WILHELM REICH

Prefácio à terceira edição

A segunda edição deste livro (1945) em breve se esgotou, e durante mais de dois anos não se pôde satisfazer a grande procura que teve. Nossa editora estava ocupada com publicações sobre o novo campo da biofísica do orgone (*A Descoberta do Orgone*, vol. II: *A Biopatia do Câncer*, 1948 etc.). Além disso, eu hesitava em publicar uma nova edição de *Análise do Caráter*. Este livro emprega ainda a terminologia psicanalítica e faz uma descrição *psicológica* das neuroses. Nos quinze anos que se passaram desde a publicação da primeira edição, tive de reestruturar e descrever de novo o nosso conceito de doença emocional. Durante esse tempo houve muitos e importantes progressos: "caráter" tornou-se um conceito que significa conduta *biofísica* típica. Cada vez mais as "emoções" ganhavam o significado de manifestações de uma *bioenergia* tangível, da energia orgone organísmica. Lentamente, aprendemos a utilizá-la na prática, por meio do que hoje se chama "orgonoterapia médica". No prefácio à segunda edição, assinalei que a "análise do caráter" é ainda válida no domínio da psicologia profunda, em que teve sua origem e à qual ainda pertence. Hoje já não fazemos a análise do caráter como se descreve neste livro. Todavia, ainda usamos o método caracteroanalítico em determinadas situações; partimos ainda das atitudes do caráter para as profundidades da experiência humana. Mas na orgonoterapia procedemos *bioenergeticamente*, e não mais psicologicamente.

Por que então publicar, em tais circunstâncias, uma terceira edição desta obra em sua forma original? A razão mais importante reside no fato de que não se encontra facilmente o caminho para a compreensão da orgonomia e da orgonoterapia médica sem se estar bem familiarizado com o seu desenvolvimento a partir dos estudos sobre patologia emocional humana realizados há vinte ou vinte e cinco anos.

A análise do caráter, embora válida e útil em psiquiatria, está muito longe de ser suficiente para lidar com o *núcleo bioenergético* das funções emocionais. Ela se mostra, no entanto, indispensável para o orgonoterapeuta médico que, sem ter estudado psicanálise, chega diretamente à biofísica do orgone dos anos 40. O psiquiatra que não estudou as funções bioenergéticas das emoções tende a negligenciar o organismo como tal e apegar-se à psicologia de palavras e associações. Ele não encontrará o caminho que o levará à origem e à base *bioenergéticas* de cada tipo de emoção. Por outro lado, o orgonoterapeuta, que está treinado a ver um paciente, antes de mais nada, como um organismo biológico, pode se esquecer facilmente de que, além da couraça muscular, das sensações corporais, das correntes orgonóticas, dos ataques anorgonóticos, dos bloqueios do diafragma e da pelve etc., existe um vasto campo de situações, tais como a desconfiança conjugal, ideias distorcidas especificamente sobre as funções genitais na puberdade, certas inseguranças e angústias sociais, intenções inconscientes, medos sociais racionais etc. Embora o "domínio psíquico" das emoções seja muito mais estreito do que seu "domínio bioenergético"; embora certas doenças, como a hipertensão, não possam ser atacadas por meios psicológicos; embora a linguagem e as associações de pensamentos não possam penetrar mais profundamente do que até a fase do desenvolvimento da fala, ou seja, por volta do segundo ano de vida, o aspecto psicológico do sofrimento emocional continua a ser importante e indispensável; já não é, contudo, o aspecto mais importante da biopsiquiatria orgonômica.

O conteúdo desta terceira edição de *Análise do Caráter* foi consideravelmente aumentado. Acrescentei-lhe o capítulo "A Peste Emocional", publicado pela primeira vez como um artigo no *International Journal of Sex-Economy and Orgone Ressarce*, em 1945, e também um artigo sobre "A Linguagem Expressiva da Vida", que ainda não havia sido publicado, tratando do domínio das expressões emocionais *biofísicas*, o domínio principal da orgonoterapia médica. Finalmente, um extensivo estudo de caso de uma esquizofrenia paranoide introduzirá o estudioso da natureza humana no novo campo da *biopatologia*, que só começou a ser explorado há poucos anos com a descoberta da energia orgone organísmica, ou seja, bioenergia. A história desse caso convencerá o leitor de que essa energia é a *realidade física* que corresponde ao conceito clássico, meramente psicológico, de "energia psíquica".

O antigo termo "vegetoterapia" foi substituído por "orgonoterapia". No mais, o livro permanece inalterado em termos de sua estrutura central. Ela representa o primeiro passo essencial, dado de 1928 a 1934, da psicanálise em direção ao estudo bioenergético das emoções (biofísica do orgone) e merece ser mantido como tal.

A descoberta da energia orgone atmosférica (cósmica) obrigou-nos a importantes revisões em nossos conceitos básicos, não só físicos como psicológicos. Mas não trato deles neste livro. Será preciso muitos anos de trabalho cuidadoso para elucidar as principais tendências desenvolvidas desde a descoberta do orgone. Conceitos como "ideia psíquica", por exemplo, aparecem hoje sob uma luz totalmente diferente, em resultado de revelações feitas por experiências orgonômicas. Mas isso não deve desviar os psicoterapeutas e os orgonoterapeutas de seu trabalho diário com pessoas emocionalmente doentes. Neste momento, são sobretudo os cientistas e filósofos naturais os que estão sendo desafiados pela descoberta de uma energia primordial universal: a energia orgone.

Dezembro de 1948
WILHELM REICH

PARTE I
TÉCNICA

I

Alguns problemas da técnica psicanalítica

No exercício de sua profissão, o analista depara cotidianamente com problemas, para cuja solução nem o conhecimento teórico nem a experiência prática isolada são adequados. Pode-se dizer que todas as questões de técnica agrupam-se em torno de uma essencial: se e como uma técnica claramente definida de tratamento analítico pode ser deduzida da teoria psicanalítica de doenças psíquicas. É a questão das possibilidades e dos limites da aplicação da teoria à prática. Entretanto, pelo fato de a prática analítica em si não fornecer a teoria dos processos psíquicos até que tarefas práticas tenham sido estabelecidas, temos, para proceder corretamente, de procurar os caminhos que, partindo da prática puramente empírica, passam pela teoria e terminam numa prática teoricamente bem-fundamentada. A vasta experiência no Seminário de Viena para a Terapia Psicanalítica e em sessões supervisionadas de análise mostrou que pouco progredimos além do trabalho preliminar para a solução do problema acima esboçado. Na verdade, temos o material básico, o chamado ABC da técnica analítica, em vários ensaios de Freud e em suas observações dispersas sobre o assunto; e as obras muito instrutivas sobre técnica, de Ferenczi e outros autores, ampliaram nossa compreensão de muitos problemas particulares da técnica. Genericamente falando, entretanto, há tantas técnicas quanto analistas, apesar de todos compartilharem as recomendações de Freud, em parte afirmativas e em parte negativas, que são poucas, comparadas com o emaranhado de questões relativas à prática.

Esses princípios de validade geral, que se tornaram consensuais entre analistas, são deduzidos dos conceitos teóricos básicos gerais do processo neurótico. Todas as neuroses podem ser remontadas ao conflito entre exigências pulsionais recalcadas – entre as quais as sexuais da primeira infância estão sempre presentes – e as forças do ego que as repelem. O resultado do fracasso na solução desse conflito é o sintoma neurótico ou o traço de caráter neurótico. Em termos de técnica, portanto, a solução do conflito requer a "eliminação do recalque"; em outras palavras, tornar consciente o conflito inconsciente. Mas a instância psíquica conhecida como pré-consciente fez surgirem "contrainvestimentos" psíquicos contra a eclosão de impulsos recalcados inconscientes, "contrainvestimentos" que atuam como um censor rígido dos próprios pensamentos e desejos do indivíduo, impedindo-os de se tornarem conscientes. Desse modo, no tratamento analítico, é preciso renunciar ao ordenamento habitual de pensamento do indivíduo requerido pelo dia a dia e permitir que o fluxo de ideias se manifeste livremente, sem seleção crítica. No decurso do trabalho analítico, vestígios de necessidades e experiências infantis recalcadas inconscientes se sobressaem cada vez mais claramente em meio ao material emergente e, com a ajuda do analista, têm de ser traduzidos na linguagem do consciente. A chamada regra básica da psicanálise, que requer a eliminação do censor e a entrada em cena da "livre associação de pensamentos", é o processo mais rigoroso e indispensável da técnica analítica. Ela encontra poderoso apoio na força dos impulsos e desejos inconscientes que pressionam em direção à ação e à consciência. Entretanto, a isso se opõe uma outra força, também inconsciente, o "contrainvestimento" do ego, que torna difícil e às vezes impossível ao paciente seguir esta regra básica, e também alimenta a neurose por meio das instâncias morais. No tratamento analítico, essas forças apresentam-se como "resistências" à eliminação do recalque. Esta compreensão teórica dita uma regra básica posterior: tornar consciente o inconsciente não deve ser feito diretamente, e sim pela quebra de resistências. Isso significa que o paciente precisa primeiro perceber que está resistindo, depois como o faz, e finalmente contra o quê.

O trabalho de tornar consciente o inconsciente é chamado de "interpretação". Consiste ou em desvelar expressões veladas do inconsciente, ou em restabelecer as relações que foram rompidas pelos recalques. Os desejos e medos inconscientes e recalcados estão sempre procurando se liberar, ou, mais precisamente, buscando contato com pessoas e situações reais. A força propulsora mais importante desse comportamento é a libido insatisfeita; daí deve-se esperar que o paciente associe também suas exigências e temores inconscientes com o analista e a situação analítica. Disso resulta a "transferência", isto é, o estabelecimento de relações com o analista que se traduzem em manifestações de ódio, amor ou medo. Mas essas atitudes, que se dirigem ao analista na situação analítica, são apenas repetições de outras, mais antigas, na maioria infantis, em relação a pessoas que, na infância, tiveram para o paciente, em determinada altura, significado especial. Ele não tem consciência desse significado. Essas transferências devem ser tratadas sobretudo como tais, ou seja, devem ser "resolvidas" pela descoberta de suas relações com a infância do paciente. Visto que todas as neuroses, sem exceção, formam-se a partir de conflitos da infância, antes dos quatro anos de idade – conflitos que não puderam ser tratados na ocasião, mas são revividos na transferência –, a análise da transferência, isto é, da parte dela que tem a ver com a quebra das resistências, constitui a peça mais importante do trabalho analítico. Já que, além do mais, o paciente tenta, na transferência, suplantar o trabalho explicativo da análise – por exemplo, satisfazendo as antigas exigências amorosas e impulsos de ódio que permaneceram insatisfeitos – ou recusa-se a tomar conhecimento dessas atitudes, a transferência transforma-se geralmente em resistência, impedindo o progresso do tratamento. As transferências negativas, isto é, as atitudes expressivas de ódio projetadas sobre o analista, são facilmente reconhecidas como resistências desde o início, ao passo que a transferência de atitudes positivas de amor só se transforma em resistência através de uma súbita mudança em transferência negativa, como resultado de desapontamento ou medo.

A opinião de que uma técnica praticada por todos da mesma maneira se desenvolvera a partir da base comum esboçada acima só poderia prevalecer enquanto a terapia e a técnica analíticas não fossem discutidas de maneira detalhada, ou o fossem de modo insuficiente e não sistemático. Em multas questões particulares essa opinião estava certa; mas para a compreensão do conceito de "passividade analítica" havia as mais variadas interpretações. A mais extremista, e certamente a menos correta, é a de que se deve permanecer simplesmente calado; todo o resto vem por si. Sobre a função do analista no tratamento analítico existiam e existem, ainda, opiniões confusas. Sem dúvida, é bem sabido que o analista tem de quebrar as resistências e "administrar" as transferências, mas a maneira e a ocasião em que isso deve ocorrer, e quão diferente sua abordagem deve ser na execução dessa tarefa em vários casos e situações, nunca foram discutidos sistematicamente. Portanto, mesmo nas questões mais simples surgidas nas situações analíticas cotidianas, as opiniões são necessariamente muito divergentes. Quando, por exemplo, se descreve uma determinada situação de resistência, um analista pensa isso, outro, aquilo e um terceiro, aquilo outro. E quando então o analista que descreveu a situação volta a seu caso com as várias sugestões de seus colegas, inúmeras outras possibilidades surgem e a confusão se torna, muitas vezes, ainda maior do que no começo. E todavia deve-se admitir que, sob determinadas circunstâncias e condições, *uma* situação analítica definida admite apenas *uma única* possibilidade ótima de solução, e que existe apenas uma intervenção técnica que pode realmente ser correta em um dado caso. Isso é válido tanto para uma situação particular como para a técnica analítica como um todo. Daí se conclui que a tarefa consiste em estabelecer os critérios dessa técnica correta e, sobretudo, como se chega a ela.

Levou-se muito tempo para se perceber o mais importante: *que a técnica de uma determinada situação deve se desenvolver a partir da própria situação analítica específica, através de uma análise exata de seus pormenores*. Esse método de desenvolvimento da técnica analítica foi seguido rigorosamente pelo Seminário de Viena e provou ter sucesso em muitos casos – em todos os casos em que foi possível a compreensão teórica da situação analítica. Foram evitadas as sugestões que fossem, em última análise, uma questão de gosto. Determinada dificuldade foi discutida – por exemplo, uma situação de resistência – até que a medida necessária para lidar com ela surgisse da própria discussão, numa forma clara e definida. Tinha-se então a impressão de que ela podia ser correta apenas dessa forma e em nenhuma outra. Desse modo, foi encontrado um método que tornava possível aplicar material analítico à técnica analítica, se não em todos os casos, pelo menos em grande número deles e, sobretudo, no fundamental. Nossa técnica não é um princípio assentado em práticas rigidamente fixadas, mas um método que se apoia em certos princípios teóricos básicos; ademais, ela só pode ser determinada em função do caso e da situação individuais. O princípio básico é tornar conscientes, através de interpretações, todas as manifestações do inconsciente. Mas significa isso que se deva interpretar imediatamente o material inconsciente logo que este comece a se mostrar com alguma clareza? Outro princípio básico é também procurar as origens infantis de todas as manifestações de transferência. Mas isso nos diz quando e como tem de acontecer? O analista defronta-se com transferências negativas e positivas ao mesmo tempo; fundamentalmente, ambas têm de ser "resolvidas". Todavia, não é lícito perguntar qual deve ser resolvida primeiro e em que sequência, e que condições são decisivas para determinar isso? Numa tal situação, será suficiente dizer que há indicações de transferência ambivalente?

Em oposição ao esforço de deduzir, da situação particular como um todo, a sequência, a ênfase e a profundidade das interpretações necessárias em cada caso individual, seria fácil argumentar: "Interprete tudo conforme aparece". A esse argumento, replicamos: quando incontáveis experiências e sua subsequente avaliação teórica nos ensinam que a interpretação de todo o material, dessa forma e na sequência em que aparece, não atinge, num grande número de casos, o objetivo da interpretação, a saber, a influência terapêutica, torna-se então necessário procurar as condições que determinam a eficácia terapêutica de uma interpretação. Essas condições são diferentes em cada caso, e mesmo que, do ponto de vista da técnica, se produzam alguns princípios básicos gerais aplicáveis à interpretação, eles não significam muito quando comparados com o princípio supremo de que o analista deve esforçar-se para extrair a técnica específica do caso e da situação individual a partir destes mesmos casos e situações específicos sem, com isso, perder a continuidade geral no desenvolvimento do processo analítico. Sugestões e opiniões, tal como a de que isto ou aquilo "tem de ser analisado", ou a de que é preciso simplesmente "analisar corretamente", são questões de gosto, e não princípios da técnica. O significado preciso de "analisar" em geral continua a ser um enigma obscuro. Nem se pode procurar consolo confiando na duração do tratamento. O tempo sozinho não consegue isso. Ter fé na duração do tratamento só tem sentido quando a análise se desenvolve, isto é, quando o analista compreende as resistências e, em conformidade com isso, pode prosseguir na análise. Então, naturalmente, o tempo não é e nem pode ser um fator. Mas é absurdo esperar sucesso só por aguardar.

Teremos de mostrar como é importante a compreensão correta e o controle da primeira resistência transferencial para o desenvolvimento natural do tratamento. Não é indiferente saber por qual detalhe e camada da neurose de transferência o trabalho analítico deve começar; se o analista seleciona esta ou aquela peça do rico material oferecido pelo paciente; se ele interpreta o material inconsciente que se tornou manifesto ou a resistência que está associada a ele etc. Se o analista interpreta o material na sequência em que é oferecido, ele parte da noção preconcebida de que o "material" é sempre aproveitável analiticamente, isto é, que todo material é terapeuticamente efetivo. Mas isso depende sobretudo de seu valor dinâmico. O principal objetivo de meus esforços para assegurar uma teoria da técnica e da terapia é estabelecer pontos de vista gerais e particulares para a *aplicação legítima* de material ao manejo técnico do caso; em outras palavras, assegurar uma teoria que possibilite ao analista saber, em cada interpretação, exatamente por que e para que fim está interpretando, e não apenas interpretar. Se ele interpreta o material na sequência em que aparece em *cada* caso – quer o paciente o esteja ou não enganando, usando o material como uma camuflagem, escondendo uma atitude de ódio, rindo à socapa, ou esteja emocionalmente bloqueado etc. –, não escapará a uma futura situação desesperada. Procedendo assim, sucumbe a um esquema imposto a todos os casos, sem considerar as necessidades *individuais* do caso com respeito ao momento adequado e à profundidade das interpretações necessárias. Só com uma rigorosa adesão à regra de deduzir a técnica a partir de cada situação pode o analista aproximar-se da realização da exigência de ser capaz de explicar, em todo e qualquer caso, por que exatamente conseguiu ou não efetuar uma cura. Se o analista não consegue satisfazer essa exigência, pelo menos nos casos comuns, nenhuma outra prova é necessária para mostrar que nossa terapia não merece o título de ser uma terapia científica causal. Mas, para explicar as razões do fracasso de um caso particular, o analista deve evitar afirmações como a de que o paciente "não queria se curar" ou de que ele não era acessível; porque esta é precisamente a nossa questão: *por que* razão ele não quis se curar ou não era acessível?

Não se deve tentar estabelecer um "sistema" de técnica. Não se trata de delinear um esquema válido para todos os casos, mas de criar um princípio geral baseado na nossa teoria das neuroses, para a compreensão de nossas tarefas terapêuticas; em resumo, de traçar um arcabouço geral de referência, amplo o suficiente para permitir a aplicação do fundamento geral a casos individuais.

Nada tenho a acrescentar aos princípios de Freud sobre a interpretação do inconsciente e à sua fórmula geral de que o trabalho analítico depende da eliminação das resistências e do manejo da transferência. Contudo, as explicações seguintes devem ser consideradas uma aplicação coerente dos princípios básicos da psicanálise, no âmbito dos quais se abriram novas áreas do trabalho analítico. Se nossos pacientes aderissem às regras fundamentais, ainda que aproximadamente, não haveria razão para se escrever um livro sobre análise do caráter. Infelizmente, só uma fração muito pequena de nossos pacientes é capaz de análise desde o princípio; a maioria deles adere às regras básicas só depois de as resistências terem sido dissolvidas com êxito. Daí, vamos nos limitar apenas às fases iniciais do tratamento, até o ponto em que o decurso da análise pode ser deixado confiantemente ao paciente. O primeiro problema é "ensinar o paciente a ser analisado". O término da análise, o problema da resolução da transferência e o ensino do paciente a lidar com a realidade constituem o segundo. A parte intermediária, por assim dizer, o corpo da análise, só nos interessará na medida em que siga da fase inicial do tratamento e conduza a seu término.

Mas, antes de começarmos, é necessária uma breve consideração teórica sobre a base econômico-libidinal da terapia analítica.

II

O ponto de vista econômico na teoria da terapia analítica

Quando Freud abandonou o terreno da terapia catártica e desistiu da hipnose como instrumento de análise, adotando o ponto de vista de que aquilo que o paciente dizia ao médico enquanto dormia podia dizê-lo também acordado, ele tentou, durante algum tempo, tornar o paciente consciente do significado inconsciente dos sintomas pela interpretação direta dos vestígios de elementos recalcados. Não demorou muito até que descobrisse que esse método dependia da prontidão, por parte do paciente, em aceitar o que o analista lhe apontava. Percebeu que este opunha uma "resistência", geralmente inconsciente, às afirmações do analista. Assim, adaptou sua técnica ao novo conhecimento, isto é, dispensou a interpretação direta e tentou, a partir de então, possibilitar que o inconsciente se tornasse consciente pela eliminação das resistências dirigidas contra os elementos recalcados.

Essa mudança fundamental da concepção teórica e da técnica foi um ponto decisivo na história da terapia analítica, marcando o começo de uma nova técnica, válida ainda hoje. Isso nunca foi compreendido pelos discípulos que se afastaram de Freud, e mesmo Bank voltou ao velho método da interpretação direta dos sintomas. No presente estudo, simplesmente aplicamos a nova técnica de lidar com as resistências à análise do caráter, acompanhando o desenvolvimento da terapia analítica a partir da análise dos sintomas até a análise da personalidade como um todo.

Enquanto, no período da terapia catártica, acreditava-se que era necessário "libertar do recalque o afeto sufocado" para provocar o desaparecimento do sintoma, afirmou-se mais tarde, no período da análise da resistência (talvez como resíduo da interpretação direta do significado do sintoma), que este desapareceria quando a ideia recalcada da qual ele derivava se tornasse consciente. Posteriormente, quando se demonstrou que essa tese era insustentável, observando-se repetidamente que os sintomas, apesar da consciência de seus conteúdos anteriormente recalcados, muitas vezes continuavam a existir, Freud, em discussão em uma reunião da Sociedade Psicanalítica de Viena, modificou a primeira fórmula para dizer que o sintoma *podia* desaparecer quando seu conteúdo do inconsciente tivesse se tornado consciente, mas que não desapareceria *necessariamente*.

Nesse momento, enfrentava-se um novo e difícil problema. Se, por si mesma, a tomada de consciência não bastava para a cura, que outros fatores eram necessários para o desaparecimento do sintoma? Que outras condições seriam decisivas para que ela levasse à cura? Desse modo, o tornar conscientes os conteúdos recalcados continuava sendo a pré-condição indispensável da cura, sem, contudo, bastar para que ela ocorra. Uma vez colocada essa questão, ela foi imediatamente acompanhada por outra: não teriam razão, afinal, aqueles oponentes da psicanálise que sempre proclamaram que a análise deve ser seguida pela "síntese"? Mas um exame mais minucioso mostrou muito claramente que essa exortação era apenas uma frase oca. O próprio Freud a refutou por completo, no Congresso de Budapeste, ressaltando que análise e síntese caminham juntas, visto que cada pulsão liberada de uma relação forma imediatamente outra relação. Estaria talvez ali a solução do problema? Com quais pulsões e quais novas relações estávamos lidando? Não fará diferença o tipo de estrutura pulsional que o paciente tem quando deixa a análise? Como analistas, temos que parar de procurar um perfeccionismo em psicoterapia e contentar-nos com a descoberta de uma solução que se harmonize melhor com as pretensões do indivíduo médio. Certamente, toda psicoterapia padece do fato de as bases primitivo-biológicas e sociológicas de todas as chamadas aspirações superiores terem sido negligenciadas. Mais uma vez a saída foi indicada pela inesgotável teoria da libido de Freud, que, em muitos casos, tinha sido mais do que esquecida nos anos mais recentes de pesquisa analítica. Mas havia ainda muitas questões concomitantes. Para resumir, vamos ordená-las de acordo com pontos de vista metapsicológicos.

Topograficamente, o problema não podia ser resolvido. Uma tentativa nesse sentido iria apenas provar-se inadequada: a simples tradução de uma ideia inconsciente na consciência não é suficiente para realizar uma cura. Uma solução do ponto de vista *dinâmico* era promissora, mas também insuficiente, não obstante os esforços bem-sucedidos de Ferenczi e Rank em *Entwicklungszielen der Psychoanalyse* [Desenvolvimento da Psicanálise]. É verdade que a ab-reação do afeto relacionado com uma ideia inconsciente quase sempre alivia a condição do paciente, mas, na maioria dos casos, apenas por algum tempo. Deve-se ter em mente que, a não ser em certas formas de histeria, é difícil obter ab-reação na forma concentrada necessária para produzir o efeito desejado. Assim, restou apenas o ponto de vista *econômico*. Está bem claro que o paciente sofre de uma economia da libido inadequada e perturbada; as funções biológicas normais de sua sexualidade estão em parte patologicamente distorcidas e em parte completamente negadas – em ambos os casos, opostas às pessoas saudáveis médias. E, certamente, o funcionamento normal ou anormal da economia libidinal depende da estrutura pulsional. Portanto, é preciso fazer uma distinção funcional entre as estruturas pulsionais que permitem à economia libidinal funcionar normalmente e aquelas que a subvertem. Nossa diferenciação posterior entre dois protótipos, o "caráter genital" e o "caráter neurótico", é uma tentativa de resolver este problema.

Contudo, enquanto os pontos de vista topográfico e dinâmico eram, desde o princípio, fáceis de lidar na prática cotidiana (consciência ou inconsciência de uma ideia, intensidade de irrupção afetiva de um elemento reprimido etc.), não havia tanta clareza de como o ponto de vista econômico podia ser aplicado na prática. Evidentemente, estamos falando aqui do fator quantitativo da vida psíquica, com a quantidade de libido que é contida ou descarregada. Mas como iríamos enfrentar essa dificuldade quantitativamente determinada, se na psicanálise tratamos diretamente apenas com qualidades? Para começar, tínhamos de compreender por que estávamos continuamente nos defrontando com o fator quantitativo em nossa teoria da neurose e por que o fator qualitativo da vida psíquica não era, em si, suficiente para explicar fenômenos psíquicos. Enquanto a experiência e as discussões sobre o problema da terapia analítica apontavam sempre para a questão das quantidades, uma solução empírica surgiu inesperadamente.

A prática analítica ensina que alguns casos, apesar de uma análise prolongada e abundante, continuam refratários; outros, pelo contrário, apesar de um exame incompleto do inconsciente, conseguem chegar a uma recuperação prática duradoura. Comparando esses dois grupos[1], mostrou-se que, depois da análise, os primeiros, aqueles que permaneciam refratários ou logo sofriam recaída, não conseguiam estabelecer uma vida sexual regular ou continuavam a viver em abstinência; mas os que, pelo contrário, se haviam recuperado por meio de

---

1. Reich, W. "Über Genitalität" [Sobre a Genitalidade] e "Die therapeutische Bedeutung der Genitallibido" [O Significado Terapêutico da Libido Genital], *Internationalen Zeitschrift für Psychoanalyse*, vol. X, 1924, e XI, 1925.

uma análise parcial, em breve tinham uma vida sexual satisfatória e duradoura. Num estudo sobre o prognóstico de casos comuns, verificou-se também que, sob condições iguais, as perspectivas de cura eram tanto mais favoráveis quanto mais completamente se atingia a primazia genital na infância e na adolescência. Ou, para dizer de outro modo, o grau de impedimento da cura era proporcional ao grau em que a libido havia sido afastada da zona genital no início da infância. Os casos que se mostraram mais ou menos inacessíveis foram aqueles nos quais a primazia genital não havia sido estabelecida de modo algum na infância e a atividade da genitalidade se restringira ao erotismo anal, oral e uretral[2]. Mas, dado que a genitalidade se revelara um critério de prognóstico tão importante, parecia óbvio investigar nesses casos a manifestação de genitalidade, sua potência. Descobriu-se que não havia pacientes do sexo feminino sem perturbações na potência vaginal, e quase nenhum do sexo masculino sem problemas de potência ejaculativa ou efetiva. Mas aqueles que não tinham perturbações de potência, no sentido comum – o pequeno número de neuróticos eretivamente potentes –, eram suficientes para abalar o valor da genitalidade na compreensão da economia da cura.

Em consequência, chegava-se forçosamente à conclusão de que a existência de potência eretiva não fazia nenhuma diferença. Ela não nos dizia nada em termos da *economia* da libido. O importante, evidentemente, é *se a capacidade de conseguir satisfação sexual adequada* está intacta. Está bem claro que não é este o caso de pacientes do sexo feminino que sofrem de anestesia vaginal, pois nesses casos é evidente a fonte da qual os sintomas extraem sua energia e o que sustenta a estase da libido, que é, certamente, a fonte de energia específica da neurose. O conceito *econômico* da impotência *orgástica*, isto é, da incapacidade de atingir uma solução para a tensão sexual que satisfaça as exigências da libido, originou-se inicialmente da investigação mais detalhada de pacientes do sexo masculino com potência eretiva. O amplo significado da genitalidade ou, mais precisamente, da impotência orgástica para a etiologia da neurose foi explicado em meu livro *A Função do Orgasmo*. Só quando se mostraram suas implicações para a teoria das *neuroses atuais* é que a função genital se tornou teoricamente importante – também para estudos do caráter. De repente viu-se claramente onde se devia procurar o problema da quantidade: não podia ser senão na base orgânica, *"núcleo somático da neurose"*, a neurose atual que resulta da libido contida. Assim, portanto, o problema econômico da neurose, bem como sua cura, estavam,

---

2. Nesse meio-tempo, descobrimos possibilidades de melhoras consideráveis, mesmo nesses casos.

em grande medida, na esfera somática, isto é, só era acessível por meio do conteúdo somático do conceito da libido[3]. Estava-se, então, também numa posição melhor para decidir que outros fatores, além de tornar consciente o inconsciente, eram necessários para fazer o sintoma desaparecer. É apenas o *significado* (conteúdo ideacional) do sintoma que se torna consciente. Em termos de dinâmica, o processo de tornar consciente produz um certo alívio por meio da descarga emocional que o acompanha e da eliminação de uma parte do contrainvestimento pré-consciente. Mas esses processos, em si mesmos, não mudam grande coisa quanto à *fonte* da energia do sintoma ou traço de caráter neurótico. A estase da libido permanece, apesar da consciência do significado do sintoma. A pressão da libido altamente excitada pode ser parcialmente aliviada por meio de intenso trabalho analítico, mas a maioria esmagadora de nossos pacientes necessita da satisfação sexual *genital* (porque a pré-genital não pode produzir um orgasmo) para uma resolução permanente da tensão sexual. Só depois desse passo, que se torna possível pela análise, acontece também um reajustamento econômico. Procurei, nessa altura, formular essa concepção da seguinte maneira: removendo as repressões sexuais, a análise cria a possibilidade de uma *organoterapia espontânea de neuroses*. Consequentemente, *o agente terapêutico básico é um processo orgânico na economia do metabolismo sexual*, um processo que está relacionado com a satisfação sexual obtida no organismo genital e que, com a eliminação da neurose atual – o núcleo somático –, também elimina a base da superestrutura psiconeurótica. No início, quando a neurose começa a se desenvolver, uma inibição externa (medo real), que se torna depois internalizada, produz a estase da libido, que, por sua vez, empresta sua energia patológica às experiências da fase edípica e, perpetuada como consequência da repressão sexual, provê constantemente a psiconeurose de energia, numa espécie de círculo vicioso. A terapia atua de maneira inversa, na medida em que destrói a psiconeurose, tornando conscientes as inibições e fixações inconscientes, abrindo, assim, caminho à eliminação da estase da libido. Uma vez eliminada esta, de novo numa espécie de ciclo, o recalque e a psiconeurose tornam-se também desnecessários, na verdade impossíveis.

Em linhas gerais, esse é o conceito que, no livro mencionado anteriormente, desenvolvi com respeito ao papel do núcleo somático da neurose. Para a técnica de análise desenvolveu-se, a partir desse

---

3. Cf. também Reich: "Die Rolle der Genitalität in der Neurosentherapie" [O Papel da Genitalidade na Terapia das Neuroses], *Zeitschrift für Aerztliche Psychotherapie*, vol. I, 1925.

conceito, um quadro mais amplo e um objetivo terapêutico claramente definido: o estabelecimento do primado genital não só em teoria, mas também na prática; isto é, *o paciente deve chegar, por meio da análise, a uma vida genital bem-dosada e gratificante* – caso se queira que ele seja curado e assim permaneça. Não importando quão próximo possamos chegar desse objetivo em alguns casos, é essa, com base na nossa compreensão da dinâmica da estase libidinal, a finalidade real de nossos esforços. Não deixa de ser perigoso dar menos ênfase à exigência terapêutica de satisfação sexual efetiva como um objetivo do que à exigência de sublimação, pois a capacidade de sublimar é um dom ainda pouco compreendido, enquanto a de se satisfazer sexualmente, mesmo consideravelmente limitada por fatores sociais, é em média possível de atingir mediante análise. Compreende-se facilmente que a mudança da ênfase quanto ao objetivo do tratamento, da sublimação para a satisfação sexual direta, alarga de modo considerável o campo das nossas possibilidades terapêuticas. Contudo, é precisamente nessa mudança que encontramos dificuldades de natureza social, que não podemos subestimar.

Mas o fato de esse objetivo não poder ser alcançado por meio de instrução, "síntese" ou sugestão, e sim apenas por meio de uma análise detalhada das inibições sexuais enraizadas no *caráter*, terá de ser demonstrado nas discussões sobre técnica que se seguem. Antes, porém, façamos alguns comentários sobre a concepção de Nunberg dessa tarefa.

Em seu livro *Allgemeine Neurosenlehre* [Teoria Geral das Neuroses], Nunberg tenta interpretar a teoria da terapia psicanalítica, e deste extraímos as opiniões mais importantes. Para ele, "a primeira tarefa terapêutica é... ajudar as pulsões a conseguir a descarga e fornecer-lhes acesso à consciência". Além disso, Nunberg vê uma tarefa importante "no estabelecimento da paz entre os dois polos da personalidade, o ego e o id, no sentido de que as pulsões não terão mais uma existência isolada, desligada da organização do ego, e de que o ego recuperará seu poder de síntese". Isso, embora incompleto, está essencialmente correto. Mas Nunberg é também o expoente da velha opinião, que se provou errônea pela prática, de que, no ato de lembrar, a energia psíquica é descarregada, isto é, por assim dizer, "detonada" no ato de se tornar consciente. Dessa forma, ao explicar a cura, do ponto de vista da dinâmica, traça um limite no tornar consciente o que está recalcado, sem questionar se as quantidades mínimas de afeto descarregadas nesse processo são também suficientes para liberar totalmente a libido contida e para equilibrar a economia de energia. Se, para enfrentar essa objeção, Nunberg alegava que, ao longo dos muitos atos de tornar consciente, toda a energia contida é, na verdade, consumida, ele podia ser confrontado com uma riqueza de experiências clínicas que indicam claramente o seguinte: só uma pequena fração do afeto ligado a uma ideia reprimida é desbloqueada no ato de tornar consciente; uma parte muito maior e mais importante é logo a seguir deslocada para outro segmento de atividade inconsciente, se o afeto está ligado à própria ideia; ou uma resolução do afeto não acontece de modo algum se este, por exemplo, é absorvido e tornado parte do caráter. Em tal caso, o tornar consciente o material inconsciente permanece sem efeito terapêutico. Em resumo, a dinâmica da cura não pode, de modo nenhum, ser deduzida apenas do ato de tornar consciente.

Isso leva a outra crítica inevitável às formulações de Nunberg. Ele escreve que a compulsão à repetição opera de modo independente da transferência e que está baseada na força atrativa de ideias infantis reprimidas. Isso seria correto se a compulsão à repetição fosse um dado psíquico primário, irredutível. Contudo, a experiência clínica mostra que a grande força atrativa exercida pelas ideias infantis e inconscientes deriva da energia de desejos sexuais insatisfeitos e que esta retém o seu caráter repetitivo compulsivo apenas enquanto a possibilidade de satisfação sexual madura estiver bloqueada. Em resumo, a compulsão à repetição neurótica depende da situação econômica da libido. Vista dessa perspectiva, bem como daquela que se encontrará mais tarde nas formulações dos caracteres neurótico e genital, a harmonia entre ego e id, postulada com razão por Nunberg, só pode ser alcançada numa dada base econômico-sexual: primeiro, substituindo-se os empenhos pré-genitais pelos genitais; segundo, pela satisfação efetiva das exigências genitais, que, por sua vez, resolveriam o problema da eliminação permanente da estase.

A afirmação teórica de Nunberg leva a uma atitude em relação à técnica que não podemos ter como a atitude analítica adequada. Ele postula que as resistências não devem ser atacadas diretamente. Segundo ele, a transferência positiva deve ser explorada pelo analista com o objetivo de insinuar-se no ego do paciente e, a partir desse ponto privilegiado, começar a destruir as resistências. Nunberg defende que disso resulta uma relação semelhante àquela existente entre uma pessoa hipnotizada e o hipnotizador. "Dado que, dentro do ego, o analista está rodeado de libido, ele neutraliza até certo ponto a severidade do próprio superego." Desse modo, argumenta ele, o analista se torna capaz de produzir a reconciliação das duas partes divididas da personalidade neurótica.

Contra isso deve-se dizer:

a) é precisamente essa "insinuação" no ego que é terapeuticamente perigosa em muitos casos porque, no princípio, como será demonstrado mais tarde, não há transferência positiva duradoura e genuína. Nas fases iniciais da análise, lidamos sempre com atitudes narcísicas como, por exemplo, um desejo infantil de proteção. Pelo fato de a reação de desapontamento ser mais forte do que a relação objetal positiva, essa dependência narcísica pode prontamente se transformar em ódio. Essa "insinuação" com o objetivo de se esquivar das resistências e "destruí-las" a partir de "dentro" constitui um perigo, na medida em que as resistências podem se tornar dissimuladas dessa maneira. O importante é que a antiga condição (além das mais intensas reações de desapontamento) será restabelecida logo que a fraca relação objetal se desfizer ou for substituída por outras transferências. É precisamente por meio de tais procedimentos que se obtêm as manifestações mais graves, mais tortuosas e menos controláveis da transferência negativa. O resultado é muitas vezes a interrupção da análise pelo paciente, ou mesmo o suicídio. É necessário afirmar que os incidentes de suicídio são especialmente prováveis quando o estabelecimento de uma atitude hipnoide, artificialmente positiva, foi bem-sucedido demais, ao passo que um trabalho aberto e claro por meio das reações agressivas e narcísicas, também derivadas de atitudes positivas, evita o suicídio e também a interrupção abrupta da análise. Isso pode parecer paradoxal, mas reflete os modos de funcionamento do aparelho psíquico;

b) no processo de insinuar-se na transferência positiva (em vez de lhe permitir que se cristalize fora de suas fixações infantis), surge o perigo de aceitar interpretações superficiais que podem iludir o analista e o paciente sobre a verdadeira situação até que, muitas vezes, seja tarde demais para correção. Infelizmente, uma relação hipnótica decorre por si mesma com demasiada frequência, mas deve ser desmascarada e eliminada como resistência; e

c) quando a ansiedade se abranda no começo do tratamento, isso apenas atesta o fato de que o doente canalizou uma parte de sua libido para a transferência – também a negativa –, e não que ele tenha resolvido a ansiedade. Para tornar possível o trabalho analítico, o analista pode necessitar, mediante alguma forma de apoio, tranquilizar o paciente, aliviando suas ansiedades mais agudas, mas deve deixar-lhe claro que ele só poderá se curar mobilizando a maior quantidade possível de agressão e ansiedade.

Minhas próprias experiências familiarizaram-me bastante com a descrição que Nunberg faz do curso típico de um tratamento analítico. A única coisa que posso acrescentar é que fiz o possível para prevenir tal confusão; de fato, é exatamente por esse motivo que dou tanta atenção à técnica de lidar com as resistências no começo do tratamento. O que se segue é o resultado mais frequente de uma análise em que a transferência negativa não foi trabalhada no começo do tratamento e em que houve uma avaliação errônea da solidez da transferência positiva do paciente:

Durante algum tempo reina uma harmonia imperturbável entre o analista e o paciente; na verdade, este último confia inteiramente no analista e em suas interpretações, e, se fosse possível, contaria com ele até para recordar. Mas em breve chega o momento em que esse acordo é perturbado. Como já dissemos, quanto mais a análise se aprofunda, mais fortes se tornam as resistências, e isso se intensifica à medida que nos aproximamos da situação patogênica original. Além disso, junta-se ainda a essas dificuldades a frustração que se instala inevitavelmente num determinado ponto da transferência, porque não se podem satisfazer as exigências pessoais do paciente em relação ao analista. A maioria dos pacientes reage a essa frustração através do relaxamento no trabalho analítico, através do fingimento, isto é, comportando-se como fazia antes em situações análogas. Isto poderia ser interpretado no sentido de dar a entender que eles estão expressando uma certa atividade; ... ao contrário, eles estão escapando dela. No fundo, comportam-se passivamente em relação a ela. Em resumo, a compulsão à repetição, que certamente ajuda a provocar as fixações, também governa, na situação de transferência, as expressões psíquicas do que está recalcado. Então o paciente deixa ao analista uma parte de trabalho ativo: adivinhar o que ele quer, mas não consegue expressar. Em geral, trata-se de querer ser amado. A própria onipotência dos meios de expressão (que também podem ser sem palavras) e a suposta onipotência do analista são submetidas a uma prova crucial. Em parte, o analista consegue desmascarar essas resistências; em tudo mais, dificilmente lhe é dado saber o que o paciente está tentando comunicar. O conflito, que já não é mais interno, mas entre o paciente e o analista, é assim levado às últimas consequências. *A análise ameaça se perder, isto é, o paciente deve escolher entre perder o analista e seu amor ou então novamente realizar trabalho ativo* (grifos meus). Se a transferência é duradoura, isto é, se o paciente está de novo no controle de uma quantidade mínima da libido objetal já liberta das fixações, fica com medo de perder o analista. Em tais casos, com frequência acontece algo de notável. Precisamente quando o analista já perdeu a esperança de um desfecho favorável da análise, já perdeu o interesse pelo caso, aparece de repente uma riqueza de material que prenuncia uma conclusão rápida da análise. (*Op. cit.*, p. 305)

Nem sempre uma análise determinada, consistente e sistemática da resistência obtém sucesso. Se ela é bem-sucedida, não se verifica esse desespero. Caso contrário, isso ocorre com muita frequência. Incertos do desfecho, somos forçados, precisamente por isso, a dar a maior atenção à técnica de análise da resistência.

III

Sobre a técnica de interpretação e de análise da resistência[1]

O DESENVOLVIMENTO NATURAL DA NEUROSE

1. Alguns erros típicos na técnica de interpretação e suas consequências

No trabalho analítico, é preciso distinguir duas partes: a *recuperação* do paciente e sua *imunização*, tanto quanto esta é possível no decurso do tratamento. A primeira tarefa divide-se também em duas partes: o trabalho preparatório do *período introdutório* e o verdadeiro *processo de cura*. Na verdade, essa diferença é artificial, porque mesmo a primeira interpretação de resistência tem muito a ver com a própria cura. Mas não nos deteremos nesse ponto. Até os preparativos de uma viagem (à qual Freud comparava a análise) têm muito a ver com a própria viagem – seu sucesso pode depender deles. Na análise, em qualquer nível, tudo depende da maneira como se inicia o tratamento. Um caso que se inicia de modo incorreto ou confuso só pode ser salvo com dificuldade e, muitas vezes, nem assim. A maioria dos casos apresenta as dificuldades mais importantes no período introdutório, esteja "correndo bem" ou não. São precisamente os casos em que no período introdutório tudo avança com aparente facilidade os que se tornam mais difíceis posteriormente, porque o decurso sem travas no começo complica o reconhecimento e eliminação oportunos dos obstáculos. Os erros cometidos nesse período tornam-se tanto mais difíceis de eliminar quanto mais o tratamento progride sem corrigi-los.

---

1. Apresentado pela primeira vez no Seminário para a Terapia Psicanalítica, Viena, junho de 1926, e publicado na *Internationalen Zeitschrift für Psychoanalyse*, 1927-1928.

Qual a natureza dessas dificuldades especiais e típicas do período introdutório?

Vamos esquematizar, por ora, apenas para uma melhor orientação, o objetivo para o qual a análise deve avançar desde o período introdutório. Sua meta é atingir a fonte de energia dos sintomas e do caráter neurótico para pôr em ação o processo de cura. Obstruindo esse esforço estão as resistências do paciente, das quais as mais tenazes são aquelas que provêm dos conflitos transferenciais. Elas devem ser tornadas conscientes, interpretadas e abandonadas pelo paciente, isto é, seu valor psíquico tem de ser anulado. Assim, o paciente penetra cada vez mais fundo nas lembranças carregadas de afeto da primeira infância. Para nós, a questão muito discutida do que é mais essencial – o fazer reviver afetivamente ou a recordação – não tem importância. A experiência clínica confirma o preceito de Freud, segundo o qual o paciente que gosta de reencenar suas experiências anteriores não apenas deve compreender sua reencenação como também lembrar, com os afetos correspondentes, se ele quer realmente atingir o núcleo de seus conflitos[2]. Não quero antecipar nosso programa; apenas menciono isso para evitar que se crie a impressão de que o esforço analítico se resume à análise das resistências e da transferência. Deve-se ter em mente que neste capítulo tratamos apenas dos princípios da técnica de resistência.

Qual o curso tomado por muitos de nossos casos, em vez da recordação afetiva?

Há os casos que falham na obtenção da cura porque, como consequência das muitas transferências heterogêneas, o analista já não é capaz de dar conta da confusão de material desenterrado. Chamamos isso de "situação caótica" e achamos que é causada por certos erros na técnica de interpretação. Pensemos apenas nos muitos casos em que não se dá conta da transferência negativa devido ao fato de ela ficar escondida por trás de atitudes positivas manifestas. E, finalmente, embora não menos importante, consideremos também aqueles casos que, apesar de um profundo trabalho de recordação, não têm nenhum sucesso, porque sua paralisia afetiva não recebe atenção suficiente ou não é submetida a análise desde o começo.

Em contraste com esses casos, que parecem ir muito bem, mas acabam realmente de maneira caótica, estão aqueles que não "vão bem", isto é, não fornecem associações e se opõem a nossos esforços com resistência passiva.

---

2. Nota, 1945: Esse problema técnico da psicanálise foi completamente resolvido nesse meio-tempo. Na orgonoterapia, as recordações patogênicas emergem *espontaneamente e sem esforço* quando as emoções somáticas irrompem através da couraça muscular.

Se, agora, eu esquematizar alguns de meus grandes fracassos, reconheceremos logo que podem ser atribuídos a erros típicos. E a semelhança da maioria desses fracassos é indicativa de erros típicos que cometemos no período introdutório, erros que já não podem ser atribuídos aos pecados grosseiros que os principiantes costumam cometer. Não nos devemos desencorajar porque, como disse Ferenczi certa vez, cada nova experiência nos custa um caso. O importante é reconhecer os erros e transformá-los em experiência. Não é diferente do que acontece em qualquer outro ramo da medicina; mas deixemos a atenuação e o encobrimento dos fracassos para nossos colegas.

Na análise, um paciente que sofria de complexo de inferioridade e acanhamento representava sua impotência adotando uma atitude apática ("Para que serve?"). Em vez de adivinhar a natureza dessa resistência, clarificando-a e conscientizando a tendência de depreciação escondida por trás dela, eu disse-lhe repetidamente que ele não queria cooperar e não desejava melhorar. Eu não estava inteiramente errado, mas a análise falhou porque não continuei a trabalhar o seu "não querer", porque não procurei compreender as razões do seu "não ser capaz", mas deixei-me apanhar em repreensões fúteis por minha própria inabilidade. Todos os pacientes têm tendência de continuar doentes, e sei que muitos analistas, quando não têm clareza sobre um determinado caso, usam como censura a expressão "Você não quer se curar", sem maiores explicações. Tais acusações deviam desaparecer da prática analítica e ser substituídas pelo autodomínio. Temos de reconhecer também que cada estagnação numa análise que fica pouco clara é culpa do analista.

Outro paciente, no curso de três anos de análise, tinha recordado a cena primária juntamente com todo o material que lhe dizia respeito, mas nem *uma* vez sua paralisia de afeto afrouxou, nem *uma* vez ele acusara o analista dos sentimentos que – embora sem emoção – tinha em relação ao pai. Não se curou. Eu não soubera como trazer à tona seu ódio recalcado. Isto fará muita gente exultar, na suposição de que, afinal, se admite que o desenterrar da cena primária não tem utilidade terapêutica. Essas pessoas estão enganadas: não há cura real sem a análise das experiências primárias. O importante é que o ato de lembrar seja acompanhado pelos afetos pertinentes ao material lembrado.

Num outro caso ainda, aconteceu que, na segunda semana de tratamento, apareceu num sonho a fantasia de incesto de maneira muito clara, e o próprio paciente reconheceu seu verdadeiro significado. Durante um ano inteiro não ouvi mais nada a respeito; consequentemente não houve um êxito real. Entretanto, eu havia aprendido que às vezes o material que está emergindo demasiadamente rápido deve ser reprimido até que o ego esteja forte o suficiente para assimilá-lo.

Um caso de eritrofobia fracassou porque eu seguia o material que o paciente oferecia em todas as direções, interpretando-o de modo indiscriminado, sem primeiro ter eliminado claramente as resistências. Elas finalmente apareceram, sem dúvida, mas de modo forte e caótico demais; eu havia esgotado minha munição; minhas explicações não tinham efeito; já não era possível restabelecer a ordem. Asseguro que, nessa altura, com três ou quatro anos de prática analítica, não era mais um principiante que, opondo-se aos ensinamentos de Freud, teria dado uma interpretação antes que o inconsciente se revelasse clara e inequivocamente, e o próprio paciente estivesse perto da solução. É claro, contudo, que só isso não bastava, porque a situação caótica era semelhante às encontradas em seminários e análises supervisionadas.

Um caso de histeria clássica com estados crepusculares teria se recuperado bem – posso afirmá-lo, baseado em experiências subsequentes com casos semelhantes – se, no momento certo, eu tivesse percebido e tratado corretamente as reações da paciente à análise da transferência positiva, isto é, seu ódio reativo. Mas deixei-me envolver num caos por suas recordações, um caos do qual não consegui sair. E a paciente continuou a ter seus estados crepusculares.

Algumas experiências ruins, em consequência do tratamento incorreto da transferência quando se estabeleceram reações de desapontamento, ensinaram-me a respeitar o perigo que representam para a análise a transferência negativa original ou a transferência negativa resultante da frustração da transferência amorosa. E foi somente quando um paciente me contou, alguns meses depois do término de uma análise malsucedida, que nunca confiara em mim, que aprendi a avaliar o perigo da transferência negativa que fica latente. Esse paciente havia recordado muito bem, durante ano e meio, numa boa transferência positiva. Essa experiência levou-me a procurar, com sucesso, um meio de tirar do esconderijo a transferência negativa, para evitar que o fato se repetisse novamente e cumprir minhas funções terapêuticas de modo mais hábil.

A maioria de nossas reuniões no Seminário de Viena estava também voltada à transferência negativa, especialmente à latente. Em resumo, vimos que não se tratava de um ponto cego para um único analista. O fracasso em reconhecer a transferência negativa parece ser um caso geral. Sem dúvida, isso deriva do nosso narcisismo, que nos torna muito receptivos aos elogios, mas cegos a todas as tendências negativas no paciente, a não ser que elas sejam expressas cruamente. A literatura psicanalítica é notável por suas referências à transferência em seu sentido positivo. Que eu saiba, tirando-se o artigo de Landauer sobre "Técnica Passiva", o problema da transferência negativa tem sido amplamente negligenciado.

O fracasso em reconhecer a transferência negativa é apenas um dos muitos erros que confundem o curso da análise. Todos tivemos experiências do que denominamos "situação caótica", e por isso a descrição que dela faço não precisa ser mais do que uma tosca esquematização.

As recordações e ações são bastante numerosas, mas elas se seguem umas às outras em grande confusão; o analista aprende muito; o paciente produz material abundante de todas as camadas de seu inconsciente, de todos os períodos da sua vida; tudo está, por assim dizer, em grandes porções. Todavia, nada foi trabalhado de acordo com o objetivo terapêutico; não obstante a riqueza do material, o paciente não ganhou qualquer convicção de sua importância. O analista interpretou muito, mas as interpretações não aprofundaram a análise numa ou noutra direção. Está claro que tudo o que o paciente trouxe serve a uma resistência secreta e não compreendida. Uma análise tão caótica é perigosa, na medida em que, por muito tempo, o analista acredita que ela está indo muito bem, simplesmente porque o paciente está "produzindo material". Em geral é tarde demais quando o analista reconhece que o paciente esteve andando em círculos e revelando o mesmo material repetidamente, apenas sob um enfoque diferente. Desse modo o paciente consegue, por anos a fio, esgotar seu tempo de sessão sem a mais leve mudança em sua natureza.

Eis um caso característico, encaminhado por um colega. Um paciente com perversões múltiplas tinha estado com ele, em tratamento analítico, durante oito meses, nos quais falara incessantemente e trouxera material das camadas mais fundas de seu inconsciente. Esse material fora continuamente interpretado. E quanto mais o era, mais copiosamente fluía a torrente de suas associações. Por fim, devido a circunstâncias externas, a análise teve de ser interrompida e o paciente procurou-me. Nessa altura eu já conhecia bem os perigos das resistências disfarçadas. Reparei que ele produzia material inconsciente sem cessar e que sabia, por exemplo, dar uma descrição exata dos mecanismos mais intrincados do complexo de Édipo simples e duplo. Perguntei a ele se acreditava realmente em tudo o que dizia e tinha ouvido. "Você está brincando!", exclamou ele. "Na verdade, preciso conter-me para não rir de tudo isso." Quando lhe perguntei por que não dissera isso ao primeiro analista, respondeu que não tinha considerado necessário. Já não havia nada a fazer, apesar de uma análise enérgica de sua leviandade. Ele já sabia demais. As interpretações de meu colega haviam malogrado, e as minhas próprias ricocheteavam todas naquela zomba. Desisti ao fim de quatro meses, mas é possível que uma interpretação mais demorada e mais consistente da defesa narcísica do paciente tivesse dado algum resultado. De qualquer modo, eu havia ganhado uma nova compreensão. Entretanto, a essa altura, ainda não tivera a experiência completa de trabalhar com esse tipo de comportamento continuamente por algum tempo.

Se quisermos encontrar as causas de tais situações caóticas, em breve veremos que os erros da técnica de interpretação estão nos seguintes pontos:

1) *interpretação prematura* do significado dos sintomas e de outras manifestações do inconsciente profundo, particularmente dos símbolos. Compelido pelas resistências que permaneceram ocultas, o paciente consegue obter o controle da análise, e somente quando já é tarde demais o analista percebe que ele está andando em círculos, completamente intocado;

2) interpretação do material na sequência em que é oferecido, sem a devida consideração pela estrutura da neurose e pela estratificação do material. O erro consiste no fato de se fazerem interpretações simplesmente porque o material surgiu claramente (*interpretação assistemática do sentido*);

3) a análise fica emaranhada não só porque as interpretações são disparadas em todas as direções, mas também porque isso é feito antes de se tratar a resistência principal. O erro aqui é que a interpretação do significado precede a interpretação da resistência. A situação torna-se ainda mais confusa na medida em que as resistências logo se enredam na relação com o analista; portanto, a *interpretação assistemática das resistências* também complica a situação de transferência;

4) a interpretação das resistências transferenciais não é apenas assistemática, mas também *inconsistente*, isto é, dá-se pouca atenção ao fato de o paciente ter tendência de esconder sob nova forma suas resistências ou, mais especificamente, de mascará-las por meio de realizações estéreis ou de formações reativas agudas. As resistências transferenciais latentes em geral não são notadas ou teme-se revelá-las e segui-las de modo consistente quando estão escondidas – qualquer que seja sua forma.

Na base desses erros está, provavelmente, uma interpretação incorreta da regra freudiana, segundo a qual se deve deixar ao paciente a direção da análise. Esta regra significa apenas que não se deve perturbar o trabalho do paciente quando segue no rumo de seu desejo consciente de melhorar e de nossa intenção de o curar. É claro, entretanto, que devemos intervir quando o medo do paciente de lutar contra seus conflitos e seu desejo de continuar doente perturbem esse rumo.

2. Interpretação sistemática e análise da resistência

Nossos esforços foram submetidos a exame crítico suficiente, e receio ter abusado da paciência do leitor. Temo, acima de tudo, que agora, quando ele nos pede para descrever a técnica correta, isso não seja feito de modo tão fácil. Todavia, estou certo de que o leitor está bastante ciente das dificuldades do assunto, de modo que não será necessário mais do que um ligeiro esboço. Ele pode então tirar conclusões dos erros apontados e ser capaz de aplicá-las a aspectos gerais do problema.

Antes de começar, devo expressar minha preocupação sobre o perigo de ser apanhado numa armadilha durante a discussão desse tema muito peculiar. Estamos tratando de fatos psíquicos vivos e fluidos e não podemos evitar que se tornem rígidos tão logo os coloquemos em palavras e os comuniquemos em frases. O que se segue pode facilmente criar a impressão de ser um sistema rígido, mas, de fato, é pouco mais do que um esboço tosco de um campo que estamos observando e ainda temos de estudar em detalhe. Apenas algumas coisas mais notáveis estão marcadas; outras, de igual importância, tiveram de ser desprezadas *por enquanto*; também falta um trabalho detalhado de discriminação. Por isso devemos sempre estar preparados para corrigir o esboço quando qualquer aspecto se mostre incorreto, ou menos significativo, ou não universalmente válido. É importante que compreendamos uns aos outros, sem que fiquemos falando cada um uma linguagem. Aquilo que parece ser esquemático na exposição a seguir tem a intenção apenas de servir como meio de orientação. Não se sai de um matagal se não se consegue estabelecer um rumo através de pontos de referência como as características mais notáveis do terreno ou o uso de uma bússola. Nosso estudo dos processos psíquicos durante o tratamento será "mantido na rota" por semelhantes "pontos de referência", que serão criados *ad hoc* unicamente com o objetivo de orientação. O mesmo é válido para o esquema que emerge automaticamente assim que um fenômeno particular é isolado e considerado como uma unidade separada; é apenas um recurso científico. Devemos ter em mente também que não impomos o sistema, a regra ou o princípio para o caso. Aproximamo-nos do caso livres de noções preconcebidas e estabelecemos nossa orientação com base em *seu* material, em *seu* comportamento, naquilo que o paciente esconde ou representa como seu oposto. Só então nos perguntamos: como utilizo melhor o que sei *deste* caso para a técnica *deste* caso? Se se verificar, depois de vasta experiência, que somos capazes de diferenciar vários tipos de resistências – uma possibilidade da qual Freud falou favoravelmente no Congresso de Budapeste –, teremos mais facilidade. Mas mesmo então, em cada caso individual, teríamos de esperar para ver se o paciente revela este ou aquele tipo de resistência típica ou, talvez, não mostra semelhança com outros casos. A transferência negativa latente é apenas *uma* de tais resistências típicas. Por isso não devemos procurar apenas essa resistência, utilizando imediatamente outro meio de orientação no caso de não a encontrarmos. Esse meio deve ser obtido apenas a partir do material individual do paciente.

Já concordamos em que devemos evitar interpretações que envolvam sondagens mais profundas enquanto não aparecer e for eliminada a primeira frente das resistências primordiais, não importa quão abundante, claro e obviamente interpretável seja o material. Quanto mais material o paciente recorda, sem ter produzido as resistências correspondentes, tanto mais cautelosos devemos ser. Entre interpretar conteúdos inconscientes ou encarar resistências evidentes, devemos escolher esta última. Nossa regra básica é: *Não fazer interpretação do sentido quando ainda não há uma interpretação da resistência.* A razão dessa regra é bastante simples. Se o analista interpreta *antes* da dissolução das resistências pertinentes, o paciente aceita a interpretação por motivos relacionados com a transferência, caso em que depreciará inteiramente sua importância ao primeiro sinal de um resultado negativo, ou a resistência aparece em seguida. Em ambos os casos, a interpretação se priva de sua força terapêutica, não resulta em nada, e uma correção fica difícil, se não impossível. O caminho que a interpretação devia tomar para o inconsciente profundo foi bloqueado.

É importante não perturbar o paciente no desabrochar de sua "personalidade analítica", durante as primeiras semanas do tratamento. Também as resistências não devem ser interpretadas antes de se terem revelado por completo e de serem compreendidas em essência pelo analista. Naturalmente, o momento da interpretação de uma resistência depende, em grande parte, da experiência do analista. Ao analista experiente bastarão pequenos sinais, ao passo que o principiante precisará de ações evidentes para compreender o mesmo caso. Não é raro que apenas com a experiência haja o reconhecimento das *resistências latentes* e de seus sinais. Quando o analista apreende o sentido de tais resistências, conscientiza-as por meio de uma interpretação consistente, isto é, primeiro esclarece ao paciente que ele tem resistências, depois o mecanismo do qual estas se servem e finalmente aquilo contra o que se dirigem.

Se a primeira resistência transferencial não foi precedida por um trabalho de recordação suficiente, há uma grande dificuldade em dissolvê-la – dificuldade que, contudo, diminui à medida que o analista ganha prática e experiência. Esse obstáculo tem sua origem no fato de que, para dissolver a resistência, o analista tem de conhecer o material inconsciente relacionado a ela e nela contido, mas não tem como chegar a esse material, porque é impedido pela resistência. Como o sonho, toda resistência tem um significado histórico (uma origem) e um significado contemporâneo. O impasse pode ser resolvido, em primeiro lugar, adivinhando-se o significado e o objetivo *contemporâneos* da resistência, não somente com base em sua forma e em seus mecanismos, mas também a partir da situação *contemporânea* (cujo surgimento foi observado pelo analista) e, em segundo lugar, trabalhando com a resistência por meio de interpretações correspondentes, de tal modo que o material infantil pertinente seja trazido à tona. Só com o auxílio desse material se pode dissolver totalmente a resistência. Para o deslindamento da resistência e a apreensão de seu significado atual certamente não há regras. Em grande parte, isto é uma questão de intuição – e aqui começa a arte da análise que não se pode ensinar. Quanto menos ostensivas e mais ocultas são as resistências, quanto mais o paciente as esconde, tanto mais seguro de suas intuições terá de estar o analista para obter controle. Em outras palavras, o próprio analista tem de ser analisado e, acima de tudo, deverá ter dons especiais.

O que é uma "resistência latente"? São atitudes do paciente que não se manifestam de modo direto e imediato, isto é, em forma de dúvida, desconfiança, lentidão, silêncio, teimosia, apatia etc., mas indiretamente, no desempenho analítico. Docilidade excepcional ou ausência completa de resistências manifestas são indicativos de uma resistência passiva escondida e, por isso, muito mais perigosa. Trato de atacar tais resistências latentes assim que as distingo e não hesito em interromper o fluxo de informações quando aprendi tudo o que é necessário para compreendê-las. Porque a experiência ensina que se perde o efeito terapêutico das comunicações analíticas enquanto há resistências não dissolvidas.

A avaliação unilateral, e por isso incorreta, do material analítico e a aplicação muitas vezes incorreta da tese freudiana, segundo a qual o analista deve partir da superfície psíquica, levam facilmente a mal-entendidos catastróficos e a dificuldades técnicas. Antes de mais nada, o que se deve entender por "material analítico"? Comumente considera-se que são as comunicações, os sonhos, as associações, os lapsos do paciente. Teoricamente, sem dúvida, sabe-se que o comportamento do paciente tem importância analítica, mas experiências inequívocas em seminário mostram que seu jeito, seu olhar, sua linguagem, sua expressão facial, seu vestuário, a maneira de apertar a mão etc. não só são amplamente subestimados em termos de sua importância analítica como, em geral, completamente desprezados.

No Congresso Internacional de Innsbruck, Ferenczi e eu, independentes um do outro, salientamos a importância terapêutica desses elementos formais. Com o passar do tempo, tornaram-se para mim o fulcro e o ponto de partida mais importantes para a análise do caráter. A valorização exagerada do conteúdo do material é geralmente acompanhada por um menosprezo, quando não por negligência total, do comportamento do paciente, da maneira como ele se comunica, relata seus sonhos etc. Mas quando esse comportamento é negligenciado, ou quando não se dá a ele importância igual à dada ao conteúdo, chega-se a uma compreensão terapeuticamente funesta do que seja "superfície psíquica". Quando um paciente é muito polido e ao mesmo tempo produz muito material, por exemplo, de suas relações com a irmã, temos dois conteúdos da "superfície psíquica" existindo lado a lado: o amor pela irmã e o seu comportamento – a polidez. Ambos estão assentados no inconsciente. Todas essas considerações levam a que já não se trata simplesmente de estabelecer que o analista deve partir da superfície. A experiência analítica ensina que, por baixo dessa polidez e gentileza, está *sempre* escondida uma atitude mais ou menos inconsciente, quando não claramente manifesta, de desconfiança ou de depreciação, ou, mais corretamente, a polidez estereotipada do paciente é, por si própria, indicativa de uma atitude crítica, de desconfiança ou de depreciação. Desse ponto de vista, pode-se interpretar o amor incestuoso pela irmã, sem maiores considerações, se aparecer um sonho ou associação correspondente? Há razões especiais para que uma parte da superfície psíquica, e não outra, seja tratada primeiro na análise. Seria um erro esperar até que o próprio paciente começasse a falar sobre sua polidez e as razões de ser assim. Dado que em análise esse traço de caráter se torna imediatamente uma resistência, acontece o mesmo que com todas as outras resistências: o paciente nunca falará delas por iniciativa própria. O analista é que terá de desmascarar a resistência como tal.

Aqui podemos esperar uma objeção importante. Irão contrapor que meu postulado – o de que a polidez logo se torna uma resistência – não combina com os fatos da situação, pois, se o fizesse, o paciente não produziria nenhum material. Sim, mas é exatamente este o ponto: não é apenas o conteúdo do material que importa; no início da análise, a forma do material tem também relevância especial. Voltando ao exemplo da polidez: o neurótico tem todas as razões, devido à sua repressão, para dar um valor especialmente alto à polidez e às convenções sociais e fazer uso delas como meios de proteção. Pode ser muito mais agradável tratar um paciente polido do que um indelicado, muito franco, que, por exemplo, dissesse de cara que o analista é novo ou velho demais, tem uma casa maldecorada ou uma mulher feia, não é muito inteligente ou parece judeu demais, que age como um neurótico e precisa ele próprio submeter-se à análise, e outras "lisonjas" semelhantes. Não temos aí necessariamente um fenômeno de transferência: a exigência de que o analista deve ser uma "folha em branco" é um ideal; ela nunca é realizada por completo. A "verdadeira natureza" do analista é um fato que, a princípio, nada tem a ver com a transferência. E os pacientes são extraordinariamente sensíveis às nossas fraquezas; na verdade, ao percebê-las, alguns pacientes vingam-se diretamente da pressão que têm de suportar devido à imposição da regra básica. Só alguns deles, geralmente os de caráter sádico, obtêm prazer sádico da franqueza que lhes é pedida. Em termos terapêuticos, seu comportamento é valioso, mesmo quando se torna resistência durante algum tempo. Mas a maioria dos pacientes é demasiado tímida e medrosa, demasiadamente carregada de sentimentos de culpa para chegar a essa franqueza de modo espontâneo. Ao contrário de muitos colegas, devo concordar com a afirmação de que todos, sem exceção, começam a análise com uma atitude mais ou menos pronunciada de desconfiança e ceticismo, *que em geral fica escondida*. Para persuadir-se disso, o analista não deve, obviamente, contar com a necessidade do paciente de se confessar ou, relacionada com isso, sua necessidade de punição; deve, antes, usar toda a sua sagacidade para fazer com que o paciente traga à tona as razões óbvias que o levam a ser desconfiado e criticar negativamente (a novidade da situação, a falta de familiaridade com o analista, o desprezo público pela psicanálise etc.), que são inerentes à situação analítica. Desse modo, é somente por meio de sua própria franqueza que o analista ganha a confiança do paciente. Resta, contudo, uma questão técnica: até que ponto deve o analista se ocupar daquelas atitudes de desconfiança e de crítica negativa, que ainda não podem ser chamadas de neuróticas, determinadas como são pela situação atual. O importante aqui é que interpretações mais profundas do inconsciente sejam evitadas enquanto existir o muro da polidez convencional entre paciente e analista.

Não podemos continuar a discussão da técnica de interpretação sem entrar na questão da revelação e tratamento da neurose de transferência.

Numa análise que está sendo conduzida corretamente, não demora muito a aparecer a primeira grande resistência transferencial. Para começar, temos de compreender por que a primeira resistência significativa contra a continuação da análise está automaticamente, e de conformidade com a estrutura do caso, ligada à relação com o analista. Qual é o motivo da "compulsão à transferência" (Ferenczi)? Como resultado da regra básica, em cujo cumprimento insistimos, nos deparamos com o tabu que é tão desagradável para o ego. Mais cedo ou mais tarde, a defesa do paciente contra o material recalcado torna-se mais forte. No começo, a resistência é dirigida somente contra o que está recalcado, mas o paciente não sabe nada a respeito, nem que carrega dentro de si algo proibido nem que está se defendendo disso. Como Freud demonstrou, as próprias resistências são inconscientes. Mas a resistência é uma manifestação emocional que corresponde a um consumo maior de energia e por isso não pode permanecer encoberta. Como tudo o que é irracionalmente motivado, essa manifestação emocional também luta por um fundamento racional, por uma ancoragem numa relação real. Ora, o que é mais fácil de acontecer do que projetar, e projetar na pessoa que provocou todo o conflito com sua insistência na desagradável regra básica? Como resultado do deslocamento da defesa (do inconsciente para o analista), o conteúdo particular do inconsciente também se insinua na resistência; ou seja, também o conteúdo é projetado no analista. Este se torna uma pessoa desprezível, como o pai, ou uma amável criatura, como a mãe. É claro que, no princípio, essa defesa só pode levar a uma atitude negativa. Como perturbador do equilíbrio neurótico, o analista torna-se necessariamente o inimigo, quer se trate de amor ou de ódio projetado, porque em ambos os casos a defesa e a rejeição estão sempre presentes.

Se são projetados, primeiro, impulsos de ódio, a resistência transferencial é claramente negativa. Se, no entanto, são os impulsos de amor os projetados de início, então, a resistência transferencial real é precedida, durante algum tempo, por uma transferência positiva manifesta mas não consciente. Contudo, seu destino é sempre o mesmo, ou seja, torna-se uma transferência negativa reativa, por um lado, por causa do inevitável desapontamento ("reação de desapontamento"), por outro, porque é repelida assim que tenta se tornar consciente, sob pressão de empenhos sensuais; e toda defesa inclui atitudes negativas.

O problema de técnica concernente à transferência negativa latente é tão importante que será necessária uma investigação separada das formas pelas quais essa transferência se torna manifesta e do modo como deve ser tratada. Neste momento, quero apenas relacionar alguns casos típicos em que temos maior probabilidade de encontrar uma transferência negativa latente:

1) os solícitos, ostensivamente cordiais, irrestritamente confiantes, em resumo, os *"bons" pacientes*; aqueles que estão sempre numa transferência positiva e nunca revelam uma reação de desapontamento (geralmente caracteres passivo-femininos ou pacientes histéricas com tendências ninfomaníacas);

2) aqueles que são sempre *rigidamente convencionais e corretos*, geralmente caracteres compulsivos que converteram seu ódio em "polidez a todo custo";
3) os *pacientes cujos afetos estão paralisados*. Como aqueles que são rigidamente corretos, estes pacientes caracterizam-se por uma agressividade exagerada mas bloqueada. Também eles são, em sua maioria, caracteres compulsivos, embora a paciente histérica também demonstre uma paralisia de afeto superficial;
4) os *pacientes que se queixam da artificialidade de seus sentimentos e de sua emotividade*, aqueles que, em resumo, sofrem de despersonalização. Entre estes há também aqueles que consciente e, ao mesmo tempo, compulsivamente "representam", isto é, que sabem, no fundo, estar enganando o analista. Em tais pacientes, que em geral pertencem ao grupo de neuroses narcísicas do tipo hipocondríaco, descobrimos sempre um "riso interior" diante de tudo e de todos, o que se torna um tormento para eles próprios. Esses casos apresentam as maiores dificuldades em análise.

Como a forma e a estratificação da primeira resistência transferencial são determinadas pela experiência infantil de amor do indivíduo, só é possível analisar os conflitos infantis de maneira sistemática, livre de complicações desnecessárias, se levarmos rigorosamente em conta essa estratificação em nossas interpretações da transferência. Na verdade, os conteúdos das transferências não dependem de nossas interpretações, mas não pode haver dúvida de que a sequência na qual elas emergem é determinada pela técnica de interpretação. É importante não só que uma neurose de transferência se desenvolva, mas também que em seu desenvolvimento ela siga o mesmo padrão de sua força motriz – a neurose original – e que exiba a mesma estratificação em sua dinâmica. Freud ensinou-nos que a neurose original só se torna acessível por meio da neurose de transferência. Assim, é claro que nossa tarefa será tanto mais fácil quanto mais completa e sistematicamente a neurose original se enrolar nas bobinas da transferência. Naturalmente, esse enrolar acontece na sequência inversa. Portanto, pode-se verificar que uma análise defeituosa da transferência – por exemplo, a interpretação de uma atitude originária de uma camada mais profunda do inconsciente, independentemente de quão evidente seja a atitude e de quão precisa possa ser a interpretação – irá manchar a cópia da neurose original e embaralhar a neurose de transferência. A experiência ensina que a neurose de transferência se desenvolverá espontaneamente, em conformidade com a estrutura da neurose original. Mas temos de evitar interpretações prematuras e assistemáticas, e aquelas que penetram fundo demais.

Vamos dar um exemplo esquemático para ilustrar este ponto: um paciente primeiro ama a mãe, depois odeia o pai e, por fim, retira o amor à mãe, por medo, e converte o ódio ao pai num amor passivo-feminino por ele. Se a resistência é corretamente analisada, será a atitude passivo-feminina, isto é, o resultado final de seu desenvolvimento libidinal, que se manifestará primeiro na transferência. Em seguida, uma análise sistemática da resistência trará à luz o ódio pelo pai escondido por trás dessa atitude passivo-feminina, e só depois que esse ódio tenha sido trabalhado é que surgirá um novo investimento relativo à mãe, primeiro pela transferência do amor pela mãe para o analista. A partir daí, então, essa transferência pode ser dirigida a uma mulher na vida real.

Consideremos, agora, um desenvolvimento menos favorável, mas não menos possível. O paciente, por exemplo, pode apresentar uma transferência positiva evidente e produzir, com relação a ela, sonhos não apenas refletindo sua atitude passivo-feminina como também representando sua ligação com a mãe. Admitamos que os dois conjuntos de sonhos sejam claros e de fácil interpretação. Se o analista reconhece a verdadeira estratificação da transferência positiva; se está claro para ele que o amor reativo pelo pai representa a camada superior, o ódio por ele, a segunda camada, e o amor transferido para a mãe, a camada mais profunda, certamente deixará intocada esta última atitude, não importando o quanto ela chame a atenção. Se, contudo, escolhesse trabalhar primeiro o amor pela mãe, que o paciente projeta nele, então, o ódio latente ao pai – transferido para o analista de uma forma reativa – constituiria um bloco de resistência poderoso e impenetrável entre suas interpretações relativas ao amor incestuoso e à experiência do paciente. A interpretação, que deveria ter atravessado as camadas topograficamente superiores de desconfiança, incredulidade e rejeição, será superficialmente aceita, mas não será eficaz do ponto de vista terapêutico, tendo apenas um resultado: o paciente, internamente amedrontado e tornado cauteloso por essa interpretação, esconderá mais ainda o ódio pelo pai e, devido aos sentimentos de culpa intensificados, tornar-se-á uma pessoa ainda mais "amável". De uma forma ou de outra, a situação que teríamos seria caótica.

O importante, portanto, é selecionar, da riqueza de material proveniente de muitas camadas psíquicas, o elemento que assume uma posição central na resistência transferencial existente ou precedente e não está carregado com outras atitudes. Por teórico que possa parecer, trata-se de um princípio que deve ser aplicado em todos os casos comuns.

Agora, cabe perguntar o que acontece ao material restante, de menor importância atual. Em geral, basta que o ignoremos; assim ele retrocederá automaticamente ao plano de fundo. Mas acontece, muitas vezes, que o paciente impõe uma atitude ou um determinado campo de experiência para esconder material de importância imediata maior. De tudo o que dissemos resulta que se deve eliminar tal resistência. Ao esclarecer a situação, o analista "dirige o material", isto é, *chama a atenção, incessantemente, para o que está escondido*, e desconsidera o que lhe é apresentado. Um exemplo típico é o comportamento do paciente numa transferência negativa latente: ele procura esconder sua crítica secreta e deprecia o analista e a análise por meio de elogios falsos. Pela análise dessa resistência chega-se facilmente ao motivo do paciente: o medo de expressar a crítica.

Apenas raramente o analista é forçado a refrear o material que flui rapidamente – por exemplo, quando fantasias perversas inconscientes ou desejos incestuosos se tornam conscientes de maneira prematura e cumulativa –, antes que o ego esteja suficientemente forte para lidar com ele. Quando isso acontece, se desconsiderar o material não é suficiente, o analista tem de repeli-lo.

Dessa maneira, o conteúdo central da resistência transferencial fica sempre em contato com as recordações do paciente, e os afetos despertos na transferência são automaticamente transmitidos a elas. Assim se evita a situação de recordar sem afetos, que é perigosa em termos da análise. Por outro lado, o fato de uma resistência oculta permanecer sem solução por meses a fio e reter todos os afetos, enquanto as lembranças passam rapidamente numa sucessão desenfreada (por exemplo, um dia a angústia de castração, no outro, a fantasia oral e ainda, num outro, a fantasia do incesto), é indício da situação caótica.

Por meio de uma escolha acertada do material a interpretar, alcançamos *uma continuidade na análise*, e então não só estamos sempre informados da situação atual como também podemos seguir de perto a autenticidade com que se dá o desenvolvimento da transferência. Nosso trabalho é facilitado, e a base da cura é completamente preparada, pelo fato de que as resistências, que obviamente não são mais do que peças individuais da neurose, aparecem *umas após as outras*, mas ligadas por uma estrutura historicamente determinada.

3. A consistência em análise da resistência

Até agora simplesmente descrevemos a técnica de interpretação do significado do material inconsciente e a técnica de interpretação de resistências e concordamos em que a interpretação deve ser sistemática e realizada de acordo com a estrutura individual da neurose. Ao relacionar os erros de interpretação distinguimos entre interpretações desorganizadas e inconsistentes. Havia uma boa razão para isso, pois conhecemos casos que, apesar de uma interpretação sistemática, se tornam desorganizados, e descobrimos que a causa disso é a falta de consistência na exploração posterior de resistências já interpretadas.

Quando se supera com êxito a barreira da primeira resistência transferencial, o trabalho de recordação geralmente avança com rapidez e penetra no período da infância. Mas não demora muito para que o paciente se depare com novas camadas de material proibido, que tenta repelir com uma segunda frente de resistências transferenciais. O jogo de análise da resistência começa de novo, mas, agora, com um caráter algo diferente. Antes, estávamos lidando com uma primeira dificuldade, enquanto a nova resistência, pelo contrário, já tem um passado analítico, que de alguma forma influenciou sua formação. Certamente, em relação ao novo material, ela tem uma estrutura e significado diferentes da primeira resistência. Pode-se imaginar que o paciente tenha aprendido com a primeira análise da resistência e desta vez irá ele próprio ajudar a eliminar a dificuldade. Entretanto, na prática, as coisas não funcionam dessa maneira. Na grande maioria dos casos acontece que o paciente reativa a resistência antiga junto com a nova. Na verdade, ele pode recair na antiga resistência sem manifestar a nova. Toda a situação é complicada por essa estratificação. Não há uma regra estabelecida que defina qual resistência comandará o processo, se a antiga reativada ou a nova. Mas isso não tem significância no que diz respeito à tática de análise. O importante é que o paciente restitui grande parte de seu contrainvestimento à antiga posição de resistência que aparentemente fora descartada. Se o analista se dedica primeiro ou exclusivamente à nova resistência, está negligenciando uma camada intermediária – a da antiga resistência reativada – e corre o risco de desperdiçar suas preciosas interpretações. Decepções e fracassos podem ser evitados se *a antiga dificuldade é retomada* a cada vez, não importando quão visível ou invisível ela se faça, e é usada como ponto de partida do trabalho de dissolução. Desse modo, o analista avança lentamente para a nova resistência e evita o perigo de conquistar mais um palmo de terreno enquanto o inimigo se restabelece numa área previamente tomada.

Usando a resistência principal como uma espécie de cidadela, por assim dizer, o analista deve *minar a neurose por todos os lados*, em vez de se dedicar a resistências periféricas isoladas, isto é, atacando muitos pontos diferentes que têm uma relação apenas indireta entre si. Por meio de um encadeamento consistente das resistências e do material analítico, a partir da primeira resistência transferencial, o analista consegue observar a situação como um todo, passada e presente. Não é preciso lutar pela continuidade necessária à análise e fica garantido um trabalho minucioso da neurose. Partindo do princípio de que estamos tratando de casos típicos, e de que a análise da resistência foi feita corretamente, podemos prever a sequência em que tendências reconhecidas aparecerão como resistências transferenciais agudas.

É inútil tentar nos persuadir de que os grandes problemas da psicoterapia devem ser enfrentados "bombardeando-se" o paciente com interpretações de seu material inconsciente ou tratando todos de acordo com um esquema – por exemplo, a partir de *uma* suposta fonte original de neurose. Quem age dessa forma demonstra apenas que não compreende os problemas reais da psicoterapia e não sabe o que realmente significa "cortar o nó górdio": a saber, destruir as condições de cura analítica. Uma análise feita dessa maneira dificilmente pode ser salva. A interpretação é comparável a um remédio valioso, que deve ser usado com parcimônia para não se perder sua eficácia. Isso também nos é ensinado pela experiência: que a via complicada de desatar o nó é sempre a mais curta – sim, a mais curta – para o *verdadeiro sucesso*.

Do outro lado da cerca estão aqueles que, entendendo incorretamente o conceito de passividade analítica, são peritos na arte de esperar. Poderiam nos dar uma colaboração valiosa para a casuística da situação caótica. No período da resistência, recai sobre o analista a difícil tarefa de dirigir o andamento da análise. O paciente só tem o comando nas fases livres de resistência. Freud não poderia ter outra coisa em mente. E o perigo – tanto para o paciente quanto para o desenvolvimento da terapia analítica – de transformar em princípio rígido a passividade analítica ou o "deixar correr" não é menor do que o do "bombardeamento" ou da interpretação segundo um esquema teórico.

Há formas de resistência nas quais esse tipo de passividade tem o caráter de um erro clássico. Por exemplo, um paciente pode se esquivar de uma resistência ou, mais especificamente, da discussão do material que lhe diz respeito. Fará alusões a um assunto remoto, até que tenha produzido resistências ali; depois, mudará para um terceiro assunto etc. Essa "técnica de ziguezague" pode continuar até o infinito, quer o analista olhe "passivamente", quer o siga, oferecendo uma interpretação após a outra. Dado que o paciente, é claro, está sempre fugindo, e seus esforços para satisfazer o analista com realizações substitutivas são inúteis, é obrigação do analista *fazê-lo voltar à posi-*

ção da primeira resistência até que junte coragem para dominá-la analiticamente[3]. É claro que o outro material não se perde.

Há casos em que o paciente reverte a uma fase da infância e revela segredos também valiosos, simplesmente com a finalidade de se manter numa posição especial. Naturalmente, essas revelações não têm valor terapêutico – o inverso é mais provável. O analista pode escutar tudo o que quiser, se preferir não interromper, mas então terá de ser consistente no trabalho sobre aquela posição que o paciente evitou encarar. O mesmo se pode dizer quando este se refugia na situação atual. O ideal e mais favorável é um desenvolvimento e análise retilíneos da neurose de transferência ao longo dos trilhos da neurose original. O paciente desenvolve suas resistências sistematicamente e realiza, intermitentemente, um trabalho de recordação afetivamente carregado e livre de resistência.

A controvérsia sobre se é melhor uma atitude "ativa" ou uma atitude "passiva" não nos diz nada colocada dessa forma. Pode-se dizer de modo geral que nunca é cedo demais para começar a tratar as resistências na análise e que, com exceção das resistências, nunca é tarde demais para interpretar o inconsciente. Em geral, o procedimento é o inverso disso: o analista tem o hábito de, por um lado, mostrar coragem demais na interpretação do significado e, por outro, adular servilmente tão logo uma resistência venha à tona.

---

3. Nota, 1945: A fala compulsiva é uma forma de resistência apresentada por muitos pacientes. Em primeiro lugar, essa compulsão é uma manifestação puramente *biológica* de uma contração da musculatura profunda do pescoço e da garganta. Falar sem nenhuma preocupação com o conteúdo é uma necessidade, caso, por exemplo, do "tagarela". Na orgonoterapia, ordenamos a esses pacientes que fiquem *calados*, e consequentemente a ansiedade que nutre esse sintoma compulsivo vem à tona. A cura dessa compulsão de falar é realizada pelo relaxamento da couraça muscular da garganta.

IV

Sobre a técnica de análise do caráter[1]

1. Introdução

Nosso método terapêutico está baseado nos seguintes conceitos teóricos básicos: o ponto de vista *topográfico* determina o princípio de técnica no sentido de que o inconsciente tem de ser tornado consciente; o ponto de vista *dinâmico* estabelece que esse tornar consciente o inconsciente não deve ser realizado diretamente, mas mediante a análise da resistência; o ponto de vista *econômico* e o conhecimento da *estrutura* impõem que, na análise da resistência, cada caso individual requer um plano definido que deve ser deduzido a partir do próprio caso.

Enquanto se via na conscientização do inconsciente – portanto, no processo *topográfico* – a única tarefa da técnica analítica, justificava-se a fórmula de que as manifestações inconscientes do paciente deviam ser traduzidas para a linguagem do consciente *na sequência em que apareciam*. Nesse processo, a *dinâmica* da análise era amplamente relegada ao acaso, isto é, quer o ato de tornar consciente realmente liberasse o afeto correspondente, quer a interpretação tivesse apenas uma influência intelectual sobre o paciente. A inclusão do fator dinâmico, isto é, a exigência de que o paciente deve não apenas recordar, mas também experimentar aquilo de que se recorda, complicou a fórmula simples segundo a qual "o inconsciente tem de ser tornado consciente". Dado que o efeito dinâmico da análise depende

---

[1]. Exposto pela primeira vez no X Congresso Psicanalítico Internacional em Innsbruck, setembro de 1927.

não do material que o paciente produz, mas das resistências que ele opõe ao material e da intensidade emocional com que elas são dominadas, a tarefa da análise sofre uma mudança considerável. Do ponto de vista topográfico, basta que o paciente se torne consciente dos elementos mais claros e mais facilmente interpretáveis do inconsciente, na sequência em que aparecem – em outras palavras, basta que *adote o padrão dos conteúdos do material.* Mas quando se leva em consideração o fator dinâmico, é necessário abandonar esse plano como meio de orientação na análise e substituí-lo por outro que abarque igualmente o conteúdo do material e o afeto, a saber, *o padrão de resistências sucessivas.* Ao executar esse plano, contudo, surge na maioria dos casos uma dificuldade que não consideramos na apresentação precedente.

2. Couraça do caráter e resistência de caráter

a) A incapacidade de seguir a regra básica

Raramente nossos pacientes se deixam analisar desde o começo. Muito poucos estão preparados para seguir a regra básica e abrir-se completamente ao analista. Antes de mais nada, não é fácil para eles confiar imediatamente no analista, nem que seja só por se tratar de um estranho. Além disso, há o fato de que os anos de doença, a influência inexorável de um meio neurótico, as más experiências com especialistas da mente, em suma, toda a fragmentação secundária do ego, criaram uma situação adversa para a análise. A eliminação dessa dificuldade se torna condição prévia da análise, e isso poderia ser obtido facilmente se não fosse complicado pela característica ou, melhor, pelo caráter do paciente, que é, ele próprio, uma parte da neurose e foi desenvolvido a partir de uma base neurótica. É conhecida como "barreira narcísica". Fundamentalmente, há duas maneiras de se chegar a essas dificuldades, em especial àquela acarretada pela resistência à regra básica. A primeira, e que é a mais costumeiramente seguida, segundo creio, é preparar o paciente para a análise mediante orientação, apoio, desafio, exortação, persuasão e coisas semelhantes. Neste caso, estabelecendo-se uma espécie de transferência positiva, o analista procura convencer o paciente da necessidade de ser franco e honesto em análise. Isso corresponde mais ou menos à técnica sugerida por Nunberg. Experiência vasta ensinou-nos, porém, que essa aproximação pedagógica ou ativa é muito incerta, dependente de contingências incontroláveis, e falta-lhe a base segura da clareza analítica. O analista está sempre à mercê das oscilações da transferência e move-se em terreno incerto em seus esforços para tornar o paciente capaz de análise.

O segundo método é mais complicado e não se aplica a todos os pacientes; no entanto, é muito mais seguro. Trata-se de procurar *substituir as medidas instrutivas por interpretações analíticas*. Certamente isso nem sempre é possível, mas continua a ser o alvo ideal dos esforços analíticos. Em vez de levar o paciente a entrar na análise por persuasão, sugestão, manobras transferenciais etc., o analista assume uma atitude mais passiva e tenta obter uma compreensão do significado *atual* de seu comportamento, de *por que* duvida, chega tarde, fala de maneira afetada ou confusa, comunica apenas parcialmente suas ideias, critica a análise ou produz material profundo em quantidades incomuns. Em outras palavras, o analista pode optar por uma entre duas coisas: 1) tentar persuadir um paciente narcisista, que fala usando terminologia técnica grandiloquente, de que seu comportamento é prejudicial à análise e que melhor seria se ele se livrasse da terminologia analítica e saísse de dentro de sua concha; ou 2) deixar de lado qualquer tipo de persuasão e esperar até compreender por que o paciente se comporta desta ou daquela maneira. Pode acontecer, por exemplo, que o comportamento de ostentação do paciente seja uma tentativa de encobrir um sentimento de inferioridade em relação ao analista. Neste caso, o analista se dedicará a influenciá-lo por meio de uma interpretação consistente do significado de seus atos. Em contraste com o primeiro, este segundo método está inteiramente conforme com os princípios da análise.

Desse esforço para usar, sempre que possível, interpretações puramente analíticas, em lugar de todas as medidas instrutivas ou de outra maneira ativas que se tornam necessárias como resultado das características do paciente, surgiu um método de análise do *caráter* de maneira espontânea e inesperada.

Certas considerações clínicas obrigam-nos a designar como *"resistências do caráter"* um grupo particular de resistências que encontramos no tratamento dos nossos pacientes. *Estas derivam seu caráter especial não de seu conteúdo, mas dos maneirismos específicos da pessoa analisada.* O caráter compulsivo desenvolve resistências cuja forma é especificamente diferente daquelas do caráter histérico, cujas resistências têm, por sua vez, uma forma diferente daquelas do caráter neurastênico, genital-narcisista ou impulsivo. *A forma das reações do ego*, que difere de um caráter para outro mesmo quando os conteúdos das experiências são semelhantes, *pode ser remontada às experiências infantis, da mesma maneira que o conteúdo dos sintomas e das fantasias.*

b) De onde provêm as resistências do caráter?

Há algum tempo, Glover fez um esforço para distinguir entre neuroses de caráter e neuroses sintomáticas. Alexander também trabalhou com base nessa distinção. Segui-os em obras anteriores, mas provou-se que, numa comparação minuciosa dos casos, essa distinção só tem sentido na medida em que há neuroses com sintomas circunscritos ("neuroses sintomáticas") e neuroses sem sintomas ("neuroses de caráter"). Nas primeiras, compreensivelmente, os sintomas são mais evidentes; nas segundas, sobressaem-se os traços neuróticos de caráter. Mas há sintomas sem uma base de reação neurótica, que, em outras palavras, não são enraizados em um caráter neurótico? A única diferença entre esses dois tipos de neurose está em que, na sintomática, o caráter neurótico também produz sintomas e, por assim dizer, ficou concentrado neles. O fato de o caráter neurótico ser, num momento, exacerbado em sintomas circunscritos e, em outro, achar outras vias para descarregar a estase da libido exige investigação mais pormenorizada (ver Parte II). Mas, se se reconhece que a neurose sintomática está sempre enraizada num caráter neurótico, então é claro que, em toda análise, estamos lidando com resistências que são manifestações de um caráter neurótico. A análise individual diferencia-se somente no que diz respeito à importância atribuída à análise do caráter em cada caso. Entretanto, uma retrospectiva das experiências analíticas nos previne contra menosprezarmos essa importância em todo e qualquer caso.

Do ponto de vista da análise de caráter, a distinção entre neuroses crônicas, isto é, que existem desde a infância, e neuroses agudas, isto é, que surgiram mais tarde, não tem relevância alguma; não há nenhum valor em saber se os sintomas apareceram tarde ou cedo. O que importa é saber que o caráter neurótico, base de reação para a neurose sintomática, se forma, pelo menos em suas características principais, na época em que a fase do complexo de Édipo termina. Temos ampla experiência clínica para demonstrar que a fronteira estabelecida pelo paciente entre saúde e começo da doença sempre desaparece na análise.

Uma vez que a formação de sintomas não serve como característica descritiva, devemos procurar outras. Como tais aparecem prontamente *a percepção da doença e as racionalizações.*

Uma falta de percepção da doença nem sempre é prova confiável, mas é com certeza uma indicação essencial da neurose de caráter. O sintoma neurótico é sentido como algo estranho e provoca um sentimento de enfermidade. Por outro lado, o traço de caráter neurótico, por exemplo, o senso exagerado de ordem do caráter compulsivo ou a timidez ansiosa do caráter histérico estão organicamente incorporados na personalidade. Uma pessoa pode se queixar de ser tímida, mas não se sente doente por esse motivo. Só quando a timidez caracterológica se torna um rubor patológico ou quando o senso de ordem neurótico-compulsivo se torna um ritual compulsivo, em outras palavras, quando o caráter neurótico se exacerba sintomaticamente, é que uma pessoa sente que está doente.

Naturalmente, há sintomas dos quais existe pouca ou nenhuma percepção. São encarados pelos pacientes como maus hábitos ou algo que deve ser aceito (por exemplo, prisão de ventre, leve ejaculação precoce). Certos traços de caráter, como ataques violentos e irracionais de ira, negligência flagrante, inclinação para a mentira, bebida, ostentação e coisas semelhantes, às vezes são sentidos como patológicos. Geralmente, entretanto, a percepção da doença indica um sintoma neurótico, enquanto a falta dela aponta para um traço de caráter neurótico.

A segunda diferença importante, em termos práticos, consiste no fato de que os sintomas nunca exibem *racionalizações* tão completas e críveis como os traços de caráter neurótico. Nem o vômito histérico ou a abasia, nem a contagem compulsiva ou o pensar compulsivo podem ser racionalizados. Não há dúvida quanto à falta de sentido de um sintoma, ao passo que o traço de caráter neurótico possui motivação suficientemente racional para não parecer patológico ou sem sentido.

Além disso, há uma justificativa para traços de caráter neuróticos que é imediatamente rejeitada como absurda quando aplicada a sintomas. Ouvimos dizer frequentemente: "É assim mesmo que eu sou". Isso implica que a pessoa em questão nasceu do modo como se apresenta, simplesmente não pode se comportar de outra maneira – que aquele é o seu *caráter*. Contudo, isso não se adequa aos fatos, pois a análise de seu desenvolvimento mostra que o caráter teve de se tornar o que é, e não outro qualquer, por motivos muito específicos. Fundamentalmente, portanto, ele é passível de análise e de mudança, exatamente como o sintoma.

Às vezes, os sintomas se tornam tão entranhados na personalidade que parecem traços de caráter. Um exemplo disso é a contagem compulsiva que é completamente absorvida na estrutura da necessidade de ser organizado, ou a sistematicidade compulsiva, satisfeita nas subdivisões rígidas do cotidiano – especialmente verdadeiro no caso da compulsão de trabalhar. Tais modos de comportamento são tidos como indicativos mais de excentricidade ou de exagero do que de patologia. Vemos, portanto, que o conceito de doença é muito flexível, que há muitos matizes, desde o sintoma como um corpo estranho isolado, passando pelo traço de caráter neurótico e pelo "mau hábito", até o comportamento racionalmente saudável. Entretanto, em vista do fato de que esses matizes não são de grande ajuda para nós, a diferenciação entre sintoma e traço de caráter neurótico se impõe, mesmo no que diz respeito às racionalizações, não obstante a artificialidade de todas as divisões.

Com essa reserva, ocorre-nos outra distinção em relação à estrutura do sintoma e do traço de caráter. No processo de análise, revela-se que, em termos de seu significado e origem, o sintoma tem uma estrutura muito simples, comparada com a do traço de caráter. Com certeza, também o sintoma é indeterminado; mas, quanto mais profundamente penetramos suas causas, mais nos afastamos do raio de alcance real do sintoma e mais claramente percebemos sua base caracterológica. Por isso, em teoria, pode-se chegar, a partir de qualquer sintoma, à base de reação caracterológica. O sintoma é determinado diretamente por um número limitado de atitudes inconscientes; o vômito histérico, por exemplo, baseia-se num desejo reprimido de felação ou num desejo oral por uma criança. Cada um deles se expressa no caráter: o primeiro, numa espécie de infantilidade; o outro, numa atitude maternal. Mas o caráter histérico, que determina o sintoma histérico, baseia-se numa multiplicidade de empenhos – em grande medida antagônicos – e expressa-se geralmente numa *atitude* ou *modo de existência* específicos. A atitude não se deixa analisar tão facilmente como o sintoma, mas, em essência, pode-se remontar à origem tanto de uma como do outro e compreendê-los com base em pulsões e experiências. Enquanto o sintoma corresponde apenas a uma experiência definida ou a um desejo delimitado, o caráter, isto é, o modo de existir específico de uma pessoa, representa uma expressão de todo o seu passado. Por isso, um sintoma pode aparecer abruptamente, ao passo que cada traço de caráter individual requer muitos anos para o seu desenvolvimento. Não devemos nos esquecer também de que o sintoma não poderia aparecer de repente se não existisse já no caráter uma base de reação neurótica.

A totalidade dos traços de caráter neuróticos manifesta-se na análise como um compacto *mecanismo de defesa* contra nossos esforços terapêuticos, e quando remontamos analiticamente à origem dessa "couraça" de caráter vemos que ela tem, também, uma função econômica definida. Tal couraça serve, por um lado, de proteção contra os estímulos externos e, por outro, consegue ser um meio de obter controle sobre a libido, que está continuamente pressionando desde o id, pois a energia libidinal e sádica é gasta nas formações reativas neuróticas, nas compensações etc. A angústia está sendo continuamente ligada nos processos que estão na base da formação e preservação dessa couraça, da mesma maneira que, segundo a descrição de Freud, ela é ligada nos sintomas compulsivos. Voltaremos ainda à economia da formação do caráter.

Uma vez que o traço de caráter neurótico, em sua função econômica de couraça defensiva, estabeleceu um certo *equilíbrio* – ainda que *neurótico* –, a análise constitui um perigo para esse equilíbrio. É a partir desse mecanismo de defesa narcísico do ego que têm origem as resistências que dão à análise do caso individual suas características específicas. Se, contudo, o modo de comportamento de uma pessoa representa o resultado de um desenvolvimento total, capaz de análise e de resolução, então deve ser também possível deduzir a técnica de análise do caráter a partir desse comportamento.

c) Sobre a técnica de análise da resistência de caráter

Além dos sonhos, associações, lapsos e outras comunicações dos pacientes, merece especial atenção o *modo como* eles contam os sonhos, cometem lapsos, produzem associações e se comunicam, em suma, seu comportamento[2]. A observância da regra básica é algo raro, e são necessários vários meses de trabalho caracteroanalítico para conseguir do paciente um grau suficiente de sinceridade. A maneira como o paciente fala, olha para o analista e o cumprimenta, deita-se no divã, a modulação da voz, o grau de polidez convencional mantido etc. são pontos de referência valiosos para avaliar as resistências secretas que o paciente opõe à regra básica. E, uma vez que eles tenham sido entendidos, podem ser eliminados mediante interpretação. Não é apenas *o que* o paciente diz, mas *como* o diz que deve ser interpretado. Frequentemente os analistas se queixam de que a análise não está progredindo, de que o paciente não está produzindo nenhum "material". O que habitualmente se entende por "material" é simplesmente o conteúdo das associações e comunicações. Mas a natureza do silêncio ou das repetições estéreis do paciente é também material a ser usado a fundo. Raramente há uma situação em que o paciente não produz *algum* material, e temos de atribuir a culpa a nós mesmos se não pudermos fazer uso do próprio comportamento dele como material.

Não é novidade que o comportamento e a forma das comunicações têm importância analítica. Mas o que nos interessa aqui é o fato

---

2. Nota, 1945: A *forma* de expressão é *muito mais importante* do que o *conteúdo* ideacional. Hoje só usamos a forma de expressão para chegar às experiências da infância *decisivamente* importantes. Não é o conteúdo ideacional, mas a forma de expressão que nos leva às reações biológicas que estão na base das manifestações psíquicas.

de que nos dão acesso à análise do caráter de maneira muito definida e relativamente completa. Más experiências na análise de alguns caracteres neuróticos ensinaram-nos que, *no começo* de tais casos, a forma das comunicações é mais importante do que o conteúdo. Queremos apenas aludir às resistências ocultas produzidas pelos emocionalmente paralisados, pelos homens e mulheres "bons", os pacientes excessivamente polidos e corretos; por aqueles, além disso, que mostram sempre uma transferência positiva enganosa, ou, no mesmo sentido, por aqueles que clamam por amor de modo apaixonado e sempre igual; por aqueles que encaram a análise como uma espécie de jogo; os eternamente "encouraçados", que riem por dentro de tudo e de todos. A lista poderia se estender indefinidamente e, portanto, não temos ilusões quanto ao cuidadoso trabalho que será requerido pelos inumeráveis problemas individuais de técnica.

Para que o essencial na análise do caráter seja visto de modo mais claro, em contraste com a análise do sintoma, e para oferecer uma ideia melhor de nossa tese em geral, consideremos dois pares de casos. O primeiro par é constituído por dois homens com problemas de ejaculação precoce: um deles apresenta um caráter passivo-feminino; o outro, um caráter fálico-agressivo. O outro par é composto por duas mulheres com distúrbios alimentares, apresentando, respectivamente, um caráter compulsivo e um histérico.

Admitimos ainda que a ejaculação precoce dos dois pacientes tenha o mesmo significado inconsciente: medo de falo (paterno) supostamente estar na vagina da mulher. Com base na angústia de castração, que está na origem do sintoma, ambos os pacientes produzem na análise uma transferência paterna negativa. Ambos odeiam o analista (o pai), porque veem nele o inimigo que limita seu prazer, e ambos têm o desejo inconsciente de o eliminar. Nesse caso, o caráter fálico-sádico irá evitar o perigo de castração por meio de injúrias, depreciações e ameaças, enquanto o caráter passivo-feminino se tornará cada vez mais confiante, passivamente devotado e afável. Nos dois, o caráter se torna uma resistência: o primeiro evita o perigo de maneira agressiva; o outro se afasta dele cedendo, enganando e sendo devotado.

Naturalmente, a resistência de caráter do tipo passivo-feminino é mais perigosa, porque trabalha com recursos desonestos: produz material em abundância, recorda experiências infantis, parece adaptar-se maravilhosamente – mas no fundo oculta uma teimosia e um ódio secretos – enquanto conservar essa atitude, não terá coragem de mostrar sua verdadeira natureza. Se o analista não presta atenção à conduta do paciente e simplesmente considera *o que* ele traz, então – de acordo com a experiência – nenhum esforço analítico ou esclarecimento transformarão sua condição. Talvez o paciente até se recorde do ódio pelo pai, mas não o *viverá*, a não ser que o significado de seu comportamento enganador lhe seja consistentemente mostrado na transferência, *antes de* se começar uma interpretação profunda do ódio ao pai.

Vamos supor que, no caso do segundo par, se desenvolveu uma transferência positiva aguda. O conteúdo principal dessa transferência seria nas duas o mesmo que o do sintoma, a saber, uma fantasia oral de felação. Contudo, a resistência transferencial que decorre dessa transferência positiva será totalmente diferente na forma. A histérica, por exemplo, irá se calar *com apreensão* e se comportar com timidez, a compulsiva irá se calar *obstinadamente* ou se comportar de maneira fria e arrogante em relação ao analista. A resistência transferencial usa meios diferentes para deter a transferência positiva: num caso, a agressão; no outro, a angústia. Diríamos que o id, em ambos os casos, comunicou o mesmo desejo, o qual o ego evitou de maneira diferente. E a forma dessa defesa permanecerá sempre a mesma nas duas pacientes: a histérica defender-se-á sempre através da expressão da angústia, a neurótica compulsiva, sempre agressivamente, qualquer que seja o conteúdo inconsciente prestes a emergir; isto é, a *resistência de caráter continua sempre a mesma no mesmo paciente e só desaparece quando a neurose é erradicada.*

A couraça do caráter é a expressão concreta da *defesa narcísica* cronicamente implantada na estrutura psíquica. Além das resistências conhecidas, que são mobilizadas contra cada nova peça de material inconsciente, há um fator de resistência constante enraizado no inconsciente, que não pertence ao conteúdo, mas à *forma*. Como se origina no caráter, chamamos de "resistência de caráter" esse fator de resistência constante. Com base nas afirmações antecedentes, podemos resumir seus aspectos mais importantes.

A resistência de caráter não se expressa em termos de conteúdo, mas de forma: o comportamento típico, o modo de falar, andar, gesticular, e os hábitos característicos (como o indivíduo sorri ou escarnece, se fala de maneira coerente ou incoerente, o *quanto* é polido e o *quanto* é agressivo).

O indício da resistência de caráter não está naquilo que o paciente diz e faz, mas no *modo como* fala e age. Também não está no que ele revela em sonhos, mas no *modo como* ele censura, distorce, condensa etc.

A resistência de caráter permanece a mesma no mesmo paciente, independentemente do conteúdo. O mesmo material é produzido de forma distinta por caracteres diferentes. A histérica e a neurótica compulsiva expressam e evitam a transferência paterna positiva diferentemente. Para a primeira, o mecanismo de defesa é a angústia; para a segunda, a agressão.

A resistência de caráter que se manifesta em termos de forma também pode ser resolvida quanto ao conteúdo e remontada às experiências infantis e aos interesses pulsionais, tal como o sintoma neurótico[3].

Em determinadas situações, o caráter do paciente torna-se uma resistência. Em outras palavras, na vida cotidiana, o caráter tem um papel semelhante ao que ele desempenha enquanto uma resistência durante o tratamento: o de um aparelho de defesa psíquica. Daí falarmos de "encouraçamento de caráter" do ego contra o mundo exterior e o id.

Investigando a fundo a formação do caráter desde a primeira infância, descobrimos que a couraça decorreu, nessa época, dos mesmos objetivos e razões aos quais a resistência de caráter está relacionada na situação analítica presente. A projeção resistente do caráter na análise espelha sua gênese na infância. E as situações que parecem surgir por acaso – mas que na verdade são produzidas pela resistência de caráter na análise – são réplicas exatas das situações de infância responsáveis pela formação do caráter. Assim, na resistência de caráter, a função de defesa combina-se com a projeção de relações infantis com o mundo exterior.

Economicamente, o caráter na vida diária e a resistência de caráter na análise servem como meio de evitar o que é desagradável (*Unlust*), de estabelecer e preservar um equilíbrio psíquico (ainda que neurótico) e, por fim, de consumir quantidades recalcadas de energia pulsional e/ou quantidades que escaparam à repressão. A ligação da angústia que flui livremente, ou (o que dá no mesmo) a absorção de energia psíquica represada, é uma das funções principais do caráter. O elemento histórico, isto é, infantil, é incorporado e continua a viver e a atuar no caráter, assim como o faz no sintoma neurótico. Isso explica por que o afrouxamento consistente da resistência de caráter fornece uma aproximação segura e direta ao conflito infantil central.

O que resulta desses fatos para a técnica analítica de análise do caráter? Há uma diferença essencial entre a análise do caráter e a análise da resistência habitual?

Há diferenças, e elas dizem respeito:
a) à sequência em que o material deve ser interpretado;
b) à própria técnica da interpretação da resistência.

Com relação ao item a, falando de "seleção de material", temos de estar prontos para enfrentar uma importante objeção: dir-se-á que

---

3. À luz dessa experiência clínica, o elemento formal foi incorporado na esfera da psicanálise, que, até agora, concentrou-se predominantemente no conteúdo.

qualquer seleção contradiz a regra básica da psicanálise, segundo a qual o analista deve seguir o paciente, permitir-se ser levado por ele. Toda vez que o analista faz uma seleção, corre o risco de cair presa de suas próprias inclinações. Antes de mais nada, é preciso salientar que, no tipo de seleção de que falamos aqui, não se trata de descuidar do material analítico. A questão toda está em *assegurar* que ele seja interpretado numa *sequência regular*, em conformidade com a estrutura da neurose. Todo o material é interpretado, a seu tempo, só que um detalhe é momentaneamente mais importante do que outro. Também é preciso perceber que o analista sempre seleciona de algum modo, pois no próprio ato de escolher pormenores individuais de um sonho, em vez de os interpretar sucessivamente, já fez uma seleção. E, quanto a isso, ele fez também uma escolha tendenciosa ao considerar apenas o conteúdo e não a forma das comunicações. Donde o simples fato de que o paciente produz material de tipos diversos na situação analítica força o analista a fazer seleções na interpretação. Trata-se somente de selecionar *corretamente*, isto é, em conformidade com a situação analítica.

Com pacientes que, por causa de um desenvolvimento particular de caráter, desrespeitam repetidamente a regra fundamental, bem como em todos os casos em que o caráter impede a análise, é necessário separar *a resistência de caráter pertinente do conjunto do material e trabalhá-lo analiticamente interpretando seu significado*. É claro que isso não significa descuidar ou ignorar o material restante; pelo contrário, tudo o que nos possibilita conhecer o significado e a origem do traço de caráter persistente é valioso e bem-vindo; o analista apenas descarta da análise e, sobretudo, da interpretação o material que não pertence imediatamente à resistência transferencial, até que a resistência de caráter seja compreendida e rompida, pelo menos nas suas características básicas. No capítulo III procurei salientar os perigos de se fazer interpretações profundas antes de se dissolverem as resistências de caráter.

Considerando, agora, o item *b*, voltamos nossa atenção para alguns problemas especiais da técnica de análise do caráter. Antes de mais nada, temos de nos antecipar a um provável mal-entendido. Dissemos que a análise de caráter começa com o isolamento e a análise consistente da resistência de caráter. Isso não significa exigir do paciente que não seja agressivo, não minta, não fale de maneira incoerente, que siga a regra básica etc., o que seria não só contrário ao procedimento analítico, mas, sobretudo, inútil. Deve-se frisar que aquilo que descrevemos aqui nada tem a ver com a chamada educação de paciente ou coisas semelhantes. Na análise do caráter interrogamo-nos por que o paciente engana, fala de maneira incoerente, está bloqueado emocionalmente etc.; procuramos despertar-lhe o interesse para as particularidades de seu caráter a fim de elucidar, com seu auxílio, seu significado e sua origem. Em outras palavras, apenas isolamos, da órbita da personalidade, o traço de caráter de onde provém a resistência principal e mostramos ao paciente, se possível, a relação aparente entre o caráter e os sintomas. Mas, quanto ao resto, deixamos a critério dele se ele quer ou não fazer uso desse conhecimento para modificar seu caráter. Fundamentalmente, nosso procedimento aqui não é diferente do que seguimos na análise de um sintoma; na análise do caráter acresce apenas que temos de mostrar ao paciente o traço de caráter *isolado*, e isso *muitas vezes* até que ele consiga se libertar dele e encará-lo de maneira semelhante à que faria com um sintoma compulsivo importuno. Ao libertar-se e ao objetivar o traço de caráter neurótico, ele começa a senti-lo como algo que lhe é estranho e, finalmente, obtém uma compreensão da sua natureza.

Nesse processo evidencia-se, de maneira surpreendente, que a personalidade muda – pelo menos temporariamente – e, à medida que a análise do caráter avança, a força pulsional ou disposição que originou a resistência de caráter na transferência vem automaticamente à superfície de forma manifesta. Aplicando isso a nosso exemplo de caráter passivo-feminino, podemos dizer que, quanto mais completamente o paciente objetivar suas tendências para uma devoção passiva, tanto mais agressivo se tornará, pois, com certeza, seu comportamento feminino e enganador era, em essência, uma reação energética contra impulsos agressivos recalcados. Mas com a agressividade reaparece, também, o medo infantil de castração que, num momento dado, obrigou a agressão a se transformar numa atitude passivo-feminina. Assim, com a análise da resistência de caráter, chegamos ao centro da neurose: o complexo de Édipo.

Não se deve, porém, alimentar ilusões: o isolamento e a objetivação, bem como o trabalho analítico por meio de tal resistência de caráter, em geral leva muitos meses, exige grande esforço e, sobretudo, paciência perseverante. Uma vez que o rompimento foi conseguido, o trabalho analítico prossegue a todo vapor, produzido por experiências analíticas *afetivas*. Se, por outro lado, deixa-se de trabalhar tais resistências de caráter, se o analista simplesmente segue o paciente, interpretando continuamente o conteúdo de seu material, essas resistências constituirão, com o tempo, um lastro quase impossível de remover. Quando isso acontece, o analista sente na carne que todas as interpretações de conteúdo foram desperdiçadas, de que o paciente continua a duvidar de tudo ou de que aceita as interpretações para disfarçar, ou, ainda, de que continua a zombar delas interiormente. Em fases mais adiantadas da análise, depois de as interpretações essenciais do complexo de Édipo já terem sido dadas, o analista se vê diante de uma situação desesperada, se não começou a eliminar essas resistências desde o início.

Já tentei refutar a objeção de que as resistências não podem ser atacadas antes de se conhecerem as suas causas *infantis* determinantes. No começo do tratamento, é necessário apenas que se descubra o significado *atual* da resistência de caráter, para o que nem sempre se requer o material infantil. Este é necessário para a *dissolução* da resistência. Se, no começo, o analista se contenta em apresentar a resistência ao paciente e interpretar seu significado atual, não demora muito a aparecer o material infantil e, com seu auxílio, pode-se então eliminar a resistência.

Quando se dá muita ênfase a um fato antes desprezado, cria-se involuntariamente a impressão de que outros fatos foram destituídos da sua importância. Se, neste livro, damos tanto realce à análise do *modo* de reação, isso não significa que negligenciamos o conteúdo. Apenas acrescentamos algo que não tinha sido adequadamente apreciado até agora. Nossa experiência nos ensina que a análise da resistência de caráter deve ter absoluta primazia, o que não quer dizer que a análise se limite apenas à resistência de caráter até determinada data, quando então o analista assume a interpretação do conteúdo. As duas fases (análise da resistência e análise das primeiras experiências infantis) sobrepõem-se uma à outra, em grande medida. Trata-se, pura e simplesmente, de dar prioridade à análise do caráter no início do tratamento ("preparar a análise por meio de análise"), enquanto na fase posterior a ênfase recai sobre a interpretação de conteúdo e de experiências infantis. Esta, entretanto, não é uma regra rígida, pois sua aplicação depende do padrão de comportamento de cada paciente. A interpretação do material infantil será feita antes em um paciente, mais tarde em outro. Contudo, há uma regra que deve ser seguida estritamente: a de que as interpretações analíticas profundas devem ser evitadas, mesmo no caso de material bastante claro, até que o paciente esteja preparado para assimilá-las. É claro que isso não é novo; porém, em vista das muitas maneiras diferentes de se trabalhar, é importante saber o que significa "estar preparado para interpretação analítica". Ao decidir isso, temos, sem dúvida, de distinguir aqueles conteúdos que se referem diretamente à resistência de caráter daqueles que se vinculam a outras esferas de experiência. Normalmente, no começo da análise, o analisando está preparado para tomar conhecimento dos primeiros, mas não dos últimos. No todo, a ideia principal por trás da análise do caráter é ganhar a maior segurança possível tanto no trabalho preparatório da análise quanto na interpretação do material infantil. Aqui aparece-nos a importante tarefa de investigar e descrever sistematicamente as várias formas de resistências transferenciais do caráter. A técnica de tratar delas surgirá por si mesma, a partir de sua estrutura.

d) A técnica de lidar com situações individuais enquanto derivadas da estrutura da resistência de caráter (técnica de interpretação da defesa do ego)

Voltamos, agora, ao problema da técnica caracteroanalítica de lidar com situações individuais, e de como essa técnica é extraída da estrutura da resistência de caráter. A título de ilustração, tomemos um paciente que desenvolve resistências desde o início, resistências essas cuja estrutura, entretanto, está longe de ser imediatamente clara. No caso que descrevemos a seguir, a resistência de caráter estava estruturada de maneira bastante complicada; havia muitos fatores determinantes, que se entrelaçavam uns com os outros. Tentarei apresentar as razões que me moveram a iniciar minha interpretação precisamente com um determinado elemento da resistência. Aqui também se mostra que uma interpretação lógica e consistente da defesa do ego e do mecanismo da "couraça" leva ao âmago dos conflitos infantis centrais.

Um caso de sentimentos evidentes de inferioridade

Um homem de trinta anos procurou a análise porque "não gozava realmente a vida". Não sabia realmente explicar se se sentia doente; na verdade, achava que não precisava de tratamento. Apesar disso, sentia que devia fazer o que pudesse. Ouvira falar de psicanálise – talvez ela pudesse ajudá-lo a se conhecer. A pergunta sobre sintomas de doença teve uma resposta negativa; mais tarde provou-se que sua potência era muito fraca. Apenas muito raramente tinha relações sexuais, aproximava-se das mulheres de modo muito relutante, não obtinha satisfação na relação sexual e sofria, além disso, de ejaculação precoce. O seu conhecimento da doença no que diz respeito à impotência era muito deficiente; tinha se conformado – dizia ele – com sua pouca potência, pois havia muitos homens que não necessitavam dela.

Seu comportamento e suas maneiras revelavam, à primeira vista, que era um homem muito inibido e oprimido. Enquanto falava, não olhava nos olhos, falava baixo, de modo abafado, com muitas hesitações e um pigarro embaraçado. Notava-se, porém, que fazia grande esforço para eliminar a timidez e parecer corajoso. Apesar disso, sua natureza tinha todos os sinais de fortes sentimentos de inferioridade.

Familiarizado com a regra básica, o doente começou a falar suave e hesitantemente. Entre as primeiras comunicações encontrava-se a recordação de duas experiências "horríveis". Uma vez, quando guiava um carro, atropelara uma mulher, que morrera em consequência do acidente. Uma outra vez, tivera de fazer uma traqueostomia numa pessoa prestes a sufocar (ele fora assistente de médico durante a guerra). Só podia pensar nessas duas experiências com horror. No decurso das primeiras sessões, falou do seu lar paterno de maneira sempre igual, um tanto monótona, suave e abafada. Como penúltimo filho entre vários irmãos, tinha uma posição subalterna na casa. O irmão mais velho, com cerca de vinte anos mais do que ele, era o querido dos pais, fizera muitas viagens, sabia "estar no mundo", gabava-se em casa de suas experiências e, quando regressava de uma viagem, "toda a casa girava em volta dele". Embora a inveja e o ódio em relação ao irmão ficassem patentes no conteúdo da comunicação, o paciente negou com veemência ter qualquer desses sentimentos, quando perguntei cautelosamente a respeito. Nunca sentira isso em relação ao irmão, segundo ele.

Depois falou da mãe, que fora muito boa para ele e morrera quando ele tinha sete anos. Quando falava a respeito dela, começava a chorar manso, envergonhava-se das suas lágrimas e calava-se por longo tempo. Parecia óbvio que a mãe fora a única pessoa que lhe dera um pouco de atenção e de amor, que sua morte havia sido um grande choque para ele, e ele não podia conter as lágrimas ao lembrar-se dela. Após a morte da mãe, passara cinco anos na casa do irmão. Não a partir do conteúdo, mas do tom da narração, percebia-se toda a grande animosidade em relação à natureza dominadora, fria e antipática do irmão.

Em seguida, em frases curtas, pouco expressivas, contou que tinha um novo amigo que o amava e o admirava muito. Depois dessa afirmação manteve um silêncio prolongado. Alguns dias mais tarde relatou um sonho: *via-se numa cidade estranha com o amigo, mas a cara do amigo era outra.* Como tinha abandonado a terra em que vivia, com o propósito de se submeter à análise, era razoável supor que o homem do sonho era o analista. O fato de o paciente identificá-lo com o amigo podia ser interpretado como um sinal do começo de uma transferência positiva; mas a situação como um todo desaconselhava que se considerassem assim as coisas ou mesmo que se as interpretasse. O próprio paciente reconhecia o analista no amigo, mas não sabia acrescentar mais nada. Como ele ou ficava calado ou expressava monotonamente suas dúvidas quanto à *sua* capacidade de fazer a análise, eu lhe disse que tinha qualquer coisa contra mim, mas que lhe faltava a coragem para dizê-lo. O paciente negou isso com veemência, diante do que eu lhe opus que ele também nunca ousara exprimir suas emoções hostis para com o irmão mais velho; na verdade, nem mesmo se atrevera a pensar nelas conscientemente. Também lhe mostrei que obviamente estabelecera uma espécie de ligação entre mim e o irmão mais velho. Era verdade, mas cometi o erro de interpretar sua resistência muito profundamente. A interpretação não atingiu seu propósito, de modo que esperei alguns dias, observando sua conduta nesse período, para ver que importância tinha a resistência para a situação atual. Estava claro para mim que, além da transferência do ódio pelo irmão havia também forte defesa contra uma atitude feminina (o sonho com o amigo). Decerto eu não podia arriscar uma interpretação nessa direção. Por isso continuei a mostrar-lhe que, por alguma razão, ele estava se esquivando de mim e da análise. Disse-lhe que sua atitude como um todo indicava um bloqueio contra a análise, com o que ele concordou, acrescentando que sempre vivera assim – de maneira rígida, inacessível, defensiva. Enquanto eu, em todas as sessões e oportunidades, constante e consistentemente lhe chamava a atenção para sua resistência obstinada, fiquei impressionado com o tom monótono com que expressava suas queixas. Cada sessão começava sempre com as mesmas frases: "Para onde isso tudo leva?"; "Não sinto nada"; "A análise não tem influência sobre mim"; "Serei capaz de ir até o fim?"; "Nada me vem à mente." Eu não podia entender o que ele estava tentando expressar. E, todavia, obviamente estava ali a chave para a compreensão de sua resistência[4].

Aqui temos uma boa oportunidade para estudar a diferença entre a preparação caracteroanalítica e a preparação ativo-sugestiva para a análise. Eu poderia ter estimulado sutilmente o paciente e me dedicado a exercer uma espécie de influência encorajadora para conseguir que ele produzisse outras comunicações. É até possível que, assim fazendo, eu pudesse ter obtido uma transferência positiva artificial, mas experiências anteriores com outros casos me ensinaram que não se vai muito longe com esse tipo de abordagem. Como todo o seu comportamento não deixava dúvidas de que ele se opunha à análise e a mim em especial, não havia motivo para não continuar nessa interpretação e esperar por outras reações. Uma vez, quando voltamos ao sonho, ele disse que a melhor prova de que não me rejeitava estava no fato de que me identificava com o amigo. Então sugeri que ele talvez

---

4. Nota, 1945: A explicação dada aqui não basta, embora seja psicologicamente correta. Hoje sabemos que tais queixas são a expressão direta da couraça vegetativa, isto é, muscular. O paciente queixa-se de uma paralisia de afetos porque suas correntes e sensações plasmáticas estão bloqueadas. Em resumo, sua perturbação é, em essência, de natureza puramente *biofísica*. Na orgonoterapia, o bloqueio da motilidade é relaxado por meio de métodos biofísicos, e não psicológicos.

esperasse que eu também o amasse e o admirasse como seu amigo e ficara desapontado, e então estava magoado com meu silêncio. Teve de admitir que pensara em coisa semelhante, mas não ousara comunicá-la. Em seguida, contou-me que sempre exigia apenas amor e especialmente reconhecimento e sempre se comportava *defensivamente*, particularmente em relação a homens de aspecto viril. Sentia-se em desigualdade com estes e, na relação com seu amigo, fazia o papel feminino. De novo ofereceu-me material para interpretar sua transferência feminina, mas seu comportamento geral me advertia no sentido de não fazer tal revelação. A situação era difícil, porque os elementos de sua resistência – que eu já compreendera –, a transferência do ódio pelo irmão e a atitude narcísico-feminina para com os superiores eram nitidamente rejeitados, e eu precisava ser muito cauteloso para não arriscar a suspensão da análise. Além disso, em cada sessão, ele se queixava, quase sem cessar e de maneira invariável, de que a análise não estava surtindo nenhum efeito sobre ele etc., atitude que, depois de mais ou menos quatro semanas de análise, eu ainda não havia compreendido, embora me parecesse uma resistência de caráter essencial e momentaneamente aguda.

 Adoeci nessa época e tive de interromper a análise por duas semanas. O paciente enviou-me uma garrafa de conhaque como tônico. Quando retomei a análise, pareceu satisfeito, mas continuou a se lamentar do mesmo modo e disse-me que estava atormentado por pensamentos de morte. Não podia tirar da cabeça que algo havia acontecido a alguém de sua família e que, enquanto eu estivera doente, não pôde deixar de pensar que eu poderia morrer. Um dia, quando estava muito atormentado por esse pensamento, decidiu enviar-me o conhaque. Era uma oportunidade tentadora de interpretar seus desejos de morte recalcados. Havia muito material para isso, mas fui detido pela consideração e pela nítida sensação de que tal interpretação iria ricochetear inutilmente no muro de suas queixas: "Nada entra em mim"; "A análise não tem nenhuma influência sobre mim". Nesse ínterim, contudo, tornara-se clara a ambiguidade oculta da queixa de que "nada entra em mim". Ela era uma expressão de seu desejo transferencial passivo-feminino de relação anal profundamente recalcado. Mas seria sensato e justificado interpretar seu desejo homossexual, por mais claramente manifesto que fosse, enquanto seu ego continuava a protestar contra a análise? Primeiro era preciso esclarecer o significado de sua queixa quanto à inutilidade da análise. Eu poderia ter mostrado ao paciente que sua queixa era infundada. Ele sonhava sem cessar, os pensamentos de morte tornaram-se mais fortes, e muitas outras coisas estavam acontecendo com ele. Eu sabia, por experiência, que dizer-lhe isso não teria aliviado a situação, apesar de eu ter sentido claramente a couraça existente entre a análise e o material oferecido pelo id. Além disso, com toda probabilidade, tinha de reconhecer que a resistência apresentada não permitiria que qualquer interpretação chegasse até o id. Assim, continuei a demorar-me em seu comportamento, interpretando-o como expressão de sua forte defesa, e disse-lhe que ambos devíamos esperar até que seu significado se tornasse claro para nós. Ele já depreendera que os pensamentos de morte que tivera durante minha doença não eram, necessariamente, a expressão de uma preocupação amorosa por mim.

No decurso das semanas seguintes multiplicaram-se as impressões de sua atitude e de suas queixas; tornava-se cada vez mais claro que essas queixas estavam intimamente relacionadas com a defesa em relação à sua transferência feminina, mas a situação ainda não era madura para a interpretação exata; faltava-me uma formulação rigorosa do significado de sua atitude como um todo. Vamos resumir os aspectos fundamentais da solução que surgiu mais tarde:

a) ele queria de mim reconhecimento e amor, como de todos os homens que lhe parecessem masculinos. O fato de que queria amor e de que fora desiludido por mim já tinha sido interpretado repetidamente sem sucesso;
b) sua atitude para comigo, a transferência de sua atitude inconsciente para com o irmão, estava claramente cheia de ódio e inveja; para evitar o perigo de ser malsucedido era melhor não interpretar;
c) ele se defendia da transferência feminina; a defesa não podia ser interpretada sem tocar na feminilidade proibida;
d) sentia-se inferior a mim por causa de sua feminilidade, e as queixas contínuas só podiam ser expressão de seu complexo de inferioridade.

Interpretei então seu sentimento de inferioridade em relação a mim. A princípio, não tive sucesso, mas depois de vários dias demorando-me consistentemente em sua natureza ele finalmente produziu algumas comunicações sobre sua inveja desmedida, não apenas de mim mas de outros homens, em relação aos quais também se sentia inferior. Subitamente me veio a ideia de que sua queixa contínua – "a análise não tem nenhum efeito sobre mim" – não podia ter outro significado senão: "ela não vale nada", isto é, o analista era inferior, impotente, não conseguia nada com ele. Assim *as queixas deviam ser compreendidas em parte como um triunfo sobre o analista e em parte como uma reprovação em relação a ele*. Disse-lhe então como eu via suas queixas contínuas; até eu fiquei surpreendido com o sucesso. Ele aceitou minha interpretação, considerando-a bem plausível. Imediatamente trouxe grande quantidade de exemplos que revelavam que ele sempre agia dessa forma quando alguém o queria influenciar. Disse que não suportava a superioridade de outra pessoa e tentava sempre desmerecer aqueles que o faziam sentir-se inferior. Continuou seu discurso, dizendo que sempre fizera o oposto exato daquilo que um superior lhe exigia. Apresentou uma profusão de recordações sobre sua atitude insolente e depreciativa para com os professores.

Aqui, portanto, estava sua agressividade suprimida, cuja expressão extrema, até esse ponto, fora o desejo de morte. Mas nossa alegria durou pouco – a resistência voltou da mesma forma, com as mesmas queixas, a mesma depressão, o mesmo silêncio. Mas agora eu sabia que minha descoberta o impressionara muito e, em consequência disso, a atitude feminina tornara-se *mais forte*, o que, naturalmente, logo resultou numa renovada defesa contra a efeminação. Na análise dessa resistência, parti novamente dos seus sentimentos de inferioridade em relação a mim, mas aprofundei a interpretação, mostrando-lhe que ele não só se sentia inferior como também – e, na verdade, precisamente por essa razão – sentia-se num papel feminino em relação a mim, fato que era um grande insulto para seu orgulho masculino.

Embora, antes disso, ele tivesse produzido muito material sobre sua atitude feminina para com os homens viris e também manifestado uma compreensão completa dela, já não queria saber mais nada sobre o assunto. Era um novo problema. Por que se recusava a admitir uma coisa que ele próprio descrevera antes? Continuei a interpretar o significado dessa atitude repentina; de que ele sentia-se tão inferior a mim que se recusava a aceitar o que eu lhe explicava, mesmo contradizendo sua posição anterior. Admitiu isso e passou a uma descrição pormenorizada da relação com o amigo. Revelou que de fato desempenhara o papel feminino; que tivera frequentemente relações entre as coxas. Pude então mostrar-lhe que sua atitude defensiva não era mais do que a expressão de uma luta contra a rendição à análise – que, para o seu inconsciente, estava obviamente relacionada com a ideia de se entregar ao analista de maneira feminina. Porém, isso também era um insulto a seu orgulho e era a razão de sua tenaz oposição à influência da análise. Reagiu a isso com um sonho confirmatório: está deitado num sofá com o analista e é beijado por ele. Contudo, esse sonho claro liberou uma nova onda de resistência, novamente na velha forma de queixas: "a análise não lhe fazia nada", "não podia influenciá-lo", "a que é que levava", "estava totalmente frio" etc. Interpretei-lhe novamente as queixas como depreciação da análise e defesa contra a entrega a esta. Ao mesmo tempo, comecei a explicar-lhe o significado econômico do bloqueio; disse-lhe que, mesmo baseado no que contara sobre sua infância e adolescência, estava claro que ele se fechara contra todos os desapontamentos experimentados no mundo exterior e contra o tratamento rude e frio da parte do pai, do irmão e dos professores. Aquela fora sua única salvação, embora tenha acarretado muitas restrições à alegria de viver.

Ele aceitou essa explicação imediatamente e recordou-se a seguir de sua atitude para com os professores. Sempre os achara frios e distantes – uma clara projeção de seus próprios sentimentos –, e mesmo que ficasse externamente perturbado quando lhe batiam ou ralhavam com ele, internamente continuava indiferente. Confiou-me então que muitas vezes desejara que eu fosse mais severo. No princípio, o sentido desse desejo não pareceu se encaixar na situação; muito mais tarde tornou-se claro que no fundo de sua obstinação estava o propósito de lançar as culpas a mim e a meus protótipos, os professores.

Durante muitos dias a análise correu livre de resistências; ele continuou relatando que houve um período na sua primeira infância que fora muito turbulento e agressivo. Curiosamente, ao mesmo tempo, trazia sonhos que revelavam uma forte atitude feminina em relação a mim. Eu só podia supor que a recordação de sua agressividade havia mobilizado também o sentimento de culpa que se manifestava nesses sonhos de natureza passivo-feminina. Evitei uma análise dos sonhos, não só porque não estavam diretamente relacionados com a situação de transferência existente, mas também porque ele não me parecia preparado para compreender a ligação entre sua agressão e os sonhos que exprimiam um sentimento de culpa. Suponho que alguns analistas irão considerar isso como uma seleção arbitrária de material, mas defendo a posição clinicamente testada de que a condição mais favorável na terapia será conseguida quando se estabelecer uma ligação direta entre a situação atual de transferência e o material infantil. Assim, apenas expressei a suposição de que a recordação da conduta turbulenta da infância indicava que ele fora, antes, totalmente diferente, o extremo oposto do que era agora, e que a análise teria de descobrir o momento e as circunstâncias que levaram à transformação de seu caráter. Sua efeminação atual talvez fosse uma evasão da masculinidade agressiva. O paciente não reagiu a essa revelação, mas recaiu na antiga resistência: "não podia suportar", "não sentia nada", "a análise não tinha nenhum efeito sobre ele" etc.

Interpretei mais uma vez seus sentimentos de inferioridade e sua tentativa, sempre repetida, de mostrar a impotência da análise – ou, mais precisamente, do analista –, mas tentei também então solucionar a transferência da atitude em relação ao irmão. Ele próprio contara que o irmão sempre desempenhara o papel dominante. Acedeu muito hesitante, evidentemente porque se tratava da situação central de conflito de sua infância. Repetiu que a mãe dispensava grande atenção ao irmão, sem, contudo, mencionar sua atitude subjetiva em relação a essa preferência. Como ficou provado a partir de uma cautelosa busca nesse sentido, ele estava completamente fechado à percepção de sua inveja do irmão. Essa inveja, era preciso admitir, estava tão intimamente associada com um ódio intenso e bloqueada pelo medo que nem mesmo o sentimento de inveja podia penetrar-lhe a consciência. De minha tentativa de trazer à tona essa inveja resultou uma resistência especialmente forte; durou muitos dias e foi marcada por queixas estereotipadas de sua impotência. Como a resistência não cedia, foi preciso admitir que estávamos lidando com uma defesa muito imediata contra a pessoa do analista. Novamente estimulei-o a falar abertamente e sem medo sobre a análise e particularmente sobre o analista e a dizer qual tinha sido a impressão que este lhe havia passado no primeiro encontro[5]. Depois de longa hesitação, ele disse-me com voz trêmida que o analista lhe parecera grosseiramente masculino e brutal, como um homem seria absolutamente implacável para com as mulheres em assuntos sexuais. Como é que isso se harmonizava com sua atitude em relação a homens aparentemente potentes?

Estávamos no fim do quarto mês da análise. Então, pela primeira vez, aquela relação recalcada para com o irmão irrompeu através do que estava intimamente relacionado com o elemento mais perturbador da transferência atual: a inveja da potência. Revelando fortes afetos, lembrou-se de repente de que sempre condenara o irmão, da maneira mais rigorosa, por ele andar atrás de todas as mulheres, seduzindo-as e gabando-se disso. Minha aparência imediatamente lhe lembrara o irmão. Com a confiança que obtive a partir de sua última comunicação, expliquei-lhe novamente a situação de transferência e mostrei-lhe que ele não conseguia se abrir comigo exatamente porque me identificava com o irmão potente, porque me condenava e se ressentia de minha pretensa superioridade, tal como acontecia em relação ao irmão. Disse-lhe, além disso, que estava claro que a base da sua inferioridade era um sentimento de impotência.

Depois dessa explicação, *o elemento central da resistência de caráter emergiu espontaneamente*. Numa análise conduzida correta e consistentemente, isso irá acontecer sempre, *sem que a análise tenha de empurrar as coisas ou oferecer concepções antecipatórias*. Num relâmpago surgiu-lhe a recordação de que inúmeras vezes comparara seu pequeno pênis com o grande pênis do irmão, e o invejara por isso.

---

5. Desde então, tenho o hábito de pedir ao paciente que faça uma descrição de minha pessoa. Essa medida tem provado sempre ser útil para a eliminação de situações de transferência bloqueadas.

Como era de se esperar, seguiu-se uma poderosa resistência; de novo a queixa: "não posso fazer nada" etc. Mas então eu podia prosseguir um pouco mais na interpretação e mostrar-lhe que era assim que verbalizava seus sentimentos de impotência. A reação foi totalmente inesperada. Depois de minha interpretação de sua desconfiança, pela primeira vez declarou que nunca tinha acreditado em alguém, que não acreditava em nada, provavelmente nem mesmo na análise. Esse foi, naturalmente, um grande passo à frente. Mas o significado dessa comunicação, sua ligação com a situação precedente, não ficou imediatamente claro. Ele falou durante duas horas sobre os muitos desapontamentos que já sofrera na vida, e julgava que sua desconfiança podia originar-se racionalmente deles. Novamente se instalou a antiga resistência. Como não tinha certeza do que havia por trás dela dessa vez, resolvi esperar. Por vários dias a situação permaneceu inalterada: as velhas queixas, o comportamento conhecido. Continuei a interpretar os elementos da resistência que já haviam sido trabalhados e que me eram familiares, quando, subitamente, um novo elemento apareceu: ele confessou que *tinha medo da análise porque ela poderia privá-lo de seus ideais*. De novo a situação tornou-se clara. Ele transferira para mim a angústia de castração que sentia em relação ao irmão. Ele tinha medo de mim. Naturalmente, não mencionei a angústia de castração, mas parti mais uma vez do seu complexo de inferioridade e da sua impotência, e perguntei-lhe se não se sentia superior a todos, baseando-se em seus altos ideais, se não se considerava melhor do que todos os outros. Admitiu isso prontamente; na verdade, foi mais longe: afirmou que realmente era superior a todos os que perseguiam mulheres e se portavam como animais em sua sexualidade; com menos convicção, acrescentou que, infelizmente, esse sentimento era perturbado muitas vezes por sua impotência. Era evidente que ainda não chegara totalmente à consciência de sua debilidade sexual. A partir de então eu pude elucidar a maneira neurótica como ele procurava tratar o sentimento de impotência e mostrar-lhe que estava tentando recuperar um sentimento de potência na esfera dos ideais. Falei-lhe da compensação e novamente chamei-lhe a atenção para as resistências à análise que fluíam de seu secreto sentimento de superioridade. Não se tratava apenas de ele pensar secretamente que era melhor e mais inteligente; era precisamente por essa razão que ele tinha de resistir à análise, pois, se esta viesse a ser bem-sucedida, ele teria então necessitado do auxílio de alguém e a análise teria vencido sua neurose, cujo valor secreto tínhamos acabado de descobrir. Do ponto de vista da neurose, isso constituía uma derrota e, em termos de seu inconsciente, significava também tornar-se mulher. Desse modo, avançando a partir do ego e seus mecanismos de defesa, preparei o terreno para a interpretação do complexo de castração e da fixação feminina.

Assim, usando o comportamento do paciente como ponto de partida, a análise do caráter conseguiu penetrar diretamente no centro da neurose: sua angústia de castração, a inveja do irmão – derivada da preferência da mãe pelo irmão –, e o correspondente desapontamento em relação a ela. Os contornos do complexo de Édipo estavam já ficando claros. Nesse ponto, no entanto, o importante não é o fato de esses elementos inconscientes terem aparecido – isso acontece muitas vezes, de modo espontâneo –, mas a sequência regular em que eles emergiram e o contato íntimo que tinham com a defesa do ego e a transferência. Igualmente importante é que tudo tenha acontecido não por pressão, e sim mediante pura interpretação analítica do comportamento e com os afetos correspondentes. Isso constitui o que é específico para a análise do caráter consistente. Significa um trabalho completo dos conflitos assimilados *pelo ego*.

Comparemos isso com o que poderia ter resultado se não tivéssemos concentrado a atenção na defesa de ego do paciente. Logo de início, existia a possibilidade de interpretar sua relação homossexual passiva com o irmão e o desejo de morte. Sem dúvida os sonhos e as associações decorrentes teriam produzido mais material para interpretação. Sem um trabalho prévio, sistemático e pormenorizado da defesa do ego, entretanto, nenhuma interpretação teria evocado uma resposta afetiva; em vez disso, teríamos obtido, por um lado, um conhecimento intelectual do seu desejo passivo e, por outro, uma defesa narcísica, altamente carregada de afetos contra esses desejos. Os afetos correspondentes à passividade e aos impulsos homicidas teriam permanecido na função de defesa. O resultado teria sido uma situação caótica, o típico quadro desolado de uma análise rica em interpretações, mas pobre em resultados. Vários meses de trabalho tenaz e persistente com a resistência do ego – com particular referência à sua forma (queixas, inflexão etc.) – elevaram o ego ao nível necessário para assimilar o que estava reprimido, liberaram os afetos e resultaram no desvio de sua direção rumo às ideias reprimidas.

Assim, não se pode dizer que havia *duas* técnicas que poderiam ter sido aplicadas nesse caso. Se a intenção era conseguir uma mudança *dinâmica*, havia apenas uma. Espero que esse caso tenha esclarecido suficientemente a diferença predominante na concepção da aplicação da teoria à técnica. O critério mais importante da análise efetiva é o uso de *poucas* (mas certeiras e consistentes) interpretações, em vez de muitas, não sistemáticas, que ignoram o momento dinâmico e econômico. Se o analista não se deixa tentar pelo material, mas corretamente avalia sua posição dinâmica e seu papel econômico, o resultado é que, embora receba o material mais tarde, este será muito mais pormenorizado e carregado de afetos. O segundo critério é manter uma ligação contínua entre a situação atual e a situação infantil. A desconexão e a confusão iniciais do material analítico ganham uma sequência ordenada, isto é, a sucessão das resistências e dos conteúdos passa a ser determinada pela dinâmica especial e pelas relações estruturais da neurose particular. Quando o trabalho de interpretação não é feito sistematicamente, o analista deve sempre recomeçar, procurar por todos os lados, mais adivinhar do que deduzir. Quando, por outro lado, o trabalho de interpretação segue sendo realizado em concordância com as linhas da análise do caráter, o processo analítico desenvolve-se naturalmente. No primeiro caso, a análise decorre suavemente no começo para se enredar cada vez mais em dificuldades; no segundo caso, as dificuldades mais sérias apresentam-se nas primeiras semanas e meses de tratamento, para dar lugar a trabalho mais fácil, mesmo no material mais profundo. Daí o destino de cada análise depender da introdução do tratamento, isto é, do deslindamento correto ou incorreto das resistências. Assim, o terceiro critério é o deslindamento do caso, não arbitrariamente a partir de qualquer posição que pareça óbvia e inteligível, mas daquelas em que se esconde a resistência mais forte do ego, seguido da expansão sistemática da incursão inicial no inconsciente e do trabalho detalhado das fixações infantis importantes – que estão sempre carregadas de afetos. Uma posição inconsciente, que se manifesta em sonhos ou numa associação, em determinada altura do tratamento e não obstante ter importância central para a neurose, pode ter um papel completamente subordinado, isto é, não ter importância atual no que diz respeito à técnica do caso. Em nosso paciente, a relação feminina com o irmão era o patógeno central. Porém, nos primeiros meses, o temor de perder a compensação para a impotência, fornecida pelos ideais fantasiados do ego, constituía o problema no que diz respeito à técnica. O erro mais comum é o analista atacar primeiro o elemento central na formação neurótica – que em geral se manifesta de algum modo logo no início – em vez das posições que têm uma importância atual específica. Trabalhadas sistematicamente em sucessão, essas posições *devem* finalmente conduzir ao elemento patogênico central. Em resumo, é importante, na verdade decisivo, para o sucesso de muitos casos, *como, quando* e a partir de que lado o analista penetra o núcleo da neurose.

    Não é difícil encaixar o que descrevemos aqui como análise do caráter no quadro da teoria freudiana da formação e dissolução da resistência. Sabemos que toda resistência é formada por um impulso do id, que é evitado, e por um impulso do ego, que evita. Ambos os impulsos são inconscientes. Em princípio, parece ser uma questão de escolha interpretar primeiro o esforço do id ou o esforço do ego. Por exemplo: quando se encontra uma resistência homossexual na forma de silêncio, logo no começo da análise, pode-se atacar o empenho do id dizendo ao paciente que, no momento, ele tem intenções ternas para com o analista; interpretou-se a transferência positiva, e, se ele não fugir, levará muito tempo antes que se reconcilie com essa ideia terrível. Por isso, deve-se dar precedência àquele aspecto da resistência que fica próximo do ego consciente, a *defesa do ego*, dizendo apenas ao paciente, para começar, que ele está calado porque rejeita a análise *"por alguma razão"*, presumivelmente porque ela se tornou perigosa para ele de algum modo. Em resumo, a resistência é atacada sem se entrar no empenho do id. No primeiro caso, o aspecto da resistência pertencente ao id (a tendência amorosa) é que foi atacado pela interpretação; no segundo caso, foi o aspecto da resistência pertencente ao ego (a rejeição).

Usando esse procedimento, penetramos simultaneamente na transferência negativa, na qual toda defesa finalmente acaba, e também no caráter, a couraça do ego. A camada superficial de *toda* resistência, isto é, a mais próxima da consciência, tem, necessariamente, de ser uma atitude negativa em relação ao analista, tanto fazendo que o empenho evitado do id esteja baseado em amor ou em ódio. O ego projeta sobre o analista sua defesa contra o empenho do id. Assim, o analista se torna um inimigo, e perigoso, porque, com sua imposição da regra básica maçante, despertou os empenhos do id e perturbou o equilíbrio neurótico. Em sua defesa, o ego faz uso de formas muito antigas de atitudes defensivas. Numa situação incômoda, chama em seu auxílio impulsos de ódio do id, mesmo quando está evitando um empenho de amor.

Assim, se observamos as regras de atacar aquela parte da resistência pertencente ao ego, também resolvemos uma parte de transferência negativa no processo, uma quantidade de ódio carregado de afeto, e assim evitamos o perigo de menosprezar as tendências destrutivas que estão muitas vezes tão bem escondidas; ao mesmo tempo, a transferência positiva é fortalecida. O paciente também compreende mais facilmente a interpretação do ego, porque ela está mais relacionada com seus sentimentos conscientes; desse modo, está também mais preparado para as interpretações do id que se seguem mais tarde.

Não importa a espécie de empenhos do id de que tratemos, a defesa do ego tem sempre a mesma forma: aquela correspondente ao caráter do paciente; e o mesmo empenho do id é evitado de várias formas em vários pacientes. Assim, não tocamos no caráter quando interpretamos apenas o empenho do id; por outro lado, incluímos o caráter neurótico na análise quando procuramos atacar as resistências fundamentalmente a partir da defesa, isto é, pelo lado do ego. No primeiro caso, dizemos ao analisando, logo de início, contra *o que* ele está se defendendo; no segundo caso, primeiro esclarecemos para ele *o fato de que* está se defendendo de "alguma coisa", depois *como* o faz, de que meios se serve (análise do caráter), e só muito mais tarde, quando a análise da resistência progrediu bastante, lhe dizemos, ou ele descobre por si, contra o que se dirige sua defesa. Nessa maneira muito tortuosa de interpretar os empenhos do id, todas as atitudes relativas ao ego são desmontadas analiticamente, evitando-se assim o grande perigo de o paciente perceber qualquer coisa cedo demais, ou de se tornar imperturbável e indiferente.

As análises nas quais as atitudes recebem tanta atenção analítica avançam de maneira mais ordenada e mais efetiva, sem que o trabalho de pesquisa teórica sofra o mínimo prejuízo com isso. Apenas demoramos mais do que o usual para tomar conhecimento dos acontecimentos importantes da infância, o que é amplamente compensado pelo frescor emocional com que o material infantil brota *depois* de as resistências de caráter terem sido trabalhadas analiticamente.

Contudo, não devemos deixar de mencionar certos aspectos desagradáveis da análise de caráter consistente. A análise de caráter sujeita o paciente a uma tensão psíquica muito maior; este sofre muito mais do que quando não se considera o caráter. Isso tem, sem dúvida, a vantagem de uma depuração: quem não aguenta nunca conseguiria se curar, e é melhor que o caso fracasse depois de quatro ou seis meses do que ao fim de dois anos. Se a resistência de caráter não cede, a experiência mostra que não se pode contar com um resultado satisfatório. Isso é válido sobretudo em casos de resistência de caráter escondida. Vencer a resistência de caráter não significa que o paciente mudou seu caráter – o que só é possível depois da análise de suas origens na infância. Ele tem apenas de a objetivar e adquirir um interesse analítico por ela. Uma vez conseguido isso, é muito provável a continuação favorável da análise.

e) A quebra do aparelho de defesa narcísico

Como já dissemos, a diferença fundamental entre a análise de um sintoma e a de um traço de caráter neurótico consiste no fato de que, desde o princípio, o primeiro é isolado e objetivado, enquanto o segundo deve ser separado continuamente na análise, de maneira que o paciente tenha para com ele a mesma atitude que tem em relação a um sintoma. Só raramente isso acontece com facilidade. Há pacientes que demonstram muito pouca inclinação para ter uma visão objetiva de seu caráter. Isso é compreensível, porque se trata de destruir o mecanismo de defesa narcísico e de trabalhar a angústia da libido que está ligada nele.

Um homem de 25 anos procurou ajuda analítica devido a alguns sintomas menores e a uma perturbação em seu trabalho. Aparentava um comportamento livre, seguro de si, mas por vezes tinha-se a vaga impressão de que seu comportamento exigia grande esforço e de que ele não estabelecia uma relação genuína com a pessoa com quem falava. Havia uma certa frieza em sua maneira de falar; sua voz era suave e sutilmente irônica. De vez em quando sorria, mas era difícil saber se isso indicava embaraço, superioridade ou ironia.

A análise começou com emoções violentas e com alto grau de encenação. Ele chorava ao falar da morte da mãe e praguejava quando descrevia a forma habitual de educar crianças. Só dava informações muito gerais sobre seu passado: o casamento dos pais tinha sido muito infeliz; a mãe fora muito severa com ele; e só quando atingira a maturidade estabelecera uma relação superficial com os irmãos e as irmãs. Todas as comunicações reforçavam a impressão inicial de que nem o choro nem o praguejar nem qualquer das suas outras emoções era sincera e natural. Ele próprio dizia que tudo não era realmente tão mau assim, e, na verdade, estava sempre sorrindo de tudo o que dizia. Depois de várias sessões, começou a provocar o analista. Quando eu dava a sessão por terminada, por exemplo, continuava ostensivamente deitado no divã, por algum tempo, ou iniciava uma nova conversa. Uma vez perguntou-me o que eu faria se ele me agarrasse pela garganta. Duas sessões depois, tentou assustar-me com um movimento súbito da mão em direção à minha cabeça. Afastei-me instintivamente e disse-lhe que a análise lhe pedia apenas que dissesse tudo, e não que fizesse tudo. Uma outra vez, bateu no meu braço à despedida. O significado mais profundo, mas inexplicável, desse comportamento era uma transferência homossexual incipiente, que estava se expressando sadicamente. Quando traduzi essas ações, de modo superficial, como sendo provocações, ele sorriu para si próprio e fechou-se ainda mais. As ações e as comunicações cessaram, permanecendo apenas o sorriso estereotipado. Começou a ficar calado. Quando eu lhe chamava a atenção para o caráter resistente de seu comportamento, simplesmente sorria de novo e repetia, depois de um período de silêncio, a palavra "resistência" várias vezes, num tom de voz claramente irônico. Desse modo, seu sorriso e a tendência de tratar tudo ironicamente tornaram-se o fulcro da tarefa analítica.

A situação era bastante difícil. Além dos poucos dados sobre a infância, eu não sabia nada dele. Por isso, tinha de me concentrar em seu comportamento na análise. Enquanto isso, mantive-me numa posição passiva e esperei para ver o que aconteceria, mas não houve mudança. Assim se passaram cerca de duas semanas. Então ocorreu-me que, em termos de tempo, a intensificação do sorriso coincidira com minha defesa contra sua agressão. Assim, para começar, procurei fazê-lo compreender a razão atual de seu sorriso. Disse-lhe que não havia dúvida de que seu sorriso queria dizer muitas coisas, mas, naquele momento, era uma reação à minha covardia, atestada por meu recuo instintivo. Ele disse que isso provavelmente era verdade, mas que, não obstante, continuaria a sorrir. Falava pouco e sobre assuntos de interesse secundário; tratava a análise com ironia e afirmava que não podia acreditar em nada do que eu lhe dizia. Pouco a pouco, foi se tornando cada vez mais claro que o sorriso servia de defesa contra a análise. Disse-lhe isso repetidas vezes, durante várias sessões, mas passaram-se algumas semanas antes de ele ter um sonho cujo conteúdo era o seguinte: um pilar de tijolos era cortado por uma máquina em tijolos isolados. A relação do sonho com a situação analítica era difícil de estabelecer, visto que no começo ele não produziu associações. Finalmente, ele afirmou que o sonho era completamente claro; obviamente tratava-se do complexo de castração – e sorriu. Disse-lhe que sua ironia era apenas uma tentativa de repudiar o sinal que o inconsciente lhe dera através do sonho. Isso evocou uma lembrança que foi da maior importância para o futuro desenvolvimento da análise: quando tinha cerca de cinco anos, "brincara de cavalo" no pátio da casa paterna. Andara de quatro, com o pênis pendurado e exposto fora de suas calças; a mãe o apanhara nessa posição e perguntara-lhe o que fazia; ele apenas sorrira. Naquele momento, mais nada se pôde obter dele. Todavia, obtivera alguma clareza; o sorriso era uma parte da transferência materna. Quando lhe disse então que, obviamente, ele agia como procedera com a mãe e que o sorriso deveria ter um significado definido, ele apenas sorriu. Certamente tudo aquilo era ótimo, disse ele, mas seu significado lhe escapava. Durante muitos dias tivemos o mesmo sorriso e o mesmo silêncio da parte dele e, da minha, uma interpretação consistente de seu comportamento como defesa contra a análise e de seu sorriso como controle sobre um receio secreto dessa interpretação. Porém, ele se defendia dessa interpretação de seu comportamento com o sorriso típico. Este também foi interpretado, consistentemente, como um bloqueio contra minha influência, e afirmei-lhe que ele estava sempre sorrindo por aí. Ele admitiu que essa era a única possibilidade de se manter uma posição no mundo. Ao fazer isso, contudo, concordara involuntariamente com minha interpretação. Um dia veio à análise com o sorriso habitual e disse: "Vai ficar satisfeito, doutor. Ocorreu-me uma coisa engraçada. Na língua de minha mãe, a palavra 'tijolos' significa 'testículos de cavalo'. É boa, não é? Veja, é o complexo de castração". Disse-lhe que podia ser o caso ou não, mas enquanto ele persistisse na atitude defensiva estava descartada a análise de seu sonho. Era certo que anularia todas as associações e interpretações com seu sorriso. Temos de acrescentar que seu sorriso era, quando muito, a sugestão de um sorriso; expressava mais uma sensação de zomba. Disse-lhe que não precisava ter receio de rir com vontade e alto da análise. Daí em diante, passou a revelar muito mais abertamente sua ironia. Mas a associação verbal, comunicada de modo tão irônico, era uma chave muito valiosa para compreender a situação. Parecia muito provável que, como acontece muitas vezes, ele tivesse concebido a análise como uma ameaça de castração e se defendido dela, no começo, com a agressão e, mais tarde, com o sorriso. Voltei à agressão que ele manifestara no começo da análise e completei minha interpretação inicial, mostrando-lhe que ele usara a provocação para ver até que ponto podia confiar em mim, para ver até que ponto podia avançar. Em resumo, sua falta de confiança estava enraizada, muito provavelmente, num receio infantil. Essa explicação impressionou-o claramente. Ficou abalado por uns momentos, mas depressa recuperou-se e começou de novo a ridicularizar a análise e o analista. Bem consciente, pelas poucas indicações derivadas das reações ao sonho, de que minhas interpretações estavam tocando no ponto fraco e enfraquecendo a defesa do ego, recusei a zombaria. Infelizmente ele não ficou muito satisfeito e agarrou-se ao sorriso tão tenazmente quanto eu ao meu trabalho explicativo. Passaram-se muitas sessões sem progresso aparente. Intensifiquei minhas interpretações, não só tornando-me mais insistente, como também relacionando mais intimamente seu sorriso com o suposto medo infantil. Salientei que ele tinha medo da análise porque ela iria trazer à tona seus conflitos da infância. Eu lhe disse que alguma vez ele havia chegado a um acordo com esses conflitos, mesmo que de maneira não muito satisfatória, e agora recuava perante a possibilidade de ter de passar novamente por tudo o que pensava ter dominado com a ajuda do sorriso. Mas estava enganando a si próprio, porque a excitação ao falar da morte da mãe fora certamente verdadeira. Também arrisquei a opinião de que sua relação com a mãe fora ambígua; com certeza ele não só a temera e zombara dela como também a amara. Um pouco mais sério do que habitualmente, ele contou pormenores da atitude sem amor da mãe para com ele. Certa vez, por causa de uma malcriação, ela lhe ferira a mão com uma faca. E, em relação a isso, ele acrescentou: "Certo, de acordo com a teoria analítica, temos aqui de novo o complexo de castração?" Mas parecia que dentro dele se preparava qualquer coisa séria. Com base na situação analítica, continuei a interpretar o significado atual e latente de seu sorriso. Durante esse tempo, ele contou-me outros sonhos, cujo conteúdo manifesto era bastante típico de fantasias simbólicas de castração. Finalmente, ele produziu um sonho em que apareciam cavalos, e outro em que o corpo de bombeiros era mobilizado e de um caminhão elevava-se uma grande torre que descarregava uma poderosa coluna de água sobre uma casa em chamas. Nessa época, ele me falou também de urinar na cama. Ele próprio reconheceu, se bem que ainda com um sorriso, a ligação entre o "sonho do cavalo" e sua brincadeira de "cavalinho". Recordou-se, na verdade, de que o longo órgão genital dos cavalos sempre tivera um interesse especial para ele, e acrescentou espontaneamente que, sem dúvida, imitara um cavalo assim no jogo infantil. A micção também lhe causara grande prazer. Não se lembrava se tinha urinado na cama quando criança.

Uma outra vez, quando discutíamos o significado infantil de seu sorriso, deu uma interpretação diferente ao sorriso da brincadeira de "cavalinho". Era muito possível, disse ele, que não tivesse querido zombar da mãe, mas tentado desarmá-la, com medo de ser repreendido por ela. Desse modo, aproximou-se mais daquilo que, com base em seu comportamento durante a análise, eu estivera interpretando durante meses. Assim, a função e o significado do sorriso haviam mudado no decurso de seu desenvolvimento: *a princípio, fora uma tentativa de conciliar; mais tarde, tornara-se uma compensação para o medo interior; e, finalmente, representou um sentimento de superioridade*. O próprio paciente chegou a essa explicação quando, no decorrer de várias sessões, reconstituiu a maneira que encontrara de encurralar a miséria de sua infância. Então, o significado era: "Nada pode me fazer mal; sou imune a tudo". Foi no último sentido que o sorriso se tornou uma resistência na análise, uma defesa contra o ressuscitar dos velhos conflitos. O medo infantil parecia ser o motivo essencial para sua defesa. Um sonho que o paciente teve, por volta do final do quinto mês da análise, revelou a camada mais profunda desse medo: o medo de ser abandonado pela mãe. O sonho foi o seguinte: "Acompanhado por um desconhecido, ando num carro por uma cidade completamente deserta e de aspecto lúgubre. As casas estão danificadas, as janelas, com os vidros partidos. Não se vê ninguém. É como se a morte tivesse assolado esse lugar. Chegamos a um portão, e eu quero voltar para trás. Digo a meu companheiro que devíamos dar outra olhada. Um homem e uma mulher de luto estão ajoelhados na calçada. Caminho para eles com a intenção de lhes perguntar qualquer coisa. Quando lhes toco os ombros, ficam assustados, e eu acordo cheio de medo". A associação mais importante estava no fato de que a cidade era semelhante a uma em que ele vivera até os quatro anos. Simbolicamente, a morte da mãe e o sentimento de abandono infantil estavam claramente insinuados. O companheiro era o analista. Pela primeira vez, o paciente tomou um sonho completamente a sério e sem sorrir. A resistência de caráter fora quebrada e estabelecera-se a ligação com o material infantil. A partir de então, exceto pelas interrupções habituais causadas por recaídas na velha resistência de caráter, a análise prosseguiu sem nenhuma dificuldade especial. Mas seguiu-se uma profunda depressão, que só desapareceu com o tempo.

É evidente que as dificuldades foram muito maiores do que possa sugerir este breve resumo. A fase de resistência, desde o começo até o fim, durou quase seis meses e foi marcada por troça contínua da análise. Se eu não tivesse tido a necessária paciência e confiança na eficácia da interpretação consistente da resistência de caráter, teria sido fácil dar-me por vencido.

Vamos agora tentar decidir se a compreensão analítica subsequente do mecanismo desse caso justificaria o uso de um procedimento técnico diferente. É verdade que a maneira de se comportar do paciente poderia ter tido menos peso na análise; em vez disso, os raros sonhos poderiam ter sido submetidos a uma análise mais exata. Também é verdade que ele poderia ter produzido associações interpretáveis. Ignoremos o fato de que, até começar a análise, o paciente sempre se esquecia de seus sonhos ou não sonhava. E só quando seu comportamento foi interpretado de maneira consistente ele produziu sonhos de conteúdo definido e de relevância específica para a situação analítica. Estou preparado para a objeção de que o paciente teria produzido espontaneamente os sonhos correspondentes. Entrar em tal discussão é lidar com uma discussão sobre coisas que não podem ser provadas. Inúmeras experiências mostram que uma situação como a apresentada nesse caso não se resolve facilmente apenas mediante espera passiva; e, quando isso acontece, é apenas por acaso, ou seja, o analista não tem a análise sob controle.

Suponhamos que tivéssemos interpretado suas associações relativas ao complexo de castração, isto é, tentado conscientizá-lo do conteúdo recalcado: o medo de cortar ou de ser cortado. Eventualmente, essa abordagem, também, *poderia* ter tido sucesso. Mas o próprio fato de não podermos afirmar com certeza que teria sido esse o caso, de admitirmos o elemento do acaso, leva-nos a rejeitar como não analítico esse tipo de técnica que viola a essência do trabalho psicanalítico. Tal técnica significaria uma regressão à fase da análise em que ninguém se preocupava com as resistências porque não as reconhecia, e por isso interpretava diretamente o significado do inconsciente. É evidente, considerando-se o caso narrado, que essa técnica teria também representado uma negligência das defesas do ego.

Poder-se-ia objetar também que, apesar de o manejo técnico do caso ter sido absolutamente correto, minhas polêmicas sejam desnecessárias. O que digo é óbvio e de maneira nenhuma novo – é como todos os analistas trabalham. Não nego que os princípios gerais não são novos; que a análise do caráter é apenas a aplicação especial do princípio da análise de resistência. Mas muitos anos de experiência no seminário mostraram, de modo claro e inequívoco, que, embora os princípios da técnica de resistência sejam em geral conhecidos e aceitos, na prática procede-se quase exclusivamente de acordo com a velha técnica de interpretação direta do inconsciente. Essa discrepância entre conhecimento teórico e prática real foi a causa de todas as objeções equivocadas às tentativas sistemáticas do Seminário de Viena de desenvolver a aplicação consistente da teoria à terapia. Aqueles que diziam ser tudo isso um lugar-comum, sem nada de novo, baseavam suas afirmações em seu conhecimento teórico; os que argumentavam que tudo estava errado e não se tratava de "análise freudiana" pensavam em sua própria prática, que, como dissemos, se desviava consideravelmente da teoria.

Um colega perguntou-me certa vez o que eu teria feito no seguinte caso: durante quatro semanas estivera tratando de um jovem que se fechava em silêncio total, mas que era, por outro lado, bastante simpático e, antes e depois da sessão, simulava uma disposição muito cordial. O analista já havia tentado tudo o que era possível, ameaçara terminar a análise e, finalmente, depois de até uma interpretação de sonhos ter fracassado em obter quaisquer resultados, marcara uma data definitiva de término. O escasso material de sonhos só contivera assassínios sádicos; o analista dissera ao paciente que seus sonhos mostravam claramente que ele se imaginava um assassino em fantasia. Mas isso não servira de nada.

O colega não ficou satisfeito com minha afirmação de que é inútil fazer uma interpretação profunda a um paciente com uma resistência aguda, mesmo que o material apareça manifestamente num sonho. Ele achava que não havia outra alternativa. Em resposta à minha sugestão de que, para começar, o silêncio do paciente deveria ter sido interpretado como uma resistência, ele disse que não era possível: não havia "material" disponível para isso. Mas não havia, à parte o conteúdo dos sonhos, "material" suficiente no próprio comportamento do paciente, na contradição entre seu silêncio durante a sessão e sua amabilidade fora dela? Não estava clara pelo menos uma coisa da situação, ou seja, que através do silêncio o paciente – para falar em termos muito gerais – expressava uma atitude negativa ou uma defesa, que, a julgar pelos seus sonhos, ele denotava impulsos sádicos os quais procurava combater e esconder com seu comportamento amigável? Por que é que um analista se aventura a inferir processos inconscientes a partir dos lapsos do paciente – por exemplo, o esquecimento de um objeto em seu consultório –, mas tem medo de fazer inferências, a partir do comportamento do paciente, que estarão relacionadas com o significado da situação analítica? O comportamento de um paciente oferece material menos conclusivo do que um lapso? Mas não consegui convencer meu colega. Ele agarrou-se à sua opinião de que a resistência não podia ser atacada porque não havia "material". Não há dúvida de que a interpretação do desejo sanguinário era um erro; ela só pode assustar o ego do paciente e torná-lo ainda mais inacessível à análise. As dificuldades apresentadas pelos casos discutidos no seminário eram de natureza semelhante. Havia sempre uma subestimação ou um desprezo pelo comportamento do paciente enquanto material interpretável; tentativas repetidas de eliminar a resistência desde a posição do id, em vez de através da análise da defesa do ego; e, finalmente, a ideia, muitas vezes repetida – que servia de desculpa –, de que o paciente simplesmente não queria melhorar ou era "narcísico demais".

A técnica de derrubar a defesa narcísica em outros tipos não é fundamentalmente diferente da que descrevi acima. Se, por exemplo, um paciente nunca se envolve emocionalmente e permanece indiferente, independentemente do material que produz, estamos diante de um bloqueio emocional perigoso, cuja análise deve ter precedência sobre tudo o mais, se não quisermos correr o risco de perder todo o material e as interpretações. Se for esse o caso, o paciente pode adquirir um bom conhecimento da teoria psicanalítica, mas não ficará curado. Se, confrontado com tal bloqueio, o analista escolhe não desistir da análise por causa do "forte narcisismo", pode chegar a um acordo com o paciente. Este terá a opção de terminar a análise a qualquer momento; por sua vez, permitirá que o analista trate de sua deficiência emocional até que seja eliminada. Eventualmente – geralmente leva muitos meses (num caso, levou um ano e meio) –, o paciente começa a alterar-se devido à pressão contínua sobre sua deficiência emocional e as causas da mesma. Enquanto isso, o analista aos poucos terá obtido indicações suficientes para enfraquecer a defesa contra a angústia – o bloqueio emocional. Finalmente, o paciente rebela-se contra a ameaça da análise, rebela-se contra a ameaça à sua couraça psíquica protetora, de ser posto à mercê de suas pulsões, em particular das pulsões agressivas. Rebelando-se contra esse "disparate", porém, sua agressividade é despertada, e não leva muito tempo para aparecer a primeira manifestação emocional (isto é, uma transferência negativa) na forma de um paroxismo de ódio. Se o analista consegue atingir esse ponto, a batalha está ganha. Quando os impulsos agressivos foram trazidos à luz, o bloqueio emocional foi penetrado e o paciente pôde ser analisado. Daí em diante, a análise segue seu curso normal. A dificuldade consiste em provocar a agressividade.

O mesmo acontece quando, devido à particularidade de seu caráter, os pacientes narcísicos manifestam verbalmente sua resistência. Por exemplo, falam de maneira grandiloquente, usam terminologia técnica, sempre escolhida rigidamente, ou então confusa. Essa maneira de falar constitui um muro impenetrável; até ser sujeita à análise, não se pode fazer nenhum progresso real. Também aqui a interpretação consistente do comportamento do paciente provoca uma rebelião narcísica: ele não gosta de ouvir que fala de maneira grandiloquente e afetada, ou que usa terminologia técnica para esconder de si mesmo e do analista um complexo de inferioridade, ou que fala de maneira confusa porque quer parecer particularmente esperto – quando na verdade não é capaz de formular seus pensamentos com simplicidade. Desse modo, o árido terreno do caráter neurótico é aliviado, numa área essencial, e facilita-se a aproximação à base infantil do caráter e da neurose. É desnecessário dizer que não basta fazer alusões passageiras à natureza da resistência. Quanto mais tenaz ela provar ser, tanto mais consistentemente deve ser interpretada. Se as atitudes negativas para com o analista, que são provocadas pela interpretação consistente, são analisadas ao mesmo tempo, então o perigo de que o paciente pare o tratamento é pequeno.

O resultado imediato do afrouxamento analítico da couraça de caráter e da ruptura do aparelho de defesa narcísico tem dupla face: 1) *a liberação dos afetos de suas ancoragens e disfarces*; 2) *o estabelecimento de uma entrada para a área central do conflito infantil – o complexo de Édipo e a angústia de castração.* Há uma vantagem nesse procedimento que não deve ser subestimada: não se atinge apenas o conteúdo de experiências infantis; mais importante ainda, elas são trazidas diretamente à análise no contexto específico em que foram assimiladas, isto é, *na forma em que foram moldadas pelo ego.* Vê-se cada vez mais em análise que o valor dinâmico do mesmo elemento de material recalcado varia, dependendo do grau em que as defesas do ego foram afrouxadas. Em muitos casos, o investimento de afeto das experiências da infância foi absorvido pelo caráter como um mecanismo defensivo, de tal maneira que, simplesmente interpretando-se o conteúdo, chega-se às recordações, mas não aos afetos. Em tais casos, interpretar o material infantil *antes* de se liberarem os afetos assimilados no caráter é um grave erro. É, por exemplo, a essa negligência que se devem atribuir as análises longas, áridas e mais ou menos infrutíferas de caracteres compulsivos[6]. Se, por outro lado, os afetos pertinentes à formação defensiva do caráter são liberados primeiro, automaticamente tem lugar um novo investimento dos representantes infantis da pulsão. A interpretação caracteroanalítica das resistências apenas exclui a recordação sem afetos por causa da perturbação do equilíbrio neurótico, que sempre ocorre no começo da análise do caráter.

Ainda em outros casos, o caráter ergue-se como um resistente muro de proteção contra a experiência da angústia infantil e assim se mantém, apesar da grande perda da alegria de viver que isso acarreta. Se um paciente com esse caráter começa o tratamento analítico devido a um sintoma ou outro, esse muro de proteção continua a servir na análise como uma resistência de caráter; e em breve fica evidente que nada se consegue até se destruir a couraça de caráter, que esconde e consome a angústia infantil. Esse é, por exemplo, o caso na insanidade moral e nos caracteres maníacos, sádico-narcisistas. Aqui o analista tem de enfrentar com frequência o difícil problema de decidir se o sintoma existente justifica uma análise do caráter minuciosa. Porque não deve haver dúvidas: quando a análise do caráter destrói a compensação do caráter, especialmente em casos em que aquela defesa é relativamente forte, cria-se uma condição temporária que pode levar a um colapso do ego. Em tais casos extremos, é verdade, esse colapso é necessário antes que se possa desenvolver a nova estrutura do ego orientada para a realidade. (Porém, devemos admitir que o colapso teria aparecido por si mesmo mais cedo ou mais tarde – a formação de um sintoma era o primeiro sinal disso.) Contudo, fica-se relutante – a não ser que haja uma indicação urgente – em adotar uma medida que envolva tão grave responsabilidade.

Não se pode ignorar, também, em relação a isso, que, em cada caso no qual é usada, a análise do caráter provoca emoções violentas; na verdade, frequentemente cria situações perigosas. Assim, o analista

---

6. Que o caso seguinte sirva de exemplo de como é decisivo levar em consideração ou desprezar o comportamento de um paciente. Um caráter compulsivo, que tinha atrás de si doze anos de análise sem nenhuma melhora considerável e que estava bem-informado sobre suas motivações infantis (por exemplo, sobre o conflito central com o pai), falava, na análise, com estranha monotonia, numa espécie de cadência de ladainha, e estava sempre torcendo as mãos. Perguntei-lhe se esse comportamento já tinha sido analisado. Não tinha. No princípio não compreendi o caso. Um dia, ocorreu-me que ele falava como se rezasse. Informei-o de minha observação, e ele me respondeu que, quando criança, era forçado pelo pai a assistir a reuniões de oração, o que fazia com muita relutância. Ele rezava, mas protestando. Assim também recitara para o analista durante doze anos: "Bom, farei como você diz, mas sob protesto". Descobrir esse pormenor aparentemente insignificante em seu comportamento abriu caminho à análise e levou aos afetos mais profundamente enterrados.

deve ter domínio técnico da análise em todas as ocasiões. Alguns analistas talvez até rejeitem o procedimento da análise do caráter por essa razão. Se assim acontece, contudo, o tratamento analítico de um grande número de pacientes falhará necessariamente. Há neuroses que simplesmente não podem ser atingidas por meios suaves. Os métodos usados na análise do caráter, a ênfase constante da resistência de caráter e a interpretação persistente de suas formas, meios e motivos são tão poderosos quanto desagradáveis para o paciente. Isso nada tem a ver com a preparação do paciente para a análise: é um princípio analítico estrito. Porém, é de boa política conscientizar o paciente, logo no começo, de todas as dificuldades e coisas desagradáveis previsíveis no tratamento.

f) Sobre as condições ideais para a redução analítica à situação infantil a partir da situação atual

Dado que a interpretação consistente do comportamento de um paciente dá acesso espontâneo às fontes infantis da neurose, levanta-se um novo problema: há critérios para se determinar quando o modo de comportamento atual deve ser reduzido a seu protótipo infantil? Na verdade, uma das principais tarefas da análise consiste precisamente nessa redução. Nestes termos gerais, entretanto, a fórmula não é aplicável à prática cotidiana. Deve essa redução ocorrer imediatamente, logo que os primeiros sinais referentes ao material infantil se tornem aparentes, ou há fatores que indicam ser melhor esperar até um momento específico? Para começar, deve-se ter em mente que o propósito da redução – dissolução da resistência e eliminação da amnésia – não está imediatamente cumprido em muitos casos. Sabemos disso por experiências precisas. Ou o paciente não vai além de uma compreensão intelectual ou a tentativa de redução é derrotada pela dúvida. Isso se explica pelo fato de que o processo topográfico só se completa quando combinado com o processo *dinâmico-afetivo* de tornar consciente – como quando se trata de conscientizar uma ideia inconsciente. São necessárias duas coisas para se conseguir isso: 1) a resistência principal deve estar pelo menos afrouxada; 2) a catexia da ideia que vai ser tornada consciente, ou (como no caso de redução) que vai ser evidenciada numa conexão definida, deve ter atingido um grau mínimo de intensidade. Como sabemos, porém, os afetos carregados de libido das ideias reprimidas são em geral separados, isto é, engolfados no caráter ou nos conflitos agudos de transferência e nas resistências transferenciais. Se a resistência atual é agora reduzida à sua origem infantil, antes que tenha sido desenvolvida completamente (isto é, logo que se nota um traço de sua base infantil), então a intensidade de seu investimento não foi utilizada por completo. O conteúdo da resistência foi utilizado analiticamente na interpretação, mas o afeto correspondente não foi incluído. Se, em outras palavras, tanto o ponto de vista topográfico quanto o dinâmico forem levados em consideração, ao se fazer a interpretação, teremos então de fazer face ao seguinte senão: a resistência não deve ser cortada pela raiz. Pelo contrário, devemos permitir que ela atinja a maturidade total ao calor da situação de transferência. No caso de incrustações de caráter apáticas que se tornaram crônicas, as dificuldades não são atingidas por nenhum outro modo. À regra de Freud segundo a qual o paciente tem de ser levado da atuação (*acting out*) à recordação, do atual para o infantil, deve-se acrescentar que, *antes* de isso acontecer, aquilo que foi neutralizado cronicamente tem de atingir uma nova realidade, viva e ativa na situação de transferência atual. Esse processo é usado também na cura de inflamações crônicas – isto é, primeiro elas são agravadas por meio de provocação –, e isso é sempre necessário no caso de resistências de caráter. Em fases avançadas da análise, quando o analista está seguro da cooperação do paciente, a "terapia da provocação", como a chamava Ferenczi, não é mais necessária. Tem-se a impressão de que, quando o analista reduz uma situação de transferência totalmente imatura, ele o faz por medo das pressões que são parte integrante de fortes resistências transferenciais. Assim, apesar de se ter melhor conhecimento teórico, a resistência é frequentemente considerada algo muito pouco bem-vindo, simplesmente destruidor. Essa é também a razão para a tendência de se evitar a resistência, em vez de deixar que se desenvolva para depois atacá-la. Parece que se esqueceram de que a própria neurose está contida na resistência; que, ao dissolver uma resistência, também dissolvemos uma parte da neurose.

Permitir que a resistência se desenvolva é necessário por outra razão. Devido à estrutura complicada de cada resistência, todos os seus determinantes e conteúdos significativos só são compreendidos com o tempo; e, quanto mais minuciosamente for compreendida uma situação de resistência, tanto mais bem-sucedida será sua interpretação, independentemente do fator dinâmico mencionado anteriormente. A dupla natureza da resistência – os seus motivos contemporâneos e históricos – exige que as formas de defesa do ego que ela contém sejam primeiro trazidas à total consciência. Só depois de se tornar claro o significado contemporâneo da resistência é que se deve interpretar a sua origem infantil à luz do material produzido. Isso também vale para pacientes que já revelaram o material infantil necessário à compreensão da resistência *subsequente*. Em outros casos, talvez a maioria, é necessário deixar que a resistência se desenvolva, pelo menos para se poder obter material infantil suficiente.

Desse modo, a técnica de resistência apresenta dois momentos: 1) *compreender a resistência a partir da situação atual por meio da interpretação de seu significado atual;* 2) *dissolver a resistência relacionando o material infantil decorrente ao material atual.* Dessa maneira evita-se facilmente escapar para a situação atual ou para a infantil, visto que ambas recebem a mesma consideração na interpretação.

Assim, a resistência, outrora obstáculo à terapia, torna-se o instrumento mais poderoso da análise.

g) A análise do caráter no caso de fluxo abundante de material

Em casos nos quais o caráter do paciente impede o trabalho de recordação desde o começo, a análise do caráter acima descrita é inquestionavelmente indicada como o único método analítico legítimo para se iniciar o tratamento. Mas como tratar aqueles pacientes cujos caracteres permitem amplo trabalho de recordação no começo? Defrontamo-nos com duas questões. A análise do caráter como descrita aqui é também necessária nesses casos? Se é, como se deve começar a análise? A primeira pergunta teria de ser respondida negativamente, se houvesse pacientes que não tivessem couraça de caráter. Porém, como não existem tais pacientes, já que, cedo ou tarde, o mecanismo protetor narcísico se torna uma resistência de caráter, variando só em intensidade e profundidade, não há nenhuma diferença *fundamental*. Há apenas uma diferença circunstancial: em pacientes cujo caráter impede o trabalho de recordação, o mecanismo de proteção e defesa narcísicas está totalmente à superfície e aparece imediatamente como uma resistência, ao passo que, em outros pacientes, o mecanismo de proteção e defesa repousa mais fundo na personalidade, de maneira que não se evidencia de início. Mas esses são precisamente os pacientes mais perigosos. Com os primeiros, sabe-se de antemão com o que contar. Com estes últimos, durante algum tempo acredita-se que a análise está progredindo muito bem, porque eles parecem aceitar tudo muito prontamente; na verdade, até apresentam sinais de melhoras e produzem reações imediatas à interpretação. É com tais pacientes que se têm as maiores desilusões. A análise é feita, mas não há sinal do sucesso final. Usam-se todas as interpretações, tem-se confiança de que se conseguiu tornar completamente conscientes a cena primária e os conflitos infantis; contudo, a análise apega-se a repetições monótonas e estéreis do material antigo – a cura não se efetiva. Ainda é pior quando um sucesso transferencial ilude o analista, fazendo-o pensar que o paciente está curado, apenas para descobrir que ele sofre uma recaída completa logo depois de sair da análise.

As incontáveis experiências malsucedidas com tais casos levaram-me a acreditar – uma crença realmente evidente por si mesma – que alguma coisa foi negligenciada, não com respeito ao conteúdo, porque a profundidade dessas análises deixa pouco a desejar nessa área. O que tenho em mente é uma resistência desconhecida e não reconhecida, uma resistência oculta, que faz fracassarem todos os esforços terapêuticos. Um exame mais minucioso revela que esta deve ser procurada na docilidade do paciente, em sua defesa manifestamente fraca contra a análise. E essas análises, em comparação com outros casos bem-sucedidos, mostram ter seguido um curso uniforme e igual, nunca interrompido por explosões afetivas violentas, e, sobretudo, como se tivessem sido conduzidas quase exclusivamente numa transferência "positiva" – algo que só fica claro ao término da análise. Raramente ou nunca manifestaram-se impulsos negativos violentos contra o analista. Embora os impulsos de ódio tivessem sido analisados, eles não apareceram na transferência ou foram recordados sem afetos. Os caracteres narcísicos afetivamente deficientes e os passivo-femininos são os protótipos desses casos. Os primeiros caracterizam-se por uma transferência "positiva" morna e firme; os últimos, por uma transferência "positiva" efusiva.

Assim, foi preciso admitir que nos casos que "iam bem" – assim referidos porque produzem material infantil, isto é, de novo com base numa supervalorização unilateral dos conteúdos do material – o caráter atuara como uma resistência escondida ao longo de toda a análise. Muitas vezes esses casos foram considerados incuráveis ou, pelo menos, difíceis de dominar – conclusão a que eu próprio cheguei outrora, baseado na minha experiência de então. Contudo, desde que aprendi a conhecer suas resistências ocultas, posso colocá-los entre meus casos mais compensadores.

Em termos de análise do caráter, a fase introdutória de tais casos difere de outros, na medida em que o fluxo de comunicações não é perturbado e a análise da resistência de caráter não tem início até que o fluxo de material e o próprio comportamento se tenham tornado resistências claramente reconhecíveis. O caso típico de um caráter passivo-feminino descrito a seguir tem por fim ilustrar claramente isso, e, além do mais, demonstrar como, aqui também, o acesso aos conflitos infantis profundamente recalcados decorre por si mesmo. Além disso, ao seguir a análise até etapas avançadas, queremos demonstrar o autêntico desemaranhamento da neurose no carretel das resistências transferenciais.

3. Um caso de caráter passivo-feminino

a) Anamnese

Um bancário de 24 anos recorreu à análise devido aos estados de angústia que o haviam acometido um ano antes, durante uma visita a uma exposição de higiene. E, antes dessa ocasião, ele sofrera de medos hipocondríacos agudos, por exemplo, de ter uma *tara hereditária*, devido à qual iria tornar-se *mentalmente insano* e *morrer num manicômio*. Conseguiu apresentar um certo número de razões lógicas para justificar esses medos: o pai contraíra sífilis e gonorreia dez anos antes do casamento; suspeitava-se de que o avô paterno também tivera sífilis; um de seus tios paternos era muito nervoso e sofria de insônia; do lado materno, a tara hereditária era ainda pior: o avô e um dos tios haviam se suicidado e uma das tias-avós era "mentalmente anormal" (aparentemente melancólico-depressiva); a mãe do paciente era uma mulher nervosa e dominada pela angústia.

Essa dupla "tara hereditária" (sífilis do lado do pai, suicídio e psicose do lado da mãe) tornava o caso muito mais interessante: a psicanálise não nega uma etiologia hereditária da neurose, mas só lhe concede a importância de uma das muitas etiologias e, por essa razão, encontra-se em oposição à psiquiatria ortodoxa. Veremos que a ideia do paciente sobre sua hereditariedade tinha também uma base irracional. Apesar das graves dificuldades, curou-se. Sua subsequente libertação de recaídas ocorreu depois de um período de cinco anos.

Esse relato cobre apenas os primeiros sete meses de tratamento, que consistiram na revelação, objetivação e análise das resistências de caráter. Os últimos sete meses são considerados rapidamente, pois interessam pouco do ponto de vista da resistência e da análise do caráter. Para nós é especialmente importante descrever a fase introdutória do tratamento, o caminho seguido pela análise das resistências e a maneira pela qual ela obteve acesso ao material infantil mais antigo. Devido às dificuldades em descrever uma análise, e para facilitar sua compreensão, vamos relatá-la sem nenhum dos acessórios e repetições. Vamos nos concentrar apenas nas resistências e na maneira como foram trabalhadas. Revelaremos somente, por assim dizer, o esqueleto da análise e tentaremos revelar suas etapas mais importantes e relacioná-las umas com as outras. Na realidade, a análise não foi tão simples como pode parecer aqui no livro. Com o passar dos meses, porém, uma manifestação juntou-se a outra, e começou a se configurar um esboço definido em relação a certos acontecimentos; é esse esboço que tentaremos descrever aqui.

Os *ataques de angústia* do paciente eram acompanhados por *palpitações* e por uma paralisia de toda *vontade*. Mesmo nos intervalos entre esses ataques, ele nunca se libertava totalmente de um sentimento de inquietação. Frequentemente, os ataques de angústia apareciam muito de repente, mas também eram provocados com facilidade quando, por exemplo, lia qualquer coisa sobre doenças mentais ou suicídio nos jornais. No decurso do ano anterior, sua capacidade de trabalho mostrara sinais marcantes de deterioração, e ele temia perder o emprego por causa do seu *rendimento reduzido*.

Tinha graves perturbações *sexuais*. Pouco antes da visita à *exposição de higiene*, tentara ter relações com uma prostituta, mas fracassara. Isso não o incomodara muito, pelo menos era o que dizia. Tampouco suas necessidades sexuais conscientes eram muito fortes. Aparentemente, a abstinência não lhe criava problemas. Vários anos antes, conseguira ter uma relação sexual, mas a ejaculação fora precoce e sem prazer.

Interrogado sobre se já sofrera de ataques de angústia antes dessa época, o paciente mencionou que, quando *criança*, fora *muito medroso* e, especialmente durante a puberdade, tivera *receio de catástrofes mundiais*. Sentira muito medo, em 1910, quando ouviu dizer que o mundo acabaria pela colisão com um cometa, e ficara espantado ao ver os pais falarem no assunto com tanta calma. Esse "medo de catástrofes" desaparecera gradualmente, mas fora substituído mais tarde pela ideia de ter uma tara hereditária. Sofrera de intensos estados de angústia desde criança. Nos últimos anos, contudo, esses estados tinham se tornado menos frequentes.

Além da *ideia hipocondríaca de ter uma tara hereditária*, dos *estados de angústia* e da *debilidade sexual*, não havia outros sintomas neuróticos. No começo do tratamento, o paciente tinha consciência de seus estados de angústia, porque era destes que mais sofria. A ideia hereditária estava racionalizada demais, e a debilidade de sua libido (sua impotência) não o incomodava a ponto de senti-la como doença. Em termos dos sintomas, tínhamos aí a *forma hipocondríaca da histeria de angústia*, com o habitual *núcleo neurótico real (neurose de estase)* – especialmente bem-desenvolvido neste caso.

O diagnóstico, *caráter histérico com histeria de angústia hipocondríaca*, baseava-se nas descobertas analíticas acerca de suas fixações. Fenomenologicamente, o paciente incluía-se no tipo do *caráter passivo-feminino*: seu comportamento era sempre excessivamente amigável e humilde; ele estava sempre se desculpando pelos motivos mais insignificantes. Tanto ao chegar como ao partir curvava-se várias vezes. Além disso, era *desastrado, tímido* e *cerimonioso*. Se lhe perguntava, por exemplo, se fazia alguma objeção a mudar de horário, não respondia simplesmente "não". Assegurava-me de que estava às minhas ordens, que tudo estava bem para ele etc. Se tinha um pedido a fazer, agarrava o braço do analista enquanto o fazia. Uma vez, quando lhe disse que talvez desconfiasse do analista, voltou ao consultório no mesmo dia muito aborrecido. Não podia suportar a ideia, disse ele, de que seu analista o considerasse desconfiado, e repetidamente pediu desculpa se por acaso dissera algo que me fizera ter tal ideia.

b) O desenvolvimento e a análise da resistência de caráter

A análise, marcada por resistências que provinham de seu caráter, desenvolveu-se da seguinte maneira:

Cônscio da regra básica, o paciente começou, de maneira fluente e raramente atrapalhado com as palavras, a falar do ambiente familiar e da tara hereditária. Pouco a pouco, passou às suas relações com os pais. Garantia que amava a ambos da mesma maneira; na verdade, dizia ter muita consideração pelo pai. Descrevia-o como uma pessoa enérgica e sensata. *O pai prevenira-o várias vezes contra a masturbação e as relações extraconjugais.* Falara-lhe sobre suas próprias experiências ruins, sobre sua sífilis e gonorreia, as relações com mulheres que haviam terminado mal. Tudo isso fora feito na melhor das intenções, isto é, na esperança de poupar o filho de experiências semelhantes. O pai nunca lhe batera para impor sua vontade. Usara sempre uma abordagem mais sutil: "Não lhe estou impondo nada; estou simplesmente aconselhando..." Desnecessário dizer que o tom era bastante enérgico. O paciente descrevia suas relações com o pai como extremamente boas; era muito devotado a ele; não tinha melhor amigo no mundo.

Não demorou muito tempo nesse assunto. As sessões eram realizadas quase exclusivamente com descrições de sua relação com a mãe. Ela fora sempre afetuosa e muito atenta ao seu bem-estar. Ele também se comportava de maneira afetuosa para com a mãe. Por outro lado, deixava que a mãe fizesse tudo para ele. Ela cuidava da sua roupa, servia-lhe o café da manhã na cama, sentava-se ao lado da cama até ele adormecer (ainda na época da análise), penteava-lhe o cabelo; numa palavra, ele tinha a vida de uma criança mimada.

Progrediu rápido na discussão da relação com a mãe e, *ao cabo de seis semanas, estava a ponto de se tornar consciente do desejo do coito.* Com exceção disso, tornara-se totalmente consciente da relação afetuosa com a mãe – até certo ponto, já havia se dado conta disso mesmo antes da análise: gostava de atirá-la à cama; e ela se submetia com *"olhos brilhantes* e *faces afogueadas".* Quando ela ia, em camisola, dar-lhe boa-noite, ele costumava abraçá-la impetuosamente. Embora tentasse sempre acentuar a excitação sexual da mãe – sem dúvida, num esforço para trair o menos possível suas próprias intenções –, mencionou várias vezes, como que entre parênteses, que ele próprio ficava claramente excitado sexualmente.

Minha tentativa, bastante cautelosa, de lhe fazer conhecer o significado real dessas práticas encontrou pronta e violenta resistência. Podia assegurar-me, disse ele, que teria reagido da mesma maneira com outras mulheres. Eu não fizera essa tentativa com a intenção de interpretar a fantasia do incesto, mas apenas para me assegurar se teria tido razão ao supor que seu avanço rígido na direção do amor incestuoso historicamente importante era uma evasão engenhosa de outro material com maior importância *atual*. O material que fornecia sobre a relação com a mãe não era nada ambíguo; aparecia de fato como se ele estivesse a ponto de apreender a verdadeira situação. Em princípio, portanto, não havia razão para que não desse uma interpretação. Porém, a disparidade gritante entre o conteúdo das comunicações e dos sonhos e o comportamento excessivamente amigável levavam-me a acautelar-me contra tal interpretação.

Assim, minha atenção tinha de se concentrar cada vez mais em seu comportamento e no material onírico. Ele não fornecia quaisquer associações a seus sonhos. Durante a própria sessão entusiasmava-se com a análise e o analista; fora da sessão, preocupava-se profundamente com seu futuro e tinha pensamentos sombrios sobre a tara hereditária.

O material onírico tinha uma natureza dupla: de um lado, estava ligado às fantasias incestuosas. O que ele não exprimia durante o dia era denunciado no conteúdo manifesto de seus sonhos. Assim, em sonhos perseguia a mãe com uma faca de papel, ou rastejava por um *buraco* em frente do qual *estava a mãe*. De outro lado, lidava *frequentemente com uma obscura história de assassínio*, com a *ideia hereditária*, um *crime* que alguém cometera, *observações* zombeteiras feitas por alguém ou uma expressão de desconfiança.

Nas primeiras quatro a seis semanas, tive o seguinte material analítico à minha disposição: as comunicações sobre a relação com a mãe; os estados de angústia atuais e a ideia hereditária; o comportamento excessivamente amigável, submisso; os sonhos – aqueles que claramente perseguiam as fantasias de incesto e aqueles que tratavam de assassínio e desconfiança; certas indicações de uma transferência materna positiva.

Entre interpretar seu material de incesto totalmente claro e acentuar as indicações de sua desconfiança, escolhi esta última alternativa. Porque se tratava de fato de uma *resistência latente* que ficara escondida durante semanas. E era precisamente por essa razão que o paciente oferecia tanto material e não estava inibido o suficiente. Como se viu mais tarde, essa foi também a primeira grande *resistência transferencial*, cuja natureza especial foi determinada pelo caráter do paciente. *Ele criava uma impressão enganosa*: 1) pela revelação de material terapeuticamente sem valor, relacionado com suas experiências; 2) pelo comportamento excessivamente amigável; 3) pela frequência e clareza de seus olhos; 4) pela confiança simulada que demonstrava em relação ao analista. *Sua atitude para com o analista era "obsequiosa"*, do mesmo modo como se devotara ao pai toda a vida, e, de fato, pela mesma razão: *por ter medo dele*. Se este tivesse sido meu primeiro caso do gênero, teria sido impossível para mim saber que tal comportamento constitui uma resistência forte e perigosa, e não teria sido capaz de solucioná-la, pois não poderia ter deduzido seu significado e sua estrutura. Contudo, experiências anteriores com casos semelhantes ensinaram-me que pacientes assim não conseguem produzir nenhuma resistência visível durante meses – e até durante anos a fio – e não reagem terapeuticamente, de modo nenhum, às interpretações que o material claro leva o analista a fazer. Portanto, não se pode dizer que, em tais casos, se deve esperar que a resistência transferencial apareça; a verdade é que ela já está completamente desenvolvida desde o começo. A resistência está escondida numa forma peculiar ao caráter do doente.

Consideremos também se o material de incesto heterossexual fornecido de fato representa material trazido das profundezas do inconsciente. A resposta é negativa. Se examinarmos a função atual do material oferecido no presente, verificaremos muitas vezes que impulsos profundamente reprimidos são trazidos temporariamente pelo ego para se defender de *outros* conteúdos, sem que haja qualquer mudança no estado da repressão. Esse fato bastante peculiar não é facilmente compreensível em termos de psicologia profunda. É decididamente um erro de avaliação interpretar esse material. Tais interpretações não só não dão fruto como impedem a maturação desse conteúdo recalcado para uso futuro. Do ponto de vista teórico, podemos dizer que conteúdos psíquicos podem aparecer no sistema consciente sob duas condições muito diferentes: trazidos por afetos genuínos, relacionados a esse material e especificamente libidinais, ou por interesses *estranhos* não relacionados aos conteúdos em questão. Na primeira condição, a pressão interna da excitação represada obriga o conteúdo a vir à consciência; na segunda condição, o conteúdo é trazido à superfície com propósitos de defesa. Um exemplo disso são expressões de amor que fluem livremente, quando comparadas com aquelas cujo fim é encobrir o ódio reprimido, ou seja, testemunhos reativos de amor.

A resistência tinha de ser atacada, tarefa naturalmente muito mais difícil nesse caso do que se a resistência tivesse sido manifesta. Embora não fosse possível deduzir o significado da resistência a partir das comunicações do paciente, isso certamente podia ser feito tomando por base seu comportamento e os detalhes aparentemente insignificantes de alguns dos seus sonhos. A partir destes podia-se ver que, temendo revoltar-se contra o pai, ele mascarara a teimosia e a desconfiança através de um amor reativo e, por meio da obediência, poupara a si próprio da angústia.

A primeira interpretação da resistência foi feita no quinto dia da análise, em conexão com o seguinte sonho: *"Minha letra é enviada a um grafólogo para uma avaliação. Resposta: este homem pertence a um asilo de loucos. Desespero profundo de minha mãe. Quero dar fim à minha vida. Acordo"*.

Ele relacionara o prof. Freud ao grafólogo; o professor dissera-lhe, acrescentou o paciente, que doenças como aquela de que sofria podiam, com "certeza absoluta", ser curadas pela análise. Chamei-lhe a atenção para a contradição: visto que, no sonho, ele pensava num asilo de loucos e tinha medo, sem dúvida era da opinião de que a análise não o podia ajudar. Recusou admitir isso, insistindo em que tinha confiança total na eficácia da análise.

Até o fim do segundo mês, o paciente teve muitos sonhos, embora poucos fossem suscetíveis de interpretação, e continuou a falar sobre a mãe. Deixei que continuasse falando, sem o interromper ou incitar, e tive o cuidado de não perder qualquer indicação de desconfiança. Porém, depois da primeira interpretação de resistência, mascarou ainda melhor a desconfiança secreta, até que, finalmente, teve o seguinte sonho: *"Um crime havia sido cometido, possivelmente um assassínio. Fiquei involuntariamente implicado nesse crime. Medo de ser descoberto e castigado. Um de meus colegas, cuja coragem e determinação me impressionam, está presente. Tenho consciência de sua superioridade"*.

Destaquei o medo de ser descoberto e relacionei-o com a situação analítica, dizendo-lhe à queima-roupa que todo o seu comportamento indicava que ele estava escondendo alguma coisa.

Logo na noite seguinte, teve um sonho mais longo, confirmando o que eu dissera: *"Soube que há um plano de um crime em nosso apartamento. É noite e estou na escada escura. Sei que o meu pai está no apartamento. Quero ir em sua ajuda, mas tenho medo de cair nas mãos do inimigo. Lembro-me de avisar a polícia. Trago comigo um rolo de papel que contém todos os pormenores do plano. É necessário um disfarce, pois de outro modo o chefe do bando, que colocou muitos espiões, irá frustrar meu intento. Vestindo uma grande capa e usando uma barba falsa, deixo minha casa curvado como um velho. O chefe dos inimigos me faz parar. Manda um de seus subordinados me revistar. O rolo de papel é notado por este. Sinto que tudo estará perdido se ele ler o conteúdo. Tento parecer o mais inocente possível e digo-lhe que são notas sem qualquer significado. Ele diz que, mesmo assim, tem de ver. Há um momento de expectativa angustiante; então, em desespero, procuro uma arma. Encontro um revólver em meu bolso e puxo o gatilho. O homem desaparece, e subitamente me sinto muito forte. O chefe dos adversários transforma-se numa mulher. Sinto um grande desejo por essa mulher; agarro-a, levanto-a nos braços e levo-a para dentro de casa. Estou pleno de uma sensação agradável e acordo".*

Todo o tema do incesto aparece no final do sonho, mas também temos, no começo, alusões inequívocas à dissimulação do paciente na análise. Realcei apenas esse elemento, novamente tendo em mente que um paciente tão abnegado teria primeiro de desistir de sua atitude enganadora na análise antes de se poder dar interpretações mais profundas. Mas dessa vez dei mais um passo na interpretação da resistência. Disse-lhe que ele não só desconfiava da análise como fingia o exato oposto. Ele ficou terrivelmente excitado com isso e apresentou três ações histéricas diferentes ao longo de um período de seis sessões:

1) erguia-se, agitando os braços e as pernas em todas as direções, enquanto gritava: "Deixe-me sozinho, ouviu? Não se aproxime. Eu o mato, eu o pulverizo". Essa ação muitas vezes mudava imperceptivelmente para outra, diferente:
2) agarrava a própria garganta, produzindo um som lamurioso, e gritava numa voz esganiçada: "Oh, deixe-me sozinho, por favor, deixe-me sozinho. Não farei isso outra vez";
3) não se portava como alguém atacado com violência, mas como uma rapariga que tivesse sido violentada: "Deixe-me sozinho, deixe-me sozinho". Isso era dito sem sons de estrangulamento e, enquanto na primeira ação se enrolava sobre si, nesta abria muito as pernas.

Durante esses seis dias, o fluxo de suas comunicações vacilou; estava, definitivamente, num estado de manifesta resistência. Falou sem parar da sua tara hereditária; de tempos em tempos caía naquele estado especial em que, como descrevemos, revivia as cenas acima. O estranho é que, logo que a ação cessava, ele continuava a falar calmamente como se nada tivesse acontecido. Apenas dizia: "Mas é uma coisa estranha esta que está se passando comigo aqui, doutor".

Então, expliquei-lhe, sem entrar em detalhes, que ele estava obviamente representando para mim alguma coisa que devia ter experimentado ou, pelo menos, fantasiado alguma vez na vida. Ficou visivelmente satisfeito com essa primeira explicação, e representou com mais frequência daí em diante. Era preciso admitir que minha interpretação da resistência despertara um importante elemento inconsciente, que se exprimia então na forma dessas ações. Mas ele estava muito longe de uma clarificação analítica das ações; ainda fazia uso delas como parte de sua resistência. Pensava que me agradava de modo especial com suas encenações frequentes. Soube mais tarde que, durante os ataques de angústia noturnos, ele se portava como descrevi nos itens 2 e 3 acima. Embora o significado das ações fosse claro para mim e eu pudesse tê-la comunicado para ele em conexão com o sonho de assassínio, persisti na análise de sua resistência de caráter, para cuja compreensão suas encenações já tinham contribuído bastante.

Consegui formar o seguinte quadro da *estratificação de conteúdos da resistência transferencial caracterológica.*

A *primeira ação* representava a transferência dos impulsos homicidas que ele abrigava em relação ao pai (camada profunda).

A *segunda ação* retratava o medo do pai por causa do impulso homicida (camada intermediária).

A *terceira ação* representava o conteúdo escondido, grosseiramente sexual, de sua atitude feminina, a identificação com uma mulher (violentada) e, ao mesmo tempo, a evitação passivo-feminina dos impulsos homicidas.

Assim, *entregava-se para evitar que o pai executasse o castigo* (castração).

Mas mesmo as ações que correspondiam à camada superior não podiam ser ainda interpretadas. O paciente podia ter aceitado todas as interpretações *pro forma* ("para ser agradável"), mas nenhuma teria tido efeito terapêutico. Porque, entre o material inconsciente que ele oferecia e a possibilidade de uma compreensão profunda, havia o fator inibidor da *precaução feminina transferida contra um medo de mim, também transferido.* Esse medo, por sua vez, estava relacionado com um *impulso de ódio* e com uma desconfiança que eram transferidos do pai. Em resumo, ódio, medo e desconfiança estavam escondidos por trás de sua atitude submissa e confiante, uma parede contra a qual toda a interpretação de sintomas se desfaria em pedaços.

Assim, continuei me restringindo à interpretação das intenções de suas fraudes inconscientes. Disse-lhe que ele estava então reencenando tão frequentemente num esforço para me conquistar para o seu lado; acrescentei que essa atuação (*acting out*) era, de fato, muito importante. Mas não podíamos começar a compreendê-la até que ele tivesse apreendido o significado de seu comportamento atual. Sua oposição à interpretação da resistência enfraqueceu, mas ele ainda a rejeitava.

Durante a noite seguinte, sonhou, pela primeira vez *claramente*, com sua desconfiança em relação à análise: *"Descontente com o fracasso da análise até agora, volto-me para o professor Freud. Como remédio para minha doença, ele me dá uma longa vara que tem a forma de um cotonete. Tenho uma sensação de satisfação".*

Na análise desse fragmento de sonho, ele admitiu, pela primeira vez, que estivera levemente desconfiado das palavras de Freud, e que depois ficara desagradavelmente surpreendido por ter sido recomendado a um analista tão jovem. Percebi duas coisas: primeiro, essa comunicação sobre a desconfiança era feita para me ser agradável; segundo, ele estava omitindo algo. Chamei-lhe a atenção para esses dois pontos. Um pouco mais tarde, soube que ele me enganara na questão da remuneração.

Enquanto eu trabalhava consistentemente com sua resistência de caráter, obediência e submissão enganosas, cada vez mais material continuava a brotar de todos os períodos de sua vida – material sobre sua relação com a mãe na infância e sobre sua relação com rapazes, sua angústia infantil, o prazer que tivera de estar doente quando criança etc. Isso só era interpretado na medida em que se relacionava com sua resistência de caráter.

Ele começou a ter cada vez mais sonhos relativos à sua desconfiança e à sua atitude sarcástica reprimida. Entre outros, teve este sonho várias semanas depois: *"A uma observação de meu pai de que ele não tem sonhos, respondo que não é de maneira nenhuma o caso de que, evidentemente, ele esquece os sonhos, os quais, em grande parte, são fantasias proibidas. Ele ri, zombeteiro. Demonstro com excitação que esta teoria simplesmente pertence a Freud, mas sinto-me pouco à vontade ao dizer isso".*

Expliquei-lhe que fizera o pai rir com sarcasmo porque ele próprio tinha medo, e justifiquei meu ponto de vista referindo-me ao mal-estar que ele sentira no sonho. Interpretei isso como sinal de sua consciência pesada.

Ele aceitou essa interpretação, e nos dez dias seguintes discutiu-se a questão do pagamento. Chegou-se à conclusão de que, durante a conversa preliminar, antes do começo da análise, ele mentira conscientemente para mim, na medida em que, sem ser perguntado, dissera ter menos dinheiro do que realmente possuía. Fizera isso, disse, "para se proteger", por duvidar de minha honestidade. Como é meu hábito, havia lhe falado de meus honorários, normais e mínimos, e o aceitara como paciente mediante o pagamento dos últimos. Porém, ele podia pagar mais, não só por ter mais economias e rendimento do que afirmara ter, mas também porque o pai cobria metade do custo da análise.

c) Ligação da análise do material atual com a do infantil

Na discussão da "questão monetária", que se fazia sempre em relação com a resistência de caráter (isto é, o medo escondido e a desconfiança disfarçada), o paciente cometeu uma vez um lapso verbal. Ele disse: "Queria que minhas economias no banco ficassem maiores", em vez de dizer *aumentassem*. Assim, traiu a relação do dinheiro com o falo e a relação do medo de *perder dinheiro* com o *medo em relação ao falo*. Não lhe disse nada disso, nem analisei o lapso, porque não queria interpretar o medo de castração como tal tão cedo. Apenas fiz algumas observações ao fato de que sua economia devia estar relacionada com o medo de catástrofes, e que, evidentemente, ele se sentia mais seguro quando tinha mais dinheiro. Mostrou uma compreensão boa e autêntica dessa explicação e fez associações corroborantes, que partiam da infância: começara a poupar dinheiro desde muito cedo, e nunca conseguiu se esquecer do fato de que o pai lhe tomara as economias e as gastara sem lhe pedir licença. *Pela primeira vez espontaneamente expressou desaprovação pelo pai.* Num nível consciente, essa desaprovação relacionava-se com dinheiro, mas num nível inconsciente, é óbvio, ligava-se com o perigo de castração. Expliquei-lhe também que, embora o pai tenha evidentemente agido de boa-fé, fora pouco prudente em reprimir a sexualidade do filho até aquele ponto. O próprio paciente admitiu que ficara secretamente intrigado com essas coisas, mas nunca tivera coragem de se opor ao pai – cuja única preocupação, como ele julgava, era defender os interesses do filho. Eu ainda não podia dizer que um profundo sentimento de culpa e o medo do pai eram as forças impulsionadoras de sua obediência.

A partir de então, a análise da resistência transferencial continuou paralelamente à da atitude rebelde oculta para com o pai. Todos os elementos da situação de transferência eram relacionados com o pai e compreendidos pelo paciente, enquanto ele fornecia grande quantidade de *material novo sobre sua verdadeira atitude para com o pai*. É claro que tudo o que ele trazia era ainda fortemente censurado, ainda inacessível à interpretação profunda, mas a análise da infância tinha começado devidamente. Ele já não revelava material com o fim de fugir a outras coisas; agora, devido à análise da resistência de caráter, estava muito abalado, e crescia nele a convicção de que seu relacionamento com o pai não era como ele imaginara, e tivera uma influência perniciosa em seu desenvolvimento.

Cada vez que se aproximava da fantasia de assassínio seu medo tornava-se mais forte. Sonhava menos e tinha sonhos mais curtos, mas mais compactos e mais intimamente ligados com a situação analítica. Em larga medida, o material que antes fora *empurrado para a frente* recuava agora para o fundo. O que surgia de outras camadas psíquicas apresentava uma ligação estreita com o complexo paterno: sua fantasia de ser uma mulher e o desejo incestuoso. No decurso das seis semanas seguintes, apareceram, pela primeira vez, sonhos de castração sem disfarces, embora eu não tenha feito quaisquer interpretações ou sugestões:

1) *"Estou deitado na cama. De repente sou despertado e reparo que o antigo diretor de minha escola, o Sr. L., está sentado em cima de mim. Domino-o e deito-me em cima dele, mas ele liberta uma das mãos e ameaça meu falo."*
2) *"Meu irmão mais velho passa por uma janela do vestíbulo e entra em nosso quarto. Manda alguém lhe trazer uma espada porque quer me matar. Bato-lhe com ela e o mato."*

Assim, vemos como o conflito central com o pai aparece cada vez mais claramente, *sem* nenhum esforço de minha parte, mas apenas como resultado de uma análise da resistência correta.

Repetidas estagnações ocorreram nessa fase, além de sonoras exclamações de desconfiança a respeito da análise. Nessa altura, a resistência relacionava-se com a questão do pagamento: ele duvidava de minha honestidade. Dúvida e desconfiança sempre afloravam quando ele se aproximava da antipatia pelo pai, do complexo de castração e da fantasia de assassínio. Na verdade as resistências por vezes ocultavam-se por trás de uma devoção feminina, mas já não era difícil arrancá-las do esconderijo.

Depois de umas férias de cinco semanas, retomamos a análise. Como os pais estavam viajando, ele, que não tivera férias e sentia medo de ficar sozinho, fora morar com um amigo durante esse tempo. Não conseguira alívio de seus estados de angústia; pelo contrário, estes haviam se tornado mais acentuados nesse intervalo. A esse respeito, contou-me que, em criança, sempre tinha medo quando a mãe se ausentava, sempre a quisera a seu lado e ficava zangado com o pai por levá-la ao teatro ou a um concerto.

Assim, estava bem evidente que, ao lado da transferência paterna negativa, ele formara uma transferência materna forte e afetuosa. Comparando a situação durante as férias com aquela existente meses antes, o paciente disse que se sentira muito bem e seguro comigo. Isso mostra que a transferência materna estivera presente desde o começo, lado a lado com a atitude reativa passivo-feminina. Ele próprio deduziu que se sentia tão protegido comigo como com a mãe. Não fui mais a fundo nessa comunicação porque a transferência afetuosa da mãe não causava nenhuma perturbação nessa altura. Ainda era prematuro fazer uma análise da relação com a mãe e, como resultado da interrupção, a transferência feminina reativa em relação ao pai estava de novo tão forte como antes. O paciente falava de modo humilde e submisso, como no início da análise, e suas comunicações centravam-se novamente na relação com a mãe.

No terceiro e no quarto dia da retomada da análise, ele teve dois sonhos contendo o *desejo incestuoso, sua atitude infantil para com a mãe e sua fantasia uterina*. Em conexão com esses sonhos, recordou cenas que vivera com a mãe no banheiro. Ela o banhara até os doze anos, e ele nunca conseguira compreender por que os colegas zombavam dele por causa disso. Depois recordou o medo infantil que tivera de criminosos que podiam entrar à força no apartamento e assassiná-lo. Desse modo, a análise já trouxera à superfície a histeria de angústia infantil, sem quaisquer interpretações ou sugestões a propósito. Evitou-se uma análise mais profunda dos sonhos, porque o resto de seu comportamento estava mais uma vez marcado por tendências enganadoras.

Os sonhos da noite seguinte foram ainda mais nítidos:

1) *"Passeio a pé pelo Arnbrechtthal (lugar de nossas férias de verão quando eu tinha cinco e seis anos) com o propósito de reavivar minhas impressões infantis. De repente, chego a um grande largo, do qual só se pode sair atravessando-se um castelo. O porteiro, que é uma mulher, abre-me o portão e explica que não posso visitar o castelo a essa hora. Respondo que não é essa minha intenção; quero apenas atravessar o castelo para chegar ao campo aberto. Aparece a dona do castelo, uma senhora idosa que tenta seduzir-me com o olhar. Quero fugir, mas, de súbito, percebo que esqueci a chave (que abre minha mala e que também parece ter grande importância para mim) no cofre particular da dama do castelo. Sensação desagradável, mas que desaparece logo, porque o cofre é aberto e recebo a chave de volta."*

2) *"Sou chamado por minha mãe, que vive no andar acima do meu. Pego um jornal, dou-lhe a forma de um pênis e vou ter com ela."*

3) *"Estou num grande vestíbulo em companhia de minha prima e da mãe dela. Minha prima, que me provoca um quê de prazer, veste apenas uma camisola. Eu também. Abraço-a. Ocorre-me que, de repente, sou muito mais baixo do que ela, pois meu pênis alcança apenas metade da altura de suas coxas. Tenho uma ejaculação involuntária e sinto-me terrivelmente envergonhado, porque receio que manche minha camisola, o que poderia ser notado facilmente."*

Ele próprio reconhece a mãe na prima. No que diz respeito à nudez, lembrou-se de que nunca se despira nas tentativas de relações sexuais. Tinha um vago receio de o fazer.

Assim, a fantasia de incesto (sonhos 2 e 3) e a angústia de castração (sonho 1) revelaram-se muito claramente. Por que é que censurava tão pouco? Em vista de suas claras digressões, não fiz nenhuma interpretação nem esforço para que o paciente apresentasse mais comunicações ou associações. Por outro lado, não interrompi suas associações. Queria que esse assunto se desenvolvesse mais e, mais do que isso, *não desejava que acontecesse nada até que aparecesse a próxima resistência transferencial e esta fosse eliminada*.

Não demorou para que isso acontecesse, desencadeado por uma observação, que fiz involuntariamente, e contra o meu propósito, relativa ao segundo sonho. Chamei a atenção do paciente para o fato de que já tivera antes um sonho sobre um pênis de papel. Foi uma observação desnecessária. Não obstante o inequívoco conteúdo manifesto do sonho, reagiu na defensiva, em sua maneira habitual. Percebera meu ponto de vista, ele disse, "mas...". Na noite seguinte a esse incidente, teve um violento ataque de angústia e dois sonhos: o primeiro relativo à sua "resistência monetária" (angústia de castração transferida); o segundo revelando *pela primeira vez a cena primária*, que em última instância motivava a resistência monetária.

1) *"Estou em frente a uma barraca de diversões, em meio a uma grande multidão no Prater. De repente, noto que um homem atrás de mim tenta roubar-me a carteira do bolso de trás. Agarro a carteira e impeço o roubo no último momento."*
2) *"Viajo no último vagão de um trem pela região sul do Wörther See. Numa curva reparo de súbito que outro trem vem na minha direção pela via única da estrada de ferro. Parece que não há maneira de evitar a catástrofe; para me salvar, salto da plataforma."*

Esse sonho fez-me ver claramente que eu tivera razão em não interpretar os sonhos incestuosos. Uma resistência latente, mas forte, precedia-o. Também vemos que o sonho de resistência estava intimamente relacionado com a angústia infantil (medo de castração, medo da cena primária). Entre os três e os seis anos, ele passara as férias de verão no Walther Sec.

Nenhuma associação emergiu com referência ao sonho. Relacionando o homem do primeiro sonho comigo, mais uma vez centrei a discussão em sua atitude como um todo, no receio escondido que ele tinha de mim e na desconfiança disfarçada na questão dos honorários, sem, por enquanto, tocar na ligação com o medo de catástrofes.

No segundo sonho, só fiz sobressair a "catástrofe inevitável." É claro que já sabíamos, disse-lhe eu, que, para ele, dinheiro significava proteção contra catástrofes, e ele temia que eu o privasse dessa proteção.

Ele não aceitou essa interpretação de imediato (na verdade, pareceu ficar chocado com a ideia de pensar em mim como ladrão), mas também não a rejeitou. Durante os três dias seguintes, contou sonhos em que me assegurava sua devoção e confiança. Eu também lhe aparecia como sua mãe. Surgiu ainda um elemento novo: *a mãe com a aparência de homem*; ela aparecia no sonho como um japonês. Só compreendemos isso muitos meses mais tarde, quando se clarificaram suas fantasias infantis sobre a guerra russo-nipônica. Os russos representavam o pai; os japoneses, devido à sua pouca estatura, representavam a mãe. Além disso, a mãe usava pijamas japoneses naquela época; *a mãe de calças*. Ele cometeu repetidos lapsos verbais, referindo-se, por exemplo, ao "pênis da mãe". Mesmo o "colega de escola", que aparecia em alguns sonhos, representava a prima, que se parecia com a mãe dele.

Porém, os sonhos claramente incestuosos eram sonhos de resistência, cujo desígnio era esconder seu medo de mulher (tendo um pênis).

A partir de então – durante cerca de seis semanas –, a análise seguiu um estranho curso em zigue-zague: sonhos e comunicações relativos à resistência monetária alternavam-se com sonhos que revelavam o desejo pela mãe, a mãe como homem, o pai perigoso e as mais diversas variações da angústia de castração. Em minhas interpretações, eu partia sempre da resistência monetária (= angústia de castração) e, usando-a como base, continuei a aprofundar a análise da situação infantil. Isso foi bastante fácil, visto que o material infantil estava sempre intimamente ligado à situação de transferência. É claro que todos os medos e desejos da infância que surgiam então não apareceram na transferência, que se aproximava cada dia mais da culminância. (Nessa altura, a característica saliente da transferência era a angústia de castração.) Só o núcleo da situação infantil aparecera na resistência transferencial. Por estar seguro de que a análise estava seguindo corretamente, eu não receava reservar as interpretações de conteúdo profundas para o momento devido. Em vez disso, trabalhei consistentemente com o medo que o paciente tinha de mim, relacionando-o sempre com o medo do pai.

Era minha intenção, ao trabalhar e eliminar o mais completamente possível a resistência transferida do pai, penetrar suas fantasias incestuosas infantis. Desse modo, poderia recebê-las relativamente livres de resistências e conseguir interpretá-las. Assim, esperava evitar o desperdício de minhas interpretações principais. Nessa época, portanto, não fiz esforço para interpretar o material incestuoso que fluía cada vez mais clara e compactamente do inconsciente.

No início dessa fase, a estratificação topográfica da resistência e do material era a seguinte:

1) *a angústia de castração, sob a forma de resistência monetária, ocupava a camada superior;*
2) *ele procurava continuamente evitar isso por meio do comportamento feminino em relação a mim; mas isso já não era tão fácil para ele como no princípio;*
3) *o comportamento feminino escondia uma atitude sádico-agressiva em relação a mim (seu pai) e era acompanhado por*
4) *um profundo apego afetivo à mãe, também transferido para mim;*
5) *relacionados a esse comportamento ambivalente, que se concentrava na resistência transferencial, estavam os desejos incestuosos, a angústia de masturbação, a ânsia pelo útero e o grande medo que derivava da cena primária – tudo aparecia em seus sonhos, mas não era interpretado. Só sua intenção de enganar e seus motivos, o medo de uma antipatia pelo pai, eram interpretados.*

Essa situação, que evidentemente estivera presente de forma latente desde o começo, mas que não se condensara inteiramente até agora (sobretudo na transferência da angústia de castração), desenvolveu-se da seguinte maneira:

No quinto mês da análise ele teve o primeiro sonho de angústia de masturbação incestuosa: *"Estou num quarto. Uma jovem de cara redonda está sentada a um piano. Só vejo a parte superior do corpo porque o piano esconde o resto. Ouço a voz do meu analista a meu lado: 'Vê, essa é a causa da sua neurose'. Sinto-me arrastado para mais junto da mulher; de repente sou dominado pelo medo e grito forte".*

No dia anterior, ao comentar um sonho, eu dissera ao paciente: "Bem vê, essa é uma das causas de sua neurose", e com isso quis me referir a seu comportamento infantil, sua necessidade de amor e cuidado. Como se ele soubesse a verdadeira causa de sua neurose, relacionou a "afirmação do dia anterior" com sua *angústia de masturbação reprimida*. A ideia de masturbação estava de novo associada com a de incesto. Ele acordou num estado de medo. Havia uma boa razão para o fato de a parte inferior do corpo da mulher estar escondida (representação da aversão aos genitais femininos).

Contudo, como a resistência ainda estava no auge e nada lhe ocorria a respeito do sonho, não continuei o assunto.

Na sequência, o paciente sonhou que uma "família nua" – pai, mãe e filho – estava sendo envolvida por uma enorme cobra.

Outro sonho:

1) *"Estou deitado na cama; meu analista está sentado ao lado. Ele me diz: 'Agora vou mostrar-lhe a causa de sua neurose'. Choro com medo (talvez também com um vestígio de voluptuosidade) e quase perco a consciência. Ele repete que vai me analisar no banheiro. Fico satisfeito com essa ideia. Está escuro quando abrimos a porta do banheiro."*
2) *"Passeio com minha mãe por um bosque. Noto que estamos sendo perseguidos por um ladrão. Vejo que há um revólver no vestido de minha mãe e apodero-me dele para matar o ladrão quando ele se aproximar. Caminhando com passos rápidos, chegamos a uma estalagem. O ladrão está quase nos alcançando quando subimos os degraus. Dou-lhe um tiro. Porém, a bala transforma-se numa nota de dinheiro. Estamos salvos por enquanto, mas não tenho certeza se o ladrão, que está sentado na sala de estar, ainda tem más intenções. Para deixá-lo de bom humor, dou-lhe outra nota de dinheiro."*

O fato de o paciente, que já tinha bastante conhecimento analítico, não ter feito nenhuma referência à figura do ladrão confirmou-me que fiz bem em não penetrar esses sonhos tão evidentes. Ele também não conseguiu fazer associações. Nem disse nada ou falou excitado sobre as "grandes somas de dinheiro" que teria de pagar e sobre suas dúvidas quanto à ajuda que a análise lhe traria etc.

Não podia haver dúvidas, claro, de que essa resistência também estava dirigida contra a discussão do material incestuoso, mas não teria servido de nada uma interpretação disso. Eu tinha de esperar uma oportunidade conveniente para interpretar a angústia de dinheiro como angústia fálica.

Na primeira parte do sonho do ladrão, vou analisar o paciente no banheiro. Descobri mais tarde que ele se sentia mais seguro quando se masturbava no banheiro. Na segunda parte do sonho, eu (o pai) apareço como ladrão (= castrador). Assim, *a resistência atual* (desconfiança devido ao dinheiro) *estava intimamente ligada com a antiga angústia de masturbação* (angústia de castração).

Com respeito à segunda parte do sonho, disse-lhe que ele receava que eu o pudesse ferir ou pôr em perigo sua vida. Inconscientemente, porém, era do pai que tinha medo. Depois de alguma oposição, aceitou essa interpretação e, na sequência, ele próprio começou a discutir sua amabilidade exagerada. Não precisou de grande auxílio para isso. Reconheceu o significado da atitude subserviente para com o patrão como expressão de um vago receio de ser repreendido por alguma coisa. Nem as outras pessoas deviam reparar que ele zombava delas em segredo. Quanto mais conseguia objetivar e desmascarar seu caráter, mais livre e mais aberto se mostrava, tanto durante como fora da análise. Já se aventurava a fazer críticas e começou a ficar envergonhado de seu comportamento anterior. *Pela primeira vez começou a sentir o traço de caráter neurótico como algo estranho.* Isso, entretanto, também marcou o primeiro sucesso da análise de caráter: *o caráter havia sido analisado.*

A resistência monetária continuava. *Sem o menor auxílio de minha parte*, a camada mais profunda do material, o *medo em relação ao seu pênis*, começou a aparecer cada vez mais claramente em seus sonhos, em ligação com a *cena primária*.

Este fato tem de ser especialmente realçado: quando a análise da resistência de caráter é feita de maneira sistemática e consistente, não é necessário um esforço especial para se obter o material infantil pertinente. Este surge por si só, sempre mais claramente e mais intimamente ligado com a resistência atual, contanto que, é claro, esse processo não seja perturbado por interpretações prematuras do material infantil. Quanto menos esforço se fizer para penetrar a esfera da infância e quanto mais acuradamente se trabalhar o material da resistência atual, tanto mais rapidamente se chega ao material infantil.

Isso se confirmou mais uma vez quando, depois da interpretação, ele sonhou que receava ser ferido. Passava por uma granja e viu um frango sendo abatido. Uma mulher também estava deitada no chão, e outra espetava nela um grande garfo várias vezes. Então ele abraçou uma das mulheres trabalhadoras; *seu falo estava nas coxas dela, a meio caminho entre seus joelhos e seus genitais*, e ele teve uma ejaculação involuntária.

Como a resistência monetária enfraquecera um pouco, fiz uma tentativa de analisar esse sonho. Com respeito à granja, ele conseguiu lembrar-se de que quando criança tinha frequentemente observado animais no ato da cópula, durante as férias de verão no campo. Não tínhamos como saber, nessa época, o significado do detalhe "verão no campo". Identificou a primeira mulher como a mãe, mas não conseguiu explicar a posição dela no sonho.

Contudo, pôde falar mais sobre a ejaculação involuntária. Estava convencido de que aparecera como criança no sonho. Lembrou-se de que gostava e de que tinha o hábito de se comprimir contra as mulheres até ejacular involuntariamente.

Pareceu-me ser bom sinal o fato de esse paciente inteligente não oferecer uma interpretação, embora tudo estivesse transparente. Se, *antes* da análise das resistências, eu tivesse interpretado símbolos ou conteúdos essenciais do inconsciente, ele teria aceitado imediatamente essas interpretações como forma de resistência, e teríamos saltado de uma situação caótica para outra.

Por meio de minha interpretação de seu medo de ser ferido, a análise de seu caráter chegara a um ponto ótimo. Durante muitos dias não houve vestígios da resistência monetária; ele discutiu minuciosamente o comportamento infantil e apresentou vários exemplos de sua maneira "covarde" e "furtiva" de fazer as coisas, maneira que ele passara a condenar sinceramente. Fiz um esforço para persuadi-lo de que a influência do pai fora a principal responsável por isso. Nesse ponto, porém, encontrei a oposição mais apaixonada. *Ainda lhe faltava coragem para falar do pai de maneira crítica.*

Pouco depois disso, sonhou novamente com o assunto que representava, segundo eu supunha, a cena primária: *"Estou à beira do mar. Diversos grandes ursos-polares brincam ruidosamente na água. De repente ficam inquietos. Vejo emergir o dorso de um peixe gigantesco. O peixe persegue um dos ursos-polares, ferindo-o com dentadas terríveis. Finalmente, afasta-se do urso mortalmente ferido. Contudo, ele próprio também ficou muito ferido; um rio de sangue sai de suas guelras enquanto luta para respirar".*

Chamei-lhe a atenção para o fato de seus sonhos terem sempre um caráter cruel. Ele reagiu a isso e passou várias sessões falando das fantasias sexuais que tinha enquanto se masturbava e dos atos cruéis que praticara até a puberdade. Mandei que escrevesse sobre eles depois que tivessem sido analisados. Quase todos eram determinados pela "concepção sádica do ato sexual":

"(Três a cinco anos) Na *estância de verão* vejo, por acaso, matarem porcos. Ouço os guinchos dos animais e vejo o sangue jorrando de seus corpos, que apresentam um brilho branco no escuro. Sinto uma profunda sensação de prazer."

"(Quatro a seis anos) A ideia de matar animais, especialmente cavalos, evoca em mim uma sensação de profundo prazer."

"(Cinco a onze anos) Gosto muito de brincar com soldadinhos de chumbo. Enceno batalhas que terminam sempre com uma luta corpo a corpo. Nessa luta, aperto os corpos dos soldados uns de encontro aos outros. Os soldados que favoreço dominam o inimigo."

"(Seis a doze anos) Comprimo duas formigas juntas de tal modo que elas se agarram uma à outra pelas tenazes. Assim presas, são forçadas a lutar até a morte. Também provoco batalhas entre dois formigueiros diferentes, espalhando açúcar na área entre seus montículos. Isso atrai os insetos para o campo hostil e os obriga a travar batalhas regulares. Também me dá prazer aprisionar uma vespa e uma mosca num copo. Pouco tempo depois, a vespa atira-se contra a mosca e arranca-lhe as asas, as pernas e a cabeça, nesta ordem."

"(Doze a catorze anos) Tenho um viveiro e gosto de observar os machos e as fêmeas no ato sexual. Gosto de observar a mesma coisa no galinheiro; também me dá prazer ver os galos mais fortes enxotarem os mais fracos."

"(Oito a dezesseis anos) Gosto de me engalfinhar com as empregadas. Nos últimos anos desse período, costumava carregá-las no colo e atirá-las sobre a cama."

"(Cinco a doze anos) Gosto de brincar de trenzinhos. Faço-os correrem pelo apartamento, onde passam por túneis improvisados feitos de caixas, bancos etc. Nessa brincadeira, tento também imitar o som da locomotiva quando solta vapor e ganha velocidade."

"(*Quinze anos, fantasias de masturbação*) *Sou sempre espectador*. A mulher defende-se do *homem que, em muitos casos, é consideravelmente menor do que ela*. Depois de lutarem por algum tempo, *a mulher é dominada*. Brutalmente, o homem agarra-lhe os seios, as coxas ou o quadril. *Nem os genitais masculinos, nem os femininos, nem o próprio ato sexual são partes da fantasia*. No momento em que a mulher deixa de oferecer resistência, eu tenho um orgasmo."

Os dois aspectos principais da situação nessa época eram: 1) ele tinha vergonha de sua covardia; 2) recordava o sadismo passado. A análise das fantasias e dos atos descritos acima de maneira sumária durou até o fim do tratamento. Na análise, ele se tornou mais livre, ousado e agressivo, mas seu comportamento ainda se caracterizava pelo medo. Seus estados de angústia não eram tão frequentes, mas a resistência monetária reaparecia sempre com eles. Mais uma vez podemos estar certos de que o objetivo principal de produzir material incestuoso genital era esconder o sadismo infantil, embora, ao mesmo tempo, representasse uma tentativa para se mover em direção a um investimento objetal genital. Mas seus empenhos genitais estavam imbuídos de sadismo e, do ponto de vista econômico, era importante desenredá-los dos impulsos sádicos.

No início do sexto mês da análise, apresentou-se a primeira oportunidade de interpretar seu *medo relativo ao pênis*. Ligava-se com o seguinte sonho:

1) *"Estou deitado num sofá em campo aberto (na estância de verão!). Uma das garotas que conheço vem em minha direção e deita-se em cima de mim. Fico sobre ela e tento ter uma relação sexual. Tenho uma ereção, mas reparo que meu falo é curto demais para completar o ato sexual. Fico muito triste com isso."*

2) *"Estou lendo uma peça teatral. Personagens: três japoneses – pai, mãe e uma criança de quatro anos. Sinto que essa peça terá um final trágico. Fico muito comovido com o papel da criança."*

Pela primeira vez, uma tentativa de ter uma relação sexual aparecia como parte manifesta de um sonho. A segunda parte, que aludia à cena primária (quatro anos), não foi analisada. Continuei a discutir sua covardia e timidez, e ele próprio começou a falar de seu pênis. Agarrei essa oportunidade para lhe mostrar que o medo de ser ferido, enganado etc. referia-se sem dúvida ao seu genital. Por que e de quem tinha medo não foram ainda discutidos, nem se fez qualquer esforço para interpretar o significado real do medo. A explicação pareceu-lhe plausível, mas, então, caiu nas garras de uma resistência que durou seis semanas e *se baseava numa defesa homossexual passivo-feminina contra a angústia de castração.*

Foi pelo seguinte que percebi que ele estava num novo estado de resistência: não se rebelava abertamente, não exprimia dúvidas, mas ficara de novo excessivamente polido, dócil e obediente. Os sonhos, que tinham se tornado mais curtos, mais claros e menos frequentes durante a análise da resistência anterior, voltaram a ser como eram no princípio – longos e confusos. Mais uma vez os estados de angústia eram dominantes e intensos. Mas ele não exprimia quaisquer dúvidas sobre a análise. A ideia de hereditariedade também surgiu novamente, e, com isso, suas dúvidas sobre a análise eram expressas de maneira velada. Como fizera no começo da análise, representou de novo uma mulher violentada. A atitude passivo-homossexual também era dominante em seus sonhos. Já não tinha sonhos que envolvessem cópula ou uma ejaculação involuntária. Assim, vemos que, apesar da fase avançada da análise do seu caráter, a velha resistência de caráter imediatamente assumiu toda a força quando uma nova camada de seu inconsciente – dessa vez a camada mais decisiva para seu caráter, isto é, a angústia de castração – invadiu o primeiro plano da análise.

Consequentemente, a análise da nova resistência não se voltou para a angústia fálica, o ponto em que a resistência surgira. Em vez disso, referi-me novamente à sua atitude como um todo. Durante seis semanas inteiras a análise dirigiu-se quase exclusivamente para a interpretação consistente de seu comportamento como defesa contra o perigo. Todos os detalhes de sua conduta foram examinados a partir dessa perspectiva, insistindo nesse ponto com ele cada vez mais, movendo-se aos poucos para o motivo central de seu comportamento: a angústia fálica.

O paciente fez repetidos esforços para fugir de mim através de "sacrifícios analíticos" de material infantil, mas eu interpretei consistentemente também o significado desse procedimento. Gradualmente, a situação ficou explícita. Ele se sentia como uma mulher em relação a mim, disse-me, e acrescentou que também havia sentido excitações sexuais na região do períneo. Expliquei-lhe a natureza desse fenômeno de transferência. Ele interpretou minha tentativa de explicar seu comportamento como uma repreensão, *sentiu-se culpado e quis expiar sua culpa por meio da devoção feminina*. Nessa ocasião, não entrei no significado mais profundo desse comportamento, ou seja, de que ele se identificava com a mãe porque receava ser o homem (isto é, o pai).

Entre outras coisas, produziu então o seguinte sonho de confirmação: *"Encontro um jovem amigo no Prater e começo a conversar com ele. Ele parece interpretar mal uma de minhas afirmações e observa que não recusaria uma relação íntima comigo. Chegamos a meu apartamento; o jovem deita-se na cama de meu pai. Acho sua roupa de baixo muito desagradável".*

Na análise desse sonho, pude novamente remontar ao pai a transferência feminina. Em associação com esse sonho, ele lembrou-se de que houvera um tempo em que, em suas fantasias masturbatórias, desejara ser mulher e também fantasiara ser uma mulher. A "roupa de baixo suja" levou à análise das atividades e hábitos anais (rituais de higiene) que estavam relacionadas com seu comportamento. Também se esclareceu outro traço de seu caráter – sua meticulosidade.

Finalmente, a resistência fora resolvida; durante o processo, discutira-se tanto sua antiga forma como a base anal erógena. Dei, então, mais um passo na interpretação de seu caráter: expliquei a ligação entre a atitude submissa e a "fantasia de mulher", dizendo-lhe que ele se comportava de maneira feminina – isto é, exageradamente fiel e dedicada – por ter medo de ser homem. E acrescentei que a análise teria de chegar às razões desse medo de ser homem (no sentido de corajoso, franco, honesto, orgulhoso).

Quase como que em resposta, ele apresentou um sonho curto em que se notavam de novo a angústia de castração e a cena primária: *"Estou na casa de minha prima, uma mulher jovem e atraente (a mãe). De repente, tenho a sensação de que sou meu próprio avô. Sou tomado por um desânimo opressivo. Ao mesmo tempo, de certo modo, tenho a sensação de que sou o centro de um sistema estelar e de que planetas giram à minha volta. Ao mesmo tempo (ainda no sonho) elimino meu medo e fico aborrecido com minha fraqueza".*

O detalhe mais importante desse sonho de incesto é o seu aparecimento nele como o *próprio avô*. Imediatamente concordamos em que o medo de ter uma tara hereditária desempenhava aí um papel importante. Era óbvio que, identificando-se com o pai, fantasiava ser o seu próprio procriador, isto é, ter relações sexuais com a mãe; mas isso só foi discutido mais tarde.

Ele era da opinião de que o sistema planetário era uma alusão ao seu egocentrismo, isto é, "tudo gira à minha volta". Conjeturei que havia alguma coisa mais profunda na base dessa ideia – a cena primária –, mas não fiz menção a isso. Depois das férias de Natal, durante vários dias continuou a falar quase exclusivamente de seu egocentrismo, de seu desejo de ser uma criança amada por todos – compreendendo, ao mesmo tempo, que ele próprio não queria amar nem era capaz de amar. Mostrei-lhe a ligação entre o egocentrismo e o medo em relação ao seu adorado ego e seu pênis[7], após o que teve o seguinte sonho, dando-me, por assim dizer, um vislumbre de sua base infantil:

1) *"Estou completamente nu e observo meu pênis, que sangra na ponta. Duas jovens passam por mim; fico triste porque suponho que me desprezarão devido à pequenez de meu pênis."*
2) *"Fumo um cigarro com uma piteira. Tiro a piteira e reparo com espanto que é uma piteira de charuto. Quando volto a pôr o cigarro na boca, a piteira se desfaz em pedaços. Sinto-me perturbado."*

Assim, sem eu ter feito nada, a ideia de castração começava a assumir formas definidas. Ele passou a interpretar os sonhos sem meu auxílio, e trazia grande abundância de material sobre sua aversão pelos órgãos genitais femininos e sobre o medo de tocar seu pênis com a mão ou de que qualquer outra pessoa o tocasse. O segundo sonho é claramente uma fantasia oral (piteira de charuto). Ocorreu-lhe que desejava *tudo* de uma mulher (*sobretudo os seios*), exceto os genitais, e dessa maneira começou a falar de sua fixação oral na mãe.

Expliquei-lhe que a simples consciência da angústia genital não ajudava muito; ele precisava descobrir a razão dessa angústia. Depois dessa explicação, sonhou outra vez com a cena primária, não percebendo que tinha entrado no tema que eu propusera: *"Estou atrás do último vagão de um trem parado numa bifurcação das linhas. Um segundo trem passa por ali e eu fico entalado entre os dois".*

Antes de continuar a descrição da análise em si, devo mencionar aqui que, no sétimo mês do tratamento, depois da dissolução de sua resistência passivo-homossexual, o paciente fez um esforço corajoso para se envolver com mulheres. Não tive qualquer conhecimento do fato – ele me falou disso mais tarde, de passagem. Seguiu uma jovem e levou a cabo suas intenções da seguinte forma: no parque, esfregou-se nela, teve uma forte ereção e uma ejaculação involuntária. Os estados

---

7. Em vista do quadro total nesse ponto, talvez alguns psicólogos compreendam a razão por que nós, analistas, não podemos reconhecer o complexo de inferioridade como agente absoluto: porque o problema real e o trabalho real começam precisamente no ponto em que terminam para Alfred Adler.

de angústia cessaram aos poucos. Não lhe ocorreu ter relações sexuais. Chamei-lhe a atenção para o fato e disse-lhe que, evidentemente, ele tinha medo da cópula. Não quis admitir isso, usando a falta de oportunidade como desculpa. Contudo, finalmente acabou percebendo a natureza infantil de sua atividade sexual. Naturalmente, teve sonhos que retratavam essa espécie de atividade sexual. Então lembrou-se de que, quando criança, se esfregava na mãe da mesma maneira.

O tema do incesto com que ele começara a análise, no intuito de me distrair, reapareceu, mas dessa vez estava livre de resistência – de qualquer modo, livre de motivos secundários. Assim, havia um paralelo entre a análise de seu comportamento durante a sessão analítica e a análise das experiências exteriores.

Repetidas vezes ele se recusou a aceitar a interpretação de que realmente desejara a mãe. No decurso de sete meses, o material que ele apresentara para confirmar esse desejo era tão claro, as relações – como ele próprio admitia – eram tão evidentes que não fiz nenhum esforço para convencê-lo; em vez disso, comecei a analisar por que razão ele receava confessar esse desejo.

Essas questões foram discutidas simultaneamente em conexão com a angústia relativa ao pênis, e então tínhamos dois problemas para resolver:

1) *Qual era a etiologia da angústia de castração?*
2) *Por que é que, não obstante uma concordância consciente, ele se recusava a aceitar o amor incestuoso sensual?*

Daí em diante, a análise avançou rapidamente em direção à cena primária. Essa fase começou com o seguinte sonho: *"Estou no átrio de um palácio real onde se encontram reunidos o rei e seu séquito. Ridicularizo o rei. Seus servidores precipitam-se sobre mim. Sou atirado ao chão e sinto que me infligem feridas mortais. Meu cadáver é levado para fora. De súbito, parece que ainda estou vivo, mas fico quieto para enganar os dois coveiros, que me julgam morto. Há por cima de mim uma fina camada de terra e a respiração torna-se difícil. Faço um movimento que é percebido pelos coveiros. Evito ser descoberto, não me mexendo. Um pouco mais tarde liberto-me. Uma vez mais forço meu caminho para o palácio real, com uma arma terrível em cada mão, talvez raios. Mato todos os que aparecem no caminho".*

Pareceu-lhe que a ideia dos coveiros devia ter qualquer coisa a ver com seu medo de catástrofes, e então pude mostrar-lhe que esses dois medos – a ideia hereditária e a angústia relativa ao pênis – estavam relacionados com a mesma coisa. Era muito provável, acrescentei, que o sonho reproduzisse a cena de infância de onde se originara a angústia relativa ao pênis.

Com respeito ao sonho, impressionou-o ter se fingido de "morto", ter ficado quieto para não ser descoberto. Depois, lembrou-se de que, nas fantasias masturbatórias, ele era geralmente o espectador. E ele próprio indagou se teria testemunhado "tal coisa" entre os pais. Imediatamente rejeitou essa possibilidade, argumentando que nunca dormira no quarto dos pais. Naturalmente, isso me desapontou muito, porque, baseado no material do sonho, eu estava convencido de que ele de fato testemunhara a cena primária.

Também chamei a atenção para a contradição e afirmei que não nos devíamos dar por vencidos tão facilmente – a análise iria esclarecer a situação no momento devido. Na mesma sessão, o paciente sentiu-se bem certo de que poderia ter visto uma certa criada com o namorado. Então ocorreu-lhe que houve duas outras ocasiões em que poderia ter escutado à porta dos pais. Lembrou-se de que, quando havia hóspedes, sua cama era levada para o quarto dos pais. *Nas férias de verão no campo*, além disso, dormira no mesmo quarto dos pais até a idade escolar. Havia também a representação da cena primária por meio da matança de frangos (cena rural) e os muitos sonhos sobre os lagos Ossiacher e Wörther, onde passara muitas vezes as férias de verão.

Falou novamente sobre sua atuação (*acting out*) no começo da análise e sobre os estados de angústia noturna de que sofrera na infância. Esclareceu-se então um dos pormenores dessa angústia. Receava uma figura branca e feminina que saía de trás das cortinas. Lembrou-se de que, quando gritava à noite, a mãe costumava ir até a cama dele em camisola. Infelizmente, o elemento "alguém atrás das cortinas" nunca se esclareceu.

Porém, era óbvio que ele avançara demais em terreno proibido nessa sessão, e naquela noite teve um sonho de resistência, cujo conteúdo era claramente irônico: *"Estou num cais e a ponto de embarcar num navio como acompanhante, parece, de um doente mental. De repente, toda a operação me parece ser um espetáculo no qual tenho um papel definido. Na prancha estreita que leva do cais ao navio, tenho de repetir a mesma coisa três vezes – e faço-o"*.

Ele próprio interpretou o embarque no navio como desejo de cópula, mas dirigi-lhe a atenção para um elemento do sonho que tinha maior importância contemporânea, a "encenação". Ter de repetir a mesma coisa três vezes era uma alusão zombeteira às minhas interpretações consistentes. Admitiu que muitas vezes divertira-se secretamente com meus esforços. Também lhe ocorreu que tivera em mente procurar uma mulher e ter relações com ela três vezes – "para me agradar", disse-lhe eu. Mas expliquei-lhe também que essa resistência tinha um conteúdo mais profundo, isto é, evitar suas intenções de cópula com medo do ato sexual.

Na noite seguinte, teve de novo os dois sonhos complementares: a entrega homossexual e a angústia da cópula.

1) *"Encontro na rua um jovem amigo que pertence à classe baixa, mas ele tem uma aparência saudável e vigorosa. Tenho a sensação de que ele é fisicamente mais forte do que eu, e luto para conquistá-lo."*
2) *"Parto numa excursão de esqui com o marido de uma das minhas primas. Estamos numa passagem estreita que cai em precipício. Examino a neve a acho-a pegajosa. Noto que o terreno não é muito apropriado para esquiar – uma pessoa poderia levar um grande tombo ao descer. Continuamos a excursão e chegamos a uma estrada que corre ao longo do declive de uma montanha. Numa curva apertada, perco um esqui, que cai no precipício."*

Ele, porém, não entrou em detalhes acerca desse sonho. Em vez disso, voltou à questão da "remuneração"; tinha de pagar muito e não fazia ideia se a análise lhe faria bem. Estava muito descontente, tinha medo outra vez – e voltamos ao mesmo ponto.

Não era difícil, então, mostrar-lhe a ligação entre a resistência monetária e a angústia (ainda não dissolvida) da cópula e a angústia genital – e dominar essa resistência. Também pude lhe mostrar as intenções mais profundas de sua entrega feminina: *quando se aproximava de uma mulher, tinha receio das consequências e ele próprio acabava se tornando mulher, isto é, assumia um caráter homossexual e passivo*. Na verdade, ele compreendia muito bem que tinha se tornado mulher, mas estava atrapalhado para explicar por que e do que tinha medo. Era óbvio para ele que tinha medo das relações sexuais. Mas, então, o que lhe poderia acontecer?

A partir de então, devotou toda a sua atenção a esse ponto. Em vez de discutir seu medo do pai, porém, falava de seu medo das mulheres. Na histeria de angústia de sua infância, a mulher era também um objeto a ser temido. Do princípio ao fim, em vez de falar da vagina de uma mulher, falava de um "pênis de mulher". Até a puberdade acreditara que a mulher tinha as mesmas formas do homem. Ele próprio era capaz de ver uma associação entre essa ideia e a cena primária, de cuja realidade estava agora firmemente convencido.

No fim do sétimo mês de análise, teve um sonho em que viu uma jovem levantar a saia, mostrando sua roupa íntima. Ele se virou imediatamente, como alguém "que vê uma coisa que não devia". Então senti que chegara a hora de lhe dizer que ele receava o aparelho genital feminino porque parecia uma incisão, uma ferida. Ao vê-lo pela primeira vez devia ter ficado terrivelmente chocado. Achou minha explicação plausível, pois seus sentimentos em relação aos genitais femininos eram um misto de repugnância e antipatia; o medo nascia nele. Não teve nenhuma recordação de um incidente real.

Na época, a situação era esta: embora o elemento central de seus sintomas, a angústia de castração, estivesse bem-trabalhado, ainda não fora dissolvido no seu significado mais profundo e fundamental, porque faltavam as conexões mais pessoais e individuais com a cena primária; essas conexões haviam sido reveladas, mas não assimiladas analiticamente.

Em outro tempo, num período livre de resistências, quando discutíamos essas relações e não chegávamos a resultados tangíveis, o paciente resmungava para si próprio: "Devo ter sido flagrado alguma vez". Questionado a respeito, dizia que tinha a impressão de ter sido apanhado em flagrante quando fazia alguma coisa errada, às escondidas.

Então lembrou-se de que, quando ainda pequeno, se rebelara secretamente contra o pai. Fizera troça e caretas nas costas do pai enquanto fingia obediência na frente. Mas essa rebeldia cessara completamente na puberdade. (Completa repressão do ódio ao pai por temê-lo.)

Mesmo a ideia de tara hereditária havia se transformado numa severa censura contra o pai. A queixa: *"Tenho uma tara hereditária"* significava: *"Meu pai diminuiu-me ao me dar à vida"*. A análise das fantasias sobre a cena primária revelava que o paciente se imaginava no útero enquanto o pai tinha relações com a mãe. A ideia de ser ferido no aparelho genital combinava-se com a fantasia uterina para formar a noção de que *fora castrado pelo pai no útero*.

Podemos ser breves na descrição do restante da análise, que estava quase livre da resistência e claramente dividida em duas partes.

A primeira parte foi realizada com o trabalho sobre as fantasias masturbatórias da infância e sobre a angústia de masturbação. Durante algum tempo, a angústia de castração esteve ancorada no medo (ou na aversão) dos órgãos genitais femininos. A "incisão", a "ferida" não era uma prova fácil de refutar acerca da possibilidade de castração. Finalmente, o paciente ganhou coragem bastante para se masturbar, e, com isso, os estados de angústia desapareceram por completo – prova de que as crises de angústia tinham origem na estase da libido, e não na angústia de castração, porque esta persistiu. Trabalhando com mais material infantil, conseguimos finalmente dominar a angústia de castração a ponto de permitir-lhe tentar uma relação sexual, que, no que dizia respeito à ereção, teve êxito. Outras experiências sexuais com mulheres revelaram dois distúrbios: ele era orgasticamente impotente, isto é, tinha menos prazer sexual com a cópula do que com a masturbação, e tinha uma atitude depreciativa e indiferente para com a mulher. Havia ainda uma cisão no impulso sexual entre a ternura e a sensualidade.

A segunda fase consistiu da análise da sua impotência orgástica e do seu narcisismo infantil. Como sempre fora seu hábito, o paciente queria tudo da mulher, da mãe, sem dar nada em troca. Com grande compreensão e ainda maior vontade, ele próprio tomou a iniciativa de lidar com seus distúrbios. Objetivou seu narcisismo, compreendeu que este era um fardo e por fim superou-o, quando o último resíduo de sua angústia de castração – que estava ancorada na impotência – foi eliminado analiticamente. Ele tinha *medo do orgasmo*; pensava que a excitação provocada por ele era nociva.

O seguinte sonho foi a projeção desse medo: *"Estou visitando uma galeria de arte. Um quadro atrai-me o olhar – intitula-se 'Tom Embriagado'. É a imagem de um jovem e belo soldado inglês nas montanhas. Há uma tempestade. Parece que ele se perdeu no caminho; uma mão esquelética agarrou-se ao braço dele e parece guiá-lo, símbolo evidente de que vai a caminho de seu juízo final. Um outro quadro, 'Profissão Difícil': também nas montanhas, um homem e um jovem rapaz precipitam-se por um declive; ao mesmo tempo, uma mochila esvazia seu conteúdo. O rapaz está rodeado por uma papa esbranquiçada".*

O mergulho representa o orgasmo[8]; a papa esbranquiçada, o esperma. O paciente discutiu a angústia que sentia, na puberdade, quando ejaculava e tinha um orgasmo. As fantasias sádicas relativas a mulheres também foram detalhadamente trabalhadas. Alguns meses mais tarde – era verão na época –, ele iniciou uma ligação com uma jovem; os distúrbios estavam consideravelmente mais brandos.

A dissolução da transferência não ofereceu quaisquer dificuldades, porque fora sistematicamente tratada desde o início, em seus aspectos tanto negativos quanto positivos. Ficou feliz por deixar a análise e estava cheio de esperança no futuro.

Vi o paciente cinco vezes no decurso dos cinco anos seguintes, cheio de saúde física e mental. A timidez e as crises de angústia haviam desaparecido por completo. Descreveu a si mesmo como totalmente curado e expressou sua satisfação por ter sua personalidade limpa dos traços servis e dissimulados. Agora podia enfrentar todas as dificuldades com coragem. Sua potência aumentara depois que terminara a análise.

---

8. V. minha discussão sobre o simbolismo do orgasmo em *A Função do Orgasmo*.

4. Resumo

Tendo chegado à conclusão desse relato, estamos bem conscientes das insuficiências da linguagem verbal para descrever os processos analíticos. Apesar das dificuldades linguísticas, queremos salientar, pelo menos, as características mais importantes da análise do caráter, na esperança de melhorar nossa compreensão a respeito. Assim, podemos resumir:

1) o paciente é o protótipo do caráter passivo-feminino que, independentemente dos sintomas que o levam a procurar o auxílio da análise, sempre nos enfrenta com o mesmo tipo de resistência de caráter. Ele nos oferece também um exemplo típico do mecanismo da transferência negativa latente;
2) em termos de técnica, teve prioridade a análise da resistência de caráter do tipo passivo-feminino (isto é, dissimulação por meio de amabilidade excessiva e comportamento submisso). O resultado foi que o material infantil tornou-se manifesto na neurose de transferência, de acordo com sua própria lógica interna. Isso evitou que o paciente mergulhasse no inconsciente de maneira apenas intelectual, ou seja, para satisfazer sua dedicação feminina ("ser amável"), o que não teria tido nenhum efeito terapêutico;
3) fica claro a partir desse relato que, se a resistência de caráter é trabalhada de maneira sistemática e consistente, e se se evitam interpretações prematuras, o material infantil pertinente irá emergir *por si* de modo ainda mais claro e distinto. Isso garante que as interpretações de conteúdo e de sintomas que se seguem sejam irrefutáveis e terapeuticamente eficazes;
4) o histórico do caso mostrou que a resistência de caráter pode ser atacada assim que seu significado e propósito atuais tenham sido apreendidos. Não foi necessário conhecer material infantil relativo a ela. *Realçando* e interpretando o significado atual, conseguimos extrair o material infantil correspondente, sem precisarmos interpretar os sintomas e sem ideias preconcebidas. A *dissolução da resistência de caráter* começou ao se estabelecer contato com o material infantil. As interpretações subsequentes de sintomas aconteceram livres de resistência, com o paciente voltando toda a sua atenção à análise. Tipicamente, portanto, a análise da resistência dividiu-se em duas partes: a) *realçou* a forma da resistência e seu significado atual; b) *dissolveu-a* com o auxílio do material infantil trazido à superfície ao realçá-la. A diferença entre uma resistência de caráter e uma resistência comum foi aqui mostrada, visto que a

primeira se apresentava na forma de polidez e submissão, ao passo que a segunda se revelava na simples dúvida e desconfiança relativa à análise. Só as primeiras atitudes faziam parte do caráter e constituíam a *forma* de expressão da desconfiança;

5) pela interpretação consistente da transferência negativa latente, a agressividade recalcada e disfarçada contra o analista, os superiores e o pai foi libertada do recalque, desaparecendo a atitude passivo-feminina, que era, naturalmente, apenas uma formação reativa contra a agressividade recalcada;

6) dado que o recalque da agressividade para com o pai também implicava o recalque da libido fálica para com as mulheres, os empenhos genitais ativo-masculinos voltaram junto com a agressividade ao longo do processo de dissolução analítica (*cura da impotência*);

7) como a agressividade se tornou consciente, a timidez, que fazia parte do seu caráter, desapareceu, juntamente com a angústia de castração. E as crises de angústia acabaram quando ele deixou de viver em abstinência. Pela eliminação orgástica da angústia atual, eliminou-se também, e finalmente, o "núcleo da neurose".

Espero, ao descrever um certo número de casos, ter desfeito a opinião sustentada por meus opositores de que abordo todos os meus casos com um "esquema fixo". Tenho esperança de que o ponto de vista que advoguei durante anos – de que há apenas *uma* técnica para cada caso e que essa técnica deve ser deduzida da estrutura do caso e aplicada a ele – se torne claro a partir da explicação precedente.

V

Indicações e perigos da análise do caráter

As transições da análise não sistemática e inconsistente para a análise do caráter sistemática – que, comparada com a primeira, parece uma cirurgia psíquica bem-planejada – são fluidas e tão variadas que é impossível considerá-las todas ao mesmo tempo. Contudo, é possível estabelecer um certo número de critérios para se determinar quando a análise do caráter é indicada.

Tendo em vista que afetos violentos são despertados pelo afrouxamento provocado pela análise do caráter no mecanismo de defesa narcísico, e que o paciente fica também temporariamente reduzido a um estado mais ou menos desamparado, essa técnica só pode ser aplicada, sem efeitos maléficos, por terapeutas que já dominaram a técnica analítica – fundamentalmente por aqueles que estejam preparados para lidar com as reações transferenciais. Assim, não se recomenda seu uso por principiantes[1]. O desamparo temporário do paciente deve-se ao isolamento da neurose infantil em relação ao caráter e à completa reativação dela em consequência. Obviamente, essa reativação se

---

1. Nota, 1945: O leitor compreenderá que eu precisava ser cauteloso no começo de minha pesquisa caracteroanalítica, cerca de dezenove anos atrás. A advertência acima teve objeções já naquela época, baseadas em que, se essa técnica era superior à análise de sintomas, até os principiantes deviam aprender a pô-la em prática. Hoje, já não há necessidade de tais cautelas. Temos agora à nossa disposição um grande lastro de experiência caracteroanalítica. Por isso, a técnica pode ser ensinada e mesmo recomendada aos principiantes na análise de sintomas. Já não são necessárias as restrições ao seu uso sugeridas neste texto. Não se trata apenas de a análise do caráter poder ser usada – ela *deve* ser usada em *todos* os casos de psiconeurose, para se destruir a *base de reação neurótica do caráter*. Uma questão muito mais difícil é saber se a análise do caráter pode ser feita sem a orgonoterapia.

dá mesmo sem análise do caráter sistemática. Nesse caso, porém, dado que a couraça permanece relativamente intocada, as reações afetivas são mais fracas e, por isso, mais fáceis de controlar. Se a estrutura do caso é apreendida por completo desde o começo, não há perigo em se aplicar a análise do caráter. Com exceção de um caso sem esperança de depressão aguda de que tratei há muitos anos, não tive quaisquer suicidas em minha prática até agora. Nesse exemplo, o paciente interrompeu o tratamento depois de duas ou três sessões, antes de eu poder tomar medidas decisivas. Ao examinar minhas experiências com o máximo senso crítico, o panorama que se apresenta só é paradoxal na aparência. Desde que comecei a utilizar a análise do caráter, há cerca de oito anos, só perdi três casos devido à fuga precipitada. Antes disso, os pacientes fugiam com muito mais frequência. Isso se explica pelo fato de que, quando as reações negativas e narcisistas são imediatamente submetidas à análise, em geral é impossível a fuga – embora a carga sobre o paciente seja maior.

A análise do caráter se aplica a todos os casos, mas seu uso não é indicado em todos eles. Na verdade, há circunstâncias que proíbem formalmente sua aplicação. Vamos começar examinando os casos em que ela é indicada. Todos são determinados pelo grau de incrustação do caráter, isto é, pelo grau e intensidade das reações neuróticas que se tornaram crônicas e foram incorporadas no ego. A análise do caráter é sempre indicada em casos de neuroses compulsivas, em especial naquelas marcadas não por sintomas claramente definidos, mas por uma debilidade geral das funções; naqueles casos em que os traços de caráter constituem não só o objeto do tratamento, como também o maior obstáculo a ele. De modo semelhante, ela é sempre indicada em casos de caracteres fálico-narcisistas (geralmente esses pacientes têm o costume de ridicularizar todos os esforços analíticos) e de insanidade moral, de caracteres impulsivos e de pseudologia fantástica. Em pacientes esquizoides ou em esquizofrênicos precoces, uma análise do caráter extremamente cautelosa mas muito consistente é a condição prévia para se evitar a irrupção de pulsões prematuras e incontroláveis, porque fortalece as funções do ego antes de se ativarem as camadas profundas do inconsciente.

Em casos de histeria de angústia aguda e extrema, seria errado começar com uma análise consistente da defesa do ego, como descrevi acima, porque os impulsos do id, nesses casos, estão num estado agudo de agitação, num momento em que o ego não está suficientemente forte para se fechar contra eles e ligar as energias que flutuam livremente. A angústia extrema e aguda é evidentemente uma indicação de que a couraça se quebrou em grande parte, tornando assim supérfluo o trabalho imediato sobre o caráter. Em fases posteriores da análise, quando a angústia cede lugar a uma forte ligação com o analista e se tornam visíveis os primeiros indícios de reações de desapontamento, o trabalho analítico do caráter não pode ser dispensado; mas não é a tarefa principal nas fases iniciais do tratamento.

Em casos de melancolia e de maníaco-depressivos, a aplicação ou não da análise do caráter dependerá de existir uma exacerbação aguda – por exemplo, fortes impulsos suicidas ou angústia aguda – ou de a apatia psíquica ser o traço dominante. Outro fator importante será certamente o grau de relação objetal genital ainda presente. Num caso de apatia, é indispensável um trabalho analítico do caráter, cauteloso, mas pormenorizado sobre a defesa do ego (agressão reprimida!), para se evitar uma análise interminável.

Não é preciso dizer que o afrouxamento da couraça pode ser feito sempre gradualmente, dependendo não só do caso individual mas também da situação individual. Há muitas maneiras diferentes de se fazer isso: pode-se aumentar ou diminuir a intensidade e a consistência da interpretação, de acordo com a tenacidade da resistência; a profundidade da interpretação da resistência pode ser também aumentada ou diminuída; o aspecto negativo ou positivo da transferência pode ter maior relevo, dando-se rédea solta ao paciente, por vezes, sem considerar a força da resistência e sem fazer qualquer esforço para dissolvê-la. O paciente deve ser preparado para reações terapêuticas violentas quando está prestes a vivê-las. Se o analista é suficientemente elástico em suas interpretações e em sua influência, se superou sua apreensão e insegurança iniciais e, acima de tudo, tem grande dose de paciência, não encontrará grandes dificuldades.

Não será fácil aplicar a análise do caráter a casos incomuns. O analista terá de tentar compreender e ser guiado pela estrutura do ego muito lentamente, passo a passo. Deverá, certamente, evitar interpretações das camadas profundas do inconsciente se quiser se proteger contra reações imprevisíveis e desagradáveis. Se evitar as interpretações profundas até que se revelem os mecanismos da defesa do ego, é verdade que terá perdido uma certa quantidade de tempo, mas estará muito mais seguro de saber tratar daquele caso particular.

Muitas vezes, colegas e analistas principiantes me perguntaram se a análise do caráter pode ser introduzida quando o paciente apresenta uma situação caótica há vários meses. Não é possível um julgamento final, mas parece que, em alguns casos, de qualquer forma, uma mudança de técnica é seguramente acompanhada do êxito. A aplicação da análise do caráter é muito mais fácil quando o próprio analista pode iniciar esse tratamento, mesmo que o paciente tenha se submetido a uma análise extensa com outro analista, com pouco ou nenhum resultado.

É importante notar que, na análise do caráter consistente, não faz diferença se o paciente tem ou não qualquer conhecimento intelectual da análise. Dado que as interpretações profundas só são aplicadas depois que o paciente tenha relaxado sua atitude básica de resistência, abrindo-se à experiência afetiva, ele não tem oportunidade de demonstrar seus conhecimentos. E se, mesmo assim, ele tentar fazê-lo, isso constituirá apenas uma parcela de sua atitude geral de resistência e poderá ser desmascarado dentro do esquema de suas outras reações narcísicas. O uso da terminologia analítica não é impedido, mas simplesmente tratado como defesa e identificação narcísica com o analista.

Outra pergunta frequentemente colocada: qual é a porcentagem de casos em que pode ser iniciada e prosseguida consistentemente a análise do caráter? A resposta é: não em todos os casos, de qualquer modo; depende muito da prática, da intuição e das indicações. Durante os últimos anos, porém, mais da metade de nossos casos pôde ser tratada com a análise do caráter. Isso também possibilitou uma comparação de métodos intensivos e consistentes com métodos menos rígidos de análise da resistência.

Até que ponto é necessária uma mudança do caráter na análise e até que ponto ela pode ser conseguida?

Fundamentalmente, só há uma resposta para a primeira pergunta: o caráter neurótico deve ser mudado para que deixe de ser a base de sintomas neuróticos e de interferir na capacidade de trabalho e de gozo sexual.

A segunda pergunta só pode ser respondida empiricamente. O grau em que a mudança conseguida se aproxima do desejado depende, em cada caso, de um vasto número de fatores. Mudanças de caráter qualitativas não podem ser realizadas diretamente com os métodos psicanalíticos existentes. Jamais será possível mudar os caracteres de compulsivos para histéricos, de paranoides para neuróticos-compulsivos, de coléricos para fleumáticos ou de sanguíneos para melancólicos. Contudo, é definitivamente possível efetuar mudanças quantitativas com mudanças qualitativas aproximadas quando estas atingem determinado grau. Por exemplo, a atitude levemente feminina do paciente neurótico-compulsivo intensifica-se cada vez mais durante a análise até assumir as características da personalidade histérico-feminina, enquanto as atitudes masculino-agressivas enfraquecem.

Desse modo, todo o ser do paciente sofre uma "mudança", que aparece mais para as pessoas que não veem o paciente com a mesma frequência que o analista. A pessoa inibida se torna mais livre; a medrosa, mais corajosa; a ultraconsciente, relativamente menos escrupulosa; a inescrupulosa, mais consciente; mas nunca desaparece aquele "traço pessoal" indefinível. Este permanece, não importa quantas mudanças ocorram. O caráter compulsivo ultraconsciencioso torna-se orientado para a realidade em sua conscienciosidade; o impulsivo curado continuará impetuoso, mas menos do que o não curado; o paciente curado de insanidade moral nunca levará a vida demasiado a sério e, consequentemente, irá sempre pelo caminho mais fácil, enquanto o compulsivo curado terá sempre algumas dificuldades por causa da sua inabilidade. Assim, embora esses traços persistam mesmo depois de uma análise do caráter bem-sucedida, eles permanecem dentro de limites que não constrangem a liberdade de movimentos na vida a ponto de interferirem na capacidade de trabalho e de prazer sexual.

VI

Sobre o manejo da transferência

1. A destilação da libido objetal genital

No decorrer da análise, o paciente "transfere" para o analista atitudes infantis que sofrem múltiplas transformações e cumprem funções definidas. O manejo dessas atitudes transferidas cria um problema ao analista. A relação do paciente com ele tem tanto uma natureza positiva como negativa. O analista precisa levar em conta a ambivalência de sentimentos e, sobretudo, ter em mente que, mais cedo ou mais tarde, todas as formas de transferência se tornam uma resistência, que o próprio paciente não está em condições de resolver. Freud enfatizou que a transferência positiva inicial apresenta uma tendência para se transformar de repente numa transferência negativa. Além disso, a importância da transferência é evidenciada pelo fato de os elementos mais essenciais da neurose só poderem ser obtidos pela transferência. Consequentemente, a resolução da "neurose de transferência", que aos poucos toma o lugar da doença real, é considerada uma das tarefas mais desafiantes da técnica analítica. A transferência positiva é o principal veículo do tratamento analítico; as resistências e os sintomas mais tenazes são dissolvidos nela, mas sua resolução não é a cura em si. Essa transferência, embora não seja o fator terapêutico como tal, na análise, é a condição prévia mais importante para o estabelecimento daqueles processos que, independentemente da transferência, levam, enfim, à cura. Podemos resumir as tarefas puramente técnicas, que Freud abordou em seus ensaios sobre a transferência, da seguinte maneira:

1) o estabelecimento de uma transferência positiva duradoura;
2) o uso dessa transferência para superar as resistências neuróticas;

3) o uso da transferência positiva para extrair conteúdos recalcados e provocar erupções ab-reativas dinamicamente completas e afetivamente carregadas.

Do ponto de vista da análise do caráter, há duas outras tarefas: uma relacionada com a técnica; a outra, uma tarefa da economia da libido.

A tarefa da técnica é o necessário estabelecimento de uma transferência positiva duradoura, porque, como comprova a experiência clínica, só uma porcentagem muito pequena de pacientes o faz espontaneamente. Porém, as considerações da análise do caráter levam-nos um passo adiante. Se é correto que todas as neuroses resultam de um caráter neurótico e, além disso, que este é caracterizado precisamente por sua couraça narcísica, então surge o problema de saber se nossos pacientes são capazes de uma transferência positiva *genuína* no começo. Por "genuíno" queremos dizer um empenho objetal, forte, não ambivalente e erótico, que possa fornecer uma base para uma relação intensa com o analista e suportar as tempestades provocadas pela análise. Revendo nossos casos, temos de responder negativamente: não há transferência positiva genuína no começo da análise nem pode haver, devido à repressão sexual, à fragmentação dos empenhos libidinais objetais e às restrições do caráter. Neste ponto, é certo que vai chamar minha atenção para os sinais inequívocos da transferência positiva, que percebemos em nossos pacientes nas fases iniciais da análise. Mais seguramente, há no início vários sinais que *parecem* indicar uma transferência positiva. Mas qual é sua base inconsciente? Esses sinais são genuínos ou ilusórios? Com muita frequência presumimos erradamente que estamos lidando com empenhos eróticos, libidinais objetais, *genuínos*. Assim, a questão não pode ficar sem resposta. Está relacionada com a questão mais geral sobre se um caráter neurótico é, de algum modo, capaz de amar e, se assim é, em que sentido. Um exame mais detido dessas indicações iniciais da chamada transferência positiva, isto é, a concentração dos impulsos sexuais libidinais objetais sobre o analista, mostra que, com exceção de um certo resíduo correspondente aos lampejos de elementos rudimentares de amor genuíno, elas implicam três coisas, que pouco têm a ver com empenhos libidinais objetais:

1) *transferência positiva reativa*, isto é, o paciente usa o amor para compensar uma transferência de ódio. Nesse caso, o plano de fundo é uma *transferência negativa latente*. Se as resistências que resultam desse tipo de transferência são interpretadas como expressão de uma relação de amor, antes de mais nada fez-se uma interpretação incorreta e, além disso, desprezou-se a transferência negativa escondida nela. Se é esse o caso, o analista corre o risco de ficar andando em círculos em torno do núcleo do caráter neurótico;

2) uma *atitude devocional* para com o analista, indicativa de um *sentimento de culpa* ou de um masoquismo moral. De novo encontramos apenas ódio reprimido e compensado na raiz dessa atitude;
3) a *transferência de desejos narcísicos*, isto é, a esperança narcisista de que o analista ame, console ou admire o paciente. Nenhum outro tipo de transferência se desmancha mais depressa do que essa, ou se transforma mais facilmente em amargo desapontamento, num sentido de ferida narcísica odiosa. Se isso é interpretado como uma transferência positiva ("Você me ama"), de novo se fez uma interpretação incorreta; o paciente não ama absolutamente, apenas quer *ser amado*, e perde o interesse no momento em que compreende que seus desejos não podem ser realizados. Porém, ligados a esse tipo de transferência, há empenhos pré-genitais da libido que não podem estabelecer uma transferência duradoura porque estão muito carregados de narcisismo, por exemplo, exigências orais.

Esses três tipos de transferência positiva ilusória – não tenho dúvida de que estudos posteriores trarão à luz alguns outros – se sobrepõem e se misturam com os rudimentos de genuíno amor objetal que a neurose ainda não consumiu. Eles próprios são sequelas do processo neurótico, pois a frustração de empenhos libidinais provoca ódio, narcisismo e sentimentos de culpa. Apesar da sua aparência ilusória, bastam para manter o paciente na análise, até poderem ser eliminados; mas com toda certeza levarão o paciente a terminar a análise se não forem desmascarados a tempo.

Foi precisamente o esforço de provocar uma transferência positiva intensa que me levou a dar tanta atenção à transferência negativa. Se as atitudes depreciativas, críticas e negativas para com o analista são tornadas completamente conscientes desde o começo, a transferência negativa não é reforçada; pelo contrário, é eliminada, e então a transferência positiva aparece de modo mais claro. Há dois fatores que poderiam criar a impressão de que eu "trabalho com a transferência negativa": o fato de a quebra do mecanismo de defesa narcísico trazer à superfície as transferências negativas latentes, às quais, até hoje, tendo a superestimar, ao invés de subestimar, e o fato de muitas vezes serem necessários meses para analisar as manifestações de defesa. Porém, não coloco no paciente nada que ele já não apresente; apenas evidencio bem o que está escondido, de maneira latente, em aspectos de seu comportamento (polidez, indiferença etc.), cujo único fim é impedir a influência exercida pelo analista.

No começo, considerei todas as formas de defesa do ego como transferências negativas. É verdade que havia uma justificativa para isso, se bem que indireta. Mais cedo ou mais tarde, a defesa do ego utiliza os impulsos de ódio existentes; o ego resiste à análise de várias maneiras por meio de mecanismos de pulsão destrutiva. Também é correto que os impulsos de ódio, isto é, a transferência negativa genuína, são sempre extraídos, e de maneira relativamente fácil, quando a interpretação da resistência procede a partir da defesa do ego. É simplesmente incorreto chamar de transferência negativa à defesa do ego como tal; ela é, antes, uma reação de defesa narcísica. Mesmo a transferência narcísica não é uma transferência negativa, no sentido estrito da palavra. Naquela altura, é claro, eu tinha a forte impressão de que todas as defesas do ego, quando analisadas consistentemente, se tornam, de modo fácil e rápido, uma transferência negativa. Mas uma transferência negativa latente só está presente desde o início na transferência do caráter passivo-feminino e em casos de bloqueio de afetos. Estamos lidando nestes casos com um ódio que, embora reprimido, está ativo, apesar de tudo, na situação *atual*.

O caso de uma mulher de 27 anos, que procurou tratamento analítico por causa de sua frivolidade sexual, ilustra bem a técnica da transferência que envolve uma transferência positiva ilusória. A paciente divorciara-se duas vezes, rompera ambos os casamentos e tivera, para uma mulher de sua condição social, um número incomumente grande de amantes. Ela própria tinha consciência da razão atual desse traço ninfomaníaco: falta de satisfação devida à impotência vaginal orgástica. Para compreender a resistência e sua interpretação, é necessário mencionar que a paciente era excepcionalmente atraente e estava bem ciente de sua capacidade feminina de atrair. Também não era nada modesta nesse aspecto. Durante a consulta preliminar, fiquei impressionado com uma certa timidez da parte dela; fixava o chão continuamente, embora falasse de modo fluente e respondesse a todas as perguntas.

A primeira hora e dois terços da segunda hora foram preenchidos com uma descrição relativamente desinibida das circunstâncias embaraçosas relacionadas com o segundo divórcio e das perturbações da sensibilidade sexual no coito. Perto do fim da segunda hora, a descrição foi interrompida abruptamente. A paciente ficou em silêncio e, depois de uma pausa, disse que nada mais tinha a contar. Eu sabia que a transferência já se tornara ativa como resistência. Havia duas possibilidades: 1) estimulá-la a continuar a comunicação, persuadindo-a e exortando-a a seguir a regra básica; 2) atacar a própria resistência. A primeira teria constituído uma evasão da resistência, ao passo que a segunda só era exequível se a inibição fosse compreendida pelo menos em parte. Dado que, nessas situações, há sempre uma defesa que brota do ego, era possível começar com uma interpretação da resistência a partir dali. Expliquei o significado de tais bloqueios, mostrando que "qualquer coisa não afirmada" estava perturbando a continuação da análise, alguma coisa contra a qual ela lutava inconscientemente. Disse-lhe depois que tais inibições em geral são provocadas por pensamentos sobre o analista e salientei que, entre outras coisas, o sucesso do tratamento dependia da capacidade dela de ser totalmente honesta nesses assuntos. Sob considerável tensão, ela prosseguiu dizendo que, enquanto fora capaz de falar livremente no dia anterior, naquele estava atormentada por pensamentos que, na realidade, nada tinham a ver com o tratamento. Por fim, confessou que, antes de começar a análise, pensara no que aconteceria se o analista ficasse com "uma certa impressão dela"; se ele a desprezaria por causa de suas experiências com homens. Isso encerrou a sessão. O bloqueio continuou no dia seguinte. Mais uma vez chamei-lhe a atenção para a sua inibição e para o fato de estar outra vez evitando alguma coisa. Ficou claro, então, que ela havia recalcado por completo o que acontecera na sessão anterior. Expliquei-lhe o significado desse esquecimento, ao que ela retorquiu, dizendo que não conseguira dormir na noite passada porque tivera receio de que o analista desenvolvesse sentimentos pessoais para com ela. Isso poderia ter sido interpretado como projeção de seus próprios impulsos amorosos, mas a personalidade da paciente, seu narcisismo feminino fortemente desenvolvido e sua experiência de vida, até onde se sabia, não se prestavam de fato a tal interpretação. Eu tinha a vaga impressão de que ela desconfiava de minha conduta ética profissional e temia que eu aproveitasse a situação analítica de modo sexual. Dentro do contexto da situação analítica, não podia haver dúvida de que já existiam desejos sexuais da parte dela. Porém, diante da escolha de lidar primeiro com essas manifestações do id ou com os receios do ego, dificilmente se poderia hesitar em escolher estes últimos. Assim, disse-lhe o que eu conjeturava sobre seus receios. Ela respondeu com uma torrente de informações sobre as más experiências que tivera com médicos; mais cedo ou mais tarde, todos eles lhe tinham feito propostas ou até explorado a situação profissional. Não era natural, perguntou, que desconfiasse dos médicos? Além do mais, não tinha como saber se eu era diferente. Essas revelações tiveram um efeito liberador temporário; ela conseguiu novamente dar toda a atenção à discussão de seus conflitos atuais. Fiquei conhecendo bastante sobre as motivações e circunstâncias de seus casos amorosos. Dois fatos ficaram evidentes: 1) em geral ela procurava relações com homens mais novos; 2) logo perdia o interesse pelos amantes. Naturalmente, suas motivações eram de natureza *narcísica*. Por um lado, queria dominar os homens, e podia fazê-lo com mais facilidade se lidasse com homens mais novos. Por outro, perdia o interesse por um homem assim que ele expressava admiração suficiente. Teria sido possível, é claro, dizer-lhe o significado do seu comportamento; com certeza isso não lhe causaria nenhum dano, porque não se tratava de material recalcado profundamente. Mas, considerando o efeito dinâmico dessa interpretação, não o fiz. Dado que suas características principais se desenvolveriam em breve numa poderosa resistência à análise, parecia-me aconselhável esperar que isso acontecesse para poder usar os afetos provenientes da experiência da transferência para conscientizar os conteúdos inconscientes. Na verdade, a resistência logo se desenvolveu, mas de maneira totalmente inesperada.

Ela ficou de novo silenciosa, e continuei afirmando que ela estava contendo alguma coisa. Depois de grande hesitação, declarou que o que temia tinha acontecido, por fim; só que não era minha relação com ela que a aborrecia, mas sua atitude para comigo. Tinha sempre a análise no pensamento. No dia anterior, de fato, masturbara-se com a fantasia de que estava tendo relações sexuais com o analista. Depois de eu dizer-lhe que tais fantasias não eram incomuns durante a análise, que o paciente projetava no analista todos os sentimentos que tinha em relação aos outros em diversas ocasiões – e ela compreendeu isso muito bem –, voltei-me para a base narcísica dessa transferência. Não podia haver dúvidas de que a fantasia, como tal, era também em parte a expressão do irromper incipiente de um desejo libidinal objetal. Por várias razões, contudo, não era possível interpretar isso como transferência. Para ser mais claro, o momento não era propício para tal interpretação. O desejo de incesto ainda estava reprimido profundamente; daí a fantasia, apesar de seus elementos claramente infantis, não poder ser remontada até ele. Mas a personalidade da paciente, e toda a situação em que estava implantada a fantasia transferencial, fornecia material amplo para tratar de outros aspectos e motivos da fantasia. Ela sofria de crises de angústia antes e durante a análise; crises que indicavam, em parte, a excitação sexual bloqueada e, em parte, o receio imediato do ego de se submeter a uma situação difícil. Assim, na interpretação da resistência transferencial, parti, mais uma vez, do ego. Para começar, expliquei-lhe que a forte inibição sobre a discussão desses assuntos estava ligada ao seu orgulho, isto é, ela era orgulhosa demais para admitir tais arrebatamentos emocionais. Concordou de imediato, acrescentando que toda a sua natureza se rebelava contra a aceitação desses fatos. Ao perguntar-lhe se já sentira amor ou desejo espontaneamente, respondeu que isso nunca lhe acontecera. Os homens tinham-na desejado sempre; ela apenas concordara com o amor deles. Expliquei o caráter narcísico dessa atitude, e ela o compreendeu muito bem. Além disso, esclareci que não podia haver dúvida quanto ao empenho de amor autêntico; pelo contrário, ela se irritara por ver um homem ali sentado completamente indiferente a seus encantos, e considerava a situação intolerável. A fantasia fora uma expressão de seu desejo de fazer o analista se apaixonar por ela. A confirmação disso veio com a recordação de que, *na fantasia, a conquista do analista tivera o papel principal e constituíra a fonte real de prazer*. Pude então chamar-lhe a atenção para o perigo existente atrás dessa atitude, ou seja, de que, à medida que o tempo passasse, ela não seria capaz de tolerar a rejeição de seus desejos, e até perderia o interesse pela análise. Ela própria tinha consciência dessa possibilidade.

Esse ponto requer uma atenção especial. Em transferências desse tipo, se a base narcísica não é descoberta a tempo, facilmente e de modo inesperado surge uma reação de desapontamento que leva o paciente, numa transferência negativa, a interromper a análise. Durante anos, casos como este foram narrados no Seminário Técnico. A história era sempre a mesma: o analista considerara tais manifestações pelo que aparentavam, e interpretara a relação apenas como uma relação amorosa. Falhara em enfatizar a necessidade do paciente de ser amado e sua tendência para ficar desapontado. Mais cedo ou mais tarde, consequentemente, este interrompia a análise.

Minha interpretação da transferência levou-nos sem dificuldades à análise de seu narcisismo, de sua atitude desdenhosa para com os homens que a cortejavam e de sua incapacidade geral de amar – que era uma das razões principais de suas dificuldades. Era muito evidente para ela que primeiro tinha de desenterrar as razões para a diminuição de sua capacidade de amar. Além da vaidade, mencionou sua obstinação exagerada, sua indiferença interna em relação a pessoas e coisas, seus interesses meramente superficiais e ilusórios – tudo isso somando-se ao sentimento de insipidez que a atormentava. Assim, a análise da resistência transferencial conduziu-nos diretamente à análise do caráter, que daí em diante se tornou o foco da análise. Ela teve de admitir que não estava de fato envolvida na análise, apesar de suas honestas intenções de se corrigir por meio dela. O resto do caso não tem aqui interesse para nós. Apenas quis mostrar como o desdobrar da transferência de acordo com o caráter do paciente nos leva diretamente à questão do isolamento narcísico.

Considerações relacionadas com o ponto de vista econômico na nossa terapia também tornaram claro que é tecnicamente incorreto conscientizar, no começo, os rudimentos e as manifestações incipientes da transferência positiva genuína, em vez de primeiro trabalhar os aspectos negativos e narcísicos superpostos a ela.

Que eu saiba, foi Landauer quem primeiro chamou a atenção para o fato de que, inicialmente, toda interpretação de uma emoção projetada a enfraquece, fortalecendo a tendência oposta. Visto que nosso objetivo na análise é extrair e cristalizar claramente a libido objetal genital, libertá-la de sua condição de recalque e desenredá-la de sua mistura com impulsos narcísicos, pré-genitais e destrutivos, a análise deveria lidar – na medida do possível – apenas ou predominantemente com as manifestações da transferência negativa e narcísica, interpretá-las e fazê-las remontar à sua origem. Mas deve-se permitir que as indicações de uma manifestação incipiente de amor se desenvolvam à vontade até se concentrarem na transferência, de modo claro e sem ambiguidades. Isso em geral só acontece em fases muito adiantadas e, muitas vezes, apenas no fim da análise. Em casos de neuroses compulsivas, em particular, a ambivalência e a dúvida são muito difíceis de dominar, a não ser que os impulsos ambivalentes sejam isolados por ênfase consistente nos empenhos – tais como o narcisismo, o ódio e os sentimentos de culpa – que se opõem ou estão em desacordo com a libido objetal. A menos que esse isolamento seja realizado, é praticamente impossível sair do estado de ambivalência e dúvida agudas; todas as interpretações de conteúdos inconscientes perdem a força, se não a eficácia, devido ao muro levantado pela couraça da dúvida. Além disso, essa consideração econômica liga-se muito bem com a consideração topográfica, porque a libido objetal, original e genuína, particularmente o empenho genital incestuoso, constitui a camada mais profunda da repressão nos neuróticos. Por outro lado, o narcisismo, o ódio e os sentimentos de culpa, bem como as exigências pré-genitais, estão mais perto da superfície, no sentido tanto topográfico como estrutural.

Do ponto de vista econômico, a tarefa de tratar da transferência poderia ser mais bem-formulada do seguinte modo: o analista deve se empenhar por conseguir uma *concentração de toda a libido objetal numa transferência puramente genital*. Para se conseguir isso, devem ser liberadas as energias sádicas e narcísicas, que estão ligadas na couraça de caráter, e afrouxadas as fixações pré-genitais. Quando a transferência é manejada corretamente, a libido, produzida pela liberação destes empenhos em relação à estrutura do caráter, concentra-se nas posições pré-genitais. Essa concentração origina uma transferência positiva temporária de natureza pré-genital, isto é, mais infantil. Essa transferência, por seu turno, leva à irrupção de fantasias pré-genitais e de pulsões incestuosas, e assim ajuda a soltar as fixações pré-genitais. Contudo, toda a libido que a análise ajuda a liberar-se de suas fixações pré-genitais se concentra na fase genital e intensifica a situação edípica genital, como no caso da histeria; ou a reaviva, como no caso da neurose compulsiva (depressão etc.).

No princípio, porém, essa concentração é geralmente acompanhada de angústia, provocando a reativação da histeria de angústia infantil. Esse é o primeiro sinal de um novo investimento da fase genital. Contudo, o que aparece primeiro nessa fase da análise não é o desejo genital edípico como tal, mas, uma vez mais, sua evitação pelo ego, a angústia de castração. Em geral, essa concentração de libido na fase genital é apenas temporária, uma tentativa de conseguir um novo investimento dos empenhos genitais. Incapaz, nesse ponto, de enfrentar a angústia de castração, a libido reflui e volta temporariamente às suas fixações patológicas (narcísicas e pré-genitais). Esse processo geralmente se repete muitas vezes; cada tentativa de penetrar nos desejos incestuosos genitais é seguida por uma retirada motivada pela angústia de castração. O resultado é a reabilitação do antigo mecanismo de ligação da angústia, devido à reativação da angústia de castração; isto é, ou aparecem sintomas transitórios, ou (o que talvez seja o caso mais frequente) o mecanismo de defesa narcísico é totalmente reativado. Naturalmente, em sua interpretação, o analista sempre ataca primeiro o mecanismo de defesa, e assim traz à luz material infantil cada vez mais profundo. A cada avanço para a fase genital, os elementos de angústia são neutralizados até a libido ficar firmemente concentrada na posição genital e a angústia ou os desejos narcísicos e pré-genitais serem gradualmente substituídos por sensações *genitais* e fantasias transferenciais[1].

Quando divulguei um relatório sobre essas descobertas, alguns analistas afirmaram que não conseguiam dizer em que ponto a neurose atual assumia um papel tão importante na análise. Posso responder agora a essa questão: naquela fase da análise em que as fixações essenciais da libido foram dissolvidas, em que a angústia neurótica deixou de ser absorvida por sintomas e traços de caráter, o núcleo da neurose, a angústia de estase, fica totalmente reativado. Essa neurose de estase corresponde à estase da libido agora liberada. Nessa fase, dado que tudo é convertido novamente em libido, a transferência positiva *genuína*, que é afetuosa e sensual, se desenvolve com toda a força. O paciente começa a se masturbar com fantasias transferenciais. As inibições remanescentes e as distorções infantis da genitalidade fixada no incesto podem ser eliminadas por meio dessas fantasias; assim, de modo consistente e sistemático, aproximamo-nos daquela fase da análise em que enfrentamos a tarefa de dissolver a transferência. Antes de passarmos a essa fase, porém, vamos apresentar alguns detalhes observados clinicamente sobre a concentração da libido na transferência e na zona genital.

---

1. Nota, 1945: Em termos da biofísica do orgone, a meta da orgonoterapia é a dissolução das couraças de tal maneira que todos os reflexos e movimentos biológicos se unam finalmente no *reflexo de orgasmo total* e conduzam a sensações de corrente orgônica na região genital. Isso possibilita o estabelecimento da potência orgástica.

2. Narcisismo secundário, transferência negativa e percepção da doença

O afrouxamento, na verdade a quebra do mecanismo de defesa do caráter, necessária para a liberação da maior quantidade possível de libido, torna o ego temporariamente desamparado. Esta pode ser descrita como a *fase do colapso do narcisismo secundário*, na qual, efetivamente, o paciente se mantém fiel à análise com a ajuda da libido objetal, que nesse meio-tempo se liberou, e essa situação dá a ele algo como uma proteção infantil. Mas o colapso das formações reativas e das ilusões que o ego inventou para se autoassegurar provoca no paciente fortes empenhos negativos contra a análise[2]. Além disso, com a dissolução da couraça, as pulsões recuperam sua intensidade original e então o ego sente-se à mercê deles. Tomados em conjunto, esses fatores por vezes fazem com que as fases transitórias se tornem críticas; aparecem tendências suicidas; o paciente se desinteressa por seu trabalho; observam-se, no caráter esquizoide, até mesmo, algumas vezes, regressões autistas. O caráter neurótico compulsivo, em virtude de sua forte analidade e de sua agressão contida, mostra ser o mais tenaz durante esse processo. Pela consistência da interpretação e, em especial, pela cristalização clara das tendências negativas do paciente, o analista que domina a transferência pode controlar facilmente o ritmo e a intensidade do processo.

Enquanto as formações reativas estão sendo dissolvidas, a potência masculina, isto é, o que resta dela, sucumbe. Tenho o hábito de informar esse fato aos pacientes eretivamente potentes, para evitar uma reação que pode ser muito intensa. Para amortecer o choque da perturbação aguda da potência eretiva em tais pacientes, é aconselhável recomendar a abstinência logo que se perceba a descompensação a partir de certas indicações (intensificação dos sintomas e da angústia; aumento da inquietação; aparição, em sonhos, da angústia de castração). Certos tipos de caracteres narcísicos, por outro lado, que se recusam a tomar conhecimento da compensação para seu medo da impotência, devem ser expostos a essa desagradável experiência. Embora disso resultem reações negativas e narcísicas intensas, essa exposição, uma vez que a angústia de castração fica evidente, prepara todo o caminho para a descompensação do narcisismo secundário.

---

2. Parece-me muito provável que as objeções levantadas durante a minha discussão da transferência negativa tenham sido provocadas pelo fato de, geralmente, o mecanismo protetor narcísico do paciente não ser muito aprofundado, evitando assim uma violenta transferência de ódio.

Visto que a descompensação da potência é a indicação mais segura de que a angústia de castração está se tornando uma *experiência afetiva* e que a couraça está se dissolvendo, a ausência de uma perturbação da potência no decurso da análise de um neurótico eretivamente potente significa que o paciente não foi muito afetado. É claro que esse problema não existe na maioria dos casos, porque a maioria dos pacientes já sofre de um distúrbio de potência ao começar o tratamento. Mas há alguns pacientes que mantêm uma potência eretiva sustentada pelo sadismo, e outros que, sem o saber, têm uma perturbação do tipo, por exemplo, ereções fracas e ejaculações precoces.

A análise tem, até certo ponto, de lutar contra a personalidade do paciente como um todo, até que ele apreenda o pleno significado de sua perturbação sexual. Na medida em que a análise se preocupa com sintomas de que o paciente padece e dos quais, portanto, tem uma percepção, podemos confiar nele como aliado na luta contra a neurose. Por outro lado, o paciente se interessa pouco pela análise de sua base de reação neurótica, isto é, de seu caráter neurótico. No decurso da análise, porém, sua atitude para com o caráter sofre uma transformação radical. Começa a sentir que está doente também nesse aspecto; reconhece todas as implicações de seu caráter como base dos sintomas, ganha um interesse em mudar seu caráter e estende seu desejo de melhorar até incluir a perturbação sexual, na medida em que não a sentia como sintoma perturbador desde o início. Assim, subjetivamente, muitas vezes sente-se mais doente do que antes da análise, mas também está mais desejoso de cooperar no trabalho analítico, o que é indispensável para o sucesso da análise. Tornar-se capaz de uma vida sexual saudável – cuja importância para a saúde psíquica lhe foi mostrada pelo analista ou apreendida por si mesmo – é a motivação principal de seu desejo de melhorar. Portanto, essencialmente, esse desejo de melhora se origina de modo consciente, por meio da sensação de infelicidade causada pela neurose e, de modo inconsciente, por meio das exigências genitais naturais.

O aprofundamento da consciência da doença e a intensificação do sentimento de estar doente são o resultado da análise consistente do mecanismo de defesa narcísico e da defesa do ego. Embora essa consciência ampliada leve a uma defesa intensificada – uma transferência negativa cujo conteúdo é o ódio ao analista, como perturbador do equilibro neurótico –, essa defesa já contém a semente de uma atitude oposta, que dá à análise a ajuda mais positiva. Agora o paciente é forçado a se entregar completamente à análise; começa a considerar o analista um salvador na desgraça, o único que lhe pode fazer bem. Isso dá um ímpeto considerável à determinação do paciente de se curar. Essas atitudes estão, é claro, intimamente ligadas a tendências infantis, à angústia de castração e à necessidade infantil de proteção.

3. Sobre o manejo da regra da abstinência

Se, dos pontos de vista dinâmico e econômico, a análise visa estabelecer uma transferência genital-sensual, surge um problema de técnica: como se deve interpretar e aplicar a regra da abstinência? O doente deve desistir de todas as formas de satisfação sexual? Se não, que formas devem ser proibidas? Alguns analistas interpretam a regra da abstinência como proibição total do ato sexual, exceto para os casados. Esses analistas parecem sentir que, a não ser que se imponha a abstinência, não há a necessária estase da libido e sua concentração na transferência. Mas é preciso enfatizar que tais proibições muito mais provavelmente evitem o estabelecimento de uma transferência positiva, em vez de o encorajar. Em resumo, é nossa opinião que a proibição da cópula não tem o efeito desejado. Exceto em certos casos excepcionais, essa medida não está em desacordo com os princípios gerais da terapia analítica? Não é verdade que tal restrição fortalece automaticamente a origem da situação neurótica, isto é, a frustração genital, em vez de eliminá-la? No caso de mulheres sexualmente tímidas e de homens eretivamente impotentes, proibir o ato sexual seria um erro total. A verdade é que toda a nossa concepção da tarefa analítica nos torna precavidos contra colocar a genitalidade sob a pressão de uma proibição atual, exceto em circunstâncias muito especiais. O caso é este: a regressão e o desvio da libido da fase genital provocaram a neurose em primeiro lugar; daí, liberar a libido de suas amarras patológicas e concentrá-la na zona genital é o principal objetivo da técnica analítica. O esforço geral, portanto, é eliminar as atividades pré-genitais por meio da interpretação, enquanto se permite que as tendências genitais se desenvolvam em completa liberdade. Seria um erro grave de técnica proibir pacientes que não se masturbam, precisamente quando estão prestes a dominar o receio de o fazer. Também não estamos sozinhos no nosso ponto de vista de que se deve permitir a masturbação genital – durante muito tempo, na realidade –, e um certo número de analistas experientes e sem preconceitos concorda com isso. Só quando a masturbação ou o ato genital se tornam uma resistência é que será preciso lidar com eles, como ocorre com qualquer resistência, através da interpretação e, em casos extremos, por meio da proibição. Esta última, contudo, raramente é necessária – em geral, só para pacientes que se masturbam em excesso. A esmagadora maioria de nossos pacientes, especialmente as mulheres, não devia ser forçada a nenhuma espécie de renúncia genital durante a análise. Quando o paciente começa a se masturbar, temos a primeira indicação segura de um novo investimento da fase genital, de uma reativação do realismo erótico.

Em muitos casos, a estase da libido atua como elemento inibidor da análise. Quando uma grande quantidade de libido se concentra na zona genital, intensas excitações sexuais começam a perturbar a análise. Depois de esvaziados os conteúdos das fantasias, tem início uma fase de fortes exigências sexuais, durante a qual não se produz material inconsciente suplementar. Nessas épocas, o alívio periódico da estase, por meio da masturbação ou da relação sexual, tem um efeito liberador e permite que a análise continue. Vemos, portanto, que a regra de abstinência deve ser aplicada com extrema elasticidade e subordinada ao princípio econômico da concentração da libido na zona genital. Em termos gerais, então, as medidas técnicas que produzem essa concentração são corretas e as que a impedem são incorretas.

A transferência sensual que ocorre quando a libido está concentrada na zona genital é, por um lado, um poderosíssimo veículo para trazer à luz material inconsciente e, por outro, um obstáculo à análise. A excitação genital produz a efetivação do conflito sexual como um todo, e alguns pacientes se recusam, muitas vezes durante longo tempo, a reconhecer a natureza transferencial desse conflito. É importante, nessa situação, que eles aprendam a suportar a frustração genital, que enfrentem as reações de desapontamento que em geral aparecem, que as enfrentem sem as reprimir e que concentrem os empenhos sensuais e afetivos em *um objeto*. Sabemos pela prática que *os pacientes que não passaram por essa fase de transferência sensual de natureza genital nunca conseguem estabelecer totalmente o primado genital*, fato que, do ponto de vista da economia da libido, constitui um defeito no processo de cura. Se é esse o caso, a análise ou falhou em efetuar uma liberação *real* dos empenhos genitais em relação à sua repressão, ou não conseguiu neutralizar o sentimento de culpa, que evita a unificação dos empenhos sensuais e afetivos. São estas as indicações de que o esforço teve sucesso completo:

1) *masturbação genital livre de sentimentos de culpa*, com fantasias transferenciais genitais e satisfação proporcional (quando o paciente e o analista pertencem ao mesmo sexo, masturbação com fantasias em que o analista figura como o objeto incestuoso);
2) *fantasias de incesto livres de sentimentos de culpa ocorrem algumas vezes* (a renúncia pode ser alcançada com maior facilidade se o impulso é *totalmente consciente*);
3) *excitação genital durante a análise* (ereção nos homens; seu correspondente nas mulheres) como indicação de que a angústia de castração foi superada.

Não é demais enfatizar que a ativação da genitalidade que precede a desintegração final do caráter neurótico e leva ao estabelecimento de traços de caráter genitais nunca é conseguida por sugestão, mas apenas por métodos analíticos, pelo tratamento correto da transferência – cujo objetivo é a concentração da libido na zona genital descrita acima. Essa ativação não é obtida em todos os casos, por razões como a idade e a cronicidade da neurose. Porém, ela não é apenas um ideal; *é um objetivo possível em muitos casos*. Do ponto de vista econômico, a ativação da genitalidade é indispensável, porque constitui, durante ou imediatamente após a análise, a base para a regulação da economia da libido por meio da função genital.

Temos observado que o perigo de o paciente se envolver em situações críticas, ao se dar rédea solta à sua genitalidade durante a análise, é inteiramente desprezível. Quando a neurose o está quase obrigando a fazer alguma coisa prejudicial, não é difícil impedi-lo, submetendo suas motivações à análise pormenorizada, sem precisar proibir-lhe nada. Isso pressupõe naturalmente que o analista tenha controlado a transferência *desde o começo*. Nessa área, as avaliações subjetivas do analista acerca da situação mostram amplitude considerável: ele pode não fazer objeções se um rapaz tiver relações sexuais, mas terá forte resistência a que uma garota o faça (padrões morais duplos no que diz respeito ao sexo). Um outro analista corretamente não fará tal distinção, na medida em que esse passo, mais ousado socialmente por parte da garota, *não interfere na análise.*

4. Sobre a questão da "dissolução" da transferência positiva

Como Freud afirmou, depois de a neurose de transferência ter se estabelecido com sucesso, o analista tem de enfrentar a tarefa final de resolver a transferência positiva que, nesse ponto, domina a análise. Surge imediatamente a questão de saber se essa dissolução é totalmente análoga ao processo de dissolver os outros afetos "transferidos", fazendo-os remontar à sua origem infantil; se, em resumo, é questão de "dissolver" os impulsos positivos. Não pode haver uma resolução da transferência no sentido de uma "dissolução". O importante é que a libido objetal – liberada de todas as impurezas como o ódio, o narcisismo, a teimosia, a autopiedade etc. – é "transferida" do analista para outro objeto, que esteja de acordo com as necessidades do paciente. Apesar de ser possível "dissolver" todas as transferências sádicas e pré-genitais, remontando-as à fonte infantil, não se pode fazer o mesmo no caso da genitalidade, porque a função genital é parte da função da realidade em geral. Esse fato indica a determinação do paciente em se curar, determinação que o impele para a vida real e insiste na realização de suas exigências genitais – e, do ponto de vista da recuperação, o faz com boas razões[3]. Certamente não é fácil compreender por que motivo, ao se remontar a transferência genital até o desejo de incesto genital, não se consegue "dissolvê-la" mas, pelo contrário, apenas liberá-la da fixação incestuosa, permitindo-lhe procurar satisfação. Para compreender por que isso é assim, pode ser útil a lembrança de que remontar uma transferência anal até a situação infantil não "dissolve" o investimento do impulso, mas transfere o investimento da libido da zona anal para a zona genital. É assim que tem lugar a progressão da pré-genitalidade para o primado genital. Esse deslocamento qualitativo já não é possível ao se remontar a transferência genital até a situação original, porque a fase genital representa a fase *mais alta* da libido na progressão para a cura. Aqui, a única possibilidade é a "transferência da transferência" para um objeto real.

Encontram-se grandes dificuldades no afrouxamento da transferência, especialmente em pacientes do sexo oposto. A libido recusa soltar-se e, em alguns casos, desafia tentativas de resolução durante meses a fio. Na investigação das razões para a "aderência" da libido, descobrimos:

1) *vestígios de sentimentos de culpa não dissolvidos* que correspondem a um sadismo até então inconsciente contra um objeto infantil;

2) *uma esperança secreta* de que o analista satisfaça, afinal, as exigências do amor. O analista tem de ter um sexto sentido para essa secreta esperança, nunca revelada espontaneamente pelo paciente;

3) um vestígio de *um laço* não genital, mas *infantil, em relação ao analista, como representante da mãe protetora*. Esse laço é um resultado inevitável da própria situação analítica. (Tem aplicação aqui, em muitos casos, o conceito de Rank acerca da situação analítica como uma situação uterina fantasiada.) Assim como os últimos vestígios de impulsos sádicos são trabalhados na análise dos sentimentos de culpa, da mesma forma se trabalham os vestígios da fixação libidinal de um caráter pré-genital na análise da "aderência" resultante da fixação infantil à mãe;

4) nessas fases finais da análise encontramos, especialmente em moças e mulheres com casamentos infelizes, um receio tremendo da vida sexual iminente. Essa reação antecipatória revela-se, em parte, como um medo primitivo da cópula e, em parte, como dependência

---

3. O problema tão discutido da "vontade de melhorar" não é tão complicado como parece. Todo paciente preserva uma quantidade suficiente de estímulos elementares para amar e gozar a vida. Esses estímulos, mesmo que estejam completamente enterrados, oferecem-nos o auxílio mais essencial em nossos esforços

das normas sociais determinadas pela ideologia monogâmica e por sua exigência de castidade. Esta última, em especial, requer análise pormenorizada, que revele uma forte identificação com a mãe monógama, a mãe que exige castidade. Tais receios também podem remontar a um sentimento de inferioridade, relacionado à feminilidade resultante de uma inveja do pênis na infância que não foi bem elaborada. Além disso, há um medo racional, totalmente justificado, das dificuldades sexuais a enfrentar numa sociedade que rebaixou tanto a sexualidade. Os homens, tendo estabelecido uma unidade entre afeição e sensualidade, muitas vezes encontram a dificuldade de se tornarem incapazes de relações sexuais com prostitutas ou em condições que envolvam pagamento. Se não se casam imediatamente, não encontrarão com facilidade alguém que lhes satisfaça tanto a afeição como a sensualidade.

Essas e algumas outras condições tornam difícil ao paciente se afastar do analista. Muitas vezes, ele satisfará sua sensualidade com um objeto que não ama e que, de fato, não pode amar, porque seus afetos estão voltados ao analista. Embora esse laço complique a descoberta do objeto adequado enquanto se está em análise, os melhores resultados são obtidos quando o paciente, homem ou mulher, encontra um parceiro compatível antes de a análise terminar. Isso tem a grande vantagem de o comportamento na nova relação ainda poder ser controlado analiticamente e de os resíduos neuróticos poderem ser facilmente eliminados.

Se a descoberta de um parceiro durante a análise não ocorre cedo demais, isto é, não *antes* de se trabalhar a transferência positiva, e se o analista tem cuidado de não influenciar o paciente de nenhum modo (não o força a escolher um parceiro), não pode haver dúvida quanto à vantagem de terminar assim o tratamento. Há, é certo, dificuldades de natureza social, mas discuti-las nos levaria para além do âmbito deste livro, e, além disso, elas foram consideradas em obras que tratam especificamente desse problema[4].

5. Algumas observações sobre a contratransferência

É fácil compreender que o temperamento de um dado analista constitui fator decisivo no tratamento de cada caso. Como sabemos, o analista deve usar seu próprio inconsciente como uma espécie de aparelho receptor para "sintonizar" o inconsciente do analisando, e tra-

---

4. Cf. Reich: *Geschlechtsreife, Enthaltsamkeit, Imemorial* (Maturidade Sexual, Abstinência, Moralidade no Casamento), Münster Verlag, 1930; *Die sexuelle Kampf der Jugend (O Combate Sexual da Juventude)*, Verlag für Sexualpolitik, 1931.

tar cada paciente individual segundo o temperamento dele. O conhecimento analítico habitual e a habilidade do analista só têm significado aqui na medida em que sua receptividade ao inconsciente desconhecido e sua capacidade de se adaptar a todas as situações analíticas lhe permitem aumentar esse conhecimento e essa habilidade.

Para começar, temos de esclarecer algo que facilmente poderia ser mal interpretado. Freud recomendava que o analista assumisse uma atitude livre de preconceitos e se permitisse ficar surpreendido diante de cada aspecto novo na análise. Essa recomendação parece estar em desacordo com nossa insistência na análise sistemática da resistência e na estrita derivação da técnica específica a partir da estrutura de cada caso. Perguntar-se-á: como se pode assumir uma atitude passiva, receptiva, sem preconceitos e, ao mesmo tempo, proceder de maneira lógica, diretiva e sistemática? Alguns de meus colegas tentam erroneamente resolver as novas tarefas da análise do caráter meditando sobre a estrutura do caso.

A verdade é que uma atitude sem preconceitos e a análise consistente da resistência não estão em desacordo. Se um analista desenvolveu a habilidade recomendada por Freud, o manejo das resistências e da transferência aparecerá automaticamente como reação ao processo do paciente. Não há necessidade de grandes conjeturas sobre a estrutura de um caso particular. Quando o material que difere em valor dinâmico surge ao mesmo tempo de várias camadas do inconsciente, o analista escolherá espontaneamente um elemento em vez de outro. Sem lhe dar muita atenção, analisará a defesa do ego *antes* dos conteúdos reprimidos etc. Quando o analista começa a quebrar a cabeça com a estrutura e os requisitos técnicos de um caso, é sinal de que ou está lidando com um tipo especialmente novo e pouco habitual, ou seu inconsciente está fechado, de algum modo, ao material que o paciente oferece. Freud estava inteiramente certo ao dizer que o analista tem de estar aberto às surpresas. Porém, acima de tudo, deve ter habilidade de encaixar com rapidez aquilo que é surpreendentemente novo no contexto global do processo terapêutico. Se, logo de começo, a análise se desenrolou em harmonia com a estrutura do caso e com base nas resistências transferenciais, se se evitou o erro de confundir o caso e a situação com interpretações demasiado profundas e prematuras – então a incorporação do novo material acontece de modo quase automático. A razão mais importante para isso é que o aparecimento dos elementos potenciais do inconsciente não se dá de maneira arbitrária, mas é determinado pelo decurso da própria análise e pressupõe que o material analítico e as resistências, justapostos e confusos no início, tenham sido ordenados de maneira definida. Mais uma vez, porém, trata-se apenas da análise sistemática da resistência.

Da discussão técnica de casos (que só pode acontecer intelectualmente), poderíamos ter a impressão errada de que o trabalho caracteroanalítico é o resultado de uma dissecação intelectual do caso durante o tratamento. Mas essa "intelectualização" não deve ser imputada ao próprio trabalho analítico, cujo sucesso depende em grande parte da compreensão e da ação intuitivas. Uma vez que o principiante tenha superado a tendência típica de "fazer uma venda rápida" de seu conhecimento analítico do caso, uma vez que tenha aprendido a assumir uma atitude flexível, ele terá estabelecido a base essencial da habilidade analítica.

É evidente que a capacidade do analista de adotar uma atitude flexível em seu trabalho, de apreender o caso intuitivamente sem se apegar ao conhecimento adquirido intelectualmente, dependerá das condições próprias de seu caráter, assim como a capacidade similar do analisando de se deixar levar é determinada pelo grau em que sua couraça de caráter foi afrouxada.

Sem entrar em todo o complexo de questões, vamos ilustrar o problema da contratransferência com alguns exemplos típicos. Em geral, é possível reconhecer, pelo modo como o caso avança, se e em que aspecto a atitude do analista é deficiente, isto é, está perturbada por seus próprios problemas psicológicos. O fato de alguns casos nunca produzirem uma transferência negativa afetiva deve ser atribuído não somente ao bloqueio do paciente como também ao do analista. O analista que não resolveu o recalque de suas próprias tendências agressivas será incapaz de realizar esse trabalho satisfatoriamente com os seus pacientes e poderá até desenvolver uma má vontade afetiva em relação a uma avaliação intelectual precisa da importância da análise da transferência negativa. Sua agressão recalcada o levará a considerar como provocação a agressão que deve ser despertada no paciente. Ele poderá menosprezar os impulsos negativos do paciente ou impedir, de alguma forma, sua manifestação. Poderá, inclusive, reforçar a repressão da agressão através da amabilidade exagerada em relação ao paciente. Os pacientes percebem rapidamente tais atitudes do analista e exploram-nas extensamente na evitação de suas pulsões. Um bloqueio afetivo ou um comportamento solícito demais do analista é o sinal mais claro de que ele está evitando sua própria agressão.

A contrapartida disso é a incapacidade caracterológica do analista de enfrentar as manifestações sexuais do paciente, isto é, sua transferência *positiva*, sem se envolver emocionalmente. Atuando como supervisor, observa-se que o próprio medo que o analista tem das manifestações sexuais e sensuais do paciente muitas vezes dificulta seriamente o tratamento e pode facilmente impedir o estabelecimento do primado genital do paciente. Em condições analíticas normais, as exigências genitais de amor do paciente manifestam-se na transferência. Se o próprio analista está um tanto confuso com respeito a assuntos sexuais ou não tem ao menos uma orientação intelectual sexualmente afirmativa, seu trabalho como analista certamente ficará comprometido. É desnecessário dizer que é muito provável que um analista sem experiência sexual será incapaz de compreender as reais dificuldades da vida sexual do paciente. Portanto, o estudante de psicanálise deveria preencher pelo menos os mesmos requisitos que se aplicam ao paciente, enquanto se submete à análise durante seu período de formação: o estabelecimento do primado genital e obtenção de uma vida sexual satisfatória. A menos que reprima seus próprios impulsos, o analista sexualmente perturbado ou insatisfeito não só estará sobrecarregado com o controle de sua contratransferência positiva como achará cada vez mais difícil lutar contra a provocação que as manifestações sexuais do paciente farão às suas próprias necessidades sexuais. Sem sombra de dúvida, ficará enredado numa situação neurótica embaraçosa. A prática impõe-nos as mais rigorosas exigências a esse respeito, e seria tolice escondê-las ou negá-las. Quer o analista admita conscientemente ou negue que tem de lutar com tais dificuldades, isso faz pouca diferença, pois o paciente comum sentirá a negação e a rejeição sexual inconscientes do analista e, em consequência, não conseguirá liberar-se de suas próprias inibições sexuais. Há, de fato, mais do que isso. O analista, é claro, tem o direito de viver de acordo com suas ideias, mas permanece o fato de que se, *inconscientemente*, ele adere a rígidos princípios morais, os quais o paciente pressente sempre, e se, *sem o saber*, reprimiu tendências poligâmicas ou certas formas de jogo amoroso, conseguirá lidar apenas com muito poucos pacientes e estará inclinado a considerar "infantis" alguns modos naturais de comportamento.

Os analistas que experienciam as transferências de seus pacientes de maneira essencialmente narcísica têm tendência a interpretar as manifestações atuais de amor como sinais de uma relação amorosa pessoal. Pela mesma razão, acontece muitas vezes que as críticas e a desconfiança do paciente não são adequadamente trabalhadas.

Os analistas que não têm controle suficiente de seu próprio sadismo caem com facilidade no conhecido "silêncio analítico", apesar de não haver motivos razoáveis para tanto. Eles consideram o paciente em si – em vez de a neurose do paciente – um inimigo que "não quer se curar". Ameaças de interromper a análise e estabelecimentos de prazos desnecessários resultam não tanto da insuficiência de técnica analítica, mas mais da falta de paciência. Esta faz com que a técnica fique aquém de suas possibilidades.

Finalmente, é um erro interpretar a regra geral analítica (o analista deve ser "uma folha de papel em branco" sobre a qual o paciente escreve sua transferência) no sentido de que se deve, sempre e em cada caso, assumir uma atitude de múmia. Em tais condições, muitos pacientes acham difícil "sair da concha", fato que, mais tarde, exige medidas artificiais e não analíticas. É evidente que um paciente agressivo tem de ter um tratamento distinto do que é dado a um masoquista, tal como a distinção feita entre um histérico superexcitado e um depressivo, e que o analista modifica sua atitude para com um mesmo paciente, dependendo da situação. Em resumo, não se age neuroticamente, mesmo que se tenha de levar em conta um elemento de neurose em si mesmo.

Embora o analista não possa e não deva suprimir seu temperamento particular, e tenha isso em mente ao decidir quais pacientes está mais apto a tratar, mesmo assim devemos exigir-lhe que sua individualidade seja posta em xeque, que seja controlada. Também devemos esperar que ele atinja uma certa flexibilidade de caráter durante sua análise didática.

Em resumo, as exigências que fazemos ao analista são tão grandes como as dificuldades que terá de enfrentar mais tarde. Acima de tudo, ele deve ter em mente que, devido ao fato de sua atividade profissional estar em aguda oposição à maior parte da sociedade convencional, será perseguido, ridicularizado e caluniado, a não ser que prefira fazer concessões, à custa de suas convicções teóricas e práticas, a uma ordem social direta e irreconciliavelmente oposta às necessidades da terapia da neurose.

PARTE II
TEORIA DA FORMAÇÃO DO CARÁTER

Até aqui, em nossa exposição, seguimos um caminho de investigação rigidamente ditado pela prática analítica. A partir da questão do princípio econômico da terapia analítica, abordamos os problemas caracteroanalíticos que se enfeixam em redor da "barreira narcísica". Conseguimos resolver alguns dos problemas técnicos e defrontamos, nesse processo, com novas questões teóricas. O fato relevante de nossas histórias de caso foi que, embora pudesse haver grandes diferenças entre elas, a couraça narcísica está conectada com os conflitos sexuais da infância de maneira típica. Isso, sem dúvida, correspondeu perfeitamente a nossas expectativas analíticas. Agora, entretanto, nos cabe a tarefa de investigar essas conexões em detalhe. Também não escapou à nossa atenção que as mudanças efetuadas nas atitudes de caráter patológicas no decurso do tratamento seguem uma lógica definida: o desenvolvimento de uma estrutura de caráter neurótico para uma estrutura cuja natureza é determinada pela realização do primado genital, por essa razão chamada de "caráter genital".

Finalmente, teremos de descrever algumas diferenciações de caráter, entre as quais o masoquismo, que nos conduzirá a uma crítica de uma teoria analítica das pulsões mais recente.

VII

A solução caracterológica do conflito sexual infantil[1]

O conhecimento psicanalítico tem condições de fornecer à teoria do caráter novos pontos de vista e de chegar a novas descobertas baseado neles. São três as características dessa investigação que tornam isso possível:

1) a teoria dos mecanismos inconscientes;
2) a abordagem histórica; e
8) a compreensão da dinâmica e economia dos processos psíquicos.

Na medida em que a pesquisa psicanalítica parte da investigação dos fenômenos para chegar à sua natureza e a seu desenvolvimento, e abrange os processos da "personalidade profunda" em cortes transversais e longitudinais, automaticamente abre o caminho para o ideal do estudo do caráter: uma "teoria genética de tipos". Essa teoria, por sua vez, pode nos proporcionar não só o conhecimento científico natural dos modos de reação humana como também a história de seu desenvolvimento específico. A vantagem de transferir a pesquisa do caráter do campo humanístico – no sentido dado por Klages – para a esfera da psicologia científica natural não deve ser subestimada. Mas a investigação clínica desse campo não é simples. É necessário, primeiramente, esclarecer os fatos a serem discutidos.

---

1. Apresentado pela primeira vez no Congresso da Sociedade Psicanalítica Alemã, em Dresden, em 28 de setembro de 1930.

1. Conteúdo e forma das reações psíquicas

Desde o começo, os métodos psicanalíticos forneceram uma nova abordagem à investigação do caráter. A descoberta de Freud[2] nesse campo foi trabalho pioneiro. Ele demonstrou que certos traços de caráter podem ser explicados historicamente como sendo as transmutações permanentes das moções pulsionais primitivas provocadas por influências ambientais. Apontou, por exemplo, que a avareza, o pedantismo e o ser metódico são derivados de forças pulsionais do erotismo anal. Mais tarde, tanto Jones[3] como Abraham[4] trouxeram importantes contribuições à teoria do caráter, mostrando a relação entre traços de caráter e forças pulsionais infantis, por exemplo entre inveja/ambição e erotismo uretral. Nessas primeiras tentativas, a questão era explicar a *base pulsional* dos traços de caráter individuais típicos. Contudo, os problemas resultantes das exigências da terapia cotidiana vão além disso. Vemo-nos diante das alternativas de 1) compreender, histórica e dinâmico-economicamente, *o caráter como uma formação integral*, tanto na generalidade como em termos de transformações tipológicas, ou 2) renunciar à possibilidade de curar um grande número de casos nos quais a base de reação do caráter neurótico tenha de ser eliminada.

Dado que o caráter do paciente, em seu modo típico de reagir, torna-se a resistência à descoberta do inconsciente (*resistência de caráter*), pode-se provar que, durante o tratamento, essa função do caráter espelha sua origem. As causas das reações típicas de uma pessoa, no dia a dia e no tratamento, são as mesmas que não só determinam a formação do caráter, em primeiro lugar, como também consolidaram e preservaram o modo de reação, desde que este se estabelecera e se constituíra num mecanismo automático independente da vontade consciente.

Portanto, na constelação desse problema, o importante não é o conteúdo e a natureza deste ou daquele traço de caráter, mas o mecanismo e a gênese do modo de reação típico. Considerando que até aqui fomos capazes de compreender e explicar geneticamente os conteúdos das experiências, os sintomas neuróticos e os traços de caráter, estamos agora em posição de dar uma explicação para o problema *formal*, a maneira como alguém experiencia e a maneira como os sintomas neuróticos são produzidos. É minha firme convicção que estamos

---

2. Freud: "Charakter und Analerotik", Ges. Schr., Bd. V. ("Caráter e Erotismo Anal", ESB, vol. IX)
3. Jones: "Über analerotische Charakterzüge" (Sobre Traços de Caráter Erótico--Anais), *Internationalen Zeitschrift für Psychoanalyse*, V (1919).
4. Abraham: *Psychoanalytische Studien zur Charakterbildung* (Estudo Psicanalítico sobre a Formação do Caráter), Internationaler Psychoanalytischer Verlag, 1924.

abrindo o caminho para a compreensão do que poderia ser chamado de *a característica fundamental de uma personalidade*.

Usando a terminologia comum, falamos de pessoas severas e brandas, nobres e vis, orgulhosas e subservientes, temperamentais e insensíveis. A psicanálise dessas diversas características prova que elas são apenas formas diversas de um *encouraçamento do ego* contra os perigos do mundo exterior e as exigências pulsionais recalcadas do id. Etiologicamente, há tanta angústia por trás da excessiva polidez de uma pessoa quanto por trás da reação grosseira e ocasionalmente brutal de outra. Uma diferença nas circunstâncias determina a maneira como uma pessoa lida ou tenta lidar com essa angústia. Com termos como passivo-feminino, paranoico-agressivo, neurótico-compulsivo, histérico, genital-narcisista e outros, a psicanálise tem meramente diferenciado tipos de reação de acordo com um esquema simplificado. O importante agora é compreender o que pertence, de maneira geral, à "formação do caráter" e dizer alguma coisa acerca das condições fundamentais que conduzem a uma tal diferenciação de tipos.

2. A função da formação do caráter

O assunto de que vamos tratar a seguir diz respeito aos fatores que levam o caráter a assumir a forma definida na qual ele pode funcionar. Com relação a isso, é necessário lembrar alguns atributos de toda reação de caráter. O caráter consiste numa mudança *crônica* do ego que se poderia descrever como um *enrijecimento*. Esse enrijecimento é a base real para que o modo de reação característico se torne crônico; sua finalidade é proteger o ego dos perigos internos e externos. Como uma formação protetora que se tornou crônica, merece a designação de "encouraçamento", pois constitui claramente uma restrição à mobilidade psíquica da personalidade como um todo. Essa restrição é mitigada pelas relações não caracterológicas, isto é, atípicas, com o mundo exterior, que parecem ser comunicações abertas num sistema de outro modo fechado. São "brechas" na "couraça" através das quais, segundo a situação, interesses libidinais e outros são enviados para fora e novamente puxados para dentro como pseudópodes. Contudo, a própria couraça deve ser considerada flexível. Seu modo de reagir procede sempre de acordo com o princípio do prazer e do desprazer. Em situações de desprazer, a couraça se contrai; em situações de prazer, ela se expande. *O grau de flexibilidade do caráter, a capacidade de se abrir ou de se fechar ao mundo exterior, dependendo da situação, constitui a diferença entre uma estrutura orientada para a realidade e uma estrutura de caráter neurótico.* Protótipos extremos de encouraçamento patologicamente rígido são o caráter compulsivo afetivamente bloqueado e o autismo esquizofrênico, ambos tendentes a uma rigidez catatônica.

A couraça de caráter forma-se como resultado crônico de choque entre exigências pulsionais e um mundo externo que frustra essas exigências. Sua força e contínua razão de ser provêm dos conflitos existentes entre a pulsão e o mundo externo. A expressão e a soma total dessas influências do mundo externo sobre a vida pulsional, através da acumulação e da homogeneidade qualitativa, constituem um todo histórico. Isso fica imediatamente claro quando pensamos em tipos de caráter conhecidos como os do "burguês", do "funcionário", do "proletário", do "carrasco" etc. É em torno do ego que essa couraça se forma, em torno precisamente daquela parte da personalidade que se situa na fronteira entre a vida pulsional biofisiológica e o mundo exterior. Por isso a designamos como *caráter do ego.*

No cerne da formação *definitiva* da couraça, encontramos regularmente, no decurso da análise, o conflito entre os desejos genitais incestuosos e a frustração real da satisfação desses desejos. *A formação do caráter principia como uma forma definida de superação do complexo de Édipo.* As condições que levam precisamente a esse tipo de resolução são especiais, isto é, dizem respeito especificamente ao caráter. (Essas condições correspondem às circunstâncias sociais predominantes às quais a sexualidade infantil está submetida. Se essas circunstâncias mudarem, também se modificarão as condições da formação e a estrutura do caráter.) Porque há outros meios de solucionar o conflito – naturalmente não tão importantes ou tão determinantes em termos do futuro desenvolvimento da personalidade global –, por exemplo, o simples recalque ou a formação de uma neurose infantil. Se considerarmos o aspecto comum dessas condições, encontraremos, por um lado, desejos genitais extremamente intensos e, por outro, um ego relativamente fraco, que, por medo de ser punido, procura se proteger por recalques. O recalque conduz a um represamento das forças pulsionais que, por sua vez, ameaça aquele recalque simples com uma irrupção das pulsões recalcadas. O resultado é uma transformação do ego, por exemplo, o desenvolvimento de atitudes destinadas a evitar o medo, que podem ser sintetizadas pelo termo "timidez". Embora este seja apenas o primeiro sinal de um caráter, existem consequências decisivas para sua formação. A timidez ou uma atitude semelhante do ego constitui uma restrição deste. Mas, ao evitar situações perigosas, que poderiam estimular o que está recalcado, tal atitude também fortalece o ego.

Acontece, porém, que essa primeira transformação do ego – por exemplo, a timidez – não é suficiente para dominar a pulsão. Pelo contrário, ela conduz facilmente ao desenvolvimento da angústia e torna-se sempre a base comportamental de fobias da infância. A fim de manter o recalque, torna-se necessária uma transformação adicional do ego: *os recalques têm de ser cimentados*, o ego tem de *se enrijecer*, a defesa tem de assumir um caráter cronicamente operante e automático. E, dado que a angústia infantil desenvolvida simultaneamente constitui uma contínua ameaça aos recalques, que o material recalcado se expressa na angústia, que, além disso, a própria angústia ameaça enfraquecer o ego, é preciso criar-se também uma formação protetora contra a angústia. A força motriz por trás de todas essas medidas tomadas pelo ego é, em última análise, o medo consciente ou inconsciente de punição, mantido desperto pelo comportamento prevalecente de pais e professores. Assim, temos o paradoxo aparente, ou seja, de que o medo leva a criança a querer dissipar seu medo.

Essencialmente, o enrijecimento do ego por necessidade econômico-libidinal ocorre com base em três processos:

1) identifica-se com a realidade frustrante, personificada pela imagem da principal pessoa repressiva;
2) volta contra si mesmo a agressão que mobilizou contra a pessoa repressiva e que também produziu angústia;
3) desenvolve atitudes reativas contra os empenhos sexuais, isto é, utiliza a energia desses empenhos para servir a seus próprios objetivos, que é evitá-los.

O primeiro processo dá ao encouraçamento seus conteúdos de sentido. (O bloqueio do afeto de um paciente compulsivo significa: "Tenho de me controlar, como meu pai sempre me disse", mas também: "Tenho de preservar meu prazer e de me tornar indiferente às proibições de meu pai.")

O segundo processo provavelmente liga o componente mais importante da energia agressiva, bloqueia parcialmente a motricidade e, desse modo, cria o fator inibidor do caráter.

O terceiro processo retira uma certa quantidade de libido das pulsões libidinais recalcadas, de modo que sua premência fica enfraquecida. Mais tarde, essa transformação não só é eliminada; é também tornada supérflua pela intensificação do investimento de energia remanescente como resultado da restrição das tendências, da satisfação e da produtividade geral.

Assim, o encouraçamento do ego é consequência do medo de punição, à custa da energia do id, e contém as proibições e normas de pais e professores. Só assim a formação do caráter cumpre as funções econômicas de aliviar a pressão do recalque e, acima de tudo, de fortalecer o ego. Mas isso não é tudo. Se, por um lado, esse encouraçamento tem pelo menos um sucesso temporário ao evitar estímulos pulsionais internos, por outro, constitui forte bloqueio não só contra estímulos externos, mas também contra influências educacionais posteriores. Exceto em casos que apresentam um forte desenvolvimento da obstinação, esse bloqueio não precisa impedir uma docilidade externa. Devemos também lembrar que a docilidade externa – por exemplo, a do caráter passivo-feminino – pode ser combinada com a mais tenaz resistência interna. Neste ponto, devemos também salientar que em algumas pessoas o encouraçamento ocorre na superfície da personalidade, enquanto em outras pode ocorrer no mais profundo da personalidade. No último caso, a aparência externa da personalidade não é real, mas apenas sua expressão ostensiva. O caráter compulsivo com bloqueio de afetos e o paranoico-agressivo são exemplos do encouraçamento na superfície; o caráter histérico é um exemplo de encouraçamento profundo da personalidade. A profundidade do encouraçamento depende das condições de regressão e fixação, e constitui um aspecto menor do problema da diferenciação de caráter.

Se a couraça de caráter é o *resultado* do conflito sexual da infância e o *caminho* definido por onde esse conflito foi conduzido, ela se torna, sob as condições a que a formação do caráter está sujeita em nossos círculos culturais, a *base* de futuros conflitos neuróticos e neuroses de sintomas, na maioria dos casos; torna-se a *base de reação do caráter neurótico*. Mais à frente haverá uma discussão pormenorizada dessa resolução. Aqui, limitar-me-ei a um breve resumo.

Uma personalidade cuja estrutura de caráter impede o estabelecimento de uma regulação econômico-sexual da energia é a condição prévia de uma doença neurótica futura. Desse modo, as condições fundamentais para a doença não são o conflito sexual da infância e o complexo de Édipo como tais, mas estão na maneira como são resolvidos. Uma vez que, entretanto, o modo como esses conflitos são resolvidos é em grande parte determinado pela natureza do próprio conflito familiar (intensidade do medo de punição, amplitude da satisfação pulsional, caráter dos pais etc.), o desenvolvimento do ego na criança pequena *até* (e incluindo), a fase edípica determina, no fim das contas, se uma pessoa se tornará neurótica ou se alcançará uma economia sexual regulada, como base da potência sexual e social.

A base de reação do caráter neurótico significa que ele foi *longe demais* e permitiu ao ego enrijecer-se de tal maneira que impediu a realização de uma vida sexual e uma experiência sexual ajustadas. As forças pulsionais inconscientes ficam assim privadas de qualquer liberação energética, e a estase sexual não só permanece como aumenta continuamente. Em seguida, notamos um desenvolvimento constante das formações reativas do caráter (por exemplo, ideologia ascética etc.) contra as exigências sexuais desenvolvidas em conexão com conflitos atuais em situações de vida importantes. Assim se estabelece um ciclo: a estase aumenta e conduz a novas formações reativas, exatamente como seus predecessores fóbicos. Contudo, a estase sempre aumenta mais rapidamente do que o encouraçamento, até que, por fim, a formação reativa já não é adequada para manter a tensão psíquica sob controle. É nesse ponto que os desejos sexuais recalcados irrompem e são imediatamente evitados pela formação de sintomas (formação de uma fobia ou seu equivalente).

Nesse processo neurótico, as diversas posições de defesa do ego sobrepõem-se e se fundem. Assim, no corte transversal da personalidade, encontramos lado a lado reações de caráter que, em termos de desenvolvimento e tempo, pertencem a períodos diferentes. Na fase do colapso final do ego, o corte transversal da personalidade assemelha-se a uma região da terra depois de uma erupção vulcânica que arremessa pedaços de rochas pertencentes a camadas geológicas diferentes. Mas não é tão difícil distinguir nessa confusão o mecanismo e o significado fundamentais de todas as reações de caráter. Uma vez discernidas e compreendidas, elas conduzem diretamente ao conflito infantil central.

3. Condições da diferenciação do caráter

Que condições, atualmente reconhecíveis, nos permitem compreender o que constitui a diferença entre um encouraçamento saudável e um patológico? Nossa investigação acerca da formação do caráter não passará de teoria estéril enquanto não respondermos a essa questão com alguma consistência, oferecendo, desse modo, linhas diretrizes no campo da educação. Contudo, devido à moral sexual prevalecente, as conclusões que resultam de nosso estudo colocarão numa posição muito difícil o educador que deseja criar homens e mulheres saudáveis.

Para começar, deve-se salientar uma vez mais que a formação do caráter depende não apenas do fato de a pulsão e a frustração chocarem-se uma com a outra, mas também da *maneira* como isso acontece, da fase de desenvolvimento durante a qual os conflitos que formam o caráter ocorrem e das pulsões envolvidas.

Para maior clareza, vamos tentar montar um esquema a partir da multiplicidade de condições que conduzem à formação do caráter. Tal esquema revela as seguintes possibilidades das quais depende a formação do caráter:

– a fase na qual a pulsão é frustrada;
– a frequência e a intensidade das frustrações;
– as pulsões contra as quais a frustração é principalmente dirigida;
– a correlação entre indulgência e frustração;
– o sexo do principal responsável pela frustração;
– as contradições nas próprias frustrações.

Todas essas condições são determinadas pela ordem social dominante no que diz respeito à educação, moralidade e satisfação das necessidades; em última análise, pela estrutura econômica vigente da sociedade.

O objetivo de uma futura profilaxia de neuroses é a formação de caracteres que não só proporcionem ao ego suficiente apoio contra os mundos interno e externo, como também permitam a liberdade de movimento social e sexual necessária à economia psíquica. Assim, de início, precisamos compreender as consequências fundamentais de cada frustração da satisfação das pulsões de uma criança.

Cada frustração do tipo das ocasionadas pelos métodos atuais de educação produz um retraimento da libido para o ego e, consequentemente, um fortalecimento do narcisismo secundário[5]. Isso em si constitui uma transformação de caráter do ego, visto que há um aumento na suscetibilidade deste, que se exprime tanto em timidez como em elevado sentimento de angústia. Se, como é geralmente o caso, a pessoa responsável pela frustração é amada, desenvolve-se uma atitude ambivalente, mais tarde uma identificação, em relação a ela. Além da repressão, a criança internaliza certos traços de caráter dessa pessoa – precisamente os traços dirigidos contra sua própria pulsão. O que acontece, então, é que, essencialmente, a pulsão é recalcada ou controlada de algum modo.

Contudo, o efeito da frustração sobre o *caráter* depende em grande parte de quando a pulsão é frustrada. Se o foi em suas *fases iniciais* de desenvolvimento, o recalque se realiza *bem demais*. Embora

---

5. Nota, 1945: Na linguagem da biofísica do orgone, a frustração contínua das necessidades naturais primárias leva à contração crônica do biossistema (couraça muscular, simpaticotonia etc.). O conflito entre as pulsões primárias inibidas e a couraça produz pulsões secundárias antissociais (sadismo etc.); no processo de irrupção através da couraça, as pulsões biológicas primárias transformam-se em impulsos sádico-destrutivos.

a vitória seja completa, a pulsão não pode ser nem sublimada nem conscientemente satisfeita. Por exemplo, o prematuro recalque do erotismo anal impede o desenvolvimento das sublimações anais e prepara caminho para formações reativas anais graves. O mais importante em termos do caráter é que excluir as pulsões da estrutura da personalidade prejudica sua atividade como um todo. Isso pode ser observado, por exemplo, em crianças cuja agressividade e prazer motor foram prematuramente inibidos; sua posterior capacidade de trabalho será consequentemente reduzida.

No *auge* de seu desenvolvimento, uma pulsão não pode ser completamente recalcada. Uma frustração nesse momento tende muito mais a criar um conflito *indissolúvel* entre proibição e pulsão. Se a pulsão inteiramente desenvolvida encontra uma frustração imprevista e repentina, estão dadas as condições para o desenvolvimento de uma personalidade impulsiva[6]. Nesse caso, a criança não aceita inteiramente a proibição. Não obstante, ela desenvolve sentimentos de culpa, que por sua vez intensificam as ações impulsivas até se tornarem impulsos compulsivos. Assim, encontramos, em psicopatas impulsivos, uma estrutura de caráter não formada, que é o oposto da exigência de encouraçamento suficiente contra os mundos interno e externo. É característico do tipo impulsivo que a formação reativa não seja empregada contra as pulsões; antes, as próprias pulsões (predominantemente impulsos sádicos) são recrutados na defesa contra situações imaginárias de perigo, bem como contra o perigo que surge das pulsões. Já que, como resultado da estrutura genital perturbada, a economia da libido fica num estado miserável, a estase sexual pode aumentar a angústia e, com ela, as reações de caráter, conduzindo muitas vezes a excessos de todo tipo.

O oposto do caráter impulsivo é o caráter de pulsão inibida. Assim como o primeiro é caracterizado pela divisão entre pulsão inteiramente desenvolvida e frustração repentina, o segundo é caracterizado por uma acumulação de frustrações e por outras normas educacionais inibidoras das pulsões, do começo ao fim de seu desenvolvimento pulsional. O encouraçamento do caráter deste último tende a ser rígido, constrange consideravelmente a flexibilidade psíquica do indivíduo e constitui a base de reação para estados depressivos e sintomas compulsivos (agressão *inibida*). Mas também torna seres humanos cidadãos dóceis e sem discernimento. Nisso reside sua importância sociológica.

O *sexo* e o caráter da pessoa principalmente responsável pela criação e educação de um indivíduo são da maior importância para a natureza da vida sexual posterior deste.

---

6. Cf. Reich: *Der triebhafte Charakter* (O Caráter Impulsivo), Internationaler Psychoanalytischer Verlag, 1925.

Reduziremos a influência muito complicada exercida por uma sociedade autoritária sobre a criança ao fato de que, num sistema educacional montado com base em unidades familiares, os pais funcionam como os principais executores da influência social. Por causa da atitude sexual geralmente inconsciente dos pais em relação aos filhos, acontece que o pai tem preferência pela filha e é menos propenso a reprimi-la e a educá-la, enquanto a mãe tem preferência pelo filho e é menos propensa a reprimi-lo e a educá-lo. Assim, a relação sexual determina, na maioria dos casos, que o genitor do mesmo sexo se torne o principal responsável pela formação da criança. Com a ressalva de que nos primeiros anos de vida da criança, e na grande maioria da população trabalhadora, a mãe assume a principal responsabilidade na formação da criança, pode-se afirmar que prevalece a identificação com o genitor do mesmo sexo, isto é, a filha desenvolve um ego e um superego maternais, e, no filho, estes são paternais. Mas, em virtude da constelação especial de algumas famílias ou do caráter de alguns pais, há frequentes desvios. Mencionaremos alguns motivos dessas identificações atípicas.

Começaremos por considerar as relações nos casos dos meninos. Em circunstâncias normais, tendo o menino desenvolvido o complexo de Édipo simples, quando a mãe tem uma preferência por ele e o frustra menos do que o pai, ele se identificará com o pai e – desde que o pai tenha uma natureza ativa e viril – continuará a desenvolver-se de maneira masculina. Se, por outro lado, a mãe tem uma personalidade "masculina", severa, se as frustrações essenciais provêm dela, o menino se identificará predominantemente com ela e, dependendo da fase erógena na qual as principais restrições maternas lhe são impostas, desenvolverá uma *identificação com a mãe numa base fálica ou anal*. Dados os motivos de uma identificação fálica com a mãe, em geral desenvolve-se um caráter fálico-narcisista, cujo narcisismo e sadismo são dirigidos principalmente contra as mulheres (vingança contra a mãe severa). Essa atitude é a defesa caracterológica contra o amor original pela mãe profundamente recalcado, um amor que não podia continuar a existir ao lado de sua influência frustradora e da identificação com ela, e que terminou em desapontamento. Para ser mais preciso: esse amor foi transformado na própria atitude de caráter, da qual, contudo, pode ser liberado pela análise.

Na identificação com a mãe numa base *anal*, o caráter torna-se passivo e feminino – em relação às mulheres, mas não em relação aos homens. Tais identificações constituem muitas vezes a base de uma perversão masoquista com a fantasia de uma mulher severa. Essa formação de caráter serve em geral como defesa contra desejos fálicos que, por algum tempo, foram intensamente dirigidos para a mãe na infância. O medo de castração *pela mãe* dá apoio à identificação anal com ela. A analidade é a base erógena específica dessa formação de caráter.

Um caráter passivo-feminino num homem baseia-se sempre numa identificação com a mãe. Uma vez que a mãe é o genitor frustrador nesse tipo, ela é também o objeto do medo que engendra essa atitude. Há, contudo, outro tipo de caráter passivo-feminino que é criado por uma *severidade excessiva do pai*. Isso acontece da seguinte maneira: receando a realização de seus desejos genitais, o menino retrocede da posição fálica masculina para a posição anal feminina, identifica-se aqui com a mãe e adota uma atitude passivo-feminina para com o pai e, mais tarde, para com todas as pessoas que representam a autoridade. Polidez e submissão exageradas, delicadeza e uma tendência para um procedimento dissimulado e falso são características desse tipo. Ele usa sua atitude para evitar empenhos masculinos ativos, para conter, acima de tudo, seu ódio recalcado em relação ao pai. Lado a lado com sua natureza passivo-feminina *de fato* (identificação com a mãe no ego), identifica-se com o pai no ego ideal (identificação com o pai no superego e no ego ideal). Contudo, não é capaz de compreender essa identificação porque lhe falta uma posição fálica. Sempre será feminino e *quererá* ser masculino. Um sério complexo de inferioridade – resultado dessa tensão entre o ego feminino e o ego ideal masculino – porá sempre o selo da opressão (algumas vezes da humildade) em sua personalidade. A grave perturbação da potência, sempre presente em tais casos, dá uma justificativa racional a toda a situação.

Se compararmos esse tipo com aquele que se identifica com a mãe numa base fálica, veremos que o caráter fálico-narcisista evita com êxito um complexo de inferioridade que só é perceptível aos olhos experientes. Por outro lado, o complexo de inferioridade do caráter passivo-feminino é transparente. A diferença está na estrutura erógena básica. A libido fálica permite uma completa compensação de todas as atitudes que não estão de acordo com o ego ideal masculino, ao passo que a libido anal, quando retém a posição central na estrutura sexual masculina, impede tal compensação.

O inverso vale para a menina: um pai indulgente está mais apto a contribuir para o estabelecimento de um caráter feminino do que um pai severo ou bruto. Um grande número de comparações clínicas revela que, em geral, uma menina reage à brutalidade do pai com a formação de um caráter masculino rígido. A inveja do pênis sempre presente é ativada e moldada num complexo de masculinidade através de mudanças caracterológicas do ego. Nesse caso, a natureza masculino-agressiva rígida serve como um encouraçamento contra a atitude feminina infantil para com o pai, que teve de ser recalcada devido à frieza e à rigidez dele. Se, por outro lado, o pai é amável e carinhoso, a menina pode reter e, com exceção de componentes sensuais, até mesmo desenvolver fortemente seu amor objetal. Não é necessário para ela identificar-se com o pai. Na verdade, ela também terá geralmente desenvolvido a inveja do pênis. Contudo, devido ao fato de as frustrações na esfera heterossexual serem relativamente fracas, a inveja do pênis não tem nenhum efeito significativo na formação do caráter. Assim, vemos que não é importante se esta ou aquela mulher tem essa inveja. O importante é como ela influencia o caráter e se produz sintomas. O decisivo para esse tipo é que a identificação materna tem lugar no ego, encontrando expressão nos traços de caráter que chamamos de "femininos".

A preservação dessa estrutura de caráter depende da condição de que o erotismo vaginal se torne uma parte permanente da feminilidade na puberdade. Nessa idade, sérios desapontamentos em relação ao pai ou aos protótipos do pai podem estimular a identificação masculina que não teve lugar na infância, ativar a inveja do pênis adormecida e, nessa fase tardia, conduzir a uma transformação do caráter na direção do masculino. Observamos isso frequentemente em moças que recalcam seus desejos heterossexuais por razões morais (identificação com a mãe moralista e autoritária) e assim provocam seu próprio desapontamento com os homens. Na maioria de tais casos, essas mulheres, de outro modo femininas, tendem a desenvolver uma natureza histérica. Há um contínuo anseio genital para com o objeto (coquetismo) e uma retração acompanhada do desenvolvimento de angústia genital, quando a situação ameaça tornar-se séria (angústia genital histérica). O caráter histérico numa mulher funciona como proteção contra seus próprios desejos genitais e contra a agressão masculina do objeto. Isso será discutido mais tarde em detalhes.

Encontramos, algumas vezes, um caso especial em nossa prática: uma mãe severa e rígida cuja filha desenvolve um caráter que não é nem masculino nem feminino, mas permanece infantil ou retrocede à infantilidade mais tarde. Uma mãe desse tipo não deu à criança amor suficiente. O conflito ambivalente no que diz respeito à mãe é consideravelmente mais forte para o lado do ódio, com receio do qual a criança se retrai à fase oral do desenvolvimento sexual. A criança odiará a mãe a um nível genital, recalcará seu ódio e, depois de ter assumido uma atitude oral, o transformará num amor reativo e numa dependência paralisante em relação à da mãe. Tais mulheres desenvolvem uma atitude particularmente *pegajosa* em relação a mulheres mais velhas ou casadas, afeiçoam-se a elas de modo masoquista, tendem a tornar-se passivamente homossexuais (*cunnilingus*, no caso de formações perversas), fazem-se cuidar por mulheres mais idosas, desenvolvem um interesse apenas diminuto nos homens e, em seu comportamento geral, exibem "atitude pueril". Essa atitude, como qualquer outra atitude de caráter, é um encouraçamento contra desejos recalcados e uma defesa contra estímulos do mundo externo. Aqui o caráter serve como uma defesa oral contra profundas tendências de ódio dirigidas contra a mãe, atrás da qual só com dificuldade se percebe a atitude feminina normal igualmente precavida contra o homem.

Até agora temos concentrado nossa atenção apenas no fato de o sexo da pessoa principalmente responsável pela frustração dos desejos sexuais da criança ter um papel essencial na formação do caráter. Em relação a isso, tocamos no caráter do adulto apenas na medida em que falamos da influência "severa" e "suave". Contudo, a formação do caráter da criança depende, num outro aspecto decisivo, das naturezas dos pais, que, por sua vez, foram determinadas por influências sociais gerais e particulares. Muito do que a psiquiatria oficial considera como herdado (o que, por acaso, não pode explicar) mostra ser o resultado de identificações conflitantes precoces, depois de análises bastante profundas.

Não negamos o papel desempenhado pela hereditariedade na determinação dos modos de reação. A criança recém-nascida tem seu "caráter" – isso é bem claro. Nossa discordância, contudo, está em que o ambiente exerce a influência decisiva e determina se uma inclinação existente será desenvolvida e fortalecida ou se não lhe será permitido nem mesmo despontar. O argumento mais forte contra o ponto de vista de que o caráter é inato é fornecido por pacientes em quem a análise demonstra que um modo definido de reação existiu até uma certa idade, desenvolvendo-se depois um caráter completamente diferente. Por exemplo: primeiro, podem ter sido facilmente excitáveis e entusiasmados e, mais tarde, depressivos; ou teimosamente ativos e, depois, sossegados e inibidos. Embora pareça bastante provável que uma certa personalidade básica seja inata e dificilmente variável, a ênfase exagerada no fator hereditário provém, sem dúvida, de um receio inconsciente das consequências de uma correta avaliação da influência exercida pela educação.

Essa controvérsia não será resolvida até que algum importante instituto decida levar a cabo uma experiência em larga escala – por exemplo, isolar algumas centenas de crianças de pais psicopatas imediatamente após o nascimento, educá-las num ambiente educacional uniforme e mais tarde comparar os resultados com os de outras centenas de crianças educadas num meio psicopático.

Se, mais uma vez, examinarmos resumidamente as estruturas de caráter básicas esquematizadas acima, veremos que todas elas têm uma coisa em comum: são estimuladas pelo conflito que nasce da relação criança-pais. Representam uma tentativa de resolver esse conflito de um modo específico e de perpetuar essa resolução. Outrora, Freud afirmava que o complexo de Édipo é submergido pela angústia da castração. Podemos agora acrescentar que, de fato, ele é submergido, mas volta à superfície de uma forma diferente. O complexo de Édipo é transformado em reações de caráter que, por um lado, amplificam suas principais características de maneira distorcida e, por outro, constituem formações reativas contra seus elementos básicos.

Em resumo, podemos também dizer que o caráter neurótico, tanto em seus conteúdos como em sua forma, é composto inteiramente de compromissos, tal como o sintoma. Contém a exigência pulsional infantil e a defesa, que pertencem à mesma ou a diferentes fases de desenvolvimento. O conflito infantil básico continua a existir, *transformado em atitudes que emergem numa forma definida*, como modos automáticos de reação que se tornaram crônicos e a partir dos quais mais tarde tem de ser destilado pela análise.

Em virtude dessa compreensão de uma fase do desenvolvimento humano, estamos em posição de responder a uma questão levantada por Freud: os elementos recalcados subsistem como traços de memória ou de outra maneira? Devemos agora concluir, com cautela, que esses elementos da experiência infantil que não foram incorporados no caráter são mantidos como traços de memória carregados emocionalmente, ao passo que os elementos absorvidos e que fazem parte do caráter são mantidos como o modo de reação atual. Por mais obscuro que esse processo possa ser, não pode haver nenhuma dúvida acerca do "*continuum* funcional", porque em terapia analítica conseguimos reduzir tais formações caracterológicas a seus componentes originais. Não se trata tanto de fazer voltar à superfície o que esteve submerso – como, por exemplo, no caso de amnésia histérica –; o processo é, antes, comparável à recuperação de um elemento a partir de um composto químico. Estamos também agora em melhor posição para compreender por que, em alguns casos agudos de neurose de caráter, não conseguimos eliminar o conflito de Édipo quando analisamos apenas o conteúdo. A razão é que esse conflito já não existe no presente, e só é possível chegar a ele pela ruptura analítica dos modos formais de reação.

A categorização a seguir dos tipos principais, baseada no isolamento do que é especificamente patogênico nos dinamismos psíquicos especificamente orientados para a realidade, não é de modo nenhum um mero passatempo teórico. Partindo dessas diferenciações, tentaremos chegar a uma *teoria de economia psíquica* que poderá ser de uso prático no campo da educação. Naturalmente, a sociedade deve tornar possível e encorajar (ou rejeitar) a aplicação prática de tal teoria da economia psíquica. A sociedade contemporânea, com sua moralidade que nega o sexo e sua incompetência econômica para garantir às massas de seus membros até mesmo uma existência simples, está tão afastada do reconhecimento dessas possibilidades como de sua aplicação prática. Isso ficará prontamente claro quando, por antecipação, declararmos que o vínculo parental, a repressão da masturbação na primeira infância, a exigência de abstinência na puberdade e a contenção do interesse sexual dentro da instituição do casamento (hoje sociologicamente justificada) representam a antítese das condições necessárias para se estabelecer e levar a efeito uma economia psíquica econômico-sexual. A moralidade sexual existente não pode senão criar a base de neuroses no caráter. A economia sexual e psíquica é impossível com as morais que são tão veementemente defendidas hoje. Essa é uma das consequências sociais inexoráveis da investigação psicanalítica de neuroses.

VIII

O caráter genital e o caráter neurótico

A FUNÇÃO ECONÔMICO-SEXUAL DA COURAÇA DO CARÁTER

1. O caráter e a estase sexual

Voltamos agora nossa atenção para as razões pelas quais um caráter é formado e para a função econômica do caráter.

O estudo da função dinâmica das reações de caráter e de seu modo determinado de funcionamento prepara o caminho para a resposta à primeira questão: *no principal, o caráter prova ser um mecanismo de defesa narcísico*[1]. Assim, seria correto presumir que, se o caráter serve

---

1. Neste ponto, é necessário fazer uma distinção fundamental entre nossos conceitos e os de Alfred Adler com respeito a caráter e "segurança".

a) Adler começou a se afastar da psicanálise e da teoria da libido com a tese de que o importante não é a análise da libido, mas a do caráter nervoso. Postulando que a libido e o caráter são opostos e excluindo completamente a primeira de consideração, entra em absoluta contradição com a teoria da psicanálise. Embora tomemos o mesmo problema como ponto de partida – a saber, o modo determinado de funcionamento daquilo que é chamado de "personalidade e caráter globais" –, usamos, entretanto, uma teoria e método fundamentalmente diferentes. Ao perguntarmos o que incita o organismo psíquico a formar um caráter, concebemos o caráter como uma entidade causativa e só secundariamente chegamos a um propósito que deduzimos a partir da causa (causa: desprazer; propósito: defesa contra o desprazer). Adler, ao lidar com o mesmo problema, usa um ponto de vista finalístico.

b) Procuramos explicar a formação do caráter em termos de *economia da libido*, e por isso chegamos a resultados completamente diferentes dos de Adler, que escolhe o princípio da "vontade de poder" como explicação absoluta, omitindo assim a dependência da "vontade de poder", que é apenas um empenho narcísico parcial, em relação às vicissitudes do narcisismo como um todo e da libido objetal.

c) As formulações de Adler quanto ao modo de ação do complexo de inferioridade e suas compensações estão corretas. Isso nunca foi negado. Mas também aqui falta a ligação com os processos da libido que permanecem mais profundos, em especial a essencialmente como uma proteção do ego, como acontece, por exemplo, na situação analítica, ele deve ter se originado como um aparelho destinado a evitar o perigo. E a análise do caráter de cada caso individual mostra, quando o analista consegue penetrar a fase final de desenvolvimento do caráter, isto é, a fase edípica, que o caráter é moldado, por um lado, sob a influência dos perigos ameaçadores do mundo externo e, por outro, pelas necessidades prementes do id.

Baseando-se na teoria de Lamarck, Freud e particularmente Ferenczi distinguiram uma adaptação *autoplástica* e uma adaptação *aloplástica* na vida psíquica. Aloplasticamente, o organismo modifica o ambiente (tecnologia e civilização); autoplasticamente, o organismo modifica a si próprio, em ambos os casos para sobreviver. Em termos biológicos, a formação do caráter é uma função autoplástica iniciada por estímulos perturbadores e desagradáveis do mundo externo (estrutura da família). Por causa do choque entre o id e o mundo externo (que limita ou frustra totalmente a satisfação da libido), e instigado pela verdadeira angústia produzida por esse conflito, o aparelho psíquico ergue uma barreira protetora entre si próprio e o mundo externo. Para entender esse processo, que foi aqui esboçado, precisamos desviar temporariamente nossa atenção dos pontos de vista dinâmico e econômico para o topográfico.

Freud ensinou-nos a conceber o ego, isto é, a parte do mecanismo psíquico dirigida para o mundo externo, e por isso mesmo exposta, como um aparelho preparado para aparar estímulos. Aqui tem lugar a formação do caráter. Freud descreveu, de maneira muito clara, a luta que o ego, como um para-choque entre o id e o mundo externo (ou o id e o superego), tem de assumir. O mais importante nessa luta é que o ego, em seus esforços para ser o mediador entre as partes hostis a fim de sobreviver, introjeta os objetos repressivos do mundo externo – na realidade, precisamente os objetos que frustram o princípio de prazer do id – e os retém como árbitros morais, como o superego. Portanto, a moralidade do ego é um componente que não se origina no id, isto é, não se desenvolve no organismo-libidinal-narcísico, mas é, antes, um componente estranho emprestado do mundo externo invasivo e ameaçador.

A teoria psicanalítica das pulsões examina o organismo psíquico incipiente como uma miscelânea de necessidades primitivas que têm origem em condições somáticas de excitação. À medida que o organismo psíquico se desenvolve, o ego emerge como parte especial dele

---

libido fálica. É precisamente em nossa dissolução teórica da libido do próprio complexo de inferioridade e de suas ramificações no ego que nos afastamos de Adler. Nosso problema começa no ponto exato em que Adler o deixa.

e intervém entre essas necessidades primitivas, por um lado, e o mundo exterior, por outro. Para ilustrar isso, consideremos os protozoários. Entre estes temos, por exemplo, os rizópodes, que se protegem do rude mundo externo com uma couraça de material inorgânico formado por excreções químicas do protoplasma. Alguns desses protozoários produzem uma concha enrolada como a de um caracol; outros, uma circular com espinhos. Comparada com a da ameba, a mobilidade desses protozoários encouraçados é consideravelmente limitada; o contato com o mundo externo é limitado aos pseudópodos, que, para sua locomoção e nutrição, podem ser estendidos e retraídos novamente através de pequenos buracos na couraça. Teremos muitas vezes ocasião de fazer uso dessa comparação.

Podemos conceber o caráter do ego – talvez o ego freudiano em geral – como uma couraça que protege o id contra os estímulos do mundo externo. No sentido freudiano, o ego é um agente estrutural. Por caráter entendemos, aqui, não só a forma externa desse agente, como também a soma total de tudo o que o ego molda na forma de modos típicos de reação, isto é, modos de reação característicos de *uma* personalidade específica. Em resumo, concebemos o caráter como um fator determinado essencialmente de modo dinâmico, e que se manifesta no comportamento característico de uma pessoa: o andar, a expressão facial, a postura, a maneira de falar e outros modos de comportamento. Esse caráter do ego é moldado por elementos do mundo externo, a partir de proibições, inibições pulsionais e as mais variadas formas de identificação. Assim, os elementos materiais da couraça do caráter têm sua origem no mundo externo, na sociedade. Antes de entrarmos na questão do que constitui a argamassa desses elementos, isto é, que processo dinâmico os mantém unidos como um todo, temos de salientar que essa proteção contra o mundo externo, que motivou a formação do caráter, definitivamente não constitui, mais tarde, a principal função do caráter. O homem civilizado tem meios abundantes de se proteger contra os verdadeiros perigos do mundo – as instituições sociais em todas as suas formas. Além do mais, sendo um organismo altamente desenvolvido, tem um aparelho muscular que lhe permite fugir ou combater e um intelecto que lhe permite prever e evitar perigos. Os mecanismos protetores do caráter começam a atuar de uma maneira particular quando a angústia se faz sentir no interior, seja por uma condição interna de perigo pulsional, seja por um estímulo externo relacionado ao aparelho pulsional. Quando isso acontece, o caráter tem de controlar a angústia atual (estase) que resulta da energia da pulsão obstaculizada.

A relação entre caráter e recalque pode ser observada no seguinte processo: a necessidade de recalcar exigências pulsionais origina a formação do caráter. Contudo, uma vez que o caráter foi moldado, poupa a necessidade de recalque, absorvendo energias pulsionais – que flutuam livremente no caso dos recalques habituais – na própria formação do caráter. A formação de um traço de caráter, portanto, indica que um conflito que envolve recalque foi solucionado: ou o próprio processo de recalque se torna desnecessário, ou um recalque incompleto é transformado numa formação relativamente rígida justificada pelo ego. Assim, os processos da formação do caráter estão inteiramente de acordo com as tendências do ego para unificar os empenhos do organismo psíquico. Esses fatos explicam por que as repressões que levaram a traços de caráter rígidos são muito mais difíceis de eliminar do que aquelas que, por exemplo, produzem um sintoma.

Há uma relação definida entre o impulso inicial para a formação do caráter – proteção contra perigos concretos –, sua função final – a proteção contra perigos pulsionais, a angústia de estase – e a absorção das energias pulsionais. Os sistemas sociais, especialmente o desenvolvimento desde as organizações sociais primitivas até a civilização, ocasionaram muitas restrições às satisfações libidinais e outras. Até aqui o desenvolvimento da humanidade tem sido caracterizado pelo aumento de restrições sexuais. O desenvolvimento da civilização patriarcal e da sociedade atual, em particular, tem andado de mãos dadas com a crescente fragmentação e repressão da genitalidade. Quanto mais esse processo avança, mais remotas se tornam as causas da verdadeira angústia. Contudo, no nível social, os verdadeiros riscos para a vida do indivíduo aumentaram. Guerras imperialistas e a luta de classes sobrepujam os perigos dos tempos primitivos. Não se pode negar que a civilização criou a vantagem da segurança em situações individuais. Mas esse benefício também tem suas desvantagens. Para evitar a angústia real, o homem teve de reprimir suas pulsões. Não se deve dar vazão à agressão mesmo quando se está morrendo de fome por causa da crise econômica, e a pulsão sexual é limitada por normas e preconceitos sociais. A transgressão às normas ocasionaria imediatamente um verdadeiro perigo, por exemplo, punição por "furto" e masturbação infantil, e prisão por incesto e homossexualidade. A estase da libido se amplia e, com ela, a angústia da estase, na mesma proporção em que se evita a angústia real. Assim, a angústia atual e a real têm uma relação complementar: *quanto mais a angústia real é evitada, tanto mais forte se torna a angústia de estase e vice-versa*. O homem que não tem medo satisfaz suas fortes necessidades libidinais até mesmo sob risco de ostracismo social. Os animais estão mais expostos às condições da angústia real por causa da sua organização social deficiente. Contudo, a não ser que estejam submetidos a pressões de domesticação – e mesmo assim apenas em circunstâncias especiais –, eles raramente sofrem de estase pulsional.

Salientamos aqui a *evitação da angústia* (real) e a ligação da angústia (de estase) como dois princípios econômicos da formação do caráter. Não devemos ignorar um terceiro princípio, que também colabora na formação do caráter, isto é, o princípio do prazer. Na verdade, a formação do caráter origina-se e é motivada pela necessidade de evitar os perigos implicados na satisfação das pulsões. Uma vez que a couraça tenha se formado, entretanto, o princípio do prazer continua a atuar, visto que o caráter, tal como o sintoma, serve não só como defesa contra as pulsões e um meio de ligar a angústia, como também para satisfazer pulsões distorcidas. Por exemplo, o caráter genital-narcisista protege a si próprio contra influências externas; ele também satisfaz uma grande parte da libido na relação narcísica de seu ego com seu ego ideal. Há dois tipos de *gratificação* pulsional. A energia das próprias moções pulsionais contidas – especialmente as sádicas e pré-genitais – é amplamente consumida no estabelecimento e na perpetuação do mecanismo de defesa. Isso, sem dúvida, não constitui a satisfação de uma pulsão no sentido de uma realização do prazer direta e indisfarçada; constitui, entretanto, uma *redução da tensão pulsional* comparável à obtida a partir da "satisfação" disfarçada em um sintoma, embora essa redução seja fenomenologicamente diferente da satisfação direta, quase equivale a ela, no entanto, em termos econômicos: ambas diminuem a pressão exercida pelo estímulo pulsional. *A energia pulsional é gasta na ligação e solidificação dos conteúdos do caráter* (identificações, formações reativas etc.). Por exemplo, no bloqueio afetivo de alguns caracteres compulsivos, o sadismo principalmente é consumido na formação e perpetuação da barreira entre o id e o mundo externo, ao passo que a homossexualidade anal é consumida na exagerada polidez e passividade de alguns caracteres passivo-femininos.

As moções pulsionais que não são absorvidas no caráter lutam por alcançar satisfação direta, a não ser que sejam recalcadas. A natureza dessa satisfação depende da estrutura do caráter. E *quais* forças pulsionais são usadas para estabelecer o caráter e a quais se permite satisfação direta? Eis o que determina a diferença não só entre saúde e doença, mas também entre tipos específicos de caráter.

Grande importância recai também sobre a qualidade e a quantidade da couraça do caráter. Quando o encouraçamento do caráter contra o mundo externo e contra a parte biológica da personalidade alcançou um grau compatível com o desenvolvimento da libido, ainda há "brechas" nele que possibilitam o contato com o mundo externo. Através dessas brechas, a libido livre e as outras moções pulsionais voltam-se para o mundo externo ou se afastam dele. Mas o encouraçamento do ego pode estar tão completo que as brechas se tornam "estreitas demais", isto é, as linhas de comunicação com o mundo externo já não são adequadas para garantir uma economia da libido e uma adaptação social reguladas. O estupor catatônico é um exemplo de total isolamento, enquanto o caráter impulsivo é um exemplo básico de encouraçamento completamente inadequado da estrutura do caráter. É provável que cada conversão permanente da libido objetal em libido narcísica ande de mãos dadas com o fortalecimento e enrijecimento da couraça do ego. O caráter compulsivo com bloqueio afetivo tem uma couraça rígida e, portanto, apenas escassas possibilidades de estabelecer relações *afetivas* com o mundo externo. Tudo retrocede dessa superfície polida e dura. Por outro lado, o caráter agressivo tagarela apresenta, sem dúvida, uma couraça flexível, mas sempre "eriçada". Suas relações com o mundo externo estão limitadas a reações paranoico-agressivas. O caráter passivo-feminino é um exemplo de um terceiro tipo de couraça. À superfície, parece ter uma disposição complacente e suave, mas na análise reconhecemo-lo como uma couraça de difícil dissolução. O que caracteriza cada forma de caráter não é só *o que* ele evita, mas as forças pulsionais que usa para isso. Em geral, o ego molda seu caráter apoderando-se de uma dada moção pulsional, sujeita, ela própria, à repressão num determinado momento, a fim de evitar, com seu auxílio, uma outra moção pulsional. Assim, por exemplo, o ego do caráter fálico-sádico usará a agressão masculina exagerada para evitar tendências anais, passivas e femininas. Contudo, valendo-se de tais medidas, ele próprio se modifica, isto é, assume cronicamente modos agressivos de reação. Outros frequentemente evitam sua agressão recalcada "insinuando-se" – como me disse certa vez um paciente – para qualquer pessoa capaz de estimular sua agressão. Tornam-se tão "escorregadios" como enguias, escapam a todas as reações francas e nunca se sentem seguros. Em geral, essa qualidade é expressa na entonação da voz; eles falam de maneira aduladora, prudente, ajustada e suave. Ao incorporar forças anais com o fim de evitar impulsos agressivos, o próprio ego torna-se "engordurado" e "lodoso", e percebe a si próprio dessa maneira. Isso causa a perda da autoconfiança (um paciente assim sentia-se "nojento"). Tais pessoas são levadas a fazer esforços renovados para se adaptarem ao mundo, para possuírem objetos de qualquer maneira possível. Porém, como não apresentam nenhuma habilidade genuína para se adaptarem e geralmente vivem frustrações e rejeições seguidas, sua agressão se avoluma e passa a exigir uma defesa anal passiva intensificada. Nesses casos, o trabalho analítico do caráter não só ataca a função da defesa, mas também expõe os meios empregados para realizar essa defesa – no caso, analidade.

A qualidade final do caráter – válida tanto para o típico como para o particular – é determinada por dois fatores: primeiro, *qualitativamente*, pelas fases do desenvolvimento da libido nas quais o processo de formação do caráter foi mais permanentemente influenciado pelos conflitos internos, isto é, pela posição específica da fixação da libido. Dessa maneira, em termos qualitativos, podemos diferenciar entre caracteres depressivos (orais), masoquistas, genital-narcisistas (fálicos), histéricos (genital-incestuosos) e caracteres compulsivos (fixação anal-sádica). Segundo, *quantitativamente*, pela economia da libido, que depende do fator qualitativo. O primeiro pode ser também rotulado de histórico; o último, de causa contemporânea da forma do caráter.

2. A diferença econômico-libidinal entre o caráter genital e o caráter neurótico

Se o encouraçamento do caráter excede um certo grau; se utilizou principalmente moções pulsionais que em circunstâncias normais servem para estabelecer contato com a realidade; se a capacidade de satisfação sexual foi, por meio disso, fortemente restringida – então existem todas as condições para a formação do caráter neurótico. Se compararmos a formação e a estrutura de caráter de homens e mulheres neuróticos com as relativas aos indivíduos capazes de trabalhar e amar, chegaremos a uma diferença qualitativa entre as maneiras como o caráter liga a libido contida. Há meios adequados e inadequados de assimilar a angústia. *A satisfação orgástica genital da libido e a sublimação* provam ser protótipos de *meios adequados*; todos os tipos de *satisfação pré-genital* e de *formações reativas* provam ser *inadequados*. Essa diferença qualitativa é também expressa quantitativamente: o caráter neurótico sofre uma crescente estase da libido precisamente porque seus meios de satisfação não são adequados às necessidades do aparelho pulsional; ao passo que o caráter genital é governado por uma firme alternância entre tensão e satisfação adequada da libido. Em resumo, o caráter genital está de posse de uma *economia da libido regulada*. O termo "caráter genital" justifica-se pelo fato de, com a possível exceção de casos muito incomuns, apenas o primado genital e a potência orgástica – ela própria determinada por uma estrutura de caráter especial –, em contraste com todas as outras estruturas libidinais, garantirem uma economia da libido regulada.

A *qualidade* historicamente determinada das forças e conteúdos formadores do caráter determina a regulação *quantitativa* contemporânea da economia da libido e, por isso, até certo ponto, a diferença entre "saúde" e "doença". Em termos de suas diferenças qualitativas, os caracteres neuróticos e genitais devem ser entendidos como tipos básicos. Os caracteres reais representam uma mistura, e se a economia da libido é ou não permitida depende apenas de em que medida o caráter se aproxima de um ou de outro tipo básico. Em termos da quantidade da satisfação direta da libido possível, os caracteres genitais e neuróticos são considerados tipos médios: ou a satisfação da libido chega a um ponto em que é capaz de dispor da libido contida, ou isso não acontece. No último caso, desenvolvem-se sintomas ou traços de caráter neurótico que prejudicam a capacidade social e sexual.

Tentaremos agora mostrar as diferenças *qualitativas* entre os dois tipos ideais. Para isso, iremos contrastar a estrutura do id, do superego e, finalmente, as características do ego que dependem do id e do superego.

a) A estrutura do id

O caráter genital atingiu completamente a fase genital pós-ambivalente[2]; o desejo de incesto e o desejo de se livrar do pai (ou da mãe) foram abandonados, e os empenhos genitais, projetados sobre um objeto heterossexual que não representa, como acontece no caso do caráter neurótico, realmente o objeto de incesto. O objeto heterossexual assume completamente o papel – mais especificamente, o lugar – do objeto incestuoso. *O complexo de Édipo já não é um fator contemporâneo*; foi resolvido. Não está recalcado; antes, está livre de catexia. As tendências pré-genitais (analidade, erotismo oral e voyeurismo) não estão reprimidas. Em parte, fixaram-se no caráter como sublimações culturais; em parte, têm participação nos prazeres que antecedem a satisfação direta. Estão, de qualquer forma, subordinadas aos empenhos genitais. O ato sexual continua a ser o objetivo sexual mais importante e mais agradável. A agressão também foi, em larga medida, sublimada em realizações sociais; em menor medida, contribui diretamente para a sexualidade genital, sem, contudo, exigir satisfação exclusiva. Essa distribuição das forças pulsionais assegura a capacidade correspondente de satisfação orgástica, que só pode ser alcançada por meio do sistema genital, embora não esteja limitada a ele, pois também satisfaz as tendências

---

2. Cf. Karl Abraham: *Psychoanalytische Studien zur Charakterbildung* (Estudo Psicanalítico sobre a Formação do Caráter) (Int. Psych. Bibl., nº XXVI, l925), especialmente o cap. III: "Zur Charakterbildung auf der 'genitalen' Entwicklungsstufe" (Sobre a Formação do Caráter no Estágio de Desenvolvimento Genital).

pré-genitais e agressivas. Quanto menos exigências pré-genitais são recalcadas, isto é, quanto melhor se comunicam os sistemas de genitalidade e pré-genitalidade, mais completa é a satisfação e menores são as possibilidades de uma estase patogênica da libido.

Por outro lado, o caráter neurótico, mesmo que não tenha uma fraca potência desde o início ou não viva na abstinência (o que vale para a grande maioria dos casos), não é capaz de descarregar sua libido livre e não sublimada num orgasmo satisfatório[3]. Do ponto de vista orgástico, ele é sempre *relativamente* impotente. A seguinte configuração pulsional é responsável por isso: os objetos incestuosos têm um investimento atual, ou o investimento da libido pertinente a esses objetos é empregado em formações reativas. Se não há absolutamente nenhuma sexualidade, sua natureza infantil é prontamente discernível. A mulher que é amada apenas representa a mãe (irmã etc.), e a relação de amor é sobrecarregada com todas as angústias, inibições e caprichos neuróticos da relação incestuosa infantil (transferência *espúria*). A primazia genital ou não está presente por completo, ou não tem investimento; ou – como no caso do caráter histérico – a função genital é perturbada por causa da fixação incestuosa. A sexualidade – isso é especialmente válido para as neuroses de transferência – move-se ao longo dos caminhos do anteprazer, se o paciente não é abstinente ou inibido. Assim, temos uma espécie de reação em cadeia: a fixação sexual infantil perturba a função orgástica; essa perturbação, por sua vez, cria uma estase da libido; a libido contida intensifica as fixações pré-genitais e assim por diante. Devido a esse investimento excessivo do sistema pré-genital, os impulsos libidinais insinuam-se em todas as atividades sociais e culturais. Isso, é claro, só pode resultar em perturbações, pois a ação fica associada ao material proibido e recalcado. Ocasionalmente, na verdade, a atividade se torna atividade sexual declarada numa forma distorcida, por exemplo, a cãibra de um violinista. O excedente de libido não está sempre disponível para a ação social; está entrelaçado no recalque de metas pulsionais infantis.

b) A estrutura do superego

O superego do caráter genital distingue-se principalmente por seus importantes elementos *sexualmente afirmativos*. Existe, portan-

---

3. Nota, 1945: A regulação da energia sexual depende da potência orgástica, isto é, da capacidade do organismo de permitir um livre fluxo das convulsões clônicas do reflexo do orgasmo. O organismo encouraçado é incapaz de convulsão orgástica; a excitação biológica é inibida por espasmos em várias regiões do organismo.

to, um alto grau de harmonia entre o id e o superego. Uma vez que o complexo de Édipo tenha perdido seu investimento, o contrainvestimento no elemento básico do superego torna-se também supérfluo. Assim, para todas as intenções e finalidades, não há proibições do superego de natureza sexual. O superego não está sadicamente carregado, não só pelas razões acima expostas, mas também porque não há estase da libido que poderia provocar sadismo e corromper o superego[4]. A libido genital, sendo diretamente satisfeita, não se esconde nos empenhos do ego ideal. Daí as realizações sociais não serem, como no caso do caráter neurótico, provas de potência; antes, estabelecem uma satisfação narcísica não compensatória natural. Uma vez que não há distúrbios de potência, não existe um complexo de inferioridade. Há uma correlação íntima entre o ego ideal e o ego real, e nenhuma tensão insuperável entre os dois.

Por outro lado, no caráter neurótico, o superego se caracteriza, em essência, pela negação sexual. Isso automaticamente estabelece o conflito e a antipatia entre o id e o superego. Dado que o complexo de Édipo não foi dominado, o elemento central do superego, a proibição de incesto, está ainda completamente atuante e interfere em qualquer forma de relação sexual. O poderoso recalque sexual do ego e a consequente estase da libido intensificam os impulsos sádicos, que se expressam, entre outras maneiras, num código brutal de moralidade. A esse respeito seria bom lembrar que, como Freud apontou, o recalque cria a moralidade, e não vice-versa. Dado que está sempre presente um sentimento de impotência mais ou menos consciente, muitas realizações sociais são provas fundamentalmente compensatórias de potência. Contudo, essas realizações não diminuem os sentimentos de inferioridade. Pelo contrário: uma vez que as realizações sociais são muitas vezes atestados de potência que não podem de maneira nenhuma substituir o sentimento de potência genital, o caráter neurótico nunca se livra do sentimento de vazio interno e de incapacidade, por mais que tente compensá-lo. Assim, as exigências positivas do ego ideal elevam-se cada vez mais, enquanto o ego, impotente e duplamente paralisado pelos sentimentos de inferioridade (impotência e elevado ego ideal), se torna cada vez menos eficiente.

c) A estrutura do ego

Vamos agora considerar as influências do caráter genital sobre o ego. As descargas orgásticas periódicas da tensão libidinal do id redu-

---

4. Para mais informações sobre a dependência do sadismo em relação à estase da libido, ver o capítulo VII de meu livro *A Função do Orgasmo*.

zem consideravelmente a pressão das exigências pulsionais do id sobre o ego. Pelo fato de o id estar basicamente satisfeito, o superego não tem nenhum motivo para ser sádico e, portanto, não exerce qualquer pressão especial sobre o ego. Livre de sentimentos de culpa, este apodera-se da libido genital e de certos empenhos pré-genitais do id, satisfazendo-os, e sublima a agressão natural, bem como partes da libido pré-genital, em realizações sociais.

No que toca aos empenhos genitais, o ego não se opõe ao id e pode impor certas inibições a ele muito mais facilmente, dado que o id acessa o ego no principal, isto é, na satisfação da libido. Esta parece ser a única condição sob a qual o id se permite ser controlado pelo ego sem o uso do recalque. Um forte empenho homossexual se manifestará de um modo quando o ego fracassa em satisfazer o empenho heterossexual, e de maneira completamente diferente quando não houver estase da libido. Economicamente, isso é fácil de compreender, porque na satisfação heterossexual – desde que a homossexualidade não seja recalcada, isto é, não seja excluída do sistema de comunicação da libido – a energia é afastada dos empenhos homossexuais.

Uma vez que o ego está sob apenas uma pequena pressão, tanto do id como do superego – basicamente por causa da satisfação sexual –, ele não precisa se defender do id, como acontece com o caráter neurótico. Requer apenas pequenas quantidades de contrainvestimentos e tem, consequentemente, ampla energia livre para experimentar e atuar no mundo externo; a atuação e a experiência são intensas e de livre fluxo. Assim, o ego é muito acessível tanto ao prazer (*Lust*) como ao desprazer (*Unlust*). O ego do caráter genital também apresenta uma couraça, mas ele a controla, não está à sua mercê. A couraça é flexível o bastante para se adaptar às mais diversas experiências. O caráter genital pode ser alegre, mas bravo quando necessário. Reage à perda do objeto com tristeza, mas não fica subjugado por isso. É capaz de amar intensa e entusiasticamente e de odiar apaixonadamente. Em determinada circunstância, pode se comportar de maneira infantil, mas nunca parecerá infantil. Sua seriedade é natural, e não rígida de forma compensatória, porque não tem de parecer adulto a qualquer preço. Sua coragem não é prova de potência; é motivada objetivamente. Assim, sob certas condições – por exemplo, uma guerra que ele acha injusta –, não terá receio de ser chamado de covarde e defenderá sua convicção. Dado que os desejos infantis perderam seu investimento, seu ódio e seu amor são motivados racionalmente. A flexibilidade e a força de sua couraça se evidenciam pelo fato de, em um caso, ele se abrir ao mundo de modo tão intenso quanto, em outro, se fechar a este. A capacidade de se dar revela-se principalmente na experiência sexual: no ato sexual com o objeto amado, o ego quase deixa de existir, com exceção de sua função de percepção. Nesse momento, a couraça quase se dissolve por completo. A personalidade toda está imersa na experiência do prazer, sem receio de se perder nela, porque o ego tem uma sólida base narcísica, que não compensa, mas sublima. Sua autoestima extrai suas melhores energias da experiência sexual. A própria maneira como ele resolve os conflitos atuais mostra que estes são de uma natureza racional; não estão obstruídos por elementos infantis e irracionais. Uma vez mais, a razão para isso é uma economia da libido racional que evita a possibilidade de um investimento excessivo de experiências e desejos infantis.

Nas formas de sua sexualidade, como em todos os outros aspectos, o caráter genital é flexível e não constrangido. Dado que consegue se satisfazer, é também capaz de monogamia, sem compulsão ou recalque. Contudo, quando racionalmente motivado, é plenamente capaz de mudar o objeto de seu amor ou ser polígamo. Não se apega ao objeto sexual por sentimentos de culpa ou considerações moralistas; pelo contrário, mantém a relação com base em sua exigência saudável de prazer, porque isso o satisfaz. Pode superar os desejos poligâmicos, sem recalque, quando são incompatíveis com sua relação com o objeto amado, mas pode, de fato, ceder a eles se se tornam muito prementes. Ele resolve de maneira realista os conflitos reais que daí nascem.

Os sentimentos neuróticos de culpa praticamente não existem. Sua sociabilidade se baseia na agressão sublimada, não na recalcada, e na orientação para a realidade. Mas isso não significa que ele se submeta sempre à realidade social. Pelo contrário, o caráter genital, cuja estrutura está totalmente em desacordo com nossa cultura contemporânea moralisticamente antissexual, é capaz de criticar e de modificar a situação social. Sua quase completa falta de medo possibilita-lhe tomar uma posição intransigente em relação a um meio que contrarie suas convicções.

Se a primazia do intelecto é a finalidade do desenvolvimento social, ela é inconcebível sem a primazia genital. A hegemonia do intelecto não só põe fim a uma sexualidade irracional como tem como condição prévia uma economia da libido regulada. As primazias genital e intelectual definem uma à outra, isto é, determinam-se mutuamente, como a estase da libido e a neurose, o superego (sentimento de culpa) e a religião, a histeria e a superstição, a satisfação pré-genital da libido e a moralidade sexual contemporânea, o sadismo e a ética, o recalque sexual e as comissões de reabilitação das mulheres perdidas.

No caráter genital, a economia da libido regulada e a capacidade para a completa satisfação sexual são os fundamentos dos traços de caráter acima descritos. Da mesma forma, tudo o que o caráter neurótico é e faz é determinado, em última análise, por sua inadequada economia da libido.

O ego do caráter neurótico ou é ascético, ou consegue sua satisfação sexual acompanhada por sentimentos de culpa. Está sob pressão de dois lados: o id, sempre insatisfeito, com sua libido represada, e o superego brutal. O ego do caráter neurótico é inimigo do id e adulador do superego. Contudo, ao mesmo tempo, flerta com o id e rebela-se secretamente contra o superego. Quando sua sexualidade não foi completamente recalcada, ela é predominantemente pré-genital. Devido aos costumes sexuais prevalecentes, a genitalidade tem traços de elementos anais e sádicos. O ato sexual é concebido como algo sujo e bestial. Dado que a agressividade está incorporada ou, mais especificamente, ancorada parcialmente na couraça do caráter e parcialmente no superego, as realizações sociais são prejudicadas. O ego está ou fechado ao prazer e ao desprazer (bloqueio afetivo), ou acessível apenas ao desprazer; ou todo prazer é rapidamente transformado em desprazer. A couraça do ego é rígida, e as comunicações com o mundo externo, sempre sob o controle da censura narcísica, são poucas no que diz respeito à libido objetal e à agressão. A couraça funciona principalmente como proteção contra a vida interna; o resultado é um enfraquecimento pronunciado da função de realidade do ego. As relações com o mundo externo são artificiais, míopes ou contraditórias; a personalidade global não consegue se tornar uma parte harmoniosa e entusiástica das coisas, porque lhe falta a capacidade para uma experiência completa. Enquanto o caráter genital pode mudar, fortalecer ou enfraquecer seus mecanismos de defesa, o ego do caráter neurótico está totalmente à mercê de seus mecanismos recalcados inconscientes. Não pode se comportar de maneira diferente, mesmo que o queira. Gostaria de ser alegre ou colérico, mas não é capaz de nada disso. Não pode amar intensamente, porque elementos essenciais de sua sexualidade estão recalcados. Nem pode odiar racionalmente, porque seu ego não se sente identificado com o ódio, que se tornou desordenado como resultado da estase da libido, e por isso tem de recalcá-lo. E quando ele sente amor ou ódio, a reação pouco corresponde aos fatos. No inconsciente, as experiências infantis entram em jogo e determinam a extensão e a natureza das reações. A rigidez de sua couraça o impede tanto de se abrir a alguma experiência particular como de se fechar completamente a outras experiências em que seria racionalmente justificado fazê-lo. Em geral, ele é sexualmente inibido ou perturbado nos prazeres que antecedem o ato sexual. E, mesmo que não seja esse o caso, não sente nenhuma satisfação, ou, devido à sua incapacidade de se dar, é de tal maneira perturbado que a economia da libido não é regulada. Uma análise detalhada dos sentimentos que se tem durante o ato sexual permite a diferenciação de variados tipos: a pessoa narcísica, cuja atenção está concentrada não na sensação de prazer, mas na ideia de criar uma impressão de muita potência; a pessoa hiperestética, que está muito preocupada em não tocar nenhuma parte do corpo que possa ofender seus sentimentos estéticos; a pessoa com sadismo recalcado, que não pode se livrar do pensamento compulsivo de que poderia ferir a mulher, ou que se atormenta com sentimentos de culpa de estar abusando dela; o caráter sádico para quem o ato significa o martírio do objeto. A lista poderia se estender indefinidamente. Nos casos em que essas perturbações não se manifestam plenamente, as inibições correspondentes encontram-se na atitude geral para com a sexualidade. Uma vez que o superego do caráter neurótico não contém quaisquer elementos sexualmente afirmativos, ele se abstém da experiência sexual. (Erradamente, H. Deutsch assegura que isso vale também para o caráter saudável.) Isso significa, entretanto, que só metade da personalidade toma parte na experiência.

O caráter genital tem uma sólida base narcísica. Por outro lado, no caráter neurótico, o sentimento de impotência força o ego a fazer compensações de natureza narcísica. Os conflitos atuais, permeados por motivações irracionais, impedem o caráter neurótico de tomar decisões racionais. A atitude e os desejos infantis têm sempre um efeito negativo.

Sexualmente insatisfeito e incapaz de ser satisfeito, o caráter neurótico é finalmente forçado ao ascetismo ou à monogamia rígida. Esta última será justificada pela moralidade ou pelo respeito ao companheiro sexual, mas na realidade ele receia a sexualidade e é incapaz de regulá-la. Como o sadismo não é sublimado, o superego é extremamente severo; o id é implacável nas exigências de satisfação de suas necessidades; o ego desenvolve sentimentos de culpa, que chama de consciência social, e uma necessidade de punição, na qual tende a infligir a si próprio o que realmente deseja fazer aos outros.

Após breve reflexão, vemos que a descoberta empírica dos mecanismos acima descritos constitui a base para uma crítica revolucionária de todos os sistemas morais teoricamente fundamentados. Sem entrar, neste momento, nos detalhes dessa questão tão decisiva para a formação social da cultura, podemos resumidamente afirmar que, na medida em que a sociedade torne possível a satisfação de necessidades e a transformação das estruturas humanas correspondentes, a regulação *moral* da vida social será abandonada. A decisão final não se encontra na esfera da psicologia, mas na esfera dos processos sociológicos. No que toca à nossa prática clínica, já não pode haver dúvidas de que todos os tratamentos analíticos bem-sucedidos, isto é, aqueles em que se consegue transformar a estrutura do caráter neurótico em uma estrutura de caráter genital, abandonam os juízos morais e os substituem pela autorregulação da ação baseada numa economia saudável da libido. Visto que alguns analistas falam da "destruição do superego" pelo tratamento analítico, temos de salientar que isso se dá ao retirar energia do sistema de arbitramento moral e substituí-lo pela regulação econômica da libido. O fato de esse processo não corresponder aos interesses atuais do Estado, da filosofia moral e da religião é de importância decisiva em outra esfera. Melhor dizendo, o que tudo isso significa é que o homem cujas necessidades sexuais, biológicas e culturais primitivas são satisfeitas não necessita de qualquer moralidade para manter o autocontrole. Mas o homem insatisfeito, reprimido em todos os aspectos, sofre uma crescente excitação interior que o levaria a rasgar tudo em pedaços se sua energia não fosse parcialmente controlada e parcialmente consumida por inibições morais. A extensão e intensidade das ideologias moralistas e ascéticas de uma sociedade são o melhor medidor para a extensão e a intensidade da tensão não resolvida, criada por necessidades não satisfeitas no indivíduo médio a ela pertencente. Ambas são determinadas, por um lado, pela relação entre as forças produtivas e o modo de produção, e, por outro, pelas necessidades que precisam ser satisfeitas.

A discussão das consequências mais amplas da economia sexual e da teoria analítica do caráter não poderá fugir a essas questões, a não ser que, com o sacrifício de seu prestígio científico natural, prefira puxar as rédeas nos limites erguidos artificialmente entre o que é e o que deveria ser.

3. Sublimação, formação reativa e a base da reação neurótica

Voltaremos agora nossa atenção para as diferenças entre as realizações sociais do caráter genital e do caráter neurótico.

Salientamos anteriormente que a satisfação orgástica da libido e a sublimação são os meios adequados de remover a estase da libido ou, mais especificamente, de dominar a angústia da estase. A satisfação pré-genital da libido e a formação reativa são os meios inadequados. A sublimação é, como a satisfação orgástica, uma realização específica do caráter genital; a formação reativa é o modo do caráter neurótico. Naturalmente isso não significa que o caráter neurótico não sublime e que o caráter saudável não tenha formações reativas.

Para começar, vamos tentar dar, com base em nossas experiências clínicas, uma descrição teórica da relação entre sublimação e satisfação sexual. Segundo Freud, a sublimação é o resultado do desvio de um empenho libidinal de seu objetivo original e seu redirecionamento para um objetivo socialmente válido mais "elevado". A pulsão que recebe uma satisfação sublimada deve ter abandonado seu objeto e sua finalidade originais. Essa primeira formulação de Freud leva, eventualmente, ao mal-entendido de que a sublimação e a satisfação da pulsão são completamente opostas. Contudo, se considerarmos a relação entre sublimação e economia da libido, em geral aprendemos da experiência diária que não existe aqui nenhuma antítese. Na verdade, aprendemos que uma economia da libido regulada é a condição prévia de uma sublimação bem-sucedida e duradoura. O fator realmente importante é que aquelas pulsões que constituem a base de nossas realizações sociais não recebem gratificação *direta*, o que não quer dizer que a libido não se satisfaça de nenhuma maneira. A psicanálise das perturbações no trabalho ensina-nos que, quanto maior for a estase da libido como um todo, tanto mais difícil será sublimar a libido pré-genital. As fantasias sexuais absorvem os interesses psíquicos e distraem do trabalho; ou as próprias realizações culturais são sexualizadas e, dessa maneira, apanhadas na esfera do recalque[5]. A observação das sublimações do caráter genital mostra que elas são continuamente reforçadas pela satisfação orgástica da libido. Soltar as tensões sexuais libera energia para realizações mais elevadas, porque durante um certo tempo as fantasias sexuais não arrastam para si qualquer investimento libidinal. Além disso, em análises bem-sucedidas, observamos que a produtividade do paciente alcança um nível elevado somente depois de ele ter conseguido obter satisfação sexual

---

5. "Costuma-se dizer que a luta contra um instinto *(Trieb) tão* poderoso, com a acentuação de todas as forças éticas e estéticas necessárias para tal, 'enrijecem' o caráter. Isso pode ser verdadeiro no caso de algumas naturezas de organização muito favorável. Devemos admitir também que a diferenciação do caráter individual, tão marcante hoje em dia, só se tornou possível com a existência da restrição sexual. Contudo, na imensa maioria dos casos, a luta contra a sexualidade consome toda a energia disponível do caráter, justamente quando o jovem precisa de suas forças para conquistar o seu quinhão e o seu lugar na sociedade. A relação entre a quantidade de sublimação possível e a quantidade de atividade sexual necessária varia muito, naturalmente, de indivíduo para indivíduo, e mesmo de profissão para profissão. É difícil conceber um artista abstinente, mas certamente não é nenhuma raridade um jovem *savant* abstinente. Este último consegue por sua autodisciplina liberar energias para seus estudos, enquanto naquele as experiências sexuais estimulam as realizações artísticas. Em geral, não me ficou a impressão de que a abstinência sexual contribua para produzir homens de ação enérgicos e autoconfiantes, nem pensadores originais ou libertadores e reformistas audazes. Com frequência bem maior, produz homens fracos mas bem-comportados, que mais tarde se perdem na multidão que tende a seguir, de má vontade, os caminhos apontados por indivíduos fortes." (Freud, "Die 'Kulturelle' Sexualmoral und die Moderne Nervositat", *Ges. Schr.*, vol. V, p. 159; trad. bras. de José Luís Meurer, in "Moral Sexual 'Civilizada' e Doença Nervosa Moderna", ESB, vol. IX, pp. 201-2.)

plena. A durabilidade das sublimações depende também da regulação da economia da libido. Pacientes que se libertam de suas neuroses apenas por meio da sublimação mostram uma condição muito menos estável e têm uma tendência muito maior para a recaída do que aqueles que não só sublimaram, mas também alcançaram uma satisfação sexual direta. Assim como a satisfação incompleta, isto é, fundamentalmente pré-genital da libido interfere na sublimação, da mesma forma a satisfação orgástica genital a estimula.

De início, vamos comparar, de um ponto de vista puramente descritivo, a sublimação com a formação reativa. O que nos impressiona nesses fenômenos é que a formação reativa é espasmódica e compulsiva, enquanto a sublimação flui livremente. No último caso, o id, em harmonia com o ego e com o ego ideal, parece ter um contato direto com a realidade; no primeiro caso, todas as realizações parecem ser impostas a um id rebelde por um superego rígido. Na sublimação, o efeito da ação é importante, mesmo se a própria ação tem um tom libidinal. Por outro lado, na formação reativa, o ato é importante; o efeito é de importância secundária. A ação não tem um tom libidinal; é motivada negativamente. É compulsiva. O homem que sublima pode suspender seu trabalho por um considerável período de tempo – o descanso é tão importante para ele como o trabalho. Contudo, quando um desempenho reativo é interrompido, mais cedo ou mais tarde surge uma inquietação interior. E se a interrupção continua, a inquietação pode elevar-se à irritabilidade e até mesmo à angústia. O homem que sublima de vez em quando fica irritado ou tenso, não porque não esteja fazendo algo, mas porque está absorvido em parir, por assim dizer, suas realizações. O homem que sublima *quer* realizar coisas e obtém prazer de seu trabalho. Aquele cujo trabalho é de natureza reativa *tem*, como certa vez um paciente habilmente exprimiu, de se "robotizar". E assim que termina um trabalho deve imediatamente começar outro. Para ele, trabalhar é uma fuga do descanso. Ocasionalmente, o efeito do trabalho executado reativamente será o mesmo que o do trabalho baseado na sublimação. Mas, em geral, as realizações reativas são socialmente menos bem-sucedidas do que as sublimadas. E em qualquer circunstância o mesmo homem realizará muito mais sob condições de sublimação do que sob condições de formação reativa.

A partir da estrutura de cada realização que acarreta o uso absoluto de uma certa quantidade de energia, a correlação entre realização individual e *capacidade de trabalho individual* pode ser avaliada com algum grau de exatidão. A distância entre capacidade de trabalho (latente) e realização absoluta não é, nem de longe, tão grande no caso da sublimação como no caso da formação reativa. Isso significa que o homem que sublima se aproxima mais de suas capacidades do que o homem que trabalha de modo reativo. Muitas vezes os sentimentos de inferioridade correspondem a uma secreta consciência dessa discrepância. Clinicamente, reconhecemos a diferença entre esses dois tipos de realizações no fato de que, quando suas relações inconscientes são descobertas, as realizações sublimadas sofrem relativamente pouca mudança; por outro lado, os desempenhos reativos, se não falham por completo, apresentam, muitas vezes, melhoras incríveis na transformação em sublimações.

As atividades do trabalhador médio em nosso meio cultural são caracterizadas muito mais frequentemente por formações reativas do que por sublimações. Além disso, a formação prevalecente da estrutura educacional (acrescida às condições sociais de trabalho) permite a concretização da capacidade individual de trabalho em realizações efetivas apenas num grau muito baixo.

No caso da sublimação, não há inversão de direção da pulsão: esta é simplesmente assumida pelo ego e desviada para outro fim. No caso da formação reativa, por outro lado, ocorre uma inversão de direção da pulsão, que é voltada contra o *self* e assumida pelo ego apenas na medida em que essa inversão tem lugar. No processo dessa inversão, o investimento da pulsão é transformado em contrainvestimento oposto à meta pulsional inconsciente. O processo descrito por Freud no caso de aversão é uma perfeita ilustração disso. Na formação reativa, o objetivo original retém seu investimento no inconsciente. O objeto original da pulsão não é abandonado, mas apenas recalcado. A retenção e o recalque da meta pulsional, a inversão da direção da pulsão acompanhada pela formação de um contrainvestimento caracterizam a formação reativa. O repúdio (não o recalque) e a substituição da meta e do objeto da pulsão original, a manutenção da direção desta sem a formação de um contrainvestimento são as características da sublimação.

Examinemos mais a fundo o processo envolvido na formação reativa. O aspecto econômico mais importante nesse processo é a necessidade de um contrainvestimento. Como a meta original da pulsão é mantida, ele está continuamente inundado de libido, e também continuamente o ego tem de transformar esse investimento em um contrainvestimento, por exemplo derivando a reação de aversão a partir da libido anal etc., para controlar a pulsão. A formação reativa não é um processo que acontece uma vez; ele é contínuo e, como veremos em breve, se espalha.

Na formação reativa, o ego está o tempo todo ocupado consigo; é o seu próprio monitor rigoroso. Na sublimação, as energias do ego são livres para atuar. Formações reativas simples, tais como a aversão e a vergonha, fazem parte da formação do caráter de cada pessoa. Não são prejudiciais ao desenvolvimento do caráter genital e permanecem dentro de limites fisiológicos porque não há estase da libido para reforçar os empenhos pré-genitais. Contudo, se o recalque sexual vai demasiado longe, se é dirigido contra a libido genital em particular, de tal maneira que surja uma estase da libido, as formações reativas recebem um excesso de energia libidinal e, consequentemente, demonstram uma característica conhecida pelos clínicos como difusão fóbica.

Citaremos, como exemplo, o caso de um funcionário. Como é comum num caráter compulsivo típico, ele cumpria seus deveres do modo mais conscienscioso possível. Com o decorrer do tempo, embora não tirasse o menor prazer do trabalho, dedicava-se cada vez mais a ele. Na época em que começou a análise, não era raro trabalhar até a meia-noite ou, mesmo, de vez em quando, até as três horas da manhã. A análise imediatamente demonstrou que: 1) fantasias sexuais perturbavam seu trabalho, razão por que precisava de mais tempo para realizá-lo, isto é, ele "perdia tempo com divagações"; e 2) ele não se permitia estar sossegado um único momento, em especial à noite, porque então as fantasias sobrecarregadas invadiam de modo implacável sua mente consciente. Trabalhando à noite, descarregava uma certa quantidade de libido, mas a maior parte dela, que não podia ser liberada dessa maneira, aumentava cada vez mais, até que não pôde negar a perturbação no trabalho.

Portanto, a proliferação tanto das formações reativas como dos desempenhos reativos corresponde a um contínuo aumento da estase da libido. Quando, finalmente, as formações reativas já não são capazes de controlar a estase da libido; quando o processo de descompensação se estabelece; quando, em resumo, o caráter do ego fracassa no consumo da libido, ou surge uma angústia neurótica indisfarçada, ou aparecem sintomas neuróticos que dispõem do excesso de angústia que flui livremente.

O trabalho reativo é sempre racionalizado. Assim, nosso paciente tentava desculpar suas longas horas lamentando-se da excessiva carga de trabalho. Contudo, na realidade, sua atividade mecânica servia à finalidade econômica de uma liberação e de um desvio das fantasias sexuais. Por outro lado, cumpria a função de uma formação reativa contra o ódio recalcado em relação ao patrão (pai). A análise mostrou que os esforços do paciente para ser especialmente útil ao patrão representavam o oposto de suas intenções inconscientes. Afinal de contas, tal "robotização" não pode ser interpretada como autopunição, que é apenas um dos muitos elementos significativos do sintoma. Basicamente, ele decerto não desejava se punir, mas se proteger da punição. O receio das consequências de suas fantasias sexuais encontra-se na raiz da formação reativa.

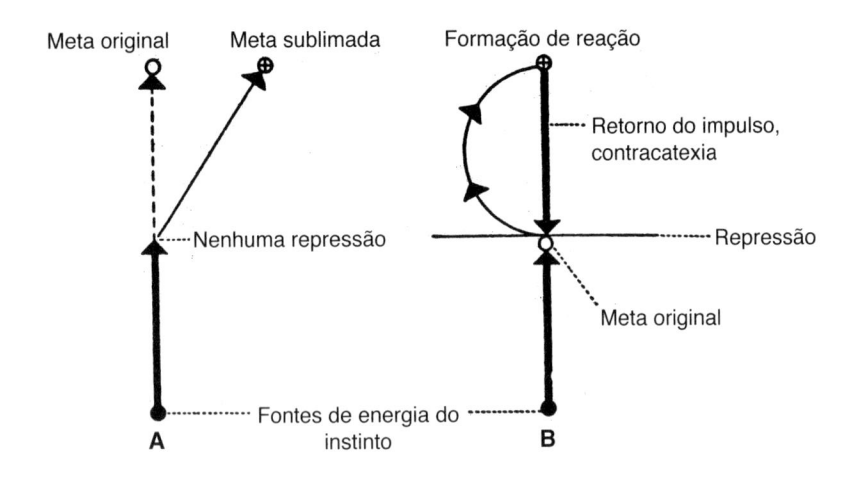

**Apresentação esquemática da sublimação
comparada com a formação reativa**

A: Ausência de recalque: pulsão simplesmente desviada; meta original da pulsão com ausência de investimento.
B: Presença de recalque; meta pulsional original reteve toda a catexia; pulsão não desviada, e sim dirigida pelo ego contra si mesmo. No ponto em que ocorre o retorno encontramos a realização (formação reativa).

Nem o trabalho realizado como dever neurótico compulsivo nem qualquer outra formação reativa é capaz de ligar toda a angústia de estase. Consideremos, por exemplo, a excessiva atividade motora do caráter histérico feminino ou a hiperagilidade e inquietação do alpinista neurótico. Ambos têm um sistema muscular sobrecarregado de libido insatisfeita; ambos estão continuamente lutando pelo objeto: a histérica, de maneira indisfarçada; o alpinista, de maneira simbólica (montanha = mulher = mãe). É verdade que a motilidade deles consome uma certa quantidade de libido; ao mesmo tempo, contudo, aumenta a tensão, visto que isso não lhes proporciona uma satisfação definitiva. Por isso, inevitavelmente, a jovem tem ataques de histeria, enquanto o alpinista neurótico deve tentar subir montanhas cada vez mais extenuantes e perigosas para dominar sua estase. Porém, dado que há um limite natural para isso, irrompe, enfim, uma neurose de sintoma, caso não sofra um desastre nas montanhas, como muitas vezes acontece.

Base de reação do caráter é uma expressão apropriada para todos os mecanismos que consomem a libido represada e ligam a angústia neurótica nos traços de caráter. Se, como resultado de restrições sexuais excessivas, ela falha em desempenhar sua função econômica, torna-se *a base de reação neurótica*, que o tratamento analítico visa eliminar. A proliferante formação reativa é apenas um dos mecanismos da base de reação neurótica.

Não faz muita diferença quando é que ocorre uma exacerbação do caráter neurótico. Subsiste o fato de que a base de reação neurótica esteve presente no caráter desde a primeira infância, desde o período de conflito da fase edípica. O sintoma neurótico exibe em geral uma afinidade qualitativa com sua base de reação neurótica. Vamos dar alguns exemplos: o exagerado senso de ordem neurótico-compulsivo tornar-se-á, dadas certas condições, um senso de ordem compulsivo; o caráter anal sofrerá de prisão de ventre; a timidez tornar-se-á rubor patológico; a agilidade e o coquetismo histéricos transformar-se-ão em ataques histéricos; a ambivalência de caráter em incapacidade de tomar decisões; a inibição sexual em vaginismo; a agressão ou o excesso de escrúpulos em impulsos homicidas.

O sintoma neurótico, todavia, nem sempre apresenta uma homogeneidade qualitativa com sua base de reação. Algumas vezes o sintoma constitui uma defesa contra a angústia excedente numa fase da libido mais alta ou mais baixa. Assim, um caráter histérico poderia desenvolver uma compulsão de lavar; um caráter compulsivo, uma angústia histérica ou um sintoma conversivo. É desnecessário dizer que, na prática atual, nossos pacientes representam misturas com uma ou outra forma de caráter na ascendência. Contudo, o diagnóstico não pode ser feito de acordo com os sintomas, mas de acordo com o caráter neurótico que está na base dos sintomas. Dessa forma, mesmo quando um paciente vem até nós devido a um sintoma conversivo, o diagnóstico será uma neurose compulsiva se o caráter exibir predominantemente traços neuróticos compulsivos.

Revendo os resultados dessa investigação, vemos que a diferença entre os tipos de caráter neurótico e genital deve ser concebida do modo mais elástico possível. Dado que a distinção é baseada em critérios quantitativos (o grau de satisfação sexual direta ou o grau de estase da libido), a variedade das formas de caráter reais entre os dois tipos principais é infindável. No entanto, em termos de seu valor heurístico e do ponto de vista que ela oferece no trabalho prático, uma investigação tipológica parece não só justificada mas até mesmo imprescindível. Uma vez que esse trabalho representa apenas um começo na direção de uma teoria genética de tipos, não há nenhuma pretensão em fazer justiça a todos os problemas levantados por uma "teoria de tipos". Sua tarefa está momentaneamente cumprida, se conseguiu nos convencer de que a teoria freudiana da libido, pensada sem restrições e consistentemente, é a única fundamentação legítima para uma caracterologia psicanalítica.

IX

A fobia infantil e a formação do caráter

1. Um caráter "aristocrático"

Usando um caso como exemplo, mostraremos como a atitude de caráter provém das experiências infantis. Em nossa exposição, seguiremos o caminho que conduz da análise da resistência de caráter à sua gênese em situações infantis definidas.

Um homem de 33 anos de idade começou sua análise devido a dificuldades conjugais e perturbações no trabalho. Sofria de uma profunda incapacidade de tomar decisões, o que lhe dificultava resolver seu problema matrimonial de maneira racional e o impedia de avançar na profissão. Com notável percepção e habilidade, o paciente imediatamente se empenhou no trabalho analítico. Num curto espaço de tempo, os conflitos patogênicos habituais da relação edípica permitiram uma explicação teórica de suas dificuldades conjugais. Não entraremos no material que mostrava a identificação entre a mulher e a mãe, entre os superiores e o pai; embora interessante, esse material não revelou nada de novo. Concentrar-nos-emos em seu comportamento, na relação entre ele e o conflito infantil e na resistência de caráter no tratamento.

O paciente tinha uma agradável aparência externa; era de estatura mediana, de semblante reservado, sério e um tanto arrogante. O passo nobre e medido chamava a atenção – ele levava um bom tempo para atravessar a porta e andar até o divã. Era evidente que evitava – ou disfarçava – qualquer excitação ou pressa. Sua fala era bem concatenada e equilibrada, suave e eloquente. Ocasionalmente, inseria um enfático "Sim!", estendendo ao mesmo tempo os braços para a frente e depois passando a mão pela testa. Deitava-se no divã com as pernas cruzadas, muito à vontade. Mesmo quando se discutiam assuntos muito delicados e narcisicamente difíceis, sua compostura e elegância em pouco ou nada se modificavam. Depois de muitos dias de análise, ao discutir sua relação com a adorada mãe, acentuou muito nitidamente sua pose nobre num esforço de dominar a excitação que se apoderava dele. Disse-lhe que não havia necessidade de ficar embaraçado e sugeri-lhe expressar livremente seus sentimentos, mas foi inútil. Manteve sua conduta aristocrática e a maneira refinada de falar. Um dia, de fato, quando lágrimas lhe brotaram nos olhos e sua voz ficou claramente sufocada, ergueu o lenço para limpar os olhos com a mesma atitude digna.

Estava já bem claro: seu comportamento, qualquer que fosse sua origem, protegia-o contra emoções violentas na análise, guardava-o de irrupções emocionais. *Seu caráter* impedia o livre desenvolvimento da experiência analítica; *já tinha se tornado uma resistência*.

Logo após ter diminuído a evidente excitação, perguntei-lhe a impressão que lhe causara essa situação analítica. Respondeu-me que tudo era muito interessante, mas não o afetava muito profundamente – as lágrimas apenas lhe "tinham escapado"; fora muito embaraçoso. De nada adiantou uma explicação da necessidade e fertilidade de tal excitação. A resistência aumentou de modo perceptível; as comunicações ficaram superficiais; por outro lado, sua atitude tornou-se cada vez mais pronunciada, isto é, mais nobre, mais calma, mais reservada.

Talvez tenha sido por simples coincidência que um dia o termo "aristocrata" me ocorreu em relação a seu comportamento. Disse-lhe que ele estava representando o papel de um lorde inglês, e que as razões para isso podiam ter origem na adolescência e na infância. A função defensiva atual de sua "maneira aristocrática" foi-lhe também explicada. Então ele apresentou o elemento mais importante da sua história familiar: quando criança, nunca acreditara que pudesse ser filho do pequeno e insignificante comerciante judeu que era seu pai; devia ser, pensava, de ascendência inglesa. Na adolescência, ouvira dizer que sua avó tivera um caso com um verdadeiro lorde inglês, e pensava que sua mãe tinha sangue inglês nas veias. Em seus sonhos sobre o futuro, representava papel preponderante a fantasia de, um dia, ir à Inglaterra como embaixador.

Assim, seu comportamento senhorial continha os seguintes elementos:

1) a ideia de não ser aparentado com o pai, a quem menosprezava (ódio pelo pai);
2) a ideia de ser filho de uma mãe que tinha sangue inglês nas veias;
3) o ego ideal de superar o meio restrito da origem na classe média baixa.

A exposição desses elementos, que estiveram incorporados em sua atitude, foi um golpe considerável em sua autoestima. Mas ainda não estava claro quais pulsões estavam sendo evitadas.

Ao investigarmos consistentemente seu comportamento de "lorde", descobrimos que se relacionava intimamente com um segundo traço de caráter: uma tendência para *zombar* de seus conhecidos e a *alegria malévola* que sentia ao vê-los fracassar. A análise desse traço de caráter ofereceu grande dificuldade. Ele exprimia seu desprezo e escárnio de maneira majestosa, como se estivesse sentado em um trono. Mas, ao mesmo tempo, isso serviu para satisfazer seus impulsos sádicos especialmente intensos. Sem dúvida, já havia falado das muitas fantasias sádicas que tivera durante a adolescência. Mas apenas havia *falado* delas. Só quando começamos a desentocá-las de sua ancoragem atual, na tendência de ridicularizar, é que ele passou a *senti-las*. O modo senhorial de seu comportamento era uma *proteção* contra o desdobramento desmedido de sua zombaria em atividade *sádica*. As fantasias sádicas não estavam recalcadas; eram satisfeitas ao ridicularizar os outros e evitadas na atitude aristocrática. Assim, sua natureza arrogante estava estruturada exatamente como um sintoma: servia, ao mesmo tempo, como defesa e satisfação de moção pulsional. Não podia haver dúvida de que se poupava do recalque de uma certa quantidade de sadismo através dessa forma de defesa, isto é, absorvendo o sadismo na arrogância do caráter. Em outras circunstâncias, é provável que uma forte fobia se tivesse desenvolvido a partir de seu leve receio de assaltantes.

A fantasia de ser um aristocrata principiou quando ele tinha cerca de quatro anos. Ele cumpriu a exigência de autocontrole um tanto mais tarde, por medo do pai. Com base em uma *identificação contrária* com o pai, acrescentou-se a isso uma tendência essencial para o controle de sua agressão. Enquanto o pai brigava e discutia continuamente com a mãe, o ideal tomou forma no jovem: "Não serei como meu pai; serei exatamente o contrário"[1]. Isso correspondia à fantasia: "Se eu fosse o marido de minha mãe, tratá-la-ia de um modo totalmente diferente. Seria amável com ela, e não me zangaria com suas falhas". Assim, essa identificação contrária foi parte essencial do complexo de Édipo: amor pela mãe e ódio pelo pai.

Devaneio e autocontrole, acompanhados por vívidas fantasias sádicas, constituíam a parte do caráter do rapaz que correspondia à *fantasia aristocrata*. Na puberdade, fizera de um professor uma escolha objetal homossexual intensa, que terminara em uma identificação.

---

1. Ver também nossos estudos sobre identificações imperfeitas em *Der triebhafte Charakter* (O caráter impulsivo), International Psychoanalytischer Verlag, 1925.

Esse professor era a personificação de um lorde – nobre, sereno, controlado e impecavelmente vestido. A identificação começou com a imitação do vestuário do professor; seguiram-se outras imitações, e, por volta dos catorze anos, o caráter, tal como o vimos na análise, estava completo. A *fantasia* de ser um aristocrata havia se traduzido em seu comportamento.

Havia também uma razão especial para que a realização da fantasia em seu comportamento tivesse acontecido precisamente nessa idade. O paciente nunca se masturbara conscientemente durante a puberdade. A angústia da castração, expressa em diversos medos hipocondríacos, foi racionalizada: "Um nobre não faz tais coisas". Em resumo, ser aristocrata também servia como defesa contra a necessidade de masturbação.

Como lorde, sentia-se superior a todas as pessoas, com o direito de desprezá-las. Contudo, na análise, teve logo de admitir que seu desprezo era a compensação externa de um sentimento de inferioridade, tal como na realidade toda a sua pose dissimulava um sentimento de inferioridade devido à sua origem na classe média baixa. Num nível mais profundo, porém, o desprezo era um substituto das relações homossexuais. Desdenhava especialmente os homens que lhe agradavam e não se preocupava em absoluto com os outros (desprezo = sadismo = flerte homossexual). Ser um aristocrata abarcava a antítese entre sadismo e homossexualidade por um lado e, por outro, o autocontrole do nobre.

Na análise, sua atitude senhorial se tornava mais marcante a cada nova penetração no inconsciente. Mas, à medida que o tempo passava, essas reações defensivas enfraqueciam da mesma maneira que sua natureza na vida diária se tornava mais suave, sem perder o caráter básico.

A análise de seu comportamento levou diretamente à descoberta dos conflitos centrais da infância e adolescência. Dessa maneira, suas posições patogênicas foram atacadas de dois lados: 1) suas associações, sonhos e outras comunicações – com pouco afeto aqui – e 2) seu caráter, a atitude aristocrática, em que os afetos da agressão estavam ligados.

2. A superação da fobia infantil pela formação de atitudes de caráter

Uma grande quantidade de angústia genital estava ligada em sua atitude senhorial. A história dessa ligação revelou uma fobia infantil acerca da qual pouco se sabia. Dos três aos seis anos de idade, aproximadamente, o paciente sofrera de uma profunda fobia por ratos. Em termos de conteúdo, estamos apenas interessados no fato de que sua atitude feminina para com o pai constituía o elemento central dessa fobia, isto é, uma reação regressiva ante a angústia da castração. Isso estava relacionado com a típica angústia da masturbação. Quanto mais o rapaz transformava a fantasia de ser uma aristocrata numa postura, mais fraca se tornava a fobia. Quando crescido, tinha apenas consciência de uma leve apreensão antes de ir para a cama. Durante o trabalho analítico em torno de sua pose, a fobia pelos ratos e a angústia da castração reapareceram de forma afetivamente carregada. Evidentemente, uma parte da libido ou da angústia da *fobia* da infância fora absorvida numa atitude de caráter.

Naturalmente estamos familiarizados com a transformação das exigências e angústias infantis em traços de caráter. Um caso especial desse tipo de transformação é a substituição de uma fobia por um tipo definido de encouraçamento contra o mundo externo e contra a angústia, ditado pela estrutura pulsional. Nesse caso, o comportamento nobre do paciente ligava a angústia infantil.

Outro caso típico é a absorção de uma fobia infantil, ou até mesmo de manifestações mais simples de angústia de castração, num caráter passivo-feminino, que aparece externamente, por exemplo, como cortesia exagerada e estereotipada. O seguinte caso é uma ilustração adicional da transformação de uma fobia numa atitude de caráter.

Além dos sintomas, um paciente compulsivo distinguia-se por apresentar um *bloqueio afetivo total*. Uma espécie de máquina viva, ele não era acessível nem ao prazer nem ao *desprazer*. Em análise, o bloqueio afetivo foi desmascarado como um encouraçamento contra o sadismo excessivo. Na realidade, mesmo adulto ele tinha fantasias sádicas, que, todavia, eram insípidas e fracas. Uma angústia de castração correspondentemente intensa distinguia-se como motivo do encouraçamento e só se manifestava dessa maneira. A análise conseguiu remontar o bloqueio afetivo à sua origem.

O paciente também sofria da fobia infantil usual – nesse caso, de cavalos e cobras. Até a idade de seis anos, sonhos angustiantes com *pavor nocturnus* aconteciam quase todas as noites. Tinha sonhos muito frequentes, acompanhados da mais violenta angústia, de que um cavalo lhe comia um dos dedos (masturbação = angústia = castração). Um dia decidiu que não teria mais medo (voltaremos a essa resolução peculiar), e o sonho seguinte com cavalos, no qual um de seus dedos era comido, foi completamente livre de angústia.

Ao mesmo tempo o bloqueio afetivo desenvolveu-se, substituindo a fobia. Só depois da adolescência é que os sonhos angustiantes reapareceram ocasionalmente.

Vamos agora voltar à sua resolução peculiar de não mais ter medo. Não podíamos esclarecer por completo seu processo dinâmico. Basta dizer aqui que sua vida era baseada quase exclusivamente em resoluções semelhantes. Ele não era capaz de lidar com qualquer coisa sem uma decisão especial. A obstinação anal e a exigência extremamente rígida de se controlar – que adquiriu dos pais – constituíam a base fundamental de sua determinação. A obstinação anal era também a base energética do bloqueio afetivo, que, entre outras coisas, configurava uma espécie de atitude universal de Götz von Berlichingen para com o mundo externo como um todo[2]. O que se segue só foi verificado depois de seis meses de análise: sempre antes de tocar a campainha do meu apartamento, o paciente passava três vezes a mão pela braguilha das calças e recitava três vezes a citação de Götz como uma espécie de talismã contra a análise. Seu bloqueio afetivo não poderia ter sido expresso de modo mais surpreendente.

Assim, a obstinação anal e a reação contra o sadismo foram os dois componentes mais importantes usados na construção do bloqueio afetivo. Além de sua energia sádica, a poderosa angústia de infância (angústia de estase mais angústia de castração) foi consumida nesse encouraçamento. Só depois de termos trabalhado esse muro – um aglomerado de recalques e formações reativas mais diversos – é que descobrimos seus intensos desejos de incesto genital.

Enquanto o aparecimento de uma fobia é indicativo de que o ego estava fraco demais para dominar certos impulsos libidinais, o surgimento de um traço de caráter ou de uma atitude típica no lugar de uma fobia constitui um fortalecimento da formação do ego na forma de um encouraçamento crônico contra o id e o mundo externo. Uma fobia corresponde a uma cisão da personalidade; por outro lado, a formação de um traço de caráter corresponde a uma consolidação da personalidade. O segundo caso é a reação sintetizadora do ego a um conflito da personalidade que não pode mais ser suportado.

Apesar dessa discrepância entre a fobia e a formação do caráter que se segue, a tendência básica da fobia é retida no traço de caráter. A pose de nobreza de nosso "aristocrata", o bloqueio afetivo de nosso caráter compulsivo, a polidez do caráter passivo-feminino não são naturalmente outra coisa senão *atitudes de evitação*, da mesma maneira que a fobia que as precede.

Portanto, por meio do encouraçamento o ego recebe um certo fortalecimento. Contudo, ao mesmo tempo, e justamente como resul-

---

2. *Götz von Berlichingen*, um drama de Goethe acerca da guerra camponesa na Alemanha por volta de 1500. Götz, um cavaleiro, é lembrado por essa sua afirmação: "Podes beijar meu traseiro". (N. do ed. inglês.)

tado disso, a habilidade do ego para agir e sua liberdade de movimentos são diminuídas. E, quanto mais o encouraçamento prejudica a capacidade para a experiência sexual, quanto mais a estrutura do ego se aproxima da de um neurótico, tanto maior será a probabilidade do seu futuro colapso[3].

No caso de uma futura doença neurótica, a antiga fobia irrompe novamente, visto que sua primeira absorção no caráter prova ser insuficiente para dominar as excitações libidinais represadas e a angústia de estase. Consequentemente, podemos distinguir na doença neurótica típica as seguintes fases:

1) conflito infantil entre o impulso da libido e a frustração;
2) resolução desse conflito pelo recalque do impulso (fortalecimento do ego);
3) queda da repressão, isto é, fobia (enfraquecimento do ego);
4) domínio da fobia mediante a formação de um traço de caráter neurótico (fortalecimento do ego);
5) conflito puberal (ou seu equivalente qualitativo): insuficiência da couraça do caráter;
6) reaparecimento da antiga fobia ou desenvolvimento de um equivalente sintomático;
7) nova tentativa por parte do ego de dominar a fobia pela absorção da angústia no caráter.

Entre os pacientes adultos que vêm à procura de tratamento analítico, podemos distinguir dois tipos: aqueles que se encontram na fase do colapso (fase 6), na qual a antiga neurose, na forma de um sintoma, aumenta a base de reação neurótica (formação renovada da fobia etc.), e aqueles que já estão na fase de reconstrução (fase 7), isto é, cujos egos já começaram a incorporar os sintomas. Por exemplo, um circunscrito e torturante senso de ordem compulsivo perde um pouco da sua intensidade; o *ego como um todo* planeja certos rituais que estão tão espalhados na rotina diária que eles denunciam seu caráter compulsivo apenas aos olhos do observador treinado. Uma autocura é simulada desse modo, mas a dispersão e o aplainamento dos sintomas reduzem a capacidade do ego de agir não menos do que o sintoma circunscrito. Consequentemente, o paciente já não deseja ser curado de um sintoma doloroso, mas de uma perturbação geral em seu trabalho, falta de prazer na vida e queixas semelhantes. Uma luta implacável tem lugar entre o ego e seus sintomas neuróticos, entre *a formação e a incorporação dos sintomas*. Contudo, cada *incorporação de sintoma*

---

3. Cf. cap. VIII: "O caráter genital e o caráter neurótico".

acompanha uma *modificação de caráter* do ego. Essas últimas incorporações dos sintomas no ego são apenas reflexos daquele primeiro processo importante pelo qual a fobia infantil se transformou, parcial ou completamente, numa estrutura de caráter.

Falamos aqui de fobia porque ela é a manifestação mais interessante e, em termos de economia da libido, mais importante de uma perturbação da unidade pessoal. Mas o processo descrito acima pode acontecer no caso de qualquer angústia que apareça na primeira infância. Por exemplo, o medo racional e inteiramente justificado de uma criança em relação ao seu pai violento pode levar a mudanças crônicas que substituam o medo; por exemplo, a obstinação e severidade do caráter etc.

Devido ao fato de que experiências de angústia infantil e outras situações de conflito do complexo de Édipo – a fobia é apenas um dos casos especiais escolhidos aqui – podem determinar a estrutura do caráter, a experiência infantil ou a situação psíquica é preservada, por assim dizer, de duas maneiras diferentes: em termos de *conteúdo*, como ideias inconscientes, e em termos de *forma*, como *atitudes de caráter do ego*. O seguinte exemplo clínico é uma ilustração disso.

Um hipocondríaco narcisista-masoquista caracterizava-se por suas queixas barulhentas, excitadas e agitadas acerca da maneira rigorosa como o pai o tratava. O material que produziu durante os meses de tratamento pode ser resumido na frase: "Veja só o que sofri nas mãos de meu pai; ele me arruinou, tornou-me incapaz de viver". Mesmo antes de me procurar, seus conflitos infantis com o pai haviam sido detalhadamente trabalhados durante ano e meio de análise por um colega. Mas houvera poucas modificações em seu comportamento e em seus sintomas.

Um dia, fui surpreendido por um aspecto de seu comportamento. Seus movimentos eram indolentes, havia um sinal de fadiga ao redor de sua boca. Sua fala, difícil de descrever, era monótona, sombria. Por fim, adivinhei o significado de sua entonação. Falava num tom de voz agonizante, como se estivesse morrendo. Descobri que, em certas situações fora da análise, ele também caía nessa letargia *inconscientemente simulada*. O significado dessa *maneira de falar* era também: "Veja o que meu pai fez de mim, como ele me torturou. Arruinou-me, tornou-me incapaz de viver". Seu comportamento era uma severa censura.

Minha interpretação acerca da sua maneira de falar "moribunda", queixosa e incriminadora teve um resultado surpreendente. Foi como se, com a resolução desse último ponto formal de ligação com o pai, todas as interpretações de conteúdo anteriores começassem a produzir efeito. Concluí que, enquanto sua maneira de falar não denunciasse seu significado inconsciente, uma grande parte dos afetos da relação com o pai estaria ligada nela; daí os conteúdos descobertos dessa relação, apesar de se terem tornado conscientes, não estarem bastante carregados para serem terapeuticamente eficazes.

Evidentemente, portanto, um único elemento da estrutura infantil inconsciente é preservado e tornado manifesto de duas maneiras: naquilo que o indivíduo faz, diz e pensa, e no *modo* como age. É interessante notar que a análise do "que", apesar da unidade de conteúdo e forma, deixa o "como" intacto; que esse "como" acaba sendo o esconderijo dos mesmos conteúdos psíquicos que já apareceram no "que"; e, por fim, que a análise do "como" é especialmente significativa na liberação dos afetos.

X

Algumas formas definidas de caráter

1. O caráter histérico

Em nossa investigação dos vários tipos de caráter, partimos da suposição de que toda forma de caráter, em termos de sua função básica, representa um encouraçamento contra os estímulos do mundo externo e as pulsões internas recalcadas. Contudo, a forma externa desse encouraçamento é sempre historicamente determinada. Tentamos também citar algumas condições que determinam diferentes tipos de caráter. Talvez a mais importante, além do caráter da pessoa mais responsável pela formação da criança, seja a fase de desenvolvimento na qual o aparelho pulsional encontra sua frustração mais crucial. Devem sempre existir relações definidas entre a aparência externa do caráter, seu mecanismo interno e a história específica de sua origem.

O caráter histérico, por mais complicados que sejam muitas vezes os sintomas e as reações patológicas que lhe dizem respeito, representa o tipo de couraça do caráter mais simples e transparente. Se desprezamos as diferenças existentes dentro desse tipo, se condensamos o que é comum a todos os que o compõem, a característica mais notável de homens e mulheres histéricos é uma *atitude sexual* inoportuna. Esta se combina com um tipo específico de *agilidade física* que exibe um matiz sexual inconfundível, que explica o fato de a ligação entre a histeria feminina e a sexualidade ter sido reconhecida muito cedo. Coquetismo disfarçado ou indisfarçado no modo de andar, olhar ou falar denuncia, especialmente nas mulheres, o tipo de caráter histérico. No caso dos homens, além da delicadeza e cortesia excessivas, também aparecem uma expressão facial e um comportamento femininos. Fizemos um relato pormenorizado de tal tipo de caso no capítulo IV da Parte I.

Essas características surgem com uma ansiedade mais ou menos distinta, que se manifesta mais fortemente quando o objetivo almejado pelo comportamento sexual está bem à mão. Nessa ocasião, o caráter histérico irá sempre recuar ou assumir uma atitude apreensiva e passiva. Há uma correlação quantitativa entre o coquetismo histérico e a passividade que se segue a ele. Porém, na experiência sexual, há outra variação: manifestações evidentes de excitação durante o ato, sem a correspondente satisfação. Na análise, essas manifestações pseudoimpetuosas mostram ser a expressão de uma angústia profunda, que é superada pela atividade.

A expressão facial e o modo de andar do caráter histérico nunca são rígidos e pesados, como no caráter compulsivo; nunca são arrogantes e autoconfiantes, como no caráter fálico-narcisista. Os movimentos do arquétipo têm uma espécie de qualidade saltitante (não confundir com elástica), são flexíveis, macios e sexualmente provocantes. O fato de o caráter histérico ser facilmente excitado pode ser inferido da aparência como um todo. A aparência do caráter compulsivo, por sua vez, faz lembrar constrangimento.

Enquanto a timidez e a ansiedade, ao lado do coquetismo e da agilidade física, são notórias nas expressões comportamentais de um caráter histérico, os outros traços de caráter especificamente histéricos estão ocultos. Entre estes encontramos instabilidade de reações, isto é, tendência para modificar atitudes de modo inesperado e não intencional; uma forte sugestionabilidade que nunca aparece sozinha, mas vem junto com uma forte tendência a reações de desapontamento. Um caráter histérico, ao contrário de um compulsivo, pode ser facilmente persuadido das coisas mais improváveis. Por isso desistirá prontamente de suas convicções, quando outras, adquiridas com a mesma facilidade, as substituem. Daí que uma atitude de concordância seja em geral seguida por uma atitude oposta: desaprovação repentina e depreciação sem motivo. A abertura do caráter histérico a sugestões explica, por um lado, sua suscetibilidade à hipnose passiva e, por outro, sua propensão a ideias fantásticas. Isso tem ligação com a capacidade excepcional para o apego sexual de natureza infantil. A imaginação vívida pode facilmente conduzir à pseudologia, isto é, experiências fantasiadas são reproduzidas e apreendidas como se fossem reais.

Embora seja verdade que muitas características histéricas se exprimem no comportamento físico, há também uma forte tendência para incorporar conflitos psíquicos em sintomas somáticos. Isso se explica facilmente em termos da estrutura da libido.

O caráter histérico é especificamente determinado por uma fixação na fase genital do desenvolvimento infantil, com suas vinculações incestuosas. A partir dessa fixação, o caráter histérico deriva sua forte agressão genital, bem como sua angústia. As ideias de incesto genital são certamente recalcadas, mas estão de posse total de seu investimento; ao contrário do caso do caráter compulsivo, não foram substituídas por empenhos pré-genitais. Visto que empenhos pré-genitais, orais, anais e uretrais formam uma parte do caráter histérico – como é sempre o caso –, eles são a personificação da genitalidade ou, pelo menos, estão aliados a ela. No caráter histérico, a boca e o ânus sempre representam o órgão genital feminino. Em outros tipos de caráter, por exemplo, no melancólico, essas zonas desempenham sua função pré-genital original. De acordo com Ferenczi, o caráter histérico "genitaliza" tudo; as outras formas de neuroses substituem os mecanismos pré-genitais por genitalidade ou, em oposição à histeria, permitem que os órgãos genitais funcionem como seios, boca ou ânus. Em algum outro lugar chamei a isso de inundação da libido genital pela pré-genital. Como resultado da angústia genital, que atua como fixação genital e como inibição da função genital, o caráter histérico sofre sempre de uma perturbação sexual grave. Ao mesmo tempo é atormentado por uma estase aguda da libido genital não absorvida. Daí que a agilidade sexual tem de ser tão veemente como sua tendência a reações de angústia. Em contraste com o caráter compulsivo, o histérico é sobrecarregado com uma tensão sexual *não absorvida*.

Isso nos leva à natureza de seu encouraçamento, que é muito menos compacta e estável que a do caráter compulsivo. No histérico, a couraça constitui, da maneira mais simples possível, uma defesa egoica ansiosa contra os empenhos incestuosos genitais. Embora certamente seja estranho, não se pode negar que, em arquétipos de caráter histérico, a sexualidade genital se coloca a serviço de sua própria defesa. Quanto mais a atitude como um todo é dominada pela angústia, mais urgentes parecem as manifestações sexuais. Em geral, o significado dessa função é o seguinte: o caráter histérico tem impulsos genitais excepcionalmente fortes e não satisfeitos, que estão inibidos pela angústia genital. Assim, ele se sente sempre à mercê de perigos que correspondem a seus medos infantis. O empenho genital original é usado, por assim dizer, para explorar a fonte, a magnitude e a proximidade do perigo. Por exemplo, se uma mulher histérica manifesta forte sensualidade, é errado admitir que ela está expressando uma disposição sexual genuína. Muito ao contrário: à primeira tentativa de se tirar vantagem dessa aparente disposição, descobrir-se-ia que, em casos de histeria extrema, a expressão aberta seria imediatamente transformada em seu oposto e que as manifestações sexuais seriam substituídas pela angústia ou por outro tipo de defesa, incluindo fuga precipitada. Assim, as manifestações sexuais no caráter histérico representam uma tentativa de descobrir se os perigos estão presentes e de onde podem provir. Isso é claramente demonstrado também na reação de transferência na análise. O caráter histérico nunca reconhece o significado de seu comportamento sexual; recusa violentamente tomar conhecimento dele e se choca com "tais insinuações". Em resumo, vê-se logo que o que sobressai aqui como empenho sexual é basicamente sexualidade a serviço da defesa. O empenho objetal genital emerge em sua função original somente quando essa defesa tiver sido desmascarada e a angústia genital infantil analiticamente desmontada. Quando isso ocorre, o paciente também perde sua agilidade sexual exagerada. É de pouca importância que outros impulsos secundários se exprimam nesse comportamento sexual – por exemplo, o narcisismo primitivo ou o desejo de dominar e impressionar.

Muito embora sejam encontrados no caráter histérico outros mecanismos que não os genitais ou suas formações substitutas, eles não pertencem especificamente a esse tipo. Por exemplo, encontramos muitas vezes mecanismos depressivos. Nesses casos, a fixação incestuosa genital é substituída por regressões a mecanismos orais ou por novas formações no decurso do processo. A forte inclinação do caráter histérico para regredir, especialmente às fases orais, pode ser atribuída à estase sexual nessa zona, bem como ao fato de a boca, em seu papel de órgão genital, atrair para si uma grande quantidade de libido no "deslocamento de baixo para cima". Nesse processo, reações semelhantes à melancolia, que pertencem à fixação oral original, são também ativadas. Assim, o caráter histérico se apresenta de uma forma pura quando ele representa, e é nervoso e ativo. Contudo, quando é depressivo, introvertido, artístico, revela mecanismos que não são aqueles que especificamente lhe pertencem. Pode-se, no entanto, falar de depressão histérica em oposição à depressão melancólica. A diferença está no grau em que a libido genital e a relação objetal se combinam com atitudes orais. Num extremo, temos melancolia pura; no outro, no qual predomina a genitalidade, temos histeria pura.

Deve-se destacar uma característica final: o caráter histérico mostra pouco interesse em sublimações e realizações intelectuais, e as formações reativas são em muito menor quantidade do que em outras formas de caracteres neuróticos – o que também se liga ao fato de, no caráter histérico, a libido não avançar em direção à satisfação sexual, que poderia reduzir a hipersexualidade, e a energia sexual não estar adequadamente ligada. Mais precisamente, essa energia é parcialmente descarregada em inervações somáticas ou parcialmente transformada em medo ou angústia. A partir desses mecanismos pulsionais do caráter histérico, algumas pessoas gostam de deduzir a suposta antítese entre sexualidade e realizações sociais, mas omitem o fato de que a extrema perturbação da capacidade de sublimar é o resultado direto da inibição sexual com libido genital livre e que as realizações e interesses sociais só são possíveis depois que a capacidade de satisfação tenha sido adquirida.

Em termos da profilaxia da neurose e da economia sexual, torna-se significativo perguntar por que razão o caráter histérico não pode transformar de alguma maneira a estase genital, do mesmo modo que outros tipos de caráter transformam seus empenhos pré-genitais. O caráter histérico não utiliza sua libido genital nem para as formações reativas nem para as sublimações. Na verdade, nem mesmo o encouraçamento do caráter está solidamente desenvolvido. Se esses fatos são considerados junto com outras características da libido genital, chegamos à conclusão de que as excitações genitais completamente desenvolvidas estão mal-adaptadas para finalidades outras que não a satisfação direta. Sua inibição prejudica gravemente a sublimação de outras forças pulsionais libidinais, porque as impregna com demasiada energia. Embora a qualidade específica da genitalidade possa ser a razão desse processo, a explicação mais provável é a quantidade de libido usada na excitação da zona genital. O aparelho genital, em oposição a todas as outras pulsões parciais, é, do ponto de vista fisiológico, o mais fortemente equipado, porque tem a capacidade de descarga *orgástica*; e, em termos de economia da libido, é o mais vital. Assim, podemos afirmar que seus impulsos têm uma semelhança muito maior com a fome, no que diz respeito à inflexibilidade e à tenacidade, do que com impulsos de outras zonas erógenas. Isso pode muito bem representar um tremendo golpe contra certos conceitos éticos – mas não pode ser evitado. De fato, a resistência a essas descobertas também podem ser explicadas: seu reconhecimento teria consequências revolucionárias.

2. O caráter compulsivo

Se a função mais geral do caráter é evitar estímulos e garantir o equilíbrio psíquico, isso não deveria ser difícil de provar no caráter compulsivo, pois este representa uma das formações psíquicas mais minuciosamente estudadas. Há transições fluidas desde os sintomas compulsivos conhecidos até o modo de comportamento do caráter. Mesmo que o senso de ordem neurótico compulsivo não esteja presente, é típico do caráter compulsivo *um sentido de ordem pedante*. Tanto nas coisas grandes como nas pequenas, ele vive de acordo com um padrão irrevogável e preconcebido. Uma mudança na ordem prescrita causa, pelo menos, uma sensação desagradável. Em casos que já podem ser considerados neuróticos, uma mudança provoca angústia. Se esse traço constitui uma melhora na capacidade de trabalho de um indivíduo, ao estar combinado com o perfeccionismo, por outro lado, acarreta também uma limitação extrema da capacidade de trabalho, pois, ao mesmo tempo, não permite nenhuma espontaneidade na reação desse indivíduo. Vantajoso para um funcionário público, tal traço provará ser prejudicial ao trabalho produtivo e à prática de novas ideias. Daí raramente encontrarem-se caracteres compulsivos entre grandes estadistas. Eles são mais comuns entre cientistas, cujo trabalho não é incompatível com esse traço, muito embora ele impeça totalmente a especulação e se interponha no caminho de descobertas fundamentalmente novas. Isso diz respeito a outro traço de caráter, a tendência sempre presente para o *pensamento minucioso e repetitivo*. Há uma acentuada incapacidade de prestar atenção ao que é racionalmente importante acerca de um objeto e de desprezar seus aspectos superficiais. A atenção distribui-se de maneira uniforme; a questões de importância secundária concede-se o mesmo tratamento dado às que estão no centro de interesses profissionais. Quanto mais patológico e rígido é esse traço, mais a atenção se concentra nas coisas de importância secundária, negligenciando assuntos racionalmente mais importantes. Isso resulta de um processo bem conhecido: o deslocamento de investimentos inconscientes, a substituição de ideias inconscientes, que se tornaram importantes, por assuntos secundários e irrelevantes. Isso faz parte do processo mais amplo de recalque progressivo dirigido contra ideias recalcadas. Em geral, essas ideias, devaneios infantis com coisas proibidas, não podem penetrar a questão verdadeira. Esses pensamentos e devaneios movem-se também ao longo de caminhos prescritos, de acordo com esquemas definidos e historicamente determinados, e dificultam consideravelmente a flexibilidade do pensamento. Em alguns casos, uma capacidade acima da média de pensar de maneira lógica e abstrata compensa essa rigidez. As capacidades críticas – dentro da estrutura da lógica – são mais bem desenvolvidas que as criativas.

 A economia, levada frequentemente ao ponto da avareza, é um traço de caráter em todos os caracteres compulsivos e está intimamente relacionada com os outros que mencionamos. Pedantismo, minuciosidade, tendência para remoer pensamentos de maneira compulsiva e economia, todos provêm de uma única fonte pulsional: o erotismo anal. Em geral, representam os derivados diretos das formações reativas contra as tendências da infância prevalecentes durante o período de aprendizagem do controle dos esfíncteres. Na medida em que essas formações reativas não tiverem sido totalmente bem-sucedidas, existem traços de natureza completamente oposta à dos que já discutimos, que constituem uma parte inerente do caráter compulsivo. Em termos mais concretos, eles representam irrupções das tendências originais. Então temos manifestações de extremo desleixo, incapacidade de poupar dinheiro, pensamentos detalhados apenas dentro de limites circunscritos. Se acrescentarmos a forte paixão de *colecionar* coisas, então o conjunto dos derivados erótico-anais no caráter está completo. Embora possamos facilmente apreender a ligação qualitativa entre esses traços e o interesse nas funções de evacuação, a ligação entre o remoer compulsivo de pensamentos e o erotismo anal não é clara. Apesar de encontrarmos sempre ponderações acerca do lugar de onde vêm os bebês, a transformação do interesse pela defecação numa determinada maneira de pensar, cuja existência é indiscutível, parece estar sujeita a leis desconhecidas. Os estudos de Abraham, Jones, Ophuijsen e outros, baseados no primeiro trabalho de Freud sobre esse assunto, proporcionam a mais completa orientação nesse campo.

Vamos mencionar resumidamente alguns outros traços de caráter que provêm dos impulsos não anais mas sádicos especificamente relativos a essa fase. O caráter compulsivo revela sempre uma acentuada inclinação para reações de *piedade e sentimentos de culpa*. Não se trata, é claro, de uma refutação do fato de que seus outros traços não são exatamente agradáveis aos que convivem com ele. Em seu senso de ordem exagerado, em seu pedantismo etc., sua hostilidade e agressão muitas vezes obtêm uma satisfação imediata. Em conformidade com a fixação do caráter compulsivo na fase sádico-anal do desenvolvimento da libido, encontramos nesses traços todas as formações reativas contra as tendências contrárias originais. Contudo, devemos salientar que só se justifica falar em caráter compulsivo quando está presente o conjunto completo desses traços – não quando alguém é apenas pedante e não revela nenhum dos outros traços de caráter compulsivo. Assim, seria incorreto falar de uma neurose compulsiva quando um caráter histério é metódico ou apresenta pensamento ruminativo.

Embora os traços de caráter que mencionamos até agora sejam manifestações de transformações diretas de certas pulsões parciais, há outros traços típicos que demonstram uma estrutura mais complicada e são o resultado de uma série de forças que interagem. Entre estas temos a *indecisão*, a *dúvida* e a *desconfiança*. Externamente, o caráter compulsivo revela forte *reserva* e *autodomínio*; ele tem má vontade para com os afetos, do mesmo modo que é acentuadamente inacessível a eles. Em geral, mostra-se pouco alterado e morno em suas manifestações de amor ou de ódio. Em alguns casos, isso pode se desenvolver num completo *bloqueio de afetos*.

Esses últimos traços já são mais uma questão de forma do que de conteúdo, e assim nos levam ao nosso tema atual: a dinâmica e a economia do caráter. A reserva e a maneira metódica da vida e do pensamento, ao lado da indecisão, têm, na realidade, uma relação definida com ele e constituem o ponto de partida para nossa análise da forma do caráter. Não podem, como no caso dos traços de caráter imbuídos de um conteúdo específico, provir diretamente de pulsões individuais. Mais precisamente, esses traços dão à pessoa sua qualidade particular. Em análise, constituem o elemento central da resistência de caráter, bem como a tendência de evitar o término de uma situação, incluindo o tratamento analítico. Aprendemos a partir da experiência clínica que os traços de dúvida, desconfiança etc. atuam como uma resistência na análise e não podem ser eliminados até que o acentuado bloqueio de afetos se tenha rompido. Daí que isso mereça nossa atenção especial. Limitaremos nossa discussão àqueles fenômenos que estão expressos como forma, especialmente considerando o fato de que os outros traços são bem conhecidos. Essa investigação é território novo.

Para começar, precisamos refrescar a memória acerca do que se conhece sobre o desenvolvimento da libido do caráter compulsivo. Historicamente, temos uma fixação central na fase sádico-anal, isto é, no segundo ou terceiro ano de vida. Devido aos próprios traços de caráter particulares da mãe, a aprendizagem do controle de esfíncteres é iniciada cedo demais, o que leva a poderosas formações reativas – por exemplo, extremo autocontrole, até mesmo na mais tenra idade. Com a rígida aprendizagem da higiene, desenvolve-se uma poderosa obstinação anal, que mobiliza os impulsos sádicos para se fortalecer. Na neurose compulsiva típica, o desenvolvimento continua até a fase fálica, isto é, a genitalidade é ativada. Contudo, devido em parte às inibições previamente desenvolvidas e em parte à atitude antissexual dos pais, ela é logo abandonada. O grau de desenvolvimento da genitalidade depende do desenvolvimento prévio da analidade e do sadismo na forma de agressão sádico-fálica. Não é necessário dizer que uma criança do sexo masculino sacrificará seus impulsos genitais à angústia de castração – isto é, ela os recalcará – tanto mais prontamente quanto mais agressiva for sua constituição sexual adquirida e quanto mais extensas forem as inibições de caráter e os sentimentos de culpa dos períodos anteriores que influem sobre a nova fase. Eis por que, na neurose compulsiva, a repressão da genitalidade é tipicamente seguida por uma regressão à fase imediatamente precedente de interesse pelas fezes e de agressão. Daí em diante, isto é, durante o chamado "período de latência"[1] – que é especialmente pronunciado no caráter compulsivo –, as formações reativas anais e sádicas tornam-se em geral mais intensas e moldam o caráter de uma forma definida.

Quando a criança chega à puberdade – fase em que é exposta às mais poderosas pressões da maturação física –, terá de repetir brevemente o antigo processo, sem obter a realização das exigências da maturidade sexual, se a couraça do caráter for forte. Em geral, no começo, há violentos ataques de sadismo contra as mulheres (fantasias de bater e violentar etc.), acompanhados por sentimentos de debilidade afetiva e de inferioridade. Esses sentimentos induzem o jovem a compensações narcísicas na forma de empenhos éticos e estéticos fortemente acentuados. As fixações na posição anal e sádica são fortalecidas ou regressivamente reativadas, depois de um avanço breve, quase sempre infrutífero, em relação à atividade genital, o que provoca aperfeiçoamentos adicionais das formações reativas correspondentes. Como resultado desses processos em profundidade, o período puberal e pós-puberal do caráter compulsivo avança de maneira típica, daí sermos capazes de tirar conclusões definidas *a posteriori* acerca desse período. Há, acima de tudo, um impedimento progressivo do desenvolvimento da capacidade emocional, que às vezes imprime sobre a pessoa comum uma marca de "ajustamento" social especialmente bom. Talvez ela própria se sinta "bem adaptada", como de fato, em certo sentido, o é. Contudo, simultaneamente com o bloqueio de afetos, há um sentimento de desolação interior e um desejo intenso "de começar uma nova vida", que em geral ela tenta realizar pelos meios mais absurdos.

Um paciente desse tipo construiu um sistema complicado com o fim de lidar com suas pequenas e grandes tarefas. Ele precisava concluí-las para poder iniciar uma vida nova num dia determinado; foi ao ponto até de calcular o segundo exato em que a nova vida começaria a tomar forma. Como nunca era capaz de cumprir as condições prescritas, tinha sempre de recomeçar.

Como o bloqueio afetivo representa um protótipo das perturbações do caráter compulsivo manifestadas mais como uma "forma" do caráter do que como um "conteúdo" de um traço de caráter, seria conveniente investigar esse fenômeno. Embora ele nos cause a impressão de uma atitude passiva do ego, não é esse o caso absolutamente. Pelo contrário, em quase nenhuma outra formação de caráter

---

1. O período de latência, conforme observamos no desenvolvimento sexual de crianças de povos primitivos, não é um fenômeno biológico, mas sociológico, criado por repressão sexual.

a análise mostra um tão intenso e ávido trabalho de defesa. O que é evitado, e como? O meio típico de recalque do caráter compulsivo é separar os afetos das ideias, muitas vezes permitindo assim a estas últimas emergir na consciência sem interferência. Um paciente desse tipo sonhava e pensava em incesto com a mãe e até mesmo em estupro violento; apesar disso, continuava sem ser afetado. A excitação genital e sádica estava completamente ausente. Se tais pacientes são analisados sem que, ao mesmo tempo, se atente para o bloqueio de afetos, pode-se obter mais material inconsciente – às vezes até mesmo uma fraca excitação –, mas nunca os afetos que corresponderiam às ideias. O que acontece com eles? Quando os sintomas existem, os afetos são parcialmente absorvidos por eles; quando não há sintomas, são principalmente absorvidos pelo próprio bloqueio de afetos. A prova dessa afirmação fica logo evidente quando se consegue romper o bloqueio por meio de isolamento e interpretação consistentes. Se isso for realizado, os afetos procurados reaparecem de modo espontâneo, de início geralmente sob a forma de angústia.

É digno de nota que, no começo, só os impulsos agressivos sejam liberados; os impulsos genitais aparecem muito mais tarde. Assim, podemos dizer que a energia agressiva ligada compõe a camada externa da couraça do caráter. O que a liga? A agressão é ligada com a ajuda de energias erótico-anais. O bloqueio de afetos representa um enorme *espasmo do ego*, que faz uso das condições espasmódicas somáticas. Todos os músculos do corpo, mas especialmente os do assoalho pélvico e da pelve, os músculos dos ombros e da face (note-se fisionomia "dura", quase uma máscara, dos caracteres compulsivos), estão num estado de hipertonia crônica[2]. Isso explica a inaptidão física, tão comum no caráter compulsivo. O ego tomou tendências de contenção anal de camadas recalcadas e colocou-as em uso em seu próprio interesse, como meio de evitar impulsos sádicos. Embora a analidade e a agressão sejam forças paralelas no inconsciente, a analidade, isto é, a contenção, age contra a agressão (e vice-versa) na função de defesa. Assim, a não ser que derrubemos o bloqueio de afetos, também não conseguiremos chegar às energias anais. Lembremo-nos do paciente com bloqueio de afetos que, durante meses, passava a mão na braguilha das calças três vezes, antes de cada sessão, enquanto recitava três vezes a citação de Götz. Era como se quisesse dizer: "Gostaria tanto de matar você, mas tenho de me controlar – assim você sabe o que pode fazer...".

---

2. Cf. a excelente apresentação de Fenichel em: "Über organlibinöse Begleiterscheinungen der Triebabwehr" (Sobre as Manifestações Complementares Organo-Libidinais da Defesa Pulsional) (*Internationalen Zeitschrift für Psychoanalyse*, 1928).

O caráter passivo-feminino também evita a agressão com a ajuda de tendências anais, mas de maneira contrária à do caráter compulsivo. No primeiro, a analidade atua na direção original como um empenho da libido objetal; no segundo, manifesta-se na forma de contenção anal, isto é, já como uma formação reativa. Portanto, no caráter compulsivo puramente desenvolvido, a homossexualidade passiva (que certamente pertence à categoria do caráter histérico) não está tão próxima da superfície nem é tão pouco recalcada como no caráter passivo-feminino.

Como é possível que a contenção anal no caráter tenha ramificações tão extensas, levando os pacientes que dela sofrem a se tornarem máquinas vivas? Não é apenas devido à formação reativa anal. O sadismo ligado no bloqueio de afetos não é somente seu objeto, mas também o meio que ele emprega para evitar a analidade. Assim, os interesses em funções anais são também evitados com a ajuda da energia agressiva. Todas as expressões vivas e afetivas despertam no inconsciente as antigas excitações que nunca se resolveram. O resultado é uma angústia permanente de que aconteça uma desgraça, de que alguma coisa possa impedir o restabelecimento do autodomínio. Observamos que este é o ponto de partida para o esclarecimento do conflito infantil entre a premência de evacuar e a necessidade de reter as fezes, por medo de punição. E aprendemos pela experiência clínica que, se a análise do bloqueio de afetos é feita corretamente, a irrupção do conflito central é obtida, e os investimentos correspondentes são restituídos às posições antigas, o que equivale à dissolução da couraça.

Por meio do bloqueio de afetos, chegamos também à ancoragem afetiva das primeiras identificações e do superego: a ordem de exercer controle, imposta originalmente pelo mundo externo sobre um ego rebelde, é obedecida. Mas essa obediência não para aí; torna-se um modo de reação inflexível e crônico. E isso só pode ser realizado com a ajuda das energias recalcadas do id.

Investigações mais recentes na dinâmica do bloqueio de afetos mostram que dois tipos de impulsos sádicos são consumidos nele. Através da análise sistemática da resistência, eles podem ser extraídos em formas separadas, absolutamente puras. Em geral, o sadismo anal, cujo objetivo é bater, pisar, esmagar etc., é liberado primeiro. Após ter sido trabalhado e as fixações anais terem sido afrouxadas, os impulsos sádico-*fálicos* movem-se cada vez mais para primeiro plano (espetar, perfurar etc.). Isso quer dizer que a regressão é eliminada, e o caminho para o investimento da posição fálica está aberto. Geralmente, nesse momento, a angústia de castração *afetiva* finalmente se torna clara e tem início a análise dos recalques genitais. No caráter compulsivo, a antiga fobia infantil reaparece muitas vezes nessa fase.

Por isso encontramos duas camadas de recalques no caráter compulsivo: a camada externa é composta por impulsos anais e sádicos, ao passo que a camada mais profunda é composta por impulsos fálicos. Isso corresponde à inversão que ocorre no processo de regressão: os impulsos que recebem um novo investimento encontram-se mais próximos à superfície, enquanto os empenhos genitais da libido objetal se encontram profundamente recalcados, "cobertos" por camadas de posições pré-genitais. Essas relações estruturais revelam que seria um sério erro técnico, por meio de interpretações, tornar o paciente afetivamente consciente das fracas manifestações dos empenhos objetais genitais *antes* de se trabalharem as sobreposições. Tudo seria recebido friamente, aparado com dúvida e desconfiança.

Em relação a isso, temos de parar por um momento para refletir sobre a ambivalência e a dúvida. Elas constituem os obstáculos mais sérios à análise se não conseguimos, desde o início, desemaranhar os diversos empenhos que contêm emoções ambivalentes. A ambivalência reflete um conflito entre dois potenciais simultaneamente presentes: um para amar e outro para odiar a mesma pessoa; numa camada mais profunda, é uma inibição dos empenhos libidinais e agressivos pelo medo de punição existente. Se todas as manifestações forem analisadas ao mesmo tempo e de modo indiscriminado, a ambivalência dificilmente será dominada. E isso poderia facilmente levar alguém a admitir que o homem é, biologicamente – isto é, imutavelmente –, ambivalente. Se, por outro lado, continuarmos em harmonia com as relações dinâmicas e estruturais, em breve o ódio passará para primeiro plano e poderá ser resolvido com relativa facilidade pela análise, abrindo assim o caminho à liberação dos empenhos libidinais. O melhor procedimento para realizar essa *separação dos empenhos ambivalentes* é analisar completamente a desconfiança atual logo no começo da análise.

Na presente discussão, tivemos de nos restringir aos traços essenciais do caráter compulsivo, deixando de lado muitos aspectos secundários. É o suficiente, se tivermos conseguido explicar a configuração básica do caráter.

3. O caráter fálico-narcisista

A designação "caráter fálico-narcisista" resultou da necessidade de definir formas de caráter que ficam entre aquelas da neurose compulsiva e as da histeria. Elas apresentam traços definidos que diferem nitidamente, tanto na maneira em que se originam como no modo de se manifestarem, daquelas das outras duas formas, de modo que se justifica a distinção. O termo "caráter fálico-narcisista", algumas vezes citado de modo menos preciso como "caráter narcisista-genital", foi incorporado à terminologia psicanalítica ao longo dos últimos anos. A descrição desse tipo foi mostrada pela primeira vez num trabalho – até então inédito – apresentado à Sociedade Psicanalítica de Viena em outubro de 1926.

O caráter fálico-narcisista difere, até mesmo na aparência externa, do histérico e do compulsivo. O compulsivo é predominantemente inibido, reservado, depressivo; o histérico é nervoso, ágil, dominado pelo medo, excêntrico. Por outro lado, o caráter fálico-narcisista típico é autoconfiante, algumas vezes arrogante, flexível, enérgico e muitas vezes impressionante em seu comportamento. Quanto mais neurótico é o mecanismo interno, mais importunos são esses modos de comportamento e mais espalhafatosamente eles são exibidos. Fisicamente, em geral o caráter fálico-narcisista é predominantemente um tipo atlético, quase nunca astênico e só em casos isolados pícnico (na definição de Kretschmer). Suas feições revelam geralmente linhas masculinas duras e marcadas. Contudo, muitas vezes, apesar de sua compleição atlética, podem apresentar feições femininas e de menina (a chamada "cara de bebê"). O comportamento cotidiano nunca é servil, como no caso do caráter passivo-feminino; é geralmente arrogante, ou friamente reservado ou desdenhosamente agressivo. E por vezes seu comportamento é "eriçado", como disse certa vez um representante desse tipo. O elemento narcísico, em oposição ao elemento da libido objetal, distingue-se na atitude para com o objeto, incluindo o objeto amado, e é sempre infundido de características sádicas mais ou menos disfarçadas.

No dia a dia, o caráter fálico-narcisista geralmente enfrenta qualquer ataque iminente com um ataque próprio. A agressão em seu caráter se expressa menos naquilo que faz e diz do que na maneira como age. Em especial, é considerado totalmente agressivo e provocador por aqueles que não controlam sua própria agressão. Os tipos mais marcantes tendem a alcançar posições de liderança na vida e não estão dispostos a se sujeitar à posição de soldados rasos. Quando é esse o caso, como no exército ou em organizações hierárquicas semelhantes, eles compensam a necessidade de ter de se subordinar dominando aqueles que lhes são inferiores. Se sua vaidade é ofendida, reagem com frio desdém, acentuado mau humor ou agressão direta. Seu narcisismo, em oposição ao de outros tipos de caráter, se expressa de maneira não infantil, e sim espalhafatosamente autoconfiante, com uma ostensiva exibição de superioridade e dignidade, apesar de a base de sua natureza ser não menos infantil do que a dos outros tipos. Uma comparação de sua estrutura com, por exemplo, a de um caráter compulsivo mostra com clareza a diferença entre os narcisismos pré-genital e fálico. Não obstante seu irresistível interesse por si próprios, algumas vezes estabelecem fortes relações com pessoas e coisas do mundo. Nesse aspecto mostram uma grande semelhança com o caráter genital. Diferem deste, contudo, na medida em que suas ações demonstram uma tendência muito mais profunda e ampla para serem influenciadas por motivos irracionais. Esse tipo é encontrado mais frequentemente entre atletas, pilotos, militares e engenheiros. Coragem agressiva é um dos traços mais salientes de seu caráter, assim como a prudência contemporizadora caracteriza o caráter compulsivo e a fuga de situações perigosas, o caráter passivo-feminino. A coragem e combatividade do caráter fálico-narcisista tem, em oposição ao caráter genital, uma função compensatória e servem também para evitar impulsos contrários. Isso não tem nenhuma importância no que toca aos respectivos empreendimentos.

A ausência de formações reativas contra seu comportamento abertamente agressivo e sádico distingue o caráter fálico-narcisista do compulsivo. Teremos de demonstrar que esse comportamento agressivo cumpre uma função de defesa. Por causa da livre agressão nos representantes relativamente não neuróticos desse tipo, as atividades sociais são fortes, impulsivas, enérgicas, relevantes e em geral produtivas. Quanto mais neurótico é o caráter, mais extravagantes e parciais parecem ser as atividades – embora elas não sejam, de fato, tão extravagantes e parciais. Entre essas ações e a criação de sistemas paranoicos ficam as muitas variações desse tipo de caráter. O comportamento do caráter fálico-narcisista difere do apresentado pelo compulsivo em sua demonstração de maior ousadia e de menor preocupação com respeito a pormenores.

Nos homens fálico-narcisistas, a potência eretiva, em oposição à potência orgástica, é muito bem desenvolvida. As relações com mulheres são perturbadas pela atitude típica de menosprezo para com o sexo feminino. Todavia, os representantes desse tipo de caráter são considerados objetos sexuais muito desejáveis, por revelarem todas as marcas de autêntica masculinidade em sua aparência. Embora com frequência muito menor, o caráter fálico-narcisista é encontrado também entre as mulheres. As formas neuróticas caracterizam-se por homossexualidade ativa e excitabilidade clitoriana. As formas genitalmente mais saudáveis caracterizam-se por enorme autoconfiança, que se baseia no vigor físico ou na beleza.

Quase todas as formas de homossexualidade ativa masculina ou feminina, a maioria dos chamados "casos de insanidade moral", a paranoia e as formas correlatas de esquizofrenia e, além disso, muitos casos de eritrofobia e de homens com perversão sádica manifesta pertencem ao tipo de caráter fálico-narcisista. Mulheres produtivas muitas vezes se enquadram nessa categoria.

Voltemos agora nossa atenção para a estrutura e a gênese desse caráter. Antes de tudo, precisamos distinguir os impulsos que obtêm satisfação imediata no comportamento fálico-narcisista dos que formam o aparelho de defesa narcísico, embora ambos estejam interligados. Um aspecto típico extraído pela análise é uma boa identificação entre o ego como um todo e o falo; no caso de mulheres fálico-narcisistas, existe uma forte fantasia de ter um pênis. Além disso, esse ego é abertamente jactancioso. Na eritrofobia, esse impulso é recalcado e irrompe na forma de um sentimento intensamente neurótico de vergonha e rubor. Na base desses casos, e comum a eles, há uma fixação na fase do desenvolvimento infantil em que a posição sádico-anal acabou de ser abandonada, enquanto a posição da libido objetal genital não foi inteiramente atingida, sendo, portanto, governada pela concentração orgulhosa e autoconfiante no próprio pênis. Essa explicação não conta toda a história. O caráter fálico-narcisista caracteriza-se não só por esse orgulho fálico, mas ainda mais pelos motivos que o compelem a ficar preso a essa fase do desenvolvimento.

Junto com o orgulho pelo falo real ou fantasiado, conforme o caso, há uma forte agressão fálica. Inconscientemente, o pênis, no caso do homem desse tipo, serve menos como instrumento de amor do que como instrumento de agressão, descarregando vingança sobre a mulher. Isso explica a forte potência eretiva característica desse tipo, mas também a relativa incapacidade de experiência orgástica. Nas histórias de infância, as frustrações mais profundas no amor são encontradas com surpreendente regularidade – frustrações exatamente com os objetos heterossexuais, isto é, com a mãe, no caso dos meninos, e com o pai, no caso das meninas. E, na realidade, essas frustrações são experimentadas no auge do empenho para conquistar o objeto pela exibição fálica. No caso dos representantes masculinos, a mãe é muitas vezes o progenitor mais rigoroso; ou o pai morreu ainda jovem, ou não casou com a mãe e nunca esteve presente.

A inibição do desenvolvimento ulterior do amor objetal genital na infância, devida a uma profunda frustração das atividades genitais e exibicionistas, no *auge* de seu desenvolvimento, causada pelo ascendente ou tutor em quem os interesses genitais começaram a se concentrar, resulta numa identificação com essa pessoa num nível *genital*. Os meninos, por exemplo, abandonam e introjetam o objeto feminino e mudam seus interesses para o pai (homossexualidade ativa, porque fálica). A mãe se mantém como um objeto desejado, mas apenas com atitudes narcísicas e impulsos sádicos de vingança. Repetidamente, tais homens procuram provar inconscientemente às mulheres como são potentes. Ao mesmo tempo, no entanto, o ato sexual constitui uma penetração (perfuração) ou destruição – mais superficialmente uma degradação – da mulher. Em mulheres fálico-narcisistas, a vingança genital contra o homem (a castração), durante o ato sexual, e a tentativa de torná-lo ou de fazê-lo parecer impotente ficam sendo, analogamente, a tendência principal. Isso certamente não se opõe à atração sexual exercida por esse caráter fortemente erótico sobre o sexo oposto. Por isso, frequentemente nos deparamos com uma incapacidade neuroticamente poligâmica de se apegar ao parceiro, a indução ativa de decepções e a fuga passiva da possibilidade de ser abandonado. Em outros casos, em que a sensibilidade narcísica perturba o mecanismo de compensação, encontramos uma fraca potência, que o indivíduo não admite. Quanto maior o distúrbio da potência, mais instável é a disposição geral. Em tais casos, há repentinas oscilações da disposição de autoconfiança viril para a de depressão profunda. A capacidade de trabalho também é seriamente perturbada.

A atitude fálico-exibicionista e sádica serve ao mesmo tempo como defesa contra tendências diametralmente opostas. O caráter compulsivo, após a frustração genital, regressa à fase anterior de analidade e desenvolve aí formações reativas. O caráter fálico-narcisista permanece na fase fálica – na verdade, exagera suas manifestações –, mas faz isso com a intenção *de se proteger contra um retrocesso às fases anal e passiva*. No decurso da análise desse caráter, encontramos tendências anais e passivas cada vez mais fortes e concentradas, embora ao mesmo tempo rigorosamente evitadas. Contudo, essas tendências não constituem diretamente o caráter. Este é, antes, determinado principalmente pela defesa contra essas tendências na forma de sadismo e exibicionismo fálicos, defesa proveniente de um ego que se tornou fálico-narcisista. Há aqui uma notável diferença entre caráter passivo-feminino e caráter fálico-narcisista. Enquanto o primeiro evita sua agressão e seus impulsos genitais com a ajuda da entrega anal e passiva, o último evita suas tendências anais e homossexuais passivas com a ajuda da agressão fálica. Ouvimos muitas vezes analistas descreverem esse caráter como anal e homossexual passivo. Mas, assim como o caráter passivo-feminino não pode ser designado como fálico-sádico porque evita esses impulsos, o caráter fálico-narcisista também não pode ser descrito como passivo-anal porque domina com êxito esses impulsos em si próprio. O caráter é determinado não por aquilo que evita, mas pela maneira como o faz e pelas forças pulsionais que o ego utiliza para esse fim.

Em casos de insanidade moral, homossexualidade ativa e sadismo fálico, bem como em formas sublimadas desses tipos – por exemplo, atletas profissionais –, essa defesa é bem-sucedida; as tendências evitadas de homossexualidade anal e passiva são apenas expressas em alguns excessos. Por outro lado, em casos de paranoia, as tendências evitadas irrompem na forma de delírios. A eritrofobia está estreitamente relacionada com a forma paranoica desse caráter; o relato de rubor patológico é encontrado com frequência na anamnese da esquizofrenia paranoide. Um paciente que sofre de eritrofobia é vitimado por uma irrupção sintomática da homossexualidade anal e passiva evitada, visto que desiste da masturbação devido à profunda angústia de castração. A estase sexual que se forma enfraquece a função de defesa do ego e afeta a atividade vasomotora. Por outro lado, a homossexualidade ativa, o sadismo fálico e a insanidade moral têm uma forte defesa egoica, desde que haja uma efetiva satisfação da libido. Se, por uma razão ou outra, se interrompe essa satisfação durante algum tempo, a tendência anal e passiva também irrompe nesses casos, quer sintomática, quer abertamente.

Entre os caracteres fálico-narcisistas sádicos, encontram-se muitas vezes viciados, especialmente alcoólatras. Não só a homossexualidade evitada jaz na raiz desses vícios, mas também um outro traço específico desse tipo de caráter, igualmente resultante de frustração fálica. Vamos tomar o caso masculino. Junto com a frustração da exibição fálica e da masturbação provocada pela mãe, há uma identificação com ela. Isso tem um efeito provocador sobre a posição anal recentemente abandonada e, em consequência, sobre o comportamento passivo-feminino, o que é logo compensado por uma acentuação dos impulsos fálico-exibicionistas e agressivos, isto é, masculinos. Contudo, quando a identificação com a mulher tem lugar na fase fálica, a mulher é fantasiada como tendo um pênis, e o pênis do indivíduo é associado ao seio[3]. Portanto, encontramos uma tendência para a felação passiva e ativa nas formas sexualmente ativas desse tipo de caráter, além de uma atitude maternal com relação a homens jovens, no caso do homem, e a mulheres jovens e femininas, no caso da mulher. No alcoolismo, há também uma regressão à posição oral. Assim, os traços típicos do caráter fálico-narcisista estão apagados no alcoólatra.

No caráter fálico-narcisista, as transições entre a forma saudável libidinal objetal, por um lado, e as formas pré-genitais, acentuadamente patológicas, de vícios e depressão crônica, por outro, são muito mais numerosas e variadas do que em outros tipos de caráter. Na psicopatologia, muito se fala acerca da afinidade entre o gênio e o criminoso. Contudo, o tipo que se tem em mente não é um produto nem do caráter compulsivo, nem do histérico, nem do masoquista; provém predominantemente do caráter fálico-narcisista. A maioria dos assassi-

---

3. Cf. os estudos de Böhm e Ladger da homossexualidade ativa.

nos sexuais dos últimos anos pertence a esse tipo de caráter, por exemplo, Haarmann e Kürten. Devido a profundas frustrações amorosas na infância, esses homens realizaram mais tarde a vingança fálico-sádica sobre o objeto sexual. Landru, bem como Napoleão e Mussolini, pertencem ao caráter fálico-narcisista. A combinação do narcisismo fálico com o sadismo fálico, acompanhada pela compensação de impulsos homossexuais anais e passivos, produz essas constituições psíquicas mais fortemente carregadas de energia. Se esse tipo usará sua energia para esforços ativos ou para o crime em larga escala, dependerá em primeiro lugar das possibilidade que o clima e a situação sociais lhe proporcionarem para empregar as energias de uma forma sublimada.

Imediatamente a seguir, em importância, está o grau da satisfação genital, que determina a quantidade de energia excedente que os impulsos destrutivos recebem e, por isso, quão urgente é a necessidade de vingança e quais formas patogênicas esta assume. Ao contrastar as condições sociais e de economia da libido, não queremos obscurecer o fato de que a inibição da satisfação depende também de fatores sociofamiliares. Em termos de suas constituições, essas formas de caráter produzem provavelmente uma quantidade de energia libidinal acima da média, possibilitando, assim, que a agressão se torne tão mais intensa.

O tratamento analítico do caráter fálico-narcisista é uma das tarefas mais gratificantes. Uma vez que, nesses pacientes, a fase fálica foi atingida inteiramente e a agressão está relativamente livre, é mais fácil estabelecer neles uma potência genital e social, assim que as dificuldades iniciais tenham sido dominadas, do que em pacientes de outras formas de caráter. A análise será sempre promissora se o analista conseguir desmascarar as atitudes fálico-narcisistas como formas de evitar os impulsos passivo-femininos e eliminar a atitude inconsciente de vingança para com o sexo oposto. Mas, se isso não acontecer, o paciente permanecerá narcisicamente inacessível. Sua resistência de caráter consiste na depreciação agressiva do tratamento e do analista de uma forma mais ou menos disfarçada, na usurpação narcísica do trabalho de interpretação, na rejeição e na evitação de qualquer impulso passivo e angustiante e, acima de tudo, da transferência positiva. A reativação da angústia fálica só é conseguida através do desmascaramento enérgico e consistente do mecanismo narcísico reativo. Os indícios de passividade e tendências homossexuais anais não devem ser imediatamente buscados em profundidade; de outro modo, a defesa narcísica se fortalecerá, em geral, até o ponto de completa inacessibilidade.

XI

O caráter masoquista

Nota da edição completa americana

Este capítulo foi publicado pela primeira vez no *Internationalen Zeitschrift für Psychoanalyse*, XVIII (1932-33). Ele representa o rompimento clínico de Wilhelm Reich com a teoria freudiana da pulsão de morte. Pela primeira vez, na história da patologia sexual, ficou demonstrado, com base em estudos clínicos, que:

a) os fenômenos usados para substanciar a hipótese da teoria da pulsão de morte podem ser remontados a uma forma específica de angústia de orgasmo;
b) o masoquismo não é uma pulsão biologicamente determinada; pelo contrário, uma pulsão *secundária* no sentido econômico-sexual, isto é, o resultado de um recalque de mecanismos sexuais naturais;
c) não existe um empenho biológico pelo desprazer; por isso, não há nenhuma pulsão de morte.

Em 1933, este trabalho foi incorporado à *Análise do Caráter* de Wilhelm Reich.

Nos anos seguintes à sua publicação, partes deste esclarecimento do problema do masoquismo foram adotadas por vários psicanalistas, sem menção à fonte. Contudo, ninguém apresentou ou discutiu o elemento *central* do problema, ou seja, a inibição masoquista *específica* da função do orgasmo, que se tornou manifesta como um *medo de morrer* ou de *estourar*. Por isso, a solução do problema do masoquismo permaneceu sendo realização científica exclusiva da economia sexual.

A publicação deste ensaio em 1932 foi acompanhada por alguns acontecimentos cruciais. Freud, como editor da *Internationalen Zeitschrift für Psychoanalyse*, só permitiria que o artigo aparecesse na revista com a condição de que fosse acompanhado de uma nota editorial esclarecendo que Wilhelm Reich escrevera o artigo contra a teoria da pulsão de morte "a serviço" do Partido Comunista. Diversos analistas de Berlim rejeitaram esse disparate e sugeriram que o ensaio fosse publicado juntamente com uma *réplica*. Essa réplica foi escrita por Siegfried Bernfeld e apareceu na mesma edição com o título de "Die Kommunistische Diskussion der Psychoanalyse" (A Discussão Comunista da Psicanálise). Contudo, suas mais de trinta páginas nada apresentavam sobre o problema do masoquismo; em vez disso, o autor discutia as contribuições de Wilhelm Reich para a sociologia marxista, rejeitando-as radicalmente. Em outras palavras, dado que os argumentos clínicos de Reich eram incontestáveis, tentou-se desacreditar sua teoria do masoquismo, atribuindo-a a motivos políticos e emocionais.

Essa tentativa foi um fracasso total. Deixemos que o leitor decida se essa teoria se baseia em investigações e dados clínicos ou se foi motivada por interesses políticos e ideológicos. É necessário salientar que a explicação econômico-sexual do problema do masoquismo, isto é, a refutação clínica da teoria da pulsão de morte, representa um grande passo à frente na compreensão das neuroses. Pois agora já não é mais possível atribuir o sofrimento humano a uma imutável "vontade biológica de sofrer", isto é, a uma "pulsão de morte", mas a *influências sociais funestas ao aparelho biopsíquico*. E isso abriu o caminho a uma crítica das condições sociais causadoras de neuroses, um caminho antes bloqueado pela hipótese de uma vontade biológica de sofrer.

A solução econômico-sexual do problema do masoquismo proporcionou também um acesso à base biológica das neuroses. Na verdade, o medo de "estourar" – que caracteriza o masoquismo – levou à compreensão do aparelho vital vegetativo (de início apenas especulativamente, mas depois como uma teoria viável)[1].

A publicação deste ensaio hoje é tão justificada como o era há doze anos. O fato de que nenhuma das afirmações feitas contra a teoria do masoquismo de Reich naquela época poderia ser publicada hoje é característico de certos tipos de crítica pretensamente científica: elas não têm mais validade; pertencem ao passado morto.

---

1. Cf. Reich: *A Descoberta do Orgone*, vol. I, *A Função do Orgasmo*, cap. VII.

1. Resumo de opiniões

Dado que a caracterologia analítica pressupõe certas ideias acerca das pulsões, selecionamos as pulsões masoquistas para ilustrar um tipo especial de caráter neurótico.

A sexologia pré-psicanalítica era essencialmente da opinião de que a tendência de encontrar satisfação na exposição à dor ou à degradação moral constituía masoquismo, considerado este um anseio pulsional especial. Havendo uma ausência de prazer em ambos os objetivos, houve desde o começo um problema acerca da natureza do masoquismo: como pode alguma coisa desagradável se tornar impulsivamente desejada e até mesmo proporcionar satisfação? Recorrer à terminologia técnica é apenas adiar a explicação; o termo "algolagnia" supostamente explicava que se quer obter prazer em apanhar e no aviltamento. Alguns autores se aproximaram da verdade ao contestarem a noção de que o masoquista deseja realmente apanhar, argumentando que o apanhar em si exerce apenas um papel intermediário na experiência da autodegradação prazerosa (Kraft-Ebing). Seja como for, a fórmula essencial continuava sendo: *o que a pessoa comum sente como desagradável é percebido pelo masoquista como agradável ou, pelo menos, serve como fonte de prazer.*

A investigação psicanalítica do conteúdo latente e da dinâmica do masoquismo, tanto em seus componentes morais como erógenos, produziu uma abundância de novos conhecimentos[2]. Freud descobriu que o masoquismo e o sadismo não são opostos absolutos, que um anseio pulsional nunca está presente sem o outro. Masoquismo e sadismo aparecem como um par antitético; um pode se transformar repentinamente no outro. Trata-se, assim, de uma questão de antítese dialética, que é determinada pela inversão de uma atitude ativa numa atitude passiva, embora o conteúdo ideativo permaneça o mesmo[3]. A teoria freudiana do desenvolvimento pulsional distingue, ademais, as três fases da sexualidade infantil (oral, anal e genital) e, de início, relegou o sadismo à fase anal. Mais tarde descobriu-se que cada fase do desenvolvimento sexual se caracteriza por uma forma correspondente de agressão sádica. Seguindo de perto esse problema, consegui encontrar em cada uma dessas três formas de agressão sádica uma reação do aparelho psíquico à frustração específica do impulso libidinal

---

2. Um resumo crítico completo dos resultados analíticos encontra-se em Fenichel: *Perversionem, Psychosen, Charakterstorungen* (Perversões, Psicoses e Problemas de Caráter), Internationaler Psychoanalytischer Verlag, 1931, pp. 37 ss.
3. Freud, "Trieber und Triebschicksale", *Ges Schr.*, vol. V, p. 453. ("Os Instintos e suas Vicissitudes", ESB, vol. XIV, pp. 137-162).

parcial correspondente. De acordo com esse conceito, o sadismo de cada fase resulta da mistura entre a própria exigência sexual e o impulso destrutivo contra a pessoa responsável pela sua frustração[4]: *sadismo oral* (frustração da sucção › impulso destrutivo, morder); *sadismo anal* (frustração do prazer anal › esmagar, pisar, bater); *sadismo fálico* (frustração do prazer genital › penetrar, perfurar). Esse conceito correspondia totalmente à formulação original de Freud de que os sentimentos destrutivos (cuja causa mais frequente é a inibição de uma pulsão) são dirigidos inicialmente contra o mundo externo e só mais tarde se voltam contra a própria pessoa, ou seja, quando eles também são inibidos pela frustração e pelo medo, terminando em autodestruição. O sadismo torna-se masoquismo quando se volta contra a própria pessoa[5]; o superego (o representante da pessoa responsável pela frustração ou, em outras palavras, o representante das exigências sociais

---

4. Reich, "Über die Quellen der neurotischen Angst" (Sobre as Fontes da Angústia Neurótica), *Internationalen Zeifschrift für Psychoanalyse*, XI (1926), p. 427.

5. "... o termo 'masoquismo' compreende qualquer atitude passiva em relação à vida sexual e ao objeto sexual, parecendo ser seu caso extremo aquele em que a satisfação se condiciona ao sofrimento de dor física ou psíquica em mãos do objeto sexual... pode-se duvidar de início se ele sempre ocorre como um fenômeno primário ou, ao contrário, ele invariavelmente surge como uma transformação do sadismo." (Freud, "Drei Abhandlungen zur Sexualtheorie", *Ges. Schr.*, vol. V, p. 31; trad. bras. de José Luís Meurer, in "Três Ensaios sobre a Teoria da Sexualidade", ESB, vol. VII. p. 160.)

No caso do par de opostos sadismo-masoquismo, o processo pode ser representado da seguinte maneira:

(a) O sadismo consiste no exercício de violência ou poder sobre uma outra pessoa como objeto.

(b) Esse objeto é abandonado e substituído pelo eu do indivíduo. Com o retorno em direção ao eu efetua-se também a mudança de uma finalidade instintual (*Triebziel*) ativa para uma passiva.

(c) Uma pessoa estranha é mais uma vez procurada como objeto; essa pessoa, em consequência da alteração que ocorreu na finalidade instintual (*Triebziel*), tem de assumir o papel do sujeito.

O caso (c) é o que comumente se denomina de masoquismo. Também aqui a satisfação segue o caminho do sadismo original, voltando o ego passivo, em fantasia, ao seu papel inicial, que foi agora, de fato, assumido pelo sujeito estranho. Se existe, além disso, uma satisfação masoquista mais direta, é muito duvidoso. Um masoquismo primário, não derivado do sadismo na forma que descrevi, não parece ser encontrado. (Freud, "Trieb und Triebschicksale", *Ges. Schr.*, vol. V, pp. 453-4; trad. bras. de José Luís Meurer, in "Os Instintos e suas Vicissitudes", ESB, vol. XIV, pp. 148-9.)

Para começar, para haver confirmação do ponto de vista de que o masoquismo não é a manifestação de um instinto (*Trieb*) primário, mas se origina do sadismo que foi voltado contra o eu (self)... Pode-se ter como certo que os instintos (Trieb) com propósito passivo existem... A passividade, contudo, não é a totalidade do masoquismo. A característica do desprazer também pertence a ele – um desconcertante acompanhamento para a satisfação de um instinto (*Trieb*). (Freud, "Ein Kind Wird geschlagen", *Ges. Schr.*, vol. V, p. 361; trad. bras. de José Luís Meurer, in "Uma Criança é Espancada", ESB, vol. XVII, pp. 241-2.)

no ego) torna-se o agente da punição em relação ao ego (consciência). O sentimento de culpa resulta do conflito entre o empenho amoroso e o impulso destrutivo.

O conceito de que o masoquismo é uma formação secundária foi mais tarde abandonado pelo próprio Freud em favor de outro, segundo o qual o sadismo era masoquismo dirigido para o mundo externo. Nessa nova formulação, supunha-se haver uma tendência *biológica primária* para a autodestruição, um masoquismo *primário* ou erógeno[6]. A afirmação de Freud baseava-se na hipótese mais fundamental de uma "pulsão de morte", postulada como a antítese de eros. Assim, considerava-se o masoquismo primário a manifestação independente da pulsão de morte de base biológica, baseada nos processos de diferenciação em cada célula do organismo (também "masoquismo erógeno")[7].

Os expoentes da hipótese da pulsão de morte fizeram todos os esforços para sustentar suas hipóteses, chamando a atenção para os processos fisiológicos de decomposição. Contudo, não se encontrou qualquer comprovação convincente. Um artigo recente tomando posição *a favor* da realidade da pulsão de morte merece especial atenção, porque aborda o problema clinicamente e oferece argumentos fisiológicos que, à primeira vista, fazem parar para pensar. Therese Benedek[8] baseia seus argumentos nos estudos de Ehrenberg. Este biólogo descobriu que mesmo no protozoário não estruturado pode-se encontrar um processo autocontraditório. Certos processos no protoplasma não só determinam a assimilação dos alimentos, mas levam, ao mesmo tempo, à precipitação de substâncias previamente existentes em solução. A primeira formação de uma estrutura da célula é irreversível, visto que substâncias dissolvidas se tornam sólidas, insolúveis. Aquilo que assimila faz parte do processo de vida; aquilo que passa a existir através da assimilação é uma alteração na célula, uma estruturação mais elevada que, de um certo ponto em diante, quando predomina, já não é mais vida, e sim morte. Isso faz sentido especialmente quando pensamos na calcificação dos tecidos na velhice. Mas esse mesmo argumento contesta a hipótese de uma *tendência* para a morte. Aquilo que se tornou fixo e imóvel, isto é, o que fica para trás, como

---

6. "Estando-se preparado para desprezar uma pequena falta de exatidão, pode-se dizer que o instinto de morte (*Todestrieb*) operante no organismo – sadismo primário – é idêntico ao masoquismo." (Freud, "Das Okonomische Problem des Maschismus", *Ges. Schr.*, vol. V, p. 380; trad. bras. de José Luís Meurer, in "O Problema Econômico do Masoquismo", ESB, vol. XIX, p. 205.)
7. Freud, "Jenseits des Lustprinzips", *Ges. Schr.*, vol. VI ("Além do Princípio do Prazer", ESB, vol. XVII.)
8. "Todestrieb und Angst" (Pulsão de Morte e Angústia), *Internationalen Zeitschrift für Psychoanalyse*, XVII, 1931.

a escória do processo vital, atrapalha a vida e sua função principal: a alternância entre tensão e relaxamento, o ritmo básico do metabolismo no atendimento à necessidade de alimento e satisfação sexual. Essa perturbação do processo vital é a antítese exata do que sabemos ser a característica fundamental da pulsão. O processo de enrijecimento quebra cada vez mais o ritmo de tensão e relaxamento. Para aceitar esses processos como a base de uma pulsão, teríamos de modificar nosso conceito de pulsões.

Se, além disso, a angústia fosse a expressão da "pulsão de morte liberada", seria ainda preciso explicar como é que "estruturas fixas" podem se tornar livres. A própria Benedek diz que consideramos a estrutura, isto é, aquilo que está firmemente solidificado, como algo inimigo da vida apenas quando predomina e inibe o processo vital.

Se os processos de formação de estruturas são sinônimos da pulsão de morte; se, além disso, como Benedek afirma, a angústia corresponde à percepção interna desse enrijecimento preponderante, isto é, morte – então teremos de admitir também que a angústia está ausente na infância e na adolescência, aparecendo com a idade. Trata-se exatamente do contrário. É justamente nos períodos de florescimento sexual que a função da angústia se evidencia de modo mais intenso, por causa da condição de inibição. De acordo com essa hipótese, também encontraríamos o medo da morte nos seres humanos satisfeitos, porque também eles estão sujeitos ao mesmo processo biológico de decomposição dos insatisfeitos.

Acompanhando consistentemente a teoria freudiana da angústia atual, consegui alterar a fórmula original – a angústia surge através da conversão da libido – para: a angústia é um fenômeno do mesmo processo de excitação no sistema vaso-vegetativo, advindo que, no sistema sensorial, é percebido como prazer sexual[9].

A observação clínica nos ensina que, de início, a angústia não é nada mais do que uma sensação de aperto, uma condição de estase (angústia = *angustiae*); medos (perigos imaginados) só se tornam angústias emocionalmente carregadas quando ocorre essa estase específica. Se se confirmasse que as restrições socialmente impostas à satisfação sexual aceleram a estase sexual que acompanha os processos de formação de estrutura, acelerando assim também o processo da morte, isso não seria prova de que a angústia deriva desses processos; serviria apenas para demonstrar como é prejudicial à vida a moralidade que nega o sexo.

Essa nova formulação do conceito de masoquismo provoca automaticamente uma mudança na fórmula etiológica da neurose. O signi-

---

9. Cf. Reich: *A Função do Orgasmo*, cap. IV.

ficado essencial da convicção original de Freud era que o desenvolvimento psíquico se realiza com base no conflito entre a pulsão e o mundo externo. Seguiu-se um segundo conceito, que não anulou o primeiro, é verdade, mas reduziu muito sua importância. O conflito psíquico passou a ser concebido como o resultado do conflito entre eros (sexualidade, libido) e a pulsão de morte (impulso de autodestruição, masoquismo primário).

A base clínica para essa hipótese, que desde o princípio levantou as mais profundas dúvidas, era o fato peculiar e verdadeiramente enigmático de que certos pacientes pareciam não querer desistir de seu sofrimento, e procuravam repetidamente situações desagradáveis. Isso contradizia o princípio do prazer. Assim, tinha-se de admitir que havia uma intenção interna, dissimulada, de manter o sofrimento ou de reexperimentá-lo[10]. Permanecia a dúvida de como se devia conceber essa "vontade de sofrer": como uma tendência biológica primária ou como uma formação secundária do organismo psíquico. Era possível determinar uma necessidade de punição que – de acordo com a hipótese da pulsão de morte – aparecia para satisfazer, através do sofrimento autoinfligido, as exigências de um sentimento inconsciente de culpa. Após a publicação de *Além do Princípio de Prazer*, a literatura psicanalítica, tendo como seus expoentes máximos Alexander, Reik e Nunberg, modificou, sem se ter dado conta disso, a fórmula do conflito neurótico[11]. Originalmente, dizia-se que a neurose resultava do conflito entre a pulsão e o mundo externo (libido – *medo de punição*). Agora afirma-se que a neurose resulta do conflito entre a pulsão e a *necessidade* de punição (libido – *desejo* de punição, isto é, o oposto exato do que se dizia anteriormente[12]). Esse conceito estava em perfeita harmonia com

---

10. "O próprio sofrimento é o que importa." "A satisfação desse sentimento inconsciente de culpa é talvez o mais poderoso bastião do indivíduo no lucro (geralmente composto) que aufere da doença – na soma de forças que lutam contra o restabelecimento e se recusam a ceder seu estado de enfermidade. O sofrimento acarretado pelas neuroses é exatamente o fator que as torna valiosas para a tendência masoquista." (Freud, "Das Ökonomische Problem des Masochismus", *Ges. Schr.*, vol. V, p. 381; trad. bras. de José Luís Meurer, in "O Problema Econômico do Masoquismo", ESB, vol. XIX, pp. 206-7.)

11. A teoria da pulsão de morte domina a literatura psicanalítica hoje em dia. O próprio Freud, numa palestra há alguns anos, descreveu a teoria da pulsão de morte como uma hipótese existente fora da experiência clínica. No final de *Além do Princípio de Prazer* lemos: "Devemos estar prontos, também, para abandonar um caminho que estivemos seguindo por certo tempo, se parecer que ele não leva a qualquer bom fim". Contudo, a hipótese tornou-se uma "teoria" clínica; não apenas não se desistiu dela – ela não conduziu a nada de bom. Alguns analistas até afirmaram ter observado diretamente a pulsão de morte.

12. "O núcleo de toda a psicologia da neurose está contido na afirmação de que a culpa pode ser reparada através de punição, de sofrimento" (Alexander, "Neurose und

a nova teoria das pulsões, baseada na antítese entre eros e a pulsão de morte. Essa nova teoria remontou o conflito psíquico aos elementos internos e diminuiu, cada vez mais, o papel supremo do mundo externo, frustrante e punitivo[13]. Na teoria original, dizia-se que o sofrimento provinha "do mundo externo, da sociedade". Agora se diz que deriva "da vontade biológica de sofrer, da pulsão de morte e da necessidade de punição". Essa nova formulação bloqueou o difícil caminho para a *sociologia* do sofrimento humano, à qual a fórmula psicológica original acerca do conflito psíquico proporcionou considerável progresso. A teoria da pulsão de morte, isto é, a teoria das pulsões biológicas autodestrutivas, leva a uma filosofia cultural do sofrimento humano como em *Das Unbehagen in der Kultur* (*O Mal-Estar na Civilização*). Afirma-se que o sofrimento humano é inextirpável porque os impulsos destrutivos e os impulsos empenhados na autodestruição não podem ser dominados[14]. Por outro lado, a formulação original do conflito psíquico leva a uma crítica do sistema social.

Na mudança da fonte de sofrimento do mundo externo, da sociedade, para o mundo interno, e em sua redução a uma tendência biológica, um dos princípios originais e fundamentais da psicologia analítica, o do "prazer-desprazer", foi severamente enfraquecido. Esse princípio é uma lei básica do aparelho psíquico, segundo a qual *o prazer é procurado* e o *desprazer, evitado*. No conceito anterior, o prazer e o desprazer – ou, em outras palavras, a reação psíquica a estímulos prazerosos ou desprazerosos – determinavam o desenvolvimento psíquico e as reações psíquicas. O "princípio de realidade" não era a *antítese* do princípio do prazer; apenas implicava que, no curso do desenvolvimento e devido à influência do mundo externo, o aparelho psíquico tinha de se habituar a adiar ganhos de prazer momentâneos e abandonar alguns por completo. Esses "dois princípios de funcionamento psíquico"[15] só podiam ser válidos caso o masoquismo fosse considerado

---

Gesamtpersönlichkeit" (Neurose e Personalidade Global), *Internationalen Zeitschrift für Psychoanalyse*, XII (1926), p. 342).

"A neurose, que se baseia essencialmente num conflito entre a exigência da pulsão e a necessidade de punição..." (Reik).

13. Esse conceito encontrou os mais fortes defensores no grupo inglês da Sociedade Psicanalítica Internacional.

14. "A questão fatídica para a espécie humana parece-me ser saber se, e até que ponto, seu desenvolvimento cultural conseguirá dominar a perturbação de sua vida comunal causada pelo instinto humano de agressão (*Agressionstrieb*) e autodestruição (*Selbstvernichtungstrieb*)." (Freud, "Das Unbehagen in der Kultur", p. 136; trad. bras. de José Luís Meurer, in "O Mal-Estar na Civilização", ESB, vol. XXI, p. 170.)

15. Freud, "Formulierungen über die zwei Prinzipien des psychischen Geschehens", *Ges. Schr.*, vol. V (*Formulações sobre os Dois Princípios do Funcionamento Mental*", ESB, vol. XII).

um desejo de sofrer que surge de uma inibição da tendência para infligir dor ou sofrimento a outra pessoa – ou seja, se fosse considerado um sadismo invertido. Assim concebido, o masoquismo estava totalmente dentro do esquema do princípio do prazer, embora persistisse o problema de como é que o sofrimento pode ser prazeroso. Desde o princípio, isso contradizia a natureza e o significado da função do prazer. Embora fosse possível compreender como é que o prazer insatisfeito ou inibido podia se transformar em *desprazer*, era difícil compreender como é que o *desprazer* podia se tornar prazer. Em resumo, até mesmo o conceito original do princípio do prazer geralmente aceito não resolvia o enigma fundamental do masoquismo, pois dizer que este consistia no prazer obtido a partir do *desprazer* não explicava nada.

O postulado de uma "compulsão à repetição" foi aceito pela maioria dos analistas como uma solução satisfatória para o problema do sofrimento. Ajustava-se muito bem à hipótese da pulsão de morte e à teoria da necessidade de punição, mas era muito questionável por dois motivos. Primeiro, invalidava o sólido princípio do prazer, válido tanto em termos heurísticos como clínicos. Segundo, introduzia na teoria empiricamente bem-fundamentada do princípio do prazer-*desprazer* um elemento indiscutivelmente metafísico, uma hipótese não provada e "improvável" que causou muita confusão desnecessária no desenvolvimento da teoria analítica. Afirmava-se ser uma compulsão biológica repetir situações desprazerosas. O "princípio da compulsão à repetição" não tinha grande importância se concebido como um princípio biológico fundamental, pois, enquanto tal, era apenas um grupo de palavras. A formulação do princípio do prazer-*desprazer*, por outro lado, podia se apoiar nas leis fisiológicas de tensão e relaxamento. Enquanto se entendia que a compulsão à repetição significava a lei segundo a qual toda pulsão luta para estabelecer o estado de repouso e, além disso, para reexperimentar prazeres anteriormente desfrutados, não havia nada a objetar. Assim entendida, essa formação constituía um valioso suplemento à nossa compreensão do mecanismo de tensão e relaxamento. Concebida dessa maneira, a compulsão à repetição enquadra-se totalmente dentro da estrutura do princípio do prazer; na verdade, este por si mesmo a explica. Em 1923, de modo meio inadequado, defini a pulsão como a característica de o prazer ter de ser repetido[16]. Assim, *dentro* da estrutura do princípio do prazer, a compulsão à repetição é uma hipótese teórica importante. Contudo, foi justamente *para além* do princípio do prazer que o princípio da

---

16. Reich, "Zur Trieb-Energetik" (Sobre a Energética Pulsional), *Zeitschrift für Sexualwissenschaft*, vol. X, cad. 4, 1923.

compulsão à repetição ganhou sua formulação mais importante, como uma hipótese para a explicação de fatos para os quais o princípio do prazer era supostamente insuficiente. Não era possível provar clinicamente que a compulsão à repetição fosse uma tendência *primária* do aparelho psíquico. Supostamente, ela explicaria muita coisa e, todavia, ela própria não pôde ser provada. Levou muitos analistas a aceitarem que havia uma *ananke* supraindividual. Isso era supérfluo como explicação da tendência para restabelecer o estado de repouso, porque essa tendência é inteiramente explicada com base na função da libido de produzir um relaxamento. Esse relaxamento, em todas as esferas da pulsão, não é senão o estabelecimento do estado original de repouso e está implícito no conceito de pulsão. Devemos salientar, de passagem, que até mesmo a hipótese de um empenho biológico que busca a morte se torna supérfluo, quando temos em mente que a involução fisiológica do organismo, sua morte gradual, começa assim que a função do aparelho sexual, a fonte da libido, enfraquece. Por isso, a morte não precisa ser baseada em outra coisa que não a cessação gradual do funcionamento do aparelho vital.

O problema clínico do masoquismo, mais do que qualquer coisa, exigia uma solução, e levou à infeliz hipótese de uma pulsão de morte, de uma compulsão à repetição para além do princípio do prazer e de uma necessidade de punição como a *base* do conflito neurótico. Numa polêmica dirigida contra Alexander[17], que com essa hipótese elaborou toda uma teoria da personalidade, procurei reduzir a teoria da necessidade de punição à perspectiva adequada. Mesmo no que diz respeito à vontade de sofrer, fiei-me na velha teoria do masoquismo como a explicação final possível. A questão de como se pode lutar pelo *desprazer*, isto é, de como ele pode se tornar prazer, já andava no ar, mas eu não tinha nenhuma contribuição a fazer naquela altura. Nem a hipótese de um masoquismo erógeno, de uma disposição específica de erotismo da pele e das nádegas para perceber a dor como agradável (Sadger) satisfazia, pois de que forma poderia o erotismo das nádegas estar relacionado com a percepção da dor como prazer? E por que é que o masoquista sentia como prazer o que os outros sentiam como doloroso e desagradável na mesma zona erógena? O próprio Freud desvendou parcialmente essa questão. Na fantasia "Ein Kind wird geschlagen", ele desvendou a situação agradável original: "Não eu, mas meu rival, está

---

17. Reich, "Strafbedürfnis und neurotischer Prozess, Kritische Bemerkungen zu neueren Auffassungen des Neurosenproblems" (Necessidade de Castigo e Processo Neurótico, Considerações Críticas sobre Concepções mais Recentes do Problema Neurótico), *Internationalen Zeitschrift für Psychoanalyse*, XIII (1927).

sendo espancado"[18]. Mas isso não respondeu à questão de por que é que o fato de ser espancado era acompanhado de prazer. Todos os masoquistas declaram que o prazer está associado à fantasia de ser espancado ou à autoflagelação real; que eles só conseguem sentir prazer ou obter excitação sexual com essa fantasia.

Longos anos de pesquisa de casos de masoquismo não trouxeram nenhuma solução. Só quando comecei a duvidar da veracidade e exatidão das afirmações dos pacientes é que, por fim, um raio de luz rompeu a escuridão. Não pude deixar de me surpreender, não obstante os longos anos de trabalho analítico, com quão pouco se tinha aprendido a analisar a experiência masoquista do prazer em si mesma. Investigando em profundidade a função do prazer no masoquista, deparei-me repentinamente com um fato curioso que, de início, foi muito enigmático, mas que ao mesmo tempo proporcionou um esclarecimento completo da economia sexual e, consequentemente, da base específica do masoquismo. O surpreendente, e ao mesmo tempo enigmático, foi que a fórmula segundo a qual o masoquista sente o *desprazer* como prazer provou ser incorreta. Ao contrário, o mecanismo específico de prazer do masoquista consiste exatamente em que, embora ele busque o prazer como qualquer outra pessoa, um mecanismo perturbador leva esse esforço ao fracasso. Isso, por sua vez, o induz a *perceber sensações que são experimentadas como prazerosas pela pessoa normal, e como desprazerosas quando excedem uma certa intensidade*. O masoquista, longe de buscar o *desprazer*, demonstra *forte intolerância a tensões psíquicas* e sofre uma *superprodução de desprazer* em termos quantitativos, não encontrada em qualquer outra neurose.

Ao discutir o problema do masoquismo, não quero partir – como é costume – da perversão masoquista, mas de sua base de reação no caráter. Para ilustrar isso, utilizarei um paciente que esteve em análise durante quase quatro anos. Seu caso proporcionou respostas a perguntas que vários casos anteriores haviam deixado não respondidas. Esses casos só foram compreendidos em retrospectiva a partir dos resultados deste, que serve aqui como exemplo.

2. O encouraçamento do caráter masoquista

Muito poucos caracteres masoquistas desenvolvem uma perversão masoquista. Dado que uma compreensão da economia sexual do masoquista só pode ser atingida através de uma compreensão de suas

---

18. Freud, "Ein Kind wird geschlagen", *Ges. Schr.*, vol. V ("Uma Criança é Espancada", ESB, vol. XVII).

reações de caráter, procuraremos, em nossa apresentação, o caminho geralmente seguido em toda psicanálise em que o analista não se satisfaz com uma explicação teórica do caso, mas quer que o paciente alcance a primazia genital com potência orgástica.

Toda formação do caráter, como já apontamos, realiza duas funções: primeiro, o encouraçamento do ego contra o mundo externo e contra as exigências pulsionais; segundo, a função econômica, isto é, o consumo da energia sexual excedente produzida pela estase sexual – basicamente, portanto, a ligação da angústia que é continuamente produzida. Se bem que isso seja válido para toda formação de caráter, o modo pelo qual essas funções básicas são realizadas pelo ego é específico, isto é, difere conforme a natureza da neurose. Nesse processo, cada tipo de caráter desenvolve seu próprio mecanismo. É desnecessário dizer que não basta conhecer a função básica do caráter do paciente (defesa e ligação da angústia); é preciso aprender, no menor tempo possível, de que maneira específica o caráter realiza essa tarefa. Dado que o caráter liga as partes essenciais da libido (ou angústia); dado que, além disso, temos de liberar esses elementos essenciais da energia sexual de seu entrincheiramento crônico no caráter e canalizá-los para o aparelho genital e para o sistema de sublimação, penetramos – sob necessidade terapêutica e com a ajuda da análise do caráter – no elemento central da função do prazer.

Vamos resumir os traços relevantes do caráter masoquista. Eles são encontrados individualmente em todos os caracteres neuróticos e não se distinguem em sua totalidade como um caráter masoquista, a não ser no caso de todos convergirem e determinarem predominantemente o tom fundamental da personalidade e suas reações típicas. Um traço de caráter masoquista típico é um sentimento subjetivo crônico de *sofrimento* que se manifesta objetivamente e se distingue como uma *tendência para se queixar*. Traços adicionais do caráter masoquista são tendências crônicas de *infligir dor a si próprio e de se autodepreciar* ("masoquismo moral") e uma intensa paixão por *atormentar* os outros, com o que o masoquista não sofre menos que seu objeto. Comum a todos os caracteres masoquistas é um *comportamento atávico, desajeitado, especialmente prevalecente nos gestos habituais e nas relações com pessoas*. Em alguns casos, esses traços podem se acentuar até assemelhar-se a uma pseudodeficiência mental. Outros traços de caráter estão algumas vezes presentes, mas não causam qualquer mudança notável no quadro geral.

O importante é que, em alguns casos, essa síndrome neurótica de caráter se apresenta abertamente, enquanto em outros se esconde atrás de uma máscara superficial.

Como acontece com todas as outras atitudes de caráter, a atitude masoquista reflete-se não só no comportamento em relação a um objeto, mas também dentro do próprio masoquista. As atitudes originalmente dirigidas para os objetos são também (e isto é frequentemente importante) mantidas para os objetos introjetados, para o superego. O que de início era externo, e depois foi internalizado, tem de ser exteriorizado de novo na transferência analítica. O comportamento do paciente para com o analista, na transferência, repete o que foi adquirido em relação ao objeto na infância. Em termos de história genética, é irrelevante que, nesse meio-tempo, o mesmo mecanismo também atuava dentro do ego.

O paciente cuja análise seguiremos em seus aspectos essenciais, sem entrar nos pormenores de sua doença, começou o tratamento com as seguintes queixas: era totalmente incapaz de trabalhar e socialmente apático desde os dezesseis anos. Na esfera sexual, havia uma grave perversão masoquista. Nunca se interessara por relações sexuais com garotas, mas se masturbava todas as noites, durante horas, na forma característica da estrutura libidinal pré-genital. De bruços espremia e apertava o pênis, enquanto imaginava que um homem ou uma mulher batia nele com um chicote. Em resumo, não se masturbava da maneira normal, isto é, excitando o pênis por fricção regular, mas amassando--o, apertando-o entre as coxas, esfregando-o entre as palmas das mãos etc. *Quando sentia que estava prestes a ejacular, detinha-se e esperava até que a excitação abrandasse, para depois começar de novo.* Masturbava-se dessa maneira noite após noite, muitas vezes também durante o dia, até que, por fim, completamente exausto, consentia uma ejaculação na qual o sêmen não esguichava ritmicamente, apenas escorria. Depois disso sentia-se quebrado, extremamente cansado, incapaz de fazer qualquer coisa, mal-humorado, "masoquista", atormentado. Era-lhe muito difícil se arrastar para fora da cama, de manhã. Apesar de um esmagador sentimento de culpa, não conseguia acabar com essa "vadiagem na cama". Mais tarde descreveu tudo como "pântano masoquista". Quanto mais se rebelava, menos conseguia se livrar desse "estado de ânimo masoquista" e mais profundamente era subjugado por ele. Quando começou a análise, essa espécie de experiência sexual já durava anos. Os efeitos sobre sua personalidade e sobre sua vida emocional tinham sido devastadores.

Minha primeira impressão foi a de um homem que mal conseguia levar a vida adiante, mesmo empregando toda sua energia. Na verdade, fazia um esforço tremendo para parecer bem-educado e ajustado, assumia uma postura nobre e falava de seus planos; queria ser matemático. Na análise, essa ambição mostrou ser uma ilusão intricadamente elaborada, na qual ele se imagina vagando pelos bosques da

Alemanha, durante anos a fio, cogitando um sistema matemático que pudesse calcular e modificar o mundo inteiro. A concha externa de sua personalidade se desfez muito cedo, na análise, quando consegui explicar-lhe que ela servia como compensação para seu sentimento de completa inutilidade – sentimento intimamente relacionado e continuamente reproduzido por sua experiência de masturbação como algo "sujo" e "ordinário". Desde a infância, o "matemático", concebido como o homem puro e assexuado, tivera a função de encobrir o "homem da sordidez". Não é importante à nossa discussão que o paciente apresentasse todos os indícios de esquizofrenia incipiente do tipo heberfrênico. Aqui importa apenas que a matemática "pura" tinha a função de erguer uma parede contra o sentimento "sujo" que ele alimentava contra si mesmo e que provinha do tipo anal de masturbação.

Ao abandonar seu comportamento sexual, a atitude masoquista apareceu em sua total magnitude. Cada sessão começava com uma queixa, seguida de provocações abertamente infantis do tipo masoquista. Se eu lhe pedia para completar ou dar-me uma formulação mais precisa de uma de suas comunicações, ele tentava reduzir meus esforços ao absurdo, exclamando: "Não, não darei! Não, não darei!". Em relação a isso, revelou-se que, entre os 4 e 5 anos de idade, ele havia passado por uma fase de violenta teimosia, acompanhada por ataques de gritaria e pontapés. O incidente mais corriqueiro era suficiente para provocar "ataques de gritaria", que, como ele dizia, levavam os pais ao desespero, à impotência e à raiva. Tais ataques podiam continuar, durante dias, até o ponto de total exaustão. Mais tarde, ele próprio foi capaz de identificar esse período de teimosia como o precursor do masoquismo atual. As primeiras fantasias de apanhar surgiram quando tinha cerca de 7 anos. Antes de ir para a cama, não só fantasiava que era deitado nos joelhos de alguém e surrado, como, muitas vezes, se trancava no banheiro e tentava chicotear-se. Uma cena de seu terceiro ano de vida, que só apareceu no segundo ano de análise, podia ser identificada como traumatizante. Ele estava brincando no jardim e sujou-se – como se depreendeu claramente de toda a situação. Como havia convidados, o pai, gravemente psicopata e sádico, ficou muito aborrecido, levou-o para dentro de casa e deitou-o numa cama. *O menino deitou-se imediatamente de barriga para baixo e esperou pelas palmadas com grande curiosidade, misturada com angústia*. O pai deu-lhe uma grande sova, mas ele experimentou um sentimento de alívio – uma experiência masoquista típica, a primeira que ele teve.

As palmadas tinham lhe dado prazer? A análise esclareceu nitidamente que ele tivera medo de sofrer um dano bem maior naquela ocasião. Deitara-se rapidamente de barriga para baixo para defender seu órgão genital do pai[19]. As palmadas nas nádegas foram, portanto, recebidas com uma tremenda sensação de alívio; não lhe causaram grande dano, comparadas com o dano que ele esperava no pênis. Assim, os receios foram acalmados.

Esse mecanismo masoquista básico deve ser claramente entendido para que se possa compreender o masoquismo como um todo. Mas estamos antecipando o curso da análise, porque isso só ficou claro no segundo ano da análise. Até então, o tratamento se limitara à tentativa, de início sem sucesso, de dominar as reações masoquistas de teimosia do paciente.

Ao descrever a maneira como se masturbava nos últimos anos, o paciente dizia costumeiramente: "Era como se eu fosse virado das costas para a barriga com parafusos". Primeiramente julguei que se tratasse de uma insinuação de sexualidade fálica; só mais tarde reconheci que representava um movimento defensivo. *O pênis tinha de ser protegido; era preferível baterem-lhe nas nádegas do que sofrer qualquer dano no pênis!* Esse mecanismo fundamental determinou também o papel da fantasia de apanhar. *O que originalmente era um medo de punição tornou-se, mais tarde, o desejo masoquista.* Em outras palavras, a fantasia masoquista de apanhar constituía uma antecipação de castigo mais severo. A formulação de Alexander, de que o prazer sexual é negociado pela satisfação da necessidade de punição, tem de ser também reinterpretada sob essa luz. Uma pessoa não castiga a si própria para aplacar ou "subornar" o superego, a fim de, então, desfrutar o prazer livre de angústia. O masoquista chega à atividade agradável como qualquer outra pessoa, *mas o medo de punição interpõe-se.* A autopunição masoquista é a realização *não* do castigo temido, mas de um outro, substituto, mais suave. Assim, representa um tipo especial de defesa contra o castigo e a angústia. A entrega passivo-feminina à pessoa que castiga, típica do caráter masoquista, deve ser também entendida nesse contexto. Certa vez nosso paciente pôs as nádegas à mostra para, como ele disse, apanhar; na verdade, esse desejo de apanhar era, de fato, o desejo de se dar como mulher (inteiramente de acordo com a interpretação freudiana da fantasia passiva de apanhar como o substituto de um desejo passivo-feminino). O caráter passivo-feminino não masoquista realiza a função de evitar o perigo da castração através da pura entrega anal. Não tem necessidade da ideia masoquista ou da fantasia de apanhar para ajudá-lo a evitar a angústia.

---

19. Esse fenômeno foi ressaltado por Freud em seu artigo "Das Ökonomische Problem des Masochismus" (*Ges. Schr.*, vol. V, p. 378) ("O Problema Econômico do Masoquismo", ESB, vol. XIX). Contudo, em vez de levar à hipótese do masoquismo primário, a investigação clínica leva à sua refutação.

Essa discussão nos leva diretamente à questão de saber se se pode procurar *desprazer*. Contudo, vamos adiar essa questão para, primeiro, obter uma melhor fundamentação para ela através da análise do caráter do masoquista.

Em nosso paciente, um período de rancor infantil reativou-se no tratamento analítico, de maneira completamente clara e desinibida. A fase da análise que lidou com seus ataques de gritaria durou seis meses, mas também conseguiu eliminar por completo esse modo de reagir. Depois disso ele não reapareceu mais nessa forma infantil. No começo, não foi fácil levar o paciente a reativar as ações de teimosia de sua infância. A postura de matemático servia de defesa contra isso. Afinal, um homem nobre, um gênio matemático, não fazia tais coisas. Porém, não havia outra saída. Para desmascarar e eliminar essa camada do caráter de defesa contra a angústia, era preciso reativá-la totalmente. Quando o paciente recorria a seu "não, não quero!", eu tentava primeiro interpretá-lo, mas meus esforços eram ignorados. Assim, comecei a imitar o paciente, isto é, em seguida a cada interpretação de seu comportamento eu dizia um "não, não quero!". Foi a própria situação analítica específica que me levou a adotar essa medida. Eu não teria ido tão longe de outro modo. Uma vez ele reagiu com um pontapé involuntário à minha persistente tentativa de reduzir sua resistência ao absurdo. Aproveitei a oportunidade e disse-lhe que liberasse seus movimentos completamente. De início ele não conseguiu entender como é que alguém podia lhe pedir para fazer tal coisa. Enfim, ganhando cada vez mais coragem, começou a revirar-se no divã, emitindo gritos de desafio emocionalmente carregados e berrando sons inarticulados, como um animal. Um ataque especialmente violento ocorreu quando lhe disse que defendia o pai apenas para mascarar o ódio enorme que sentia por ele. Também não hesitei em lhe dizer que havia uma certa justificativa racional para seu ódio. Então, suas atitudes começaram a se revestir de um caráter assustador. Berrava de modo tão horrível que os vizinhos tiveram medo. Não podíamos ficar intimidados com isso, pois sabíamos que essa era a única maneira de chegar a seus afetos profundos. Era a única maneira de ele reexperimentar a neurose infantil de maneira completa e com os afetos correspondentes – e não apenas como uma recordação. Repetidas vezes essa revivência possibilitou-lhe obter uma compreensão de seu comportamento. Representava uma *provocação terrível aos adultos* e, na transferência, à minha pessoa. *Mas por que ele fazia provocações?*

Outros pacientes masoquistas provocam o analista com o silêncio típico masoquista. O nosso fazia-o na forma de rancor infantil. Levei bastante tempo para fazê-lo compreender o que já havia ficado claro para mim desde muito cedo, ou seja, que essas provocações eram tentativas para me deixar severo e furioso. Mas isso era apenas o significado superficial de seu comportamento. Era necessário ir mais fundo. Contudo, isso raramente é feito, porque se acredita que o masoquista procura a punição como tal, enquanto satisfação de um sentimento de culpa com a força motriz e o alcance de uma pulsão. Essa opinião é considerada em geral uma explicação para o significado mais profundo da provocação masoquista. Na realidade, não se trata, de maneira nenhuma, de uma questão de punição, mas de induzir o analista ou seu protótipo – o genitor – *a uma ação inadequada*, em fazê-lo agir de um modo que daria uma base racional à reprovação: "Veja como você está me tratando mal". Essa provocação ao analista é, de qualquer forma, uma das dificuldades principais da análise do caráter masoquista. A não ser que a intenção mais profunda seja entendida, não se consegue fazer nenhum progresso.

Deve haver um significado no fato de o masoquista instigar o analista a fazer algo errado. O significado é: "Você é mau; não gosta de mim; pelo contrário, trata-me horrivelmente; tenho razão em odiar você". A justificativa do ódio e a diminuição do sentimento de culpa através desse mecanismo é apenas um processo intermediário. O principal problema do caráter masoquista não é o sentimento de culpa ou a necessidade de punição, embora ambos sejam fatores em cada caso. Se o sentimento de culpa e a necessidade de punição são concebidos como manifestações de uma pulsão de morte biológica, então, na realidade, o desmascaramento dessa racionalização do ódio e provocação do objeto serão considerados a explicação final. Dado que esta não é nossa opinião, devemos continuar a perguntar por que razão o masoquista tenta provar o erro de seu objeto.

Genética e historicamente há um profundo *desapontamento no amor* por trás da provocação. O masoquista gosta particularmente de provocar os objetos através dos quais sofreu desapontamento. De início, esses objetos eram muito amados; então, ou houve de fato um desapontamento, ou o amor exigido pela criança não foi suficientemente satisfeito. Já aqui é possível notar que uma forte necessidade de amor acompanha o verdadeiro desapontamento sentido pelo caráter masoquista. Essa necessidade impede uma verdadeira satisfação e tem uma fonte interna específica, que discutiremos mais tarde.

Com o passar do tempo, tendo o paciente compreendido que não podia me enfurecer, seu comportamento permanecia o mesmo, mas sua intenção era diferente. A essa altura, aparentemente, começou a gostar de se soltar na análise. A atuação (*acting out*) tornou-se um obstáculo, porque ele consumia a sessão inteira dando pontapés e gritos infantis. Foi então possível mostrar-lhe que, de início, sua provocação tinha alcançado o importante objetivo secundário de testar até que ponto ele podia se soltar, isto é, o quanto eu suportaria até retirar meu amor e atenção e recorrer à punição. Ele se persuadira de que não precisava ter medo – podia continuar o quanto lhe agradasse, sem ser punido. Ao conduzir-se continuamente de uma forma desagradável, neutralizava o medo de castigo; portanto, ser mau era uma fonte de prazer. Não tinha nada a ver com o desejo de ser punido. Mesmo estando especialmente atento a isso, não encontrei nenhuma evidência desse desejo.

Todavia, paralelamente a esse comportamento, havia contínuas queixas de seu terrível estado, do pântano do qual não era capaz de se libertar (e do qual eu não o estava ajudando a sair). Seu modo de se masturbar continuava o mesmo e diariamente punha-o num estado de ânimo "sórdido", que era regularmente descarregado em queixas, isto é, recriminações disfarçadas. Mas não era possível um trabalho analítico concreto. Estava fora de questão proibir os atos de rancor; fazê-lo teria sido arriscar o sucesso futuro do tratamento. Por isso, comecei a espelhar seu comportamento. Quando abria a porta para o deixar entrar, ele ficava parado com uma expressão taciturna, distorcida pela dor, uma aparência miserável. Comecei a imitá-lo. Passei a falar com ele em sua linguagem infantil. Também deitei-me no chão, e esperneei e gritei do mesmo modo que ele fazia. No princípio, ficou atônito, mas uma vez desatou a rir espontaneamente, muito adulto, nada neurótico. A ruptura tinha se efetuado, mas só por uns momentos. Continuei com essa conduta até que ele próprio começou a analisar. Então estávamos aptos a continuar.

Qual era o significado da provocação? Era sua maneira de *pedir amor*, uma maneira peculiar de todos os caracteres masoquistas. Ele necessitava de provas de amor para reduzir a tensão interna e a angústia. Essa exigência de amor estava diretamente relacionada com o grau de tensão produzido por sua forma insatisfatória de masturbação. Quanto mais "miserável" se sentia, tanto mais fortemente manifestava masoquismo em seu comportamento, isto é, mais urgente se tornava a exigência de amor, que procurava satisfazer de todas as maneiras possíveis. Mas por que a exigência de amor era feita dessa *maneira indireta e velada*? Por que se defendia tão tenazmente contra todas as interpretações de seu afeto? Por que continuava a se queixar?

Suas queixas mostravam a seguinte estratificação quanto ao significado, correspondente à gênese do masoquismo: "Veja como sou infeliz – ame-me!" "Você não me ama o suficiente – é mesquinho comigo!" "Você tem de me amar; vou forçá-lo a me amar. Se não me amar, vou deixá-lo irritado!". A paixão masoquista pelo atormentar, as queixas, a provocação e o sofrimento podem, em termos de significado – discutiremos sua dinâmica mais tarde –, ser explicados com base no não atendimento fantasiado ou real de uma exigência de amor quantitativamente excessiva. Esse mecanismo é específico do caráter masoquista. Não é encontrado em qualquer outra forma de neurose, e se isso acontece o aspecto masoquista correspondente no caráter também está presente.

Qual é o significado da exigência excessiva de amor? A reposta é fornecida pela análise da *predisposição à angústia*, que se encontra sempre presente nos caracteres masoquistas. Há uma correlação direta entre a atitude masoquista e a exigência de amor, por um lado, e, por outro, a tensão desagradável e a predisposição à angústia (ou perigo de perda de amor). A primeira não é antitética à predisposição à angústia como fonte de reação masoquista, porque, novamente, é típico do caráter masoquista conter a ameaça de angústia exigindo amor. Tal como o queixar-se representa uma exigência de amor disfarçada e a provocação, uma tentativa desesperada de forçar o amor, a formação global do caráter masoquista representa uma tentativa *malograda* de se livrar da angústia e do *desprazer*. É malograda porque, por mais que tente, ele nunca se liberta da tensão interna que constantemente ameaça se transformar em angústia. *Assim, o sentimento de sofrimento corresponde a um fato concreto, que é a excitação interna aguda e contínua acompanhada da predisposição para a angústia*. Compreenderemos melhor essa situação quando a compararmos com o bloqueio de afetos do caráter neurótico compulsivo. Nesse caso a ligação da angústia foi levada a cabo com sucesso, com privação da mobilidade psíquica. Mas a tensão interna foi completamente consumida por um mecanismo caracterológico bem-funcionante. Não há inquietação. Quando presente, a inquietação é uma falha ou, mais precisamente, uma descompensação da couraça do caráter.

O caráter masoquista procura conter a tensão interna e a ameaça de angústia por um método *inadequado*, ou seja, *atraindo amor através de provocação e desafio*. Naturalmente, há uma razão especial para isso: essa maneira de expressar a necessidade de amor é específica do caráter masoquista. É malsucedida, porque o desafio e a provocação são dirigidos à pessoa amada e de quem se exige amor. Assim, o receio de perder o amor e a atenção aumentam, na mesma medida em que o sentimento de culpa que se pretende afastar não é diminuído, e sim intensificado, porque a pessoa amada está, na realidade, atormentada. Isso explica o comportamento extremamente peculiar do masoquista, que se torna tanto mais enredado na situação de sofrimento quanto mais se empenha em se desembaraçar dela. Não podia ser de outro modo, porque essas tentativas de ligar a angústia no caráter estão condenadas desde o começo.

Individualmente, encontramos também essas atitudes em outros caracteres; dizem respeito, de modo específico, ao caráter masoquista apenas quando aparecem juntas. O que provoca essa combinação de atitudes?

Até aqui falamos da exigência *excessiva* de amor por parte do caráter masoquista. Agora temos de acrescentar que essa exigência de amor se baseia num *medo de ser abandonado*, experimentado intensamente bem no começo da vida. O caráter masoquista não pode suportar ficar só, tal como não pode suportar a possibilidade de perder uma relação de amor. O fato de os caracteres masoquistas tantas vezes estarem sós é atribuível ao sucesso de um mecanismo secundário incluído na atitude: "Veja como estou infeliz, só e abandonado". Uma vez, quando discutia o relacionamento com a mãe, nosso paciente exclamou com grande excitação: "Ser abandonado é morrer – o fim de minha vida"! Tenho ouvido muitas vezes esse sentimento expresso por outros caracteres masoquistas, variando apenas as palavras empregadas. O caráter masoquista não pode suportar a perda de um objeto (apego masoquista ao objeto amado), do mesmo modo que não pode despojá-lo de seu papel protetor. Não pode suportar a perda de contato. Quando isso acontece, procura restabelecê-lo com seu modo inadequado, isto é, tentando captar a simpatia através da infelicidade. Muitos de tais caracteres são bastante suscetíveis ao sentimento de estarem sós e abandonados no universo. Não vemos razão para interpretar esse sentimento no sentido de Rank, da angústia do útero, mesmo que seja uma atitude comum. O fato é que em todo masoquista, seja ele masoquista apenas no sentido moral ou no sentido abertamente erógeno, encontramos uma base especificamente erógena para esse sentimento. Contudo, ao dizer isso, estamos antecipando a discussão posterior da estrutura sexual do masoquista.

O fato de o erotismo cutâneo ter papel especial em masoquistas é conhecido de vários autores psicanalíticos (Sadger, Federn e outros). Eles tentaram, no entanto, considerar o erotismo cutâneo como a base imediata da perversão masoquista, ao passo que a análise mostra que a pele assume esse papel especial de uma maneira muito complicada e sinuosa, apenas quando vários elementos de desapontamento coincidem. Só o medo de ser abandonado se baseia diretamente no medo que surge quando se perde o contato de pele com a pessoa amada. Vamos começar procurando a síndrome que se relaciona com a pele dos masoquistas erógenos. Encontramos sempre, de uma forma ou de outra, um desejo de atividade que envolva a pele, ou pelo menos fantasias correspondentes: ser beliscado, esfregado com escovas, chicoteado, amarrado – qualquer coisa que faça a pele sangrar. As nádegas assumem aqui um papel importante, mas só de maneira indireta, como resultado de uma fixação anal. Comum a esses empenhos é o desejo de sentir o *calor da pele* – a intenção original não é um desejo de dor. O objetivo de ser chicoteado não é sofrer dor; antes, a dor é suportada por causa da "queimação". Por outro lado, a frieza tem um efeito repelente. Alguns masoquistas vão mesmo ao ponto de fantasiar que a pele está sendo queimada. A "vadiagem na cama" de nosso paciente pode ser remontada a isso, quer dizer, à satisfação de um desejo de calor na pele.

Em termos da fisiologia da angústia, a contração dos vasos periféricos aumenta a angústia (palidez, no caso de susto; sensação de frio, no estado de angústia; arrepios provocados pelo medo etc.). Por outro lado, a sensação de pele quente, causada por um fluxo mais forte de sangue através dos vasos periféricos, é um atributo específico de prazer. Fisiologicamente, a tensão interna é determinada pela restrição do fluxo sanguíneo. Por outro lado, o forte fluxo sanguíneo pela periferia do corpo alivia a tensão interna e, em consequência, a base fisiológica da angústia. Do ponto de vista fisiológico, o efeito de diminuição do medo, atribuível ao orgasmo, baseia-se essencialmente nesse processo, que representa uma modificação notável na circulação do sangue, com a dilatação dos vasos periféricos e a descarga de tensão no centro (vasos esplâncnicos).

Não é fácil compreender por que razão o contato corporal com a pessoa amada tem o efeito de dissolver a angústia. Com toda probabilidade, isso pode ser explicado pelo fato de, fisiologicamente, o calor corporal, no sentido acima descrito, e a inervação da periferia do corpo, na esperança de proteção maternal, dissolverem, ou pelo menos aliviarem, a tensão interna[20]. Seguir-se-á mais tarde uma discussão detalhada desses fatos.

Para o propósito da presente investigação, é suficiente saber que a vasodilatação periférica, que alivia a tensão interna e a angústia, representa a base erógena do caráter masoquista. Seu esforço posterior para evitar a perda de contato é simplesmente a tradução psíquica de um processo fisiológico de inervação. Ser abandonado no mundo significa ter frio e ficar desprotegido, isto é, uma condição intolerável de tensão.

Poder-se-ia levantar, a esse respeito, uma questão quanto ao papel desempenhado pela fixação oral no masoquista. Com base no que conhecemos até aqui, não podemos atribuir-lhe qualquer importância

---

20. Nota, 1945: A energia orgone descoberta em 1939 dá a explicação para esse fenômeno: o alívio da angústia da criança pelo contato com o corpo da mãe explica-se, orgono-biofisicamente, pela expansão orgonótica do biossistema da criança, que se estende para a mãe. Há um contato entre os campos orgônicos dos dois organismos.

específica. Contudo, ele está sempre presente num grau importante, como em todos os caracteres com fixações pré-genitais. Não pode haver dúvida de que as exigências orais contribuem de modo considerável para o caráter insaciável das exigências de amor masoquistas. Mas a avidez oral no masoquismo é muito mais provavelmente o resultado regressivo de um primeiro desapontamento com o objeto amado, seguido pelo medo de ser abandonado, do que uma causa primária da necessidade masoquista de amor. Vários casos revelaram claramente que a necessidade excessiva de amor provém de uma fonte diferente. Aqui o medo de ser abandonado podia ser remontado à fase de desenvolvimento na qual as agressões violentas e a curiosidade sexual infantil incipiente, diferentemente dos impulsos anais e orais, são fortemente frustrados pelo genitor ou tutor amado. O grande medo de punição, que impede o avanço para a genitalidade, é o resultado direto dessa contradição entre impulsos sexuais que não só são permitidos, mas até mesmo encorajados, e aqueles ameaçados com castigo severo. Foi permitido a nosso paciente comer tanto quanto quisesse; na verdade, ele foi estimulado a comer. Foi-lhe permitido ficar na cama com sua mãe, abraçá-la, acariciá-la etc. Suas funções intestinais foram muito bem cuidadas. Contudo, quando começou a explorar outras possibilidades de satisfação sexual, a ter interesse pelos órgãos genitais da mãe, a querer tocá-la etc., então experimentou a severidade total da autoridade dos pais.

Na medida em que as exigências orais contribuem para o masoquismo, elas são responsáveis pelo humor depressivo, como acontece em outras formas de neurose. Com base no que se conhece atualmente, a combinação especial de erotismo cutâneo, analidade e medo de ser abandonado, que procura resolução através do contato corporal, é característica específica do masoquismo.

Essa disposição erógena é uma das causas essenciais da exigência excessiva de amor, que tem um matiz específico de "aqueça-me" ("proteja-me"). "Bata-me" é uma expressão do mesmo empenho, mas sua forma já foi alterada. Podia parecer que o caráter masoquista não recebera amor suficiente, desenvolvendo, por isso, uma necessidade tão forte de amor. Até certo ponto isso é verdade. Mas deve-se ter em mente também que sofreu sérias frustrações amorosas. Na verdade, isso muitas vezes tem origem no mimo exagerado. Por sua vez, essa necessidade excessiva de amor é o resultado do miasma que é parte indissociável do sistema educacional patriarcal. O caráter masoquista é mais do que uma disposição para o erotismo anal ou da pele; ele é o resultado de uma combinação específica de influências externas exercidas sobre a suscetibilidade erógena da pele e sobre todo o aparelho sexual. Essa combinação de influências determina especificamente o caráter masoquista. Só depois de termos reconhecido essas influências poderemos compreender os outros traços de caráter do masoquista.

3. Exibicionismo inibido e paixão pela autodepreciação

Discutiremos agora alguns dos outros traços do caráter masoquista, relativos especificamente à estrutura sexual.

Levou cerca de um ano até que a couraça caracterológica de rancor, provocação, queixa etc. se afrouxasse o suficiente para nos permitir penetrar a fase da primeira infância e, acima de tudo, alcançar o ponto a partir do qual o paciente começou a tomar parte ativa no trabalho analítico. Passarei por alto sobre os achados, nesse caso não muito importantes, que o masoquismo, como todas as outras neuroses, traz à tona na análise, por exemplo: a fantasia passiva de apanhar, que oculta o desejo de se entregar analmente como mulher ao pai; o complexo de Édipo típico; as reações de sentimento de culpa provenientes do ódio recalcado; a ambivalência etc. Elas não são específicas do caráter masoquista. Descreverei apenas os traços que, por sua combinação especial, devem ser considerados pertinentes especificamente ao masoquismo. Discutirei também as causas do distúrbio masoquista do mecanismo do prazer.

Depois que a estrutura do caráter do nosso paciente foi afrouxada, especialmente depois de terem sido eliminados o recalque do ódio contra o pai e o medo em relação a ele, houve uma poderosa irrupção da genitalidade. Ele teve ereções, parou com a masturbação masoquista e começou a sentir desejos genitais por uma mulher. A primeira tentativa de ter relações com uma mulher foi um fracasso, mas levou à análise de seu profundo amor pela mãe, o qual tinha fortes conotações anais. Na rápida melhora de seu estado, distinguiu-se o seguinte: sua aproximação com mulheres era excepcionalmente forte, mas ele não conseguia se libertar do sentimento de *aperto e constrangimento* internos. Isso lhe proporcionava uma desculpa contínua para queixas masoquistas – por exemplo, apesar das melhoras externas, ele não se sentia bem: "O estado de sordidez masoquista é o mesmo de sempre".

Tendia a ficar logo desapontado com os motivos mais insignificantes e, à menor dificuldade, afastava-se da realidade com fantasias masoquistas. Essa vacilação entre tentativas vigorosas de estabelecer contato genital com a realidade e rápidas fugas para o masoquismo durou muitos meses. Eu sabia que sua angústia de castração não se dissolvera e era responsável por essa instabilidade. A concentração do trabalho nesse campo produziu muitos resultados analíticos interessantes. Até aquele momento, o paciente não mostrara qualquer traço de interesse genital. Revelou-se então que ele estava cheio de noções angustiantes sobre os órgãos genitais. Temos aqui alguns exemplos: a vagina é um "lamaçal" cheio de cobras e vermes; o falo é cortado na extremidade; mergulha-se num abismo e não se encontra saída. Contudo, a discussão de todas essas angústias não foi capaz de produzir qualquer alteração em sua condição apática. Semana após semana e mês após mês, ele começava cada uma das sessões com a mesma queixa, expressa em tom masoquista, de que "estava despedaçado interiormente". A transferência tinha de ser analisada repetidamente, e no decorrer desse trabalho se descobriu novo material acerca dos empenhos anais passivos. Acima de tudo, descobriu-se que ele se afastava imediatamente da mulher quando aparecia um rival. Não podia se livrar da ideia de ter um pênis pequeno. Desenvolvia uma atitude invejosa para com o rival, que logo era camuflada por um comportamento passivo-feminino. Esse é um mecanismo bem conhecido de consumir o medo em relação ao pai. A análise profunda dessas atitudes não provocou nenhuma mudança no sentimento de que continuava um masoquista, apesar das melhoras externas.

As primeiras tentativas de coito, em que foi potente mas permaneceu insatisfeito, foram acompanhadas por uma fobia de sífilis. Um dia, mostrou-me o pênis e perguntou-me se uma pequena ulceração não era sinal de infecção. Ficou claro imediatamente que sua atitude era um sinal de exibicionismo. A análise levou então diretamente ao esclarecimento de um aspecto importante do seu desenvolvimento genital. Quando criança, ele atingira a fase genital apenas na forma de exibição do pênis, um ato que foi imediata e rigorosamente *proibido por sua mãe*. O desapontamento genital foi tanto pior porque lhe tinham permitido satisfazer as exibições anais conforme lhe agradasse na frente da mãe, que se preocupava muito com suas funções de evacuação. Até os 10 anos, ela ainda o levava ao banheiro. Seu prazer em exibir as nádegas foi claramente a razão pela qual iniciou a fase genital precisamente com a exibição do pênis. A análise revelou que as primeiras tentativas de aproximação genital com a mãe foram de natureza exibicionista. As intenções tinham sido logo recalcadas, e isso mais tarde resultou em grave inibição do comportamento geral. Em suas tentativas de ter relações sexuais, nunca se aventurou a mostrar-se nu à mulher ou permitiu que ela segurasse seu pênis. Depois da análise desse elemento de sua neurose, começou seriamente a procurar uma profissão e tornou-se fotógrafo. O primeiro passo nessa direção foi a compra de uma máquina com a qual fotografava quase tudo. Também aqui vemos quão essencial é a eliminação do recalque genital para a sublimação. Hoje, ele se dá muito bem como fotógrafo. Durante muito tempo, porém, não sentia prazer interno com sua profissão: "Eu realmente não me sinto eu mesmo, e, quando isso acontece, é tão masoquisticamente infeliz".

A introdução à fase genital na infância através do exibicionismo, seguida imediatamente de grave frustração e recalque desse prazer e de completa inibição do desenvolvimento genital posterior, pertence especificamente, de acordo com minha experiência, ao caráter masoquista[21], assim como a introdução da genitalidade através do sadismo fálico e sua inibição, associada à fixação sádico-anal, pertence especificamente à neurose compulsiva. Diversos traços de caráter típicos que constituem a base do comportamento inseguro e desastrado do masoquista podem ser remontados a esses impulsos exibicionistas e sua imediata frustração. Nosso paciente fez, certa vez, uma descrição drástica dessa condição interna: "Sinto-me sempre como um oficial que, com gritos de vitória e espada desembainhada, marcha à frente de suas tropas e de repente, ao olhar para trás, descobre que ninguém o seguiu".

Um outro traço de caráter está ligado a esse sentimento, que só de modo muito superficial está relacionado com o sentimento de culpa. O caráter masoquista *não pode tolerar elogios* e tende para a *autodepreciação* e a *auto-humilhação*. Apesar de sua grande ambição, nosso paciente não suportava ser considerado um bom estudante na escola. "Se tivesse continuado a ser um bom estudante, ter-me-ia imaginado nu diante de uma grande multidão com um pênis excitado". Essa observação, embora comentada de passagem – como é muitas vezes o caso em análise –, foi direto ao âmago da questão. Através da inibição e do recalque da exibição genital, a base sobre a qual a sublimação, a atividade e a autoconfiança se podem desenvolver mais tarde é corroída. Nos masoquistas, essa inibição do exibicionismo pode levar ao desenvolvimento de traços completamente opostos. O caráter genital-narcisista se exibe de forma disfarçada (ver o caso da eritrofobia). O caráter masoquista utiliza uma formação reativa oposta: *uma paixão pela autodepreciação para não se sobressair*. Falta-lhe o elemento essencial da estrutura narcísica do caráter genital: a capacidade de se sobressair.

O caráter masoquista, pelas razões acima apresentadas, não pode assumir um papel de liderança, embora construa geralmente fantasias gloriosas de heroísmo. Sua verdadeira natureza, seu *ego*, está enraizado na passividade por causa da fixação anal. Além disso, como resultado da inibição do exibicionismo, seu ego desenvolveu uma forte

---

21. No que se refere à relação entre masoquismo e exibicionismo, ver o caso descrito por Fenichel em *Perversionen, Psychosen, Carakterstörungen* (Perversões, Psicoses e Problemas de Caráter), p. 39.

inclinação para a autodepreciação. Essa estrutura do ego opõe-se à realização de um ego ideal fálico-ativo[22] e a impede. O resultado disso é novamente uma tensão intolerável, que serve como fonte adicional do sentimento de sofrimento e assim alimenta o processo masoquista. A imagem do oficial que lidera reflete esse ego ideal, do qual se deve ter vergonha, que é preciso ocultar, porque o ego (as tropas) não o segue – não o pode seguir.

Ligado a isso, há um outro traço de caráter frequentemente encontrado no caráter masoquista e em crianças que tendem ao masoquismo: *sentir-se estúpido*, ou a contrapartida disso: *agir como se fosse estúpido*. Faz parte realmente da estrutura de caráter masoquista explorar todas as inibições para se humilhar. Certa vez, um outro paciente disse que não podia suportar elogios porque se sentia em exibição com as calças abaixadas. Não se deve subestimar a importância que têm para o desenvolvimento genital da criança a fixação anal e a preocupação com mostrar as nádegas. A vergonha anal é transportada para a fase genital e se torna opressiva por meio de uma timidez peculiar. Para o masoquista, qualquer espécie de elogio representa uma provocação das tendências exibicionistas. Qualquer que seja o fator pelo qual se sobressaia, isso lhe provoca uma forte angústia. Daí ser-lhe necessário se humilhar para evitar a angústia. Isso, naturalmente, é uma razão nova para se sentir abandonado – o que provoca todo o complexo da necessidade de amor.

"Tornar-se estúpido" ou "agir como se o fosse" também faz parte disso. Uma vez nosso paciente descreveu uma cena infantil na qual fingia ser estúpido. "Quero alguma coisa que não me é dada, depois fico zangado e ajo como estúpido. Mas o quanto sou amado mesmo quando finjo ser estúpido? Se não sou amado, então não sou digno de ser amado e devo, portanto, ser realmente estúpido e feio."

Chegou o momento de responder à questão de por que o caráter masoquista expressa sua exigência de amor de forma tão disfarçada, depor que é totalmente incapaz de mostrar ou exigir amor de modo direto. Um outro paciente, com fortes sentimentos de sofrimento e uma tendência à queixa masoquista, tinha o hábito de se mostrar infeliz sempre que queria conquistar uma mulher. Tinha um medo terrível de dar seu amor à mulher diretamente. Receava que ela se zangasse e zombasse dele ou o castigasse. Sofria do mesmo exibicionismo inibido de nosso paciente.

---

22. Ver o capítulo intitulado "Fehlidentifizierungen" (Falhas na identificação), em meu livro *Der triebhafte Charakter* (O Caráter Impulsivo), Internationaler Psychoanalytischer Verlag, 1925.

Tudo isso junto produz um sentimento de ataxia interna, acompanhado com frequência por uma dolorosa vergonha devido à aparência externa. A inibição da capacidade de demonstrar ou exigir amor abertamente ocasiona manifestações distorcidas e torna uma pessoa, segundo nosso paciente, "burocrática", isto é, artificial e afetada. Por trás disso está o medo, sempre presente, de ser desapontado ou rejeitado. Uma vez ele disse: "Tenho de enfrentar a tarefa de introduzir um pênis que não tem ereção numa vagina que não me é oferecida".

O caráter histérico desenvolve angústia em vez de uma demonstração clara de amor: o caráter compulsivo manifesta ódio e sentimentos de culpa; o caráter masoquista demonstra e exige amor de maneira sinuosa, através de queixa, provocação ou mostrando infelicidade. Todas essas variadas formas estão totalmente de acordo com as respectivas origens desses tipos: o caráter histérico desenvolveu sua genitalidade por completo, mas ela está misturada com o medo; o caráter compulsivo substituiu sua genitalidade pelo sadismo fálico; o caráter masoquista chegou à genitalidade pelo exibicionismo, depois recalcou-o e agora persiste na manifestação *distorcida* de amor.

4. Percepção do aumento da excitação sexual como algo desagradável: a base específica do caráter masoquista

Toda estrutura neurótica tem um distúrbio genital, de uma forma ou de outra, que provoca a estase sexual e assim fornece à neurose sua fonte de energia. O caráter masoquista revela sempre um tipo específico de distúrbio da função genital. E, a menos que ele esteja evidente desde o princípio, não aparecerá até que se tenha eliminado amplamente a impotência ou a anestesia. Isso explica por que a perturbação foi totalmente deixada de lado no passado. Vamos agora tentar retomar a discussão no ponto em que a deixamos. Estabelecemos que o caráter masoquista gera uma quantidade excessiva de desprazeres, e que isso proporciona uma base real para seu sentimento de sofrimento. Observamos que o aparelho psíquico está sempre tentando dominar essa tensão e predisposição para a angústia de maneira inadequada. Na tentativa de conter a angústia, o caráter masoquista mergulha cada vez mais na tensão e no desprazer, fortalecendo assim a predisposição para a angústia. Aprendemos, ademais, que exatamente essa incapacidade para conter a angústia de maneira adequada constitui o que é específico do caráter masoquista. Além disso, descobrimos que a punição que o caráter masoquista acha que receia é apenas um substituto para aquela que ele realmente teme.

Poderia uma experiência de medo, como a que nosso paciente sentiu quando tinha 3 anos, provocar a fixação masoquista da fantasia de ser surrado? Não. Era possível para ele abandonar por completo, inconscientemente, a exigência pulsional sexual que provocou a punição que ele tanto receava. (Outros tipos de caráter fazem isso.) Não era absolutamente necessário, para ele, descobrir um meio especificamente masoquista para se livrar da situação de punição. Devia haver, pois, um outro elemento (ou elementos) que, acrescentado aos que já conhecemos, fosse especificamente responsável pelo mecanismo masoquista como um todo.

Esse mecanismo só pode ser traçado depois que o paciente tenha sido levado à fase genital, isto é, quando seus desejos genitais ressuscitam ou se desenvolvem pela primeira vez. Então surge uma nova dificuldade: ele passa a desenvolver fortes desejos genitais que momentaneamente eliminam muito de sua atitude masoquista. Contudo, quando em sua primeira tentativa de relações sexuais experimenta *desprazer*, em vez de prazer, é uma vez mais devolvido à "sordidez masoquista" da pré-genitalidade anal e sadomasoquista. Foram necessários muitos anos para se resolver esse enigma e se compreender que a "incurabilidade do masoquista que não *quer* desistir do seu sofrimento" deve ser atribuída a nosso conhecimento muito imperfeito de seu aparelho sexual. Teria sido impossível encontrar uma resposta se tivéssemos aderido à teoria de que o masoquista está fixado no sofrimento por causa de sentimento de culpa recalcado ou de uma necessidade de punição, supostamente a manifestação de uma pulsão de morte.

Essas descobertas não pretendem negar o fato de as autopunições serem capazes de aliviar a consciência. Para nós, importa apenas a *validade* de nossas formulações clínicas. O alívio de sentimentos de culpa através de punições afeta não o núcleo, e sim a superfície da personalidade. Tais sofrimentos "expiatórios" podem ser totalmente eliminados sem provocar o término de um processo neurótico: raramente aparecem e, além disso, constituem um sintoma, e não a causa de uma neurose. Por outro lado, o conflito entre desejo sexual e medo de punição é central em toda neurose. Não há processo neurótico sem esse conflito. A atual valorização psicanalítica da necessidade de punição levou a uma modificação enganosa da teoria analítica de neurose, teve um efeito negativo sobre a teoria da terapia, obscureceu os problemas da profilaxia da neurose e ocultou a etiologia sexual e social da neurose.

O caráter masoquista baseia-se numa atitude espástica muito peculiar, que controla não apenas seu aparelho psíquico mas, primeiramente e acima de tudo, o aparelho genital. *Inibe imediatamente toda forte sensação de prazer e transforma-a em desprazer.* Dessa maneira, o sofrimento, que é a base das reações de caráter masoquistas, alimenta-se continuamente e aumenta. Não interessa quão profunda e completamente analisemos o significado e a origem do caráter masoquista, só poderemos obter um efeito terapêutico se conseguirmos penetrar na origem dessa atitude espástica. Sem isso não conseguiremos estabelecer a potência orgástica do paciente, a capacidade de entrega total na experiência genital, pois só a potência orgástica pode eliminar a fonte interna de *desprazer* e angústia. Voltemos a nosso paciente.

Quando ele tentou uma relação sexual pela primeira vez, teve, é verdade, uma ereção, mas não ousou movimentar o pênis na vagina. No princípio pensamos que fosse devido ao embaraço ou à falta de conhecimento, e só muito mais tarde descobrimos a verdadeira razão. *Tivera medo do prazer intensificado.* Foi, certamente, um comportamento estranho. Encontramos sempre esse medo na cura da perturbação orgástica de mulheres frígidas. Nos masoquistas, todavia, ele tem um caráter especial. Para compreendê-lo, teremos de voltar ao material analítico.

Depois que nosso paciente tinha tido diversas relações sexuais, que aumentaram consideravelmente sua autoconfiança genital, revelou-se que sentia menos prazer durante a relação sexual do que durante a masturbação masoquista. Apesar disso, ele conseguiu formar um conceito vívido da sensação de sensualidade genital, e isso deu um impulso poderoso ao tratamento. A fraca experiência genital do paciente era um ponto crítico, porque só se pode erradicar o prazer pré-genital pelo estabelecimento do prazer genital, naturalmente mais intenso. A ausência de prazer durante o ato sexual não era certamente encorajadora para o desenvolvimento da genitalidade. Tentativas posteriores de coito revelaram um novo distúrbio. O pênis ficava mole durante o ato. Era apenas angústia de castração ou mais do que isso? Análises posteriores de suas ideias de castração não produziram qualquer alteração em seu estado. Finalmente mostrou-se que a contração da musculatura do assoalho pélvico antes da ejaculação na masturbação tinha um significado maior do que havíamos suposto de início. Resumirei o material infantil que mostra que, apesar da satisfação uretral e anal aparentemente livre e excessiva, o masoquista tem uma *inibição e angústia anais e uretrais* derivadas da mais tenra infância, que mais tarde são transferidas para a função genital, criando a base fisiológica imediata para a excessiva produção de *desprazer.*

Entre os 3 e os 6 anos, nosso paciente desenvolveu um medo do banheiro, sustentado pela fantasia de que um animal rastejante poderia entrar em seu ânus. O buraco escuro do próprio vaso sanitário lhe provocava angústia. Começou por reter os movimentos do intestino, o que, por sua vez, provocou o medo de evacuar nas calças. Quando alguém evacua nas calças, apanha do pai. A cena inesquecível aos 3 anos fora a grande prova disso. Quando o pai bate no filho, há também o perigo da castração. Portanto, as pancadas têm de ser desviadas para as nádegas, a fim de não atingirem acidentalmente o pênis. No processo educacional "cultural" que seu pai adotava e drasticamente aplicava, no entanto, ele era continuamente atormentado pelo medo de que, deitado de barriga para baixo, lhe pudesse entrar uma farpa no pênis. Todas essas coisas produziram um estado espástico na bexiga e nos intestinos, do qual a criança não conseguia se libertar. Isso, por sua vez, deu à mãe mais um motivo para ficar especialmente atenta a seus movimentos intestinais, criando assim uma nova contradição. A mãe estava satisfeita e cuidava de suas funções intestinais, enquanto o pai lhe batia por isso. Dessa maneira, o complexo de Édipo ancorou-se predominantemente na zona anal. Primeiramente, desenvolveu-se a angústia adicional de que a bexiga e os intestinos podiam arrebentar, que, em resumo, a retenção não adiantaria a longo prazo, e ele se tornaria novamente vítima da fúria do pai, porque este não estava para ser escarnecido por tais coisas, mesmo se ele, o pai, não impusesse a si mesmo quaisquer restrições anais. Assim, temos o quadro típico de uma situação triste e miserável, cujas raízes devem ser remontadas não a fatores biológicos, e sim puramente sociológicos. Não devemos nos esquecer de mencionar que o pai gostava muito de beliscar os filhos nas nádegas e, entre outras coisas, tinha prazer em lhes dizer que os "esfolaria vivos" se se comportassem mal.

Assim, para começar, o menino tinha um medo anal do pai, misturado com a fixação anal na mãe e com o fato de bater em si mesmo (reflexo do medo de ser castigado pelo pai). Ele encarava os movimentos de seus intestinos como algo que merecesse punição, devido ao alívio e à satisfação ligados a eles, e assim começou a bater em si mesmo por medo de ser castigado pelo pai. É evidente que esse processo simples foi de muito maior importância para a patologia do caso do que as identificações com o pai punidor e as atitudes masoquistas para com o superego anal nascente. Essas identificações patológicas são elas próprias, naturalmente, formações neuróticas, essencialmente consequências, e não causas, do núcleo da neurose[23]. Encontramos, é óbvio, todas as relações complicadas entre o ego e o superego, mas não paramos aí. Pelo contrário, nos dedicamos à tarefa mais importante de decidir exatamente quais fatores do masoquismo dependiam do

---

23. A neurose é provocada pelo conflito entre um ego que procura prazer e um mundo externo que frustra esses empenhos do ego; é alimentada pelo conflito entre o ego e o superego. O superego retém seu poder com base na experiência repetida de que o prazer sexual é alguma coisa que merece castigo. Ao efeito anterior de repressão infantil junta-se a decisiva atmosfera repressiva da sociedade.

comportamento concreto do pai e quais fatores dependiam dos empenhos erógenos internos. Nesse caso, como em outros semelhantes, cheguei a uma conclusão: nossos métodos de educação merecem muito mais atenção do que em geral recebem, e distribuímos muito mal nossa atenção, na medida em que concedemos 98% a filigranas analíticas e apenas 2% às ofensas graves infligidas *pelos pais* às crianças. É por essa razão que, até agora, não conseguimos utilizar descobertas psicanalíticas para uma crítica à educação familiar e patriarcal.

Essa situação de conflito infantil – essencialmente resultado da atitude contraditória dos pais do paciente para com sua analidade – foi responsável não só pela entrega feminina ao pai, mas também pelo sentimento de vazio e de impotência. Mais tarde, sempre que o paciente entrava em contato com um homem adulto, sentia-se impotente. Por medo, retirava imediatamente seu investimento da zona genital e tornava-se anal-passivo – e isso se expressava como admiração por esses homens.

É possível agora tirar as seguintes conclusões: o treinamento habitual dos esfíncteres (demasiado cedo e severo) leva o prazer anal a ter precedência sobre outras formas e faz a libido fixar-se nessa fase. A ideia de apanhar, relacionada com a analidade, é definitivamente desprovida de prazer e, no começo, carregada de angústia. Assim, não é o *desprazer* de apanhar que se torna agradável. *É o medo de apanhar que impede a sensação de prazer.* Com o decorrer do desenvolvimento, esse medo é transferido para a zona genital.

Mesmo depois de ter entrado na adolescência, nosso paciente muitas vezes ainda dormia com a mãe no leito conjugal. Ao 16 anos desenvolveu a fobia de que a mãe poderia ficar grávida dele. A proximidade física dela e seu calor tinham um efeito muito estimulante em sua masturbação. A ejaculação tinha o significado de urinar na mãe; nem poderia ter outro, tendo em vista seu desenvolvimento anterior. Se a mãe desse à luz um filho, este constituiria o *corpus delicti* do seu incesto uretral. Seria de recear um castigo severo. Então começou a reter o sêmen e, ao mesmo tempo, a ter fantasias masoquistas vívidas. A doença decisiva começou nesse período. O desempenho escolar deteriorou-se nitidamente. Depois de uma tentativa breve e sem êxito de se restabelecer através da "autoanálise", surgiu uma debilidade psíquica, juntamente com a masturbação anal-masoquista prolongada todas as noites.

A derrocada final foi ocasionada por uma neurose atual grave, que culminou num estado de tensão contínua, insônia e dores de cabeça do tipo enxaqueca. Nessa altura, o adolescente inibido sofria de um forte acúmulo de libido genital. Estava apaixonado por uma jovem, mas receava se aproximar dela. Tinha medo de "asfixiá-la" (com os gases intestinais) – pensamento que o enchia de vergonha. Perseguia qualquer garota a distância, fantasiando vivamente que ele e ela "esfregavam as barrigas". Isso naturalmente resultaria numa criança que os denunciaria. O medo de ser rejeitado por suas tendências anais teve também efeito decisivo. Vemos aqui um destino puberal típico: inibição da primazia genital devido, parcialmente, a barreiras sociais e, parcialmente, a fixações neuróticas causadas pelo dano anterior à estrutura sexual devido ao treinamento de esfíncteres realizado de maneira inadequada.

De início, além da tensão genital, havia também a tensão anal criada pelo desejo continuamente reprimido de evacuar e soltar gases. O paciente não se permitia alívio genital. Só aos 17 anos teve a primeira ejaculação, com a ajuda de fantasias prolongadas de ser espancado. A neurose atual abrandou-se depois disso, mas a primeira ejaculação foi experienciada de maneira traumatizante. Com medo de sujar a cama, o paciente saltou durante a ejaculação, agarrou o penico e ficou inconsolável pelo fato de algum sêmen ter se espalhado na cama.

Quando começou a estabelecer sua genitalidade durante o tratamento, ele teve grande dificuldade em manter a ereção durante o ato sexual. Nessa fase genital, a masturbação foi iniciada com uma libido fálica e masculina normal; contudo, logo que o prazer começou a aumentar, as fantasias masoquistas apareceram. A análise dessa mudança súbita da genitalidade para o masoquismo, *durante* o ato sexual, levou aos seguintes fatos: enquanto a sensação de prazer fosse fraca, a fantasia genital permanecia; porém, assim que o prazer começava a aumentar, quando, segundo o paciente, aquela "sensação de derretimento" passava a tomar conta dele, ficava com medo; sua pelve se tornava espástica, em vez de relaxada, e transformava o prazer em desprazer. Descreveu precisamente como sentia o "derretimento": aquela sensação em geral orgasticamente agradável era experienciada como desagradável ou, mais especificamente, como uma sensação de angústia; tinha receio de que o pênis se dissolvesse. Esse sentimento poderia fazer com que a pele do pênis se desmanchasse; o pênis podia se arrebentar se continuasse a aumentar (como é normal no ato sexual). Tinha a sensação de que o pênis era um saco cheio de líquido, prestes a estourar. Aqui temos a prova incontestável de que, nos masoquistas, não é o *desprazer* que se torna prazer, mas exatamente o contrário: por meio de um mecanismo que é específico do caráter masoquista, todo prazer que aumenta para além de uma certa medida é inibido e transformado em *desprazer*. É também necessário salientar que o paciente concebia a castração como algo referente à pele do pênis: "Na relação sexual, eu fico tão quente como uma galinha cozida da qual se pode tirar a pele".

O medo sempre presente de punição faz com que a sensação de "derretimento" devido ao calor, que acompanha o aumento de prazer em direção ao clímax, seja considerada a realização da esperada catástrofe do pênis. Isso inibe o curso da excitação e resulta numa sensação desagradável, puramente fisiológica, que chega até a causar dor. Podemos resumir as três fases desse processo da seguinte maneira:

1) "Estou me empenhando pelo prazer";
2) "Estou 'derretendo' – este é o castigo receado";
3) "Tenho de reprimir essa sensação para salvar meu pênis".

Levantar-se-á aqui uma objeção: a inibição da sensação de prazer sexual, devido à angústia infantil, encontra-se em *todas* as neuroses. Na verdade, em alguns casos, ela destruiu completamente a genitalidade. Por isso essa inibição não pode constituir um fator específico do masoquismo. Por que então nem todas as inibições do aumento involuntário da sensação de prazer levam ao desenvolvimento do mecanismo masoquista? Essa objeção pode ser rebatida da seguinte maneira:

Há duas possibilidades para uma tal inibição da sensação de prazer. Na primeira, a sensação de prazer de "derretimento" é experienciada inicialmente *sem* angústia; mais tarde, a angústia sobrevém e impede que a excitação sexual se complete, mas o prazer é ainda sentido como prazer. Na segunda, a sensação de prazer e a sensação de *desprazer* correm *lado a lado*. Isso vale para qualquer inibição não masoquista do orgasmo. Por outro lado, no masoquismo, a sensação prazerosa de derretimento que leva ao orgasmo é *ela própria* percebida como o mal esperado. A angústia, experienciada na zona anal como resultado da realização do prazer anal, lança as bases de uma atitude psíquica que faz com que o prazer genital posterior – significativamente mais intenso, é claro – seja sentido como sinal de dano e punição.

Temos, pois, o paradoxo de que, embora sempre se esforçando para ter uma sensação de prazer, o caráter masoquista mergulha invariavelmente numa sensação de desprazer. Tem-se a impressão de que ele se empenha pela sensação de desprazer. Contudo, o que realmente acontece é que a angústia se interpõe entre a pulsão e sua meta, fazendo com que o prazer desejado seja percebido como o perigo temido. Em resumo, em vez de prazer, o *desprazer* é o resultado final do empenho inicial.

Isso também resolve o problema da compulsão à repetição *para além* do princípio do prazer. Parece que a pessoa deseja experimentar de novo uma situação desagradável. Mas a análise revela que não é esse o caso, justamente o contrário: o objetivo é imaginado de início como agradável. O empenho é interrompido pela frustração, pelo medo de punição ou pela angústia, que oculta completamente o objetivo ou o faz parecer desagradável. Assim, podemos concluir que uma compulsão à repetição *para além* do princípio do prazer não existe; os fenômenos correspondentes podem ser explicados *dentro* da estrutura do princípio do prazer e do medo de punição.

Temos de voltar ao nosso caso uma vez mais. A superficialidade e o prolongamento de sua masturbação devem ser atribuídos a essa perturbação do mecanismo do prazer. *Ele evitava qualquer aumento da sensação de prazer.* Quando isso se esclareceu, ele disse: "É impossível permitir que essas sensações sigam seu curso – é completamente intolerável". Agora compreendemos por que razão ele se masturbava durante horas a fio; nunca atingiu a satisfação, porque jamais permitiu qualquer aumento involuntário da excitação.

Além do medo, há outro fator envolvido nessa inibição do aumento da sensação. O caráter masoquista está habituado ao prazer da zona anal, de curva pouco acentuada e sem clímax (poder-se-ia dizer "morno"). Transfere o procedimento e a experiência de prazer anais para o aparelho genital, que funciona de maneira completamente diferente. O intenso e rápido aumento de prazer no aparelho genital é não apenas estranho como até bem capaz de causar terror a uma pessoa familiarizada apenas com o prazer anal – que é tudo menos avassalador. Se se acrescenta a isso a antecipação do castigo, então estão presente todas as condições para a transformação imediata do prazer em *desprazer.*

Em retrospectiva, muitos fatos de casos tratados anteriormente se tornaram claros com base nessas novas descobertas. Isso é particularmente válido para o grande número de casos em que a atividade sexual insatisfatória foi seguida por um estado de ânimo masoquista de sofrimento. Agora sabemos que essa atividade foi insatisfatória devido a uma *perturbação específica do masoquismo.* Foi também possível chegar a uma compreensão econômico-libidinal muito melhor das fortes tendências masoquistas dos pacientes que descrevi, em *Der triebhafte Charakter* (O Caráter Impulsivo) e em *A Função do Orgasmo,* como tendo perturbações orgásticas. Uma senhora com perversão masoquista foi descrita desta maneira: "Ela se masturbava [...] com a fantasia masoquista de que era completamente despida (!), amarrada e fechada numa jaula, onde a deixavam a morrer de fome. Foi nessa altura que a inibição do orgasmo entrou em cena. De repente, ela teve de pensar num aparelho destinado a remover as fezes e a urina automaticamente, pois estava amarrada e não conseguia se mover [...]". Na análise, quando a transferência aumentou até o ponto de excitação sexual, ela era geralmente dominada por um desejo incontrolável de defecar e urinar. Quando se masturbava imaginando ter relações sexuais, "as fantasias masoquistas apareciam precisamente antes de o orgasmo começar".

Portanto, do ponto de vista econômico-sexual, a atitude masoquista e a fantasia relativa a ela provêm da percepção desagradável da sensação de prazer e servem para dominar o *desprazer* através da atitude psiquicamente formulada: "Sou tão infeliz – ame-me!". Então a fantasia de apanhar entra em ação, porque a exigência de amor também contém reivindicações genitais que forçam o paciente a afastar o castigo para a parte de trás do corpo: "Bata-me, mas não me castre!". Assim, a reação masoquista tem uma base especificamente do tipo da neurose atual[24].

Assim, os problemas do masoquismo giram em torno da perturbação peculiar da função do prazer. Ficou esclarecido que o medo do sentimento de "derreter-se" ou desintegrar-se, causado pela sensação de prazer que leva ao orgasmo, força o masoquista a se ater à excitação sexual de curva pouco acentuada. Isso resulta da fixação anal ou da inibição genital? Não há dúvida de que ambos os fatores contribuem para isso, assim como ambos determinam o estado de excitação neurastênico crônico. A analidade mobiliza todo o aparelho da libido, mas não consegue prover a resolução da tensão. A inibição da genitalidade, além de ser um produto da angústia, constitui ela própria um processo que evoca medo, e isso só aumenta a discrepância entre tensão e resolução efetiva. Resta explicar a razão pela qual a fantasia de apanhar entra em jogo ou se torna especialmente intensa logo antes do clímax.

É interessante observar como o aparelho psíquico procura reduzir a discrepância entre tensão e satisfação, e como o desejo de relaxamento, não obstante, irrompe na fantasia de apanhar. Nosso paciente permanecia firme neste ponto: "Apanhar de uma mulher é exatamente o mesmo que se masturbar em segredo na presença dela" (= mãe). Isso, é óbvio, corresponde à experiência real: quando criança, e também quando adolescente, o paciente se masturbava, de forma masoquista, enquanto dormia na mesma cama que a mãe, isto é, apertava e esfregava o pênis, tendo o cuidado de não ejacular (fobia de procriação). Só quando acrescentava a fantasia de estar apanhando da mãe é que tinha uma ejaculação. O significado disso, que o paciente lembrava conscientemente, era o seguinte: "Tinha a impressão de que meu pênis estava fervendo. À quinta ou sexta palmada ele certamente estouraria, a bexiga arrebentaria". *Assim, a finalidade das pancadas era provocar o alívio, que de outra maneira, isto é, atingido pela masturbação, era proibido.* Se, como resultado das pancadas da mãe, a bexiga arrebentasse; se, pela mesma razão, o pênis estourasse e o sêmen fosse ejaculado, então não seria ele o responsável – a causadora disso seria a pessoa que o torturava. Portanto, fundamentalmente, a ânsia

---

24. Neurose de estase.

de punição tinha o propósito de provocar o alívio de maneira indireta, de responsabilizar a pessoa punidora, isto é, de isentar e desculpar a si próprio. O mecanismo é o mesmo na superfície e na profundidade do caráter. No primeiro caso, o significado é: "Ame-me para que eu não tenha medo". O significado da queixa é: "Você é o responsável – não eu!". A função da fantasia de apanhar é: "Bata-me para que, sem me sentir culpado, eu possa me aliviar!". Não pode haver dúvida de que esse é o significado mais profundo da fantasia de apanhar.

Desde que reconheci pela primeira vez essa função mais profunda da fantasia de apanhar, tenho observado o mecanismo acima descrito num grande número de outros pacientes que não desenvolveram qualquer perversão expressa, conseguindo manter a tendência masoquista numa forma latente, através de mudanças caracterológicas no ego. Vejamos alguns exemplos. Um caráter compulsivo desenvolveu uma fantasia de masturbação de que havia sido colocado entre primitivos que o forçavam a ter relações sexuais e a se comportar de maneira completamente desinibida. Outro paciente, um caráter passivo-feminino, sem manifestar qualquer perversão, imaginava que era levado à ejaculação através de pancadas no pênis, mas precisava ser amarrado, não só para suportar os golpes, como para evitar que fugisse. Nessa categoria temos também a atitude sexual masoquista de mulheres neuróticas, considerada por alguns analistas um comportamento feminino normal. A fantasia da mulher de ser violentada serve apenas para livrá-la de seus sentimentos de culpa, isto é, ela quer experimentar o ato sexual sem culpa. Isso só é possível com a condição de ser violentada. A resistência formal oferecida por algumas mulheres no ato verdadeiro tem o mesmo significado.

Isso nos leva ao problema da chamada "angústia prazerosa" (*Angst lust*), que desempenha um papel importante no masoquismo. Vamos dar um exemplo de outra análise.

Um paciente lembrou que, por volta dos 4 anos de idade, tinha o hábito de criar conscientemente *pavor nocturnus*. Costumava rastejar por baixo dos cobertores, masturbava-se, era tomado pelo medo e, para se livrar dele, tirava abruptamente os cobertores de cima do corpo. É muito tentador, num caso como esse, admitir que a compulsão à repetição é a sua mola propulsora. Primeiro, ele tinha *pavor nocturnus* e agora, evidentemente, queria reexperimentar o medo. A esse respeito é necessário esclarecer dois pontos: na realidade, não era medo o que ele deseja reexperimentar, mas o sentimento de sensualidade. Mas este sempre ficava misturado com o medo. Além disso, livrar-se do medo era em si uma fonte de prazer. O essencial nesse processo, porém, era o fato de que o despertar do medo provocava sensações anais e uretrais, em razão das quais o medo era suportado.

Este não se torna prazer como tal, mas apenas constitui a base para o desenvolvimento de um tipo especial de prazer[25]. Muitas vezes as crianças só experimentam sensações de dissolução da tensão num estado de angústia; elas geralmente negam a si mesmas essas sensações, com medo de punição. O alívio experimentado por evacuar ou urinar subitamente numa situação dominada pelo medo constitui muitas vezes a principal razão de se desejar reexperimentar a angústia. Contudo, querer compreender esses fenômenos *para além* do princípio do prazer é interpretar mal os fatos. Em certas condições, a dor e a angústia se tornam as únicas possibilidades de experimentar o alívio que, de outra forma, seria temido. Assim, a expressão "prazer da dor" ou "angústia prazerosa" pode se referir apenas – e de maneira pouco apropriada – ao fato de que a dor e a angústia podem se tornar a base da excitação sexual.

O fato de que, em nosso paciente, o "estouro do pênis" representa a meta pulsional não contradiz nossa compreensão do masoquismo. Por um lado, essa ideia é uma representação da angústia, da punição, num certo contexto; por outro lado, é uma representação da satisfação final, do alívio desejado impulsivamente. Esse duplo significado psíquico da ideia de estouro da bexiga ou dos intestinos faz com que o próprio prazer final seja percebido como a temida execução do castigo.

5. Observações sobre a terapia do masoquismo

O estabelecimento de uma vida sexual saudável, de uma economia da libido regulada, só pode resultar de dois tipos de processos terapêuticos: a liberação da libido das fixações pré-genitais e a eliminação da angústia genital. Claramente, isso se realiza através da análise do conflito edípico pré-genital e genital (pela eliminação dos recalques). A esse respeito, contudo, é necessário salientar um ponto relacionado com a técnica. Se as fixações pré-genitais são dissolvidas pela eliminação dos recalques, sem a superação *simultânea* da angústia genital, há o perigo de um aumento da estase sexual, na medida em que a única saída para a descarga orgástica adequada permanece fechada. Esse perigo pode aumentar, chegando até o suicídio, precisamente quando se conseguem resultados com a análise da pré-genitalidade. Se, por outro lado, se elimina o recalque genital sem se dissolverem as fixações pré-genitais, a primazia genital permanece fraca – a função genital não é capaz de aliviar toda a angústia.

---

25. Cf. Freud, "Drei Abhandlungen zur Sexualtheorie", *Ges. Schr.*, vol. V, pp. 78 ss. ("Três Ensaios Sobre a Teoria da Sexualidade", ESB, vol. VII).

Para a terapia do masoquismo, é de especial importância a maneira como o analista penetra as barricadas do caráter do paciente, como supera a tendência deste a fazer uso de seu sofrimento para provar que o analista está errado, aconteça o que acontecer. A revelação da natureza sádica desse comportamento masoquista é o primeiro passo, e o mais urgente. Ela garante resultados, visto que traz à superfície o sadismo original subjacente ao masoquismo e substitui as fantasias masoquistas anais passivas por fantasias fálico-sádicas ativas. Uma vez que a genitalidade infantil tiver sido reativada ou reestruturada dessa maneira, é muito mais fácil atingir a angústia de castração, que, até então, havia sido encoberta e consumida pelas reações masoquistas.

É desnecessário dizer que essas medidas terapêuticas não têm nenhum efeito no caráter masoquista do paciente. Suas queixas, o rancor, a autodestrutividade e a sua maneira desajeitada, que serve como um motivo racional para se afastar do mundo, em geral persistem até que a perturbação de seu mecanismo de prazer na masturbação tenha sido eliminada. Uma vez que tenha sido alcançada a descarga orgástica adequada da libido, é comum que a personalidade do paciente tenha uma rápida melhora. Mas a tendência para se refugiar no masoquismo ao menor desapontamento, frustração ou situação de insatisfação continua durante algum tempo. Um trabalho paralelo consistente sobre a angústia genital e a fixação pré-genital só poderá obter sucesso se o dano do aparelho genital não for demasiadamente grave, e se o ambiente familiar e social do paciente não o forçar repetidamente a retornar a um padrão de reação masoquista. Disso se deduz que a análise de um jovem masoquista solteiro obterá bons resultados muito mais facilmente do que a de uma mulher masoquista na menopausa ou que, por razões econômicas, esteja presa a uma situação familiar infeliz.

Só por meio do trabalho consistente em relação aos traços de caráter masoquistas durante os primeiros meses de tratamento é que o analista pode realizar uma ruptura nas linhas de defesa do paciente, e caminhar em direção ao núcleo da neurose. Mas esse trabalho deve ser mantido infatigavelmente no decorrer da análise, para evitar dificuldades durante as recaídas frequentes que ocorrem no processo de estabelecimento da primazia genital. Deve-se ter também presente que a dissolução definitiva do caráter masoquista só é possível depois que o paciente tenha levado por algum tempo – isto é, depois de terminar o tratamento –, uma vida de trabalho e amor econômico-sexualmente satisfatória.

Há uma boa razão para se ter muito ceticismo quanto ao sucesso do tratamento de um caráter masoquista, especialmente daqueles que apresentam perversões, enquanto as reações do caráter não tenham sido compreendidas (e, portanto, dissolvidas) em detalhe. Contudo, há motivo para otimismo quando isso acontece, isto é, quando se efetua o avanço para a genitalidade, embora no princípio apenas na forma de angústia genital. Quando é esse o caso, não há necessidade de se ficar alarmado por causa das frequentes recaídas. A experiência clínica geral já mostrou que a cura do masoquismo é uma de nossas tarefas mais difíceis – o que não quer dizer que as outras sejam fáceis. Para dar conta dessas tarefas, porém, é preciso adotar consistentemente a teoria psicanalítica que está firmemente fundamentada em dados empíricos. Hipóteses como as criticadas aqui são muito frequentemente um indício de capitulação prematura aos problemas da prática psicanalítica.

Se o masoquismo do paciente for remontado a uma pulsão de morte irredutível, então o ponto de vista do paciente a respeito de si mesmo está confirmado, isto é, seu desejo de sofrer estaria supostamente comprovado. Mas nós demonstramos que ele tem de ser desmascarado como agressão disfarçada. Isso corresponde à realidade da situação, e só assim se possibilita o sucesso terapêutico.

Além das duas tarefas terapêuticas citadas acima (redução do masoquismo à condição original de sadismo e avanço da pré-genitalidade à genitalidade), há uma terceira, que é específica do tratamento dos caracteres masoquistas: trata-se da dissolução analítica da atitude espástica anal e genital que, como salientamos, é a fonte real do sintoma de sofrimento.

Essa representação do processo masoquista está longe de oferecer uma solução a todos os problemas do masoquismo, mas pode-se afirmar que a reincorporação do problema do masoquismo ao quadro de referência do princípio do prazer-desprazer facilitará o esclarecimento dos problemas restantes, o que foi retardado pela hipótese da pulsão de morte.

XII

Algumas observações sobre o conflito básico entre necessidade e mundo externo[1]

Para apreciar a importância teórica do que foi exposto nos capítulos anteriores, é necessário ir mais adiante em nosso assunto e fazer algumas observações sobre a teoria das pulsões em geral. A experiência clínica tem proporcionado amplas oportunidades para se verificar a exatidão da suposição básica de Freud acerca do dualismo fundamental do aparelho psíquico e, ao mesmo tempo, para se eliminarem algumas de suas contradições. Estaria fora de nossa abordagem dirigida para a clínica tentar investigar as relações entre pulsão e mundo externo tão completamente como o material merece. Contudo, é necessário dizer, antecipadamente, algumas palavras sobre essas relações, a fim de dar ao que foi exposto neste trabalho uma conclusão teórica, e também fornecer um contrapeso à excessiva biologização da psicologia analítica.

Na sua teoria das pulsões, Freud defende a existência de diversos pares de pulsões opostas, bem como tendências, no aparelho psíquico, que se neutralizam mutuamente. Com a adoção consistente dessa dicotomização das tendências psíquicas (que, embora antitéticas, interagem entre si), Freud, mesmo que inconscientemente, estabeleceu as bases para uma futura psicologia funcional. Originalmente, a pulsão de autopreservação (fome) e a pulsão sexual (eros) eram consideradas opostas. Mais tarde, a pulsão de destruição, ou pulsão de morte, veio representar a tendência oposta à sexualidade. A psicologia analítica original baseava-se na antítese entre *ego* e *mundo externo*. A isso cor-

---

1. Nota, 1948: A descoberta da energia orgone organísmica obrigará a uma reavaliação de nossos conceitos dos "instintos". Eles são funções concretas da *energia física*.

respondia a antítese entre *libido do ego* e *libido objetal*. A antítese entre *sexualidade* e *angústia*, embora não considerada a básica do aparelho psíquico, tinha um papel fundamental na explicação da angústia neurótica. De acordo com a hipótese original, quando a libido é impedida de entrar na consciência e atingir seu objeto, converte-se em angústia. Mais tarde, Freud deixou de insistir na estreita correlação entre sexualidade e angústia[2], embora, em minha opinião, não houvesse justificativa clínica para a alteração de seu conceito. Pode-se demonstrar que há mais do que uma relação acidental entre essas várias antíteses; elas derivam dialeticamente uma das outras. Trata-se apenas de compreender qual é a antítese original e como se efetua o desenvolvimento das antíteses subsequentes, isto é, que influências agem sobre o aparelho pulsional.

Em nossos casos, assim como em qualquer outro analisado com profundidade suficiente, somos capazes de descobrir que, na base de todas as reações, existe a antítese não entre amor e ódio, e certamente não entre eros e pulsão de morte, mas entre *ego* ("*pessoa*"; *id* = *ego do prazer*) e *mundo externo*. Num nível elementar, apenas um desejo brota da unidade biopsíquica da pessoa: o desejo de descarregar tensões internas, pertençam elas à esfera da fome ou da sexualidade. Isso é impossível sem o contato com o mundo externo. Por isso, o *primeiro* impulso de *toda* criatura deve ser um desejo de estabelecer contato com o mundo externo. O conceito psicanalítico de que a fome e a necessidade libidinal são opostas e, não obstante, estão entrelaçadas no começo do desenvolvimento psíquico da criança (dado que a estimulação libidinal da boca – "prazer de sucção" – propicia a absorção do alimento) conduz a consequências surpreendentes e estranhas quando visto mais profundamente, isto é, quando os pontos de vista de Hartmann acerca da função das tensões superficiais sobre as unidades dos órgãos são aplicados às nossas questões. Se admitimos que a teoria de Hartmann (da qual certos aspectos foram suplementados pelas investigações de Kraus e Zondek) é correta, então a energia psíquica deve provir de tensões superficiais mecânicas e fisiológicas, baseadas na química das células, tensões estas que se desenvolvem nos vários tecidos do corpo humano, mais evidentemente no sistema vegetativo e nos órgãos correlatos (sangue e sistema linfático). Nessa perspectiva, a perturbação do equilíbrio físico-químico, provocada por essas tensões, acaba por se tornar a força motriz da ação – em última análise, muito provavelmente também a força motriz do pensamento. Contudo, fundamentalmente, essas perturbações – por exemplo, no equilí-

---

2. Freud, "Hemmung, Symptom und Angst", *Ges. Schr.*, vol. XI ("Inibições, Sintomas e Ansiedade", ESB, vol. XX).

brio osmótico dos tecidos orgânicos – são de natureza dupla. Uma forma é caracterizada por um encolhimento dos tecidos, como resultado da perda do fluido tissular; a outra, por uma expansão dos tecidos orgânicos como resultado do aumento do conteúdo de fluido. Em ambos os casos, experimenta-se o *desprazer*. No primeiro, a *redução* da tensão superficial produz uma *baixa pressão* e um sentimento correspondente de *desprazer*, que só pode ser eliminado pela *absorção* de novas substâncias. No último, há uma correlação direta entre a *tensão* real e a sensação de *desprazer*. Por isso, a tensão só pode ser eliminada pela *eliminação* de substâncias. Só a última forma está ligada ao prazer específico; na primeira, é apenas uma questão de reduzir o desprazer.

Há uma "pulsão" envolvida nos dois casos. No primeiro, reconhecemos a fome e a sede; no segundo, o protótipo da descarga orgástica peculiar a todas as tensões erógenas, isto é, sexuais. Biofisiologicamente, o organismo primitivo – por exemplo, um protozoário – descarrega no centro e se sobrecarrega com plasma na periferia, ele tem de se expandir quando absorve uma partícula de alimento, isto é, quando quer eliminar uma pressão interna baixa. Em nossa linguagem, para eliminar sua "baixa pressão", isto é, sua fome, ele tem de se aproximar do mundo externo com a ajuda de um mecanismo libidinal. Por outro lado, o crescimento, a cópula e a divisão celular são inteiramente partes da função libidinal, que é caracterizada pela expansão periférica seguida por alívio, isto é, redução da tensão superficial. Por isso, a energia sexual está sempre a serviço da satisfação da fome, enquanto a absorção do alimento, inversamente, introduz aquelas substâncias que, através de um processo físico-químico, levam finalmente a tensões libidinais. Assim como a absorção do alimento é a base da existência e das funções libidinais, estas são a base das realizações produtivas – incluindo a mais primitiva, a locomoção. Esses fatos biofisiológicos são completamente confirmados na alta organização do aparelho psíquico: não é possível sublimar a fome, ao passo que a energia sexual se modifica e é produtiva. Isso se baseia no fato de que, no caso da fome, uma condição negativa é eliminada – não é produzido o prazer. Por outro lado, no caso da necessidade sexual, há uma descarga, isto é, produção em sua forma mais simples. Além disso, há o prazer proporcionado pelo alívio. Esse prazer, de acordo com uma lei que ainda não foi inteiramente compreendida, impele a uma repetição da ação. É bastante possível que essa repetição constitua um aspecto essencial do problema da memória. Assim, a fome é uma indicação da *perda* de energia: a satisfação da necessidade de alimento não produz qualquer energia que possa aparecer concretamente como realização (dispêndio de energia). É apenas a eliminação de uma falta.

Por mais obscuro que seja ainda esse fato, a tese psicanalítica empírica de que o trabalho é uma conversão do processo de energia libidinal – que, além disso, as perturbações da capacidade de trabalho estão intimamente relacionadas às perturbações da economia libidinal – baseia-se na diferença já descrita entre as duas necessidades biológicas básicas.

Agora voltemos à questão das antíteses dos empenhos. Vemos que, originalmente, elas não estão dentro da unidade biopsíquica, se não considerarmos possíveis fatores filogenéticos. Um polo da antítese é representado pelo mundo externo. Isso contraria a hipótese de Freud de uma antítese *interna* entre os empenhos? Naturalmente não é esse o caso. Trata-se apenas de determinar se a antítese interna, o dualismo interno, é um fator biológico primário ou se resulta mais tarde do choque entre o aparelho que governa as necessidades fisiológicas e o mundo externo[3]. Além disso, é preciso decidir se a antítese original dentro da personalidade é de natureza pulsional ou se é algo diferente. Vamos começar discutindo o fenômeno da ambivalência.

A "ambivalência de sentimentos", no sentido das reações *simultâneas* de amor e ódio, não é uma lei biológica. É, antes, um produto do desenvolvimento socialmente determinado. Em termos de estrutura, há apenas a capacidade do aparelho biopsíquico de reagir a estímulos do mundo externo de um modo que pode – embora não necessariamente – desenvolver-se numa atitude crônica, que designamos como ambivalente. A ambivalência representa uma oscilação entre empenhos de ódio e de amor apenas na camada superficial do aparelho psíquico. Num nível mais profundo, correspondente a uma fase mais primitiva de desenvolvimento, a oscilação, a hesitação, a indecisão, bem como outras características de ambivalência, têm explicação diferente. São manifestações de um choque entre um impulso libidinal, que luta incessantemente por expressão, e o medo de punição, que o inibe e o impede de se traduzir em ação. Frequentemente (no caso do caráter compulsivo, sempre) o impulso amoroso é substituído pelo impulso de ódio, que, no fundo, persegue o objetivo do impulso amoroso, mas também é inibido pela mesma angústia, como o impulso sexual. Assim, dependendo de sua gênese e da profundidade de sua função, a ambivalência tem três significados:

---

3. Para evitar qualquer má interpretação, é necessário deixar bem claro que não estou postulando uma antítese absoluta entre um aparelho de necessidade acabado e o mundo externo. O próprio aparelho de necessidade tem uma longa história atrás de si. Filogeneticamente, também ele deve ter resultado de processos funcionais semelhantes. Este será um grande problema para a teoria da evolução, assim que estiver pronta para desistir do ponto de vista mecanicista em favor do ponto de vista funcional.

a) "Amo você, mas tenho medo de ser castigado por isso" (*amor-medo*);
b) "Odeio você, porque não me permitem amá-lo, mas tenho medo de satisfazer o ódio" (*ódio-medo*);
c) "Não sei se amo ou odeio você" (*amor-ódio*).

Isso produz o seguinte quadro da origem das contradições psíquicas. Da antítese original entre ego e mundo externo, que aparece mais tarde como a antítese entre *narcisismo* e *libido objetal*, resulta a antítese entre *libido* (como um empenho na direção do mundo externo) e *angústia* (como a expressão primeira e mais fundamental de uma fuga narcísica para o ego, por causa do *desprazer* experimentado no mundo externo). Essa é a primeira contradição *dentro* da pessoa. A expansão e a contração dos pseudópodos no protozoário é, como demonstraremos em detalhe mais adiante, muito mais do que uma mera analogia com a "expansão" e "contração" da libido. Se, por um lado, o *desprazer* experimentado no mundo externo faz a libido recuar ou se refugiar "dentro" (fuga narcísica), por outro lado, é a tensão desagradável criada pelas necessidades não satisfeitas que estimula a pessoa a procurar contato com o mundo externo. Se o mundo externo trouxesse apenas prazer e satisfação, não haveria o fenômeno da angústia. Uma vez que, no entanto, os estímulos desagradáveis e produtores de perigo originam-se no mundo externo, o empenho da libido objetal tem de ser provido com uma contrapartida, a saber, a tendência para se refugiar na fuga narcísica. A expressão mais primitiva dessa fuga narcísica é a angústia. A expansão libidinal para o mundo e a fuga narcísica a ele são apenas paráfrases de uma função muito primitiva, presente em todos os organismos vivos, sem exceção. Mesmo no protozoário, ela se manifesta como duas direções opostas das correntes de plasma: uma fluindo do centro para a periferia e a outra, da periferia para o centro[4]. O empalidecer de susto e o tremer de medo ("os cabelos em pé") correspondem a uma fuga do investimento, da periferia do corpo para o centro, causada pela contração dos vasos periféricos e pela dilatação do sistema vascular central (*angústia* produzida pela estase). A turgescência dos tecidos cutâneos periféricos, o rubor da pele e a sensação de calor na excitação sexual são os opostos exatos disso e correspondem a um fluxo fisiológico e psíquico dos investimentos no sentido centro ＞ periferia do corpo ＞ mundo. A ereção do

---

4. De acordo com Weber, as sensações de *Unlust* acompanham um fluxo sanguíneo centrípeto, enquanto as sensações de prazer acompanham um fluxo sanguíneo centrífugo. Ver também Kraus e Zondek, *Syzygiologie:* Allgemeine *und sepzielle Pathologie der Person* (I. Tiefenperson) (Patologia Geral e Especial da Pessoa – I. Dinâmica da Pessoa), Thieme, 1926.

pênis e o umedecimento da vagina são manifestações desse direcionamento da energia num estado de excitação; inversamente, o encolhimento do pênis e o ressecamento da vagina não são mais que manifestações da direção oposta dos investimentos e dos fluidos do corpo, da periferia para o centro. A primeira antítese, *excitação sexual--angústia*, é apenas o reflexo intrapsíquico da antítese principal, *ego-mundo externo*, que então se torna a realidade psíquica da contradição interna: "Eu desejo – eu tenho medo".

Assim, a angústia é e sempre deve ser a primeira manifestação da tensão interna, seja ela provocada por uma frustração externa do avanço em direção à mobilidade ou da satisfação de uma necessidade, ou seja, por uma fuga dos investimentos de energia para o centro do organismo. No primeiro caso, trata-se de angústia de estase (angústia atual); no segundo, de angústia real, em que uma condição de estase resulta necessariamente e, assim, há também angústia. Por isso, ambas as formas de angústia (angústia de estase e angústia real) podem ser remontadas a *um* fenômeno básico, isto é, a estase central dos investimentos de energia.

Contudo, enquanto a angústia de estase é a manifestação direta da angústia, a angústia real é, inicialmente, apenas a antecipação do perigo; ela se torna angústia afetiva secundariamente, quando a fuga dos investimentos para o centro produz uma estase no aparelho vegetativo central. A reação de fuga original, na forma de "arrastar-se para dentro de si mesmo", posteriormente se manifesta numa forma de fuga filogeneticamente mais nova, que consiste em aumentar a distância em relação à origem do perigo. Ela depende da formação de um aparelho locomotor (*fuga muscular*).

Além da fuga para o centro do corpo e da fuga muscular, há uma segunda reação, mais significativa, num nível mais elevado de organização biológica: a eliminação da fonte de perigo, que só pode aparecer como um *impulsivo destrutivo*[5]. Seu princípio é evitar a estase ou angústia provocada pela fuga narcísica. Portanto, basicamente, é apenas uma forma especial de evitar ou resolver a tensão. Nessa fase de desenvolvimento, há dois motivos para se esforçar em direção ao mun-

---

5. Pode-se, querendo, reconhecer um impulso destrutivo até nos processos relativos à satisfação da fome, na destruição e assimilação dos alimentos. Vista assim, a pulsão de destruição seria uma tendência biológica *primária*. Não devemos, no entanto, desconsiderar a diferença entre destruição visando ao aniquilamento e destruição com o fim de satisfazer a fome. Só a primeira pode ser considerada uma moção pulsional primária, ao passo que a última representa apenas um meio de se chegar à finalidade desejada. Na primeira, a destruição é desejada *subjetivamente;* na última, é apenas um fato objetivo. O que impele à ação é a fome, não a destruição. Mas, em ambos os casos, a destruição é dirigida primeiro para um objeto *fora* da pessoa.

do: 1) a satisfação de uma necessidade (libido) ou 2) a evitação de um estado de angústia, destruindo a fonte do perigo (destruição). Uma segunda antítese entre *libido* (*"amor"*) e *destruição* (*"ódio"*) é desenvolvida, então, com base na primeira antítese interna entre libido e angústia. Toda frustração de uma satisfação pulsional pode dar origem à angústia (isto é, a primeira contrapartida da libido) ou, para evitar a angústia, produzir um impulso destrutivo (isto é, a contrapartida geneticamente mais nova). Cada um desses modos de reação corresponde a uma forma de caráter cuja reação ao perigo é motivada e fixada irracionalmente. O caráter histérico recua diante do perigo; o caráter compulsivo quer destruir a fonte de perigo. O caráter masoquista, não tendo capacidade de se aproximar do objeto de uma forma libidinal-genital nem tendência destrutiva para eliminar a fonte de perigo, procura resolver suas tensões internas através de uma expressão indireta, de uma súplica disfarçada ao objeto para que o ame, isto é, para que lhe permita e torne possível o alívio da tensão libidinal. Obviamente, isso nunca acontece.

A função do segundo par antitético, libido-destruição, sofre uma nova mudança, porque o mundo externo frustra não só a satisfação da libido como também a da pulsão destrutiva. Essa frustração das intenções destrutivas também é levada a cabo por ameaças de punição que, ao incutirem angústia a todo impulso destrutivo, fortalecem o mecanismo narcísico de fuga. Por isso, surge uma quarta antítese: *pulsão de destruição-angústia*[6]. Todos os novos empenhos antitéticos se formam no aparelho psíquico a partir do choque entre os empenhos prévios e o mundo externo. Por um lado, a tendência destrutiva é fortalecida pelas intenções libidinais da pessoa. Toda frustração da libido provoca intenções destrutivas que, por sua vez, podem se transformar facilmente em sadismo, pois este engloba o impulso libidinal e o destrutivo. Por outro lado, a tendência destrutiva é fortalecida pela propensão à angústia e ao desejo de evitar ou resolver as tensões que induzem ao medo na forma destrutiva usual. Contudo, dado que a emergência de cada novo impulso provoca a atitude punitiva do mundo externo, segue-se uma cadeia sem fim, cujo primeiro elo é a inibição que induz ao medo da descarga libidinal. A inibição do impulso agressivo pela ameaça de punição proveniente do mundo externo não só aumenta a angústia e impede a descarga da libido muito mais do que anteriormente; ela também dá origem a uma nova antítese. Dirige o impulso destrutivo em parte contra o mundo e em parte contra o

---

6. Apesar do fato de que esse par antitético se localiza próximo à superfície da estrutura da personalidade, a psicologia individual de Adler como um todo nunca foi além desse ponto.

ego, acrescentando, assim, novos antagonismos: entre a *pulsão de destruição* e a *pulsão de autodestruição*, e entre *sadismo* e *masoquismo*.

Em relação a isso, o sentimento de culpa é uma consequência posterior – o resultado de um conflito entre o amor e o ódio pelo mesmo objeto. Dinamicamente, o sentimento de culpa corresponde à intensidade da agressão inibida, que é igual à intensidade da angústia inibidora.

Ao deduzir um quadro teórico completo dos processos psíquicos a partir do estudo clínico das neuroses, especialmente do masoquismo, aprendemos duas coisas: 1) o masoquismo é uma consequência bastante tardia do desenvolvimento. (Isso se confirma pela observação direta de crianças.) Raramente surge antes do terceiro ou quarto ano de vida; portanto, por essa mesma razão, não pode ser a manifestação de uma pulsão biológica primária; 2) todos os fenômenos do aparelho psíquico, dos quais se crê poder deduzir uma pulsão de morte, podem ser desmascarados como indicações e consequências de uma fuga *narcísica* (não muscular) do mundo. A autodestrutividade é a manifestação de um impulso destrutivo voltado contra si mesmo. A deterioração física, devida a processos neuróticos crônicos, é o resultado da perturbação crônica da economia sexual, o efeito crônico de tensões internas não resolvidas, que têm uma base fisiológica. É o resultado do sofrimento psíquico crônico, que tem uma base objetiva, mas que não é subjetivamente desejado.

O desejo consciente de morte, de paz, de nada ("o princípio do nirvana") só ocorre numa condição de desesperança e ausência de satisfação sexual, especialmente genital. É, em resumo, a manifestação de uma resignação completa, um refugiar-se no nada, escapando de uma realidade que se tornou exclusivamente desagradável. Por causa do primado da libido, esse nada aparece como *outra* forma de objetivo *libidinal*, por exemplo, estar em paz no útero, ser cuidado e protegido pela mãe. Todo impulso libidinal que não é dirigido para o mundo externo, isto é, que corresponde a uma retirada para dentro do próprio ego – em resumo, todo fenômeno de regressão narcísica – é tomado como prova da existência da pulsão de morte. Na realidade, não passam de reações a frustrações reais da satisfação das necessidades libidinais e de se saciar a fome – frustrações causadas por nosso sistema social ou por outras influências do mundo externo. Se, mesmo na falta de causas atuais concretas, essa reação se desenvolve completamente, temos na análise um instrumento adequado para demonstrar que as frustrações da libido na *primeira infância* precisaram refugiar-se do mundo no próprio ego do indivíduo e criaram uma estrutura psíquica que, mais tarde, incapacitou a pessoa de usar as possibilidades de prazer que tem no mundo. Na verdade, a melancolia, tantas vezes apontada como prova da pulsão de morte, revela claramente que as tendências suicidas são secundárias; elas representam uma imponente superestrutura montada sobre a oralidade frustrada, que se converte em fixação oral devido à total inibição da função genital. Além disso, a melancolia se baseia num impulso destrutivo fortemente desenvolvido correspondente a essa fase inicial e aumentado pela enorme estase da libido. Esse impulso, inibido e voltado contra si, pode simplesmente não encontrar outra saída além da autodestruição. Assim, se o indivíduo se destrói, não é por ser incitado a isso biologicamente, não é por "querer", mas porque a realidade criou tensões internas que se tornaram insuportáveis e só podem ser resolvidas pelo autoaniquilamento.

Tal como o mundo se torna uma realidade externa absolutamente desagradável, também o aparelho pulsional se torna uma realidade interna absolutamente desagradável. Contudo, dado que a força motriz fundamental da vida é a tensão com a esperança de uma possibilidade de alívio – isto é, de obtenção de prazer –, uma criatura externa *e* internamente privada dessas possibilidades desejará deixar de viver. O autoaniquilamento converte-se na possibilidade única e final de alívio, de modo que podemos dizer que, mesmo na vontade de morrer, o princípio do prazer-desprazer está expresso.

Todos os outros conceitos ignoram essas profundas descobertas clínicas, evitam o confronto com a questão da estrutura de nosso mundo real (um confronto que leva a uma crítica do sistema social) e descartam as melhores possibilidades de ajudar o paciente. Pois é por meio da análise que o analista lhe possibilita superar o medo da punição deste mundo e resolver suas tensões internas, da única maneira efetiva em termos biológicos, fisiológicos e econômico-sexuais – a satisfação orgástica e a sublimação eventual.

Os fatos relativos ao masoquismo invalidam a hipótese de uma necessidade primária de punição. Se não é válida para o masoquismo, dificilmente será encontrada em outras formas de doença. O sofrimento é verdadeiro, objetivamente existente, mas não é desejado subjetivamente. A auto-humilhação é um mecanismo de defesa devido ao perigo de castração genital; os atos que produzem dano a si mesmo antecipam punições mais suaves, como defesa contra aquelas realmente temidas; fantasias de apanhar são as últimas possibilidades de um alívio livre de culpa. A fórmula original de neurose ainda é válida: a neurose tem origem num conflito entre a exigência sexual pulsional e a ameaça de ser punido por uma sociedade patriarcal autoritária por ter se envolvido em atividade sexual. Contudo, com base nessa fórmula, até mesmo as conclusões que tiramos são fundamentalmente diferentes. O sofrimento provém da sociedade. Por isso, temos toda razão em perguntar por que a sociedade produz sofrimento e a quem isso interessa.

Deduz-se, logicamente, da fórmula original de Freud (isto é, a frustração provém do mundo externo) que uma parte do conflito psíquico, da frustração, se origina nas condições de vida existentes em nosso sistema social. Mas até que ponto essa fórmula foi obscurecida pela hipótese da pulsão de morte é demonstrado pela linha de pensamento de Benedek: "Se aceitamos a teoria do dualismo das pulsões unicamente no sentido da antiga teoria, abre-se uma lacuna. Então permanece sem resposta a questão de por que se desenvolveram mecanismos no homem que agem antagonicamente à pulsão sexual". Vemos, assim, como a hipótese de uma pulsão de morte nos leva a esquecer que esses "mecanismos internos", que agem antagonicamente à pulsão sexual, são inibições morais representando as proibições impostas pelo mundo externo, pela sociedade. Por isso, não estamos "arrombando uma porta aberta" quando sustentamos que a pulsão de morte supostamente explica, em termos biológicos, fatos que, seguindo consistentemente a primeira teoria, provêm da estrutura social atual.

Resta demonstrar que os "impulsos destrutivos incontroláveis", aos quais se atribui a responsabilidade pelo sofrimento do homem, não são determinados biologicamente, e sim sociologicamente; que a inibição da sexualidade pela educação autoritária transforma a agressão numa exigência incontrolável, isto é, que a energia sexual inibida se converte em destrutividade. E que os aspectos de nossa vida cultural que parecem ser autodestrutivos não são manifestações de "pulsões de autoaniquilamento"; são manifestações de intenções destrutivas muito verdadeiras de uma sociedade autoritária, interessada na repressão da sexualidade.

PARTE III
DA PSICANÁLISE À BIOFÍSICA ORGÔNICA

XIII

Contato psíquico e corrente vegetativa

UMA CONTRIBUIÇÃO À TEORIA DOS AFETOS E À TÉCNICA CARACTEROANALÍTICA

Prefácio

Este trabalho é uma elaboração formal da palestra que fiz no XIII Congresso Psicanalítico Internacional, em Lucerna, em agosto de 1934. É uma continuação da discussão do difícil material clínico e caracteroanalítico e dos problemas que examinei detalhadamente na Parte I do presente livro. Acima de tudo, é uma tentativa de abranger dois grupos de fatos que não foram tratados na Parte I: 1) a falta de contato psíquico e o mecanismo psíquico que tenta compensá-la, estabelecendo contatos substitutos; 2) a unidade antitética das manifestações psíquicas e vegetativas da vida afetiva. Esta última é uma continuação direta do meu trabalho "Urgegensatz des vegetativen Lebens" (Contraste Original da Vida Vegetativa), publicado no Zeitschrift für politische Psychologie und Sexualökonomie, 1934.
Mais uma vez, embora clinicamente bem fundamentado, constituiu apenas um pequeno avanço, partindo do que já é conhecido e estabelecido para caminhar em direção aos obscuros e difíceis problemas da relação entre o psíquico e o somático. A aplicação da minha técnica de análise do caráter permitirá a todos verificar essas descobertas, logo que tenham dominado as dificuldades técnicas iniciais.
Evitou-se intencionalmente a discussão das opiniões expostas por outros autores sobre o problema da "totalidade" e da homogeneidade das funções psíquicas e somáticas. A economia sexual aborda o problema a partir de um fenômeno comumente negligenciado, o orgasmo, e aplica conscientemente os métodos do funcionalismo. Por essa razão, seria prematura uma discussão crítica, porque ela pressuporia

que meu ponto de vista é conclusivo, como também que outros autores já tivessem tomado uma posição acerca do problema do orgasmo. Nada disso é verdade.

Havia boas razões para se manter a refutação clínica da teoria de Freud sobre a pulsão de morte. A análise profunda do chamado "empenho pelo nirvana" foi especialmente valiosa para fortalecer minha opinião de que a hipótese da pulsão de morte era uma tentativa de explicar fatos que ainda não podiam ser explicados e, mais do que isso, tentava fazê-lo de maneira equivocada.

Para os psicanalistas de orientação funcional, os jovens economistas sexuais e os analistas do caráter, talvez este ensaio seja mais adequado do que os anteriores, no sentido de lhes dar um esclarecimento teórico e um auxílio prático na aplicação da técnica de análise do caráter. A concepção e a técnica caracteroanalíticas de lidar com distúrbios psíquicos receberam novo impulso com a descoberta da falta de contato psíquico e do medo de estabelecer contato. Pode bem acontecer que as ideias expostas neste ensaio em breve se mostrem incompletas, talvez até incorretas em alguns pontos. Isso serviria para demonstrar que só pela prática ativa podemos nos manter em dia com o desenvolvimento de uma nova ideia. Aqueles que procuram, com seriedade, aprender a técnica de análise do caráter não terão dificuldade em reconhecer em seu trabalho clínico – e fazer uso integral delas – as relações entre o modo de contato psíquico e a excitabilidade vegetativa, descritas aqui pela primeira vez. Essas relações podem não só ajudar a desenredar nosso trabalho psicoterapêutico da atmosfera mística da psicoterapia atual como também, em condições favoráveis, garantir sucessos de outro modo inatingíveis. Ao mesmo tempo, devo advertir o analista quanto ao entusiasmo exagerado em suas expectativas terapêuticas. Já não pode haver quaisquer dúvidas sobre a superioridade da análise do caráter. Mas são precisamente as fases finais do tratamento caracteroanalítico, em especial a reativação da angústia do contato orgástico e sua superação, que permanecem ainda muito pouco compreendidas e, portanto, insuficientemente dominadas. A teoria do orgasmo é muito mal compreendida, mesmo por aqueles que a adotam. Ainda há muita ignorância no que diz respeito à espontaneidade desinibida da entrega orgástica, que, em geral, é confundida com a excitação pré-orgástica. Não obstante, é certo que, sem haver segurança na questão do orgasmo, só por acaso se concluirá com sucesso o tratamento analítico do caráter.

A conferência em que se baseia este ensaio encerrou minha ligação com a Associação Psicanalítica Internacional. Seus líderes já não queriam se identificar com meus pontos de vista.

Fevereiro de 1935
WILHELM REICH

1. Outras referências ao conflito entre pulsão e mundo externo

Para começar, quero relembrar as teorias psicanalíticas *mais antigas*, que constituem o ponto de partida de meu trabalho. É impossível compreender os resultados da investigação caracteroanalítica sem um conhecimento dessas teorias.

Os primeiros pontos de vista psicanalíticos baseavam-se no conflito entre *pulsão* e *mundo externo*. A total indiferença das teorias atuais para com esse conceito fundamental não o invalida. É a formulação mais fecunda de toda a psicologia analítica, e sua presença será inequivocamente clara para todos os clínicos, em todos os casos. O processo psíquico revela-se como o resultado do conflito entre a exigência pulsional e a frustração externa dessa exigência. Só secundariamente é que essa oposição inicial resulta num conflito interno entre o desejo e a abnegação. A abnegação é o elemento básico do que se chama "moralidade interna". Pretendo mostrar, sempre que possível, como essa fórmula dá origem a pontos de vista teóricos fundamentais sobre o conflito psíquico. Quando se procura a origem da frustração da pulsão, ultrapassam-se os limites da psicologia e se entra no campo da sociologia, encontrando-se um complexo de problemas fundamentalmente diferentes daqueles encontrados no campo da psicologia. Já não se pode responder psicologicamente à questão de por que a sociedade exige o recalque e a repressão das pulsões. São interesses *sociais*, mais precisamente econômicos, que causam tais recalques e repressões em determinadas épocas[1]. A política, que meus opositores me censuram por misturar com a ciência, tem ligação direta com essa linha de raciocínio rigorosamente – diria unicamente – científica.

Quando um jovem descobre que a inibição de seus empenhos sexuais naturais não é devida a considerações biológicas, não é ditada pela pulsão de morte, mas satisfaz interesses definidos daqueles que detêm o poder social; quando ele descobre que os pais e os professores são meramente executores inconscientes desse poder social, então não adotará a posição de que se trata de uma teoria científica muito interessante. Compreenderá a miséria de sua vida sob uma nova luz, negará sua origem divina e começará a se rebelar contra os pais e seus superiores. Poderá até se tornar crítico, pela primeira vez, e começar a refletir sobre as coisas. É isso, e apenas isso, que eu entendo por "política sexual"[2].

---

1. *Der Einbruch der Sexualmoral*, 2ª edição, 1934.
2. É a prática social, isto é, política, que resulta do conhecimento de que o recalque sexual tem uma origem *social*. O ponto de vista exposto por Bernfeld, no XIII Congresso Psicanalítico, de que as relações sexuais adolescentes podem ser atribuídas

Sabemos que a tarefa do ego é servir de mediador entre essas influências sociais – que mais tarde se tornam internalizadas como moralidade ou inibição interna da pulsão – e as necessidades biológicas. Se seguirmos as manifestações psíquicas destas últimas, isto é, os fenômenos do id, longe o bastante, atingiremos um ponto em que nossos métodos psicológicos de investigação deixarão de ser adequados, pois teremos entrado no campo da fisiologia e da biologia. Há aqui um importante ponto de divergência entre meus opositores e eu. Acho necessário reconhecer limites no método psicológico; meus adversários "psicologizam" a sociologia e a biologia. Depois disso, parecerá um pouco estranho que o assunto de minha investigação seja precisamente o desenvolvimento das excitações vegetativas a partir do caráter, isto é, das formações psíquicas, e que eu tencione realizá-la com o auxílio de um procedimento psicológico. Serei culpado de transgredir meu próprio princípio? Preferimos adiar a resposta para mais tarde.

2. Alguns pressupostos técnicos

As relações entre o aparelho psíquico e excitações vegetativas, tal como tentei descrevê-las aqui, continuarão incompreensíveis se não nos libertarmos primeiro de uma fonte de erros inerentes a nosso método de conhecimento teórico. A teoria e a prática estão interligadas de modo inseparável. *Uma atitude teórica incorreta conduz, necessariamente, a uma técnica incorreta, e uma técnica incorreta produz opiniões teóricas incorretas.* Se tentarmos descobrir as razões subjacentes à postulação de uma pulsão de morte, descobriremos, além das de natureza social – que discuti em outro local –, algumas poucas relativas ao problema da técnica. Muitos dos que participaram dos trabalhos do Seminário de Viena para a Terapia Psicanalítica lembram-se, com certeza, da dificuldade que tivemos para superar o

---

às precárias condições educacionais, só faz confirmar os sentimentos de culpa neuróticos do adolescente. É evidente que essa opinião será também do agrado de todos os padres e defensores do "espírito objetivo". Mas, à parte isso, ela apenas encobrirá o problema da adolescência, em vez de resolvê-lo, e opor-se-á a qualquer auxílio concreto, baseado na economia sexual, aos adolescentes. Por tudo isso, o problema do desenvolvimento do adolescente pertence, definitivamente, ao quadro das relações entre excitação vegetativa e comportamento psíquico, não importa quão cuidadosamente a verdade seja ocultada e o quanto a "ciência objetiva" ignore o fato de que o desenvolvimento adolescente é determinado principalmente pela frustração social de sua vida sexual. Ou seja, se a energia sexual vegetativamente produzida é regulada de maneira saudável ou neurótica depende, primordialmente, do modo como a sociedade equipou, em termos estruturais e materiais, esses adolescentes.

problema da *transferência negativa latente* de nossos pacientes, em termos tanto teóricos quanto práticos.

Certamente não seria exagero dizer que só entre 1923 e 1930 é que obtivemos uma compreensão *prática* da transferência negativa, isto é, muito depois de sua constatação clínica e formulação teórica por Freud. A base clínica sobre a qual Freud postulou sua teoria da pulsão de morte é chamada reação terapêutica negativa. Essa formulação significa que alguns de nossos pacientes reagem ao trabalho analítico de interpretação não pela demonstração de sinais de melhora, mas pelo desenvolvimento de reações neuróticas mais fortes. Freud supunha que essa intensificação estivesse ligada a um sentimento de culpa inconsciente ou, como passou então a designá-lo, uma "necessidade de punição", que leva o paciente a resistir ao trabalho terapêutico e a persistir na neurose, isto é, em seu sofrimento. Admito que partilhei esse ponto de vista nos primeiros anos seguintes à publicação de *O Ego e o Id*, e que só gradualmente comecei a ter dúvidas a respeito dele. Nos relatórios técnicos apresentados ao Seminário de Viena, três coisas se esclareceram, lançando considerável luz sobre o segredo da reação terapêutica negativa: 1) as tendências negativas do paciente, isto é, as que derivam do ódio recalcado, não eram analisadas, ou o eram de modo muito inadequado; 2) os analistas, mesmo os mais experientes, trabalhavam quase exclusivamente com as transferências positivas do paciente, isto é, os empenhos por amor; 3) os analistas, em geral, consideravam transferência positiva apenas o que era ódio recalcado, escondido e secreto.

Só pouco antes do Congresso dos Psicanalistas Escandinavos, em Oslo, em 1934, consegui chegar a uma formulação correta quanto à reação terapêutica negativa. Através do trabalho analítico, liberamos energia psíquica, que pressiona em direção à descarga. Quando as transferências do paciente são analisadas exclusivamente, predominantemente, ou desde o começo, como transferências *positivas*, sem *antes* se revelarem em toda plenitude as manifestações negativas, o resultado é o seguinte: as exigências de amor liberadas clamam por satisfação e encontram uma recusa rigorosa na análise, além das inibições internas, que se formam a partir dos impulsos de ódio recalcados dirigidos contra o objeto de amor. Em resumo, acreditamos que "liberamos" os impulsos de amor, quando, na realidade, o paciente continua incapaz de amar. De acordo com as leis do aparelho psíquico, o amor frustrado transforma-se em ódio. Os impulsos de ódio não desenvolvidos, que permaneceram no inconsciente, atuam como um ímã sobre esse ódio produzido artificialmente. Os dois se reforçam mutuamente, e o ódio secundário também se torna inconsciente. Dado que ele não é descarregado, *transforma-se em intenção autodestrutiva*. Assim, a necessidade de punição que atribuímos a nossos pacientes é, como demonstrei já em 1926, em minha polêmica com Alexander, não a causa mas o resultado do conflito neurótico. E a *reação terapêutica negativa pode ser atribuída à falta de uma técnica para lidar com a transferência negativa latente.*

Para provar a validade desse argumento, posso alegar que não há reação terapêutica negativa quando se seguem duas regras: 1) a atitude negativa oculta do paciente é trabalhada antes de se começar qualquer outro trabalho analítico; ele é conscientizado dessa atitude; assegura-se uma saída que possibilite a descarga para toda a agressão liberada; todos os impulsos masoquistas são tratados não como manifestação de uma vontade primária de autodestruição, mas como agressão que, na realidade, é dirigida contra objetos do mundo externo; 2) as expressões de amor positivas do paciente não são analisadas até serem convertidas em ódio, isto é, até se tornarem reações de desapontamento, ou até se concentrarem em ideias de incesto genital. Neste ponto, recordo-me de uma objeção levantada por Freud, quando lhe apresentei minhas opiniões iniciais sobre a técnica de análise do caráter – objeção a que a maioria dos meus colegas recorre de tempos em tempos, e que alguns utilizam reiteradamente. A essência de seus argumentos é que o analista não tem direito de selecionar o material, devendo lidar com todo ele tal como se apresenta. Minha resposta a essa objeção encontra-se na Parte I deste volume e, por isso, posso poupar-me de uma repetição aqui. Porém, essa objeção possibilita um esclarecimento fundamental da teoria subjacente à técnica que venho propondo nos últimos anos. Quero apresentá-la brevemente, porque seu conhecimento é indispensável para a compreensão dos resultados teóricos, bem como dos meios para chegar a eles.

O primeiro princípio da análise é tornar consciente o inconsciente. Chamamos a isso de "trabalho de interpretação". É determinado pelo ponto de vista *topográfico*. Porém, para que o trabalho de interpretação realize sua função terapêutica, é necessário levar em conta que existem resistências entre o material psíquico inconsciente do paciente e nossas interpretações, e que essas resistências devem ser eliminadas. Esse ponto de vista corresponde à *dinâmica* do processo psíquico. Baseado em nossas experiências em análises didáticas e no Seminário de Viena, posso dizer que, embora o analista esteja teoricamente familiarizado com os dois pontos de vista, ele analisa quase exclusivamente de acordo com o primeiro, o topográfico. Isso fica muito claro, por exemplo, no conceito de trabalho analítico tanto de Stekel como de Rank. Mas pecaríamos pela falta de autocrítica se não admitíssemos que todos nós negligenciamos, mais ou menos, o ponto de vista dinâmico em nosso trabalho prático, simplesmente porque não sabíamos como empregá-lo.

O trabalho de análise do *caráter* acrescenta, na técnica, os pontos de vista *estrutural* e *econômico* aos já conhecidos topográfico e dinâmico. Essa inclusão de todas as nossas visões do processo psíquico no método de nosso trabalho teve, pelo menos para mim, um efeito muito mais revolucionário na prática do que a mudança da interpretação direta dos conteúdos inconscientes para a técnica da resistência. Uma vez incluídos os pontos de vista estrutural e econômico, já não se pode argumentar que o analista deve lidar com aquilo que aparecer. Quero citar alguns princípios fundamentais e sumarizar aqui o que tentei estabelecer com evidência clínica minuciosa na Parte I deste livro.

O material que surge no decurso de uma sessão analítica é variado; deriva de diversas camadas psíquicas e também de diversas fases históricas de desenvolvimento. Em termos terapêuticos e dinâmicos, portanto, o material não tem o mesmo valor. A economia sexual impõe-nos um caminho rigorosamente determinado, que começa com a análise das atitudes negativas e pré-genitais do paciente e termina com a concentração, no aparelho genital, de toda a energia psíquica liberada. O estabelecimento da potência orgástica – isso decorre logicamente da teoria do orgasmo – é o objetivo terapêutico mais importante.

Está economicamente determinado que, a partir dos modos atuais de comportamento, pela análise consistente da atitude do paciente, os afetos historicamente desordenados podem ser trazidos à superfície, relacionados com os conteúdos das ideias da infância e, assim, resolvidos.

A análise do caráter, portanto, é uma operação psíquica que procede de acordo com um plano definido, desenvolvido a partir da estrutura peculiar do paciente.

Quando é feita de maneira correta, não obstante a infinita diversidade de conteúdo, conflitos e estruturas, a análise do caráter apresenta as seguintes fases típicas:

1) afrouxamento caracteroanalítico da couraça;
2) dissolução da couraça do caráter, ou, em outras palavras, destruição específica do equilíbrio neurótico;
3) irrupção das camadas mais profundas de material fortemente carregado de afetos; reativação da histeria infantil;
4) trabalho livre de resistências no material desenterrado; extração da libido de suas fixações pré-genitais;
5) reativação da angústia genital infantil (neurose de estase) e da genitalidade; e
6) aparecimento da angústia do orgasmo e estabelecimento da potência orgástica – da qual depende o estabelecimento de quase toda a capacidade de funcionamento.

Embora o estabelecimento da genitalidade pareça natural para muitos analistas atualmente, a potência orgástica não é conhecida nem reconhecida por eles. Até 1923, a "condenação das pulsões" e a sublimação eram as únicas metas aceitas da terapia. A impotência e a frigidez não eram consideradas sintomas específicos do organismo neurótico, mas sintomas, entre outros, que podiam estar presentes ou não. Sabia-se, com certeza, que há um orgasmo e um clímax, mas argumentava-se que existe um grande número de neuroses graves com "orgasmos totalmente normais"; isto é, a natureza e a função econômico-sexuais do orgasmo eram desconhecidas. Afirmava-se que as neuroses eram manifestações de uma perturbação sexual geral; do ponto de vista da economia sexual, por outro lado, uma neurose não poderia existir sem uma perturbação na genitalidade e não poderia ser curada sem se eliminar essa perturbação. Freud, Sachs, Nunberg, Deutsch, Alexander e a maioria dos outros analistas rejeitaram meu ponto de vista acerca da importância psicoeconômica e terapêutica da genitalidade. Nas *Novas Conferências Introdutórias sobre Psicanálise*, de Freud (1933!), o complexo de questões relativas ao orgasmo genital não é mencionado, e também não foi citado na *Neurosenlehre* (Teoria da Neurose), de Nunberg. Assim, a questão da fonte de energia da neurose continuou sem resposta.

Desde o começo, a inclusão da função do orgasmo na teoria da neurose foi considerada um incômodo e tratada com tal. Aliás, na realidade, ela foi o resultado não de investigações puramente psicológicas, e sim de investigações psicofisiológicas[3]. As tentativas de Ferenczi para chegar a uma teoria da genitalidade consistiram apenas numa "psicologização" de fenômenos biológicos e fisiológicos. O orgasmo não é um fenômeno psíquico. Pelo contrário, é um fenômeno produzido unicamente pela *redução* de toda a atividade psíquica à função vegetativa primordial, isto é, precisamente pela suspensão de fantasias psíquicas e da atividade imaginativa. No entanto, é o problema central da economia psíquica. Sua inclusão na psicologia não apenas permite um tratamento concreto do fator quantitativo na vida psíquica e o estabelecimento da ligação entre fator psíquico e fator fisiológico (isto é, vegetativo), mas, acima de tudo, leva necessariamente a uma mudança significativa na visão psicanalítica do processo neurótico. Anteriormente, o complexo de Édipo era considerado uma explicação da doença neurótica. Hoje compreendemos que o complexo de Édipo pode conduzir ou não à neurose, dependendo de outros fatores: o conflito filho-pais só se torna patogênico quando há também uma pertur-

---

3. Cf. minha obra "Zur Triebenergetik" (Sobre a Energética Pulsional), *Zeitschrift für Sexualwissenschaft*, 1923.

bação na economia sexual da criança; essa perturbação precoce estabelece o alicerce do mau funcionamento subsequente da economia da libido no adulto; tira sua energia precisamente daquilo que contribuiu para seu aparecimento, isto é, da estase da energia sexual--genital[4]. Dessa maneira, a ênfase era deslocada do conteúdo da experiência para a economia da energia vegetativa.

Assim, a quantidade de material que o paciente produzia no começo e o quanto se aprendia sobre seu passado tinham importância secundária. Em vez disso, a questão decisiva era saber se aquelas experiências que representavam *concentrações de energia* vegetativa eram realmente obtidas de modo correto.

Muitos analistas simpatizantes da economia sexual não acompanharam até o fim essa evolução da divisão quanto à teoria da neurose e, por isso, não compreendem a importância central da questão do orgasmo. Se, além disso, considerarmos que só a aplicação da técnica caracteroanalítica leva, com sucesso, até os fenômenos fisiológicos do distúrbio orgástico e suas representações psíquicas, e que essa técnica é em parte rejeitada e em parte não dominada, não é de surpreender que analistas se espantem ao descobrir que os masoquistas se caracterizam essencialmente por um tipo particular de medo da sensação orgástica. Todavia, o mesmo se aplica à convicção psicanalítica em geral. Aqueles que não experimentaram a análise do caráter não podem criticar suas descobertas, simplesmente porque lhes faltam a percepção e a experiência dela. Na melhor das hipóteses, podem apreendê-la intelectualmente; a essência da teoria do orgasmo continua inacessível à sua compreensão. Tive ocasião de analisar analistas treinados e experientes, que vieram até mim com o ceticismo costumeiro ou a convicção de "já saber de tudo isso há muito tempo". Eles sempre conseguiam se convencer da diferença significativa entre o procedimento psicanalítico habitual e a análise do caráter, e tinham de admitir que não poderiam ter sabido o que ficaram sabendo através da análise do caráter, pela simples razão de que nada teria vindo à superfície sem a aplicação de uma técnica definida. Isso é especialmente válido para as verdadeiras sensações orgásticas, que aparecem pela primeira vez durante a contração automática da musculatura genital.

Vou me contentar com este breve resumo. A inclusão da estrutura psíquica e da economia da libido do paciente no trabalho analítico mudou e complicou consideravelmente o quadro, o modo de proceder e, na verdade, a perspectiva básica da técnica. O trabalho da análise

---

4. Ver também minha descrição das relações entre psiconeurose e neurose atual em *A Função do Orgasmo*, 1927.

tornou-se muito mais difícil, o que certamente não é um retrocesso, porque oferece, em compensação, mais segurança e resultados mais duradouros e abrangentes, obtidos sempre que o analista consegue elucidar o caso de acordo com a técnica da análise do caráter. Infelizmente, não se pode dizer que isso seja possível em todos os casos.

Nos últimos doze anos, a técnica sofreu transformações consideráveis, assim como nossas opiniões sobre a dinâmica do aparelho psíquico. Em consequência disso, os analistas que não seguiram essa evolução não estão em condições de compreender meus pontos de vista sobre técnica e teoria. Receio que o fosso tenha se tornado difícil de transpor, mesmo quando se afirma que meus pontos de vista são partilhados por outros.

Quero aproveitar esta oportunidade para esclarecer um equívoco, que surge sempre que tento expor minhas ideias. Um grupo de analistas afirma que tudo o que tenho para dizer é banal e que já o conhecem há muito, enquanto outro grupo declara que minha técnica já nada tem a ver com a psicanálise, que é enganosa e incorreta. Como isso é possível? Se levarmos em conta como se fazem as novas descobertas científicas, não ficaremos tão surpresos. Por um lado, minha técnica de análise do caráter desenvolveu-se a partir da técnica freudiana da resistência; na minha maneira de ver, representa sua evolução mais consistente até hoje. Daí que tenha semelhanças fundamentais com a técnica freudiana. Devido a essas semelhanças, o primeiro grupo de críticos que mencionei julga aplicar a mesma técnica que eu. Porém, com base em inúmeros casos vindos de outros analistas, posso afirmar que não é o caso, de modo nenhum. Meu senso de responsabilidade obriga-me a fazer essa afirmação. Apesar das semelhanças, há diferenças fundamentais e relevantes.

Por outro lado, a inclusão de novos pontos de vista, especialmente o estabelecimento da potência orgástica como o objetivo terapêutico, mudou o procedimento técnico como um todo, a tal ponto que o segundo grupo de críticos já não reconhece nele a técnica analítica. Essa explicação é incontestável e confirmada pela história de todas as ciências. Novas descobertas, ideias ou métodos nunca nascem do vazio; baseiam-se em alicerces firmes – o trabalho devotado de outros pesquisadores. As diferenças e antipatias pessoais, que dão como resultado divergências de opiniões, são uma consequência infeliz, mas evidentemente inevitável, do fato de um enriquecimento qualitativo e quantitativo de certos aspectos do conhecimento se transformar em mudanças qualitativas do todo.

3. A mudança de função da pulsão

Temos de prosseguir um pouco mais nossa discussão técnica. Veremos que os resultados teóricos a que cheguei só podem ser atingidos e demonstrados quando se aplica a técnica da análise do caráter, e não a técnica comum de trabalho com a resistência nem a já ultrapassada técnica da interpretação direta.

Um dos princípios fundamentais da técnica de análise do caráter é que o material recalcado nunca é liberado e tornado consciente a partir da perspectiva da pulsão, mas sempre e apenas a partir da perspectiva da defesa[5].

Consequentemente, a questão teórica mais importante, aqui, diz respeito à organização, função e gênese da estrutura do ego, do qual deriva a defesa; porque nosso trabalho terapêutico só será eficiente na medida em que compreendermos a defesa do ego. E, vice-versa, um conhecimento do id levará a um aperfeiçoamento de nossa habilidade técnica muito menor do que um conhecimento do ego[6]. Nesse aspec-

---

5. Esse princípio foi interpretado erroneamente por meus críticos, entre eles Nunberg, quando afirmaram que, para mim, caráter e defesa eram idênticos; que, por isso, eu limitava o conceito de caráter de modo injustificável. Se assim fosse, eu teria de corrigi-lo imediatamente. Mas tenho a opinião de que formulei meus pontos de vista de modo bastante claro quando declarei que o traço de caráter mais importante e mais evidente *torna-se, na análise, a resistência mais decisiva do sistema de defesa, exatamente como se desenvolveu, com esse fim, na infância*. O fato de que, acima de tudo, tem diferentes funções, sobretudo econômico-sexuais, de que serve para manter a relação com o mundo externo e para preservar o equilíbrio psíquico, está descrito e elaborado em detalhes na Parte I do presente livro. Portanto, parece-me que a crítica não está objetivamente motivada.

6. Nota, 1945: Essa formulação era unilateral e, por isso, incorreta. A investigação do encouraçamento do ego era apenas o primeiro passo necessário. Depois que conseguimos dominar a couraça, tanto na teoria como na prática, abriu-se o vasto campo da energia biológica, com a descoberta do orgone no organismo e no cosmos. Aquilo que a teoria psicanalítica chama de "id" é, na realidade, a função do orgone físico dentro do biossistema. De um modo metafísico, o termo "id" indica que há "algo" no biossistema cujas funções são determinadas além do indivíduo. *Esse algo chamado "id" é uma realidade física, ou seja, é a energia orgone cósmica*. O "sistema orgonótico" vivo, ou "bioaparelho", representa apenas uma forma particular de energia orgone concentrada. Recentemente, um psicanalista escreveu um artigo de revisão, descrevendo o "orgone" como "idêntico" ao "id" freudiano. Isso é tão correto quanto dizer que a "entelequia" de Aristóteles e Driesch é idêntica ao "orgone". Embora seja verdadeiro dizer que os conceitos de "id", "entelequia", "elã vital" e "orgone" descrevem a *mesma coisa*, o que se afirma acima é uma simplificação exagerada da relação existente entre eles. *O "orgone" é uma energia visível, mensurável e aplicável, de natureza cósmica*. "Id", "entelequia" e "elã vital", por outro lado, são apenas expressões de *intuições* humanas da existência de tal energia. As "ondas eletromagnéticas" de Maxwell são as mesmas "ondas eletromagnéticas" de Hertz? Sim, com certeza. Mas com as de Hertz é possível transmitir mensagens através do oceano, o que não é possível com as de Maxwell.

Tais analogias "corretas", sem menção das diferenças *práticas*, têm a função de camuflar verbalmente grandes avanços no campo das ciências naturais. São tão pouco

to, a linha de questionamento da análise do caráter coincide com o problema que foi a maior preocupação da pesquisa psicanalítica por quase catorze anos: *como funciona o ego?* Todos lembramos como ficamos impressionados quando Freud nos disse que até então só havíamos estudado e compreendido o que está recalcado. Sabemos muito pouco sobre a origem do recalque e sobre a estrutura da defesa do ego. Era estranho que se soubesse tão menos sobre o ego, que fosse tão mais difícil chegar a uma compreensão dele do que daquilo que está recalcado. Porém, não pode haver dúvidas de que era assim, e que isso também deve ter suas razões, as quais deverão ser encontradas não apenas nas dificuldades de compreensão *psicológica*.

Em *O Ego e o Id*, Freud levantou a questão da origem da energia da pulsão do ego; para nós, naquela época – 1922 – foi uma grande novidade. A discutir o assunto, Freud fez uso de sua teoria da pulsão de morte, à qual chegou com base nas dificuldades apresentadas pelo ego do paciente para a eliminação dos recalques e para a cura. Segundo esse conceito, essas dificuldades derivavam da necessidade de punição ou, em outras palavras, de sentimentos de culpa inconscientes; em última análise, dizia-se que eram expressões de masoquismo primário, isto é, a vontade de sofrer. Por tudo isso, as questões da estrutura da defesa do ego e da repressão das forças libidinais no homem não foram respondidas pela formulação da pulsão de morte, assim como não se respondeu à questão: *o que é a pulsão do ego?*

Vamos refrescar rapidamente nossa memória em relação a alguns pontos obscuros que sempre existiram na teoria analítica, referentes à natureza da pulsão do ego. Originalmente, a fome, enquanto oposta à sexualidade, era concebida como a pulsão do ego a serviço da autopreservação. Essa ideia divergia daquela que concebia a função das pulsões do ego como *antagonistas* da sexualidade. Além disso, diversas considerações de natureza econômico-sexual indicavam que, no sentido estrito da palavra, a pulsão de fome não pode ser considerada

---

científicas como o sociólogo que descreve o orgone como uma das minhas "hipóteses". O sangue não pode ser revitalizado nem se podem destruir tumores cancerosos com "hipóteses", "id", "enteléquia" etc. Com a energia orgone, isso é claramente possível.

O confronto com problemas da psicologia no texto a seguir é correto e importante *dentro da estrutura da psicologia profunda*. A biofísica orgônica transcende essa estrutura. Com o conhecimento das funções orgônicas do organismo, diminui a importância dos problemas da psicologia profunda. A solução dos problemas da psicologia está fora da esfera da psicologia. Por exemplo, um simples bloqueio de pulsação orgonótica na garganta torna compreensível, de forma simples, o mecanismo mais complicado de sadismo oral. Mas não podemos entrar nisso agora. Em retrospectiva, é interessante percebermos quanto o psicanalista sério teve de lutar com problemas biofísicos, sem conseguir, realmente, atingir seu âmago. Na psicologia profunda, o analista trabalha com pulsões, mas ele é, na verdade, como o homem querendo beber água de um copo que vê refletido num espelho.

uma pulsão, porque não é a manifestação da produção de um excesso de energia, como o é a sexualidade; pelo contrário, trata-se da manifestação da diminuição do nível de energia no organismo. Além disso, há muito tempo consideramos a necessidade de alimento como pertencente, em termos de estrutura, ao id, e não ao ego. Assim, a fome não poderia constituir a energia da pulsão do ego.

Diagrama mostrando a mudança de função da pulsão, a dissociação interna e a antítese

$$M \downarrow$$
$$P \uparrow$$

I – *Conflito primário* entre necessidade (pulsão = P) e mundo externo (M)

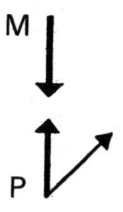

$$M \downarrow$$
$$P \nearrow$$

II – *Dissociação* do empenho unitário sob a influência do mundo externo

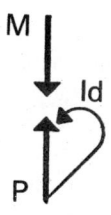

$$M \downarrow \text{Id}$$
$$P \circlearrowleft$$

III – *Antítese* dos empenhos dissociados (Id = id na função de pulsão do ego – defesa, mudança de função)

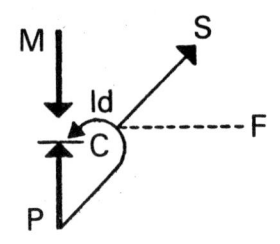

IV – *Pulsão* (P) *em função dupla* (Id = defesa e S = contato substituto)

F = lugar onde ocorre a mudança de função da pulsão
C = falta de contato estrutural
A defesa (id) e a situação atual do mundo externo se tornam uma unidade (moralidade interna = ideologia social).

Schilder tentou, certa vez, contrastar as pulsões do ego com as pulsões sexuais, representando as primeiras como pulsões de obtenção e retenção. Essa ideia também não era sustentável, porque não há dúvida de que a necessidade de agarrar e segurar pertence à função do aparelho muscular e, portanto, faz parte do reservatório de energia vegetativa. A tentativa final de Freud para apresentar a pulsão de morte como a antagonista da sexualidade, em vez das misteriosas pulsões do ego, apenas substituiu o antagonismo entre ego e id pelo antagonismo entre duas tendências do próprio id. O problema se complicara ainda mais.

Um estudo minucioso do trabalho caracteroanalítico sobre a defesa do ego forneceu uma resposta que era realmente muito clara. A questão agora era descobrir por que a pesquisa teórica não chegara até ela, embora fossem abundantes as alusões na teoria analítica.

Mais uma vez, tomaremos como ponto de partida o esquema básico do conflito psíquico entre pulsão e mundo externo. A pulsão (P), que se empenha por objetos do mundo externo, entra em conflito com a contraforça frustrante da proibição oriunda desse mesmo mundo (diagrama I). A questão seguinte é saber onde a proibição do mundo externo obtém a energia para desempenhar sua função. A partir de uma breve reflexão, vemos que só o conteúdo da proibição provém do mundo externo; a energia ou, como em geral lhe chamamos, o investimento com que a proibição se realiza é proveniente do reservatório de energia da própria pessoa. Sob influência de uma pressão exercida pelo mundo externo, desenvolve-se uma *antítese dentro da pessoa*; *uma dissociação* ou *cisão de um empenho unitário* faz uma pulsão voltar-se contra outra pulsão ou, então, a mesma pulsão se dividir em duas direções: uma que continua procurando o mundo e outra que se volta contra a própria pessoa. A volta de uma pulsão contra si mesma é descrita por Freud em "Os Instintos e suas Vicissitudes". O novo problema começa quando nos defrontamos com o processo de *dissociação* e *oposição* internas. Citemos um exemplo concreto: quando um rapaz quer se masturbar com fantasias de incesto, seu amor-próprio e seu empenho libidinal objetal constituem, nesse estado, uma unidade; o empenho pela mãe tem a mesma direção que o amor-próprio – não estão em oposição. A proibição da masturbação pela mãe frustra o empenho libidinal objetal e ameaça a integridade narcísica do rapaz com a punição da castração. Contudo, naquele momento em que a frustração externa começa a fazer efeito, o empenho narcísico de autopreservação opõe-se ao empenho da masturbação libidinal objetal (diagramas II e III). Uma variação disso é a cisão entre o laço afetivo com a mãe (medo de perder o amor) e a excitação sexual sensual. Originalmente, os componentes afetivo e sensual constituíam uma unidade. Assim, a dissociação do empenho homogêneo é seguida pela oposição de uma parte do empenho dividido contra a outra. É claro, então, que a proibição do mundo externo só pode se efetuar com auxílio dessa energia que se *dividiu contra si própria*.

Para melhor explicar essa representação esquemática, citarei outro exemplo, que nos aproximará mais ainda dos problemas de técnica que estamos tratando aqui. Escolherei um paciente que se caracterizava por uma exagerada presteza em ajudar, uma incapacidade de assumir uma atitude agressiva, uma necessidade caracterológica de se apegar às pessoas e um comportamento essencialmente passivo. Todos os traços de seu caráter passivo-feminino se concentravam numa certa atitude inoportuna, que tinha como finalidade estabelecer e manter contato constante com outras pessoas. Não era difícil ver que a força pulsional com que sustentava essas atitudes era sua homossexualidade anal passiva. Em resumo, o ego do paciente usava um impulso do id para manter relações objetais. Essa era a função *libidinal objetal* orientada para o mundo de sua analidade; em resumo, a função do id.

Na análise, o caráter do paciente mostrou ser uma poderosa resistência ao trabalho analítico. Do ponto de vista da análise do caráter, esse comportamento não poderia e não deveria ser interpretado como manifestação de empenhos inconscientes de homossexualidade anal, embora "em si" isso fosse objetivamente correto. O ponto de vista econômico e estrutural apontava para outra direção. Se minha fórmula é correta ao dizer que, no tratamento analítico, o traço de caráter mais importante se transforma na principal resistência de caráter, então a questão de *onde está a energia de defesa* assume maior significado do que o fato banal de o paciente experienciar empenhos objetais passivo-femininos anais. A interpretação da defesa do ego não ajudava nesse caso. Passou algum tempo até se completar a busca da fonte de energia de defesa desse comportamento, e, quando aconteceu, foi de maneira inusitada. Provou-se que o empenho homossexual passivo--anal, que, num dado momento, sustentava as relações com o mundo externo, noutro momento – às vezes até ao mesmo tempo – cumpria a função de defesa do ego. Assim, o mesmo empenho estava dividido e servia a funções opostas, por vezes alternadamente, por vezes simultaneamente: ora como esforço para chegar ao objeto, ora como pulsão defensiva do ego.

A investigação minuciosa desse fato peculiar em outros casos, analisados na mesma época ou anteriormente, demonstrou que essa *transformação*, ou, antes, essa *mudança de função* em uma exigência pulsional, que esse funcionamento *simultâneo* a serviço do id e da defesa do ego, é um fenômeno geral. Antes de tirarmos uma conclusão teórica, vamos citar alguns exemplos clínicos familiares a todos os analistas. O coquetismo sexual encontrado na histeria também mostra essa dualidade na função. O flerte é a expressão de desejos genitais recalcados, isto é, dirigidos para o mundo. Ao mesmo tempo, é uma defesa contra a genitalidade, a expressão de uma "sondagem" ansiosa do objeto, para determinar, por assim dizer, de onde vem o perigo genital. Essa é a única explicação possível para a ampla vida sexual de mulheres histéricas que sofrem de forte angústia genital. O mesmo acontece com o comportamento sádico da mulher neurótica compulsiva que, ao agredir o objeto amado, simultaneamente satisfaz sua relação sádica com o objeto e evita seus próprios desejos vaginais de relação sexual.

Em resumo, as pulsões do ego são apenas a soma total das exigências vegetativas em sua função de defesa. Partimos de ideias bem conhecidas ao deduzir que a pulsão do ego é a pulsão do id dirigida contra si própria ou contra outra pulsão. Todo o processo psíquico parece ser caracterizado pela cisão e subsequente oposição entre tendências que funcionaram como uma unidade. Mas isso ainda requer melhor comprovação clínica. Essas descobertas teriam apenas interesse acadêmico e constituiriam meros requisitos teóricos de nosso conhecimento do aparelho psíquico, se não fosse por suas consequências.

Antes de mais nada, há a consequência *teórica*: se a concepção que desenvolvemos da estrutura do ego e da função de defesa está correta, então os sistemas "ego" e "id" aparecem apenas como funções diferentes do aparelho psíquico[7], e não como esferas separadas da psique. Já, antes disso, uma questão semelhante pedia uma resposta: como se preserva *no presente* a experiência histórica, infantil? Os dados clínicos revelaram que essa experiência não ficava como um tipo de depósito no inconsciente, mas era absorvida no caráter e se expressava essencialmente como modos formais de comportamento. E desses modos de comportamento é possível extrair o conteúdo de experiências passadas, da mesma maneira que, por exemplo, se pode extrair sódio do cloreto de sódio. Mesmo que não sejam tão evidentes, as relações no sistema psíquico são muito semelhantes. Aquilo que está recalcado e aquilo que defende não constituem duas esferas ou forças individuais topicamente separadas; embora antitéticos, eles constituem uma unidade funcional. Assim, o conceito topográfico do aparelho psíquico é apenas um recurso útil, e Freud tinha razão em se recusar a relegar o inconsciente a uma camada mais profunda do sistema nervoso. Por exemplo, a percepção que o ego realiza é uma função do sistema vegetativo, do mesmo modo que uma pulsão também o é.

A consequência *técnica* é a seguinte: a experiência mostra que não obtemos – ou obtemos insuficientemente – a energia original da pulsão recalcada, se começamos interpretando sua função de id. Nesse caso, pode acontecer que o paciente adquira uma boa compreensão intelectual, bem como uma convicção profunda da exatidão teórica do trabalho analítico. Contudo, o objetivo real – liberar a pulsão do recalque – só é conseguido num grau muito insatisfatório. A estrutura pulsional muda pouco. É uma questão inteiramente diferente, se começamos destruindo por completo a função de defesa da *mesma* pulsão. Um grande número de observações clínicas demonstra que nesse caso, e só dessa maneira, as fontes vegetativas da personalidade começam a fluir de novo. Em resumo, *não* eliminamos realmente o recalque – esta é a conclusão inevitável – quando trabalhamos com interpretações do id. Mesmo agora, só é possível chegar a esses recalques com uma legitimidade indiscutível se extraímos a pulsão recalcada da formação de defesa do caráter, não como algo recalcado, mas, em primeiro lugar, como algo *recalcador*. Voltando ao exemplo do paciente mencionado, ele continuou intocado em sua personalidade total até ficar-lhe completamente claro que sua atitude devotada não representava amor, apego, amparo ou mesmo homossexualidade, e sim, fundamentalmente, uma defesa contra alguma coisa. Essa alguma coisa era – e não é difícil adivinhar – forte inveja, agressão inibida, intenções destrutivas e outras coisas semelhantes.

---

7. Nota, 1945: "Aparelho biopsíquico", "sistema orgonótico humano".

Outro paciente apresentava mudanças de postura súbitas e descoordenadas, e não as percebia. Sem dúvida nenhuma, sofria de algum tipo de tique[8]. Se eu lhe tivesse dado uma interpretação direta das razões libidinais desses movimentos, isto é, se lhe tivesse mostrado sua ligação com a masturbação, sem dúvida não teria acontecido o que segue. Para começar, convenci-o de que esses movimentos eram motivados pelo embaraço, com o propósito de evitar uma percepção dolorosa de sua aparência externa. Sua vaidade se opunha ao reconhecimento de certos traços físicos. Minha interpretação dessa defesa liberou imediatamente uma grande excitação, intensificou o tique e o constrangimento e levou, para surpresa minha, a violentas convulsões da musculatura pélvica. Essas convulsões provaram ser a defesa contra golpes que ele fantasiava estarem sendo desferidos contra seu abdome "grávido". As convulsões dos músculos pélvicos não foram interpretadas como expressão da identificação com a mãe, mas como defesa contra impulsos agressivos dirigidos a um objeto. A reação imediata do paciente a essa interpretação foi espernear, e em seguida teve violentos movimentos pélvicos com masturbação e orgasmo durante a sessão. Não foi preciso que eu interpretasse o movimento, parecido com um tique, como substituto da masturbação. Ele sentiu a ligação de modo direto e inequívoco. Até o mais leve desvio da regra de tratar todas as atitudes como defesa teria impedido esse sucesso.

A esta altura o leitor perguntará o que constitui a manifestação essencial do novo arranjo afetivo nos dois casos. Consiste no fato de que, quando a função de defesa da pulsão é analisada corretamente, evitando-se todas as interpretações de sua função de id, aparecem estados de tensão e de excitação vegetativa que o paciente até então desconhecia. Quando, por outro lado, se interpretam as funções do id, esses estados não ocorrem ou se manifestam apenas por acaso – ou seja, de maneira acidental, imprevisível. O paciente descrito acima, por exemplo, sentiu de novo, pela primeira vez desde um período de forte recalque na puberdade, ondas de calor, opressão aguda na região cardíaca e sensações na região do diafragma, indicativas da excitação do gânglio celíaco. Eram sensações semelhantes às que se têm num balanço ou num elevador que desce. Em outros casos, tais sensações físicas aparecem junto com uma mudança da percepção cinestésica (sensações de flutuar, cair etc.).

---

8. Nota, 1945: Em 1933, eu não sabia que, nesses movimentos espontâneos do paciente, eu estava lidando com partes isoladas do reflexo do orgasmo. Não compreendia a função biofísica desses movimentos, mas apenas seu "significado psíquico". Hoje, a maioria dos analistas ainda conserva essa posição.

Os indicadores do surgimento de uma excitação vegetativa são essencialmente os seguintes: sensação de aperto na região do coração; sensações de tensão na musculatura, especialmente na parte superior da coxa e no alto da cabeça; sensações de correntes e vegetativas e de prazer sensual, como as experimentadas depois de uma relação sexual satisfatória; sensações de pressão dentro do crânio; agitação; sensações de calor e de frio; arrepios frios ao longo da espinha; sensações de comichão, muito frequentemente na uretra e no períneo; salivação ou secura da boca; sensações de sufocação; respiração contida; sensações de tontura; sensações de náusea; "repuxos" na zona genital (como acontece na queda); sensações na boca do estômago, iguais às experimentadas num balanço ou num elevador; contrações involuntárias da musculatura; sensações de contração com comichão, até "agradáveis", na contração de músculos lisos.

Antes de tentarmos chegar a uma formulação teórica acerca dos abundantes fenômenos desse tipo, temos de voltar mais uma vez ao nosso ponto de partida, a estrutura da couraça do caráter, da qual, como ficou bastante evidente, liberamos a energia vegetativa com a técnica de análise do caráter.

4. O intelecto como função defensiva

Para começar, citaremos um exemplo clínico para demonstrar, uma vez mais, quão precisamente o caráter de uma pessoa conserva e, ao mesmo tempo, evita a função de certas situações da infância.

Acredita-se, em geral, que o intelecto humano tem uma função meramente objetiva e que é dirigido para o mundo; a ética e a filosofia, em particular, concebem a razão e o intelecto exclusivamente no sentido de uma atividade absolutamente não emocional, capaz de compreender a realidade de forma "incorruptível". Esse tipo de concepção não leva em conta duas coisas: 1) a própria função intelectual é uma atividade vegetativa; e 2) a função intelectual pode ter uma carga afetiva cuja intensidade não é menor do que a de qualquer impulso puramente afetivo. Além disso, o trabalho caracteroanalítico revela uma outra função do intelecto, que se ajusta muito bem à inversão e à oposição de pulsões já examinadas anteriormente. A atividade intelectual pode ser estruturada e dirigida de maneira a parecer um hábil aparelho, cujo fim é precisamente evitar a *cognição*, isto é, assemelha-se a uma atividade que nos *afasta* da realidade. Em resumo, o intelecto pode agir nas duas direções fundamentais do aparelho psíquico, indo para o mundo ou afastando-se dele. Pode funcionar, corretamente, em uníssono com o afeto mais vivo, mas pode também assumir uma posição crítica em relação ao afeto. Não há relação mecânica, absolutamente antagônica, entre o intelecto e o afeto, e sim uma relação funcional.

Até agora, tem parecido bastante difícil derivar a função intelectual da função vegetativa. Porém, certas experiências caracteroanalíticas já abriram o caminho para uma compreensão desse problema também. Gostaríamos de ilustrar isso por meio de um paciente no qual a origem afetiva de uma função intelectual viva e perspicaz se evidenciava de modo interessante.

A análise do caráter conseguira desmascarar e eliminar a polidez e o aparente devotamento do paciente como sendo um ocultamento e uma defesa contra fortes agressões. Então ele começou a desenvolver a seguinte defesa: excepcionalmente inteligente, procurou adivinhar tudo o que se escondia sob a forma de mecanismos inconscientes e, de fato, conseguiu destruir a maior parte das situações afetivas, adivinhando-as antecipadamente. Era como se, de um esconderijo secreto, ele constantemente iluminasse e examinasse tudo com seu intelecto para evitar surpresas. Tornou-se cada vez mais claro que o intelecto desempenhava uma função defensiva e era estimulado por antecipações fortemente carregadas de ansiedade. Por exemplo, o paciente era sempre muito hábil em descobrir o que eu estivesse pensando a respeito dele, em qualquer momento, a partir de vários fatores e do que já acontecera ao longo do tratamento. Também era capaz de adivinhar e prever o que iria acontecer num momento qualquer. Do ponto de vista da análise do caráter, esse comportamento foi considerado tudo, menos cooperação; assim, eu o denunciei como uma maneira astuciosa de evitar *insights* profundos. A primeira tarefa era inutilizar essa arma do paciente, o que só podia ser feito por meio da análise consistente de sua função e tornando-me muito parcimonioso em minhas comunicações. Durante algum tempo, ele continuou a usar o intelecto como mecanismo de defesa, mas, aos poucos, começou a ficar inseguro e inquieto, e finalmente começou a protestar com violência, dizendo que eu não queria compreendê-lo, que sua ajuda intelectual era uma demonstração clara de sua cooperação etc. Reforcei ainda mais a consistência da minha análise de sua atividade intelectual como uma defesa contra surpresas. Um dia, ocorreu-me uma expressão para descrever seu comportamento. Disse-lhe que ele me lembrava uma *raposa astuta* ou um *lince*, e então, depois de um breve período de excitação, o comportamento defensivo se desfez em pedaços. Foi assim: mais uma vez, ele começara a sessão desesperando-se porque eu não mais o compreendia. Depois, gradualmente, sua atenção centrou-se numa cena ocorrida aos três anos, que ele já contara, de passagem, sem pormenores e sem afeto.

Sofrera uma queda dura e machucara bastante o braço esquerdo, necessitando de cuidados médicos. O pai carregara-o nos braços, pela rua, até o hospital. Chorando descontroladamente, ele se recordou dos seguintes detalhes: passara por uma loja onde havia animais empalhados em exposição. Lembrava-se nitidamente de dois deles: uma *raposa* e uma *rena* com enormes chifres. Nessa sessão ele não conseguiu se recordar do que ocorrera entre essa visão e a cirurgia a que fora submetido. Depois, no entanto, pôde se ver deitado na mesa de cirurgia com os braços amarrados e os ombros retraídos numa expectativa tensa. De repente, recordou-se da *máscara de clorofórmio*, depois de ter alucinado por um momento que sentira o cheiro do clorofórmio. Quando foram lhe colocar a máscara, ele pensara: "Vou ficar com um focinho de raposa!". De fato, a cabeça da raposa tem grande semelhança com uma máscara de clorofórmio. Mesmo quando criança, ele sabia que as raposas são apanhadas em armadilhas; em sua terra natal, essas armadilhas eram de aço, com dentes que se fechavam sobre a perna do animal, "quebrando-lhe os ossos". No caminho para o hospital, ele forçara o intelecto para ver como poderia evitar a calamidade. Talvez aquela tivesse sido a primeira vez na qual seu intelecto lhe serviria com o propósito de evitar um grande e iminente perigo. E o tratamento analítico era evitado como um perigo, da mesma maneira astuta, "como uma raposa". O paciente lembrou-se distintamente de como, depois de uma busca intensa de uma saída, chegara à conclusão: "É inútil, é completamente inútil! Fui apanhado". Ficou, então, compreensível como se estabelecera uma das suas fraquezas mais cruciais: tornara-se astuto e cauteloso a tal ponto que não era capaz nem de agir de acordo com suas convicções políticas nem de seguir um plano definido de ação – por medo. Tinha sido uma raposa na armadilha durante toda a vida e, através do fato de agir como uma raposa astuta, incorporara *ativamente* no caráter o medo infantil de ser apanhado, ele próprio, numa armadilha para raposas.

5. O entrelaçamento das defesas pulsionais

Seria de todo errôneo pensar que, pelo afrouxamento ou eliminação de uma defesa, se estabeleçam automaticamente as condições para o fluxo libidinal, ou que isso permite ao paciente fazer associações livres. Muitas vezes, sem dúvida, após a remoção de uma camada do aparelho de defesa, começam a fluir afetos liberados, junto com o material infantil referente a eles. Porém, o analista privar-se-ia de todas as possibilidades posteriores de quebrar *completamente* a couraça se, nessa fase intermediária, não se limitasse a extrair desse material que está emergindo aquilo que estivesse diretamente relacionado com a situação atual de transferência. Se o analista falhar ao seguir esse procedimento, descobrirá que a brecha resultante se fecha de novo, e a couraça continua funcionando, sem ser afetada. As pequenas irrupções que se seguem à remoção das camadas isoladas de defesa não devem ser confundidas com o *colapso* final da couraça. A razão disso se encontra na estrutura específica do aparelho psíquico encouraçado, que designamos por *entrelaçamento das forças defensivas*. O exemplo seguinte ilustrará o que digo.

Se o analista desmascarou e eliminou enquanto função de defesa uma atitude inadequadamente polida, que representa a camada mais superficial do aparelho psíquico, os impulsos antes evitados (por exemplo, agressão) aparecem e produzem uma mudança no comportamento do paciente. Do ponto de vista da análise do caráter, seria errado, nessa altura, mostrar ao paciente que ele está revivendo sua agressão infantil; seria errado mesmo quando esta se revela de maneira clara e sem disfarces. Como já assinalamos, essa agressão é não só a expressão de uma relação infantil com o mundo, mas também, e ao mesmo tempo, uma defesa contra aquilo que está mais no fundo – por exemplo, empenhos anais passivos. Se o analista consegue, então, tirar essa camada de defesa, o que pode surgir à superfície não é a esperada passividade, mas uma total ausência de contato psíquico, uma indiferença para com o analista etc., que é uma defesa clara, isto é, uma forma de evitar o medo de ser desapontado. Se, analisando essa falta de contato, o analista conseguisse, mais uma vez, trazer à superfície esse medo, então a falta de contato também poderia assumir o caráter de um profundo medo infantil de perder o objeto amado; ao mesmo tempo, porém, ela evita impulsos agressivos mais profundos em relação ao objeto amado que uma vez retirou seu amor. Nosso exemplo pode ser variado, complicado ou simplificado à vontade, de acordo com o tipo. Por exemplo, a camada *mais profunda* de agressão que emerge pode, por si só, ser a expressão de impulsos destrutivos *originais*; mas pode, ao mesmo tempo, ter também a função de evitar exigências de amor narcísicas orais muito intensas. Do ponto de vista da análise do caráter, ela teria de ser interpretada uma vez mais como defesa, e não como expressão pulsional vegetativa. *Assim, as camadas da couraça estão inter-relacionadas, isto é, toda pulsão que foi contida serve, ao mesmo tempo, para deter pulsões mais profundamente recalcadas.* O colapso final só é conseguido depois que o analista trabalhou ao longo das muitas funções de defesa.

Por isso, em nosso paciente, a excitação vegetativa muito possivelmente só irromperia depois de terem sido analisadas as exigências de amor narcísicas orais como formas de evitar os impulsos de amor originais, genuínos, de natureza oral ou genital. Trabalhar as várias fases das formações de defesa exige uma paciência excepcional, além da convicção de que finalmente surgirão moções pulsionais originais que já não figuram como defesa. Quando se atinge esse ponto, em geral já se estabeleceu um novo investimento da genitalidade do paciente. Porém, o inter-relacionamento das funções de defesa ainda requer um complemento clínico muito minucioso.

A esse respeito, é necessário discutir o ponto de vista defendido por Kaiser[9], segundo o qual as interpretações deveriam ser dispensadas pura e simplesmente. Em primeiro lugar, surge um equívoco do fato de Kaiser se referir à interpretação apenas como a conscientização daquilo que é evitado. Em minha discussão da técnica de análise do caráter, uso esse termo para todas as formas de comunicação analítica. A restrição de Kaiser quanto ao conceito de interpretação pode até apresentar algumas vantagens; segundo ele, o estabelecimento de uma conexão analítica superficial ou o isolamento de um traço de caráter não constituiria uma *interpretação*, no sentido estrito da palavra. Mesmo com essa ressalva em mente, posso concordar com Kaiser em teoria apenas se ele quis dizer que a análise consistente da resistência não só torna supérflua toda interpretação como até a exclui como um erro. Ele parece se esquecer de que minha formulação da "interpretação no final" é uma necessidade *prática* enquanto a técnica da análise do caráter não tiver sido aperfeiçoada a ponto de nos sentirmos *totalmente* seguros ao lidar com os mecanismos de defesa. Assim, sua afirmação só é válida para o caso ideal do trabalho de análise do caráter. Tenho de admitir que ainda estou muito longe disso. Ainda luto com a análise da formação defensiva, em especial com os problemas da falta de contato e com o entrelaçamento das funções de defesa. Talvez o que dificulte, neste momento, o trabalho correto na análise do caráter seja uma consideração que penso estar faltando em Kaiser, a saber, a consideração, pela perspectiva econômico-sexual, de se trabalhar de tal maneira que a maior quantidade possível de excitação sexual se concentre na zona genital, sob a forma de *angústia de orgasmo*.

6. Falta de contato

Originalmente, a análise do caráter concebia a couraça psíquica como a soma total de todas as forças de defesa recalcadoras. Ela poderia ser dissolvida dinamicamente por meio da análise dos modos

---

9. "Probleme der Technik" (Problemas de Técnica), *Internationalen Zeitschrift für Psychoanalyse*, IV, 1934.

formais de comportamento. Mais tarde, demonstrou-se que esse conceito não abarcava a couraça psíquica em sua totalidade – na verdade, que ele provavelmente desprezava o fator mais importante. Aos poucos, pudemos perceber que, mesmo depois de se desfazerem por completo os modos formais de comportamento, mesmo depois de se conseguirem profundas irrupções de energia vegetativa, permanecia sempre um resíduo indefinível, aparentemente inatingível. Tinha-se a sensação de que o paciente se recusava a deixar de lado as últimas reservas de sua "posição narcísica" e que era muito hábil em escondê-la de si mesmo e do analista. Mesmo quando a análise das forças de defesa ativas e das formações reativas do caráter parecia estar completa, sem dúvida ainda existia um resíduo indefinível. Então, o analista via diante de si um problema difícil. A concepção teórica da couraça estava correta: um agregado de exigências pulsionais recalcadas, dirigidas para o mundo externo, opunha-se a um agregado de forças defensivas que mantinham o recalque; os dois *formavam uma unidade funcional* dentro do caráter específico da pessoa. Em resumo, embora compreendêssemos tanto aquilo que era contido quanto aquilo que continha, não tínhamos ainda nenhuma compreensão conclusiva quanto a esse resíduo.

A explicação de que uma única pulsão é simultaneamente dirigida para o mundo e utilizada na função de defesa contra o próprio ego ampliou nosso conhecimento da estrutura do ego, mas, na realidade, não resolveu o problema. Quero usar um exemplo clínico para ilustrar que a *falta de contato psíquico* constitui o resíduo impalpável da couraça.

No caso discutido anteriormente, a análise revelou que, subjacente ao comportamento passivo-feminino reativo, havia um distanciamento profundo em relação ao mundo, em relação aos seus objetos e finalidades, que se expressava como *apatia* e *inflexibilidade*. O próprio paciente não tinha consciência imediata disso; pelo contrário, sua dependência passivo-feminina encobria esse distanciamento e dava-lhe a impressão de ter relações especialmente intensas com o mundo externo. Eu estava diante de uma contradição difícil de resolver. Por um lado, havia seu "grude" libidinal, a prontidão para ser prestativo e serviçal, isto é, relações que pareciam muito intensas; ao mesmo tempo, era um caso evidente de falta de contato. O problema se resolveu quando consegui compreender a origem do apego e da dependência do paciente. Demonstrou-se que essas atitudes não só cumpriam a função de manter reprimidas as tendências agressivas recalcadas, mas, sobretudo, compensavam seu distanciamento interno em relação ao mundo. Assim, devemos distinguir o seguinte:

primeiro: as exigências recalcadas;
segundo: as forças de defesa recalcadoras; e

terceiro: uma camada da estrutura psíquica entre as duas primeiras – a falta de contato –, que, de início, aparece não como uma composição de forças dinâmicas, e sim como manifestação estática, rígida, como uma muralha no organismo psíquico, *resultante da contradição entre duas correntes libidinais opostas*. Pode-se compreender melhor essa estrutura quando se conhece sua história.

Depois de descobrirmos essa forma especial de falta de contato em nosso paciente, fizemos uma revisão de nossas experiências clínicas. Essa falta de contato revelou-se um fenômeno de neurose tão geral quanto a mudança de função da pulsão. Mas, antes de dar outro exemplo clínico para ilustrar a gênese dessa formação, farei um breve resumo da concepção teórica da falta de contato. Quando as tendências libidinais fluem em direção ao mundo externo – aderimos a essa imagem intencionalmente – e uma proibição do mundo externo detém esse fluxo, então, em certas situações, estabelece-se um equilíbrio entre a força pulsional, por um lado, e a força frustrante, por outro. Deve-se dizer que esse equilíbrio é uma condição aparentemente estática no fluxo libidinal da pessoa, correspondente a uma *inibição*. E essa condição dinâmica talvez esteja na base da fixação das pulsões em fases de desenvolvimento anteriores, bem como na base da inibição psíquica em geral.

Essa condição irá se tornando mais clara à medida que avançarmos no assunto. Até podemos descrevê-la de modo diferente, embora não tenhamos nada diferente em mente. Quando uma pulsão é assumida pelo ego, com o fim de obter satisfação, e encontra uma frustração, ela pode, como mostramos, se dividir ou se dissociar. Uma parte volta-se contra ela própria (formação reativa); outra parte continua, como antes, em direção ao mundo externo. Mas, quando isso acontece, mudam as relações dinâmicas. No ponto em que a corrente voltada para o mundo externo e a corrente voltada para o próprio ego se dividem, surge uma situação de paralisia ou rigidez. Isso é mais do que apenas uma hipótese heurística. Assim que o analista tenha compreendido completamente esse processo e tenha instruído seus pacientes a lhe dar uma descrição exata de seus sentimentos, verá que eles sentem essa inibição de modo claro e direto em todas as suas relações objetais. As manifestações dessa condição dinâmico-estrutural são diferentes; citarei apenas algumas das manifestações clínicas mais frequentes.

Começando a lista, temos o sentimento de *isolamento interno*, que às vezes está presente mesmo quando há uma abundância de relações sociais e profissionais. Em outros casos, encontramos um sentimento descrito como "*insensibilidade interna*". Sem dúvida o neurótico compulsivo, ou, mais especificamente, a despersonalização esquizoide, pertence a esse grupo. As percepções dualistas de pacientes esquizofrênicos são uma manifestação direta dessa condição. Quando os pacientes se queixam de se sentirem distantes, isolados ou apáticos, seu sentimento pode ser remontado a essa contradição entre a corrente libidinal objetal e a tendência de se refugiar dentro de si mesmo. A clivagem e a ambivalência são manifestações diretas desse paradoxo; a apatia é o resultado do equilíbrio criado por duas forças opostas. Assim, nosso conceito anterior da falta de contato como um muro não está totalmente correto. É mais uma interação entre forças dinâmicas do que uma atitude passiva. O mesmo se pode dizer do bloqueio afetivo na neurose compulsiva e na rigidez catatônica. Temos de nos contentar com esses exemplos.

Depois que conseguimos romper a couraça, observamos em nossos pacientes uma *alternância* entre corrente vegetativa e bloqueio afetivo. A transição da condição de motilidade para a de rigidez é um dos problemas terapêuticos e teóricos mais importantes, quando o objetivo é restabelecer a capacidade de fluxo vegetativo. Durante a guerra, ocorreram condições semelhantes de bloqueamento de afetos ou de desenvolvimento de apatia, descritas por prisioneiros políticos que haviam sido submetidos a torturas. Nesses casos, aparentemente, os afetos de raiva agressiva foram contrabalançados pela inibição imposta pelo poder externo. Dado que essa oscilação contínua de uma direção à outra não é nem economicamente adequada nem tolerável para o aparelho psíquico, o indivíduo se torna embotado. Esse estado, porém, não é uma atitude passiva nem uma consolidação definitiva de uma situação dinâmica; é, como dissemos, o resultado de um conflito de forças. Isso pode ser provado por dois fatos. Primeiro, as condições externas ou os esforços caracteroanalíticos podem dissolver esse entorpecimento em seus componentes dinâmicos. Os impulsos sexuais, a agressão e também a angústia, ou seja, as tendências centrípetas de fuga, reaparecem no indivíduo à medida que o entorpecimento vai desaparecendo – o que confirma ainda mais a concepção econômico-sexual da sexualidade e da angústia como duas direções antagônicas de correntes.

Aquilo que encontramos, mais tarde, em nossos pacientes, como pulsão recalcada, força recalcadora e distanciamento interno intermediário, agindo simultaneamente, na verdade surgiu numa sequência histórica definida. É o que demonstrarei com o seguinte exemplo.

Um paciente que sofria muito de um sentimento de insensibilidade interna (em contraste com o outro, que não sentia essa condição) caracterizava-se por um comportamento exageradamente formal, polido e reservado; as pessoas com motilidade vegetativa de livre fluxo achavam-no rígido e insosso. Completava o quadro uma certa dignidade que ele exibia. Seu desejo secreto mais intenso era "sentir o mundo" e "conseguir fluir". O afrouxamento caracteroanalítico dos afetos, a partir dessas atitudes, levou a uma reativação completa das situações de infância que formaram a base da sua falta de contato e de sua busca de vitalidade psíquica. Sobressaíam, em sua neurose, os seguintes sintomas: um medo intenso de perda do objeto; fortes reações depressivas quando não conseguia ter ereção imediata ao beijar uma mulher, e outras coisas semelhantes. Em primeiro lugar, soube-se que a causa imediata desses sintomas era – além do desejo de uma relação objetal vital – uma forte inclinação interna para recuar, uma tendência a desistir do objeto à menor dificuldade. Essa inclinação nascia do medo que sentia do seu próprio ódio em relação ao mesmo objeto através do qual ele procurava viver um "sentimento que fluísse". Dado importante era sua anestesia do pênis, ou, em outras palavras, a falta nele do *sentimento de contato vegetativo*. Manifestações especialmente pronunciadas de tais condições encontram-se em caracteres compulsivos. Sua fórmula da "vida nova", que estão sempre a ponto de começar, o sentimento de que são capazes de ser "diferentes", isto é, vivos e fecundos (e não rígidos, desanimados e "mortos"), são apenas expressões dos últimos vestígios de motilidade vegetativa e, em geral, o incentivo mais forte para a recuperação. Voltando ao nosso paciente: quando se eliminou a anestesia do pênis, o sentimento de falta de contato também desapareceu; mas voltou imediatamente, logo que reapareceu a perturbação genital. As correlações entre falta de contato psíquico e ausência fisiológica de sentimento, por um lado, e a capacidade de contato e a sensibilidade vegetativa, por outro, tinham suas raízes na história anterior do paciente. Brevemente resumida, é assim:

O paciente tivera uma forte ligação sensual-genital com a mãe e fora rejeitado quando tentara se aproximar dela de maneira sensual e genital. É importante notar que a mãe não só não proibira contatos superficiais não genitais – por exemplo, ficarem deitados um ao lado do outro, abraços etc. – como os encorajara. Quando seus impulsos genitais foram repelidos, ele mantivera a disposição genital em relação à mãe, mas, ao mesmo tempo, desenvolvera uma forte atitude sádico--agressiva em relação a ela – atitude que aos poucos suplantara completamente a tendência genital. Essa atitude também tivera de ser recalcada devido à frustração e ao medo de punição. Dali em diante, encontrara-se enredado num conflito entre o amor carinhoso pela mãe, que culminava no empenho por contato físico com ela, e o ódio por ela, entre o medo do ódio e do empenho genital, e o medo de perder o objeto amado. Mais tarde, sempre que se aproximava de uma mulher, a atitude sádica dominava o empenho genital, que estava mais ou menos recalcado, e o obrigava a retroceder. Para satisfazer as exigências do recalque infantil, fora necessário amortecer a sensação genital do pênis. Ainda hoje não sabemos explicar como isso é possível. Nesse caso, o impulso agressivo provavelmente impedia o impulso sexual e vice-versa. Quando há potência eretiva, a ausência de sensação genital (o mesmo se aplica à anestesia vaginal) é a expressão *direta* da perda da capacidade de contato, bem como sua característica mais evidente. Podemos dizer que estamos lidando aqui não só com um processo psíquico, mas também com uma alteração, talvez, das funções eletrofisiológicas da pele do pênis. Num nível mais profundo, o sentimento de insensibilidade significava para o paciente o mesmo que não ter pênis ou não sentir o pênis. A razão racional para isso era o fato de o pênis ter perdido a capacidade de sentir. A profunda depressão do paciente resultava dessa condição[10].

Assim, seu profundo distanciamento em relação ao mundo desenvolveu-se na época em que o empenho genital original e natural entrou em conflito com a agressão dirigida ao objeto e com a tendência a recolher-se que resultava desse conflito. Seria certamente justificado fazer generalização desse processo: toda vez que moções pulsionais naturais, adequadas, são impedidas de relação direta com os objetos do mundo, o resultado é a angústia, como expressão de um arrastar-se para dentro de si mesmo, e o desenvolvimento de um muro de negação ao contato. Isso pode ser observado na criança, após a primeira fase severa de recalque genital, e também no adolescente quando, devido a razões externas ou incapacidade interna, não pode alcançar o objeto. Também é o caso de casais, casados há muito tempo, quando a relação genital perdeu a vivacidade e se reprimiram outras formas de satisfação sexual. Em todos esses casos, emerge do embotamento psíquico um quadro caracterizado por resignação, apatia, sentimentos de isolamento e grave enfraquecimento da atividade e dos interesses objetivos.

Na tentativa de compreender a dinâmica do caráter, encontramos, a cada passo, dificuldades de natureza linguística. Para descrever o mais fielmente possível a função da inibição e da falta de contato, temos de

---

10. Nota, 1945: A manifestação clínica da "falta de contato" tornou-se, mais tarde, a perspectiva principal a partir da qual iniciamos a pesquisa das perturbações biofísicas do orgone. Na falta de contato, lidamos com um bloqueio da motilidade do orgone corporal (anorgonia). Na anestesia do pênis, a pele não é carregada orgonoticamente; o campo de energia orgone se contrai de maneira acentuada; o pênis é sensível ao contato, mas não ao prazer. Dado que só uma alteração do nível de energia é capaz de criar prazer, é evidente que o causador da falta de contato é um bloqueio na corrente plasmática. Em 1942, conseguimos provar a existência física do campo de energia orgone por meio da luminação de um filamento. Ver também "A Função Bioelétrica do Prazer e da Angústia", em *A Função do Orgasmo*.

fazer uma outra correção em nossa concepção atual, e isso requer uma alteração de longo alcance em nosso pensamento a respeito do aparelho psíquico. Mostramos que, entre as camadas daquilo que é recalcado e daquilo que recalca (a defesa), encontramos uma camada de falta de contato. Essa camada intermediária corresponde a uma inibição que resulta da oposição entre duas moções pulsionais ou da clivagem de uma única moção pulsional.

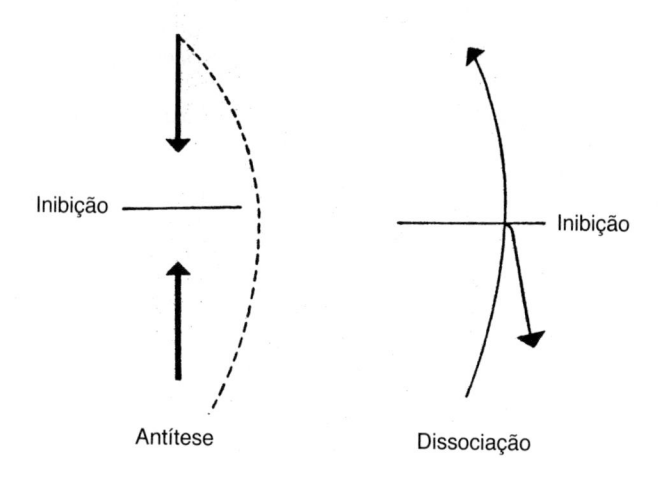

Inibição —————   ————— Inibição

Antítese   Dissociação

Esquema da inibição

Nessa formulação, porém, desprezamos o fato de o aparelho psíquico neurótico não consistir em *uma* pulsão evitada e em *uma* pulsão que evita, mas num número infinito de empenhos que estão em parte dissociados e em parte dispostos uns contra os outros. Além disso, no *entrelaçamento* das forças de defesa, uma pulsão que tenha surgido à superfície, partindo das profundezas da couraça, pode exercer uma função de defesa. É muito provável, na verdade, que todas as tendências psíquicas estejam dissociadas em pulsões que operam ao mesmo tempo "em direção ao mundo", "para longe do mundo" e *umas* contra *as outras*. Em resumo, o quadro obtido é uma complicada *teia* de forças (estrutura da couraça), na qual os elementos que evitam e os que são evitados não estão nitidamente separados, como gostaríamos. Mas esses elementos estão enredados de maneira extremamente irregular. Só nosso trabalho de análise do caráter põe ordem ao quadro que corresponde à história da estrutura. Esse ponto de vista estrutural não é compatível de maneira nenhuma com qualquer concepção de uma estratificação topográfica. Aquilo que é evitado e aquilo que evita estão ligados numa unidade funcional, por assim dizer, numa inibição de caráter, como o sódio e o cloro no cloreto de sódio, ou forças elétricas positivas e negativas numa condição "neutra". Se considerarmos a variedade infinita de tais unificações de várias tendências e de tendências simples que se cindiram, então percebe-se que qualquer esforço para compreender esses fenômenos através de um processo de pensamento mecanicista e sistemático será inútil. Necessita-se aqui de um pensamento funcional e estrutural, e de imaginação. O desenvolvimento do caráter é um processo progressivo de desabrochamento, cisão e antagonismo de funções vegetativas simples. Talvez o seguinte diagrama de forças operando em várias direções ajude a dar uma ideia:

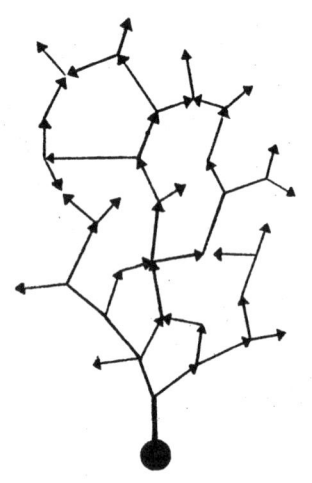

Esquema da estrutura da couraça

Portanto, a falta de contato não é uma camada entre duas camadas de forças opostas, e sim um fenômeno que corresponde à ocorrência de uma *concentração* ou *densidade* especial de antíteses e dissociações. Aquilo que percebemos, na análise do caráter, como uma formação compacta, tenaz ou enredada é precisamente essa *concentração* de forças opostas no *caráter*. Já assinalamos anteriormente como é importante abordar e analisar essa formação do caráter a partir da "extremidade certa".

Durante o tratamento, traços de caráter tais como a reserva e a reticência tornam-se uma resistência de caráter compacta, por exemplo, na forma de um silêncio apreensivo e obstinado. É completamente estranho à análise do caráter superar tais silêncios por meio de pedidos, exigências ou persuasões para que o paciente fale. O silêncio do paciente é, em geral, o resultado de uma *incapacidade* de expressar verbalmente seus impulsos internos. Pedidos e persuasão intensificam a teimosia; não eliminam a perturbação da capacidade do paciente de se expressar, mas pioram-na. É evidente que ele gostaria de falar, de abrir seu coração ao analista. Por uma razão ou outra, porém, ele não consegue. Sem dúvida, o próprio fato de ter de falar o inibe. Ele não sabe que não é capaz de se expressar; em geral, tem a opinião de que *não quer* fazê-lo. Em segredo, espera que o analista o compreenda, apesar da sua incapacidade de se abrir. Esse desejo de "ser compreendido" é normalmente acompanhado por uma defesa contra qualquer ajuda: assume uma atitude obstinada, que torna o trabalho difícil, mas não impossível.

Em vez de pedir, persuadir ou até recorrer à bem conhecida "técnica do silêncio", o analista consola o paciente, assegurando-lhe que compreende sua inibição e que, por ora, pode passar sem suas tentativas de comunicação. Desse modo, o paciente fica aliviado da pressão de "ter de" falar; ao mesmo tempo, perde qualquer justificativa atual para ser teimoso. Se o analista consegue então *descrever* ao paciente suas atitudes, de maneira precisa e simples, sem esperar quaisquer mudanças imediatas, o paciente imediatamente se sente "compreendido", e seus afetos começam a despertar. De início luta contra eles, intensificando o silêncio, mas, por fim, começa a ficar inquieto. Essa agitação nascente é o primeiro passo para afastar a rigidez. Depois de alguns dias – no máximo algumas semanas – de cuidadosa descrição e de pinçamento de suas atitudes, o paciente começa pouco a pouco a falar. Na maioria dos casos, o traço de caráter do silêncio é provocado por uma constrição da musculatura da garganta, da qual o paciente não tem consciência; essa constrição abafa excitações "emergentes".

Tecnicamente, portanto, não basta, de modo nenhum, querer destruir a falta de contato. Não basta apenas reconstruir a história de seu desenvolvimento ou descobrir as forças defensivas e pulsionais em que ela se baseia, isto é, que a constituem. Ela deve ser *isolada* e *objetivada, antes* de ser analiticamente dissolvida, como acontece com toda atitude de caráter. Pode-se fazer isso de várias maneiras, de acordo com o caso. Essencialmente, porém, isso se consegue através de uma descrição minuciosa do comportamento do paciente. Esse resultado pode ser também obtido enfatizando-se continuamente a disparidade entre as exigências ideais da pessoa e a aridez real de seu modo de viver; demonstrando-se sua falta de interesse verdadeiro, que resulta em fracasso ou em contradições em seu trabalho; desmascarando a profunda esterilidade psíquica de suas experiências, apesar da aparente intensidade de sua vida amorosa. Dessa maneira, a falta de contato é levada até os limites extremos, de maneira a ser percebida dolorosamente. Geralmente só se consegue sua completa explicitação e subsequente dissolução quando as exigências de contatos vivos com a realidade, resultantes da liberação de excitações sexuais, se tornam urgentes. Assim que o paciente começa a experimentar as primeiras sensações, embora fracas, da corrente orgástica no corpo, especialmente na zona genital, o sentimento de falta de contato não mais é suportável. Exatamente como o sentimento geral de falta de contato (não importa em que camada psíquica se encontre) é apenas o reflexo geral da angústia de orgasmo, isto é, *medo de contato orgástico*, assim também ele desaparece completamente, espontaneamente, quando se estabelece a capacidade de contato orgástico.

Ainda não se pode considerar completa a investigação dos mecanismos psicofisiológicos que levam da situação de experiência plena à situação de vazio ou de aprisionamento internos. Há muita coisa ainda obscura. O fato mais intrigante é que o retraimento do interesse sexual ou a inibição de um impulso que tenta se expressar é experimentada diretamente como um sentimento crescente de "frieza", "torpor", "rigidez", "insensibilidade". "Minha alma é como um lago congelado", disse-me certa vez um paciente. Nossa explicação anterior, de que esse fenômeno é a "inibição" causada por duas forças opostas, está correta, mas incompleta. E a explicação de que a libido é que é retirada também não acrescenta nada. As palavras não podem substituir a compreensão dinâmica. Simplesmente não sabemos ainda a resposta. Há uma maneira de investigar esse fenômeno destruidor de vida, entretanto, se permitirmos ao paciente reviver a história exata da *transição* de estar vitalmente vivo para o sentimento de estar totalmente gelado; e, no tratamento, dar atenção minuciosa à oscilação de uma condição para a outra. Quando se procede assim, revelam-se reações estranhas. Um paciente, por exemplo, viveu a transição da seguinte maneira: ele tinha de repetir mecanicamente "É inútil; é completamente inútil" etc. O significado disso era: "De que serve tentar, competir, sacrificar-me, e até amar? De qualquer maneira, os outros não me compreendem". Certamente, uma das experiências mais trágicas das crianças resulta do fato de que, numa idade tenra, nem todos os sentimentos e desejos podem ser expressos e verbalizados. A criança tem de encontrar uma outra maneira para que seja compreendida a condição psíquica que não consegue expressar. Mas os pais e os professores, sendo o que são, raramente são capazes de adivinhar o que se passa com ela. Em vão a criança faz seu apelo, até que, por fim, desiste da luta pela compreensão e fica paralisada e anestesiada: "É totalmente inútil". O caminho entre o sentir-se vivo e o morrer interiormente é pavimentado com decepções no amor, que constituem a causa mais frequente e poderosa da morte interna. Mas isso, por mais amargo que seja, ainda não explica o mecanismo envolvido no processo.

O que frequentemente aciona e mantém esse processo é um medo de contato com coisas, experiências e pessoas, no centro do qual, de acordo com minha experiência, está o medo do contato orgástico, que em geral se adquire a partir da angústia da masturbação infantil. *Assim, o medo do contato orgástico constitui o núcleo do medo do contato psíquico direto e genuíno com as pessoas e com os processos da realidade.* Dominar esse medo é uma das tarefas mais importantes e difíceis da análise do caráter. Repetidas vezes os pacientes, mesmo aqueles que se liberaram totalmente de suas fixações infantis, regridem imediatamente a antigas condições neuróticas quando se deparam com a possibilidade de estabelecer contato orgástico genital. Isso requer que se supere a angústia do orgasmo. Em todos os tratamentos caracteroanalíticos conduzidos corretamente, essa fase, que é nitidamente delineada na maioria dos casos, instala-se algum tempo depois de se dissolver a couraça. Suas características são: superficialidade das comunicações analíticas; sonhos e fantasias de queda; intensificação geral da atitude de reticência, como evitar intencionalmente o assunto dos desejos genitais; maior frequência de ideias mais ou menos claras de desintegração física (que não devem ser confundidas com fantasias de castração); anulação de todas as realizações terapêuticas anteriores; fuga a todas as relações verdadeiras com o mundo, sexuais ou de outro tipo; reativação de modos de reação da primeira infância; reaparecimento da sensação interna de vazio e desolação; etc. Essa fase requer uma análise minuciosa das atitudes e sensações que o paciente experimenta durante a masturbação e/ou as relações sexuais. Quando essas atitudes e sensações são analisadas em detalhes, observa-se que, a certa altura, os pacientes impedem, de algum modo, o aumento da excitação. Não permitem que a onda de excitação cresça; interrompem-na por meio de movimentos curtos e rápidos; contraem os músculos pélvicos sem se darem conta disso; distraem-se inconscientemente por meio de associações; recusam ceder ao impulso de empurrar a pelve bem para a frente; com frequência detêm o movimento e ficam imóveis no momento em que começam a experimentar a sensação orgástica, em vez de se soltarem e aumentarem a intensidade da descarga através da fricção rítmica e espontânea. A inibição orgástica mais difícil de dissolver é aquela em que não se encontra nenhum desses sinais externos, e a excitação simplesmente morre. Muitas vezes é difícil compreender esse "esfriamento".

Quero chamar a atenção para uma atitude visível (porém pouco valorizada) no ato sexual. Quando há o medo do contato orgástico e da falta de contato psíquico relacionada a ele, o impulso vegetativo para produzir fricção está sempre ausente. Porém, quando o contato pré-orgástico é completo, esse impulso atua automaticamente. No primeiro caso, o que acontece é que, para superar a falta de contato e obter o alívio apesar do medo, muitas vezes uma fricção forçada, impetuosa e produzida conscientemente toma o lugar do ritmo suave, autorregulado, governado pelas emoções. Não se pode descobrir e eliminar o medo do contato genital até que essa forma de fricção tenha sido analisada como uma evitação de sensações e como um constrangimento do desejo de alívio. Os pacientes geralmente oferecem forte resistência a desistirem dessa forma de fricção e a se abrirem a um tipo vegetativo de movimento. Não querem ser apanhados de surpresa pela convulsão orgástica.

Em linhas gerais, pode-se dizer que uma análise do caráter correta e bem-sucedida se caracteriza por três fenômenos:

1) dissolução completa da couraça;
2) desenvolvimento total do medo de contato orgástico;
3) superação completa da inibição orgástica e estabelecimento de movimento involuntário, totalmente desinibido, no momento do clímax.

O esforço necessário, na maioria dos casos, para produzir uma concentração da excitação na angústia do orgasmo e, depois, para superar essa angústia, é recompensado amplamente pela mudança rápida e completa no comportamento geral do paciente, isto é, pelo estabelecimento de uma motilidade vegetativa que pode fluir livremente.

7. Contato substituto

Quanto mais a motilidade vegetativa for reprimida na infância, tanto mais difícil será para o adolescente desenvolver relações com o mundo, com os objetos de amor, com seu trabalho e com a realidade em geral – relações que são características dessa fase da vida. Nesse caso, é muito mais fácil mergulhar na condição de resignação e isolamento, e as relações substitutas que então se formam serão na mesma medida pouco naturais. A maior parte daquilo que a psicologia oficial do adolescente considera como "características da puberdade" se revela, no trabalho da análise do caráter, como o efeito artificialmente produzido da sexualidade natural obstruída. O mesmo é válido para os devaneios e para os sentimentos de inferioridade. Estes últimos exprimem uma inferioridade imaginária e ideais muito afastados da realidade; refletem também uma contradição concreta na estrutura. O sentimento de inferioridade é a percepção interna do fosso entre os desempenhos reais, nas esferas sexual e social, e as capacidades e possibilidades latentes inibidas pela paralisia da motilidade vegetativa. A maioria das pessoas é realmente muito menos potente do que se imagina em sonhos, e possui muito mais qualidades e capacidades do que aquelas que traduzem em ação. Essa contradição grotesca na estrutura do homem moderno é uma das consequências da destrutiva regulação da sexualidade que lhe é imposta pela sociedade. Eliminar essa contradição é uma das tarefas mais importantes que terão de ser cumpridas por uma nova ordem social. A força produtiva, "a força de trabalho", depende essencialmente do quanto a realização efetiva se aproxima da capacidade latente, isto é, do restabelecimento da motilidade vegetativa.

Essas condições tornam-se psiquicamente intoleráveis e socialmente nocivas com o decorrer do tempo. O aparelho psíquico, sustentado pelo fluxo constante de energia vegetativa, rebela-se contra essa contradição, percebe-a de modo mais ou menos consciente como um grave prejuízo para a vida e tenta chegar a um acordo com ela de várias maneiras. Não falaremos dos sintomas neuróticos que resultam da estase sexual. Para nós, é mais importante investigar as funções do caráter que emergem pela primeira vez nessa luta. Dado que o contato vegetativo imediato com o mundo foi mais ou menos destruído, quando seus vestígios restantes já não são mais suficientes para preservar a relação com o mundo externo, ou se desenvolvem *funções substitutas*, ou há tentativas de estabelecer um *contato substituto*. Vamos dar alguns exemplos clínicos para ilustrar a diferença entre contato substituto e contato vegetativo direto. A dificuldade reside no fato de que o primeiro também é alimentado por energia pulsional vegetativa – é o que os dois contatos têm em comum. Mas as semelhanças são menos importantes do que as diferenças. Assim, embora o comportamento passivo-feminino do caráter passivo-feminino seja alimentado por excitações anais, esse comportamento é um contato substituto que tomou o lugar de um contato natural impedido pela situação de frustração. Assim, mesmo quando adulto, o jovem tem de se rebelar contra o pai dominador e autoritário para salvaguardar sua independência e desenvolver suas próprias capacidades. No entanto, ele não tem a agressividade necessária para isso, porque ela está recalcada. Para manter essa agressividade recalcada, desenvolve um comportamento passivo-feminino e, em vez de se engajar na luta da vida utilizando sua agressividade sublimada, tenta delinear um modo de vida baseado na submissão neurótica, que requer os maiores sacrifícios pessoais.

A atitude sádica da mulher neurótica compulsiva com distúrbio genital, em relação ao homem, tem a função não só de evitar sua genitalidade, mas, sobretudo, de compensar o alheiamento libidinal resultante desse processo, bem como a função de preservar o contato com o objeto de amor original, mesmo que de forma diferente. Do mesmo modo, as expressões de afeição artificiais, simuladas e exageradas entre cônjuges são funções de contato substitutas, na ausência de uma relação sexual autêntica. Também o comportamento neuroticamente agressivo de casais descontentes é uma forma de evitar e compensar os impulsos passivo-femininos em relação ao homem ou os impulsos genitais naturais em relação à mulher; sobretudo, é uma tentativa, provocada pela ausência de contato vegetativo imediato, de se manter ligado com o mundo. O comportamento masoquista não é apenas a expressão e, num certo sentido, uma forma de evitar a agressividade sádica recalcada; é também uma função substituta das relações naturais com o mundo externo. O caráter masoquista é incapaz de expressões diretas de amor.

Assim que se compreende plenamente a diferença entre as manifestações de contato vegetativo direto, que flui livremente, e as relações substitutas não genuínas, secundárias, indiretas, não é difícil distinguir as múltiplas manifestações destas últimas no dia a dia. Nesse ponto, gostaria de citar alguns exemplos característicos de comportamento artificial: risada alta e incômoda; aperto de mão exageradamente firme; amabilidade enfadonha, invariável; exibição presunçosa de conhecimentos adquiridos; repetição frequente de expressões estereotipadas de espanto, surpresa ou prazer etc.; adesão rígida a pontos de vista, planos e objetivos definidos (por exemplo, um sistema paranoico, incapacidade neurótica de mudar de opinião); modéstia afetada; gestos grandiosos ao falar; insistência infantil em ser aprovado pelos outros; jactar-se em assuntos sexuais; exibição exagerada de encanto sexual; coqueteria indiscriminada; relações sexuais promíscuas e desregradas; conduta acentuadamente aristocrática; maneira de falar requintada, patética ou afetada; comportamento marcadamente autoritário ("o grande chefe"), altivo ou protetor; camaradagem falsamente efusiva; adoção de um tom de conversa convencional; comportamento desordeiro ou lascivo; risinhos sensuais ou conversa obscena; donjuanismo; acanhamento. Assim, também a maioria dos movimentos desnecessários expressa, além das tendências narcísicas, uma relação substituta com o objeto, por exemplo: ajeitar o cabelo com um gesto afetado; passar repetidamente a mão pela testa, de modo característico; olhar sugestivamente para os olhos da pessoa com quem se fala;

requebrar-se afetadamente ao andar; modo de andar atlético ou arrogante etc.

Geralmente, onde quer que um traço de caráter se sobressaia da personalidade global, de maneira isolada ou contraditória, há uma função substituta governada por um isolamento mais ou menos profundo. Reluta-se em admitir isso, mas a análise de caráter confirma-o cada vez mais: o traço de caráter comumente considerado "mau", "desagradável" ou "problemático" é, em geral, idêntico ao comportamento neurótico; o mesmo se aplica à maioria dos modos de comportamento que regula a vida das chamadas "pessoas de fino trato", isto é, em que a forma tem precedência sobre o conteúdo. Por outro lado, a maioria dos traços de caráter considerados "simples", "naturais", "simpáticos", "atraentes", parece coincidir com o comportamento não neurótico do "caráter genital". ("Neurótico" aqui significa especificamente uma condição psíquica que teve origem no recalque de uma moção pulsional e é mantida por um contra investimento consumidor de energia.)

Ficamos cada vez mais espantados com a vida dupla que as pessoas são forçadas a viver. O comportamento externo, que varia de acordo com a posição e a classe social, revela-se uma formação artificial; está em conflito permanente com a natureza verdadeira, direta, vegetativamente determinada, que, com muita frequência, mal se pode esconder. O policial mais formidável e mais temido; o acadêmico mais magnânimo e reservado; a "socialite" elegante e inacessível; o burocrata "obediente", que funciona como uma máquina – todos mostram ser caracteres inofensivos com os mais simples desejos, angústias e impulsos de ódio. Só estou enfatizando isso por causa do incrível respeito que o chamado homem simples tem pela máscara do caráter.

Em termos de análise do caráter, a diferença entre o ritmo sexual vivo e charme sensual estudado; entre a dignidade natural, sem afetação, e a dignidade fingida; entre a modéstia genuína e a falsa; entre a expressão de vida genuína e a representada; entre o ritmo muscular vegetativo e o balançar dos quadris e endireitamento dos ombros que tenta imitar o movimento espontâneo; entre a fidelidade que nasce da satisfação sexual e a que nasce do medo e da moral – poderíamos continuar indefinidamente – é a mesma diferença que existe entre uma estrutura psíquica revolucionária nascente e uma firmemente conservadora; entre uma vida viva e substitutos sem significação para a vida. Nessas diferenças encontramos uma representação direta da base psíquico-estrutural e material de ideologias que, pelo menos em princípio, são acessíveis à experiência humana.

Na ideologia de todas as organizações sociais autoritárias, a vida vegetativa, representada como primitiva e animal, tem sido sempre, e de modo absoluto, colocada em confronto com a vida substituta "cultural", apresentada como diferenciada e altamente desenvolvida. Na realidade, esta última, dado que se afastou da primeira e que representa apenas uma função substituta, e não uma continuação da primeira, é improdutiva, congelada em formas e fórmulas rígidas, desprovida de frutos como uma planta seca. A vida vegetativa, por outro lado, é inerentemente produtiva e dotada de infinitas possibilidades de desenvolvimento. E a razão disso é muito simples: sua energia não está cronicamente congelada e fixada. As formações vegetativas substitutas não deram origem à cultura; todo o progresso humano surgiu dos vestígios remanescentes do contato vegetativo direto com o mundo. Isso nos dá uma ideia de quanta energia há para ser desenvolvida, se conseguirmos liberar as estruturas humanas de suas funções substitutas e restaurar a sua relação direta com a natureza e a sociedade. Felizmente, daqui não pode resultar uma nova religião – por exemplo, um novo movimento de ioga que ensina "sobre a função do contato imediato". Essa alteração na estrutura humana pressupõe alterações no sistema social que o estudante de ioga não compreende.

Se o homem é a única criatura a quem é negada a realização de seus potenciais inatos e não há pulsão de morte que o leve a se suicidar; se, além disso, a necessidade de viver, de ter relações sociais, está enraizada no sistema vegetativo, então o contato substituto que o homem estabelece é apenas a expressão de um compromisso entre a vontade de viver e o medo da vida socialmente induzido. A formação psíquica de um contato substituto, oposta ao contato vegetativo imediato, está estruturada exatamente como um sintoma neurótico. Representa uma função substituta de alguma outra coisa, serve de defesa, consome energia e tenta harmonizar forças contraditórias. Como no caso do sintoma, o resultado do desempenho não é, de modo nenhum, proporcional à quantidade de energia necessária para realizá-lo. Daí o contato substituto ser uma das muitas manifestações de uma economia social perturbada e do decorrente distúrbio da economia sexual pessoal. Dado que a função do contato substituto, como tal, era desconhecida, e que suas manifestações na estrutura social se tornaram parte dos costumes tradicionais, elas acabaram sendo encaradas como fenômenos naturais imutáveis. Contudo, em seu papel de fenômeno social e de elemento da estrutura do homem moderno, essa função do contato substituto é uma formação histórica, isto é, que teve origem num ponto definido na história, sendo, portanto, transitória. Quem viaja num velho trem hesita em deixá-lo até que surja um novo e melhor para transportá-lo com segurança a seu destino. Além disso, começa a desenvolver uma inércia peculiar e também a acalentar ilusões sobre a natureza dos trens. Por isso, se vamos liberar forças suficientes para substituir uma forma de vida por outra, a ideia de uma economia sexual regulada da vida humana deve, primeiro, tornar-se tão arraigada na consciência humana quanto o é, hoje em dia, a ideia da imutabilidade da economia sexual desregulada.

Se a vida atual do homem é uma vida substituta, o trabalho, uma obrigação imposta, o amor, um amor substituto, e o ódio, um ódio substituto; se a dissolução caracteroanalítica da couraça psíquica destrói essas funções substitutas; se essa estrutura humana que funciona predominantemente de modo reativo é o resultado e a exigência da atual organização social, pergunta-se: o que toma o lugar dessa forma de funcionamento psíquico, depois de uma análise do caráter bem-sucedida? Como mudou sua estrutura? Qual é a relação entre realização social e sexualidade, depois de uma análise do caráter bem-sucedida? Questões difíceis e graves, realmente! A teoria do orgasmo e a análise do caráter já lançaram alguma luz sobre essas questões, que giram em torno da diferença entre caráter "neurótico" e caráter "genital".

Porém, o estudo do modo de funcionamento do indivíduo psiquicamente saudável está ainda em seus primeiros passos e tem de contar com uma grande resistência por parte de um mundo caoticamente orientado pela condução moralista e autoritária de seus assuntos como um todo. Em todas as suas instituições, normas éticas e organizações políticas, o mundo se coloca em oposição a uma estrutura psíquica regida não de forma moralista, mas econômico-sexual, cujo trabalho não surge do dever, mas do interesse objetivo, cujas fontes vegetativas fluem livremente e têm acesso imediato ao meio ambiente. A base clínica dessa estrutura psíquica está em processo de desenvolvimento, na medida em que não é ainda conhecida. Uma das tarefas teóricas e práticas mais difíceis será a aplicação da reestruturação caracteroanalítica individual à reestruturação coletiva da grande maioria por meio da educação.

8. A representação psíquica do orgânico

a) A ideia de "estourar"

O fato de as condições biofisiológicas se refletirem ou serem representadas em modos psíquicos de comportamento é definitivamente confirmado por nosso conhecimento das relações psicofísicas. É muito estranho, e ainda totalmente incompreensível, contudo, que a linguagem e o sentimento que se têm acerca do comportamento de outra pessoa reflitam, de maneira inteiramente inconsciente, mas aparentemente clara, a condição fisiológica correspondente, não apenas de modo figurativo, mas também diretamente. Alguns exemplos podem ajudar a ilustrar isso.

A análise mostra que as pessoas descritas como "inacessíveis" ou "duras" são também fisicamente hipertônicas. Mostra também que a energia usada para moldar o caráter de pacientes que se sentem "viscosos" e "sujos" é essencialmente de origem anal. Termos como "livre", "fluente", "direto", "relaxado", "natural", usados para descrever o caráter genital, correspondem, em todos os aspectos, à estrutura biofísica do aparelho vegetativo do caráter genital. Aqueles que apresentam uma natureza "falsa" demonstram, na análise, um desenvolvimento intricado de mecanismos de contato substitutos, com apenas alguns vestígios de libido genital de livre fluxo. Seria de grande valor realizar um estudo cuidadoso e pormenorizado dessas estranhas relações entre a percepção do temperamento vegetativo de uma pessoa e sua formulação linguística. Deixemos isso de lado, por enquanto; neste momento, queremos apenas trilhar *uma* tendência que resulta dessas relações.

Na prática da análise do caráter, em oposição à técnica da resistência direta, encontramos comumente a seguinte situação: no princípio, o paciente sente o ataque do analista à couraça do caráter como uma ameaça ao *self*. Isso explica por que é comum que a situação analítica torne-se associada ao medo de dano físico (angústia de castração); o paciente teme o sucesso do tratamento caracteroanalítico como temeria uma catástrofe física. Intelectualmente, e também afetivamente, na medida em que deseja de modo consciente estabelecer a potência orgástica, o paciente deseja que o ataque iminente seja bem-sucedido, isto é, que sua rigidez psíquica seja destruída; deseja então ardentemente algo que, ao mesmo tempo, receia mortalmente. Não se trata apenas de considerar e temer a ruptura da couraça do caráter como uma catástrofe; o medo de perder o domínio de si mesmo também está presente e faz com que esse desejo e medo simultâneos da mesma coisa se tornem uma resistência típica. O que se quer mostrar aqui é a atitude do ego não para com seu próprio impulso, mas para com a ajuda que espera do analista.

Até que a couraça de caráter seja destruída, o paciente não pode nem associar livremente nem ter um sentimento vital de si mesmo. Espera que o analista, de alguma forma mágica, faça tudo por ele e, sem de fato se dar conta, assume uma atitude passiva, cuja essência é tudo, menos passiva. Espera-se, nesse ponto, que o paciente mobilize seus impulsos *masoquistas* e os ponha a serviço da resistência. O conteúdo psíquico da resistência funciona do seguinte modo: "Você não está me ajudando; não pode fazer nada; não me ama nem me compreende; vou forçá-lo a me ajudar, isto é, serei teimoso e o criticarei". Na realidade, porém, o próprio paciente evita qualquer influência analítica. Em muitos casos, tais atitudes se concentram, afinal, numa situação especial, da qual, até agora, eu não tinha obtido uma *compreensão: inconscientemente, a dissolução da couraça e a penetração nos segredos inconscientes do paciente são representadas como um sentimento de ser espetado ou levado ao ponto de estourar.* Na verdade, a fantasia passivo-feminina de ser espetado ou furado é plenamente desenvolvida, tanto em homens com em mulheres. Especialmente nos homens, há uma variação dessa fantasia inconsciente, representada pelo seguinte: como lhe falta a autoconfiança genital, o paciente se sente impotente. Para fugir a essa sensação, imagina, primeiro num nível superficial, que o analista lhe emprestará sua potência, sua capacidade – em resumo, o pênis. Num nível mais profundo, por vezes lhe ocorre a ideia de que, durante o ato sexual com uma mulher, o analista lhe penetra o ânus, desse modo enchendo, fortalecendo e endurecendo seu próprio pênis, para que ele possa provar a si mesmo sua potência em relação às mulheres. Se a identificação com o analista e o pedido de ajuda podem ser explicados com base nessas fantasias inconscientes, também se pode explicar, em termos dessas fantasias, o fato de evitar esse auxílio, porque, inconscientemente, a ajuda constitui um ferimento, uma espetada.

Como sabemos, o empenho masoquista se caracteriza pela incapacidade do paciente de conseguir, por si, um alívio fisiológico, porque sente o aumento do prazer como um perigo de se derreter ou de estourar. Porém, como é precisamente essa situação temida que, por razões naturais, ele deseja ardentemente, desenvolve a atitude de esperar e suplicar que os outros o ajudem a obter alívio, isto é, que o ajudem a estourar – sensação que, ao mesmo tempo, teme e evita. Essa condição só se revela depois que os primeiros impulsos orgásticos se manifestam na musculatura do aparelho genital. Até então, esses impulsos ficam escondidos e permanecem incompreensíveis para os analistas que não conhecem a técnica de estabelecer a capacidade de excitação orgástica.

Basta de dados clínico-analíticos. Levanta-se agora uma questão importante: a sensação de se derreter ou se dissolver é, sem dúvida, expressão direta dos processos de excitação nos sistemas muscular e vascular durante o orgasmo. Considerada uma expulsão, a ejaculação é análoga ao esvaziamento produzido ao se furar uma bexiga completamente cheia – o que, para os pacientes orgasticamente debilitados, é muito assustador. A questão é esta: como é possível que uma função fisiológica possa se manifestar e ser representada tão diretamente como uma atitude do aparelho psíquico? Tenho de admitir que, para mim, essa relação é tão intrigante quanto importante. É muito provável que sua elucidação amplie consideravelmente nosso conhecimento das ligações entre as funções fisiológicas e psíquicas. Por ora, não tenho nada a dizer[11]. Porém, essa observação clínica leva-nos a uma questão muito importante: *como é representada, psiquicamente, a ideia de morte?*

b) Sobre a ideia de morte

A questão relativa à representação psíquica dos processos biofisiológicos coincide, em certos pontos, com a questão acerca da existência de uma vontade de morrer. Esse campo é não só um dos menos acessíveis como um dos mais perigosos, porque aqui, mais do que em qualquer outra parte, as especulações prematuras têm bloqueado todos os caminhos para uma verificação concreta dos fatos. Como já assinalamos, a hipótese de uma pulsão de morte é uma tentativa de usar uma fórmula metafísica para explicar fenômenos que ainda não podem ser explicados com base em nossos conhecimentos e métodos atuais. Como todos os pontos de vista metafísicos, a hipótese da pulsão de morte contém, provavelmente, um núcleo racional, mas é difícil chegar até ele, porque sua mistificação criou um encadeamento de ideias que induz ao erro. A teoria do masoquismo primário afirma que a vontade de sofrer e de morrer é biologicamente determinada e se explica pelo chamado princípio do nirvana. Porém, a investigação econômico-sexual dos mecanismos que produzem e inibem o prazer levou à teoria do orgasmo. Neste ponto, quero resumir as formulações iniciais expostas no capítulo "O caráter masoquista". Essas formulações nunca pretenderam ser completas.

1) O masoquismo, geralmente concebido como um empenho pelo *desprazer*, que transcende o princípio do prazer, é uma formação neurótica *secundária* do organismo psíquico. Pode ser reduzido, analiticamente, às suas partes componentes, razão pela qual não constitui um fato biológico primário. Quando Rado recentemente desenvolveu uma "nova" teoria da neurose, remontando toda angústia à "irrupção do masoquismo primário", ele não só deturpou a teoria da libido como cometeu o mesmo erro de Alfred Adler: sua explicação cessava precisamente no ponto em que a interrogação de fato se instalava, a saber: *como pode o organismo vivo desejar o desprazer ou a morte?*

---

11. Nota, 1945: Essa suposição confirmou-se três anos mais tarde: as experiências bioelétricas com estímulos de prazer e angústia mostraram que a *intensidade da sensação era funcionalmente idêntica à quantidade de excitação bioenergética.*

2) O aparente empenho pelo *desprazer* pode ser atribuído ao fato de que uma frustração, imposta em certas condições e de certa maneira, se coloca entre um objetivo originalmente agradável e o desejo de atingir esse objetivo. Em seu empenho pelo prazer, o paciente cai repetidamente na mesma situação de frustração e *parece* desejá-la subjetivamente; na realidade, luta pelo objetivo *agradável* que está *por trás* dela ou escondido nela. *Portanto, o sofrimento que o masoquista inflige a si próprio é objetivamente determinado, mas não subjetivamente desejado.* É importante que fique bem clara essa diferença.

3) O masoquista sofre de uma perturbação específica do mecanismo de prazer, que só pode ser revelada pelas técnicas caracteroanalíticas de dissolução da couraça psíquica. Essa perturbação consiste no fato de que, para além de um certo grau, o paciente sente todo e qualquer aumento da sensação orgástica como desagradável e a *teme* como um perigo de "morte". A razão está no espasmo de certos músculos, isto é, a descarga orgástica é concebida como uma explosão, uma desintegração ou um derretimento, e é evitada através de espasmos. A fantasia passiva de apanhar tem a função de obter o alívio desejado, e ao mesmo tempo temido, sem sentir culpa, isto é, obtê-lo, mas não com os próprios esforços. Isso pode ser verificado em todos os casos de masoquismo erógeno. A indução de um perigo menor com o propósito de evitar um perigo maior é apenas um mecanismo intermediário.

4) Se, em consequência da inibição externa e da frustração interna do empenho pelo prazer, a realidade psíquica externa e interna se transformou numa situação totalmente desagradável, mesmo ao se destruir, o organismo ainda segue o princípio do prazer-desprazer. Esse é o caso da melancolia, por exemplo. Como último recurso, o melancólico agarra-se à ideia do suicídio para resolver a tensão desagradável.

Embora tenha sido encorajador, em nosso estudo clínico do masoquismo, chegar a formulações que não se afastavam do princípio do prazer-desprazer e nos permitiam incluir esse fenômeno em nosso conhecimento geral do aparelho psíquico, não havia qualquer razão para estarmos satisfeitos. Um grande número de questões ainda permanecia sem resposta, sobretudo aquela do medo e da ideia de morte. A análise do caráter revela que a "pulsão de morte" resulta de uma inibição biopsíquica e que não há masoquismo primário. Na verdade, há boas razões para se duvidar de que o masoquismo possa ser considerado uma intenção pulsional independente que procura o desprazer. Entretanto, novas complicações se juntaram ao problema, vindas de outro ponto.

Na pesquisa de fatos que permitissem a mais completa compreensão possível do princípio do nirvana, procurei em meus pacientes empenhos pela desintegração, inconsciência, não ser, dissolução e outros desejos semelhantes. Encontrei, em resumo, material psíquico que parecia confirmar a existência de um autêntico empenho primário pela morte. Sempre estive disposto a rever minha posição sobre a questão da pulsão de morte e a admitir que meus opositores tinham razão, desde que pudesse encontrar justificativa para seus pontos de vista no material clínico.

Mas meus esforços mais sérios e determinados para encontrar uma comprovação clínica da teoria da pulsão de morte foram inúteis. Na verdade, logo que começava a vacilar em minha firme rejeição dessa teoria, encontrava outro argumento incontestável *contra* ela. Para começar, esse empenho intenso pela desintegração etc. manifesta-se predominantemente no fim do tratamento, numa ocasião; em outras palavras, em que o paciente enfrenta a tarefa de superar sua angústia de orgasmo – o que era, no mínimo, extremamente desconcertante. Além disso, esse empenho raras vezes aparecia em masoquistas; pelo contrário, era encontrado precisamente em pacientes que tinham desenvolvido os mecanismos masoquistas num grau mínimo e os mecanismos genitais num grau bastante elevado. Isso aumentava a confusão: por que razão pacientes que estavam prestes a se recuperar, cujos mecanismos masoquistas estavam pouco desenvolvidos, e que não haviam demonstrado reações terapêuticas negativas em relação à cura, isto é, não tinham qualquer necessidade inconsciente de punição – por que precisamente esses pacientes teriam permitido que a "silenciosa" pulsão de morte surtisse um efeito tão forte?

Ao examinar formulações teóricas mais antigas, encontrei uma alusão em meu livro *A Função do Orgasmo* que me mostrou que, já em 1926, sem me dar conta disso, eu fizera uma observação clínica que só agora sou capaz de explicar satisfatoriamente. Nesse livro, mencionei o fato bastante peculiar de que a angústia de orgasmo aparece, com frequência, na forma de angústia de morte, e que à ideia de satisfação sexual plena, em alguns neuróticos, está associada a ideia de morrer.

Quero usar um exemplo clínico típico para ilustrar um fato antes desprezado, que parece estar genericamente presente aqui. Devo salientar uma vez mais que esses fenômenos clínicos só podem ser confirmados pela aplicação da técnica de análise do caráter, que libera totalmente a excitação vegetativa. Uma mulher histérica desenvolveu uma grave angústia genital no fim do tratamento, algum tempo depois de se ter desfeito a couraça. Imaginava o ato sexual como uma penetração brutal na vagina; desenvolveu a ideia de que um pênis enorme forçava sua vagina, muito pequena, fazendo-a arrebatar. Essas fantasias tinham origem em apreensões e também em jogos sexuais da primeira infância. À medida que sua angústia genital fora dissolvida, ela ficara consciente de sensações orgásticas nos órgãos genitais e na musculatura da parte superior das coxas anteriormente desconhecidas. Ela descreveu essas sensações como "fluidas", "sensuais", "doces", "eletrificadas" e, finalmente, como um *derretimento* voluptuoso e forte. Todavia, havia ainda um vestígio de ansiedade genital indefinível. Um dia, começou a ter fantasias sobre um médico que lhe queria fazer uma operação dolorosa e, em ligação com essa fantasia, lembrou-se da angústia intensa que tivera, por volta dos 2 ou 3 anos, em relação a médicos. Era óbvio que estávamos lidando com um empenho genital dirigido ao analista, distorcido pela angústia e que usava o medo infantil de uma operação genital como defesa. Até aqui, nada havia de estranho no caso.

Mas ela começou a ter fantasias muito *agradáveis* sobre uma operação genital, concebida como uma penetração brutal. "É tão bonito. Morre-se durante o processo, morre-se, tem-se paz finalmente." Ela fantasiava, quase em êxtase, as sensações experimentadas sob a anestesia geral. Descrevia como uma pessoa se perde no processo, torna-se "una com o mundo", ouve sons e "contudo, não os ouve", retira-se para dentro de si mesma e se dissolve. Não poderia imaginar melhor descrição para a pulsão de morte. Porém, a análise posterior revelou a verdadeira função desse estranho comportamento. Aos poucos, as fantasias tornaram-se mais concretas, e pudemos separá-las claramente em duas categorias: as desagradáveis e as agradáveis. Em termos de conteúdo, as fantasias desagradáveis eram a pré-condição para a realização das fantasias agradáveis. A experiência amedrontadora, isto é, masoquista, pela qual ela parecia se empenhar, podia ser dividida em componentes. A fantasia *amedrontadora*, como tal, tinha o seguinte conteúdo: "O médico vai tirar meu pênis, ou 'alguma coisa' de meus órgãos genitais". A fantasia agradável escondida era: "O médico vai me dar outro em troca, um melhor, um genital masculino".

Para dar ao leitor uma compreensão melhor da ligação entre essas duas fantasias, quero mencionar que a paciente tinha um irmão dois anos mais velho, a quem ela invejava muito por causa do pênis. Ela imaginava que uma garota não poderia ter tanto prazer quanto um rapaz. Assim, desejava se livrar do aparelho genital feminino e ser equipada com um masculino. Dessa maneira, pensava ela, seria capaz de evitar diversas angústias, como, por exemplo, a de ser arrebentada por um órgão genital masculino durante as relações sexuais, ou estourar no momento de dar à luz uma criança ou durante a evacuação. Portanto, na realidade, seu empenho era por uma sensação orgástica mais intensa. Pensava que isso só seria possível se contasse com um órgão genital masculino. *Os sentimentos que usava para expressar seu empenho pela morte eram precisamente os mesmos que experimentava na sensação orgástica*. Em resumo, orgasmo e morte eram ambos representados como desintegração, extinção, perda de si mesma, derretimento; numa condição, essas sensações poderiam se tornar objeto do empenho mais profundo; em outra, eram a causa da angústia mais intensa.

Essa associação da ideia do orgasmo com a ideia de morte é universal. Com base nesses exemplos clínicos típicos, chegamos à seguinte conclusão: *o empenho pela não existência, nirvana, morte, é idêntico ao empenho pela liberação orgástica, isto é, a experiência mais essencial do organismo vivo*. Assim, não existe nem pode existir uma ideia de morte proveniente da morte real do organismo, porque uma ideia só pode refletir aquilo que já foi experimentado, e ninguém jamais experimentou a própria morte. As ideias de morte e de morrer que encontramos na análise são expressas de duas maneiras: ou existem como ideias de grave dano ou destruição do organismo psicofísico, caso em que são acompanhadas por angústia intensa e centram-se na ideia de castração genital, ou existem como ideias da mais plena satisfação e prazer orgástico, na forma de dissolução física, de desintegração etc., caso em que são basicamente ideias do objetivo sexual. Em condições especiais como, por exemplo, no masoquista, a própria sensação orgástica é sentida de modo amendrontador e raramente se encontra um desejo de nirvana, por mais paradoxal que isso possa parecer aos teóricos da pulsão de morte. Em resumo, é precisamente no masoquista que encontramos pouca angústia de estase e ideias de morte fracamente desenvolvidas.

Só agora, cerca de doze anos depois da difícil diferenciação inicial entre a teoria metafísica da pulsão de morte e a teoria clínica do orgasmo dentro do âmbito da psicanálise, é possível formular a diferença essencial entre elas. Essas duas visões, tão diametralmente opostas, baseiam-se nas reações terapêuticas negativas do paciente à interpretação direta de sintomas. Elas se desenvolveram paralelamente uma à outra e se preocupavam com o mesmo problema. As duas moviam-se numa direção biofisiológica. A primeira terminava por afirmar uma vontade absoluta de sofrimento e morte; a segunda abria o caminho a todo um complexo de problemas relativos à estrutura do caráter e a relações psicológicas e psicofisiológicas. Talvez um dia essa controvérsia acerca da compreensão correta dos fatos subjacentes a essas teorias seja resolvida com a descoberta de relações diretamente vinculadas aos processos vitais. Mesmo agora, porém, é possível afirmar que aquilo que a teoria da pulsão de morte tentava representar como dissolução da vida é precisamente o que a pesquisa do orgasmo está prestes a compreender como a característica mais essencial do organismo vivo[12]. Como se trata, basicamente, de uma controvérsia biológica, ela não será decidida no campo da psicologia, já não há nenhuma dúvida de que muita coisa depende de como ela seja finalmente resolvida, de que não é uma questão de trivialidades, mas um ponto decisivo das ciências naturais. Tratamos aqui da questão da natureza e função do empenho pelo alívio que rege todos os organismos vivos, alívio que, até agora, tem sido incluído no vago conceito do "princípio de nirvana"[13].

9. Prazer, angústia, raiva e couraça muscular

Na prática da análise do caráter, descobrimos que a couraça funciona sob a forma de atitudes musculares crônicas e fixas. Em primeiro lugar, sobressai a identidade dessas várias funções; elas podem ser compreendidas com base em um único princípio, a saber, o do *encouraçamento da periferia do sistema biopsíquico*.

A economia sexual aborda esses problemas do ponto de vista da função psíquica da couraça, e, a esse respeito, tem algo a dizer. Ela tem origem na necessidade prática de restabelecer a liberdade de movimento vegetativo do paciente.

Além desses dois afetos primários, sexualidade e angústia, temos um terceiro, a *raiva*, ou, mais precisamente, o *ódio*. Como nos dois primeiros, aqui também devemos supor que, em expressões como "ferver de raiva" ou "raiva devoradora" para descrever a raiva não descarregada, a linguagem cotidiana reflita um processo biofisiológico real. Acreditamos que seja possível compreender toda a variedade de afetos com base nesses três afetos básicos, a partir dos quais se podem deduzir até mesmo os impulsos afetivos mais complicados. Porém, é preciso provar se, e até que ponto, o afeto de raiva pode ser deduzido das vicissitudes dos dois primeiros impulsos afetivos.

Descobrimos que a excitação sexual e a angústia podem ser entendidas como duas direções de corrente opostas. Como se relaciona a função do ódio com os dois afetos primários?

---

12. Para dar um exemplo mais concreto, posso citar a fusão de dois gametas. Pode-se apenas conjeturar quanto à profunda relação com as sensações orgásticas de derretimento.

13. Nota, 1945: A importância decisiva da compreensão econômico-sexual das ideias de "estourar", "morrer", "derreter" etc. só foi realmente revelada entre 1936-1940, quando, com base nessa hipótese, descobriram-se os bíons e a energia física na atmosfera. Sabemos, hoje, que o medo neurótico de estourar expressa a expansão orgonótica inibida do biossistema.

Vamos partir do estudo clínico da *couraça do caráter*. Esse conceito foi criado para dar uma compreensão dinâmica e econômica acerca da função básica do caráter. De acordo com o ponto de vista econômico-sexual, o ego assume uma forma definida a partir do conflito entre a pulsão (essencialmente necessidade libidinal) e o medo de castigo. Para conseguir realizar a restrição das pulsões exigida pelo mundo moderno e ser capaz de lidar com a estase de energia que resulta dessa inibição, o ego tem de passar por uma alteração. O processo a que nos referimos, embora falemos dele em termos absolutos, é definitivamente de natureza causal. O ego, isto é, a parte do indivíduo exposta ao perigo, torna-se rígido quando está continuamente sujeito ao mesmo conflito, ou a conflitos semelhantes, entre a necessidade e o mundo externo gerador de medo. Nesse processo, adquire um modo de reação crônico, que funciona automaticamente, ou seja, seu "caráter". É como se a personalidade afetiva se encouraçasse, como se a concha dura que ela desenvolve fosse destinada a desviar e a enfraquecer os golpes do mundo externo bem como os clamores das necessidades internas. Esse encouraçamento torna a pessoa menos sensível ao *desprazer*, mas também restringe sua motilidade agressiva e libidinal, reduzindo assim a capacidade de realização e de prazer. Dizemos que o ego ficou menos flexível e mais rígido; e que a capacidade de regular a economia de energia depende da extensão do encouraçamento. Consideramos a potência orgástica um meio de medir essa capacidade, dado que ela é uma expressão direta da motilidade vegetativa. O encouraçamento do caráter requer energia, porque é sustentado pelo consumo contínuo de forças libidinais ou vegetativas que, de outro modo (no caso de sua inibição motora), produziriam angústia. É assim que a couraça do caráter cumpre sua função de absorver e consumir energia vegetativa.

Quando a couraça do caráter é desfeita pela análise do caráter, a agressividade fixada geralmente vem à superfície em primeiro lugar. Mas a ligação da agressividade ou da angústia, tantas vezes mencionada, é representada de maneira *concreta*?

Se, mais tarde, no decorrer da análise do caráter, conseguimos liberar a agressividade ligada na couraça, o resultado será a liberação da angústia. Portanto, a angústia pode ser "transformada" em agressão, e a agressão, em angústia. A relação entre angústia e agressividade é análoga à relação entre angústia e excitação sexual? Não é fácil responder a essa questão.

Para começar, nossas investigações clínicas revelam diversos fatos peculiares. A inibição da agressividade e a couraça psíquica andam de mãos dadas com um tônus aumentado, sendo que às vezes há até uma rigidez na musculatura das extremidades e do tronco. Pacientes com bloqueio afetivo deitam-se no divã duros como tábuas, totalmente rígidos e imóveis. Não é fácil conseguir uma alteração nesse tipo de tensão muscular. Se o analista tenta persuadir o paciente a relaxar, a tensão muscular é substituída por inquietação. Em outros casos, observamos que os pacientes fazem vários movimentos involuntários, cuja inibição imediatamente produz sentimentos de angústia. Foi a partir dessas observações que Ferenczi se inspirou para desenvolver sua "técnica de interferência ativa". Ele percebeu que o bloqueio das reações musculares crônicas aumenta a estase. Concordamos com isso, mas achamos que se pode deduzir mais dessas observações do que a mera ocorrência de mudanças quantitativas na excitação. Trata-se na verdade de uma identidade funcional entre couraça do caráter e hipertonia ou rigidez muscular. *Todo aumento de tônus muscular e enrijecimento é uma indicação de que uma excitação vegetativa, angústia ou sensação sexual foi bloqueada e ligada.* Quando surgem sensações genitais, alguns pacientes conseguem eliminá-las ou enfraquecê-las por meio de agitação motora. O mesmo se pode dizer da absorção dos sentimentos de angústia. A esse respeito, recordamo-nos da grande importância da agitação motora, na infância, como meio de descarregar energia.

Observa-se, muitas vezes, que há uma *diferença* no estado de tensão muscular *antes* e *depois* de se solucionar um recalque severo. Em geral, quando os pacientes estão em estado de resistência, isto é, quando uma ideia ou uma moção pulsional é barrada da consciência, eles sentem uma tensão no couro cabeludo, na parte superior das coxas, na musculatura das nádegas etc. Quando conseguem superar essa resistência por si mesmos ou pela interpretação correta do analista, sentem-se subitamente aliviados. Numa situação dessas, uma paciente disse, certa vez: "É como se eu tivesse experimentado uma satisfação sexual".

Sabemos que toda recordação do conteúdo de uma ideia recalcada produz também um alívio psíquico. Contudo, esse alívio não constitui uma cura, como julgam os leigos. Como se produz esse alívio? Sempre defendemos que ele é produzido por uma descarga de energia psíquica previamente ligada. Deixemos de lado o alívio e a sensação de satisfação que acompanham cada nova realização. A tensão psíquica e o alívio não podem existir sem uma representação somática, porque a tensão e o relaxamento são estados biofísicos. Até agora, aparentemente, apenas transferimos esses conceitos para a esfera psíquica. Agora, precisamos provar que tínhamos razão ao fazê-lo. Mas seria errado falar na "transferência" de conceitos fisiológicos para a esfera psíquica, porque o que temos em mente não é uma analogia, e sim uma identidade real: a unidade da função psíquica e somática.

Todo neurótico é muscularmente distônico e toda cura se manifesta diretamente num "relaxamento" ou numa melhora do tônus muscular. Esse processo pode ser melhor observado no caráter compulsivo. Sua rigidez muscular expressa-se em desajeitamento, movimentos sem ritmo, especialmente no ato sexual, falta de expressão mímica, musculatura facial tipicamente retesada, que muitas vezes lhe dá uma certa semelhança com uma máscara. Também é comum a esse tipo de caráter uma ruga que se estende desde acima da asa do nariz até o canto da boca, bem como uma certa rigidez na expressão dos olhos, por causa do enrijecimento da musculatura palpebral. A musculatura das nádegas está quase sempre tensa. O caráter compulsivo típico desenvolve uma rigidez muscular geral; em outros pacientes essa rigidez se combina com uma flacidez (hipotônus) de outras áreas musculares, o que, contudo, não reflete relaxamento. Isso é comum nos caracteres passivo-femininos. E depois há, evidentemente, a rigidez do estupor catatônico, que acompanha o completo encouraçamento psíquico. Em geral, isso é explicado como perturbações das inervações extrapiramidais. Não duvidamos de que os tratos nervosos correspondentes estão sempre envolvidos nas mudanças do tônus muscular. Nessa inervação, contudo, de novo percebemos apenas uma perturbação geral da função, que se exprime através dela. É ingenuidade acreditar que se explicou alguma coisa com a descoberta da inervação ou de seu caminho.

A rigidez psíquica na pós-encefalite não é "expressão" de rigidez muscular nem resulta dela. A rigidez muscular e a rigidez psíquica são uma unidade, sinal de uma perturbação da motilidade vegetativa do sistema biológico como um todo. É uma questão ainda não respondida se a perturbação da inervação extrapiramidal não é, ela própria, o resultado de algo agindo num nível primário, que já danificou o próprio aparelho vegetativo, e não apenas os órgãos afetados. A neurologia mecanicista, por exemplo, explica um espasmo do esfíncter anal com base na contínua excitação dos nervos correspondentes. A diferença entre os pontos de vista mecanicista-anatômico e funcional pode ser facilmente demonstrada: a economia sexual entende os nervos apenas como transmissores da excitação vegetativa geral.

O espasmo do esfíncter anal, que é a causa de diversas perturbações intestinais muito graves, é provocado por um medo de evacuação adquirido na infância. Constitui um bloqueio. Explicá-lo com base no prazer derivado da contenção dos movimentos do intestino não parece chegar ao fundo da questão. Berta Bornstein descreve a retenção das fezes numa criança de um ano e meio. Com medo de sujar o berço, ela ficava num permanente estado espasmódico e, à noite, só conseguia dormir sentada e encolhida, com as mãos fechadas. A contenção muscular das fezes é o protótipo do recalque em geral e seu passo inicial na zona anal. Na zona oral, o recalque se manifesta pelo enrijecimento da musculatura da boca e por um espasmo na musculatura da laringe, da garganta e do peito; na zona genital, manifesta-se como tensão contínua na musculatura pélvica.

A liberação da excitação vegetativa de sua fixação nas tensões da musculatura da cabeça, garganta, maxilares, laringe etc., é um dos requisitos indispensáveis para a eliminação das fixações orais em geral. De acordo com nossas experiências em análise do caráter, nem a recordação das experiências e dos desejos orais nem a discussão da angústia genital podem ter o mesmo valor terapêutico. Sem a liberação da excitação, o paciente recorda, mas não sente as excitações, que geralmente estão muito bem escondidas. Passam despercebidas, escondendo-se em modos de comportamento que parecem constituir o jeito natural da pessoa.

Os segredos mais importantes dos deslocamentos patológicos e da ligação de energia vegetativa estão contidos em geral em fenômenos como estes: voz inexpressiva, lânguida ou muito aguda; tensão no lábio superior ao falar; expressão facial imóvel ou semelhante a uma máscara; indícios, mesmo ligeiros, da chamada "cara de bebê"; ruga imperceptível na testa; pálpebras caídas; tensões no couro cabeludo; hipersensibilidade oculta e despercebida na laringe; maneira de falar apressada, abrupta, forçada; respiração defeituosa; ruídos ou movimentos, ao falar, que parecem ser apenas acidentais; certa maneira de inclinar a cabeça, sacudi-la e baixá-la ao olhar etc. Não é difícil nos persuadirmos de que a angústia de contato genital só aparece quando esses sintomas, nas regiões da cabeça e do pescoço, tiverem sido descobertos e eliminados. A angústia genital, em particular, é, na maioria dos casos, deslocada para a parte superior do corpo e ligada na musculatura contraída do pescoço. O medo de uma cirurgia ginecológica, numa jovem, expressava-se na maneira como mantinha a cabeça ao deitar-se no divã. Depois de tomar consciência de seu jeito peculiar de manter a cabeça, ela própria disse: "Estou aqui deitada como se minha cabeça estivesse pregada ao divã". De fato, ela dava a impressão de estar presa pelo cabelo por uma força invisível que a impedia de se mover.

O leitor perguntará, com razão, se esses conceitos não contradizem outra hipótese. O aumento do tônus muscular é, evidentemente, uma função sexual parassimpática; a diminuição do tônus e a paralisia da musculatura, por outro lado, são uma função angustiosa-*simpática*. Como é que isso se relaciona com o fato de que uma retenção apreensiva das fezes ou uma inibição da fala, numa criança, andam juntas com uma *contração* muscular? Ao rever a teoria relativa a esses fatos, tive de me fazer essa pergunta e, durante muito tempo, não fui capaz de encontrar uma explicação. Porém, como sempre acontece quando surgem essas dificuldades na investigação das relações entre aspectos diversos, foi precisamente seu aspecto contraditório que levou a um aprofundamento da compreensão.

Antes de mais nada, era preciso compreender que o processo de tensão muscular na excitação sexual não podia ser o mesmo da tensão muscular na angústia. Na *expectativa de perigo*, a musculatura fica tensa, como que *preparada para a ação*. Imagine-se um veado prestes a começar a fuga. Em *estado de terror*, a musculatura de repente perde a excitação ("fica paralisada de medo"). O fato de, em caso de terror, poder acontecer uma evacuação involuntária, resultante de um súbito relaxamento do esfíncter anal, também se encaixa na nossa concepção da relação entre angústia e função simpática. Desse modo, uma diarreia simpática, provocada pelo medo, pode se distinguir de uma diarreia parassimpática, produzida pelo prazer em caso de excitação sexual. A primeira se baseia na paralisia do esfíncter (função simpática); a outra, no aumento dos movimentos peristálticos da musculatura intestinal (função parassimpática). Na excitação sexual, a musculatura se contrai, isto é, se prepara para a ação motora, a contração e o relaxamento posteriores. Numa expectativa cheia de angústia, por outro lado, a musculatura é mantida sob *tensão contínua*, até ser aliviada por algum tipo de atividade motora. Então, ou dá lugar à paralisia, se a reação de medo aflorar, ou é substituída por uma reação de fuga motora. Mas a musculatura pode permanecer tensa, isto é, não se resolver por nenhuma das duas formas. Nesse caso, instala-se uma condição que, em contraste com a *paralisia de terror*, se pode designar por *rigidez de terror* ("duro de medo"). A observação mostra que, na *paralisia* de terror, a musculatura torna-se flácida, exaurida pela excitação; o sistema vasomotor, por outro lado, atinge um estado de excitação plena: palpitações intensas, suor abundante, palidez. No caso da rigidez de terror, a musculatura periférica enrijece, não há sensação de angústia ou esta só se desenvolve parcialmente; fica-se "aparentemente calmo". Na realidade, a pessoa não pode se mexer e é incapaz de uma fuga tanto física quanto vegetativa para dentro de si mesma.

O que nos ensinam esses fatos? *A rigidez muscular pode tomar o lugar da reação de angústia vegetativa.* Em outras palavras, a mesma excitação que, na *paralisia* de terror, foge para dentro, na *rigidez* de terror utiliza a musculatura para formar uma couraça *periférica do organismo*[14].

---

14. A teoria da evolução terá de decidir se a couraça biológica da tartaruga, por exemplo, desenvolve-se da mesma maneira.

Uma pessoa operada com anestesia local apresenta a mesma rigidez muscular. Quando se fazem esforços voluntários para relaxar, a angústia intensifica-se imediatamente sob a forma de palpitações e suores. Assim, a tensão muscular que está presente e não se resolve numa descarga motora consome a excitação que poderia surgir como angústia; desse modo, evita-se a angústia. Nesse processo, reconhecemos o protótipo da ligação da angústia pela agressão que, quando também é inibida, leva a um *bloqueio afetivo*. Essa ligação da angústia é, para nós, muito conhecida a partir das formações neuróticas.

Essas descobertas clínicas são de grande importância para a teoria dos afetos. Agora temos uma maior compreensão da inter-relação entre:

1) *bloqueio ou couraça do caráter e rigidez muscular;*
2) *afrouxamento da rigidez muscular e liberação da angústia;*
3) *ligação da angústia e estabelecimento da rigidez muscular;*
4) *tensão muscular e inibição libidinal; e*
5) *relaxamento libidinal e relaxamento muscular.*

Antes de formularmos uma conclusão teórica com base nessas descobertas, vamos citar outros fatos clínicos que dizem respeito à relação entre tônus muscular e tensão sexual. Quando, no decurso da análise do caráter, a tensão muscular começa a ceder devido ao relaxamento da estrutura do caráter, então – como mostramos – o que vem à superfície é a angústia e/ou agressão, ou o impulso libidinal. Concebemos o impulso libidinal como um fluxo de excitação e fluidos corporais em direção à *periferia*, e a angústia, como um fluxo de excitação e fluidos corporais em direção ao *centro*. A excitação agressiva também corresponde a uma excitação dirigida para a *periferia*, mas relacionada *apenas* com a musculatura das extremidades. Se o fluxo de excitação, em todas as *três* direções, pode ser liberado da rigidez muscular, do tônus muscular crônico aumentado, então podemos concluir que a *hipertonia muscular crônica representa uma inibição do fluxo de toda forma de excitação (prazer, angústia, raiva) ou, pelo menos, uma redução significativa da corrente vegetativa*. É como se a inibição das funções vitais (libido, angústia, agressão) fosse realizada através da formação de uma couraça muscular ao redor do núcleo biológico. Se a formação do caráter tem uma relação tão íntima com o tônus muscular, podemos supor que há uma identidade funcional entre o caráter neurótico e a distonia muscular. Citaremos outros achados que confirmam essa hipótese; citaremos, também, descobertas que podem, talvez, limitar a validade da identidade funcional entre a couraça do caráter e a couraça muscular.

De um ponto de vista puramente fenomenológico, a capacidade de *atração* sexual pode ser definida sobretudo pelo estado relaxado da musculatura que está associado à agilidade psíquica fluente. O ritmo harmônico e a *alternância* entre tensão e relaxamento musculares nos movimentos são acompanhados pela capacidade de modulação da fala e musicalidade geral. Em pessoas assim tem-se também a sensação de contato psíquico direto. A doçura das crianças que não foram sujeitas a repressões sérias, particularmente na zona anal, tem a mesma base. Por outro lado, as pessoas fisicamente rígidas, desajeitadas, sem ritmo, dão-nos a impressão de que são também psiquicamente rígidas, inexpressivas, imóveis. Falam num tom monótono e raramente são musicais. Muitas delas nunca se "soltam"; outras, só em condições de amizade íntima se "deixam levar um pouco". Nesse caso, o observador treinado pode imediatamente verificar uma alteração no tônus muscular. Então, a rigidez psíquica e a rigidez somática não são manifestações análogas, mas funcionalmente idênticas. Os homens e as mulheres desse tipo dão-nos a impressão de serem deficientes, tanto no erotismo como na angústia. Dependendo da profundidade dessa couraça, a rigidez pode ser acompanhada de uma excitação *interna* mais ou menos forte.

A observação de pacientes melancólicos ou depressivos revela que eles apresentam uma rigidez na fala e nas expressões faciais, como se todo movimento só lhes fosse possível com a superação de uma resistência. Por outro lado, em pacientes maníacos, todos os impulsos parecem inundar precipitadamente toda a personalidade. No estupor catatônico, a rigidez psíquica e a muscular coincidem completamente; por essa razão, a dissolução desse estado restitui a mobilidade psíquica e muscular.

Desse ponto avançado em diante também é possível preparar o caminho para uma compreensão do riso (a expressão facial "alegre") e da tristeza (a expressão facial deprimida). No riso, a musculatura facial contrai-se; na depressão, torna-se flácida. Tudo isso está perfeitamente de acordo com o fato de a contração muscular (movimento crônico do diafragma, no caso da gargalhada, "da risada que sacode a barriga") ser parassimpática e libidinal, ao passo que a flacidez muscular é simpática e antilibidinal.

No chamado "caráter genital"[15], que não sofre qualquer estase de excitação ou inibição crônica da excitação, surge a questão de saber se ele pode ou não pode desenvolver uma couraça muscular. Isso poderia constituir um argumento contra minha tese de que, no fundamental, a couraça do caráter é funcionalmente idêntica à couraça muscular.

---

15. Cf. "O caráter genital e o caráter neurótico" na Parte II do presente volume.

Porque também o caráter genital gerou um "caráter". O estudo desses tipos de caráter mostra que também eles *podem* desenvolver uma couraça, que também eles têm a capacidade de se fechar contra o desprazer e de evitar a angústia mediante um enrijecimento da periferia. Nesse caso, porém, há uma austeridade maior no comportamento e na expressão facial. Sob tais condições, a excitação sexual e a capacidade de prazer sexual são afetadas de modo negativo, mas não necessariamente a capacidade de trabalho. Mas o trabalho costumeiramente realizado sem esforço e com prazer é substituído por uma atuação mecânica e destituída de prazer. Portanto, uma vida sexual satisfatória fornece a melhor base estrutural para realizações produtivas. A diferença entre a couraça do caráter neurótico e a couraça do caráter genital reside no fato de que, na primeira, a rigidez muscular é crônica e automática, ao passo que, na segunda, pode ser usada ou dispensada conforme a vontade[16].

O exemplo seguinte serve para ilustrar a relação funcional entre uma atitude de caráter e a tensão muscular e excitação vegetativa. A análise do caráter de um paciente era marcada por uma superficialidade que se tornara a resistência de caráter central. O próprio paciente sentia tudo como "mera conversa fiada", mesmo nos assuntos mais sérios. Que maneira melhor de destruir todo impulso afetivo! Para começar, a análise revelou que a "conversa fiada" e a "superficialidade" representavam uma identificação com a madrasta, que tinha os mesmos traços de caráter. Essa identificação com a figura materna continha a atitude passivo-feminina em relação ao pai; e a tagarelice constituía uma tentativa de conquistar o objeto homossexual, de entretê-lo, de predispô-lo favoravelmente, de "amansá-lo" como se faria com um leão perigoso. Mas também funcionava como contato substituto, porque, apesar de se identificar com a figura materna, o paciente não tinha nenhuma relação com o pai. Sentia-se afastado dele, fato que só apareceu bem mais tarde na análise. O recalque de uma forte agressividade dirigida ao pai estava na base desse afastamento e o sustentava. Assim, a tagarelice era também a expressão de cortejamento passivo-feminino (função vegetativa), uma forma de evitar tendências agressivas (função de couraça) e uma compensação da falta de contato. Pode-se formular o conteúdo psíquico da superficialidade

---

16. Do ponto de vista da economia sexual, não é tão importante *que* a energia biopsíquica esteja ligada; o que importa é a *forma* como isso ocorre, se limita ou não a disponibilidade de energia. O objetivo da higiene mental não pode ser obstruir a capacidade do caráter de desenvolver a couraça, mas apenas garantir a livre motilidade e a maior disponibilidade possível de energia vegetativa, isto é, garantir a flexibilidade da couraça. Essa tarefa não se concilia com as instituições educacionais e morais existentes.

mais ou menos deste modo: "Eu quero e tenho de conquistar meu pai; tenho de agradá-lo e entretê-lo, mas não gosto nem um pouco de ter de fazer isso; não me importo nada com ele – odeio-o profundamente. Não tenho nenhuma relação com ele, mas não posso deixar que isso transpareça". Além dessas atitudes psíquicas, notavam-se logo o desajeitamento e a rigidez muscular do paciente. Deitava-se no divã de uma maneira muito conhecida dos analistas do caráter: duro como uma tábua, rígido e imóvel. Era óbvio que todo esforço analítico seria inútil, a menos que se afrouxasse a couraça muscular. Embora desse a impressão de estar com medo, o paciente dizia não ter consciência de qualquer angústia. Além desses traços, apresentava estados severos de despersonalização e sentia-se sem vida. Suas experiências infantis altamente interessantes não tinham importância em si ou em sua relação com os sintomas neuróticos; nessa altura, apenas nos interessava sua ligação com a couraça. Era preciso penetrá-la, extrair dela as experiências infantis e as excitações vegetativas agonizantes.

Para começar, a superficialidade provou ser um "medo das profundezas", especificamente um medo de cair. A esse respeito, o paciente produziu relatos convincentes de que o medo de cair havia de fato dominado sua vida. Tinha medo de se afogar, de cair num desfiladeiro, de cair do convés de um navio, de andar de tobogã etc. Logo ficou claro que essas angústias estavam ligadas e tinham origem no ato de evitar as sensações típicas experimentadas na região do diafragma quando se está num balanço ou descendo de elevador. Em meu livro *A Função do Orgasmo* consegui demonstrar que, em alguns casos, o medo da excitação orgástica é sentido concretamente como medo de cair. Não nos surpreenderia, portanto, que o paciente sofresse precisamente de uma grave perturbação orgástica desse tipo. Em resumo, a superficialidade era mais do que uma atitude passiva ou um traço de caráter "inato"; tinha uma função bem definida nos processos psíquicos do paciente. Era uma atitude *ativa*, uma forma de evitar o "medo das profundezas" e as sensações de excitação vegetativa. Tinha de haver uma ligação entre essas duas situações evitadas. Refleti que *o medo de cair devia ser idêntico ao medo da excitação vegetativa*. Mas como?

O paciente recordou-se de que, ao se balançar quando criança, ficava duro, contraía os músculos assim que sentia as sensações no diafragma. O padrão muscular, caracterizado por desajeitamento e falta de coordenação, começou nesse período. Será interessante para o musicólogo saber que ele parecia não ter ouvido para a música, mas também é possível atribuir a falta de musicalidade a outras experiências infantis. Em relação à história da falta de contato e à couraça muscular, a análise provou que essa deficiência servia também para evitar a excitação vegetativa. Ele se lembrou de que a mãe tinha o hábito de lhe cantar canções sentimentais que o excitavam tremendamente, provocando-lhe uma tensão que o deixava inquieto. Quando a relação libidinal com a mãe foi recalcada, por causa de sua desilusão com ela, a musicalidade também foi atingida – não só porque a relação com a mãe era sustentada essencialmente pelas experiências musicais, mas também porque ele não podia suportar as excitações vegetativas provocadas pelo canto. E isso se relacionava com a excitação que sentira na masturbação, durante a infância, e que o levara a desenvolver uma angústia intensa.

Nos sonhos, os pacientes muitas vezes representam sua resistência em trazer à luz o material inconsciente como um medo de entrar num porão ou de cair num buraco. Sabemos que essa resistência e sua representação no sonho têm uma relação, mas ainda não a compreendemos. Por que deveria o inconsciente estar associado com a profundidade, e o medo do inconsciente, com o medo de cair? Essa situação intrigante foi resolvida do seguinte modo: o inconsciente é o reservatório de excitações vegetativas recalcadas, isto é, de excitações que não podem ser descarregadas e fluir livremente. Essas excitações são sentidas de duas formas: 1) excitação sexual e sentimentos de satisfação, como no caso de homens e mulheres saudáveis; ou 2) sentimentos de angústia e constrição, que se tornam cada vez mais desagradáveis, na região do plexo solar, no caso de pessoas que sofrem de perturbações da motilidade vegetativa. São semelhantes às sensações experimentadas na região do coração e do diafragma e na musculatura, quando se está com medo ou durante uma descida rápida. Deve-se também mencionar, a esse respeito, as sensações na região dos órgãos genitais, quando se está à beira de um precipício, olhando para baixo. Nessa situação, uma sensação de contração genital acompanha geralmente a ideia de queda. O fato é que a simples ideia do perigo faz o organismo reagir como se a situação fosse real e recolher-se para dentro de si mesmo. No caso do medo, como expliquei antes, investimentos de energia, na forma de fluidos corporais, fluem para o centro do organismo, produzindo assim uma estase na região dos órgãos genitais e do diafragma. No caso de queda, além disso, esse processo fisiológico é uma reação automática por parte do organismo. Daí, *a ideia de profundidade e a ideia de cair devem ser funcionalmente idênticas à sensação de excitação central no organismo*. Isso também nos permite compreender o fato – de outro modo incompreensível – de que as sensações num balanço, as descidas rápidas etc., são experimentadas por tantas pessoas com um misto de angústia e prazer. De acordo com a teoria da economia sexual[17], a angústia e o prazer são irmãos gêmeos, nascidos de um só tronco e, mais tarde, opostos um ao outro. Voltando a nosso paciente: justifica-se, objetivamente, descrever o seu medo do inconsciente como sendo idêntico ao seu medo da profundidade. Do ponto de vista da economia sexual, portanto, vemos que a superficialidade de nosso paciente era uma atitude de caráter ativa para evitar as excitações vegetativas tanto da angústia como do prazer.

O bloqueio afetivo também entra nessa categoria. A relação entre a rigidez muscular, por um lado, e os traços de caráter de superficialidade e falta de contato, por outro, ainda não foi explicada. Pode-se dizer que, fisiologicamente, a couraça muscular cumpre a mesma função que a falta de contato e a superficialidade cumprem psicologicamente. A economia sexual não concebe a relação original entre o aparelho fisiológico e o psíquico como de dependência mútua, mas como de identidade funcional com antítese simultânea, isto é, concebe a relação de modo *dialético*. Surge aí a questão se a rigidez muscular não será, em termos funcionais, idêntica à couraça do caráter, à falta de contato, bloqueio afetivo etc. A relação antitética é clara: o comportamento fisiológico determina o comportamento psíquico, e vice-versa. Mas o fato de os dois se influenciarem mutuamente é muito menos importante para a compreensão da relação psicofísica do que tudo aquilo que apoia a ideia da identidade funcional entre eles.

Quero citar um outro exemplo clínico que mostra, de maneira inequívoca, como se pode liberar a energia vegetativa da couraça psíquica e muscular.

O paciente se caracterizava por uma intensa evitação fálico-narcisista de impulsos homossexuais passivos. Esse conflito psíquico central se revelava em sua aparência externa: era magro, endurecido e tinha um caráter agressivo, de maneira compensatória. Foi necessário um grande esforço analítico para conscientizá-lo desse conflito, pois ele opunha forte resistência ao reconhecimento e à irrupção dos impulsos homossexuais anais. Quando finalmente se deu a irrupção, o paciente sofreu, para minha surpresa, um choque vegetativo. Um dia chegou para a sessão com o pescoço rígido, intensa dor de cabeça, pupilas dilatadas, a pele alternando entre manchas vermelhas e a palidez, e muito abatido. A pressão na cabeça diminuía quando ele a mexia, e piorava quando ficava quieto. Fortes náuseas e sensações de vertigem completavam o quadro de simpaticotonia. O paciente melhorou rapidamente. O incidente foi uma confirmação flagrante da validade das minhas opiniões sobre a relação entre caráter, estase sexual

---

17. Cf. Reich: "Der Urgegensatz des vegetativen Lebens" (A Contradição Básica da Vida Vegetativa), *Zeitschrift für Politische Psychologie und Sexualökonomie*, 1934.

e excitação vegetativa. Parece-me que essas descobertas também permitem uma compreensão do problema da esquizofrenia, porque é precisamente nas psicoses que as relações funcionais entre os componentes vegetativos e os caracterológicos são mais típicas e evidentes. E há boas razões para se acreditar que a nova perspectiva aqui delineada fornecerá um dia uma explicação consistente e satisfatória para essas relações. A novidade aqui não é o conhecimento de que o aparelho psíquico e o sistema vegetativo se relacionem um com o outro, ou que tenham uma relação funcional mútua. A novidade é que:

1) a função básica da psique é de natureza econômico-sexual;
2) a excitação sexual e as sensações de angústia são, ao mesmo tempo, idênticas e antitéticas (isto é, derivam da mesma fonte do organismo biopsíquico, mas correm em direções opostas) e representam a antítese básica irredutível do funcionamento vegetativo;
3) a formação do caráter é resultado de uma ligação da energia vegetativa;
4) a couraça do caráter e a couraça muscular são funcionalmente idênticas;
5) a energia vegetativa pode ser liberada, isto é, reativada, a partir da couraça do caráter e da couraça muscular, com o auxílio de uma técnica definida e, neste momento, só com essa técnica.

Gostaria de esclarecer que essa teoria, desenvolvida com base nos dados clínicos obtidos a partir da análise do caráter, representa apenas um passo inicial na direção de uma apresentação abrangente das relações psicofísicas funcionais, e que os problemas por resolver são incomparavelmente mais complicados, extensos e difíceis do que aqueles encontrados até agora na busca de uma solução. Mas sinto que consegui, definitivamente, chegar a algumas formulações fundamentais, no que diz respeito a todo o complexo de problemas que podem contribuir muito para o avanço de nosso conhecimento sobre as relações psicofísicas. Sinto que minha tentativa de aplicar o método de investigação funcional foi bem-sucedida e se justifica pelos resultados. Esse método é diametralmente oposto aos métodos idealistas metafísicos ou materialistas causais mecanicistas, aplicados na tentativa de se obter um conhecimento aplicável das relações psicofísicas. Porém, neste ponto, a exposição das objeções epistemológicas fundamentais a esses métodos nos afastaria demais de nosso caminho. A abordagem econômico-sexual difere dos esforços recentes para compreender o organismo psicofísico como uma "totalidade" e "unidade", na medida em que utiliza um método de investigação funcional e considera a função do orgasmo o problema central.

10. Os dois grandes saltos na evolução

Até agora, chegamos a uma formulação teórica das relações psicofísicas que podem ser comprovadas por abundantes observações clínicas. Com base nesses pontos de vista, certamente não será precipitado propor uma hipótese para trabalho posterior nesse campo, desde que estejamos dispostos a abandoná-la, caso prove ser estéril ou enganosa.

Na evolução natural, podemos apontar dois grandes saltos que introduziram processos mais *graduais* de desenvolvimento. O primeiro foi o salto do estado inorgânico para o estado orgânico ou vegetativo. O segundo foi o salto do estado vegetativo orgânico para o desenvolvimento do aparelho psíquico, particularmente o desenvolvimento da consciência, com a capacidade fundamental de *autoconhecimento*. Considerando que o orgânico nasce do inorgânico e o psíquico tem origem no vegetativo, eles continuam funcionando e agindo de acordo com as leis básicas que governavam sua matriz. Em princípio, encontramos as mesmas leis químicas e físicas no orgânico e no inorgânico; e no componente psíquico encontramos as mesmas reações fundamentais de tensão e relaxamento, estase de energia e descarga, excitabilidade etc., que encontramos no componente vegetativo. Aparentemente, o processo funcional do desenvolvimento do caráter, que descrevemos como a dissociação e antítese de novas formações, também governa os desenvolvimentos, mais abrangentes e universais, do orgânico a partir do inorgânico, e do psíquico a partir do vegetativo-orgânico. No organismo, o orgânico opõe-se ao inorgânico, da mesma forma que o psíquico opõe-se ao vegetativo[18]. Eles são unitários e, ao mesmo tempo, opostos. Na capacidade de autopercepção do aparelho psíquico – a função mais peculiar e mais intrigante da vida consciente, particularmente da consciência –, percebemos a manifestação *direta* da antítese de que falamos. No fenômeno da despersonalização, a função da autopercepção está patologicamente distorcida. O uso do método de investigação funcional, para aprofundar nosso conhecimento da despersonalização e dos fenômenos correlatos, poderia muito bem dar-nos pistas importantes para a solução do problema da consciência.

Gostaria que essas sugestões fossem tomadas pelo que são: esboços incompletos de um campo muito obscuro, pois ainda estamos à procura do caminho correto. Elas diferem fundamentalmente das visões anteriores sobre a relação entre as funções somática e psíquica.

---

18. Essas observações não são estritamente verdadeiras. Mas seria prematuro, nesta altura, fazer afirmações taxativas sobre a relação do "psíquico" com o vegetativo e da consciência com ambos.

Contudo, não se pode querer que sejam levadas a sério, a não ser que consigam resolver os problemas que permaneceram inacessíveis e que, se não estivermos totalmente enganados, deverão continuar inacessíveis às outras concepções (a materialista-mecanicista, a idealista etc.). Neste momento, essas questões básicas da vida estão envoltas na obscuridade, daí termos de ser muito cautelosos ao formar novas visões; ao mesmo tempo, devemos nos desfazer de todos os conceitos que não nos aproximam de uma solução, que são, na verdade, apenas tentativas prematuras de antecipar uma solução. O caminho que se estende perante a psicologia funcional está cheio de incertezas e armadilhas. Só muito recentemente a economia sexual chegou a diversas formulações fundamentais, que lhe deram uma base sólida. Agora, muita coisa depende da pesquisa experimental do orgasmo. Porém, uma coisa é certa: se as ciências naturais conseguirem resolver os problemas relativos à relação entre alma e corpo, isto é, dominá-los de tal maneira que isso resulte em maneiras práticas e bem definidas de lidar com eles, e não apenas em teorias vãs, então chegará a hora final para o misticismo transcendental, para o "espírito objetivo absoluto", incluindo todas as ideologias que aparecem sob o título de religião, no sentido tanto restrito quanto amplo da palavra.

A vida vegetativa do homem é apenas uma parte do processo universal da natureza. Em suas correntes vegetativas, o homem também experiencia uma parte da natureza. Assim que compreendermos totalmente o funcionamento natural, não haverá lugar para as estruturas psíquicas destruidoras da vida, que impedem o desabrochar construtivo da energia vegetativa, causando assim a doença e o sofrimento. Além disso, a continuidade de sua existência é justificada com base em que são de origem divina e imutáveis. Mas certas estruturas psíquicas só continuam a existir porque nosso conhecimento acerca de suas origens é muito incipiente. O homem sonha, agitado por obscuros sentimentos "oceânicos", em vez de dominar sua existência, e é destruído em sonhos. Mas o sonhar do homem é apenas uma insinuação da possível fruição da vida vegetativa. Talvez a ciência consiga, um dia, realizar o sonho de felicidade terrena da humanidade. Talvez, então, a questão eternamente irrespondível sobre o significado da vida desapareça e seja substituída pela realização concreta da vida.

XIV

A linguagem expressiva da vida

1. A função da emoção na orgonoterapia

O conceito de "orgonoterapia" compreende todas as técnicas médicas e pedagógicas que usam a energia biológica, o orgone. A energia orgônica cósmica, da qual deriva o conceito de orgonoterapia, só foi descoberta em 1939. Porém, muito antes dessa descoberta, o objetivo da análise do caráter consistia na liberação da "energia psíquica" (como então era chamada) da couraça do caráter e da couraça muscular, e no estabelecimento da potência orgástica. As pessoas familiarizadas com a biofísica orgônica conhecem bem o desenvolvimento da análise do caráter (1926 a 1934) até se transformar em "vegetoterapia" (a partir de 1935). Não foi um desejo fútil de sensacionalismo que deu origem a tantos conceitos variados numa só disciplina das ciências naturais; foi, na verdade, a aplicação consistente do conceito científico natural de energia aos processos da vida psíquica que exigiu, em várias fases de desenvolvimento, a criação de novos conceitos para novas técnicas.

O fato de ter sido a psiquiatria orientada econômico-sexualmente que tornou acessível a energia orgone cósmica pode ser considerado, em minha opinião, um grande triunfo do *funcionalismo orgonômico*. Embora a energia orgone seja uma forma de energia estritamente física, há boas razões para que tenha sido descoberta por um psiquiatra, e não por um físico. A lógica dessa descoberta no campo da biopsiquiatria é demonstrada por seu desenvolvimento, que descrevi em meu livro *A Função do Orgasmo*.

Quando se descobriu o reflexo do orgasmo, em 1935, a ênfase do tratamento transferiu-se do caráter para o *corpo*. O termo "vegetoterapia" foi cunhado levando-se em consideração essa mudança na ênfase, pois, a partir de então, minha técnica analítica passou a atuar sobre a neurose de caráter no campo *fisiológico*. Assim, falávamos de "vegetoterapia caracteroanalítica" para incluir, num só conceito, o trabalho nos aparelhos psíquico e físico. Esse termo apresentava muitas desvantagens que, naquela altura, eu não podia evitar. Por um aspecto, era muito extenso. Além disso, continha a palavra "vegetativo", que, embora esteja correta em alemão, em inglês sugere "vegetais". E, finalmente, mantinha a dicotomia psicofísica, que não corresponde à nossa concepção da homogeneidade do organismo.

A descoberta do orgone acabou com essas dificuldades terminológicas. *A energia orgone cósmica funciona no organismo vivo como energia biológica específica*. Como tal, governa todo o organismo; expressa-se tanto nas emoções quanto nos movimentos puramente biofísicos dos órgãos. Assim, pela primeira vez desde o seu início, e com seus próprios meios, a psiquiatria enraizou-se em processos científicos naturais e objetivos. Isso requer uma explicação mais pormenorizada.

Até a descoberta do orgone, a psiquiatria tinha de se valer da física inorgânica quando tentava provar, *objetiva* e *quantitativamente*, suas afirmações psicológicas. Nem as lesões cerebrais mecânicas nem os processos químico-físicos no organismo e, decerto, nem a localização cerebral – já ultrapassada – das sensações e ideias conseguiam dar uma explicação satisfatória para os processos emocionais. Em oposição, a biofísica orgônica estava interessada, desde o início, no problema básico de toda a psiquiatria: as *emoções*. Definida literalmente, a palavra "emoção" significa "movimento para fora" ou "expulsão". Assim, não somente podemos como *devemos* usá-la no sentido literal para nos referirmos a sensações e movimentos. A observação microscópica de amebas vivas, submetidas a pequenos estímulos elétricos, revela, de modo inequívoco, o significado do conceito "emoção". Fundamentalmente, a emoção não é mais que um movimento plasmático. Estímulos agradáveis provocam uma "emoção" do protoplasma, do centro para a periferia. Por outro lado, estímulos desagradáveis provocam uma "emoção" ou, mais corretamente, "remoção" do protoplasma da periferia para o centro do organismo. Essas duas direções fundamentais da corrente plasmática biofísica correspondem aos dois afetos básicos do aparelho psíquico – prazer e angústia. Em termos de sua função, o movimento físico do plasma e a sensação que lhe corresponde são, como descobrimos por experiências no oscilógrafo, completamente idênticos. Não podem ser separados; na verdade, são inconcebíveis um sem o outro. Porém, como sabemos, não são apenas funcionalmente idênticos como também, e ao mesmo tempo, antitéticos: uma excitação biofísica do plasma transmite uma sensação, e uma sensação expressa-se num movimento do plasma. Hoje, esses fatos constituem um alicerce bem estabelecido da biofísica orgônica.

Quer reativemos emoções a partir da couraça de caráter por meio da "análise do caráter", quer as liberemos da couraça muscular por meio da "vegetoterapia", permanece o fato de que, nos dois casos, produzimos excitações e movimentos plasmáticos. O que se move nesse processo é simplesmente a energia orgone, que está contida nos fluidos do corpo. Assim, a *mobilização das emoções e correntes plasmáticas no organismo é idêntica à mobilização da energia orgone*. As indicações clínicas dessa mobilização são claramente evidentes nas alterações das funções vasomotoras. Em todo caso, portanto, quer estejamos evocando recordações, quebrando mecanismos de defesa ou eliminando tensões musculares, sempre lidamos com a energia orgone do organismo. A diferença dos vários métodos reside em sua eficácia. Uma recordação não leva tão facilmente a uma irrupção emocional, por exemplo, como a dissolução de um bloqueio do diafragma.

É bastante evidente, então, a razão pela qual eu agora proponho incluir tanto a análise do caráter como a vegetoterapia dentro da denominação "orgonoterapia"[1]. O elemento comum reflete-se no objetivo terapêutico: a mobilização das correntes plasmáticas do paciente. Em outras palavras, se falamos a sério sobre o conceito *unitário* do organismo, isto é, estamos de acordo com implicações práticas, então está fora de questão dividir um organismo vivo em traços de caráter aqui, músculos ali e funções plasmáticas acolá.

Na orgonoterapia, nosso trabalho concentra-se nas *profundezas biológicas*, no sistema plasmático, ou, como dizemos tecnicamente, no *núcleo biológico* do organismo. Este, como fica logo evidente, é um passo decisivo, porque significa que deixamos a esfera da psicologia, e da psicologia "profunda", e entramos na área das funções protoplasmáticas, indo até mesmo além da fisiologia dos nervos e músculos. Esses passos devem ser encarados com seriedade; têm consequências práticas e teóricas relevantes, pois originam uma mudança fundamental na nossa prática biopsiquiátrica. Já não trabalhamos apenas com conflitos individuais e com encouraçamentos específicos, mas com o próprio organismo *vivo*. À medida que aprendemos a compreender e a influenciar o organismo vivo, as funções puramente psicológicas e fisiológicas são automaticamente incluídas em nosso trabalho. A especialização esquemática já não é mais possível.

---

1. A orgonoterapia puramente fisiológica, por meio de acumuladores de orgone, é discutida no segundo volume de *A Descoberta do Orgone – A Biopatia do Câncer*.

2. Movimento expressivo plasmático e expressão emocional

É difícil definir o organismo vivo num sentido funcional estrito. As ideias da psicologia ortodoxa e da psicologia profunda estão presas a estruturas verbais. Mas o funcionamento do organismo vivo está além de todas as ideias e conceitos verbais. A fala humana, forma biológica de expressão numa fase avançada do desenvolvimento, não é um atributo específico do organismo vivo, o qual funciona muito antes de existirem uma linguagem e representações verbais. Assim, a psicologia profunda lida com uma função vital que tem origem numa fase relativamente tardia do desenvolvimento biológico. Muitos animais expressam-se por sons. Mas o organismo vivo já funcionava antes, e continua tendo um funcionamento que vai além do uso dos sons como forma de expressão.

A própria linguagem revela a chave do problema de como o organismo vivo se exprime. Evidentemente, a linguagem deriva das sensações percebidas por órgãos do corpo. Por exemplo, a palavra alemã *Ausdruck* e sua equivalente inglesa *expression* (expressão) descrevem exatamente a linguagem do organismo vivo: o *organismo vivo se expressa em movimentos*; por isso falamos de movimentos expressivos. O *movimento expressivo* é uma característica inerente ao protoplasma. Distingue o organismo vivo de todos os sistemas não vivos. A palavra sugere *literalmente* – e é assim que devemos considerá-la – que alguma coisa no sistema vivo "pressiona a si mesma para fora" e, portanto, se "move". Isso só pode significar o movimento, ou seja, a expansão ou contração do protoplasma. No sentido literal, "emoção" significa "mover para fora"; ao mesmo tempo, é um "movimento expressivo". O processo fisiológico da emoção plasmática, ou movimento expressivo, está ligado inseparavelmente a um *significado* facilmente *inteligível*, que costumamos chamar de *expressão emocional*. Assim, o movimento do protoplasma expressa uma emoção, e a emoção ou a expressão de um organismo está incorporada no movimento. A segunda parte dessa afirmação requer uma modificação, porque sabemos, pela orgonoterapia, que há uma expressão nos seres humanos provocada pela imobilidade ou rigidez.

Não estamos brincando com palavras. A linguagem deriva claramente da percepção de movimentos internos e de sensações dos órgãos, e as palavras que descrevem estados emocionais refletem *diretamente* o movimento expressivo correspondente do organismo vivo.

Apesar de a linguagem refletir o estado emocional plasmático de maneira imediata, ela não é capaz de alcançar esse estado em si. A razão disso é que o início do funcionamento da vida é muito *mais profundo* do que a linguagem e está *além* dela. *Ademais, o organismo vivo tem seus próprios modos de expressar o movimento, os quais muitas vezes simplesmente não podem ser colocados em palavras.* Qualquer pessoa com tendências musicais está familiarizada com o estado emocional provocado pela música. Porém, ao se tentar traduzir em palavras essas experiências emocionais, a percepção musical rebela-se. A música não tem palavras e quer continuar assim. Mas ela dá expressão ao movimento interno do organismo vivo, e escutá-la provoca a "sensação" de um "arrebatamento interno". Geralmente descreve-se de duas maneiras a falta de palavras na música: 1) como marca de espiritualidade mística ou 2) como a expressão mais profunda de sentimentos impossíveis de traduzir em palavras. O ponto de vista científico natural concorda com a interpretação de que a expressão musical está relacionada com as profundezas do organismo vivo. De acordo com isso, aquilo que, na grande música, é considerado "espiritualidade" constitui apenas uma outra maneira de dizer que o sentimento profundo é idêntico a ter contato com o organismo vivo *para além das limitações da linguagem.*

Até agora, a ciência não teve nada de decisivo para dizer sobre a natureza do movimento expressivo da música. Sem dúvida, o próprio artista nos fala na forma de expressões de movimento sem palavras, a partir das profundezas da função vital, mas ele seria tão incapaz quanto nós de dizer em palavras o que expressa em sua música ou em sua pintura. Na verdade, rejeita vivamente qualquer tentativa de traduzir a linguagem da expressão artística na linguagem verbal humana. Atribui muita importância à pureza de sua linguagem de expressão. Assim, o artista confirma a asserção da biofísica orgônica de que o organismo vivo possui uma linguagem expressiva própria, antes de, para além de, e independente de toda a linguagem verbal. Vejamos o que a orgonoterapia tem a dizer sobre esse problema. Citaremos uma experiência cotidiana.

Os pacientes chegam aos orgonoterapeutas cheios de aflições. O olhar experiente pode perceber essas aflições diretamente, a partir dos movimentos expressivos e da expressão emocional dos corpos. Se o analista deixa o paciente falar ao acaso, descobre que ele tende a *rodear* suas aflições, isto é, *escondê-las* de uma maneira ou de outra. Para chegar a uma avaliação correta do paciente, o analista deve começar pedindo-lhe que *não* fale. Essa medida é muito reveladora, porque assim que o paciente deixa de falar as expressões emocionais de seu corpo ficam mais nítidas. Após alguns minutos de silêncio, o analista em geral percebe seu traço de caráter mais saliente, ou melhor, compreende a expressão emocional do movimento *plasmático*.

Se o paciente parecia rir de maneira amigável enquanto falava, o riso poderá se transformar num arreganhar de dentes carente de significado durante o silêncio – expressão que ele próprio logo reconhecerá como semelhante a uma máscara. Se parecia falar de sua vida com seriedade reservada, poderá demonstrar facilmente uma expressão de raiva reprimida no queixo e no pescoço durante o silêncio.

Acho que esses exemplos bastam para mostrar que, além da função de comunicar, *a linguagem humana também funciona como defesa.* A palavra falada esconde a linguagem expressiva do núcleo biológico. Em muitos casos, a função da fala deteriorou-se a tal ponto que as palavras não expressam nada e apenas representam uma atividade, vazia e contínua, por parte da musculatura do pescoço e dos órgãos da fala. Baseado em repetidas experiências, sou da opinião que, em muitas psicanálises que duraram anos, o tratamento estagnou devido a esse uso patológico da linguagem. Essa experiência clínica pode e deve ser aplicada à esfera social. Inúmeros exemplos de discursos, publicações, debates políticos não têm a função de chegar à raiz de importantes questões da vida, mas de afogá-las na verborragia.

A orgonoterapia, ao contrário de todas as outras formas de terapia, tenta influenciar o organismo não por meio da linguagem humana, e sim levando o paciente a se expressar *biologicamente.* Essa abordagem o conduz a uma profundidade da qual ele foge continuamente. Dessa maneira, o orgonoterapeuta aprende, compreende e influencia a linguagem do organismo vivo. É muito difícil obter a linguagem primária de expressão do protoplasma vivo no paciente em uma forma "pura". Se o modo de expressão do paciente fosse biologicamente "puro", ele não teria razão para procurar o auxílio de um orgonoterapeuta. Temos de atravessar uma amálgama de movimentos expressivos patológicos e antinaturais (isto é, movimentos que não são inerentes ao processo do organismo vivo), para chegar ao modo de expressão biológico *genuíno.* A biopatia humana, na verdade, nada mais é que a soma total de todas as distorções dos modos de expressão naturais do organismo vivo. Desmascarando os modos de expressão patológicos, conseguimos conhecer a biopatia humana numa profundidade inacessível aos métodos de cura que operam com a linguagem humana. Não se deve atribuir isso a uma deficiência desses métodos; eles são adequados em sua própria esfera. *Com sua expressão distorcida da vida, porém, a biopatia se coloca fora da esfera da linguagem e das ideias.*

Daí que o trabalho orgonoterapêutico sobre a biopatia humana fica essencialmente fora da esfera da linguagem humana. É claro que também nós fazemos uso da palavra falada, mas as palavras que usamos não se adequam aos conceitos cotidianos, e sim às *sensações dos órgãos*. Não há qualquer necessidade de fazer o paciente compreender seu estado em terminologia fisiológica. Não lhe dizemos: "Seus órgãos de mastigação estão em estado de contração crônica; é por isso que seu queixo não se move quando você fala; é por isso que sua voz é monótona; é por isso que você não pode chorar; que tem de engolir o tempo todo para conter um impulso de chorar etc.". Isso faria sentido para o intelecto do paciente, mas não lhe permitiria efetuar nenhuma alteração em seu estado.

Trabalhamos num nível de compreensão biologicamente mais profundo. É absolutamente desnecessário mostrar quais são exatamente os músculos *específicos* que estão contraídos. Não serviria de nada, por exemplo, fazer pressão nos músculos masseteres, porque não haveria reação, exceto a dor habitual. *Trabalhamos com a linguagem da expressão facial e corporal*. Só quando *sentimos* a *expressão* facial do paciente é que estamos em condições de compreendê-la. Usamos a palavra "compreender" aqui no sentido literal de saber qual emoção está sendo *expressa* nela. E não faz diferença se a emoção é móvel e ativa ou imóvel e reprimida. Precisamos aprender a reconhecer a diferença entre uma emoção móvel e uma emoção reprimida.

Trabalhamos com funções *biológicas* primárias quando "sentimos" o "movimento expressivo" de um paciente. Quando, num bando de pardais, um só deles fica inquieto e, "sentindo o perigo", voa, todo o bando o segue, quer o resto das aves tenha notado ou não a causa da agitação. A reação de pânico no reino animal baseia-se numa reprodução involuntária do movimento expressivo de angústia. Um grande número de pessoas pode ser levado a parar na calçada e olhar para o céu, se alguém fingir que observou alguma coisa interessante no ar. Acho que esses exemplos bastam.

Os movimentos expressivos do paciente provocam involuntariamente *uma imitação* no nosso próprio organismo. Imitando esses movimentos, "sentimos" e compreendemos a expressão em nós mesmos e, consequentemente, no paciente. Visto que todo movimento expressa um estado biológico, isto é, revela um estado emocional do protoplasma, a linguagem da expressão facial e corporal torna-se um meio essencial de comunicação com as emoções do paciente. Como já assinalei, a linguagem humana *interfere* na linguagem da face e do corpo. Quando usamos o termo "atitude de caráter", temos em mente a *expressão total* de um organismo, e esta é *literalmente idêntica à impressão total* que o organismo provoca em nós.

Há uma variação considerável na expressão externa de estados emocionais internos. Não há duas pessoas que tenham exatamente a mesma maneira de falar, o mesmo bloqueio respiratório ou o mesmo jeito de andar. Apesar disso, há muitos modos de expressão universais, claramente distintos. Na psicologia profunda fazemos uma distinção fundamental entre o caráter *neurótico* e o caráter *genital*, com base na couraça muscular e do caráter. Dizemos que um caráter é "neurótico" quando seu organismo é regido por uma couraça tão rígida que ele não pode voluntariamente alterá-la ou eliminá-la. Falamos de um caráter "genital" quando as reações emocionais não são regidas por um automatismo rígido, quando a pessoa é capaz de reagir de maneira biológica a uma situação particular. Esses dois tipos fundamentais de caráter também podem se distinguir nitidamente um do outro na área do funcionamento biológico.

A couraça, sua natureza, o grau de sua rigidez e a inibição da linguagem emocional do corpo podem ser facilmente avaliados logo que o analista tenha dominado a linguagem da expressão biológica. A expressão total do organismo encouraçado é de *retenção*. O significado dessa expressão é bem literal: *o corpo expressa que está retendo*. Ombros puxados para trás, peito para fora, queixo rígido, respiração superficial e contida, acentuação da lordose lombar, pelve retraída e "imóvel", pernas "sem expressão" ou rigidamente esticadas constituem as atitudes e mecanismos essenciais da contenção total. Podemos representá-las esquematicamente no diagrama abaixo.

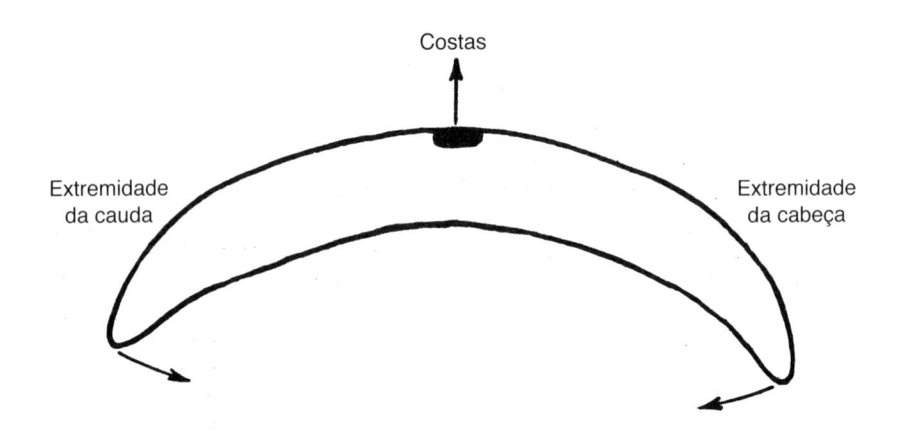

Atitude biofísica básica do organismo não encouraçado

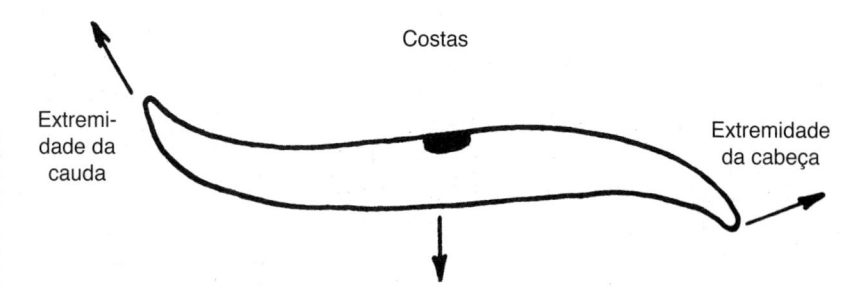

Atitude biofísica básica do organismo encouraçado: "retenção"

Clinicamente, essa atitude corporal básica do caráter "neurótico" expressa-se de modo mais claro no *arc de cercle* da histeria e no opistótono do estupor catatônico.

Sem dúvida a atitude básica do corpo encouraçado não é criada conscientemente: ela é autônoma. Uma pessoa não tem consciência de sua couraça como tal. Quando se tenta descrevê-la por palavras, ela não entende do que se está falando; não sente a couraça, mas apenas a distorção de suas percepções internas da vida. Ela se descreve como apática, rígida, limitada, vazia, ou se queixa de palpitações, prisão de ventre, insônia, inquietação nervosa, náuseas etc. Se a couraça existe há muito tempo e também afetou os tecidos dos órgãos, o paciente nos procura por causa de úlceras pépticas, reumatismo, artrite, câncer ou angina. Como já apresentei os fatos puramente clínicos em detalhe anteriormente, vou me contentar aqui com este resumo. Estamos mais interessados neste momento em penetrar as *funções das profundezas biológicas* e em deduzir, a partir delas, o funcionamento do *organismo* vivo.

O organismo encouraçado é incapaz de quebrar sua própria couraça, e é igualmente incapaz de expressar suas emoções biológicas elementares. Está habituado à sensação de cócegas, mas nunca sentiu o prazer orgonótico. O indivíduo encouraçado não consegue expressar um suspiro de prazer ou imitá-lo conscientemente. Quando tenta fazê-lo, o resultado é um gemido, um urro reprimido, abafado, ou mesmo um impulso para vomitar. Não consegue dar livre curso à raiva ou bater com o punho numa imitação de raiva. Não consegue expirar totalmente. Seu diafragma apresenta movimentos muito limitados (isso pode ser verificado facilmente pelos raios X). Não é capaz de mover a pelve para a frente. Quando lhe pedem para fazê-lo, frequentemente não compreende o pedido ou faz o movimento errado, isto é, um movimento indicativo de retenção. A tensão excessiva nos músculos periféricos e no sistema nervoso tornam o organismo encouraçado bastante sensível à pressão. É impossível tocá-lo em certas partes sem provocar manifestações de forte angústia ou nervosismo. É muito provável que aquilo que se conhece popularmente como "nervosismo" tenha origem nessa hipersensibilidade dos músculos excessivamente tensos.

A incapacidade de pulsação e convulsão plasmática no ato sexual, isto é, a impotência orgástica, é o resultado dessa retenção. Esta, por sua vez, resulta na estase da energia sexual da qual decorre tudo o que incluo no conceito de "biopatia".

A tarefa central da orgonoterapia é destruir a couraça. Em outras palavras, ela deve restaurar a motilidade do plasma corporal. No organismo encouraçado, a função de pulsação de todos os órgãos é enfraquecida num maior ou menor grau. Cabe à orgonoterapia restabelecer a capacidade plena de pulsação, o que acontece biofisicamente quando se destrói o mecanismo de retenção. O resultado de uma orgonoterapia ideal é o aparecimento do *reflexo do orgasmo*, que, como sabemos, é a mais importante manifestação de movimento no reino animal, além da respiração. No momento do orgasmo, o organismo "entrega-se" completamente às sensações dos órgãos e às pulsações involuntárias do corpo. Isso explica a ligação íntima entre o movimento do reflexo do orgasmo e a expressão de "entrega". Aqueles que estão familiarizados com nosso trabalho sabem que não forçamos o paciente a "entregar-se". Não serviria de nada, pois ele seria incapaz de fazê-lo. Se pudesse, não teria necessidade de nos procurar. Também não capacitamos o paciente a que se "entregue". Não há técnica que possa, conscientemente, provocar a atitude *involuntária* da entrega. *O organismo vivo funciona de maneira autônoma, para além da esfera da linguagem, do intelecto e da vontade*, de acordo com leis definidas da natureza, e são essas leis que iremos investigar. O reflexo do orgasmo, juntamente com suas manifestações físicas de entrega, constitui, como logo se verá, a chave para a compreensão dos processos *fundamentais* da natureza, que transcendem de longo o indivíduo e até o organismo vivo. Por isso, aqueles que querem se beneficiar da discussão que se segue em relação a esses fenômenos devem se preparar para uma viagem profunda ao reino da energia cósmica. Aqueles que ainda não se libertaram dos conceitos caricatos da sexualidade ficarão amargamente desapontados e não compreenderão nem mesmo os pontos mais rudimentares.

Cá fizemos um estudo pormenorizado das funções do orgasmo no campo da psicologia e da fisiologia. Por isso, podemos aqui nos concentrar exclusivamente no fenômeno natural fundamental do "orgasmo". *No orgasmo, por estranho que pareça, o organismo tenta, sem cessar, juntar as duas zonas embriologicamente importantes – a boca e o ânus.* Sua forma é:

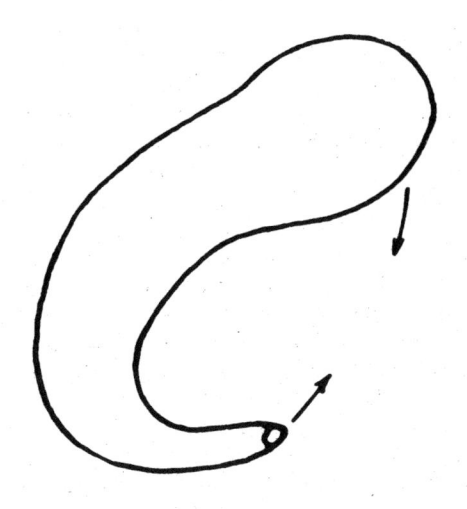

A expressão emocional do reflexo do orgasmo

Afirmei anteriormente que a atitude da qual deriva o reflexo do orgasmo é idêntica ao movimento expressivo de "entrega". Isso é de fato muito evidente. O organismo se entrega às suas excitações plasmáticas e às sensações de fluir; depois, entrega-se completamente ao parceiro no abraço sexual. Toda forma de reserva, contenção e encouraçamento é abandonada. Toda a atividade biológica fica reduzida à função básica de pulsação plasmática. No homem, todo o pensamento e toda a atividade de fantasia cessam. O organismo está "entregue", no sentido mais puro da palavra.

O movimento expressivo de entrega emocional é claro. *O que não é claro é a função da pulsação orgástica*, que consiste em contrações e expansões alternadas de todo o plasma corporal. *Que função tem, na pulsação orgástica, a junção das duas extremidades do tronco?* À primeira vista, parece não ter "significado" algum. A expressão desse movimento é incompreensível. Dissemos que todo movimento do organismo tem uma expressão *inteligível*, mas essa afirmação não se sustenta no caso da pulsação orgástica. Não podemos encontrar no orgasmo uma expressão *inteligível*, isto é, uma expressão passível de ser traduzida na linguagem humana.

Neste ponto poderíamos entrar em especulações filosóficas sobre esse problema, mas isso não nos levaria a parte alguma. Assim, por ora, contentar-nos-emos com a explicação científica natural de que, embora pareça ininteligível, a pulsação orgástica deve, não obstante, ter uma expressão escondida. Porque, como todos os movimentos do organismo vivo, também ela é um *movimento* expressivo; daí que seu movimento deve necessariamente ter uma *expressão*.

Na sequência de nossas investigações chegaremos a uma resposta, espantosa mas incontestável, a essa questão fundamental da função vital. Mas, para isso, temos primeiro de nos desviar consideravelmente do caminho principal, juntando e aprendendo a ordenar corretamente um grande número de fenômenos biológicos. A resposta está além do organismo biológico individual; *por isso, vai além do plano pessoal; ao mesmo tempo, não é de modo nenhum metafísica ou espiritualista*. Também explica por que o anseio orgástico das criaturas vivas é não só o anseio mais profundo, mas, de uma maneira notável, um *anseio cósmico*. Sem dúvida, é sabido geralmente que o organismo é uma parte do cosmos, mas ainda não se sabe *como*. Voltemos às experiências clínicas da orgonoterapia.

Em termos de biofísica orgônica, é nossa tarefa criar condições para que o organismo humano desista de seu mecanismo de retenção e alcance a capacidade de entrega. Em outras palavras, *enquanto as extremidades embrionárias do tronco se dobrarem para trás, em vez de para a frente, na direção uma da outra, o organismo será incapaz de se entregar a qualquer experiência, seja de trabalho ou de prazer*. Dado que a couraça *muscular* prejudica todas as formas de entrega e provoca todas as formas de restrição biopática da função vital, nossa tarefa primordial é demolir essa couraça. Só se pode atingir o objetivo da entrega pela eliminação da rigidez muscular; não é possível alcançá-lo de outro modo, seja pela persuasão psicanalítica, sugestão, reza ou ginástica. Não é necessário falar aos pacientes sobre esse objetivo. Numerosas experiências ensinaram-nos que o reflexo total do orgasmo se desenvolve naturalmente quando conseguimos destruir a couraça muscular. Nosso trabalho tem demonstrado, repetidas vezes, que a *função essencial da couraça muscular é impedir o reflexo do orgasmo.*

Em outra ocasião, descrevi numerosos mecanismos da couraça muscular. A couraça de *caráter* correspondente foi descrita na Parte I deste volume. Agora quero introduzir um novo ponto de vista, que irá esclarecer a questão da couraça do caráter e da couraça muscular ao nível das funções mais elementares da vida. As observações correspondentes foram feitas ao longo dos dez últimos anos, mais ou menos. Por isso, não hesito em assumir toda a responsabilidade pela importância que essas observações têm no campo da biofísica.

3. A disposição segmentar da couraça

A psiquiatria sabe, há décadas, que as perturbações físicas da histeria não são regidas pelos processos anatômicos e fisiológicos dos músculos, nervos e tecidos como um todo; pelo contrário, são determinadas por órgãos definidos, emocionalmente importantes. Por exemplo, o rubor patológico limita-se geralmente à face e ao pescoço, embora os vasos sanguíneos se distribuam ao longo de todo o organismo. Do mesmo modo, as perturbações sensoriais na histeria não se distribuem acompanhando as fibras nervosas, limitando-se apenas a partes do corpo emocionalmente significativas.

Deparamo-nos com a mesma situação em nosso trabalho de desfazer a couraça muscular. Os bloqueios musculares individuais não seguem o percurso de um músculo ou de um nervo; são completamente independentes dos processos anatômicos. Ao examinar cuidadosamente casos típicos de várias doenças, à procura de uma lei que governe esses bloqueios, descobri que a *couraça muscular está disposta em segmentos*.

Biologicamente, essa disposição segmentar é uma forma muito mais primitiva de funcionamento dos seres vivos do que aquela encontrada em animais altamente desenvolvidos. Um exemplo claro do funcionamento segmentar são os anelídeos e os sistemas biológicos correspondentes. Nos vertebrados superiores, apenas a estrutura segmentar da espinha dorsal, as terminações nervosas correspondentes aos segmentos da medula espinhal e o arranjo segmentar dos gânglios no sistema nervoso autônomo indicam que os vertebrados descendem de organismos estruturados segmentarmente.

Tentarei, na exposição seguinte, fazer um esboço aproximado da disposição segmentar da couraça muscular, com base na observação das reações da couraça num período de muitos anos.

Dado que o corpo do paciente está contido e que o objetivo da orgonoterapia é restabelecer as correntes plasmáticas *na pelve*, é logicamente necessário iniciar o trabalho de eliminação da couraça nas partes do corpo mais afastadas da pelve. Assim, o trabalho começa sobre a expressão da musculatura facial. Há, pelo menos, duas couraças dispostas segmentarmente na cabeça, claramente distinguíveis: um segmento compreende a testa, os olhos e a região zigomática; o outro compreende os lábios, o queixo e os maxilares. Quando digo que a couraça está disposta em segmentos, quero dizer que ela funciona de maneira circular, na frente, dos dois lados, e atrás, isto é, como um *anel*.

Vamos designar o *primeiro anel da couraça* como *ocular* e o segundo como *oral*. Na esfera do segmento ocular da couraça, encontramos uma contração e imobilização de todos, ou quase todos, os músculos dos globos oculares, das pálpebras, da testa, da glândula lacrimal etc. Testa e pálpebras rígidas, olhos sem expressão e globos oculares protuberantes, expressão semelhante a uma máscara e imobilidade dos dois lados do nariz são as características essenciais desse anel da couraça. Os olhos como que espreitam por detrás de uma máscara; o paciente é incapaz de arregalar os olhos, como numa expressão de medo. Em esquizofrênicos, a expressão do olhar é vazia, como se fixasse o espaço. Isso é causado pela contração dos músculos do globo ocular. Muitos pacientes perdem a capacidade de derramar lágrimas. Em outros, a abertura das pálpebras é reduzida a uma fenda rígida e estreita. A testa não tem expressão, como se tivesse sido "achatada". Muitas vezes ocorrem a miopia, o astigmatismo etc.

Consegue-se o afrouxamento do segmento ocular da couraça abrindo muito os olhos, como numa reação de terror; isso obriga as pálpebras e a testa a se movimentarem e expressarem emoções. Em geral, isso também produz um afrouxamento dos músculos da parte superior das bochechas, especialmente quando se pede ao paciente que faça caretas. Quando as bochechas são puxadas para cima, o resultado é um sorriso peculiar, expressivo da provocação irônica e desafiadora.

O caráter segmentar desse grupo de músculos é revelado pelo fato de que toda ação emocional nessa região afeta áreas horizontalmente adjacentes, mas não atinge o segmento oral. Apesar de ser verdade que, ao se arregalarem os olhos como num estado de terror, se pode mobilizar a testa ou produzir um sorriso na parte superior das bochechas, esse mesmo gesto não é capaz de provocar os impulsos de morder contidos no queixo enrijecido.

Assim, um segmento de couraça compreende aqueles órgãos e grupos de músculos que têm um contato funcional entre si e que podem induzir-se mutuamente a participar no movimento expressivo emocional. Em termos biofísicos, um segmento termina e outro começa quando um deixa de afetar o outro em suas ações emocionais.

Os segmentos da couraça têm *sempre* uma estrutura *horizontal* – nunca vertical –, com as exceções notáveis dos braços e das pernas, cujas couraças funcionam em conjunto com os segmentos da couraça do tronco adjacentes, isto é, os braços com o segmento que compreende os ombros e as pernas com o segmento que compreende a pelve. Queremos salientar essa peculiaridade, que se torna inteligível num contexto biofísico definido.

O segundo segmento de couraça, isto é, o oral, compreende toda a musculatura do queixo e da faringe, além da musculatura occipital, incluindo os músculos em torno da boca. Todos esses músculos estão funcionalmente relacionados uns com os outros. Assim, por exemplo, o afrouxamento da couraça do queixo é capaz de produzir espasmos na musculatura dos lábios e a emoção correspondente de chorar ou o desejo de sugar. Do mesmo modo, a liberação do reflexo de vômito pode mobilizar o segmento oral.

As expressões emocionais de chorar, morder furiosamente, gritar, sugar, fazer todo tipo de caretas, nesse segmento, dependem da motilidade livre do segmento ocular. A liberação do reflexo de vômito, por exemplo, não libera necessariamente um impulso reprimido de chorar, se a couraça do anel ocular ainda não tiver sido dissolvida. E mesmo depois de se terem dissolvido os dois segmentos superiores da couraça, ainda pode ser difícil liberar o impulso de chorar, enquanto o terceiro e o quarto segmentos abaixo, no tórax, estiverem em estado de contração espástica. Essa dificuldade em liberar as emoções dá-nos uma compreensão de um fato biofísico extremamente importante:

1) *as couraças têm uma estrutura circular, segmentar, formando ângulos retos com a espinha dorsal;*
2) *as correntes plasmáticas e as excitações emocionais, que ressuscitamos, correm paralelas ao eixo do corpo.*

Assim, a inibição da linguagem emocional da expressão opera perpendicularmente à direção da corrente orgonótica.

Nessa relação, duas coisas são importantes: 1) as correntes orgonóticas só se fundem no reflexo do orgasmo quando sua passagem, *ao longo* de todo o organismo, não está obstruída; 2) as couraças estão dispostas em segmentos transversais ao fluxo das correntes. Portanto, é óbvio que a pulsação orgástica só pode funcionar depois de se terem afrouxado todos os anéis da couraça. Também é óbvio que as sensações de cada órgão do corpo só podem se fundir numa sensação de totalidade quando ocorrerem as primeiras convulsões orgásticas. Elas prenunciam o colapso da couraça muscular. As correntes orgonóticas que irrompem no afrouxamento de cada anel da couraça revelam-se um grande auxílio no trabalho de dissolução como um todo. O que acontece é isso: a energia corporal liberada tenta, espontaneamente, fluir no sentido *longitudinal*; corre em direção às contrações transversais ainda não dissolvidas e dá ao paciente a inconfundível sensação de um "bloqueio", sensação que era muito fraca ou totalmente ausente enquanto não havia qualquer corrente plasmática livre.

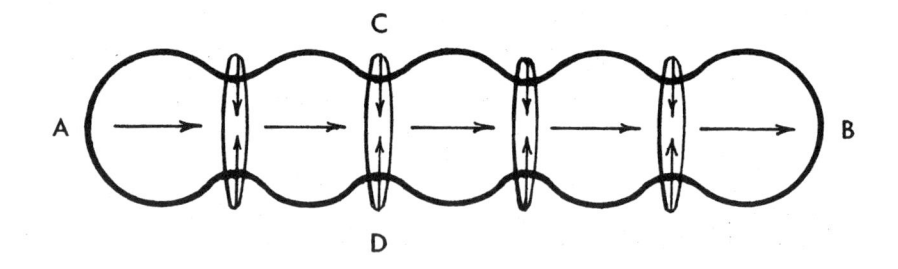

A direção do fluxo orgonótico é transversal aos anéis da couraça

O leitor certamente está consciente do fato de que esses processos representam funções primárias do sistema plasmático, funções não apenas mais profundas do que toda a linguagem humana, mas também *centrais* para o funcionamento do aparelho vital. São funções filogenéticas primordiais. *Na disposição segmentar da couraça muscular, encontramos o verme no homem.*

Os movimentos do verme são governados por ondas de excitação, que correm da extremidade da cauda, ao longo do eixo do corpo, para a "cabeça". Essas ondas são transmitidas continuamente de segmento a segmento, até chegarem à outra extremidade. Na extremidade caudal, um movimento ondulatório segue outro, no processo de locomoção. Nos vermes, os segmentos se alternam de forma rítmica e regular entre a contração e a expansão. No verme e na lagarta, a função de locomoção está inseparavelmente ligada a esse movimento ondulatório plasmático. A conclusão lógica é que a *energia biológica está sendo transmitida nesses movimentos de onda*, porque não poderia ser outra coisa. Essa afirmação é sustentada por observações dos movimentos internos dos bions. O movimento ondulatório do orgone corporal é lento e corresponde totalmente, em ritmo e expressão, às excitações emocionais que, na função do prazer, sentimos subjetivamente de maneira claramente ondulatória.

Em organismos humanos *encouraçados*, a energia orgone está ligada na contração crônica dos músculos. O orgone corporal não começa a fluir livremente assim que o anel da couraça é afrouxado. A primeira reação é de tremores clônicos, juntamente com a sensação de comichão ou formigamento. Clinicamente, essa reação significa que a couraça está cedendo e que o orgone corporal está sendo liberado. Sensações genuínas de ondas de excitação plasmática só podem ser experimentadas quando se dissolveu toda uma série de segmentos da couraça, por exemplo, bloqueios musculares na região dos olhos, boca, garganta, peito e diafragma. Quando isso acontece, sentem-se pulsações acentuadas, *semelhantes a ondas*, em partes liberadas do corpo, que se movem para cima em direção à cabeça, e para baixo em direção aos órgãos genitais. Muitas vezes o organismo reage a essas correntes e pulsações iniciais com novos encouraçamentos. Espasmos na musculatura profunda da garganta, movimentos peristálticos reversos do esôfago, tiques do diafragma etc. testemunham a *luta entre o impulso da corrente e o bloqueio da couraça*. Dado que se libera mais energia orgone do que o paciente pode descarregar, e que, além disso, espasmos bloqueiam a corrente plasmática em numerosos pontos do corpo, o paciente desenvolve uma angústia aguda.

Esses fenômenos, que podem ser provocados facilmente por um orgonoterapeuta com alguma experiência e habilidade técnica, confirmam o conceito da biofísica orgônica da antítese entre a emoção do *prazer* e a emoção da *angústia*[2]. Com relação a isso, porém, é necessário assinalar um novo fenômeno que, até agora, não foi descrito de maneira suficientemente clara.

Assim que se dissolvem os primeiros bloqueios da couraça, o movimento expressivo de "entrega" aparece cada vez mais, juntamente com as correntes e sensações orgonóticas. Mas seu desenvolvimento pleno é impedido por aqueles bloqueios de couraça que ainda não foram dissolvidos. Geralmente, parece que *o organismo quer superar pela força esses bloqueios.* A expressão da entrega nascente transforma-se em ódio. Esse processo é típico e merece atenção especial.

Quando, por exemplo, a couraça da zona oral foi suficientemente afrouxada para liberar um impulso reprimido de choro, enquanto as couraças do pescoço e do peito estão ainda intocadas, observamos como a musculatura inferior do rosto assume a expressão de querer chorar, sem conseguir fazê-lo. A expressão de estar prestes a chorar transforma-se num sorriso rancoroso, na zona da boca e do queixo. É uma expressão de desespero, de extrema frustração. Tudo isso pode ser resumido na seguinte fórmula: *Assim que o movimento que expressa entrega é obstruído por um bloqueio da couraça, o impulso de entrega transforma-se em raiva destrutiva*. Terei de voltar a essa transformação do impulso depois de descrever as manifestações dos outros segmentos de couraça.

A couraça do *terceiro* segmento compreende essencialmente a musculatura profunda do pescoço, os músculos platisma e esternoclidomastóideo. Basta imitar o movimento expressivo da atitude de raiva ou de choro e não se terá dificuldade em compreender a função emocional da couraça do pescoço. A contração espástica do segmento do

---

2. Cf. Reich: *A Descoberta do Orgone*, vol. 1 – *A Função do Orgasmo*.

pescoço inclui também a língua. Em termos de anatomia, é muito fácil compreender isso. Essencialmente, a musculatura da língua liga-se ao sistema ósseo cervical, e não aos ossos faciais inferiores. Isso explica por que os espasmos da musculatura da língua estão ligados funcionalmente à compressão do pomo de adão e à contração da musculatura profunda e superficial da garganta. Pelos movimentos do pomo de adão, é possível dizer quando o afeto de raiva ou o impulso de choro de um paciente está sendo inconsciente e literalmente "engolido".

É muito difícil eliminar esse método de reprimir emoções. Para se lidar com os músculos superficiais do pescoço, podemos usar as mãos, o que é impossível no caso da musculatura da laringe. A melhor maneira de se eliminar o ato de "engolir" emoções é liberar o *reflexo de vômito*, no qual a onda de excitação no esôfago é o oposto daquela que ocorre no ato de "engolir" lágrimas ou a raiva. Se o reflexo de vômito começa a aparecer, ou até mesmo chega ao ponto de fazer o paciente vomitar, as emoções contidas pela couraça do pescoço são liberadas.

Nesse ponto, o fluxo longitudinal da excitação emocional torna-se novamente significativo. O reflexo de vômito é acompanhado por uma *expansão* do diafragma, isto é, pela elevação do diafragma e pela expiração. O trabalho sobre a couraça do pescoço, por meio do reflexo de vômito, produz um afrouxamento no quarto e no quinto segmento. Em outras palavras, não eliminamos um anel de couraça após outro de maneira rígida e mecânica. Trabalhamos sobre um sistema vital integrado, cuja função plasmática total está obstruída pelos anéis transversais da couraça. Mas o afrouxamento de um segmento da couraça libera energia que, por sua vez, ajuda a mobilizar anéis em níveis superiores e inferiores. Portanto, não é possível fazer uma descrição clara de cada um dos processos envolvidos na dissolução da couraça muscular.

Quero agora descrever o quarto segmento, o *torácico*. Embora seja verdade que as funções da couraça desse segmento podem ser subdivididas, é muito mais vantajoso tratar o tórax como um todo.

A couraça do tórax manifesta-se pela elevação da estrutura óssea, por uma atitude crônica de inspiração, por respiração superficial e pela imobilidade do tórax. Já sabemos que a atitude de inspiração é o instrumento mais importante para a repressão de *qualquer* tipo de emoção. Essa couraça é particularmente decisiva não só porque representa uma parte importante da couraça do organismo em geral, mas também porque os sintomas biopáticos têm um caráter particularmente perigoso nessa região.

Todos os músculos intercostais, os grandes músculos torácicos (peitorais), os músculos dos ombros (deltoides) e o grupo muscular sobre e entre as escápulas estão envolvidos no encouraçamento do tórax. As atitudes de "autocontrole", de "ensimesmamento", de "reserva", são as principais manifestações dessa couraça. Ombros puxados para trás expressam precisamente o que mostram – "contenção". Juntamente com a couraça do pescoço, a do tórax transmite a expressão de "obstinação" (*stiffneckedness*) e "teimosia" reprimidas. Quando não está cronicamente encouraçada, a expressão transmitida pelo movimento do quarto segmento é a de "sentimentos que fluem livremente". Quando encouraçada, ela é de "imobilidade" ou "indiferença".

A expansão crônica do tórax acompanha a tendência para a hipertensão, palpitações e angústia; em casos graves, de longa duração, há também tendência para hipertrofia do coração. Vários distúrbios cardíacos resultam diretamente dessa expansão, ou indiretamente, a partir da síndrome de angústia. O enfisema pulmonar é resultado direto da expansão crônica da cavidade torácica. Estou inclinado a acreditar que se deve encontrar também aqui a predisposição para a pneumonia e a tuberculose.

A "raiva furiosa", o "choro sincero", o "soluço" e a "saudade insuportável" são essencialmente emoções que têm origem no segmento do tórax. Essas emoções naturais são estranhas ao organismo encouraçado. A raiva de uma pessoa encouraçada é "fria"; ela considera o choro "infantil", "não masculino" e como "falta de caráter"; considera a saudade "efeminada", sinal de um "caráter fraco".

A maioria dos movimentos expressivos emocionais dos braços e das mãos também provém das emoções plasmáticas dos órgãos do tórax. Em termos de biofísica, esses membros são extensões do segmento torácico. No artista, que manifesta livremente seus desejos, a emoção do peito estende-se diretamente às emoções e aos movimentos expressivos, totalmente sincronizados, dos braços e das mãos. Isso é válido tanto para o virtuose do violino, ou do piano, como para o pintor. Na dança, os movimentos expressivos essenciais derivam do organismo como um todo.

O "desajeitamento" dos braços e, provavelmente, uma parte da falta de musicalidade de uma pessoa também derivam da couraça torácica, em grande parte responsável pela expressão de "dureza" e "inacessibilidade". Em círculos culturais europeus, e de modo especialmente acentuado entre as "altas esferas" da Ásia, o encouraçamento total dos segmentos da cabeça, do pescoço e do tórax dão ao organismo o cunho de "nobreza". Os ideais de "firmeza de caráter", "altivez", "distinção", "grandeza" e "controle" correspondem a isso. No mundo inteiro, o militarismo faz uso da expressão incorporada na couraça do peito, do pescoço e da cabeça para realçar uma "dignidade inacessível". É claro que essas atitudes se baseiam na couraça, e não o contrário.

Em alguns pacientes, encontramos toda uma série de problemas interligados, que derivam do encouraçamento torácico. Tipicamente, eles se queixam de um "nó" no peito. Essa sensação orgânica nos leva a pensar que o esôfago (semelhante ao *globus hystericus* na faringe) está espástico. É difícil dizer se a traqueia está envolvida, mas é muito provável que sim. No processo de afrouxar esse "nó", descobrimos que nele estão contidas a ira e a angústia. Para aliviar esse "nó" no peito é necessário, muitas vezes, pressionar a cavidade torácica e ao mesmo tempo fazer o paciente gritar. A inibição dos órgãos internos do peito acarreta geralmente uma inibição dos movimentos dos braços que expressam "desejo", "abraço" ou "busca de alguma coisa". Esses pacientes não estão *mecanicamente* incapacitados; podem mover os braços muito bem. *Mas assim que o movimento dos braços se associa ao movimento expressivo de anseio ou desejo, a inibição se instala.* Por vezes, essa inibição é tão forte que as mãos, e em especial as pontas dos dedos, perdem a carga orgonótica, ficam frias e pegajosas e, por vezes, muito doloridas. É bastante provável que a gangrena das pontas dos dedos de Raynaud se baseie nessa anorgonia específica. Em muitos casos, é simplesmente um impulso de estrangular que está encouraçado nas escápulas e nas mãos e é responsável pela constrição vasomotora nas pontas dos dedos.

Percebemos a vida desses pacientes governada por uma inibição geral da iniciativa e por perturbações no trabalho provocadas pela incapacidade de usar livremente as mãos. Por vezes, o encouraçamento da cavidade torácica nas mulheres é acompanhado por uma falta de sensibilidade nos mamilos. Resultados diretos desse encouraçamento são perturbações da satisfação sexual e a aversão a amamentar um bebê.

Entre as escápulas há dois feixes de músculos dolorosos na região do músculo trapézio. Essa couraça dá a impressão de desafio reprimido, que, juntamente com os ombros puxados para trás, pode ser descrito por: "Não quero".

Quando o tórax está encouraçado, os músculos intercostais mostram uma exagerada sensibilidade às cócegas. O fato de essa sensibilidade não ser simplesmente uma "aversão a cócegas", e sim um aumento biopático da excitabilidade evidencia-se com seu desaparecimento quando a couraça é dissolvida. Num caso especial, a atitude de caráter de inacessibilidade tinha essencialmente uma função: "Não me toque! Tenho cócegas".

Quero deixar claro que não é minha intenção ridicularizar essas atitudes de caráter. Apenas as vemos como são, isto é, não como a personificação de traços de caráter "mais elevados" e "mais nobres", e sim como a expressão de estados biofísicos. Um general pode ser ou não uma pessoa "respeitável". Não queremos nem glorificá-lo nem depreciá-lo. Mas não nos privaremos do direito de considerá-lo um animal com um tipo específico de couraça. Eu não me aborreceria se um outro cientista quisesse reduzir minha sede de conhecimentos à função biológica de um cachorrinho que fareja tudo. Na verdade, ficaria feliz por me compararem biologicamente com um cachorrinho alegre e encantador, visto que não desejo distinguir-me do animal.

É preciso salientar o seguinte: não se pode pensar em estabelecer a potência orgástica enquanto a couraça torácica não tiver sido dissolvida e as emoções de raiva, desejo e tristeza genuína não forem liberadas. Essencialmente, a função da entrega está ligada ao movimento plasmático dos segmentos do peito e do pescoço. Mesmo que fosse possível mobilizar o segmento pélvico independentemente, a cabeça se moveria automaticamente *para a frente*, em defesa obstinada, em vez de se mover para trás, assim que a mais leve sensação de prazer fosse sentida na pelve.

Já assinalei que a couraça torácica constitui uma parte fundamental do encouraçamento muscular geral. Historicamente, ela pode ser remontada aos momentos de mudança mais decisivos e mais conflituosos da vida da criança, muito provavelmente numa época bastante anterior ao desenvolvimento da couraça pélvica. Por isso, não é de surpreender que, no decurso da dissolução da couraça torácica, encontremos recordações de todo tipo de maus-tratos traumáticos, frustrações amorosas e desapontamentos em relação à pessoa responsável pela educação da criança. Também já expliquei por que a recordação de experiências traumáticas não é essencial para a orgonoterapia; de pouco serve, a não ser que venha acompanhada da emoção correspondente. A emoção expressa no movimento é mais do que suficiente para esclarecer os infortúnios do paciente, além do fato de que as recordações emergem por si quando o terapeuta trabalha corretamente. O que continua a nos intrigar é como as funções da memória inconsciente podem depender dos estados de excitação plasmática, como as recordações se preservam, por assim dizer, na consciência plasmática.

Voltemo-nos agora para o *quinto* segmento, o do *diafragma*. O segmento que compreende o diafragma e os órgãos abaixo dele é, em termos de função, independente do segmento do tórax. Isso é confirmado pelo fato de que o bloqueio do diafragma permanece inalterado, mesmo após a dissolução da couraça torácica e a irrupção da raiva e das lágrimas. É fácil observar a imobilidade do diafragma através de um fluoroscópio. Embora seja verdade que, pela respiração forçada, o diafragma consegue mover-se melhor do que antes da dissolução da couraça torácica, é verdade também que, até que seu bloqueio tenha sido eliminado, *não há pulsação diafragmática espontânea*. Assim, há *duas* fases na dissolução desse bloqueio.

No processo de afrouxamento da couraça torácica, fazemos o paciente respirar profunda e conscientemente. Isso faz com que o diafragma se expanda, mas não de maneira espontânea. Assim que a respiração forçada é interrompida, o movimento do diafragma e o movimento respiratório da cavidade torácica também cessam. Precisamos produzir o *movimento expressivo* da couraça diafragmática para podermos realizar a segunda fase, de pulsação *espontânea* do diafragma. Essa é mais uma confirmação do fato de que meios mecânicos não servem para reativar funções emocionais biológicas. Só pelo *movimento expressivo* biológico podemos afrouxar o anel da couraça.

O quinto segmento de couraça forma um anel de contração que se estende desde o epigástrio e a parte inferior do esterno, seguindo ao longo das costelas inferiores em direção às inserções posteriores do diafragma, isto é, às décima, décima primeira e décima segunda vértebras torácicas. Compreende essencialmente o diafragma, o estômago, o plexo solar, o pâncreas, o fígado e dois feixes de músculos salientes que se estendem ao longo das vértebras torácicas inferiores.

A manifestação evidente desse anel de couraça é a lordose da coluna vertebral. Geralmente o terapeuta consegue colocar a mão entre as costas do paciente e o divã. O rebordo costal anterior projeta-se para frente e para fora. É difícil, se não impossível, dobrar a coluna para a frente. No fluoroscópio podemos ver que, em condições normais, o diafragma permanece imóvel, movendo-se um pouco com a respiração forçada. Se pedirmos ao paciente que respire conscientemente, ele sempre *inspirará*. A expiração, como ação *espontânea*, é estranha a ele. Se lhe pedirmos para expirar, terá de fazer um considerável esforço. Quando consegue expirar um pouco, o corpo assume automaticamente uma atitude que vai contra a expiração. A cabeça move-se para a frente, ou a musculatura do anel oral da couraça contrai-se ainda mais. As escápulas são puxadas para trás, e os braços apertam-se com força de encontro à parte superior do corpo. A musculatura pélvica fica tensa e as costas se arqueiam de modo mais rígido.

O bloqueio do diafragma é o mecanismo central do encouraçamento dessa região. Por isso, sua eliminação é uma das principais tarefas da terapia.

A dissolução da couraça no segmento diafragmático requer a superação de muitas dificuldades. Por que é assim? A expressão do corpo revela claramente que ele se opõe a essa tarefa, embora o paciente não tenha consciência disso: o organismo recusa permitir que o diafragma se expanda e se contraia livremente. Mas, se os segmentos superiores forem adequadamente afrouxados, a dissolução da couraça diafragmática será apenas uma questão de tempo. Por exemplo, a respiração forçada no segmento do tórax ou a liberação repetida do reflexo de vômito podem impelir o organismo à pulsação orgástica. A estimulação dos músculos do ombro por meio de beliscões pode ter o mesmo efeito.

Teoricamente, compreendemos por que é tão forte a resistência à pulsação plena do diafragma: o organismo defende-se contra as sensações de prazer ou de angústia que inevitavelmente são acarretadas pelo movimento do diafragma. Porém não podemos dizer que essa afirmação oferece mais do que uma explicação racionalista e psicologizante. Tal explicação pressupõe que o organismo "pensa" e "delibera" racionalmente, mais ou menos do seguinte modo: "Esse médico meticuloso pede que eu deixe meu diafragma expandir-se e contrair-se livremente. Se eu fizer o que ele quer, terei as mesmas sensações de angústia e de prazer que experimentava quando meus pais me castigavam por sentir prazer. Conformei-me com a situação tal como é. *Por isso não cederei*".

O organismo vivo não pensa nem delibera de maneira racional. Não faz ou deixa de fazer coisas "a fim de...". O organismo vivo age de acordo com as emoções plasmáticas primárias, cuja função é satisfazer as tensões e necessidades biológicas. É simplesmente impossível traduzir a linguagem do organismo vivo *diretamente* para a linguagem verbal da consciência. É muito importante compreender isso, pois o pensamento racionalista, que moldou a civilização humana mecanicista, é capaz de abafar e extinguir nossa compreensão da linguagem *fundamentalmente diferente* do organismo vivo.

Gostaria de mencionar um caso clínico particularmente claro para ilustrar a novidade dos fenômenos aqui envolvidos. Pediu-se a um paciente que possuía um considerável entendimento intelectual da orgonoterapia, que já conseguira dissolver uma parte substancial da couraça da parte superior do corpo, para fazer um esforço no sentido de ruptura da couraça diafragmática. Estávamos ambos de completo acordo quanto à situação. Tanto ao falar da tarefa como ao se aplicar a ela, o paciente mostrou uma atitude afirmativa. Porém, assim que se abriu uma pequena brecha no muro da couraça, seu tronco, entre o diafragma e a pelve, começou a sacudir *lateralmente*. Isso foi, no mínimo, intrigante. E exigiu muito esforço para entender o que esse movimento estava tentando expressar.

Em seu movimento lateral, a parte inferior do tronco expressava um não resolvido. Basta mover a mão direita de um lado para o outro, de maneira a dizer "não, não", para se compreender o movimento expressivo nesse caso.

Em termos psicológicos ou, melhor ainda, místicos, poder-se-ia supor que o sistema plasmático, *para além* da linguagem verbal, expressava um *não* veemente a uma tarefa com a qual "o córtex" e a linguagem verbal concordavam. Tal interpretação do processo seria falsa e não avançaria nem um passo na compreensão do organismo vivo e de sua linguagem expressiva. O abdome e a pelve desse paciente não "deliberaram" contra a exigência feita ao organismo. Não "decidiram" recusar. Havia nesse caso um processo diferente, mais de acordo com a linguagem expressiva da vida.

Como assinalamos, os movimentos plasmáticos de um verme ocorrem no sentido longitudinal, *ao longo do eixo do corpo*. Quando as ondas de excitação orgonótica movem seu corpo para a frente, tem-se a "impressão" de que ele faz isso *de propósito*, isto é, "volitivamente". O movimento expressivo do organismo vivo do verme pode ser traduzido, em nossa linguagem, por "querer", "dizer que sim" etc. Se, com uma pinça, apertarmos o verme mais ou menos no meio de seu corpo, de maneira a interromper a excitação orgonótica, como se fosse um bloqueio de couraça, o movimento unificado e proposital para a frente e, com ele, o movimento expressivo de "querer" e "de dizer que sim" serão interrompidos por alguns momentos. Serão substituídos por outro, um retorcer de um lado para o outro da parte inferior ou caudal do corpo, enquanto a parte da frente ficará encolhida. A impressão imediata proporcionada por esse movimento oscilatório de um lado para outro do corpo é de uma expressão de dor ou um veemente "não, não faça isso; não posso suportar". Não podemos nos esquecer de que estamos falando aqui de nossa *impressão*, isto é, de uma interpretação que *experimentamos imediatamente* ao observar o verme. Mas agiríamos exatamente como ele se alguém colocasse um grande grampo em volta de nosso tronco. Automaticamente, encolheríamos a cabeça e os ombros e lutaríamos de lado com a pelve e as pernas.

Essa compreensão do processo não significa que nos rendemos aos subjetivistas, para os quais nada mais percebemos exceto "nossas próprias sensações", as quais não correspondem a qualquer realidade. Basicamente, tudo o que vive é funcionalmente idêntico. Portanto, as reações do verme à pinça são idênticas às que teríamos em situação semelhante. As reações de dor e o esforço para evitar a dor são semelhantes. Essa identidade funcional entre o homem e o verme nos capacita a ficarmos "impressionados", no correto e objetivamente verdadeiro sentido da palavra, pelo movimento expressivo do verme em contorção. De fato, a expressão manifesta do verme transmite o que experimentamos através da identificação. Mas não sentimos diretamente a dor dele ou seu grito de "não"; apenas percebemos um movimento expressivo que, em quaisquer circunstâncias, seria idêntico ao movimento do nosso sistema plasmático na mesma situação dolorosa.

Assim, *compreendemos os movimentos expressivos e a expressão emocional de outro organismo vivo com base na identidade entre nossas próprias emoções e as de todos os seres vivos.*
Temos uma compreensão *direta* da linguagem dos organismos vivos, baseada na identidade funcional das emoções biológicas. *Depois* de a termos apreendido nessa linguagem biológica, traduzimo-la "em palavras" para a linguagem verbal da consciência. Porém, a palavra "não" tem tão pouco a ver com a linguagem de expressão do organismo vivo quanto a palavra "gato" tem a ver com o gato em carne e osso que atravessa a rua à frente de nossos olhos. Na realidade, a palavra "gato" e o sistema plasmático orgonótico específico que se move ali, à nossa frente, não têm *nada* a ver um com o outro. Como testemunham as muitas e variadas designações para o fenômeno "gato", são apenas conceitos vagos, que podem ser trocados entre si ao acaso, aplicados aos fenômenos reais, aos movimentos, às emoções etc.

Essas observações soam como filosofia natural "intelectualizada" ou "simplória". O leigo tem aversão à filosofia natural e, portanto, rejeitará este livro, porque "não assenta na base sólida da realidade". O leitor que pensa assim está enganado. Demonstrarei, nas páginas seguintes, como é importante pensar *corretamente* e usar os conceitos e as palavras de modo *apropriado*. Mostrarei como todo um mundo de biólogos, físicos, bacteriologistas etc. de orientação mecanicista acreditava realmente, de 1936 a 1945 – isto é, no período em que foram sendo descobertas as funções do organismo vivo –, que era a palavra "gato" que se movia na rua, e não um complicado produto vivo da natureza.

Voltemos ao movimento de "não, não" de nosso paciente. Seu significado é este: *quando uma corrente plasmática não pode correr ao longo do corpo numa direção longitudinal, por ser obstruída por bloqueios de couraça transversais, isso resulta num movimento lateral que, secundariamente, significa* não *na linguagem verbal.*

"Não" na linguagem verbal corresponde ao "não" da linguagem expressiva do organismo vivo. Não se pode atribuir a um mero acaso que o "não" se expresse por um movimento transversal da cabeça, enquanto o "sim" se expressa por um movimento longitudinal da cabeça. O "não, não", que nosso paciente expressava, balançando lateralmente a pelve, só desapareceu depois que se dissolveu o bloqueio do diafragma, e reaparecia regularmente sempre que este voltava.

Esses fatos têm grande importância para a compreensão da linguagem do corpo. A atitude geral de nosso paciente para com a vida era também de natureza negativa. "Não" era a atitude fundamental de seu caráter. Embora sofresse e lutasse contra isso, não conseguia evitá-lo. Não importando o quanto ele quisesse dizer "sim" e ser positivo num nível consciente e intelectual, seu caráter continuamente manifestava o "não". Tanto as funções biofisiológicas como as funções históricas desse "não", no seu caráter, eram fáceis de compreender. Como acontece com muitas crianças, ele fora submetido a várias lavagens intestinais pela mãe fortemente compulsiva e, como outras crianças, também suportara esse massacre com horror e raiva interna. Para diminuir a fúria de sua raiva, para ser capaz de suportar essa violação feita pela mãe, ele "continha-se", retraindo o assoalho pélvico e diminuindo acentuadamente a respiração, desenvolvendo a atitude corporal de "não, não". Tudo o que estava vivo dentro dele queria (mas não podia) gritar "não, não" a essa violação, e o resultado foi que essas experiências lhe deixaram marcas permanentes. Daí em diante, a expressão manifesta de seu sistema de vida tornou-se uma negação fundamental em relação a todos e a tudo. E embora essa atitude de caráter negativa representasse um sintoma agudo, era, ao mesmo tempo, a expressão de uma forte autodefesa, que, no princípio, fora racional e justificada. Mas essa autodefesa, motivada racionalmente no começo, se transformara numa couraça crônica, rigidamente fechada a tudo.

Como já expliquei antes, *uma experiência infantil só pode ter um "efeito a partir do passado" se estiver ancorada numa couraça rígida que continua agindo no presente*. Em nosso paciente, o "não, não" original, racionalmente motivado, com o correr dos anos transformara-se num "não, não" neurótico e irracional. Em outras palavras, tornara-se parte de uma couraça de caráter crônica, responsável por sua manutenção e expressão. A expressão "não, não" desapareceu com a dissolução da couraça, durante o tratamento. Assim, também o fato histórico, a violação pela mãe, perdeu o significado patológico.

Do ponto de vista da psicologia profunda, é correto dizer que nesse paciente o afeto da defesa, do "grito de não", estava "entalado". Da perspectiva do núcleo biológico, por outro lado, não se tratava de um "não, não" "entalado", mas da *incapacidade, por parte do organismo, de dizer* sim. Uma atitude afirmativa, positiva em relação à vida, só é possível quando o organismo funciona como um todo, quando as excitações plasmáticas, juntamente com as emoções correspondentes, podem passar por todos os órgãos e tecidos sem obstrução; quando, em resumo, os movimentos expressivos do plasma conseguem fluir livremente.

Basta que um único bloqueio de couraça limite essa função para que se perturbe o movimento expressivo de afirmação. As crianças pequenas não conseguem ficar completamente imersas em seus jogos, os adolescentes têm mau desempenho no trabalho ou na escola, os adultos agem como um carro em movimento com o freio de mão puxado. O observador, o professor, o supervisor técnico ficam com a "impressão" de que a pessoa é preguiçosa, recalcitrante ou incapaz. A própria pessoa "bloqueada" sente que é um fracasso, "apesar de todos os esforços". Esse processo pode ser traduzido para a linguagem do organismo vivo: *o organismo começa sempre funcionando de uma forma biologicamente correta, fluindo de maneira livre e generosa. Porém, quando as excitações orgonóticas passam pelo organismo, o funcionamento é retardado e a expressão "tenho prazer em fazer" traduz-se num "não quero" ou "não farei" automáticos. Em resumo, o organismo não é responsável por seu próprio mau funcionamento.*

Esse processo tem importância universal. Selecionei, intencionalmente, exemplos clínicos de validade geral. Isso era absolutamente necessário. Com base nessas restrições ao funcionamento humano, chegaremos a uma compreensão mais profunda e mais abrangente de toda uma série de fenômenos sociais lamentáveis que continuam ininteligíveis sem seu fundamento *biofísico*.

Depois dessa digressão, longa mas necessária, voltemos ao quinto segmento da couraça. Nos segmentos superiores, uma vez que se consegue liberar os movimentos expressivos do anel da couraça, torna-se fácil interpretar a expressão manifesta que se segue. A inibição dos músculos dos olhos se expressa por olhos "vazios" ou "tristes". Um maxilar firmemente apertado pode expressar "raiva reprimida". Um grito ou um rugido solta-se do "nó no peito".

A linguagem corporal traduz-se facilmente para a linguagem verbal, e o movimento expressivo é *imediatamente* inteligível, quando trabalhamos com os quatro segmentos superiores. A situação é mais complicada quando trabalhamos com o segmento diafragmático. *Assim que a couraça do segmento do diafragma é dissolvida, já não temos mais condições de traduzir a linguagem do movimento para a linguagem verbal.* Isso requer uma explicação pormenorizada. A expressão manifesta que resulta dessa dissolução leva-nos às profundezas não compreendidas da função vital. Aqui encontramos um novo problema: de que maneira concreta o animal humano se relaciona com o mundo animal primitivo e com a função cósmica do orgone?

Conseguimos liberar o segmento diafragmático da couraça fazendo o paciente liberar, repetidas vezes, o reflexo de vômito, enquanto lhe ordenamos rigorosamente não suspender a respiração durante o esforço para vomitar, e sim continuar a inspirar e a expirar energicamente. A liberação repetida desse reflexo leva, inevitavelmente, à dissolução da couraça do diafragma. Só há uma pré-condição: a couraça dos segmentos superiores deve ter sido dissolvida *antes*, isto é, as correntes orgonóticas nas regiões da cabeça, pescoço e tórax devem estar funcionando livremente.

Assim que o diafragma se expande e se contrai livremente, isto é, que a respiração funciona de forma plena e espontânea, o tronco se esforça, a cada expiração, por se dobrar na região do abdome superior. Em outras palavras: a extremidade cefálica faz um esforço para a frente, em direção à extremidade pélvica. A parte média superior do abdome encolhe-se. Essa é a imagem do *reflexo do orgasmo* quando se apresenta a nós pela primeira vez. (É ainda uma imagem distorcida, porque a pelve não está totalmente solta.) O ato de dobrar o tronco para a frente acompanhado pelo movimento da cabeça *para trás* expressa "entrega". Não é difícil compreender isso. *As dificuldades surgem quando começam as convulsões para a frente. A expressão emocional das convulsões, no reflexo do orgasmo, não é imediatamente inteligível.* Não se pode traduzir para a linguagem verbal a expressão das convulsões no reflexo do orgasmo. Deve haver uma razão especial para essa dificuldade. Temos de supor que há uma diferença essencial entre os movimentos expressivos que se tornaram familiares para nós até agora e o movimento expressivo de todo o tronco, que se manifesta quando o diafragma funciona livremente.

Gostaria de pedir ao leitor que me seguisse com a maior paciência de agora em diante, e que não retirasse sua confiança prematuramente. Sua paciência será amplamente recompensada pelos resultados que alcançaremos. Posso assegurar-lhe que eu próprio precisei exercer a máxima paciência, por mais de uma década, para chegar às descobertas que vou descrever. Muitas vezes, durante esses anos, entrei em desespero na tentativa de compreender o reflexo do orgasmo; parecia impossível tornar acessível aos conceitos humanos esse reflexo biológico básico. Mas recusei-me a desistir, pois não podia nem queria admitir que o organismo vivo, cuja linguagem expressiva é imediatamente inteligível em todas as outras esferas, não expressasse *nada* justamente na esfera *fundamental* – o reflexo do orgasmo. Isso parecia tão contraditório, tão completamente absurdo, que eu não podia aceitá-lo. Muitas vezes repeti a mim mesmo que fora eu quem dissera que o organismo vivo simplesmente funciona, que ele não tinha nenhum "significado". Parecia correto supor que a "inexpressividade" ou "falta de sentido" das convulsões orgásticas indicavam precisamente isto: em sua função básica, o organismo vivo não revela nenhum significado. Contudo, a atitude de entrega que se torna evidente no reflexo do orgasmo é tanto expressiva como significativa. Sem dúvida, as próprias convulsões orgásticas estão cheias de expressão. Tive de admitir, então, que a ciência natural simplesmente não havia ainda aprendido a compreender essa expressão emocional amplamente difundida, poderíamos mesmo dizer universal, do organismo vivo. Em resumo, um "movimento expressivo" interno sem uma "expressão emocional" clara parecia-me um absurdo.

O processo de vomitar representou um meio de abordar o problema, pois o paciente muitas vezes vomita quando se trabalha a couraça do diafragma. Assim como há uma incapacidade de chorar, há também uma incapacidade de vomitar, e isso é facilmente compreensível em termos da biofísica orgônica. O bloqueio diafragmático, juntamente com os anéis de couraça que se situam acima dele, impede que o movimento de ondas peristálticas da energia corporal suba do estômago para a boca. Do mesmo modo, o "nó" no peito e o "engolir", junto com a contração dos músculos do olho, impedem o choro. Em outros casos de bloqueio diafragmático, além da incapacidade de vomitar, ocorrem também náuseas constantes. Não pode haver dúvida de que as queixas de "estômago nervoso" são consequência direta do encouraçamento dessa região, embora ainda não tenhamos uma compreensão pormenorizada dessa relação.

O ato de vomitar é um movimento expressivo biológico, cuja função realiza precisamente o que ele "expressa": *expulsão convulsiva de conteúdos do corpo*. Baseia-se num movimento peristáltico do estômago e do esôfago, numa direção *contrária* à de sua função normal, ou seja, *em direção à boca*. O reflexo de vômito afrouxa a couraça do segmento diafragmático rápida e radicalmente. O vômito é acompanhado de uma convulsão do tronco, uma rápida curvatura do epigástrio, com as extremidades da cabeça *e* da pelve *lançando-se para a frente*. Nas cólicas das crianças pequenas, o vômito é acompanhado de diarreia. *Em termos de energia, fortes ondas de excitação correm do centro do corpo para cima, em direção à boca, e para baixo, em direção ao ânus.* A expressão emocional nesse caso fala uma linguagem tão elementar que não pode haver dúvidas da profunda natureza biológica dessa linguagem. Trata-se simplesmente de entendê-la.

O movimento total que acomete o tronco durante o vômito é, do ponto de vista puramente fisiológico (não emocional), o mesmo que o do reflexo do orgasmo. Isso também pode ser confirmado clinicamente: a dissolução do bloqueio do diafragma suscita, com certeza, as primeiras convulsões do tronco que subsequentemente se desenvolvem no reflexo completo do orgasmo. Essas convulsões são acompanhadas por expiração profunda e por uma onda de excitação que se propaga para cima, começando na região do diafragma e indo para a cabeça, e para baixo, em direção aos órgãos genitais. Sabemos que a dissolução dos segmentos superiores da couraça é uma pré-condição indispensável para se liberar a convulsão total do tronco. No movimento da onda de excitação em direção à pelve, a excitação orgonótica invariavelmente encontra um bloqueio no meio do abdome. Ou o meio do abdome se contrai de forma nítida e rápida, ou a pelve se move para trás e fica contraída nessa posição.

Essa contração no meio do abdome representa o *sexto* anel da couraça de funcionamento independente. O espasmo do grande músculo abdominal (retos abdominais) é acompanhado por uma contração espástica dos dois músculos laterais (transversos abdominais), que vão das costelas inferiores até a margem superior da pelve. Estes músculos podem ser facilmente palpados como cordões musculares rijos e dolorosos. Nas costas, esse segmento corresponde às porções inferiores dos músculos que correm ao longo da coluna (grande dorsal, eretor da espinha etc.). Esses músculos também são claramente sentidos como cordões rijos e dolorosos.

O afrouxamento do sexto segmento de couraça é mais simples do que o de todos os outros segmentos. Depois de dissolvido, é fácil abordar a couraça do *sétimo* e último segmento, a *couraça pélvica*.

Na maioria dos casos, a couraça pélvica compreende quase todos os músculos da pelve. Toda a pelve está retraída. O músculo abdominal acima da sínfise fica dolorido. O mesmo acontece com os adutores da coxa, tanto os da superfície como os mais profundos. O músculo do esfíncter anal está contraído, por isso o ânus se retrai. Ao se contraírem os músculos glúteos, voluntariamente se entenderá, porque estes estão doloridos. A pelve está "morta" e sem expressão. Essa "inexpressividade" é a "expressão" da assexualidade. Emocionalmente, não se sentem quaisquer sensações ou excitações. Por outro lado, os sintomas formam uma legião: prisão de ventre, lombalgia, tumorações de todo tipo no reto, inflamação dos ovários, pólipos no útero, tumores benignos e malignos. Irritabilidade da bexiga, anestesia da vagina ou da superfície do pênis, com hipersensibilidade da uretra, também são sintomas da couraça pélvica. Encontra-se frequentemente corrimento acompanhado do desenvolvimento de protozoários no epitélio vaginal (*Trichomonas vaginalis*). No homem, como resultado da anorgonia da pelve, encontramos ou falta de ereção, ou uma hiperexcitabilidade ansiosa que resulta em ejaculação precoce; na mulher, encontramos completa anestesia vaginal ou então espasmos dos músculos vaginais.

Há uma "angústia pélvica" e uma "raiva pélvica" específicas. A couraça pélvica é igual à dos ombros, uma vez que também mantém ligados em si impulsos de raiva e de angústia. A impotência orgástica produz *impulsos secundários que obtêm satisfação sexual à força*. Por mais que os impulsos do ato de amor ocorram, inicialmente, de acordo com o princípio do prazer biológico, o resultado é tudo, menos agradável: *como a couraça não permite o desenvolvimento de movi-*

mentos involuntários, isto é, não permite que as convulsões passem por esse segmento, as sensações de prazer transformam-se inevitavelmente em impulsos de raiva. O resultado é um sentimento torturante de "ter de terminar" que só pode ser chamado de sádico. Na pelve, como em qualquer outra região do organismo vivo, *o prazer inibido transforma--se em raiva, e a raiva inibida transforma-se em espasmos musculares* – o que pode ser confirmado clinicamente com facilidade. Por mais que o afrouxamento da couraça pélvica tenha avançado, por mais mobilidade que a pelve tenha adquirido, permanece o fato de que *as sensações de prazer na pelve só podem aflorar quando a raiva tiver sido liberada dos músculos pélvicos.*

Na pelve, como em todos os outros segmentos da couraça, há um "bater" ou "perfurar" por meio de fortes movimentos pélvicos de estocadas para a frente. A expressão desse movimento é inconfundível. Além da expressão de raiva, a de desprezo também é claramente óbvia: desprezo pela pelve e por todos os seus órgãos, pelo ato sexual e, especialmente, pelo parceiro sexual. Com base em extensas experiências clínicas, afirmo que, em nossa civilização, há poucos casos em que o homem e a mulher se entregam ao ato sexual com amor. A raiva que toma o lugar dos impulsos de amor iniciais, o ódio e a emoção sádica são todos partes integrantes do desprezo que o homem moderno tem pelo sexo. Não estou me referindo aos casos claros em que se realiza o ato sexual por dinheiro ou subsistência. Falo da maioria das pessoas de todos os estratos sociais. Foi com base nessas descobertas clínicas que a máxima latina "Omne animal post coitum triste" se tornou um axioma científico. Só há um erro nessa afirmação: o homem atribui sua própria decepção ao animal. A raiva e o desprezo, que tanto distorceram o movimento expressivo do amor genital, refletem-se nos termos vulgares disseminados, que se agrupam à volta da palavra "foda". Nos Estados Unidos, encontramos a expressão *knock me** escrita nos muros, e seu significado é bastante claro. Fiz uma descrição pormenorizada dessas descobertas no meu livro *A Função do Orgasmo,* e por isso não entrarei em detalhes aqui.

4. A expressão emocional do reflexo do orgasmo e a superposição sexual

O importante para nosso tema principal é o fato de que a couraça pélvica tem uma expressão facilmente traduzível para a linguagem

---

* Expressão da gíria norte-americana, que significa literalmente "engravide-me".

verbal e que as emoções liberadas falam uma linguagem clara. Mas isso só é válido para as *emoções da couraça*. *Não serve para os movimentos expressivos que se manifestam regularmente depois da dissolução da angústia e da raiva*. Esses movimentos consistem em suaves movimentos da pelve, para a frente e para cima, nitidamente expressivos de desejo. É como se a extremidade pélvica quisesse curvar-se para a frente ao máximo. Pensa-se instintivamente nos movimentos de vaivém das caudas dos insetos, por exemplo, das vespas e abelhas. O movimento é ilustrado com especial clareza pela atitude da extremidade caudal das libélulas e das borboletas no ato sexual. Sua forma básica é mostrada a seguir. É uma expressão clara de entrega. Nossa sensação orgânica subjetiva diz-nos que essa atitude de entrega é acompanhada de anseio (*longing*). "Anseio" de quê? E "entrega" a quê?

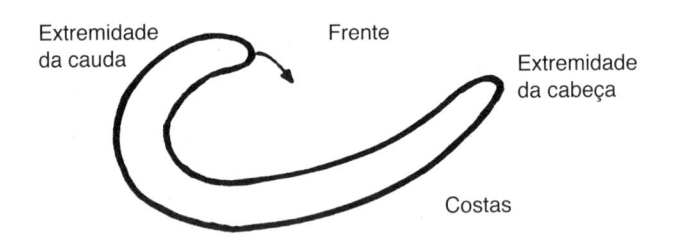

A linguagem verbal expressa o objetivo do anseio e a função da entrega do seguinte modo: à medida que o organismo desenvolve o reflexo do orgasmo, o desejo de "satisfação" emerge de modo claro e incontrolável. O desejo de satisfação centraliza-se claramente no ato sexual, na cópula. No próprio ato sexual uma pessoa "entrega-se" à sensação de prazer, "dá-se ao parceiro". Sabemos disso pela observação e por nossas sensações orgânicas subjetivas.

A linguagem verbal parece corresponder inequivocamente a esse fenômeno natural. Digo "parece". Como a linguagem verbal é apenas uma tradução da linguagem expressiva do organismo vivo, não sabemos se as palavras "cópula" e "satisfação" expressam realmente aquilo que é a função do reflexo do orgasmo. Além disso, já assinalamos que não se pode traduzir para a linguagem verbal o movimento expressivo das *convulsões* orgásticas. Vamos ousar mais um passo em nossa dúvida quanto à capacidade da linguagem verbal de tornar os fenômenos naturais *imediatamente* inteligíveis. O leitor ficará perplexo com a nova questão. Se ele pensa nela por um momento, porém, tem de admitir que as palavras muito provavelmente mais nos *afastam* do que nos aproximam de uma compreensão dos processos. A questão é: *Qual é a origem do extraordinário papel da pulsão genital?* Ninguém duvida de sua força natural e fundamental. Ninguém pode evitá-la; todas as criaturas vivas estão sujeitas a ela. Na verdade, a cópula e as funções biológicas a ela relacionadas constituem uma função básica do organismo vivo que garante a continuação de sua existência. A cópula é uma função básica do "idioplasma", como foi concebido por Weissman; é imortal no sentido estrito da palavra. O *Homo sapiens* tem simplesmente negado essa poderosa força da natureza, mas de modo nenhum a eliminou. Conhecemos as terríveis tragédias humanas que resultaram dessa negação.

A existência do organismo vivo está enraizada na *superposição* de dois sistemas orgonóticos de sexos diferentes. Temos de admitir que não temos resposta para a mais simples de todas as questões: *Qual é a origem da função da superposição de duas criaturas de sexos diferentes? Qual é sua importância? Qual é seu "significado"? Por que a perpetuação da natureza viva está enraizada precisamente nessa forma de movimento, e não em qualquer outra?*

A forma mais geral desse movimento de superposição sexual é esta:

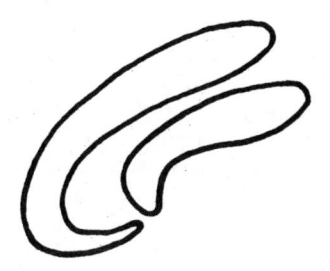

A superposição sexual é acompanhada pela luminação orgonótica das células do corpo e pela penetração e fusão de dois sistemas de energia orgonótica numa unidade funcional. Os dois sistemas orgônicos que se tornaram *um* descarregam sua energia no auge da excitação (= luminação) em convulsões clônicas. Nesse processo, substâncias altamente carregadas energeticamente, isto é, células espermáticas, são ejaculadas e, por sua vez, continuam e realizam a função de superposição, penetração, fusão e descarga de energia.

Aqui, a linguagem verbal não é capaz de explicar nada. Os conceitos formulados pela linguagem verbal sobre o processo de superposição sexual são, eles próprios, derivados das sensações orgânicas que introduzem, acompanham e se seguem à superposição. "Anseio", "ímpeto", "cópula", "conjugação", "satisfação" etc. são apenas imagens de um processo natural que as palavras não conseguem tornar inteligível. Para compreendê-lo, devemos procurar outros processos naturais primários, que tenham uma validade geral maior do que a superposição sexual do organismo e que sejam mais profundos do que as sensações orgânicas a que correspondem os conceitos da linguagem verbal.

Não pode haver dúvida de que o reflexo do orgasmo funciona de acordo com leis naturais. Manifesta-se sempre, em todos os tratamentos bem-sucedidos, quando a couraça segmentar que obstruía anteriormente seu curso é completamente dissolvida. Nem pode haver dúvida de que a superposição sexual funciona de acordo com leis naturais. Ela ocorre inevitavelmente quando o reflexo do orgasmo funciona livremente e não há obstáculos sociais em seu caminho.

Teremos de fazer um enorme desvio e compilar um grande número de fenômenos naturais para poder compreender a linguagem expressiva do organismo vivo no reflexo do orgasmo e na superposição. O fracasso da linguagem verbal neste caso aponta para uma função da natureza que *transcende* a esfera da vida. Usamos a palavra "transcender", aqui, não no sentido sobrenatural dos místicos, mas *no sentido de uma relação funcional entre a natureza viva e a não viva*.

Por ora, devemos concluir que a linguagem verbal só é capaz de descrever os fenômenos vitais que podem ser abrangidos pelas sensações orgânicas e pelos movimentos expressivos correspondentes, por exemplo, raiva, prazer, angústia, aflição, desapontamento, tristeza, entrega etc. Mas as sensações orgânicas e os movimentos expressivos não são os critérios definitivos. Num certo ponto, a lei natural da substância não viva deve, necessariamente, impor-se ao organismo vivo e expressar-se nele. Isso deve estar correto, uma vez que a vida provém da esfera da não vida e volta a mergulhar nela. As sensações orgânicas que correspondem especificamente ao organismo vivo podem ser traduzidas em palavras. Por outro lado, não podemos pôr em palavras os movimentos expressivos do organismo vivo que *não pertencem especificamente à vida, mas são projetados nessa esfera a partir da esfera da não vida*. Dado que a vida deriva da não-vida e que a matéria não viva deriva da energia cósmica, isso justifica concluir que *há funções de energia cósmica na vida*. Por isso, é possível que os intraduzíveis movimentos expressivos do reflexo do orgasmo na superposição sexual representem as funções orgônicas cósmicas que procuramos.

Estou bem consciente da magnitude dessa hipótese de trabalho. Mas não vejo maneira de evitá-la. Estabeleceu-se clinicamente que o anseio orgástico, isto é, o desejo (*yearning*) de superposição, acompanha sempre o anseio cósmico e as sensações cósmicas. As ideias místicas de inúmeras religiões, a crença no Além, a doutrina da transmigração da alma etc. derivam, sem exceção, do anseio cósmico; e, funcionalmente, o desejo cósmico está ancorado nos movimentos expressivos do reflexo do orgasmo. *No orgasmo, o organismo vivo não é mais do que uma parte da natureza pulsante.* A ideia de que o homem e os animais em geral são uma "parte da natureza" é bem conhecida e amplamente difundida. Porém, é mais fácil usar uma frase do que entender, de uma maneira cientificamente utilizável, em que ponto ocorre concretamente a identidade funcional essencial entre a substância viva e a natureza. É fácil dizer que o princípio de uma locomotiva é funcionalmente idêntico ao de um simples carrinho de mão. Mas eles são essencialmente diferentes, e devemos ser capazes de explicar como o princípio da locomotiva, no decorrer dos séculos, se desenvolveu a partir do princípio do carrinho de mão.

Vemos que o problema da linguagem expressiva do organismo vivo é muito mais complexo do que se poderia supor. Vamos tentar nos aprofundar mais e procurar as semelhanças que ligam as formas de vida mais desenvolvidas com as menos desenvolvidas.

A técnica da orgonoterapia ensinou-nos que *um verme literalmente ainda funciona no animal humano.* A disposição segmentar dos anéis da couraça não pode ter outro significado. A dissolução dessa couraça segmentar libera movimentos expressivos e correntes plasmáticas que independem da organização anatômica dos nervos e músculos nos vertebrados. Correspondem muito mais aos movimentos peristálticos de um intestino, de um verme ou de um protozoário.

Apesar de sua evolução a partir de formas de vida filogeneticamente mais antigas, o homem ainda é considerado uma criatura *original*, sem ligação com as formas das quais descende. O caráter segmentar e, consequentemente, o caráter de verme do núcleo biológico estão claramente preservados nos segmentos da coluna vertebral e nos gânglios. Mas esse sistema nuclear não é segmentar apenas de uma forma morfológica, isto é, rígida. As funções do orgone e os anéis da couraça também representam segmentos *funcionais*, ou seja, funções que têm uma enorme importância *atual*. Não são, como se pode dizer das vértebras, restos de um passado morto em um presente vivo. As funções do orgone e os anéis da couraça representam o aparelho funcional mais ativo e mais importante do presente, o núcleo de todas as funções biológicas do animal humano. As sensações orgânicas biologicamente importantes e as emoções de prazer, angústia e raiva derivam das funções segmentares do animal humano. Do mesmo modo, a expansão e a contração, como funções do prazer e da angústia, estavam presentes no organismo vivo desde a ameba até o homem.

Quando estamos felizes, levantamos a cabeça; quando temos medo, a retraímos como um verme retrai sua extremidade anterior.

Se a ameba e o verme, no animal humano, continuam a agir como elementos nucleares de seu funcionamento emocional, então estamos justificados ao tentar relacionar, e assim compreender, o reflexo biológico básico da superposição orgástica com as funções plasmáticas mais simples.

Dissemos acima que a dissolução do bloqueio diafragmático leva inevitavelmente às primeiras convulsões orgásticas do corpo. Também acentuamos que os membros são apenas extensões dos segmentos do peito e da pelve. *O maior e mais importante sistema ganglionar está localizado no meio do tronco, perto das costas.*

Vamos agora arriscar um salto mental que, à primeira vista, pode parecer "não científico", "injustificado", realmente "insano". Depois, poderemos olhar para trás e verificar se fizemos mal.

Todas as pessoas alguma vez já viram gatos sendo levantados pela pele das costas. O corpo do gato parece dobrar-se em dois, e a extremidade da cabeça aproxima-se da extremidade pélvica; a cabeça e as patas dianteiras e traseiras ficam penduradas molemente, mais ou menos assim:

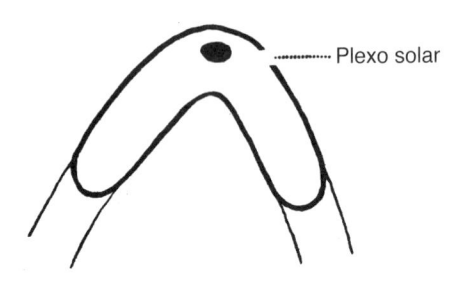

Naturalmente, podemos imaginar qualquer animal na mesma posição, inclusive o homem. Há uma expressão emocional, como acontece sempre que o corpo assume uma posição. Não é fácil interpretar a expressão manifestada por essa posição específica. Observando-a atentamente, durante algum tempo, ficamos com a impressão de uma *medusa* com tentáculos.

A biofísica terá de aprender a ler *formas de movimento* a partir de *formas corporais*, e ler *formas de expressão* a partir de *formas de movimento*. Teremos mais a dizer sobre isso depois. Aqui, basta a semelhança dessa posição com a de uma medusa. Podemos estender-nos sobre a analogia. O sistema nervoso central da medusa está localizado no meio das costas, como o plexo solar nos vertebrados. Quando a medusa se move, as extremidades do corpo aproximam-se e afastam-se, numa alternância rítmica. É essa a essência heurística de nosso salto mental: *os movimentos expressivos no reflexo do orgasmo são, em termos de identidade de função, iguais aos de uma medusa nadando.*

Nos dois casos, as extremidades do corpo, isto é, as extremidades do tronco, movem-se em direção uma da outra, num movimento rítmico, como se quisessem se tocar. Quando se aproximam, temos o estado de contração. Quando se afastam ao máximo, temos o estado de expansão ou relaxamento do sistema orgonótico. É uma forma muito primitiva de *pulsação biológica*. Quando essa pulsação se acelera, tomando uma forma *clônica*, temos o movimento expressivo da convulsão orgástica.

A expulsão de ovas pelo peixe, e de sêmen pelos animais superiores, está relacionada a essa convulsão plasmática do corpo como um todo. A convulsão orgástica é acompanhada por um alto grau de excitação, que sentimos como o prazer do "clímax". Em resumo, o movimento expressivo do reflexo do orgasmo representa uma mobilização *atual*, altamente importante, de uma forma biológica de movimento que remonta ao estágio da medusa. Segue um diagrama para ilustrar o perfil de sino e a forma de medusa do movimento:

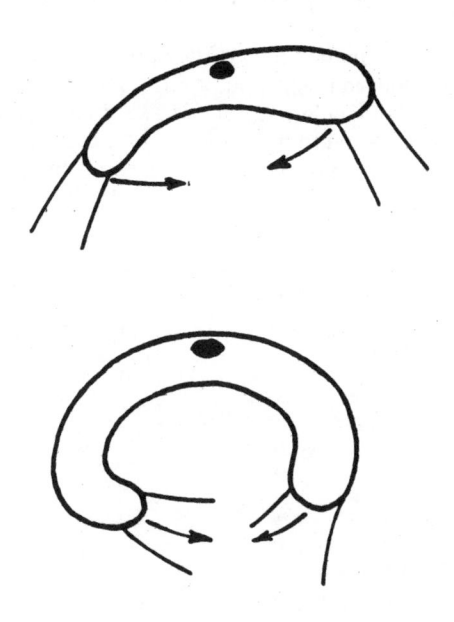

A partir de um exame mais minucioso, a identidade funcional entre o movimento da medusa e a convulsão orgástica mostra-se muito menos estranha do que se julgava originalmente. Em vista do fato de que, na disposição segmentar dos anéis da couraça e na esfera das emoções, o verme continua funcionando no homem, não há nada de muito especial no fato de a função da medusa se expressar na convulsão do corpo como um todo. Teremos de aprender a aceitar a ideia de que não estamos tratando aqui de restos atávicos de nosso passado filogenético, e sim das funções *atuais*, bioenergeticamente importantes, do organismo altamente desenvolvido. As funções plasmáticas mais primitivas e as mais avançadas coexistem e funcionam como se estivessem ligadas umas às outras. O desenvolvimento de funções mais complicadas no organismo (que denominamos "superiores") não tem efeito sobre a existência e a função da "medusa no homem". É precisamente essa medusa no homem que representa sua unidade com o mundo animal menos desenvolvido. Tal como a teoria de Darwin deduz a descendência do homem a partir dos vertebrados inferiores, com base na morfologia humana, a biofísica orgônica traça a origem das funções *emocionais* do homem a partir de um estágio muito mais primitivo, ou seja, as formas de movimento dos moluscos e dos protozoários.

A identidade funcional das funções da vida humana com aquelas das formas orgânicas primitivas de movimento vai muito além da medusa.

Assim, o que chamamos de "natureza no homem" pode ser traduzido da esfera da fantasia mística ou poética para a linguagem concreta, objetiva e prática da ciência natural. Não se trata de relações metafóricas ou de analogias e muito menos ainda de percepções sentimentais; trata-se de processos tangíveis, visíveis e controláveis do organismo vivo.

XV

A cisão esquizofrênica[1]

1. O "diabo" no processo esquizofrênico

A ideia do "diabo" é uma autêntica expressão da *distorção* da natureza no homem. Nenhuma outra experiência humana se presta tão bem ao estudo do "diabo" quanto a experiência esquizofrênica. O mundo esquizofrênico, em sua forma mais pura, é uma mistura de misticismo e inferno emocional, de visão penetrante, embora distorcida, de Deus e do diabo, de sexualidade perversa e de moral assassina, de sanidade até o mais alto grau de genialidade e de insanidade até o grau mais profundo, tudo fundido numa só experiência terrível. Estou me referindo aqui ao processo esquizofrênico que, na psiquiatria clássica, se chama *dementia paranoides* ou *dementia praecox*, e não ao chamado "estupor catatônico" ou "processo hebefrênico". Enquanto o catatônico é tipicamente caracterizado pelo total afastamento da realidade e completo encouraçamento muscular; enquanto o processo hebefrênico consiste, sobretudo, na lenta e torporosa deterioração do funcionamento biofísico, as fases iniciais da esquizofrenia paranoide, especialmente na puberdade, caracterizam-se por ideias bizarras, experiências místicas, ideias de perseguição e alucinações, perda da capacidade de associação racional, perda do significado real das palavras e, basicamente, por uma lenta desintegração do funcionamento organísmico unitário.

Limitar-me-ei aos processos que, no esquizofrênico, têm relação com nossa linha de pensamento central: o "diabo" como representante

---

[1]. Concebido em 1940-1948. Escrito em inglês pelo autor em agosto-setembro de 1948.

da natureza pervertida no homem. Eles incluem a área das pulsões antissociais, secundárias e perversas, raramente manifestadas nos neuróticos bem encouraçados, a área das sensações biofísicas primárias, das correntes plasmáticas e das experiências derivadas do contato com funções cósmicas, experiências que estão quase completamente bloqueadas no ser humano dito normal, e finalmente as ideias de perseguição experimentadas por um biossistema doente, embora muito sensível.

O mundo esquizofrênico mistura, numa única experiência, o que é mantido cuidadosamente separado no *homo normalis*. O "bem ajustado" *homo normalis* vivencia o mesmo tipo de experiências do esquizofrênico. A psiquiatria profunda não deixa nenhuma dúvida a esse respeito. O *homo normalis* difere do esquizofrênico apenas porque essas experiências estão ordenadas de modo diferente. É um comerciante ou um executivo bem ajustado, "com mentalidade convencional" durante o dia, bem organizado na superfície. Vive suas pulsões perversas, secundárias, quando deixa o lar e o escritório para visitar qualquer cidade distante e se entrega a orgias ocasionais de sadismo ou promiscuidade. Essa é a "camada intermediária" de sua existência, separada da aparência superficial de modo nítido e claro. Acredita na existência de um poder sobrenatural personificado e em seu contrário, o diabo e o inferno, um terceiro grupo de experiências que, mais uma vez, está nitidamente separado dos outros dois. Esses três grupos fundamentais não se misturam uns com os outros. O *homo normalis* não acredita em Deus quando faz um negócio escuso, fato que é censurado como "pecaminoso" pelos religiosos nos sermões dominicais. O *homo normalis* não acredita no diabo quando estimula alguma causa da ciência; não tem perversões quando é o sustentáculo da família; esquece a mulher e os filhos quando libera o diabo num bordel.

Alguns psiquiatras negam a verdade desses fatos. Outros, que não a negam, dizem que "é como deve ser", que essa distinção clara entre o inferno demoníaco e a aparência social é uma coisa boa, sendo útil para a segurança do funcionamento social. Mas o verdadeiro crente no verdadeiro Cristo pode objetar. Pode dizer que o reino do diabo deve ser extinto, e não fechado *aqui* para se abrir *ali*. A isso, outro espírito ético poderia objetar que a verdadeira virtude se mostra não pela ausência do vício, mas pela resistência às tentações do diabo.

Não quero tomar parte nessa discussão. Creio que, novamente *dentro* dessa estrutura de pensamento e de vida, cada lado pode ter alguma verdade. Queremos ficar de fora desse círculo vicioso para podermos compreender o diabo, tal como aparece na vida diária e no mundo do esquizofrênico.

A verdade é que o esquizofrênico é, em média, muito mais honesto do que o *homo normalis*, se tomarmos a franqueza de expressão como sinal de honestidade. Todo bom psiquiatra sabe que o esquizofrênico é perturbadoramente honesto. Também é o que se costuma chamar de "profundo", isto é, está em contato com os acontecimentos. A pessoa esquizoide vê através da hipocrisia e não esconde tal fato. Tem uma excelente compreensão das realidades emocionais, em evidente contradição com o *homo normalis*. Estou enfatizando essas características esquizofrênicas para tornar compreensível por que o *"homo normalis"* odeia tanto a mente esquizoide.

A validade objetiva dessa superioridade do julgamento esquizoide manifesta-se ela própria de modo muito prático. Quando queremos a verdade sobre fatos sociais, estudamos Ibsen ou Nietzsche, que "enlouqueceram", e não as obras de qualquer diplomata bem ajustado ou as resoluções dos congressos do partido comunista. Encontramos o caráter ondulatório e o tom azulado da energia orgone nos maravilhosos quadros de Van Gogh, e não nas obras de qualquer de seus contemporâneos bem ajustados. Encontramos as características essenciais do caráter genital em pinturas de Gauguin, e não nas do *homo normalis*. Ambos, Van Gogh e Gauguin, morreram psicóticos. E, quando queremos aprender alguma coisa sobre as emoções e as experiências humanas profundas, como biopsiquiatras recorremos ao esquizofrênico, e não ao *homo normalis*. Isso ocorre porque o primeiro nos diz francamente o que pensa e como sente, ao passo que o segundo não nos diz absolutamente nada e nos faz analisá-lo durante anos, antes de se sentir preparado para mostrar sua estrutura interna. Por isso, minha afirmação de que o esquizofrênico é mais honesto do que o *homo normalis* parece bastante correta.

Isso parece anunciar uma situação desoladora. Deveria ser o contrário. Se o *homo normalis* é realmente tão normal como diz ser, se ele acredita que a autorrealização e a verdade são as maiores metas da boa vida social e individual, então deveria ser muito mais capaz e estar mais disposto do que o "louco" de se revelar a si mesmo e frente ao terapeuta. Deve haver alguma coisa fundamentalmente errada na estrutura do *homo normalis*, se é tão difícil para ele revelar a verdade. Declarar, como fazem os psicanalistas bem ajustados, que isso é como deve ser, que o *homo normalis* não poderia, de outro modo, suportar o impacto de todas as suas emoções, equivale à resignação completa no que diz respeito ao aperfeiçoamento do destino humano. Não podemos fundamentar a melhora de condições num conhecimento mais vasto da alma humana e, ao mesmo tempo, defender sua relutância em se abrir. Ou continuamos a ampliar o âmbito de nosso conhecimento acerca do homem e condenamos a atitude evasiva geral do *homo normalis*, ou defendemos essa atitude e desistimos de compreender a mente humana. Não há outra alternativa.

Para compreendermos o *homo normalis* e seu oposto, o caráter esquizoide, temos de nos colocar fora da estrutura de pensamento de ambos. O *homo normalis* bloqueia completamente a percepção do funcionamento orgonótico básico por meio de uma couraça rígida; no esquizofrênico, por outro lado, a couraça se quebra, e assim o biossistema é inundado por experiências profundas do núcleo biofísico, e ele é incapaz de assimilá-las. É compreensível, portanto, que o *homo normalis* encouraçado desenvolva angústia, quando se sente ameaçado pelas descobertas da orgonomia, ao passo que o caráter esquizoide as compreende imediata e facilmente, sentindo-se atraído por elas. Pela mesma razão, o místico, cuja estrutura se assemelha à do caráter esquizoide, em geral compreende os fatos orgonômicos, embora apenas como se num espelho, enquanto o mecanicista rígido olha com arrogante desdém todos os procedimentos científicos no âmbito das emoções, considerando-os "não científicos".

Sugiro que estudemos os pormenores relevantes dessas importantes funções humanas por meio de um caso concreto de esquizofrenia paranoide. Isso nos fornecerá um quadro muito melhor do reino do diabo do que qualquer abstração puramente teórica da experiência psiquiátrica.

O mundo das experiências do esquizofrênico não tem limites e é tão variado que temos de nos limitar aos detalhes relacionados com nosso assunto principal: como o esquizofrênico experiencia seu núcleo biofísico? Por que seu ego se desintegra de maneira tão típica?

Vou apresentar a história de caso de uma esquizofrênica paranoide. O psiquiatra compreenderá que tenho de usar disfarces para proteger a identidade da paciente e, ao mesmo tempo, mostrar claramente os mecanismos típicos da doença.

Esse foi o primeiro caso de esquizofrenia que tratei experimentalmente com a orgonoterapia. Iniciei-o com as seguintes hipóteses teóricas gerais, provenientes de experiências anteriores com esquizofrênicos:

1) o arranjo psicanalítico das funções mentais, de acordo com os três grandes domínios – ego, superego e id –, precisa ser diferenciado do arranjo *biofísico* das funções do organismo global, de acordo com os domínios funcionais do *núcleo bioenergético* (sistema plasmático), da *periferia* (superfície da pele) e do *campo de energia orgone*, que está além da superfície da pele. Essas duas estruturas teóricas descrevem domínios diferentes da natureza, de maneira diferenciada. Nenhuma delas se aplica ao outro domínio do funcionamento organísmico. Só há *um* ponto de encontro dos dois esquemas teóricos, isto é, o *id*

da teoria psicanalítica, onde termina o domínio da psicologia e começa o da biofísica, que vai além da psicologia;

2) a abordagem terapêutica mais eficaz de qualquer doença emocional (= biofísica) é, se possível ou indicada, *a remoção da bioenergia dos sintomas biopáticos*. Para destruir sintomas psiconeuróticos ou psicóticos é desnecessário, e até nocivo, investigar todos os detalhes das inúmeras ramificações patológicas; em vez disso, o que se deve fazer é tornar acessível o núcleo do biossistema e estabelecer uma economia energética equilibrada, o que automaticamente fará desaparecerem os sintomas, dado que, do ponto de vista energético, eles resultam de um metabolismo energético desorganizado no biossistema;

3) há grande perigo, nos neuróticos e também nos psicóticos, quando a couraça começa a se dissolver. São necessárias cautela extrema e habilidade médica para guiar esse processo. É por isso que a prática da orgonoterapia médica é restrita a médicos bem treinados. Conhecemos nossas responsabilidades melhor do que ninguém, e não precisamos que elas nos sejam lembradas por pessoas que sabem pouco de orgonomia.

Eu sabia, de antemão, que a paciente poderia ter, ou até teria, um colapso quando a couraça se dissolvesse completamente. Mas a probabilidade de ela suportar o processo era forte o suficiente para tentar a experiência. A paciente estivera várias vezes em instituições psiquiátricas, por longos períodos de tempo. O diagnóstico era "esquizofrenia" e, de acordo com os relatórios, ela estava em processo de deterioração. O colapso final era inevitável; por isso, o risco aceito nesse caso não era muito grande e havia uma perspectiva bastante promissora para satisfazer a consciência do médico que conduzia a experiência.

Era uma irlandesa de 32 anos, levada até mim por parentes que tinham ouvido falar de minha nova abordagem médica das biopatias. Informei-os do grande perigo de precipitar um colapso. Estavam prontos a assumir o risco e a assinar uma declaração juramentada para esse efeito. Também os avisei do risco de uma crise súbita de destrutividade. Como eu estava bem familiarizado com as manifestações que precedem uma crise, sentia-me seguro de que perceberia o perigo a tempo. Por isso, empreendi a experiência fora da instituição, com a condição expressa de que uma enfermeira ou um parente estivessem sempre perto da paciente e que, ao primeiro indício de agitação e de destrutividade, ela fosse levada para a instituição. Outra condição era de que a paciente, que estava em liberdade sob palavra, fosse regularmente consultar o médico encarregado do controle desse tipo de casos, e todos os preparativos fossem feitos para que a instituição em que estivera antes a recebesse imediatamente no caso de um colapso.

Também mantive contato, mediante cartas, com o psiquiatra encarregado do caso na instituição, e assegurei-me da colaboração dele.

Essas precauções são indispensáveis quando se trata de um esquizofrênico fora de uma instituição. Seria preferível confiar numa instituição que praticasse a orgonoterapia experimental internamente. Mas, infelizmente, as instituições psiquiátricas – com raras exceções – não estão dispostas a se incomodar com novos esforços médicos para tratar a esquizofrenia. Têm a terapia à base de choque bem à mão para entorpecerem as atividades esquizofrênicas, e existem psicóticos demais para poucos médicos. Não há tempo para investigação científica extensa e profunda. Compreendo essa atitude, mas não posso perdoá-la. Alguns casos de esquizofrenia, se bem compreendidos, em vez de serem submetidos ao "tratamento de choque", poderiam, com o decorrer do tempo, poupar à sociedade muitos milhões de dólares. Parece demais esperar por isso. Sabe-se que as instituições mentais são, na realidade, prisões para psicopatas com poucos cuidados médicos, recursos escassos e, em sua maioria, sem qualquer tipo de pesquisa. Além disso, alguns administradores médicos relutam em considerar qualquer tentativa séria para melhorar a condição desses pacientes. Por vezes até recebem esses esforços médicos com grande hostilidade.

Essa descrição resumida da situação social deve bastar para explicar tanto minhas precauções como minha vontade de aceitar o risco. Conhecia bem o perigo, mas a possível recompensa futura parecia-me grande. E, na verdade, não fiquei desapontado. A paciente, que se refugiara numa instituição mental durante muitos anos e já começara a deteriorar-se na época em que a aceitei para a experiência, já está fora da instituição há mais de seis anos, desde o tratamento. Retomou sua profissão, e o processo de deterioração foi interrompido. Reassumiu sua vida social de muitas maneiras.

Não posso dizer se sua condição atual é duradoura; espero que sim. A recompensa científica e médica foi grande: *a orgonoterapia pode ser utilizada com sucesso em alguns casos de esquizofrenia em que todos os outros métodos falham.* O resultado justificou o risco. Além disso, a teoria orgonômica foi confirmada em algumas de suas hipóteses fundamentais e ajustada em outras. Foram comprovados muitos fatos inteiramente novos acerca do funcionamento básico do biossistema do homem, e, pela primeira vez na história da medicina e da psiquiatria, algumas questões centrais sobre a natureza dos mecanismos paranoides na esquizofrenia foram respondidas.

Descreverei a experiência terapêutica tal como se desenvolveu durante um período de três meses, sessão após sessão. Anotei cuidadosamente os detalhes mais essenciais imediatamente depois de cada sessão e mantive um registro especial da linha geral de evolução, para descobrir, se possível, alguma coerência ou lei nessa evolução. O caso em si não apresenta nada de novo quanto às manifestações ou à sintomatologia da psicose esquizofrênica. A novidade é a resposta às medidas orgonoterapêuticas. Revelou ligações, até então desconhecidas, entre funções esquizoides conhecidas e trouxe à luz algumas novas funções nas profundezas do biossistema, que são da maior importância para a compreensão da biologia humana em geral.

A aparência da paciente

A primeira impressão não era a de uma esquizofrênica. Relatava seus sintomas e suas experiências de maneira coerente e ordenada. Percebia-se um grande embaraço subjacente a seu comportamento; falava de maneira artificialmente ansiosa. Parecia muito inteligente e dava respostas penetrantes às perguntas mais difíceis; conhecia a linguagem psiquiátrica de modo extraordinariamente claro. Disse que desejava encontrar um psiquiatra que compreendesse suas emoções interiores, mas eles sempre pensavam que ela era "louca". A expressão do olhar era um pouco velada, distante, típica do caráter esquizofrênico. Algumas vezes ficava confusa, mas retomava a clareza com facilidade. À medida que a conversa prosseguia, podia-se distinguir claramente certos assuntos de que ela tentava fugir. Quando lhe perguntava se tinha consciência de alguma experiência estranha ou incomum, os olhos se tornavam "sombrios" e ela dizia: "Estou em contato com forças poderosas, mas elas não estão aqui agora".

O assunto estava nitidamente carregado de emoção, e não fomos mais a fundo nele. Além disso, tornou-se evidente que ela "dissimulava" e disfarçava sua condição. Declarou-se disposta a se submeter à experiência da orgonoterapia. Lera a respeito e achava que eu tinha razão.

Primeira sessão

Restringi o trabalho a orientar-me quanto à sua couraça e suas defesas de caráter. Os maneirismos dela estavam mais acentuados do que no encontro inicial. Ela compreendia muito bem o princípio da orgonoterapia. Sabia, há anos, que a maioria das pessoas estava encouraçada e que, por isso, não entendia a vida interior do esquizofrênico, que "sente e sabe tudo". Tentei descobrir mais sobre as "forças", mas ela se recusou a falar delas. Disse que não tinham nada a ver com seus próprios anseios interiores. Tinha excelente domínio dos temas discutidos.

Parecia *não respirar absolutamente nada*. No exame físico, o tórax mostrava-se relaxado, e *não rígido*, como nos casos de neurose compulsiva. O relaxamento e a mobilidade do tórax foram encontrados mais tarde em outros casos de esquizofrenia em fase inicial. Deveremos estudar, posteriormente, se e até que ponto a ausência de couraça torácica é ou não uma característica da biopatia esquizofrênica[2].

A flexibilidade do tórax teria parecido normal se não fosse acompanhada pela *falta de respiração*. A respiração era tão superficial que parecia totalmente ausente. Quando pedi à paciente que inspirasse e expirasse de forma audível, recusou-se; mais tarde verificou-se que ela era *incapaz* de fazê-lo. Dava a impressão de interromper a respiração em algum ponto dos segmentos cervicais.

Foi se tornando cada vez mais inquieta; olhava ansiosamente para as paredes e para o teto. "Há algumas sombras", disse ela. De repente, fez com as mãos o sinal da cruz sobre o peito. "Estou consagrada; as forças vêm a mim; possa chamá-las e fazê-las vir; as forças me amam...".

Perguntei-lhe se as "forças" já a tinham incitado a cometer um assassinato. Ela teria de responder a essa pergunta muito em breve, disse-lhe, pois, para que o experimento fosse feito com segurança, tínhamos de saber tudo sobre as "forças". Pedi-lhe que prometesse comunicar-me imediatamente quando as "forças" a incitassem a fazer coisas perigosas para ela ou os outros. Ela concordou, com grande sinceridade. Contou-me que, às vezes, as "forças" lhe diziam para cometer um assassinato. Uma vez sentira, de repente, que *deveria* empurrar uma mulher da plataforma da estação.

Mal acabara essa frase, ficou absorta; não ouvia minhas perguntas e parecia totalmente dissociada. Murmurava de maneira incoerente e ininteligível. Só consegui perceber as palavras: "... As 'forças' traíram... o que eu disse...".

Soube pelos familiares que ela odiava a mãe terrivelmente e que ao mesmo tempo dependia muito dela. As ideias de "assassinato", "menstruação" e "mãe" estavam intimamente ligadas. O impulso de matar também se relacionava, de algum modo, com a experiência das "forças" ou de trair as "forças".

A paciente se recuperou depois de certo tempo e retomou sua compostura.

---

2. Essa hipótese ganhou certa sustentação com o exame de esquizofrênicos realizado pelo Dr. Elsworth Baker, no Marlboro State Hospital, em Nova Jersey.

Da segunda à quinta sessão

Durante as quatro sessões terapêuticas seguintes, tentei, cautelosamente, abordar sua disfunção respiratória. O problema não era, como no neurótico encouraçado, demolir a couraça torácica. *Parecia não haver couraça*. O problema era fazê-la inspirar e expirar pela laringe. Resistia intensamente, sempre que eu tentava provocar a respiração profunda. Eu tinha a impressão de que a função da respiração não estava detida por alguma imobilidade devida à couraça, e sim *inibida como que por um poderoso esforço consciente*. Tive também a impressão de que seu organismo sofria severamente com esse esforço e que ela não o percebia.

Reagia com grande irritação a cada tentativa minha para induzir sua respiração. O neurótico encouraçado típico teria permanecido inalterado ou sorriria maliciosamente de meus esforços. Não acontecia o mesmo com nossa esquizofrênica. Tentava cooperar de maneira inteligente, mas entrava em pânico sempre que estava prestes a conseguir. O medo das "forças" inundava-a de angústia; sentia-as cada vez mais próximas e colocando-se em volta dela, nas paredes, debaixo do sofá etc. Disse-me que fora essa mesma angústia que a levara até mim, o médico em quem poderia confiar. Percebera por meus livros que eu saberia do que ela falava.

Eu desistia das tentativas de fazê-la respirar quando a angústia se instalava. Disse-lhe que essa era uma de suas principais perturbações patológicas que teríamos de dominar; que ela teria de me ajudar nisso, e que o domínio dessa perturbação lhe traria um grande alívio. Prometeu ajudar-me; sentia-se segura de que eu tinha razão. Sabia-o há muito.

Consegui formar a seguinte opinião acerca da situação: nossa paciente não cortava ou não era capaz de cortar completamente a sensação de correntes plasmáticas, como faz o neurótico rigidamente encouraçado. Sentia os fluxos orgonóticos no corpo "muito perto" e combatia-os impedindo a passagem de ar pelos pulmões. Eu não poderia dizer se ela chegara a sentir as correntes vegetativas plenamente, e ela não sabia. Experimentara somente a "aproximação" de "forças", mas *não as sentia como suas*. Ficava aterrorizada quando percebia as "forças"; ao mesmo tempo sentia-se "consagrada a elas", consagrada a "uma missão". Relutava em dizer de que tipo de missão se tratava.

É regra essencial, ao se trabalhar com esquizofrênicos (e também com não psicóticos), deixar claro ao paciente que levamos a sério suas queixas, que *não* o consideramos esquisito, "louco", "antissocial" ou "imoral". Não se chega a nada se o paciente não tem ou não desenvolve *absoluta* confiança em seu médico; ele precisa sentir que este acredita inteiramente em si, e que suas palavras e sentimentos são compreendidos, por mais singulares que possam parecer ao leigo. Deve-se mostrar ao esquizofrênico uma compreensão *autêntica*, mesmo que ele ameace matar o médico. Essa condição absoluta torna o tratamento orgonoterapêutico de psicóticos inacessível ao médico que não esteja preparado emocionalmente para a tarefa. A descrição que se segue irá corroborar essa afirmação.

Sexta sessão

Depois de meia hora de trabalho diligente e cuidadoso com a couraça cervical, ocorreu a primeira explosão de ódio, acompanhada de um choro silencioso; ao mesmo tempo a paciente desenvolveu uma grande angústia, tremor nos lábios, nos ombros e também, em parte, no peito.

Em tais situações, quando se misturam diferentes tipos de emoções, é necessário separá-las umas das outras. Pode-se fazer isso estimulando a emoção mais superficial, a que combate a emoção mais profunda, e "repelindo" esta última. Assim, encorajei o choro, que estava bloqueando a raiva, e depois de algum alívio da tristeza através das lágrimas, deixei-a desenvolver a raiva, encorajando-a a bater no divã. *Esse procedimento é perigoso se o paciente, especialmente o esquizofrênico, não está em contato perfeito com o médico.* Para assegurar esse contato, deve-se explicar ao paciente que ele deve parar a demonstração de raiva assim que lhe for pedido. É tarefa do médico decidir quando se atingiu o ponto de liberação emocional em que o paciente está em risco de perder o controle. Só os orgonoterapeutas especializados podem fazer isso. Aconselho aos médicos que não foram treinados na técnica da orgonoterapia médica, e aos orgonoterapeutas que não tenham experiência suficiente, que evitem tratar de esquizofrênicos. Não se pode avançar nesses casos sem liberar a raiva, e não se pode liberar a raiva sem muita experiência anterior adquirida em situações menos carregadas emocionalmente.

Ao fim da sexta sessão, após ter descarregado bastante emoção, a paciente pôde relaxar. Mostrou-se espantada por ter conseguido tal alívio e expressou sua gratidão com lágrimas nos olhos. Compreendia, então, pela primeira vez, que a ideia de que "as pessoas olhavam para ela" tinha uma natureza ilusória (o elemento racional na ideia de perseguição será elaborado mais tarde). As comunicações fluíram livremente. Ela sempre resistira às "influências" das "forças" até onde podia se lembrar. Compreendia que só se apegava à realidade com grande esforço; sentira-se a maior parte do tempo como que suspensa sobre um abismo, especialmente durante a puberdade. Ficava sempre confusa quando o medo das "forças" se chocava com seu amor por elas. Confessou que nesses momentos de confusão os *impulsos homicidas* aumentavam.

Pareceu-me que era esse o momento oportuno para lhe falar francamente sobre minhas preocupações quanto a uma possível explosão descontrolada de destrutividade. Compreendeu logo o que eu queria dizer. Concordou e assegurou-me com um olhar não esquizofrênico que tinha essa preocupação há muito tempo. Disse-lhe então que eu sabia, por experiência própria, que a maioria dos esquizofrênicos, nas fases iniciais da doença, tinha a mesma preocupação de saber se seriam capazes de rechaçar a excitação da destrutividade homicida. Concordou que não havia outro modo de protegê-la de cometer um assassinato, a não ser a segurança de uma instituição. Estava consciente, por si mesma, de que era em tais situações emocionais que ela procurava a segurança de uma instituição. Afirmou sentir-se mais segura lá dentro, porque ali a vida não lhe exigia coisas que ela era incapaz de realizar. Sabia que não cometeria um assassinato enquanto estivesse na instituição; mas também que a vida na instituição era ruim para ela. Sentia que era inevitável a lenta deterioração porque a vida dentro das paredes da instituição a tornava embotada ou furiosa, dependendo da situação. Entendia bem os demais pacientes e tinha simpatia por eles; ao mesmo tempo sentia horror pelo tipo de vida que levavam. Nas fases de lucidez, percebia, através das atitudes superficiais e loquazes de tantos psiquiatras com relação aos psicóticos, a falta de compreensão deles, a brutalidade de muitos métodos, as injustiças tantas vezes cometidas etc.; em resumo, tinha excelente discernimento quando as "forças" estavam ausentes, ou quando estavam presentes "sem lhe fazer exigências fortes demais".

À medida que o processo terapêutico progredia, uma única questão ganhava importância especial: *as "forças que a perseguem e que ela ama tão devotadamente representam as sensações de correntes de prazer em seu corpo? Se é esse o caso, por que as teme? (É claro que está devotada a elas.) Que espécie de mecanismo, em seu corpo, bloqueia as correntes de prazer? Como é que as correntes plasmáticas bloqueadas se transformam em forças "más"? Qual é a ligação entre esse bloqueio e o processo esquizofrênico?*

Comecei a dirigir minha atenção para as funções que possivelmente responderiam a essas questões. Minha impressão era a de que o mecanismo bloqueador estava ligado, de algum modo, com seu segmento cervical, especialmente com a perturbação respiratória peculiar: *ausência de respiração, apesar de um tórax relaxado.*

Sétima sessão

Durante a sétima sessão ficou claro que a explosão parcial de raiva, que eu mantivera sob controle durante a sessão anterior, aumentara a necessidade fisiológica de a paciente respirar plenamente. Podia ver isso em suas tentativas, agora mais desesperadas, de *impedir* que o ar passasse totalmente pela garganta, laringe e traqueia. Encorajei-a a soltar todo o ar e ajudei-a, comprimindo-lhe o peito com suavidade. Cedeu à expiração de repente, mas entrou em estado de transe logo a seguir. Não respondeu quando a chamei; os olhos estavam voltados para um canto do teto, fixos; parecia estar alucinando. As pernas tremiam muito e ela teve convulsões fasciculares nos músculos dos ombros durante cerca de trinta minutos.

Consegui tirá-la do transe, beliscando-a com força suficiente para conscientizá-la da sensação de dor. Aos poucos começou a voltar à consciência plena. Estava nitidamente confusa: tentou convencer-se de que estava consciente batendo nas coisas. Agarrou minhas mãos, dizendo aos gritos: "Quero voltar, oh, quero voltar". Isso durou uns dez minutos.

Depois disse: "Ainda não voltei de todo... onde você está?... Com Deus... perguntei-lhe se eu deveria ceder ao diabo... que você é o diabo...". Respondendo à minha pergunta, disse que já não "via coisas", mas tinha "algum contato" [com as forças]. Percebera o tremor nas pernas e nos ombros, também ouvira minha voz, mas "sentira-se longe, muito longe". Era a primeira vez que não conseguia "voltar" rapidamente. "Demorou tanto desta vez... Onde você está?... Por favor, deixe-me segurar suas mãos... Quero ter certeza de que estou aqui...".

Segurando minhas mãos, olhou com suspeita para toda a sala, ao longo das paredes e para o teto. Estava exausta e levou mais de uma hora, depois da sessão, para se recompor.

Disse-lhe que voltasse no dia seguinte para nova sessão e que me chamasse ou mandasse me chamar assim que sentisse necessidade de falar comigo.

Oitava sessão

Depois da experiência do dia anterior, sentira-se muito cansada e fora para a cama ao chegar em casa. Agora sentia-se calma e segura, e os olhos estavam claros. Decidi não avançar na destruição da couraça, mas apenas trazê-la de volta ao ponto em que estivera no dia anterior.

É uma regra importante, ao se dissolver uma couraça, avançar lentamente, passo a passo, e só penetrar as profundezas biofísicas quando se sabe *exatamente* o que está acontecendo e quando o paciente se *habituou* à situação a que já chegou. Isso serve para todos os tipos de orgonoterapia médica; é especialmente necessário no tratamento de caracteres esquizoides. Se desprezarmos essa regra rigorosa, perderemos de vista o processo global e colocaremos o paciente em perigo. Pacientes que se sentem melhor depois de rupturas parciais imploram ao médico, muitas vezes, que avance mais depressa, que os receba mais vezes. Não se deve fazer isso. Quando se realizou uma certa ruptura, deve-se dar tempo ao organismo para organizar e assimilar as emoções que irromperam. Deve-se estabelecer firmemente a posição a partir da qual se vai continuar avançando. É necessária uma certa quantidade de mal-estar, devido ao resto da couraça, para se avançar de maneira adequada. Devemo-nos resguardar em especial de uma expectativa mística, quase religiosa, por parte do paciente, de que tenha sido "libertado", "redimido", "resgatado". É verdade que as primeiras brechas na couraça sólida são acompanhadas por sensações de grande alívio. Mas isso disfarça muitas vezes a verdadeira situação nas profundezas da estrutura biofísica. Portanto, a regra deve ser manter-se cauteloso, até que a angústia básica de prazer orgástico aflore de maneira inequívoca. Enquanto o profundo terror relativo à contração plasmática espontânea não vier à superfície, deve-se ter muito cuidado.

Nesta oitava sessão, a paciente colaborou bastante. Sentiu menos ansiedade e permitiu que os clonismos aparecessem mais fácil e voluntariamente; mas estava claro que ainda observava com ansiedade tudo o que se passava, que se mantinha "em guarda" para não perder o domínio e precisava fazer um grande esforço para não cair de novo em estado de transe.

Nunca se deve avançar sem grande cuidado, enquanto a desconfiança básica não foi exposta, o que é de se esperar em todos os casos. O esquizofrênico é muito mais franco do que o neurótico ao mostrar essa desconfiança característica. Nos neuróticos, é preciso cavar para encontrar a desconfiança debaixo do verniz da amabilidade e da polidez. Nossa paciente perguntou-me diretamente: "Posso confiar em você? Oh, se ao menos pudesse confiar em você... [olhando para mim com os olhos cheios de medo] *Você é um espião alemão?*".

Isso aconteceu pouco depois de o FBI ter considerado, erradamente, que a pesquisa do orgone era uma atividade da espionagem alemã (ou russa?) e ter-me colocado sob custódia (como "estrangeiro inimigo") quando os Estados Unidos entraram na Segunda Guerra Mundial. O fato de eu ter sido libertado incondicionalmente, logo após um interrogatório, não contava muito para a paciente. O importante era que eu fora suspeito de atividades subversivas, e isso, como é natural, correspondia à atitude geral de desconfiança dos neuróticos e dos psicóticos especialmente com relação a seus próprios sentimentos internos. Nossa paciente queria poder confiar em mim porque, como disse com simplicidade, necessitava de meu auxílio na luta contra as "forças". Assegurei-lhe que não era um espião alemão, ou qualquer tipo de espião, e que nunca o fora. A isso respondeu que todo mundo pensa apenas em termos de sua própria natureza ou estrutura de caráter e que, por isso, o FBI só podia pensar em atividades de espionagem, já que não podia compreender o que eu estava fazendo. Tive de concordar com essa afirmação, e de novo se justificou meu apreço pela mente esquizoide. Nos períodos de lucidez, os esquizofrênicos são capazes de perceber, com perspicácia, os assuntos individuais e sociais como nenhum outro tipo de caráter. Mais tarde, veremos que essa lucidez de inteligência no esquizofrênico é uma das maiores ameaças para sua existência na sociedade moderna.

A paciente deveria comparecer, no dia seguinte, a uma consulta de rotina no hospital estadual. Disse-lhe que não escondesse nada e que estivesse preparada para a possível incapacidade do médico de compreender todas as explicações dela. Tivemos a sorte de lidar com um psiquiatra que não era um dos brutais cirurgiões que aplicavam a terapia de choque. A paciente saiu dessa sessão calma e totalmente tranquila.

Resumo depois da oitava sessão

1) A paciente chegou com resquícios de um apurado senso de realidade, ao qual se apegava desesperadamente para não sucumbir por completo.

2) Ela procurou minha ajuda porque sentia que eu compreendia as "forças" e tinha "contato" com elas.

3) Ela pensava ser melhor do que o resto do mundo por causa do contato com as "forças". Sua crítica ao mundo do *homo normalis* era correta, quase perfeita e racional, de acordo com seu contato com as "forças", o que quer que estas representassem.

4) Sua couraça diferia da couraça de uma simples biopatia neurótica, por não estar completa e ser construída superficialmente. Seu

tórax tinha mobilidade, mas ela não respirava plenamente. Devido à fraqueza da couraça, sentia-se como que suspensa por um fio sobre um abismo. "Lá em cima" estavam as "forças", que eram *diabólicas* e *atraentes* ao mesmo tempo.

5) As sensações de derretimento de correntes orgonóticas em seu corpo tinham uma ligação íntima com a ideia de "forças", mas essas sensações eram projetadas em paredes e tetos. Seu medo esquizofrênico de sucumbir se relacionava, de algum modo, com seu contato com as "forças".

6) A percepção das "forças" internas nas paredes e no teto constituía o enigma principal. A palavra "projeção", obviamente, não explicava nada.

2. As "forças"

A paciente conhecia bem as "forças". Descrevia-as em detalhes. Algumas das características das "forças" eram semelhantes às que se atribuem a um Ser onipotente (= *Deus*); outras, semelhantes às que se atribuem ao diabo – mau, astuto, dissimulado e maliciosamente tentador. O primeiro grupo de características fazia a paciente sentir-se segura e protegida e, por isso, "devotada" às "forças"; em relação ao segundo grupo, ela se comportava como se precisasse de proteção contra as "forças", suas más intenções e tentações, tais como o assassinato. Essa ambiguidade na natureza das "forças" tornava-se bastante clara à medida que o trabalho avançava.

Minha hipótese, nessa fase do trabalho, era a seguinte: se as "forças" representavam o *bem* e o *mal* na mesma formação emocional, então era de se supor que a cisão em dois tipos de experiências diametralmente opostas era devida a *duas situações diametralmente opostas em sua estrutura de caráter*, excludentes e incompatíveis entre si. A cisão esquizofrênica da personalidade tinha de ser atribuída a essa incompatibilidade; cada uma das duas estruturas emocionais opostas apropriava-se, alternadamente, do funcionamento organísmico. Contrapondo-se à estrutura esquizofrênica, a do *homo normalis* mantém em estado de repressão permanente uma ou outra das estruturas contraditórias. Assim, no *homo normalis*, a cisão da personalidade está oculta. O princípio comum de funcionamento, tanto de Deus como do Diabo, é o *funcionamento biofísico básico do organismo*, o *"núcleo biológico"*, cuja manifestação mais significativa é a corrente plasmática e a percepção subjetiva como, por exemplo, uma sensação de derreter-se de amor, como angústia ou ódio. Tudo isso deveria ser confirmado pela evolução posterior do caso.

Nona sessão

A paciente chegou à nona sessão cheia de alegria e com perfeita coordenação. Tinha ido à consulta no dia anterior. O psiquiatra dissera a ela que eu era considerado "brilhante". Ela lhe explicara que meu método terapêutico fazia "soltar o vapor para diminuir a pressão". O psiquiatra da instituição encorajou-a a continuar o tratamento. A atitude dele representou um apoio às esperanças da paciente, visto que ela duvidara de minha honestidade anteriormente ("Você é um espião alemão?").

Sua respiração estava *fisiologicamente* quase completa naquele dia; os olhos estavam claros, e não "velados" como de costume. Contou que tivera o desejo de se satisfazer genitalmente. Um médico inexperiente ficaria triunfante com esse "sucesso". Mas eu sabia que havia um grande perigo bem à nossa frente.

Um organismo doente pode facilmente apresentar uma ligeira melhora no funcionamento energético e desfrutar desse bem-estar mais do que um organismo saudável, devido à grande diferença entre o estado de tensão usual e o ligeiro alívio que acompanha a dissolução parcial da couraça. Mas o sistema bioenergético continua a aumentar seu próprio nível de energia, a não ser que haja liberações de energia periódicas. E o único meio de descarregar *totalmente* a bioenergia contida é, como bem sabemos, pelas convulsões orgásticas plenas durante o processo natural da cópula. O problema da higiene mental não seria assim tão difícil se a natureza não tivesse feito a convulsão orgástica plena depender inteiramente da ausência de couraça corporal crônica. Como cientistas naturais e médicos, não somos responsáveis por essa situação; apenas a descobrimos e a descrevemos.

A própria paciente estava bastante consciente do perigo que nos esperava, muito mais consciente do que um simples neurótico. Disse-me que as "forças" não haviam aparecido ultimamente, mas que "poderiam voltar, e com certeza voltariam, maliciosas como eram".

Perguntou-me se a abandonaria caso as "forças" voltassem. Queria saber qual era exatamente o mecanismo da cura orgonoterapêutica. As perguntas eram muito inteligentes e diretas. Perguntou se teria de abdicar da atual posição "superior" no mundo e se chegaria a se tornar um membro útil na sociedade.

Essas perguntas parecem excêntricas a quem não sabe o que esse caso revelava de maneira tão inequívoca. O caráter esquizoide tem um contato e uma compreensão das funções da natureza e da sociedade muito melhores do que o *homo normalis*. Isso lhe dá um sentimento racional de superioridade em relação ao *homo normalis* médio, que não possui essa compreensão. É lógico, portanto, que, para se tornar um "membro útil na sociedade", isto é, um *homo normalis*, ela tivesse de perder um pouco dessa sua capacidade e, com isso, sua superioridade.

Tais sentimentos de superioridade contêm uma grande dose de verdade racional. O caráter esquizoide, em média, é realmente superior ao *homo normalis* médio em inteligência, tal como o "caráter criminoso". Mas essa inteligência é pouco prática devido à cisão profunda. É incapaz de realizar atividades biológicas racionais e duradouras, como no caso do chamado "gênio".

Aproveitei a oportunidade para preveni-la contra futuros perigos. Disse-lhe que experienciara apenas um primeiro alívio, mas que ficaria perigosamente assustada quando as "forças" emergissem totalmente das profundezas. Compreendeu e prometeu manter-se em contato estreito comigo durante os acontecimentos futuros.

Os acontecimentos que vou descrever agora parecerão absolutamente incríveis a qualquer pessoa que não tente compreender esse caso (e qualquer outro), desde o começo, em termos das funções naturais da *bioenergia* e seu bloqueio nas *biopatias*. Esses acontecimentos podem parecer "reações loucas", "ininteligíveis", "perigosas", "antissociais", que justificariam a internação da paciente num asilo de loucos. Concordo que o que estava por vir *era* perigoso e antissocial, uma boa razão para o internamento; mas não posso concordar que fosse ininteligível ou mais "louco" do que as ações, ou antes, as más ações dos nossos ditadores e provocadores de guerra, que não são internados em asilos; pelo contrário, são adorados e venerados por massas de *homines normales*. Por isso, não posso perturbar-me com a "loucura" muito menor do esquizofrênico. Para ser bem franco, na pior das hipóteses ele se mata ou ameaça matar alguém, mas nunca tira milhões de pessoas inocentes de suas casas pela "honra da pátria"; não exige, com a ponta das baionetas, que milhões sejam sacrificados por suas ideias políticas impotentes.

Portanto, sejamos razoáveis; abandonemos nossa falsa virtude. Deve haver uma razão poderosa para que o esquizofrênico seja tratado de maneira tão cruel, e o cruel *homo normalis* seja venerado tão insensatamente em todo este planeta.

Décima sessão

A atitude que acabo de descrever salvou esse caso específico. Creio firmemente que ela poderia salvar milhares de vidas que apodrecem inocentemente em instituições psiquiátricas obsoletas devido às atitudes evasivas típicas do *homo normalis* e à sua crueldade, aplicada na irresponsável, universal e indiscriminada "terapia de choque".

A paciente sentira-se perfeitamente à vontade durante o dia. Mas quando se despiu vi a figura de uma cruz, cortada na pele de seu peito, na altura do esterno, com cerca de seis centímetros de comprimento e quatro de largura. Fizera-a na noite anterior, "sem qualquer motivo consciente". *Simplesmente tivera de fazê-la*. Sentia-se agora sob grande tensão. "Preciso diminuir a pressão do vapor ou vou estourar."

Era bastante evidente (para o orgonoterapeuta bem treinado) que o segmento cervical estava muito contraído, pálido e imóvel. O rosto estampava uma forte raiva e parecia quase azul, cianótico. Levou cerca de dez minutos para liberar esse severo bloqueio cervical. Consegui isso provocando ânsia de vômito, até que o reflexo de vômito se estabelecesse, e forçando-a a respirar. Assim que o bloqueio na garganta cedeu, ela começou a chorar em silêncio. Estimulei-a, inutilmente, a chorar *alto*. Encontramos muitas vezes esses fenômenos em biopatias neuróticas: a emoção de chorar é intensa demais para sair toda de uma vez. Em geral, há uma forte raiva contida pela emoção de chorar. Se a paciente liberasse totalmente o choro, sentiria necessidade de cometer um assassinato.

Essa couraça resulta, em geral, de castigos cruéis por um comportamento muito inocente na infância. A mãe odiava o pai; desejava matá-lo, livrar-se dele; ele era forte demais para isso, e a mãe, muito fraca para tentar qualquer coisa. Assim, castigava a filha de 3 ou 4 anos por fazer barulho, dançar na rua, ou qualquer outra atividade inocente. A reação natural, por parte da criança, é uma raiva justificada contra tal crueldade; mas a criança tem medo de demonstrar a raiva e, em vez disso, quer chorar; mas o choro também é "proibido"; "uma boa criança não chora, não mostra suas emoções". É nisso que consiste a tão louvada "educação" das crianças pequenas, segundo a cultura e a civilização do século XX, começo da grande "era atômica"... que "ou levará a humanidade até o céu, ou a precipitará no inferno... ...dependendo de...". ... *De quê?* Dependendo de a *raça humana conseguir ou não erradicar, até o último vestígio, esse comportamento criminoso por parte de pais e mães doentes; de nossos médicos, educadores e jornalistas conseguirem reunir ou não a coragem necessária para abordar esse problema de suprema importância e, finalmente, não apoiar esse tipo de consulta, vencendo as evasivas acadêmicas, a indiferença e a "objetividade".*

Nossa paciente sofrera vários anos de monstruosidades cruéis por parte da mãe, que vivia ralhando com ela. Desenvolvera o impulso de estrangular a mãe para se defender. Tal impulso é muito forte e só pode ser evitado através do encouraçamento contra o ódio assassino que brota na garganta. Muito espontaneamente, a paciente perguntou-me *se eu lhe permitiria que ela estrangulasse minha garganta*. Confesso que me senti não embaraçado, mas um pouco assustado; porém, disse-lhe que o fizesse. Ela pôs as mãos, *muito cautelosamente*, à volta de meu pescoço e fez uma ligeira pressão; depois, sua face se iluminou e ela caiu para trás, exausta. A respiração era total agora. Todo o corpo tremia fortemente a cada expiração. As correntes e sensações pareciam intensas, a julgar pela maneira como esticava a perna direita para evitar o vigor das emoções. De tempo em tempo, o corpo se tornava bastante rígido, na posição de opistótono, e depois relaxava de novo. O rosto ficava alternadamente vermelho de chorar ou azul de raiva. Esse processo durou cerca de trinta minutos. Eu sabia que agora suas ideias psicóticas irromperiam com toda a força. Quando atingiu um certo grau de intensidade emocional, pedi-lhe calmamente que tentasse parar a reação. Ela respondeu instantaneamente com total cooperação, e, aos poucos, começou a se acalmar. Segurei-lhe a mão durante todo o processo de irrupção.

Em 22 anos de trabalho psiquiátrico com psicóticos e com os chamados psicopatas, adquiri certa destreza para lidar com essas situações emocionais. Afirmo que todos os psiquiatras deveriam ter habilidade suficiente para lidar com elas, mas também que, hoje em dia, poucos estão preparados para isso. Portanto, gostaria de adverti-los enfaticamente para que *não* repitam minha experiência sem ter desenvolvido a destreza necessária. Não quero ser responsabilizado por qualquer desastre que venha a ocorrer em algum consultório, devido à falta de treino do psiquiatra.

Para compreendermos o mundo esquizofrênico, nunca o devemos julgar do ponto de vista do *homo normalis*; a sanidade deste está sujeita a sérias ressalvas. Em vez disso, devemos tentar compreendê-lo como expressando funções *racionais* de maneira *distorcida*. Por isso, é necessário julgá-lo de um ponto *Além* de nosso mundo "ordenado"; *temos de julgá-lo a partir de seu próprio ponto de vista*. Isso não é fácil. Mas, quando se penetram as distorções, abre-se uma ampla visão sobre um grande campo da experiência humana, rico em verdade e beleza – o campo de onde emergem todos os grandes feitos de gênio.

Voltemos à paciente: perguntei-lhe qual o significado da cruz no peito. Não a censurei nem ameacei interná-la. Não teria servido de nada.

Levantou-se, com o corpo todo a tremer, com as mãos no seu próprio pescoço. Depois disse: "Não quero ser judia" (ela *não* tinha origem judaica). Dado que qualquer esquizofrênico, de qualquer religião, poderia ter dito o mesmo, não tentei convencê-la de que não era judia; pelo contrário, levei a sério suas palavras. "Por que não?", perguntei. "Os judeus crucificaram Jesus", disse ela. Logo a seguir pediu uma faca para riscar uma grande cruz no *ventre*.

A situação não se esclareceu de imediato. Pouco depois, ficou evidente que ela estava se esforçando para entrar em transe, mas aparentemente não conseguiu. Passado um tempo, ela disse: "Tentei entrar em contato com elas (as "forças") de novo... mas... não consigo...". Começou a chorar. Perguntei-lhe por quê. "Talvez haja três razões: primeiro, lutei contra elas com força demais. Segundo, não fiz a cruz suficientemente funda. Terceiro, rejeitam-me porque sou judia."

A ligação exata entre sua condição biofísica e essas ideias psicóticas ainda não era clara. É possível que o sistema delirante já não funcionasse tão bem como antes; que se sentisse culpada em relação às "forças", para as quais devotara a vida, e assim tentara fazer um autossacrifício para reconquistar suas boas graças. Esses mecanismos são bem conhecidos no chamado comportamento religioso "normal". Também aqui a perda de contato com "Deus" levará a um sacrifício maior para reconquistar Sua benevolência. Identificar-se-ia ela como Jesus Cristo? Ela logo se acalmou e foi para casa sentindo-se segura. Por que não a internei depois do que acontecera? Essa era uma questão, e a resposta era que minha larga experiência com tais situações me fazia saber que qualquer ameaça teria apenas aumentado o perigo, e que, por outro lado, uma genuína confiança nela, que ela percebia, poderia salvar a situação. Eu confiava nela, mas é claro que o risco era grande. Havia o perigo de suicídio, mas não o de destrutividade em relação a outras pessoas. Clinicamente, ela parecia estar próxima de uma mudança importante em sua estrutura, como indicava sua incapacidade de entrar em contato com as "forças". Isso era um avanço importante que devia ser aprofundado.

Décima primeira sessão

Ela voltou de bom humor, com os olhos brilhantes, mas um pouco maníaca. Falou muito e com bastante vivacidade. Terapeuticamente, não se pode progredir muito quando o paciente se sente bem demais. Devemos procurar outro ponto de conflito e aumentar suficientemente o nível de energia para prosseguir, o que é conseguido com a respiração plena.

Logo que a paciente começou a ceder à respiração mais profunda, desenvolveu novamente fortes emoções psicóticas. Começou a olhar à volta da sala, em sua maneira paranoica típica. Ficou angustiada e seu corpo começou a tremer todo. Os olhos mudaram: pareciam vagos no princípio, e depois passaram a observar fixamente a resistência incandescente do aquecedor elétrico. Isso durou alguns momentos. Lutou contra a angústia e depois disse: "Tive um pensamento engraçado... *que este calor e o sol também são forças*; e que elas [as "forças reais"] poderiam pensar que eu prefiro esta *outra* força [do aquecedor e do sol]".

Fiquei espantado. Que pensamento profundo e como se aproximava da verdade! Asseguro ao leitor que, nessa altura, ela não sabia nada sobre o fenômeno do orgone e que eu não dissera nada a ela sobre isso. A verdade contida naquela observação era a seguinte: se era certo que suas "forças" consistiam de percepções distorcidas de sua própria bioenergia; se também é certo que a energia organísmica e a energia solar são basicamente a mesma – então ela fizera uma afirmação verdadeiramente científica, e notável. Estaria seu organismo tentando recuperar a saúde, afastando-se do delírio relativo a uma realidade e voltando-se para a verdadeira realidade? Evidentemente, estava se esforçando muito para ampliar o âmbito de seu senso de realidade. A substituição das "forças" por *outras* forças *naturais* parecia um passo lógico nessa direção. De qualquer modo, as forças ilusórias haviam perdido algum poder sobre ela, como ficou claro na seguinte afirmação: "Também pensei que elas podiam se foder... Oh, o que eu disse...". Uma grande angústia dominou-a imediatamente após ter dito isso, como se tivesse chamado o diabo.

Arrisquei a seguinte hipótese de trabalho: a respiração tinha aumentado o nível de bioenergia. Ela se aproximara das forças naturais, as sensações de "derreter-se" dentro de si mesma. Se isso estava correto, o delírio das "forças" do "além" perdera um pouco de sua energia e, desse modo, enfraquecera. *Ela se aproximara da realidade ao se aproximar das verdadeiras forças da vida, as sensações orgonóticas dentro de si mesma.* Essa era uma grande descoberta sobre o delírio esquizofrênico: o delírio de "forças do além" não é apenas uma construção psicótica, sem base na realidade; na verdade ele descreve uma realidade profundamente sentida, embora de maneira distorcida. Os progressos posteriores comprovariam ou não essa hipótese. Mais tarde provou-se que estava correta. Basicamente, isso corresponde ao fato de que, em seus delírios, os psicóticos nos dizem coisas importantes sobre as funções da natureza. Apenas precisamos aprender a entender sua linguagem.

Ela se aproximara bastante do significado de seu delírio, sem mergulhar totalmente nele. O fator responsável por esse sucesso era a melhora de sua respiração. Durante o resto da sessão, desenvolveram-se fortes clonismos, que ela suportou muito melhor e com menos angústia. Mas os olhos velavam-se sempre que as sensações orgonóticas se tornavam fortes demais para ela.

Percebi que ela queria dizer alguma coisa, mas não confiava plenamente em mim. Perguntei-lhe se estava certo ao supor que ela vivia um conflito entre mim e as "forças"; que se sentia *a favor* e, ao mesmo tempo, *contra* as "forças", da mesma forma que se sentia *a favor* e *contra* mim. Que tinha medo das "forças" quando confiava demais em mim, quando pedia minha ajuda contra elas. Entendeu isso de imediato e muito bem. Na verdade, ela já havia pensado nisso.

Os espasmos continuaram enquanto falávamos. Sentia-se tonta, e pedi-lhe que parasse as reações do organismo. Parou. No fim, disse-me espontaneamente que *ficara seriamente doente, pela primeira vez, quando as "forças" lhe disseram que envenenasse toda a família com gás*. De fato, ligara o gás uma noite, mas desligara-o em seguida. Pouco depois de me contar isso, começou a murmurar algo ininteligível. Soava como um ritual místico para aplacar espíritos maus. Permaneceu na sala durante cerca de uma hora, em pé no mesmo lugar, rígida, sem se mexer. Dava a impressão de uma postura cataléptica. Não respondeu às minhas perguntas sobre a razão por que não saía. Finalmente disse: "Não posso sair deste lugar".

Durante essa sessão, as perspectivas da terapia tornaram-se claras:

1) quanto mais e melhor contato ela tivesse com as sensações de corrente plasmática e bioenergética, menor seria o medo das forças. Isso também provaria minha argumentação de que as *"forças", na esquizofrenia, são percepções distorcidas das sensações orgonóticas básicas nos órgãos*;
2) esse contato com suas sensações corporais ajudaria a estabelecer um certo grau de satisfação orgástica, a qual, por sua vez, eliminaria a estase de energia que agia no núcleo dos delírios;
3) a experiência não distorcida das sensações do corpo lhe permitiria identificar a verdadeira natureza das forças e, assim, destruir lentamente o delírio.

Antes de atingirmos esse ponto, a paciente teria de passar por uma série de situações perigosas. Deveríamos esperar por delírios e reações catatônicas a cada irrupção de fortes correntes orgonóticas em seu corpo. Ela perceberia essas sensações com terror; iria bloqueá-las enrijecendo o corpo, e as correntes plasmáticas bloqueadas seriam transformadas em impulsos *destrutivos*. Por isso, os impulsos "secundários", resultantes do bloqueio das emoções básicas originais, teriam de ser tratados com cuidado e só poderiam ser "liberados" lentamente, passo a passo. Esse perigo seria particularmente maior quando as primeiras contrações orgásticas espontâneas começassem a ocorrer no organismo.

Décima segunda sessão

Estávamos muito perto de alterações promissoras e, com elas, de grandes perigos também. A paciente compareceu à sessão com intensa angústia e excitação. Fez inúmeras perguntas e resistiu muito, durante bastante tempo, contra qualquer tentativa de dissolver o bloqueio na garganta, que estava particularmente forte nesse dia. Sua respiração estava muito superficial, e a face, pálida e azulada.
Ela queria uma faca. Disse-lhe que lhe daria uma faca se primeiro me dissesse para que a queria. "Quero abrir seu estômago..." Enquanto dizia isso, apontava para seu *próprio estômago*. Perguntei-lhe por que queria abrir seu estômago e o meu. "Dói aqui... você não aliviou suficientemente a pressão ontem...". Sentia forte tensão ali? "Sim... sim... é horrível... também na garganta".
De repente, percebi, com muita clareza, por que e em que situações emocionais os "criminosos" esquizofrênicos e esquizoides cometem assassinatos: quando a tensão nos órgãos, em especial na região do diafragma e da garganta, se torna insuportavelmente forte, surge o impulso de cortar o próprio estômago ou a garganta. O costume japonês do haraquiri, disfarçado como é pela racionalização ideológica, é uma expressão extrema de uma situação bioenergética como essa. O assassinato ocorre quando o impulso é desviado para outra pessoa. Tal como uma criança desenvolve facilmente uma contração na própria garganta, quando tem o impulso de apertar a garganta da mãe ou do pai, *o assassino esquizoide corta a garganta de outra pessoa quando sua própria sensação de estrangulamento se torna insuportável.*
Consegui forçar a paciente a inspirar e expirar totalmente três ou quatro vezes. Ocorreu então um espasmo da glote. A face ficou azul, todo o corpo tremia, mas enfim o espasmo cedeu e instalaram-se movimentos autônomos do peito e das pernas. Ela lutou desesperadamente contra esses movimentos, aparentemente sem sucesso. A ligação íntima entre os movimentos autônomos e o desenvolvimento de seu delírio tornara-se então bastante nítida.

Virou os olhos para cima e disse, num tom de voz desesperado: "Você acredita que já não consigo estabelecer contato com elas [as "forças"]?... Você fez isso comigo realmente?...".

Perdera o contato com as "forças" mediante o contato que sua autopercepção estabelecera com as funções autônomas do próprio corpo.

Respondi: "Não estou interessado em suas 'forças'. Não sei nada delas. Só me interessa colocar você em contato com seu próprio corpo". Se eu tivesse lutado contra a ideia das "forças", ou emitido opiniões pessoais sobre elas, a paciente teria reagido de modo antagônico, visto que se sentia dedicada a elas. Por isso, minha política era manter as "forças" intocadas e só trabalhar os bloqueios do organismo que criavam o delírio das "forças".

Em seguida ela disse: "Quero ir para Bellevue (instituição psiquiátrica em Nova York) procurar as 'forças'... Preciso encontrá-las em algum lugar... Queriam que eu fosse superior, melhor, e não um animal...".

Nesse momento, em nítido agrupamento, tínhamos diante de nós todo o sistema de ideologias do *homo normalis* dirigido contra as funções naturais do corpo. As "forças", na psicose, tinham uma dupla função: uma representava as funções primárias do corpo, especialmente as sensações orgonóticas da corrente biossexual; a outra representava o desprezo pelo corpo, o ser "superior" a essa coisa tão "terrena" e "baixa" como os desejos corporais. O delírio juntara assim duas funções diametralmente opostas do *homo normalis* em *Uma* só. Mas, vista do "além", de fora do mundo do *homo normalis*, essa unidade fazia sentido: *representava a unidade funcional da virtude superior, de ser semelhante a Deus, com as correntes do corpo, naturais e básicas.* Essa unidade funcional era projetada na forma do delírio de "forças" persecutórias. Agora, ao fazer pela primeira vez o contato com as sensações do seu corpo, a paciente cindiu essa unidade em uma ideia de "superioridade moral" enquanto oposta à "bestialidade dos desejos corporais".

Essas ligações e interações raramente se apresentam de modo tão claro em biopatias neuróticas simples. Aqui, o "diabo" está bem separado de "Deus" e é mantido à parte, de modo seguro e contínuo.

Ela sofreu violentos tremores durante todo esse processo. Ora cedia parcialmente às sensações e movimentos corporais, ora se enrijecia. A luta foi tremenda. O rosto ficou manchado, como num choque. Os olhos ficavam alternadamente claros ou velados. "Não quero ser um ser humano medíocre." Perguntei o que queria dizer exatamente. "Um ser humano com emoções animais." Expliquei-lhe a diferença entre pulsões antissociais primárias e secundárias, e como aquelas se transformavam nestas. Ela entendeu bem. Então cedeu totalmente e relaxou. A violenta tensão nos músculos abdominais desapareceu. Sentiu-se aliviada e descansou calmamente.

Vimos como as doces sensações orgânicas de "derretimento", a experiência mais ansiada pelo organismo, são temidas e evitadas como "tentações carnais", no sentido do *homo normalis*, e como "forças" malignas ou o "diabo", na psicose.

Gostaria de dar muita ênfase a essa função estrutural do animal humano encouraçado. Para o biopsiquiatra com longa experiência em orgonoterapia, essa dicotomia e ambivalência em relação ao próprio organismo constitui o ponto capital da miséria humana. É o âmago de todas as funções humanas que são *desvios* da lei natural da matéria viva. É o cerne do comportamento criminoso, dos processos psicóticos, da apatia neurótica, do pensamento irracional, da cisão básica e generalizada em mundo de Deus e mundo do diabo que existe no intelecto humano. Aquilo que se chama Deus transforma-se em diabo exatamente por essas distorções das funções vitais, isto é, pela "negação de Deus". No esquizofrênico, essas funções naturais, bem como suas distorções, aparecem de maneira indisfarçável. Apenas é preciso aprender a ler a linguagem esquizofrênica.

O "elevado" representa o "baixo", e vice-versa. Os instintos tornam-se "baixos" devido à cisão na estrutura. O "elevado" original, o "semelhante a Deus" torna-se inatingível e regressa apenas como "diabo". "Deus" está dentro do *homo normalis*, mas este transformou esse Deus em "diabo"; Deus tornou-se inatingível e deve ser procurado – em vão. Que tragédia! Dado que foi o próprio animal humano que criou suas filosofias de vida e suas religiões, seria correto supor que quaisquer dicotomias em ideologias e pensamentos resultam dessa cisão estrutural, com suas contradições insolúveis.

O doloroso dilema entre Deus e o diabo dissolve-se sem dor ou terror quando é observado de uma perspectiva *além* da estrutura do pensamento místico-mecanicista, ou seja, do ponto de vista do funcionamento humano *natural* e *biofísico*. Isso já foi claramente demonstrado, mas necessita de mais elaboração. Voltaremos agora à paciente, para obtermos mais informações.

Durante as últimas sessões, eu tivera a impressão de que, quando emergia do delírio, a paciente enfrentava uma destas duas possibilidades: cair no estupor, devido a um encouraçamento completo e súbito contra as correntes plasmáticas, ou ficar neurótica antes de atingir um grau de saúde satisfatório. O processo real seguiu as *duas* linhas desse raciocínio, mas de maneira bastante inesperada.

Décima terceira sessão

Viera relutantemente aquele dia. Só queria conversar. No dia anterior, depois do tratamento, tudo ficou "irreal, como se tivesse erguido um muro em torno das coisas e das pessoas... não havia qualquer emoção... Como é que, neste estado, sinto tudo claramente e, no entanto, como se fosse através de uma parede fina?".

Expliquei-lhe que ela descarregava grande quantidade de energia; que, por isso, os piores sintomas haviam desaparecido temporariamente; mas que a sua falta de contato interno estava desnudada. Compreendeu perfeitamente que a falta de contato real, numa certa camada de sua estrutura, a fazia sentir as coisas e as pessoas "como que através de uma parede". "Sim", disse ela, "não podia mover-me à vontade; todos os movimentos eram tão lentos; não podia levantar as pernas ou caminhar mais depressa do que fazia..."

É impossível compreender essas perturbações, a não ser que se conheçam os ataques anorgonóticos que tantas vezes acompanham as grandes descargas emocionais, e isso acontece também em casos de biopatias neuróticas simples. Parece que o organismo, não habituado a emoções fortes, fica parcialmente imobilizado.

O reflexo do orgasmo da paciente estava mais completo e intenso naquele dia. O rosto estava muito corado, sem as manchas cianóticas; os clonismos surgiram livremente e não houve muita angústia.

Algum tempo depois, ela disse: "Seus olhos parecem-se com os dos gregos... Você tem alguma ligação com os deuses gregos?... Oh, você se parece com Jesus...".

Não respondi nada e deixei que continuasse falando. "Oh, tenho tanta coisa para pensar... há tantas emoções, contradições... O que é uma cisão de personalidade?"

Expliquei-lhe que uma pessoa se sente dividida em duas e que está, de fato, dividida, uma vez que percebe o que se passa a sua volta, mas sente-se separada por um muro. Ela compreendeu. Quase no final da sessão ficou angustiada; ocorreram várias convulsões súbitas em todo o seu corpo. Perguntou-me o que significava a expressão "estase de energia". E logo, sem esperar, perguntou-me por que eu estava interessado nas "forças" dela.

Tive a impressão de que *seu organismo começava a relacionar as "forças" com a percepção das correntes*. Parecia que seu excelente intelecto estava ajudando a unir o delírio à compreensão do delírio. Isso vinha no mesmo sentido de nossos esforços para superar a cisão entre *as sensações orgânicas e a sua autopercepção*. Aparentemente sem qualquer relação, disse: "Olho muitas vezes para as jovens loiras cristãs... invejo-as". "Mas você é uma jovem loira cristã", respondi. "Oh, não, sou uma judia morena...".

Décima quarta sessão

Ela se sentira bem nos três dias após a última sessão. As "forças" não tinham aparecido; e não sentira falta delas. Fora ao cinema com uma amiga, visitara um museu e passeara de bicicleta.

Estava com bom aspecto nesse dia, mas relutou em permitir uma respiração profunda; enrijeceu o peito e interrompeu de novo a respiração. Eu não conseguia compreender essa reação. Depois de falar muito, ela disse: "No cinema, tive em relação à minha amiga a mesma sensação que experimentei antes de ir para o hospital, a primeira vez... Não gosto de você, hoje...".

Na musculatura das coxas, especialmente nos músculos adutores profundos, mostrava uma couraça forte. Esse tipo de couraça é bem conhecido pelo orgonoterapeuta treinado, como sinal de excitações genitais intensas porém reprimidas. "A pressão nestes músculos libera *sentimentos sujos*... sentimentos pervertidos..."

É óbvio que desenvolvera ideias homossexuais contra impulsos genitais, fortes e naturais. Naquele dia, cedeu parcialmente às sensações e continuou a sentir-se livre e feliz.

A pessoa da família que a trouxera até mim telefonou dizendo que ela havia melhorado muito. Mas eu sabia que o maior perigo estava à nossa espera, exatamente por causa dessas melhoras. Seu organismo, desacostumado a funcionar num nível elevado de energia, ainda não estava preparado para aceitar tanto prazer e bem-estar. Por isso, aconselhei-a a não ser otimista demais. Meu conselho foi correto, como veremos em breve.

Décima quinta sessão

Um orgonoterapeuta bem treinado e experiente conduz o processo terapêutico com muita cautela quando ocorrem grandes melhoras repentinas. Enquanto a *angústia de orgasmo fundamental* não se manifesta nem é vivida, há o grande perigo de uma regressão total ou, o que é pior, de suicídio em alguns casos graves. Era a primeira vez que enfrentava esse perigo num caso de esquizofrenia. Por isso, tomei todas as precauções necessárias.

A paciente chegou com os olhos claros e felizes, e tinha um aspecto bastante saudável. Pediu-me conselhos sobre um diafragma e outras coisas relacionadas com a higiene mental. Mas de novo resistiu muito à respiração plena; produziu um bloqueio na garganta e em volta da boca. Um sorriso de desprezo começou lentamente a brotar em seu rosto; compreendeu o que acontecera. Cedeu novamente e permitiu que o corpo tremesse; mas o rosto ficou manchado de azul, como em estado de choque. Os olhos viraram-se para cima; parecia que ia iniciar um forte retraimento. Evidentemente experimentara algumas sensações orgonóticas intensas no corpo. Nessa altura, perguntei-lhe se tivera contato com as "forças". "Sim, quase...", foi a resposta. Nesse momento era também evidente para ela que as "forças" *eram idênticas às sensações de corrente orgonótica no seu corpo.*

Depois da sessão, permaneceu na sala durante muito tempo. Mandei-a voltar no fim de meu dia de trabalho, para lhe poder dar mais tempo, se necessário. De meu escritório ao lado, de repente ouvi ruídos estranhos. Quando entrei na sala, as almofadas e o colchão estavam espalhados pelo chão, o aquecedor encontrava-se virado e ligado, e a perna de uma cadeira fora colocada num cinzeiro.

"As 'forças' disseram-me que fizesse isso...", falou calmamente. Disse-lhe que não se preocupasse, mas que me avisasse da próxima vez que as "forças" a induzissem a fazer tais coisas. Afinal, aqueles objetos eram meus, e não das "forças". Ela disse "Sim", de uma maneira entediada e distante.

Décima sexta sessão

O comportamento dela no dia anterior indicava impulsos de ódio muito fortes em relação a mim. De acordo com a velha regra da análise de caráter, trazida para a orgonoterapia, só se deve avançar depois que as atitudes de ódio forem esclarecidas. Por isso, não prossegui no aspecto físico, trabalhando apenas psicologicamente, por meio da análise do caráter. Afirmei-lhe que ela se sentira negligenciada por mim. Teria ela fantasiado viver em minha casa? Sim. Agora se vingava de maneira mesquinha, porque era muito sensível. Não recebera amor de mãe, apenas repreensões a vida inteira. Retirara-se para uma vida de fantasia, e aí vieram as "forças". Ouviu minha explicação com uma expressão de desdém no rosto. Disse-lhe que ela teria de vencer essa atitude para que eu pudesse prosseguir. De outro modo, teria de mandá-la embora.

Algum tempo depois, desistiu do desdém e cedeu. Mas a atitude, plena de significado, era típica dessas situações. Acontece, regularmente, de o paciente desprezar o terapeuta quando as correntes orgonóticas se manifestam; isso acontece em todos os casos, inclusive nos neuróticos, é uma reação muito típica. Corresponde ao ódio e desdém experimentados por indivíduos encouraçados, impotentes, em relação a pessoas saudáveis e à sexualidade genital; em geral, aparecem, nessa altura, ideias antissemíticas, tanto no judeu como no não judeu. O desdém normalmente é centrado na ideia de que o terapeuta que trata da genitalidade natural *deve ser* um "porco sexual".

Aceitou minha explicação, mas declarou que não queria desistir das suas "forças".

Toda a situação parecia perfeitamente clara: a genitalidade natural ameaçava dominá-la e exigir satisfação. Seu organismo não conseguia suportar as fortes excitações. Paralelamente ao enfraquecimento da cisão esquizofrênica, sua impulsividade, a partir da qual se gerara a cisão, começou a aumentar. Por isso, a próxima tarefa era:

a) *abrir a válvula energética do organismo: autossatisfação*;
b) *proteger a paciente contra o colapso*, mediante um trabalho minucioso do ódio contra mim;
c) *evitar, se possível, qualquer tentativa dela de refugiar-se nos delírios como forma de evitar a percepção das intensas sensações orgânicas.*

3. A expressão esquizofrênica de distanciamento no olhar

É bastante conhecido o fato de se poder diagnosticar a presença da esquizofrenia pela observação atenta da expressão dos olhos. Os caracteres esquizoides e os esquizofrênicos totalmente desenvolvidos têm um típico olhar ausente, *distante*. O psicótico parece olhar através de nós, de um modo ausente, porém profundo, como se olhando para um lugar muito distante. Esse olhar não está presente o tempo todo. Mas, quando as emoções irrompem, ou quando assuntos sérios entram nas conversas, os olhos como que "se vão embora".

Pode-se verificar a mesma expressão em alguns grandes cientistas e artistas como, por exemplo, Galileu e Beethoven. Pode-se admitir a hipótese de que o grande criador, na ciência ou na arte, é profundamente absorvido por suas forças criativas internas; que está e se sente afastado do mesquinho ruído cotidiano, para seguir sua criatividade de forma mais plena e eficaz. O *homo normalis* não compreende esse recolhimento e tende a classificá-lo de "louco". Chama de "psicótico" o que lhe é estranho, o que ameaça sua mediocridade. O psicótico também é profundamente absorvido pelas forças vitais internas; ele as escuta da mesma forma que o gênio. Mas a diferença é grande: a partir desse contato com suas forças, o gênio produz grandes e duradouras obras; o esquizofrênico embaraça-se nelas, porque está *cindido* e as teme, e não está unido à sua bioenergia, como é o caso da estrutura humana criadora. Mas a expressão dos *olhos* é profunda em ambos os casos, e não superficial, vazia, sádica ou embotada, como nos caracteres neuróticos, que não têm nenhum contato com sua bioenergia.

Eu conhecia bem esse sintoma, pois trabalhara no hospital psiquiátrico de Viena cerca de vinte anos antes de aceitar esse caso. Mas não sabia nada acerca de sua função em relação ao mecanismo do delírio e da desorientação. Nossa paciente mostrava esse sintoma específico de maneira perfeitamente clara. Quando as "forças" se aproximavam, seus olhos velavam-se, sua expressão tornava-se vaga, como se estivesse olhando para muito longe; além disso, seus olhos viravam-se para cima quando as sensações orgânicas de "derretimento" ficavam muito fortes. Decidi concentrar minha atenção nesse sintoma e, se possível, removê-lo, pois me parecia ser o principal mecanismo por meio do qual ela se "ia embora".

Décima sétima sessão

Ao entrar na sala, ela me perguntou: "Posso ser enfermeira outra vez? Minha ficha é muito ruim...". Ela nunca fora enfermeira. Respondi que não sabia. No momento, ela teria de descobrir por que razão virava os olhos para cima sempre que as "forças" se apoderavam dela. Na orgonoterapia fala-se pouco; deixa-se o paciente assumir a atitude específica que ele tenta evitar. Por isso, incitei-a a virar os olhos para cima. Ela o fez de maneira hesitante, e quando o seu olhar atingiu uma determinada posição teve medo e disse: "Este é o ponto em que geralmente eu vou embora... Agora eu sei...". Incitei-a a tentar de novo. Tentou, mas ficou com medo. Disse: "Concordamos que deixaríamos as 'forças' em paz... Não quero desistir delas...".

Não a estimulei mais naquele dia. Mas *um* pensamento fixou-se em minha mente e não se afastou mais: *é possível que o surto ou o processo esquizofrênico esteja fixado em algum lugar, da mesma forma que outros sintomas de doença, como a anorexia, a dor de cabeça ou a angústia cardíaca? Seria este lugar a base do cérebro, a região de cruzamento do nervo óptico?* Seria razoável supor que a esquizofrenia é uma verdadeira "doença cerebral", provocada por um tipo específico de perturbação emocional, *com uma contração local de determinadas partes do cérebro, devida à forte angústia?* Muitos sintomas da esquizofrenia pareciam confirmar a validade dessa hipótese: a expressão tipicamente esquizofrênica dos olhos; os processos degenerativos do cérebro, presentes em esquizofrênicos velhos, consistiriam em mudanças estruturais *secundárias* nos tecidos, provocadas por uso inadequado, assim como a calcificação dos vasos sanguíneos se deve à contração crônica do sistema vascular resultante da ansiedade; o relato de tantos esquizofrênicos de que, no começo da doença, sentiam a testa velada ou "achatada". Parecia importante seguir essa cadeia de pensamentos.

Décima oitava sessão

A paciente chegou sentindo-se muito bem. Trabalhamos a expressão dos seus olhos. Incitei-a a tentar "ausentar-se" de novo e estabelecer contato com as "forças", virando os olhos para cima, e pedi-lhe que reproduzisse conscientemente o olhar vazio e distante. Cooperou prontamente, mas sempre que os olhos se aproximavam de uma certa posição e expressão ela se angustiava e parava. Parecíamos estar no rumo certo. De repente, e sem razão aparente, ela disse: "Você está sugerindo tudo o que me acontece".

Só havia uma interpretação possível para essa afirmação: esse movimento deliberado dos olhos para cima acionara o mecanismo esquizofrênico. Como eu a incitara a fazê-lo, era eu, logicamente, quem sugeria tudo o que lhe acontecia. A ideia de ser influenciada por mim emergiu de uma atitude puramente biofísica. Essa atitude corporal provocara, evidentemente, o "além" em sua autopercepção, dando-lhe assim a ideia de estar sendo influenciada. Esse mecanismo poderia aplicar-se a muitos casos de ideias de perseguição – se não a todos.

Arrisquei a hipótese preliminar de que o *"ausentar-se" no olhar era devido a uma contração local do sistema nervoso na base do cérebro*. De acordo com essa hipótese, essa contração teria a mesma função de todas as outras contrações biopáticas: *evitar correntes e sensações corporais fortes demais*. Dessa forma, cheguei a um primeiro alicerce firme para a compreensão orgonômica do processo esquizofrênico.

4. A irrupção da despersonalização e a compreensão inicial da cisão esquizofrênica

Devemos ter em mente que essa experiência orgonoterapêutica num caso esquizofrênico não foi feita em bases psicológicas. Pelo contrário, todas as manifestações psicológicas do processo esquizofrênico teriam de ser compreendidas em termos dos profundos processos biofísicos *que fundamentam* e *determinam as funções da mente*. Pensamos que a esfera da psique é muito mais estreita do que a do funcionamento biofísico; que as funções psicológicas são meramente funções de autopercepção ou a percepção de funções do plasma, biofísicas e objetivas. Assim, um esquizofrênico cairá em estado de desorientação quando sua autopercepção for submersa por fortes correntes orgonóticas do plasma; o caráter genital saudável se sentirá bem, feliz e perfeitamente coordenado com o impacto da corrente orgonótica.

Nossa abordagem da esquizofrenia é *biofísica*, e não psicológica. Tentamos compreender as perturbações psicológicas com base nas disfunções *plasmáticas*, e as fantasias *cósmicas* do esquizofrênico em termos das funções de uma energia orgone *cósmica*, que governa seu organismo, embora ele perceba a energia de seu corpo de maneira psicoticamente distorcida. Além disso, não acreditamos que a interpretação psicológica das ideias esquizofrênicas possa ultrapassar o significado das palavras e dos acontecimentos históricos. Ela não *pode*, de maneira nenhuma, atingir os processos puramente físicos e biofísicos, pois estes *transcendem* a esfera das ideias e das palavras. Isso constitui o que se chama, com propriedade, as "profundezas" do mundo esquizofrênico, em oposição ao mundo superficial do neurótico.

A esquizofrenia não é uma doença psicológica; é uma doença *biofísica* que também atinge o aparelho psíquico. Para compreender esse processo é indispensável conhecer as funções da energia orgone. O cerne do problema é a ruptura do funcionamento orgônico total, unitário, e a percepção subjetiva dessa ruptura. Alguns sintomas esquizofrênicos, como a desorientação, a experiência de um "colapso mundial", a perda da capacidade de associação, a perda do significado das palavras, a falta de interesse etc. são reações secundárias à destruição de funções *biológicas, basicamente organísmicas*. Outros sintomas, como o olhar distante, o transe, os automatismos, a *flexibilitas cerea*, a catalepsia, as reações retardadas etc. são expressões diretas da perturbação biofísica e *nada têm a ver com a psicologia*. O retraimento da libido em relação ao mundo externo é o resultado, e não a causa da doença. A deterioração geral do organismo, em fases mais avançadas do processo, é devida a um encolhimento crônico do aparelho vital, como acontece na biopatia do câncer, embora haja diferenças quanto à origem e à função. O organismo canceroso, em processo de encolhimento, não está em conflito com as instituições sociais, por causa de sua resignação. O organismo esquizofrênico, no mesmo processo, está cheio de conflitos com o padrão social, ao qual reage com uma cisão específica.

Se não distinguirmos esses dois métodos de abordagem, não obteremos quaisquer resultados práticos. Ficaremos confusos acerca das funções e da natureza da esquizofrenia. É necessário fazer um resumo desses fatos, *antes* de continuarmos o estudo de nosso caso. A partir dos próprios fatos, ficará evidente que aquilo comumente chamado de "processo esquizofrênico" consiste numa mistura de processos *biofísicos* objetivos, da percepção desses processos e da reação psicológica a eles. Por último, mas não menos importante, há um *terceiro* elemento que, possivelmente, não poderia ser conhecido antes da descoberta da energia orgone atmosférica.

O que virá a seguir parecerá completamente incrível. Por isso, quero assegurar ao leitor que eu não tinha a menor ideia quanto à existência desses mecanismos. Mas, a partir do tratamento dessa paciente, os fatos que vou descrever têm sido encontrados em vários outros casos de esquizofrenia. Clinicamente, e também em termos da biofísica orgônica, não pode mais haver quaisquer dúvidas quanto à realidade desses fatos.

Décima nona sessão

A paciente compareceu a essa sessão muito calma e coordenada, mas ligeiramente distraída. Falava muito devagar, como se houvesse um grande obstáculo; disse que estava muito deprimida. Fizera compras no dia anterior, pela primeira vez em muitos meses; comprara muitas coisas, que a deixaram feliz como nunca, e as mostrara aos amigos; dormira bem. Porém, na manhã seguinte, foi dominada por um grande vazio e cansaço. Havia um "nada" dentro dela; sentia necessidade de sentar-se quieta num canto, absolutamente imóvel. "Cada movimento era um esforço imenso." Queria estar sozinha. Dava a impressão de uma catatonia iminente, com imobilidade e persistência.

"Estava tudo muito longe... Eu me observava como se estivesse fora de mim: sentia-me claramente dividida: um corpo aqui e uma alma ali... [Ao dizer isso, apontou para a parede.] *Sei muito bem que sou uma pessoa... mas estou fora de mim... talvez no lugar onde estão as 'forças'...*"

Percorreu as paredes com os olhos, de maneira ansiosa. Então, de repente, perguntou: *"O que é a aurora boreal?"* [Muito devagar, como se fizesse um grande esforço.] Ouvi falar dela uma vez; há padrões e caminhos ondulados no céu... [Olhou de novo para as paredes, inquiridora, como se estivesse totalmente ausente.]... Eu ouço você, vejo-o, mas longe... a uma distância muito grande... Sei muito bem que estou tremendo agora, eu sinto..., mas não sou eu, é alguma outra coisa... [depois de uma longa pausa]... gostaria de me livrar deste corpo; não sou eu; *queria estar lá onde estão as 'forças'...*".

Fiquei muito comovido, de maneira nada profissional, ao testemunhar essa experiência de cisão esquizofrênica e de despersonalização de modo tão inequívoco. Pela primeira vez, em minha longa carreira psiquiátrica, isso acontecia de maneira tão clara em minha presença. Expliquei-lhe que ela estava sentindo a cisão que existia nela desde a infância. "É o que chamam 'cisão da personalidade'?", perguntou. Não relacionara as próprias palavras com o que eu acabava de explicar. "Todas aquelas moças [na instituição psiquiátrica] falavam nisso... É isso?"

Aparentemente, esses pacientes percebem a cisão no organismo com muita clareza, mas não conseguem compreendê-la nem descrevê-la intelectualmente. À medida que ela falava, seu corpo sofria fortes tremores; mantinha o peito elevado, numa posição inspiratória, lutando muito contra a expiração total. Após um exame cuidadoso, esclareceu-se que ela não percebia, *de forma alguma*, que prendia a respiração; *seu tórax parecia excluído da autopercepção*. Os olhos estavam muito velados, a testa, azulada, as faces e pálpebras, manchadas. "Meu cérebro parece vazio... Nunca foi tão forte antes..." Perguntei-lhe se conhecia esse tipo de ataque de alguma experiência anterior. Respondeu afirmativamente. Expliquei-lhe que não era mais forte do que antes, mas apenas mais nítido no campo de sua autopercepção.

Ela repetiu: "O que se passa com a aurora boreal?... Eu preferia ser apenas alma, não ser meu corpo...". Nessa altura, a fala começou a se tornar incoerente.

Essa foi, sem dúvida, uma das sessões mais importantes do tratamento e, devo acrescentar, um dos acontecimentos mais instrutivos em toda a minha carreira médica. Vamos parar um pouco e tentar compreender o que aconteceu. Para o desinteressado psiquiatra de instituição, que vê essas coisas acontecerem muitas vezes por dia, não significa "absolutamente nada"; apenas uma daquelas "loucuras que acometem os lunáticos". Para nós, essa experiência de um organismo vivo é cheia de significado e de segredos profundos. Tentarei relacionar esses fenômenos com o que já conhecemos do funcionamento orgonobiofísico do organismo. Tanto quanto sei, nem a psicologia, nem a química, nem a física clássica podem oferecer qualquer interpretação plausível.

Por que ela teria relacionado a aurora boreal com a sua despersonalização? O que ela queria dizer quando mencionou que se encontrava, "ela mesma", sua "alma", "lá onde" as "forças" costumavam estar? O que significava "lá"?

Tais relatos nos fazem lembrar de experiências semelhantes descritas por grandes espiritualistas e místicos, como Swedenborg. Rejeitar essas coisas com um sorriso ou com o sentimento de superioridade de um ignorante não nos leva a parte alguma. Devemos aderir à conclusão lógica, da qual não se pode fugir, de que *um organismo vivo não pode sentir nada que não esteja baseado em algum tipo de realidade. Investigar a experiência mística numa base científica não impli-*

ca que se acredite na existência de forças sobrenaturais. Queremos compreender o que se passa num organismo vivo quando ele fala do "além", ou dos "espíritos", ou de "a alma estar fora do corpo". É inútil tentar vencer a superstição sem compreender o que ela é e como funciona. Afinal, o misticismo e a superstição governam a mente da maior parte da raça humana, arruinando-lhe a vida. Ignorá-las como "charlatanismo", como faz o mecanicista ignorante e, por isso, arrogante, não serve de nada. Devemos tentar, com seriedade, compreender a experiência mística *sem nos tornarmos místicos*.

A paciente projetou uma parte do seu organismo nas paredes da sala e observou a si mesma a partir delas. Se quisermos descrever exatamente o que aconteceu, deveremos dizer que *sua autopercepção apareceu onde as "forças" em geral apareciam: nas paredes da sala*. Portanto, justifica-se a conclusão de que as "forças" representavam uma certa função do seu próprio organismo. *Mas por que nas paredes?*

Ver coisas nas paredes e ouvir vozes vindas delas é uma experiência esquizofrênica comum. No fundo, deve haver uma determinada função básica responsável por essa experiência típica. A projeção para fora de determinada função é evidentemente responsável pela sensação de estar dividido em dois. Ao mesmo tempo, a cisão crônica da personalidade, ou, em outras palavras, a falta de unidade no organismo, é a base da qual emerge a cisão aguda. A explicação psicanalítica do mecanismo de projeção em termos de pulsões recalcadas – atribuídas a pessoas ou coisas externas – apenas relaciona o conteúdo da ideia projetada com uma entidade interna, *mas não explica a função da projeção em si*, independentemente da ideia projetada. Essas ideias projetadas variam conforme os pacientes; *o mecanismo de projeção é o mesmo em todos os casos* e por isso é muito mais importante do que seu conteúdo. É importante saber que o perseguidor, no delírio paranoico, é o objeto homossexual amado: mas por que é que um ser humano projeta seu desejo homossexual, enquanto o outro apenas o recalca e o transforma num tipo de sintoma? Nos dois casos, o conteúdo é igual. Portanto, o essencial é a *diferença*, isto é, o *mecanismo de projeção*, a *capacidade de projetar*. Mas isso nunca foi compreendido.

Levemos a sério as expressões de nossa paciente. Vamos acreditar, palavra por palavra, no que ela diz. Depois poderemos distinguir entre o que foi distorcido e o que é realmente verdadeiro. O mais espantoso é a afirmação de que a percepção "está lá onde as forças costumam estar". *É como se as percepções estivessem localizadas a certa distância, externamente à superfície da pele do organismo.* É evidente que deve existir uma grave perturbação da capacidade interna de autopercepção, antes que seja possível "sentir-se fora de si mesmo". Essa perturbação interna é a cisão entre a autopercepção e o processo biofísico objetivo que deve ser percebido. No organismo saudável, ambos estão unidos numa única experiência. No indivíduo neurótico encouraçado, as sensações orgânicas biofísicas não se desenvolvem; as correntes plasmáticas estão muito reduzidas e, consequentemente, *abaixo* do limiar da autopercepção ("insensibilidade"). *No esquizofrênico, por outro lado, as correntes plasmáticas continuam fortes e intactas, mas sua percepção subjetiva está obstaculizada e cindida*; a função de percepção não está nem recalcada nem unida à corrente, mas aparece como "sem lar (*homeless*)" na experiência do esquizofrênico. Dado que a percepção subjetiva não está relacionada, em termos de vivência interna, com as correntes plasmáticas objetivas, parece compreensível que o *esquizofrênico procure uma razão para essas experiências, que não sente como suas*.

Essa situação pode explicar a *confusão* que tantas vezes domina o esquizofrênico quando a cisão entre excitação e percepção se torna aguda. Ele percebe alguma coisa que não é sua; deve haver uma razão para essa experiência, mas não consegue encontrá-la; as pessoas não o compreendem; o médico diz que é "loucura", e isso só aumenta a confusão. A consequência lógica dessa condição é a angústia e a inquietação. O esquizofrênico ouve a si mesmo falando, mas, como a autopercepção está separada do processo biológico a que pertence, suas palavras lhe soam estranhas e distantes, e perdem o contato com as coisas a que se referem, como Freud descreveu tão bem. Esse é o começo da desorganização da fala. Era evidente, em nossa paciente, que sua fala começava a deteriorar-se sempre que a percepção de si mesma "nas paredes" estava no auge.

Levar a cisão esquizofrênica básica ao auge, numa experiência aguda de delírio sensorial, tal como "estar fora de si mesmo", requer uma determinada função do corpo. Em nossa paciente, a *causa* imediata da projeção era o severo bloqueio da respiração contra as sensações plasmáticas que pressionavam fortemente. *Devido à falta de oxigênio, provocada pela respiração bloqueada, sua cabeça estava inequivocamente em estado de choque.*

A esse respeito, posso mencionar uma experiência que eu próprio tive, há cerca de uns 28 anos, durante uma anestesia geral. Submeti-me a ela com a firme determinação de observar o início da perda de consciência. Consegui lembrar-me um pouco da experiência, depois que acordei. A parte mais impressionante foi sentir que as vozes das pessoas na sala de cirurgia afastavam-se cada vez mais, tornavam-se cada vez mais irreais; além disso, senti como se meu ego perceptivo retrocedesse para muito longe. A despersonalização, devida ao efeito central do anestésico, foi experienciada desta forma: "Percebo que ainda percebo... Percebo que percebo que percebo... Ainda percebo que ainda percebo que ainda percebo... etc.". Interminavelmente. Ao mesmo tempo, senti meu ego retroceder, por assim dizer, para alguma distância *exterior*, muito longe, do mesmo modo que alguém que tem a sensação de ouvir vozes a distância enquanto vê o corpo adormecido na cama.

A perda completa da autopercepção é precedida por uma experiência muito semelhante à descrita por nossa paciente. Assim, a coisa perde muito de seu mistério.

A "projeção" é, concretamente, o processo de recuo da capacidade de perceber, sua separação das funções organísmicas, que geralmente devem ser ou são percebidas. O resultado é a ilusão sensorial "de estar fora do organismo".

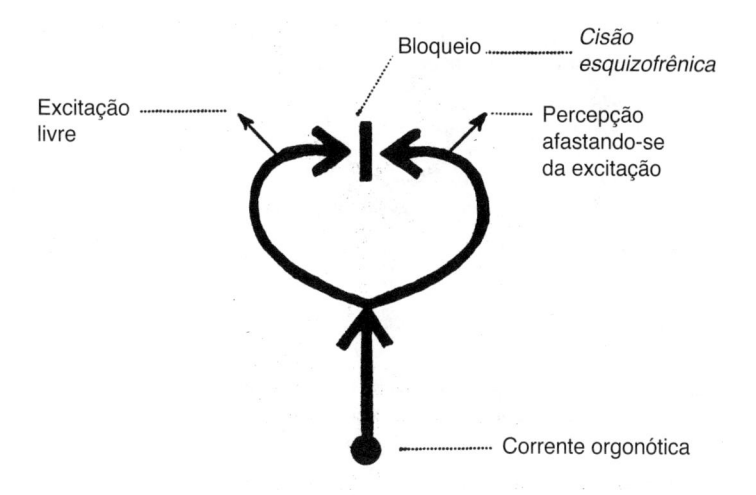

Cisão esquizofrênica, devida ao bloqueio da percepção da excitação; a excitação é percebida como "estranha", "alheia" ou "afastada"

Essa separação entre a função de autopercepção e as funções organísmicas só pode ser experimentada, em alguns casos, como "a alma deixando o corpo" ou "a alma *fora* do corpo". Dado que a percepção tem apenas um contato fraco e, por fim, nenhum contato com as funções bioenergéticas que reflete subjetivamente, uma pessoa sente, de maneira muito típica, uma "estranheza em relação a si mesma" ou um "afastamento para muito, muito longe". Por conseguinte, os processos de projeção, transe, despersonalização, alucinação etc. têm como base uma cisão *concreta* no sistema bioenergético.

A separação entre a *excitação corporal* e a *percepção psíquica dessa excitação* coloca a sensação do corpo a distância, por assim dizer. Não faz muita diferença se é a excitação orgânica ou sua percepção que é sentida como afastada. Em ambos os casos o bloqueio aparece *entre a excitação e a percepção*, e não como no "frio" neurótico compulsivo, entre a fonte de energia e sua motilidade.

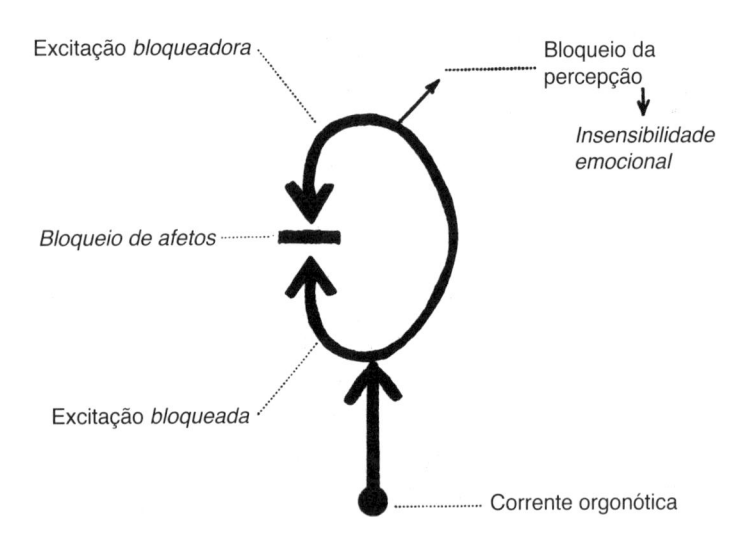

Excitação *bloqueadora*

Bloqueio da percepção
↓
Insensibilidade emocional

Bloqueio de afetos

Excitação *bloqueada*

Corrente orgonótica

Bloqueio de afetos do neurótico compulsivo, devido ao bloqueio da bioenergia por um encouraçamento total. A excitação não é percebida de modo algum: insensibilidade; a autopercepção é completa, mas "sem vida", "morta" ou "vazia"

No neurótico compulsivo, à medida que aumenta o fluxo de energia, este é reduzido ou ligado numa couraça completa. No esquizofrênico, esse fluxo *não* é reduzido; não há bloqueio da produção da energia em si, mas apenas falta de percepção da excitação elevada. Essa falta de percepção está ligada, indubitavelmente, a um bloqueio específico na região da base do cérebro, especialmente no nervo óptico, como se pode observar no olhar esquizofrênico típico. Creio, portanto, que é *correto* procurar pela lesão somática em alguma parte do cérebro. Porém, é totalmente errado julgar que se pode remover um processo esquizofrênico através da lobotomia frontal. A esquizofrenia, assim como o câncer, é um processo biopático *geral*, com sintomas locais resultantes do distúrbio no funcionamento dos órgãos. Confundir a perturbação local no cérebro com o processo esquizofrênico seria tão incorreto quanto confundir o tumor canceroso *local* com todo o processo canceroso. Ambos os erros opõem-se às tarefas médicas. Eu disse à paciente tudo o que compreendia de sua doença. Ela cooperou de maneira magnífica, embora sua fala estivesse muito perturbada e bastante lentificada na maior parte do tempo.

A função de autopercepção parecia severamente perturbada e dependia de quão intensamente se desenvolvesse a cisão entre a excitação e a percepção da excitação. A dissociação e a produção de palavras sem sentido aumentavam à medida que aumentava a cisão. A função normal da fala e a associação retornavam quando desaparecia a cisão, e a paciente voltava a sentir as correntes de seu corpo como suas. Isso permitiu concluir que a *função da autopercepção como um todo dependia do contato entre a excitação objetiva e o sentimento subjetivo da excitação*. Quanto mais íntimo fosse esse contato, mais forte seria a autopercepção. Essa observação foi da maior importância teórica, pois permitiu tirar uma conclusão hipotética mais geral.

5. A interdependência entre consciência e autopercepção

O que se segue é uma tentativa orgonômica inicial de abordagem do problema da consciência e da autopercepção. Não se pretende com ela resolver esse grande enigma da natureza; entretanto, ela parece nos dar a possibilidade de estudar o problema da autopercepção de maneira muito promissora: *a consciência é uma função da autopercepção em geral, e vice-versa*. Se a autopercepção é completa, a consciência também é clara e completa. Quando a função da autopercepção se deteriora, o mesmo acontece em geral com a da consciência e com todas as suas funções, como a fala, a associação, a orientação etc. Se a própria autopercepção não está perturbada, mas apenas reflete um organismo *rígido*, como no neurótico com bloqueio afetivo, as funções da consciência e do intelecto também serão rígidas e mecânicas. Quando a autopercepção reflete um funcionamento organísmico embotado, a consciência e o intelecto também serão embotados. Quando a autopercepção reflete uma excitação orgânica fraca e distante, a consciência desenvolverá ideias de "estar além" ou de "forças externas estranhas". É por essa razão que os fenômenos esquizofrênicos são tão úteis – mais do que qualquer outro tipo de biopatia – para a compreensão do problema mais difícil e mais obscuro de toda a ciência natural, a saber, a capacidade da matéria viva de perceber a si mesma e, em espécies mais desenvolvidas, de ter "consciência" de si mesma.

Embora a autopercepção constitua a autoconsciência, e embora a *espécie* de autopercepção determine o *tipo* de consciência, essas duas funções da mente não são idênticas. A consciência aparece como função mais elevada, desenvolvida no organismo muito depois da autopercepção. Seu grau de clareza e unidade depende, a julgar por observações em processos esquizofrênicos, não tanto da força ou intensidade da autopercepção, mais da *integração* mais ou menos completa dos *inúmeros elementos de autopercepção numa só experiência do self*. Podemos ver no colapso esquizofrênico como essa unidade se rompe e como, junto com isso, ocorre a desintegração das funções da consciência. Geralmente, a desintegração da autopercepção precede a desintegração das funções da consciência. A *desorientação* e a *confusão* são as primeiras reações à descoordenação da percepção em uma pessoa. A associação de ideias e a fala coordenada, que dela dependem, são as próximas funções da consciência no animal humano que são prejudicadas quando a desintegração da autopercepção avança ainda mais. Até o *tipo* de descoordenação da consciência reflete o tipo de desintegração na autopercepção.

Na esquizofrenia paranoica, em que a autopercepção está muito perturbada, a associação e a fala estão muito desconectadas. No estupor catatônico, em que o organismo está intensa e gravemente contraído e imobilizado, o mutismo total, isto é, a ausência de fala e de reação emocional, é a regra. No quadro da doença hebefrênica, em que ocorre uma lenta deterioração e o embotamento de todos os processos biofísicos, a percepção e a consciência também são, em geral, embotadas, fortemente lentificadas e cada vez menos eficazes.

Assim, podemos concluir que as funções mentais da autopercepção e da consciência estão diretamente relacionadas a certos estados bioenergéticos do organismo tanto em termos qualitativos como quantitativos, e correspondem a eles. Isso leva, por conseguinte, à conclusão de que *a esquizofrenia é uma doença de fato biofísica, e não "apenas" mental*. A base das disfunções mentais foi procurada, até aqui, em lesões, químicas ou mecânicas, do cérebro e seus apêndices. Nossa abordagem funcional permite uma compreensão diferente dessas inter-relações.

As disfunções mentais exprimem o processo esquizofrênico de desintegração do sistema biofísico de maneira espantosamente imediata. Os distúrbios da autopercepção e da consciência relacionam-se diretamente com os distúrbios das funções emocionais, mas estas últimas são funções da motilidade do plasma orgonótico, e *não* de condições estruturais ou químicas. *As emoções são funções bioenergéticas, plasmáticas, e não mentais, químicas ou mecânicas*. Devemos ordenar as funções bioenergéticas, mentais e estruturais da seguinte maneira, tendo as funções emocionais como princípio de funcionamento comum:

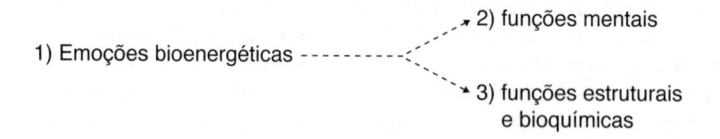

1) Emoções bioenergéticas
- 2) funções mentais
- 3) funções estruturais e bioquímicas

Não é possível outro arranjo. Colocar (3) no lugar de (1) significa cair nos métodos de pensamento mecanicistas da psiquiatria clássica, que não levaram a parte nenhuma. Pôr (2) em lugar de (1) significaria derivar as perturbações emocionais da confusão e colocar as funções da mente *antes* das do protoplasma. Não daria resultado e só conduziria à metafísica.

Vamos tentar compreender a relação funcional entre autopercepção e emoção biofísica (= movimento plasmático). Em meu livro *The Cancer Biopathy* procurei fazer um esboço do desenvolvimento da criança, do seguinte modo:

Os movimentos de um recém-nascido ainda não estão coordenados em uma função total, e, por conseguinte, não há "objetivo" ou "significado" nos movimentos. Na verdade, as reações de prazer e angústia já estão bem formadas, mas ainda não encontramos movimentos coordenados que indiquem a existência de consciência de si mesmo e de uma autopercepção global. Devemos supor que, na criança recém-nascida, a autopercepção já existe e funciona plenamente, mas *não de forma coordenada, unitária*. As mãos movem-se espontaneamente, assim como os olhos, que a princípio não estão ainda dirigidos para os objetos. As pernas mostram apenas movimentos sem significado e sem objetivo, sem nenhuma ligação com os movimentos de outros órgãos. A coordenação dos movimentos independentes e separados desenvolve-se aos poucos durante os primeiros meses de vida. Devemos supor que se estabelece, progressivamente, algum tipo de contato funcional entre os órgãos, e que a unidade começa a se desenvolver à medida que aumentam os contatos. Provavelmente não estaremos muito longe da verdade se também admitirmos uma evolução e coordenação das funções de diferentes percepções. Por conseguinte, com base na dependência da autopercepção em relação ao movimento plasmático, a autopercepção na existência uterina e pós-uterina seria fraca e dividida em muitas experiências isoladas de si mesmo, de acordo com a separação dos movimentos orgânicos plasmáticos. Com a crescente coordenação dos movimentos, suas percepções também se coordenam gradualmente, uma a uma, até chegar ao ponto em que o organismo se move de maneira coordenada como um todo e, assim, as muitas percepções diferentes de si mesmo unem-se em *uma* percepção global do *self* que se move. Só então, devemos concluir, é possível falar de uma consciência totalmente desenvolvida. O "objetivo" e o "significado" da atividade biológica parecem surgir como funções secundárias, intimamente ligadas ao processo de coordenação. Também parecem depender de seu ritmo de desenvolvimento, que é muito mais rápido no animal inferior que no homem. A razão dessa diferença é desconhecida. Na criança humana, a habilidade de falar só se desenvolve quando os movimentos do corpo e a autopercepção correspondente atingem uma unidade e, com esta, objetivo e significado.

É importante notar que objetivo e significado derivam aqui da função de coordenação, e não o contrário. *"Objetivo" e "significado" são, portanto, funções secundárias, inteiramente dependentes do grau de coordenação dos movimentos orgânicos isolados.*

Devemos supor, também, se seguirmos logicamente, passo a passo, os diferentes níveis de coordenação e as correspondentes funções do organismo, que a racionalidade, atividade que tem objetivo e significado no que concerne ao ambiente e à situação bioenergética da própria pessoa, aparece então também como uma função da coordenação emocional e perceptiva. É evidente que nenhuma atividade racional é possível enquanto o organismo não funcionar como um todo de maneira bem coordenada. Vemos claramente, na desintegração esquizofrênica – que é o reverso do processo original de coordenação bioenergética –, que a racionalidade, a objetividade, a significância, a fala, a associação e outras funções elevadas do organismo se desintegram à medida que sua base emocional e *bioenergética* se desintegra.

Pode-se compreender agora por que a dissociação esquizofrênica se encontra tão regularmente enraizada no desenvolvimento pré-natal e imediatamente pós-natal: qualquer perturbação grave ocorrida durante o processo da coordenação organísmica constitui um ponto fraco na personalidade, a partir do qual, mais tarde, sob certas condições emocionais, a descoordenação esquizofrênica poderá se estabelecer.

Aquilo a que se chama, na psicanálise, "fixação na primeira infância" é, de fato, apenas essa debilidade na estrutura da coordenação funcional. O esquizofrênico *não* "regride à infância". "Regressão" é apenas um termo psicológico que descreve a efetividade *real*, atual, de certos acontecimentos históricos. Porém, as experiências da infância talvez não fossem tão efetivas, vinte ou trinta anos depois, se não tivessem *realmente prejudicado o processo de coordenação do biossistema*. É essa *lesão real na estrutura emocional*, e não a experiência infantil remota, que constitui o fator dinâmico da doença. O esquizofrênico não "volta ao útero da mãe". Na verdade, ele se torna vítima exatamente *da mesma cisão na coordenação de seu organismo que sofreu quando se encontrava no útero indiferente e apático da mãe*, cisão que manteve durante toda a vida. Tratamos aqui de *funções reais, atuais, do organismo*, e não de acontecimentos históricos. Os Estados Unidos não funcionam de determinada maneira devido ao evento histórico da Declaração de Independência, mas apenas porque esse evento se tornou uma realidade viva, *atual*, nas vidas dos americanos. A histórica Declaração de Independência é hoje efetiva apenas na medida em que estiver realmente ancorada na estrutura emocional dos cidadãos americanos, nem mais nem menos que isso. A psiquiatria atolou-se, terapeuticamente, porque não ultrapassou a investigação e o pensamento históricos. Uma memória *pode* mobilizar as emoções reais no organismo atual, o que entretanto não quer dizer que necessariamente isso sempre aconteça.

A medicina orgonoterapêutica não ataca as recordações, e sim a *ancoragem biofísica atual* das experiências históricas; assim, trabalha com realidades agudas, e não com sombras de recordações do passado. Uma recordação pode ou não se desenvolver nesse processo de ativação emocional – isso não tem nenhuma importância terapêutica. *O fator que transforma a estrutura humana "doente" em "saudável" é a coordenação bioenergética, emocional, do organismo*. O reflexo do orgasmo é apenas a indicação mais proeminente de que a coordenação, de fato, teve sucesso. A respiração, a ruptura de bloqueios musculares, a dissolução de uma couraça de caráter rígida são instrumentos nesse processo de reintegração do organismo. Infelizmente, são confundidos, muitas vezes, como sendo a própria finalidade terapêutica em si, mesmo por alguns que trabalham em nosso campo. Confundir meros instrumentos de esforços médicos com a finalidade em si é o resultado da falta de conhecimento coordenado do organismo, isto é, um juízo pouco inteligente, que não corresponde à amplitude e à profundidade das doenças emocionais humanas.

Com uma abordagem tão estreita dos organismos humanos, nunca se penetrarão os conceitos bioenergéticos *fundamentais* da orgonomia. Na melhor das hipóteses, é possível tornar-se um curandeiro ou um comerciante da miséria humana, mas nunca um médico cientista. Gostaria de advertir especialmente contra qualquer tentativa de superar as biopatias esquizofrênicas sem o domínio prévio das *profundas* inter-relações biofísicas entre as emoções e as atividades plasmáticas, entre as percepções e as funções da consciência. Essas inter-relações funcionais estiveram, até aqui, completamente escondidas e desconhecidas. Começamos agora a compreendê-las; os enigmas ainda são numerosos. Por isso, é essencial a maior cautela ao formar uma opinião. No decurso de nossa evolução, enfrentamos o perigo de negligenciar problemas fundamentais do funcionamento natural por usarmos os termos de modo pouco preciso. Já se ouve dizer que a orgonoterapia é apenas "trabalhar com as mãos nos músculos" ou "fazer o paciente respirar"; ou que certo homem sofre de "tensões". A tendência do animal humano médio de fugir das realidades simples, mas fundamentais pela verbalização das funções vivas é tremenda e está entre as atitudes mais nocivas na vida. Não se trata de "músculos", ou de "respiração" ou de "tensão", mas de compreender *de que modo a energia orgone cósmica veio a formar a substância móvel plasmática, e de que modo as funções orgonômicas cósmicas estão presentes e ativas no animal humano*, em suas emoções, em seu pensamento, em seu irracionalismo, na experiência mais íntima de si mesmo. A dissociação esquizofrênica é *apenas um* exemplo, embora muito característico, das inter-relações entre os processos emocionais da matéria viva e o campo de energia orgone (ou éter) que a rodeia. É *isso* que importa, e não a tensão muscular. Parece ser próprio da natureza das coisas que a matéria viva simplesmente funcione e esteja satisfeita com o mero funcionamento; a reflexão sobre a própria existência, as maneiras e as razões de ser, é uma atividade muito antiga do animal humano; mas parece muito duvidoso que seja uma necessidade da vida tanto quanto o mero viver. Em todo caso, a instituição do Estado reduziu todo o interesse humano à questão da mera existência. E de algum modo o animal humano aceita esse ponto de vista, em massa, como natural.

Conhecer a fundamentação dos pontos de vista de uma pessoa é essencial para qualquer conclusão saudável. O que tento transmitir aqui é a grande profundidade das funções que encontramos no esquizofrênico. Quero dizer *profundidade*, e não complicação. As funções que aparecem no esquizofrênico, quando se aprende a interpretá-las corretamente, são funções cósmicas, isto é, funções da energia orgone cósmica dentro do organismo, de forma aberta e sem disfarce. Nenhum sintoma esquizofrênico faz sentido quando não se compreende que as nítidas fronteiras que separam o *homo normalis* do oceano de orgone cósmico se romperam no esquizofrênico; por conseguinte, alguns de seus sintomas são devidos à percepção intelectual desse colapso; *outros são manifestações diretas da fusão da energia orgone organísmica com a energia orgone cósmica (atmosférica)*.

Refiro-me aqui a funções que unem o homem à sua origem cósmica tornando-os *um*. Na esquizofrenia, bem como na religião, na arte e na ciência autênticas, a consciência dessas funções profundas é imensa e esmagadora. O esquizofrênico distingue-se do autêntico artista, cientista ou fundador de religiões, na medida em que seu organismo não está preparado, ou está cindido demais, para aceitar e suportar essa identidade de funções dentro e fora do organismo. Acontece às vezes de, após um período de grande produtividade, um artista ou um *"erudito"* sofrer um surto psicótico. É muito peso para suportar; o *homo normalis*, que perdeu sua sensibilidade primitiva, tornou a vida extremamente dura e intolerável para esses indivíduos. O colapso final de grandes homens, como Van Gogh, Gauguin, Nietzsche, Doeblin, Ibsen e muitos outros, é obra do *homo normalis*. Desvios místicos, como os de Swedenborg, Lodge, Eddington, Driesch etc., são devidos à falta de compreensão *física* das funções da energia orgone cósmica e organísmica. E essa falta de conhecimento se deve, novamente, à couraça mecânica do *homo normalis*. Mas voltemos à nossa paciente.

Vigésima sessão

Um novo problema surgiu: *qual é, exatamente, o mecanismo corporal que constitui a base da cisão esquizofrênica entre a excitação orgânica e a percepção da excitação?* Os acontecimentos apontavam claramente para a perturbação peculiar da respiração: *volume respiratório muito restrito, com um tórax mecanicamente relaxado.* No neurótico bem encouraçado, o tórax habitualmente está muito rígido; assim, não se desenvolvem emoções fortes. No esquizofrênico, por outro lado, o tórax está relaxado, as emoções desenvolvem-se plenamente, embora não sejam *percebidas por completo*; era muito provável que a inibição do movimento da estrutura torácica fosse o mecanismo que separava a percepção da excitação. Isso tinha de ser corroborado clinicamente. O decurso ulterior dos acontecimentos confirmou essa hipótese.

A imobilidade de seu tórax e garganta estava mais intensa que de costume nesse dia. Parecia que nenhum ar passava pela laringe. Ao mesmo tempo, a musculatura de seu pescoço e a de seu tórax estavam mais relaxadas do que nunca. Ela disse: "Estou muito emotiva hoje...". Cada tentativa para provocar a passagem do ar pela garganta era malsucedida. Não havia tremores; apenas forte aversão à respiração. Não havia "forças" naquele dia.

A paciente perguntou-me se poderia ir ao banheiro. Comecei a inquietar-me quando vi que não regressava. Depois de um bom tempo ela voltou. A parte superior do abdome mostrava um *corte na pele, com cerca de dez centímetros de comprimento,* na região do plexo solar, abaixo do esterno. Ela disse: "É aqui que sinto as emoções mais fortes...".

Disse-lhe que aquele tipo de coisas não eliminaria a pressão; ela concordou. Inquietar-me e angustiar-me com esses atos não serviria de nada. Só a induziriam a fazer coisas *piores*. Quando se tem um bom controle sobre o caso, aceitam-se essas atitudes como uma forma especial de expressão. Isso requer, naturalmente, confiança absoluta entre médico e paciente, confiança firmemente estabelecida através do trabalho sobre a desconfiança e da utilização de uma franqueza absoluta.

Vigésima primeira sessão

Ela chegou de bom humor e, para grande espanto meu, respirando plenamente. Mas acrescentara três cortes transversais ao do dia anterior. Explicou: "Precisei fazer isso por causa das 'forças'; de outro modo, elas ficariam aborrecidas, porque o corte estava incompleto... Tinha de ser uma *cruz*... Receio que elas [as "forças"] não aceitem o intervalo de 24 horas entre o primeiro corte e a adição das cruzes...".

Era evidente que se cortara numa tentativa de aliviar, bioenergeticamente, a terrível tensão emocional na região do diafragma. Isso se chama "loucura", no esquizofrênico. Chama-se "costume nacional do haraquiri" quando um general japonês faz o mesmo, tendo a morte como consequência. Fundamentalmente, têm a mesma natureza; tanto no esquizofrênico como no general, sua função é eliminar a insuportável tensão emocional na parte superior do abdome.

Nesse dia, tive a impressão de que os delírios psicóticos estavam presentes, embora muito fracos. Ela me dissera que as "forças" não haviam aparecido durante todo o dia. Sentira a excitação emocional totalmente. O contato entre a excitação e a percepção parecia restabelecido e, evidentemente, isso dificultara a percepção das correntes como "forças" externas; ela ainda tinha medo das "forças"; não confiava naquela situação. O pedido anterior das "forças" para que "se sacrificasse" podia agora ser compreendido como consistindo de impulsos internos de aliviar a terrível tensão emocional por meio de "abrir a bexiga cheia" com uma faca. Isso apenas confirmava o que a investigação orgonobiofísica trouxera à luz em outras biopatias, como o masoquismo, por exemplo: emoções fortes correspondem a uma expansão do sistema plasmático. No caso de alguma constrição de órgãos, aparece a sensação de "estourar", juntamente com a *incapacidade* de "diminuir a pressão do vapor". Nessas situações, podem ocorrer ferimentos a si próprio, suicídios ou danos à estrutura do corpo. Em termos bioenergéticos, uma bexiga intoleravelmente cheia é furada.

As melhoras não duraram muito. Posso dizer que jamais sentira de modo tão claro como nesse caso *a incapacidade de funcionamento plenamente saudável* num organismo biopático. *A estrutura biopática está acostumada ao funcionamento biopático; é incapaz de "admitir" fortes emoções naturais de modo pleno, e de dominá-las e controlá-las.* Tornou-se ainda mais claro que há dois grupos de animais humanos, bem delineados: um *sem* e outro *com* couraça. Aquilo que parece fácil e evidente para o indivíduo não encouraçado é absolutamente incompreensível e impossível de manejar para o indivíduo encouraçado, e vice-versa. Uma determinada maneira de viver exige uma determinada estrutura de caráter, e isso é válido para as duas esferas. *Nossa paciente era incapaz de suportar um funcionamento saudável.* Podemos agora compreender como parecem inúteis, em face dessa incapacidade de funcionar de modo saudável, os métodos comuns de higiene mental. Impor condições de vida saudáveis a organismos encouraçados é o mesmo que convidar um coxo para dançar. Os métodos de higiene mental racional estão certos; exigem, porém, um desencouraçamento completo e em massa do animal humano e, antes de mais nada, a prevenção do encouraçamento biopático em crianças recém-nascidas. A amplitude e profundidade dessa tarefa são evidentes.

Vigésima segunda sessão

As reações da paciente, especialmente a fala, estavam bastante lentificadas. Cada palavra era repetida várias vezes. Não conseguia formulá-las. O rosto estava paralisado; os músculos da face não se mexiam; sabia as respostas às minhas perguntas, mas não conseguia dizê-las; estava um pouco confusa; a pele estava pálida e manchada de branco e azul; sentia-se completamente vazia.

Disse lentamente: "Eu *poderia* me mover, se fizesse um grande esforço... Por que é que cada esforço é tão difícil?... O que está acontecendo comigo? Já estive neste estado antes, mas nunca o senti tão claramente".

Disse-lhe que a respiração plena, no dia anterior, tornara impossível o aparecimento das "forças". Levantou-se e quis sair, mas caiu no divã.

Mexi seus músculos faciais, levantei suas pálpebras e movi a pele de sua testa. Ajudou um pouco, mas o ataque catatônico persistiu. Aparentemente, ela reagiu às emoções fortes do dia anterior com um ataque anorgonótico, com a imobilidade; mas a inteligência continuava clara; ela sabia o que estava se passando. No fim, ainda se sentia "vazia", mas menos "distante". "Se eu ficar boa e cometer um assassinato, serei julgada. Hoje os rapazes foram levados para 'a cadeira elétrica...'" (Realmente houvera uma execução naquele dia.)

O ataque cataléptico durante a sessão fora provocado pela irrupção de um bloqueio profundo. O médico orgonoterapeuta sabe muito bem que cada camada patológica deve surgir das profundezas. Isso não interfere com a vida exterior. Ela trabalhara bem, no escritório, naquele dia, e estava organizada.

Permaneceu na sala depois que saí. Quando voltei, dez minutos mais tarde, encontrei-a encolhida, com a cabeça entre as pernas e as mãos nos joelhos. Não conseguia se *mexer*. "Pedi a Deus que você viesse e me libertasse desta posição... De repente, não pude me mexer..."

Ajudei-a a se levantar, e ela começou a mexer-se lentamente. Disse: "Pensei que as forças poderiam ter feito isto, mas não sei....". Depois, sua cabeça começou a tremer; passado algum tempo, recuperou-se por completo e saiu, afirmando que se sentia melhor.

Vigésima terceira sessão

Em alguns círculos prevalece o falso conceito de que o essencial, na orgonoterapia, é o estabelecimento da potência orgástica, e nada mais. É verdade, naturalmente, que esse é, e continua sendo, o objetivo principal de nossa técnica. Mas a maneira de se atingir esse objetivo é decisiva, no que diz respeito à firmeza e à duração do sucesso. *Em essência, é o lento e completo domínio dos bloqueios emocionais no organismo, e das angústias relacionadas a cada um desses bloqueios, que assegura resultados duradouros.* Nossa paciente esquizofrênica estava muito perto do objetivo da terapia; mas os mecanismos da doença intercalados no caminho constituíam os principais obstáculos para que o sucesso fosse duradouro. Em certos casos, é fácil liberar a energia contida. Mas, se os bloqueios principais permanecem não resolvidos, ocorrerá uma recaída com efeitos ainda piores que os da doença. Por isso, obedecemos à regra de avançar lentamente e de trabalhar com cuidado em cada camada do bloqueio. Esses bloqueios biofísicos, que impedem o livre fluxo da energia pelo corpo, determinam a "predisposição" para vários tipos de doenças sintomáticas.

Eu sabia que nossa paciente apresentava fortes tendências ao estupor catatônico, que teriam de se desenvolver por completo; teriam também que vir à superfície e serem dominadas. O perigo maior *ainda nos espreitava*. Não nos devemos vangloriar antes do tempo.

Ela sofrera um ligeiro ataque catatônico durante a sessão anterior. Voltou feliz e com bom aspecto: disse-me que passara muito bem desde a última sessão. Conseguia mexer os músculos da face, mas era incapaz de mexer a pele da testa, como numa atitude de "espanto" ou "cenho franzido".

Contou, com espontaneidade, que se sentia impelida a fazer muitas caretas quando dominada por fortes emoções; mas era incapaz de fazer qualquer careta quando se sentia "ausente". "Aprendi muito bem a não revelar nenhuma emoção no rosto... Não gosto de mulheres que demonstram as emoções; *gostaria que parecessem estátuas belas e esbeltas...*"

Essas poucas frases, embora ditas calmamente, continham muita dinamite emocional. A musculatura da cabeça e do pescoço estava muito bloqueada e rígida. Por isso, as caretas aliviavam-na parcialmente da sensação de tensão e de imobilidade. A forte despersonalização e a cisão eliminavam a capacidade de fazer caretas. Compreendemos agora por que os catatônicos e os esquizofrênicos em estado avançado fazem caretas: é uma tentativa desesperada de aliviar a insensibilidade e a imobilidade que dominam o organismo no estado de estupor. Fazem um teste em si mesmos para verificar se ainda sentem alguma coisa.

Não compreendi de imediato o significado das "estátuas esbeltas". Descobriria em breve, duramente.

Naquele dia, ela falou muito em "morrer". A ideia de "morrer" é bem conhecida pelos orgonoterapeutas. Surge, em geral, quando o paciente está perto do alívio orgástico da bioenergia; relaciona-se com um terrível medo de se soltar totalmente. A angústia persistirá enquanto os bloqueios principais do organismo, geralmente na pelve, não forem dissolvidos. A cabeça estava *visivelmente* perturbada, de maneira bastante intensa. Por esse motivo, eu temia uma irrupção prematura de convulsões em todo o corpo. O resultado inevitável seria um colapso total, devido ao bloqueio na testa, que permanecia. "Ultimamente, as emoções têm provocado dores em minha barriga", disse ela. "Aqui...", e apontou para a parte superior do abdome. "Meu braço esquerdo também tem vida e ações próprias... Não o sinto como *meu* braço..."

Sempre que um sintoma neurótico ou psicótico aumenta de intensidade, isso indica que a emoção contida naquela região específica se tornou premente, com tendência a irromper. A desconexão do braço esquerdo poderia ser a expressão de fortes impulsos de tocar os órgãos genitais. Assim, a ideia de "estátuas belas, esbeltas" só poderia significar uma coisa: ser uma "estátua sem órgãos genitais", mais ou menos "semelhante a um deus".

A fim de prepará-la para a irrupção genital, concentrei-me na testa imobilizada e nos olhos. Fiz com que ela movesse a pele da testa, girasse os olhos em todas as direções, expressasse raiva e medo, curiosidade e atenção. Isso não é manipulação e nada tem a ver com qualquer tipo de manipulação. Não "manipulamos" mecanicamente; induzimos emoções nos pacientes, na medida em que os *fazemos imitar, voluntariamente, esta ou aquela expressão emocional.*

Ela se opôs com veemência a mostrar a expressão de angústia nos olhos. Em geral, essa objeção é muito mais intensa nos esquizofrênicos do que nos neuróticos. A razão, com base em vários casos de esquizofrenia, é a seguinte: levantar as pálpebras, abrir bem os olhos e mostrar angústia libera uma sensação de intenso terror, com um sentimento de desastre próximo. Por vezes, estabelece-se o pânico. Alguns desses pacientes têm a sensação de morrer, de "partir", e de que serão incapazes de "regressar". É essencial ter muito cuidado nesse ponto.

Trabalhei com muita cautela em suas expressões da testa, parando sempre que ela revelava angústia muito forte. Algum tempo depois, conseguiu mexer a testa com mais facilidade e sentiu-se mais livre. A autopercepção global do organismo ainda estava muito perturbada; seria perigoso e pouco aconselhável permitir a irrupção das contrações pré-orgásticas plenas. Ela era sensível ao tato, à pressão, ao frio e ao calor, *mas às vezes não percebia os tremores.* Depois da sessão, fez muitas perguntas inteligentes sobre seu estado, mas a fala estava consideravelmente lentificada; parecia opor-se a alguma força.

Foi durante a experiência com essa esquizofrênica que me surgiu, pela primeira vez, a seguinte ideia: *a sensação orgânica (*organ sensation*), ou "sensação orgonótica", é um verdadeiro* sexto sentido. Além da capacidade de ver, ouvir, cheirar, degustar e tocar, indivíduos saudáveis apresentam, claramente, um *sentido de funções orgânicas (organ functions)*, um sentido orgonótico, por assim dizer, que falta, ou está perturbado, nas biopatias. O neurótico compulsivo perdeu o sexto sentido por completo. O esquizofrênico o deslocou e o transformou em certos padrões do seu sistema delirante, como "forças", "o diabo", "vozes", "correntes elétricas", "vermes no cérebro ou nos intestinos" etc.

Dado que as sensações orgonóticas e as percepções orgânicas parecem constituir uma grande parte daquilo que é chamado de *ego* ou self, torna-se evidente a razão pela qual a cisão e a dissociação da percepção e da fala andam, geralmente, lado a lado com a dissociação e o deslocamento dessas sensações orgânicas.

Devemos supor, também, que a gravidade e o desfecho de uma doença dependem totalmente do órgão específico atingido pela insensibilidade, isto é, pela extinção da sensação orgânica. A dissociação de um braço parece inofensiva, se comparada com a imobilização dos olhos e da testa, ou mesmo de partes do cérebro.

Faríamos menos objeções às cirurgias cerebrais e às lobotomias irresponsáveis realizadas para se matar o diabo no organismo se elas ao menos servissem para desvendar as *funções* dinâmicas do cérebro. Questões como: "O cérebro se mexe? Contrai-se e expande-se quando trabalha, da mesma forma que o coração, o intestino, as glândulas?" são fundamentais para a patologia médica e para a compreensão das funções organísmicas. Seria muito importante inventar um dispositivo que permitisse ao especialista observar o cérebro em seu estado *natural*. Abrir "janelas" no crânio para estudar o cérebro, como se fez com macacos e alguns seres humanos, não serve de nada. O órgão vivo não se move quando uma cirurgia grave foi realizada na sua vizinhança. Isso é comprovado pelos edemas e pelas disfunções semelhantes que aparecem depois das cirurgias.

Tudo o que quero dizer é o seguinte: há boas razões para se acreditar que, *no processo esquizofrênico, algumas partes do cérebro, muito provavelmente a base e suas raízes nervosas, ficam imobilizadas*; assim como na prisão de ventre crônica os intestinos ficam paralisados, ou num tumor do estômago a peristalse cessa de funcionar. Isso poderia constituir uma abordagem funcional, nova e promissora, às perturbações *somáticas* da esquizofrenia, mas exigiria que se abandonasse o ponto de vista mecanicista em relação às funções do cérebro. O cérebro teria de ser considerado um órgão como os outros dentro do funcionamento global do organismo, como um "transmissor" especial das funções globais do plasma, e não como *a fonte de impulsos motores*. Porque, se o cérebro é a fonte de impulsos, a questão lógica é: *quem dá ordens ao cérebro?* Quando se afirma que os impulsos motores *têm origem* na massa cinzenta, isso equivale à hipótese de que há um pequeno duende no cérebro. Existem muitas espécies sem cérebro nenhum, que funcionam perfeitamente no que diz respeito às funções vitais, incluindo o juízo *(judgment)*; e sabemos, através da experimentação, que cães sem cérebro continuam a funcionar, mesmo muito enfraquecidos pela cirurgia.

Voltemos à nossa paciente: nessa altura, a situação se caracterizava pela proximidade das convulsões globais do corpo e da atividade genital; mas o bloqueio na testa e nos olhos constituía um grande obstáculo, que deveria ser eliminado antes de sua evolução para a genitalidade natural.

Vigésima quarta sessão

A paciente chegou irradiando alegria. Sentia-se muito feliz e à vontade. Os olhos estavam claros e o olhar, alerta. O rosto estava rosado e leve. Pela primeira vez na vida, passara um período menstrual sem reações psicóticas. Visitara muitos amigos, entre eles uma moça na instituição psiquiátrica. A respiração melhorara muito, embora não estivesse totalmente livre.

O passo seguinte era óbvio: tinha de fazê-la regressar ao ponto em que estivera no dia anterior. Ela teria de "bombear" mais emoção, aprender a suportá-la sem "se esquivar", e depois avançar.

No decurso da respiração profunda, surgiu um tremor no queixo e nos músculos masseteres. Ela disse: "Quando minhas emoções me dão pontapés de um lado e a sociedade, do outro, tenho vontade de me deitar no chão, ferir-me, tornar-me sifilítica ou coisa parecida...". Mais tarde: "As emoções querem romper aqui...". Apontou para o estômago e *depois para os órgãos genitais, mais abaixo.* "Sou capaz de fazer qualquer coisa...".

Não se pode esperar que essas conexões se apresentem de forma mais clara.

6. A função racional do "mal diabólico"

É necessário resumir mais uma vez as funções básicas descobertas pela pesquisa orgonômica nas profundezas do funcionamento biofísico do homem, para que se possa compreender plenamente o significado da *estrutura do caráter*. À luz da biofísica orgônica, essa "estrutura" aparece como a soma total da relação entre o sistema de energia orgonótica e o sistema sensório-motor, que deve perceber as correntes plasmáticas, efetuar as descargas de energia e coordenar todas as funções energéticas num sistema funcional unitário, global e organizado: o "sistema orgonótico". No processo esquizofrênico, o sistema de percepção é inundado por intensas sensações biofísicas, que, por não estarem integradas no biossistema total, conduzem a uma existência, por assim dizer, *separada*. É o que constitui a "cisão da personalidade". O biossistema tem um grau de tolerância muito baixo aos *aumentos repentinos* do nível de funcionamento emocional, isto é, *bioenergético*. Tendem a ocorrer desorientação, alucinações, deterioração da fala e impulsos homicidas quando há um aumento *repentino* do nível de energia e o grau de tolerância é baixo. Isso nada tem a ver com a "psicologia". A "psicologia" do esquizofrênico é um *resultado*, e não uma causa do processo. Quando a percepção está separada da excitação bioenergética, as sensações corporais são percebidas como influências "estranhas", "más", "diabólicas", exercidas por "poderes sobrenaturais" ("sobrenatural" no sentido de "além" do próprio *self*). Nessa torturante confusão, o biossistema desenvolve impulsos destrutivos para se proteger do diabo. De fato, é o remanescente da personalidade só que luta contra o diabo.

Vamos seguir os acontecimentos no caso da paciente.

Mal acabara de dizer "As emoções querem irromper aqui..." (nos órgãos genitais), foi ficando pálida e silenciosa; permaneceu deitada, imóvel, como que ausente; não respondia às perguntas. Algum tempo depois, disse, timidamente: "Acabo de rezar o Pai-Nosso... As emoções desapareceram".

Saiu da sessão calma e um pouco distraída. No dia seguinte recebi esta carta (os grifos são meus):

18 de março de 1942

Assim é tudo emoção – *você não sabia da música que estava tocando, a Rapsódia Húngara de Liszt* – ou outras – *as notas me atravessam* – não atravessam você ou qualquer outra pessoa – para me dizer alguma coisa – geralmente não sei o que é – esta noite foi minha grandeza – você não poderia compreender isso – nem ninguém na Terra.

Há cores e escuridão e sombras e luzes – chovia muito esta noite caminhei por charcos eu ia tirar os sapatos e passar por sua casa, as pessoas olhavam no trem e na rua – fui comer em sua rua principal e uma mulher estava ali depois de falar ao rapaz da loja sobre hospitais e Bellevue – tinham lá – falam para me aborrecer mas sorriam não comigo – de mim trabalhando as pessoas no trem estavam se divertindo – *e queriam que eu saísse do caminho* – mas fiquei assim mesmo –

Vim para casa e descobri que passei num teste municipal que fiz certa vez – assim talvez eu vá ser uma datilógrafa para a cidade – que eu não seria capaz de deixar facilmente –

Apenas humana e emocional? – Você não poderia saber – Você disse que eu não acreditava em minhas forças – mas elas acreditam em mim – mandam chuva e dizem-me que sabem – não o verei durante dois dias talvez o esqueça e ao seu trabalho – 86 mil judeus foram mortos – assassinados pelos nazis na Rússia hoje – tudo pela crucificação de Cristo – Havia pregos atravessando-lhes as mãos e um nos pés – Gostaria de saber se sangrou muito – que a Mãe Abençoada me perdoe – Tu és o Reino, o Poder e a Glória para todo o sempre Amém –

Você crucificador do Santo Sacramento – Você e seus descendentes deveriam pagar por isso – estou protegida de meus inimigos a chuva marca-os porque me aborreceram – alguma coisa vai acontecer a você – Adler morreu quando eu lhe disse que isso iria acontecer – Katz do psiquiátrico também morreu – Você terá muitos aborrecimentos – Você pode pensar que são a consequência natural das coisas mas eu saberei melhor –

Você poderia ter sido tão útil mas seguiu seu próprio caminho inimitável – a personificação do saber – esferas que dão voltas e voltas – o auxílio quando eu precisava você não quis dar – estou protegida e abrigada e se às vezes tenho de sofrer é por uma razão determinada – o judeu em mim deve sofrer para que outros possam sobreviver –
Em Ti, Senhor, repousa nossa fé – que te leva à vida eterna –
Ordena e eu obedecerei nenhum laço pode me encontrar, nenhum poder além deste pode me impedir de cumprir meu destino predestinado – por favor dize-me Senhor –
Se seu interesse esmoreceu, estou pronta a parar – se seu ego continua inchando, também estou pronta a parar – tenho de levar primeiros-socorros para ajudar as pessoas feridas a sobreviverem –
Múmias e loucos escurecem ao sol – (reflexão posterior)

Você também... F.

Sugiro que levemos essas coisas muito a sério. Nessas experiências esquizofrênicas, manifesta-se, diante de nossos olhos, o mundo que o misticismo corrente e a autêntica religião chamam de "além". Deve-se aprender a ler essa linguagem. Aquilo que nunca é admitido pelo *homo normalis*, que é vivido apenas na clandestinidade ou ridicularizado de maneira tola, são as forças da natureza severamente distorcidas; são exatamente as mesmas forças que inspiram os grandes sábios, filósofos, músicos, gênios da ciência, na ampla esfera que *transcende* as concepções do *homo normalis* e seu clamor político cotidiano. Ouso afirmar que, em nossas instituições psiquiátricas, apodrecem muitos artistas, músicos, cientistas e filósofos, potencialmente grandes, porque o *homo normalis* se recusa a olhar para além da cortina de ferro que desceu na frente de sua vida real, porque ele não ousa olhar para as realidades vivas. Essas grandes almas, derrotadas e aniquiladas enquanto "esquizofrênicas", conhecem e percebem aquilo que o *homo normalis* não ousa pensar. Não nos deixemos distrair pelas distorções desse conhecimento. Escutemos o que têm a dizer esses seres humanos dotados e clarividentes. Podemos aprender muito com eles: podemos aprender a nos tornarmos mais modestos, mais sérios, menos afetados e arrogantes, e podemos começar a compreender algumas das súplicas que fazemos, de modo vazio, em nossas igrejas e instituições acadêmicas superiores. Afirmo, após trinta anos de estudos minuciosos das mentes esquizofrênicas, que elas veem através de nossa hipocrisia, de nossa crueldade e estupidez, de nossa falsa cultura, de nossas evasivas e de nosso medo da verdade. *Tiveram a coragem de se aproximar daquilo que se costuma evitar*, e foram destruídas porque atravessaram o inferno sem nenhuma ajuda de seus pais neuróticos, dos professores vaidosos, dos cruéis diretores das escolas, dos médicos ignorantes. Esperavam sair do inferno e entrar no ar límpido e fresco, onde só habitam os grandes espíritos. Não é culpa deles se não conseguiram, se ficaram presos no reino do "diabo"; a culpa é da ignorância abissal e da estupidez dos *homines normales*.

Nossa paciente sentira a tempestade emocional como uma grande música. O ignorante dirá que "isso é loucura". *Não, não é loucura*. Um Beethoven passa pela mesma tempestade emocional quando compõe uma grande sinfonia, que dá muitos lucros a um negociante sem nenhuma musicalidade. É evidente que um Beethoven tem estrutura para suportar o mesmo tipo de tempestade emocional que provoca o colapso na estrutura esquizofrênica. Também é óbvio, para quem trabalha com funções orgonômicas, que um Beethoven, para preservar seu mundo interno, retira sua bioenergia dos nervos acústicos, ensurdece para não ter de escutar a conversa fiada de "críticos" chatos, e sei lá o que mais. O esquizofrênico difere dele na medida em que não conserva seu gênio intacto, e não o desenvolve, como um Beethoven. Mas, como este, também sofre com a má conduta e os delitos de nossos Babbitts; e retira-se para seu mundo interno. Sua infelicidade reside no fato de que seu contato com o mundo interno é apenas parcial, de que não está preparado para aceitá-lo totalmente e levá-lo adiante; daí o colapso. Meu trabalho com a "juventude marginal", na Alemanha, não me deixou dúvidas de que o melhor da raça humana cai em ruínas, não por causa de sua "maldade", mas devido ao inferno a que o *homo normalis* chama "civilização" e "adaptação cultural". Há mais a dizer sobre esse reino do diabo. O *homo normalis* deseja que os psiquiatras e biólogos sejam "reservados", "não emotivos", "acadêmicos", "objetivos", para que ele possa continuar semeando, sem ser perturbado, a peste emocional em milhões de bebês recém-nascidos e saudáveis, e odeia o caráter esquizoide por causa de sua proximidade com uma esfera da natureza que lhe está vedada para sempre.

Na noite do mesmo dia em que teve a tempestade emocional, a paciente ficou inquieta. Tinha ido à consulta marcada com o médico da instituição psiquiátrica e aguentara-se bem. Mas, dentro dela, a tempestade continuava. Era claro, para mim, que se ela conseguisse assimilar suas emoções fortes e racionais estaria salva. De outro modo, certamente teria de voltar à instituição psiquiátrica como doente catatônica.

7. Regiões anorgonóticas no estado catatônico

Vigésima quinta sessão

A paciente chegou em péssimo estado. Travara uma "batalha desesperada contra as 'forças'". Os dois braços tinham ataduras de esparadrapo. Uma grande cruz de esparadrapo atravessava o ventre, desde a boca do estômago até os órgãos genitais. Disse-me que as "forças" lhe perguntaram se ela as havia traído; queriam saber se estava pronta a se sacrificar totalmente, a entregar-se por completo. Perguntei-lhe o que isso queria dizer. "Significa que tenho de abrir, com uma faca, uma cruz profunda em meu corpo." Ela disse que não queria fazê-lo e lutara arduamente contra isso, mas não sabia como fugir ao pedido. Finalmente, chegara à conclusão de que poderia tentar "enganar as forças": se colocasse um esparadrapo na barriga, as "forças" poderiam acreditar – "por algum tempo" – que ela realizara seu pedido. Queria que eu a ajudasse. Uma vez, disse ela, estivera prestes a se cortar com uma navalha.

A fala estava bastante lenta, como se todos os impulsos se tivessem extinguido. Estava um pouco dissociada; mostrava afetação e babava. O rosto estava pálido, a pele da testa, imóvel, os olhos, muito velados, a pele do corpo, manchada. Era preciso fazer alguma coisa imediatamente, para evitar o internamento na instituição. Seu estado era semelhante ao de choque. Levei-a para a sala metalizada do orgone e examinei-a com a lâmpada fluorescente. Esse teste consiste no seguinte: as lâmpadas fluorescentes, carregadas de orgone, iluminam-se ao serem esfregadas levemente na pele. Queria certificar-me se seu estado se devia ou não à perda da carga de superfície. As pernas produziram o efeito luminoso normal. O cabelo reagiu fracamente, e a testa, absolutamente nada. Fiquei espantado ao ouvi-la dizer, *de antemão*, quais partes do corpo produziriam o efeito luminoso e quais partes não. Ela predizia a perturbação com base na sensação de vitalidade ou de desvitalização que experimentava em determinados locais.

Tentei carregá-la com o acumulador de orgone. Depois de meia hora de irradiação, começou a se recuperar, lentamente. O efeito luminoso tornou-se mais forte nos pontos em que fora fraco. Ela conseguiu mexer a pele da testa; as manchas desapareceram; os olhos voltaram a brilhar. A perturbação se mostrara mais intensa na região do segmento correspondente à base do cérebro: olhos, pálpebras, partes inferiores da testa, têmporas. Cerca de meia hora depois, sentia "a cabeça mais cheia, onde antes estivera vazia". A fala também melhorou visivelmente.

No fim, implorou-me que não a abandonasse em sua luta contra as "forças" e que a guiasse com segurança. Disse-lhe que nada podia prometer, mas que faria o possível para ajudá-la. De novo sentiu-se bastante feliz.

Durante esse tratamento, adquiri a firme convicção de que *a imobilização das funções bioenergéticas no segmento ocular, incluindo o cérebro, era o cerne do surto catatônico agudo.* Vários outros casos de esquizofrenia latente e manifesta, com tendências catatônicas, confirmaram essa convicção. Investigações posteriores podem vir a revelar que essa disfunção é *específica* do surto esquizofrênico *agudo* em geral; também pode se restringir a certos tipos de esquizofrenia. *Sua característica principal é uma paralisia dos movimentos e, com eles, do funcionamento bioenergético do cérebro, especialmente nas partes frontais e basais.*

A orgonomia designa a paralisia do funcionamento bioenergético como "anorgonia". Essa sintomatologia foi descoberta, pela primeira vez, na biopatia de encolhimento cancerosa. Mas agora eu a encontrava num esquizofrênico, durante um surto catatônico. Era correto supor que a maioria dos sintomas do surto catatônico devia-se a uma paralisia, mais ou menos completa, do funcionamento bioenergético na *periferia* do organismo. Essa paralisia parecia ser acompanhada, ou mesmo provocada, por uma retirada da bioenergia para o núcleo do biossistema. Imobilidade, *flexibilitas cerea*, persistência de imagem ou ideia, entorpecimento da fala ou mutismo deveriam, por consequência, ser considerados expressões diretas da imobilização. Por outro lado, sintomas como movimentos automáticos, maneirismos, ecolalia e, especialmente, a irrupção súbita de raiva violenta podiam ser compreendidos como uma tentativa, por parte da bioenergia móvel restante, de romper a imobilidade por meio de movimentos forçados ou automáticos, do centro para fora. O alívio geralmente sentido por catatônicos depois de um ataque de raiva, e as melhoras que o acompanham, confirmam nossa interpretação. Quanto mais completa for a couraça, quanto mais profundamente se estender na direção do núcleo biológico, tanto maior deverá ser a raiva para rompê-la. Em outros casos, tal ruptura seria impossível, resultando na deterioração, com perda de peso e paralisia das biofunções, uma a uma. É de se supor, também, que um estado esquizofrênico paranoico se transforma, de forma mais ou menos repentina, num estado catatônico, se o biossistema perdeu a capacidade de suportar fortes explosões biofísicas de energia. A contração final e completa do biossistema, nesses casos, seria uma reação às tentativas de expansão por parte dos impulsos vitais restantes.

Deve-se enfatizar, especialmente, que *a intolerância de expansão saudável, por parte do organismo doente, constitui o núcleo da doença.*

8. A função da autoagressão na esquizofrenia

Sabemos, pela terapia das biopatias mentais, que o suicídio e a autoagressão são provocados por uma intolerável estase bioenergética no organismo, quando nem o trabalho, nem as ações destrutivas, nem a satisfação orgástica estão acessíveis para poder permitir uma descarga. Os "motivos" psicológicos para essas ações são secundários e acidentais; em geral, são meras racionalizações da ação. No esquizofrênico, particularmente no tipo catatônico, o dano causado a si próprio adquire uma função especial. Isso se tornou evidente quando as tentativas de nossa paciente para ferir a si mesma revelaram sua motivação.

Vigésima sexta sessão

Levei-a para a sala do orgone e examinei de novo a superfície de sua pele, com uma lâmpada cheia de gás e carregada de orgone[3]. Pedi-lhe, então, que me mostrasse as regiões da pele que sentia como mortas, e que esfregasse a lâmpada nesses lugares. Para meu grande espanto, apontou exatamente para os mesmos lugares em que havia se cortado: nas articulações e palmas das mãos; na base do nariz; nas têmporas; e, com mais ênfase, no esterno, onde, várias vezes, cortara cruzes na pele. Esses pontos, ao contrário dos outros, não produziam luminescência ao se passar a lâmpada carregada de orgone. Eram sentidos como "mortos" na autopercepção dela, e estavam sem carga, isto é, objetivamente "mortos".

Essa é uma informação nova e muito importante quanto ao estado biofísico na psicose esquizofrênica. Em nossa paciente, a ideia de "sacrificar-se" a "forças" hostis formara-se, obviamente, com base na percepção correta de uma grave disfunção bioenergética na superfície da sua pele. Ela agia exatamente da mesma maneira que muitos esquizofrênicos em instituições psiquiátricas; eles massageiam a pele, tocam-se na testa, esfregam as pontas dos dedos nas paredes, tentam mover as pálpebras, balançam os membros etc., de modo estereotipado; alguns fazem isso durante anos a fio. Esses estereótipos e automatismos não tinham sido ainda compreendidos. Agora, percebemos que essas atividades catatônicas são expressões de uma tentativa desesperada, mas inútil de recuperar a percepção nas partes insensíveis do corpo. Gostaria de enfatizar, de modo especial, as caretas dos catatônicos. Estes, em geral, têm feições muito rígidas, semelhantes a máscaras.

---

3. Cf. meu artigo "Orgonotic Pulsation", sobre "luminação" (*lumination*), 1944.

Por isso, fazer caretas parece uma tentativa de mobilizar a musculatura facial inanimada.

Teoricamente, a desconexão de partes do corpo ou de todos os sistemas orgânicos em termos de autopercepção, de acordo com essas descobertas biofísicas, seria o resultado direto de uma deficiência na carga de orgone nessas partes ou órgãos. O biopata neurótico compulsivo sente apenas um vazio e insensibilidade generalizados; o biopata esquizofrênico percebe a disfunção de maneira muito mais clara e imediata. Pode nos dizer exatamente onde está localizada a disfunção se prestarmos atenção ao que ele diz e se compreendermos sua linguagem expressiva emocional, isto é, *bioenergética*.

Há razões para concluirmos que a mente esquizofrênica descreve processos *objetivos*. O funcionamento normal e saudável do organismo se expressa e é governado por uma distribuição equilibrada da bioenergia no biossistema. Sei bem que trilhamos caminhos ainda não estudados cientificamente. Não se trata apenas de terra *nova*, mas de terra de ninguém, por assim dizer. A autopercepção de bem-estar e de felicidade, de força e de segurança, deve-se à coordenação, num todo, de todas as funções parciais autogovernadas dos vários órgãos do organismo. Por conseguinte, as sensações de dissociação, cisão, despersonalização etc., no biossistema esquizofrênico, devem ser atribuídas à descoordenação de órgãos isolados e do campo de energia dos sistemas de órgãos do corpo. É como se alguns órgãos – penso especialmente no cérebro – tivessem existência *separada*, desconectada do organismo total; como se *não houvesse nem unidade nem contato* entre as unidades bioenergéticas chamadas "órgãos". A confusão mental e emocional, e a desorientação, são resultado direto de uma autopercepção *saudável* dessa dissociação.

Nossa paciente reagia de maneira clara: quando se instalava o "véu" na testa, ela sentia que as *circunvoluções do cérebro estavam enredadas, "como intestinos emaranhados"*. Bem, para mim, essa descrição parece cheia de significado *racional*. Apesar das objeções rotineiras da neurologia mecanicista, parece improvável que o cérebro tenha circunvoluções, como os intestinos, e que, ao mesmo tempo, *não se mova*, como a maior parte dos outros órgãos, ao executar seu trabalho de coordenação e transmissão de impulsos centrais. Não é muito mais razoável supor que o cérebro é formado por circunvoluções, semelhantes às do intestino, precisamente porque se *move* de modo similar ao peristaltismo enquanto funciona? Indivíduos saudáveis, habituados a pensar muito, dizem que sentem grande calor no cérebro e na testa, quando pensam com esforço; sentem um "ardor" que só desaparece quando o esforço termina; por outro lado, em casos de deficiência mental e pseudodebilidade, observam-se testas pálidas, frias, imobilizadas. Se considerarmos um pouco o assunto, parecerá compreensível que o cérebro se comporte de modo semelhante aos outros órgãos durante um funcionamento intenso. A produção de calor é uma indicação, bastante conhecida, de esforço fisiológico nos músculos e no estado emocional de excitação sexual. A falta de produção de calor é facilmente observável em casos com baixa bioenergia, como nas biopatias cancerosas, fraquezas anorgonóticas, anemia etc. Por isso, não há razão para se supor que o tecido cerebral não desenvolva mais energia – e, com ela, mais calor e movimento – durante um trabalho árduo.

Sei muito bem que essa hipótese soa peculiar e estranha à patologia clássica, para a qual o cérebro é um órgão imóvel, apesar da hipótese incorreta de que é o cérebro, com seus prolongamentos talâmico e subtalâmico, que gera todos os impulsos da atividade vital. Não concordo com essa teoria. Creio que está totalmente errada, que é contrariada por fatos evidentes do funcionamento vital, tais como seres vivos *sem cérebro*, e por aspectos importantes da filosofia natural em geral. Como disse antes, é difícil apresentar uma prova visual da mobilidade do cérebro. Mas já não pode haver qualquer dúvida razoável de que, *na esquizofrenia, o cérebro está perturbado funcionalmente (e não, em primeiro lugar, estruturalmente)*. As alterações mecânicas e estruturais ocorrem mais tarde, como *resultado* das disfunções bioenergéticas funcionais; entre elas, a paralisia do movimento e a descoordenação da ação do campo bioenergético parecem ser as mais importantes. Temos de admitir alterações atróficas, pela falta de uso, no tecido cerebral, como acontece na atrofia muscular. Se é verdade, como parece, que o formato dos órgãos reflete a forma do movimento da bioenergia, então o cérebro, com suas múltiplas voltas e torções, é um excelente exemplo da função bioenergética das formas dos órgãos.

A dissociação emocional e bioenergética no esquizofrênico leva, como bem sabemos, mais cedo ou mais tarde, a uma deterioração geral do organismo, com mau odor corporal, perda de peso, graves perturbações do metabolismo bioquímico e, às vezes, verdadeiros desenvolvimentos cancerosos. O esquizofrênico também se encolhe biofisicamente, pela falta de capacidade de reter bioenergia e manter seu nível normal.

Voltemos agora à nossa paciente, que nos permitiu tantas descobertas acerca dos enigmas da esquizofrenia: tratei-a durante várias semanas com o acumulador de orgone. O orgone teve nela um efeito fortemente positivo; provocou, como em outros casos de contração organísmica, uma expansão do sistema nervoso autônomo. O rosto ficava corado, os olhos clareavam de novo, a fala tornava-se mais rápida e coordenada, e até sentia prazer, depois de quinze ou trinta minutos de irradiação com o acumulador de orgone. Era uma grande e nova esperança para um possível tratamento biofísico da esquizofrenia incipiente. A combinação da orgonoterapia física e psiquiátrica foi muito útil. A retração aguda da bioenergia podia ser tratada unicamente por meio do acumulador. A orgonoterapia psiquiátrica ajudava a trazer à superfície mecanismos esquizofrênicos muito profundos.

Durante a *vigésima sétima sessão*, a paciente esteve muito bem-humorada; a pele da testa estava móvel, e os olhos, vivos e claros. Mas sua respiração continuava inibida. É possível "bombear para a superfície", por assim dizer, o que resta dos mecanismos patológicos. Enquanto não for possível provocar angústia por meio da respiração ou de certas atitudes corporais típicas, a estrutura biofísica ainda não estará realmente livre de suas disfunções. Quando "bombeei" suas emoções para fora, ela perdeu a alegria; as "forças se aproximaram", a testa ficou pálida e imóvel: "Há alguma coisa interrompida entre a pele da testa e o cérebro", disse ela. Isso, continuou, acontecia sempre que as "forças" estavam perto; geralmente desaparecia com elas.

Durante o período seguinte (*da vigésima oitava até a trigésima segunda sessão*), a paciente aparentou uma grande melhora. Dizia repetidamente: "Não sei se quero melhorar...". Com isso, queria dizer que não sabia "o que lhe aconteceria" se ficasse boa. Em várias ocasiões, pediu-me com insistência: "Por favor, ajude-me contra as forças... não estão aqui agora, mas sei que vão voltar... tenho tanto medo delas... salve-me...".

Nessa altura, tornara-se inequivocamente claro que as "forças" eram suas percepções *distorcidas* das correntes orgonóticas plasmáticas; que ela as amava e temia ao mesmo tempo; que sempre que as correntes se intensificavam ficava como que em estado de estupor. A sensação das "forças", a fuga para mecanismos psicóticos e a imobilidade do segmento ocular formavam uma única unidade funcional.

Eu podia ver que ela lutava contra uma expressão cruel, maldosa, nos olhos. Encorajei-a a ceder e a forçar essa expressão, e imediatamente sentiu-se muito melhor; mas, ao mesmo tempo, pareceu estar prestes a entrar em estado catatônico, ao produzir a expressão de ódio feroz nos olhos. Uma vez levantou-se, caminhou, de modo letárgico, para o armário, pegou o aquecedor e colocou-o ligado diante da porta do armário; depois, com os cabides, fez uma cruz na porta. Ela "tinha de apaziguar e invocar as forças". Disse também, pouco depois, que "sentia apenas algumas partes do cérebro"; as outras partes "estavam retorcidas", e "por isso sentia-se confusa".

Eu sabia muito bem que ela poderia sofrer uma grave crise de angústia, com uma possível recaída completa na catatonia, quando as correntes plasmáticas irrompessem com toda a força. Isso parecia depender inteiramente de ela ceder ou não à respiração plena. Podia-se perceber que ela refreava a respiração sempre que as "forças" ficavam fortes demais.

Durante as quatro semanas seguintes (na primavera), ela melhorou muito. Trabalhou bem no escritório onde se empregara; estava sociável e alegre; os ataques de ausência tornaram-se raros e já não eram tão fortes como antes. Na verdade, de vez em quando, regredia a atitudes e ações esquizofrênicas. Por exemplo, certa vez chegou com o abdome envolto em esparadrapo "para se manter inteira...". Um biopata neurótico teria simplesmente expressado o medo de explodir; nossa paciente, na realidade, tomou medidas tipicamente psicóticas contra isso. Ambos percebíamos o que se passava, a razão por que ela fazia essas coisas, e ela sabia muito bem quando iria parar de fazê-las. Eu me esforçava por lhe contar tudo sobre o perigo à nossa frente, e ela compreendera com a verdadeira inteligência esquizofrênica.

Aprendera também, aos poucos, a fazer a expressão de ódio assassino nos olhos, sem ficar assustada. Isso lhe dava uma sensação de segurança contra o medo de cometer um assassinato; compreendeu que se pode expressar plenamente um ódio assassino sem que isso signifique, de fato, que seja preciso cometer um crime.

Trabalhei contínua e cuidadosamente, com algum sucesso, na inibição da respiração na garganta. Mas ela nunca cedeu totalmente à respiração *emocional*. Deslocara as sensações principais do tórax para o abdome, o que indica a mudança da percepção das correntes orgonóticas na direção da região *genital*.

Certa vez tentou, por brincadeira, pôr um laço em volta do pescoço "para ver se conseguia se enforcar". Essas ações ainda continham a tonalidade do perigo, embora muito reduzida pela brincadeira e pelo humor que as acompanhavam. Eu sabia que ela ainda não superara a possibilidade de realmente suicidar-se. O médico que a assistia notou a grande mudança e encorajou o esforço terapêutico. Era um psiquiatra muito amável e colaborador.

Estava evidente que a bioenergia e as sensações que a acompanhavam se moviam fortemente para a região *genital*. As sensações pré-orgásticas eram iminentes. Por isso, o bloqueio remanescente na garganta constituía o principal problema terapêutico. Eu sabia que, se não o removesse a tempo, *se a excitação genital irrompesse com toda a força e a garganta ainda estivesse bloqueada, ela ficaria definitivamente catatônica*. Remover o bloqueio na garganta antes do desenvolvimento total da excitação genital era uma corrida contra o tempo.

Um dia ela entregou-se totalmente à respiração, e *imediatamente sentiu a identidade entre as correntes orgonóticas e as "forças"*. Percebeu-a de maneira clara e instantânea, sem nenhuma dúvida. A estrutura do tórax movia-se automaticamente. Tinha fortes sensações de corrente em todo o corpo, exceto na região genital, do monte pubiano para baixo. Perguntou: "Será possível tornar o corpo sadio sem tocar a alma?". Era uma pergunta muito estranha. A "alma" representaria a sensação genital, ou mesmo os próprios órgãos genitais? Muito provavelmente sim. Isso era de se esperar, já que as "forças" representavam as correntes do corpo; além disso, uma vez que ela experienciava o pico das correntes corporais nos órgãos genitais, "como a natureza determinava", então era lógico que também a "alma" fosse representada pelas sensações pré-orgásticas nos órgãos genitais. Estavam separadas da percepção há tanto tempo que só podiam ser percebidas como forças estranhas e como "alma", a parte mais importante da autopercepção. Isso se confirmou pela insistência dela em "não querer ter a alma curada".

A paciente cooperou muito durante semanas. Cada vez que a respiração natural produzia excitação genital, ela se opunha psicoticamente e enrijecia os músculos das coxas, os adutores profundos, do modo habitual de todos os casos.

Trigésima terceira sessão

Os órgãos genitais são instrumentos biológicos para a descarga da energia e para a procriação da espécie. Esta última função é bastante conhecida e aceita. O *homo normalis*, herdeiro do *homo sapiens* – que, por sua vez, é herdeiro do *homo divinus* –, condenou a função biofísica da descarga de energia; esta reapareceu, então, como o diabo na vida de fantasia do homem. O indivíduo biologicamente forte não sacrificou ou não pôde sacrificar seu juízo racional às exigências do pensamento eclesiástico; a grande força natural entrou em conflito com a dependência do indivíduo em relação à sua família e à sociedade. Nessas circunstâncias, as forças genitais continuam funcionando, mas separadas do resto do organismo, como "más" ou "pecaminosas", e retornam como o diabo, como "forças do além", no campo da esquizofrenia e do misticismo em geral.

Esse fato se esclareceu completamente com o progresso ulterior da nossa paciente. Desde Tausk, em 1919, sabe-se, em psiquiatria, que o aparelho genital constitui o perseguidor no delírio esquizofrênico. Mas não se sabia que isso tinha um significado biofísico muito mais profundo; que era a *forte sensação da corrente vital* no corpo, e não apenas nos órgãos genitais, que se torna estranha e intolerável, tanto no adolescente como no psicótico. Os órgãos genitais são tão predominantes apenas porque sua excitação provoca as mais fortes sensações de vitalidade.

Disse à paciente que, agora, sua tarefa era aprender a *sentir* sua região genital tão claramente quanto as outras partes do corpo. Ela permitia que a respiração se desse de forma plena, mas ficava confusa e com o rosto manchado, sempre que a corrente se aproximava da pelve. Pela primeira vez vi a forte contração das coxas. As *"forças" começavam a irromper na região a que pertenciam, ou seja, na região genital.*

Ela segredou, temerosa, que ninguém a compreendera em relação a "essas sensações". Começou a descrever minuciosamente o que sentia quando "aquilo acontecia ou começava a acontecer naquele lugar". De algum modo, as "forças" faziam com que *as coisas à volta dela, na sala, adquirissem uma "aparência estranha"*; ficavam muito "esquisitas". Não mudavam de forma, mas assumiam uma *expressão viva*, no sentido de serem *seres vivos*. "Emerge delas algo estranho; parece que querem dizer-me coisas importantes, como se estivessem vivas." Depois ficou confusa e angustiada.

A princípio, não consegui compreender por que razão as "coisas ficavam vivas à volta dela" quando estava prestes a se excitar genitalmente. Então tudo se esclareceu: *com a forte excitação biossexual, o campo de energia orgone expande-se consideravelmente; todas as impressões sensoriais tornam-se mais vivas e penetrantes. Isso também lhe acontecia; mas, dado que não percebia esse processo biológico como seu, dado que a excitação estava cindida em relação à autopercepção, o campo de energia orgone à volta dela, experienciado sob a forma de impressões sensoriais muito vivas, aparecia como uma força estranha e esquisita, que tornava vivas as coisas na sala.*

Por conseguinte, a sensação persecutória psicótica projetada surge como percepção *verdadeira* de um processo *real*: *o psicótico percebe seu próprio campo de energia orgone fora do organismo*. Os conteúdos da sensação, tais como ideias homossexuais ou ideias destrutivas projetadas, são secundários em relação à percepção bioenergética do campo de energia orgone.

Façamos uma pequena pausa e consideremos a validade dessa hipótese, sem levar em conta a experiência clínica produzida por nossa paciente.

O medidor do campo de energia orgone, construído em 1944[4], demonstrou a existência de um campo de energia orgone que vai além da superfície da pele do organismo.

---

4. Cf. *A Descoberta do Orgone*, vol. II, 1948.

Um eletroscópio carregado de orgone só reage ao campo de energia da superfície da mão, que se move, e não à lã morta.

O oscilógrafo reage quando se liga o eletrodo a uma toalha úmida e um organismo ou órgão vivo, como a mão, toca a toalha.

Bions que estão fortemente carregados de orgone matam bactérias e células cancerosas, a uma certa distância, e atraem outros corpos. Essa capacidade desaparece com a morte.

Portanto, não se pode duvidar da existência do "sexto sentido", a percepção orgonótica que fica além da superfície do organismo.

Expliquei à paciente a função do campo de energia orgone, como observado em bions, em células do sangue e no medidor do campo. Ela o compreendeu e cumprimentou-me, pois eu era a primeira pessoa capaz de lhe explicar, de maneira compreensível, suas experiências profundas.

Gostaria de mencionar aqui, resumidamente, dois casos de reação paranoide que demonstraram o fato de a alucinação sensorial persecutória, em certos casos, seguir-se à percepção de energia orgone *fora* da superfície da pele do organismo.

Há vários anos, tratei uma mulher que sofria de anestesia vaginal. Era casada, mas nunca tivera quaisquer sensações na pelve. Algum tempo depois, o reflexo do orgasmo começou a aparecer; em breve estava desenvolvido o bastante para reativar as funções fisiológicas naturais na mucosa vaginal e nas glândulas. Contou que o marido parecia bastante satisfeito com a evolução da relação. Porém, alguns dias mais tarde, trouxe-me o marido, desesperada: *ele* desenvolvera a ideia de que eu, maliciosamente, o influenciava com correntes elétricas na vagina dela. Era evidente que ele desenvolvera uma ideia persecutória paranoide. Foi internado num hospital psiquiátrico com diagnóstico de esquizofrenia paranoide.

Por que o marido colapsou psicoticamente quando a mulher desenvolveu fortes correntes e excitação vaginais? Não poderíamos responder a essa questão antes da descoberta das funções organísmicas da energia orgone. Agora parecia óbvio: o sistema energético do marido só conseguia suportar o abraço genital enquanto não havia sensações fortes. Quando a mulher começou a se recuperar, o organismo dela, muito naturalmente, induziu *nele* correntes e sensações fortes. O organismo do marido reagiu a essa experiência com uma cisão paranoide. Eu curara a mulher; por isso, tinha-o influenciado com eletricidade por meio da vagina da mulher. Ele apresentava os sintomas oculares típicos dos esquizofrênicos.

Esse caso demonstra que ocorrem alterações fisiológicas reais no organismo de um dos parceiros quando se altera o funcionamento genital do outro, tanto com o entorpecimento das sensações como com o aumento da excitação. Ocorre frequentemente, na orgonoterapia, de testemunharmos a melhora do cônjuge, quando o parceiro em tratamento apresenta melhora em sua condição bioenergética.

Um homem com evidentes mecanismos psicóticos costumava reagir com angústia profunda depois de virar os olhos para cima. Sentia-se como se estivesse sendo estrangulado. Um dia, mandei-o virar de novo os olhos para cima, e a reação foi particularmente forte. Durante o ataque de angústia, olhou para um canto da sala, arregalou os olhos, começou a gritar e apontou com terror para o canto: "Você não o sente", gritou, "ali, ali mesmo, saindo da parede, olhando para mim?". Depois, dando um salto súbito, levantou-se e correu aterrorizado *para aquele canto* de onde sentia vir o olhar. Levei-o a essa reação várias vezes. Aos poucos ela foi diminuindo até que, por fim, desapareceu de todo.

Também nesse caso ocorrera uma "projeção". Porém, bioenergeticamente, eu não tinha razões para duvidar de que o campo de energia orgone se excitara para muito além do corpo, e isso possibilitara a reação psicótica.

Voltemos à nossa paciente. Durante algumas semanas, esteve feliz, trabalhou bem e não teve delírios: as "forças" pareciam ter desaparecido. Mas um dia, numa consulta com o médico da instituição psiquiátrica, disse-lhe não saber se iria continuar o tratamento comigo; que ficava confusa e não compreendia os mecanismos que eu lhe explicava.

Voltara-se contra mim de maneira maldosa. Durante as sessões comigo, comportava-se de modo altivo, arrogante, como se me desprezasse. O tratamento a incapacitara de viver no mundo real, de seres humanos reais; estava perdendo a "fé" num "além" que parecia ser parte integrante dela. Como poderia ser capaz de existir neste mundo, tornando-se genital? Ela sabia bem, disse, que as pessoas estão doentes; mas não queria trocar seu mundo pela realidade tal como é.

Recusou minha sugestão de que ela poderia desenvolver a capacidade de viver a própria vida sem ter de se refugiar no seu mundo esquizofrênico. Contra isso argumentou que o mundo, tal como é, não permitia que os seres humanos vivessem a felicidade da união sexual, impondo severas prisões e dores. Por isso, preferia seu mundo de delírios, onde era dona de si própria e estava protegida pelas "forças".

Sua avaliação da situação social, no que respeita ao modo de vida econômico-sexual, parecia muito racional. Não se podia refutar nenhuma de suas ideias críticas com base no bem-estar humano, na segurança social ou na integridade moral. Por exemplo: durante sua puberdade houvera momentos de grande sanidade e lucidez; desejara claramente um rapaz que a abraçasse e a quem pudesse amar; mas então ocorrera-lhe o pensamento de *onde* poderia amá-lo, e *o que fazer com seus pais*, que haveriam de impedi-la e atormentá-la quando suspeitassem do que ela estaria fazendo; tivera medo de ser enviada a um reformatório; sentira que se tornaria uma criminosa se fosse apanhada e levada para um hospital. Naquela época, ela não imaginava que mais tarde passaria muitos anos em um hospital psiquiátrico. Mas o sofrimento causado pelas excitações corporais frustradas tornara-se tão forte que finalmente recebera de braços abertos a monotonia das instituições psiquiátricas.

Deveria ter-se submetido à mãe doente, que ralhava com ela o dia inteiro e odiava o pai, ofendendo-o e difamando-o sempre que podia, porque ele a tinha abandonado? Como poderia ter desenvolvido sua grande inteligência em qualquer ramo de atividade humana se não tinha um quarto só para ela, se a mãe abria todas as cartas que lhe eram dirigidas? Fora oprimida entre o desejo carnal irresistível por um homem e a impossibilidade social, em sua vida, de satisfazer esse desejo. O período desse dilema fora curto, mas atormentado. Então, pela primeira vez, as coisas à volta dela se tornaram vivas e pareceram "dizer-lhe algo". A princípio sentira-se curiosa; mas quando se tornaram mais fortes ficara assustada e, por fim, confusa. Onde *ela acabava*, e *onde começava o mundo à sua volta*? Cada vez menos sabia dizê-lo. Então apareceram os impulsos homicidas, e tivera muita dificuldade para evitar ferir as pessoas. Assim, os muros da instituição surgiram como um refúgio para a grande tensão e perseguição que sofria por parte de seu próprio organismo.

Durante as semanas seguintes esteve despreocupada e cooperou bastante; desejava que eu "a libertasse da percepção de objetos vivos", que a assustavam demais. Tinha um medo mortal do "outro mundo". Pedi-lhe que descrevesse esse "outro mundo". Desenhou o seguinte diagrama:

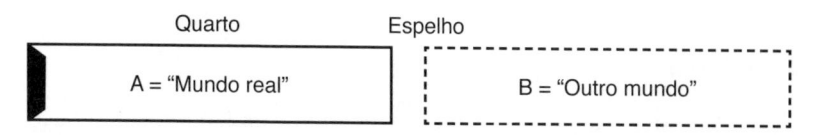

Quarto	Espelho
A = "Mundo real"	B = "Outro mundo"

O poder das "forças" manifestava-se na capacidade delas de lhe abrirem o mundo B quando ela se sentia angustiada no mundo A. Esse "outro mundo" era "muito real", embora ela soubesse muito bem que ele não era real.

A paciente começou a perceber a insensibilidade na garganta. Compreendeu, pela primeira vez em vários meses, o que eu queria dizer quando lhe repetia, inúmeras vezes, que ela continha a respiração; que deveria tentar expelir o ar e deixar seu tórax "cair" ou "ir para baixo".

Sentia-se angustiada quando o tórax se movia para baixo, com o ar passando pela glote. Quando sentia uma excitação forte na parte inferior do abdome, dizia: "Tenho medo de uma coisa que não sinto, mas sei que está aí...".

A projeção e a mistificação das correntes corporais eram consequências da *falta de percepção nítida de uma sensação orgânica que, contudo, era percebida.*

É muito difícil expressar com palavras adequadas essas funções biofísicas, pois elas se situam para além do reino das palavras e ideias. É muito difícil verbalizar uma experiência em que um processo no organismo *é* percebido, *mas não como próprio.* Mas não há dúvida de que essa é exatamente a chave para a compreensão da cisão esquizofrênica e da projeção das sensações corporais. Sua inteligência penetrante manifestou-se de novo quando, espontaneamente, explicou a diferença entre uma experiência histérica e uma esquizofrênica: a primeira, disse, consiste na alienação de um órgão da experiência total do corpo; a segunda consiste numa alienação semelhante à da histeria, *mais a interpretação errada e a mistificação da percepção separada.*

Essa descrição corresponde à mais hábil compreensão biopsiquiátrica do processo. Ajusta-se a todos os tipos de experiência mística; o misticismo percebe um processo próprio do corpo como estranho, como tendo origem "além" da própria pessoa, ou além da própria terra.

A paciente vivia num desequilíbrio constante entre a integração racional de seus sentimentos e o delírio esquizofrênico. Eu esperava que seu processo esquizofrênico se desenvolvesse totalmente quando a autopercepção estabelecesse um contato intenso com a excitação corporal. Minha expectativa mostrou-se correta.

Trigésima quarta sessão

A paciente chegou com nítidos delírios esquizofrênicos. Pouco depois do último tratamento, quando tomara contato com as correntes do corpo, teve diarreia. Sentiu "os intestinos se retorcerem... e algo se movia em direção aos órgãos genitais". Vomitou tudo o que comera; teve flatulência severa. Durante a noite, vira muitas formas e figuras esquisitas no quarto, rodeadas por um arco-íris. Era evidente que a energia orgone se movera rapidamente no seu corpo e estimulara os intestinos, e também que ela interpretara erradamente a maioria das sensações. Queixou-se: "Não confio em você... está do lado delas [as forças]; elas usam todos os meios possíveis para me prejudicar... envenenaram a comida, por isso precisei vomitar... fizeram chover para me aborrecer... nunca interferiram antes no meu dia a dia... agora fazem-no... a culpa é sua...".

A ideia de ser envenenada pode ser entendida como resultado das excitações que são impelidas para trás, na parte superior dos intestinos, em direção reversa, isto é, em impulsos para vomitar. Convenci-a a ceder mais às "forças". Conseguiu entregar-se mais plenamente. Tremores violentos percorreram todo o seu corpo, e ela "ausentou-se" de novo. Eu a trouxe de volta, beliscando-a. Mas os olhos continuaram vazios e "distantes". A pele da testa estava imóvel; uma angústia intensa acompanhava os tremores.

Fora um grande passo à frente. Eu esperara por isso. Sabia que todos os sintomas esquizofrênicos seriam incitados, assim que as sensações orgânicas se desenvolvessem e fossem totalmente percebidas. Mas não sabia qual seria o resultado: *catatonia total* ou *restabelecimento*? O risco tinha de ser assumido, visto que a catatonia teria sido o único resultado se não houvesse qualquer tratamento. Também sabia que o perigo de suicídio era grande. Assegurei-me de sua confiança e honestidade. Confidenciou-me que, num outro dia, suas mãos haviam ficado completamente insensíveis durante algum tempo, e ela então tivera o impulso de cortá-las. "... Se eu pudesse confiar em você...", disse repetidamente. "... Elas se apoderaram de mim outra vez... fazem comigo o que querem... já não consigo lutar contra elas...". Chamou-me a atenção o fato de ela ter recusado um cigarro que lhe ofereci durante a sessão. Suspeitava poder ser envenenada.

Trigésima quinta sessão

A paciente chegou em estado de completo choque vegetativo. A pele apresentava manchas azuis e vermelhas. Tremia, e os olhos estavam intensamente velados. Mas podia falar. A princípio pareceu estar com vontade de cooperar. Mas quando surgiram convulsões no rosto e nos ombros saltou de repente, puxou uma faca escondida nas costas e correu para mim. Tenho o hábito de estar em guarda para essas coisas. Agarrei-lhe a mão, tomei-lhe a faca e disse-lhe, rispidamente, que se deitasse e não se mexesse. Ela gritou: "Tenho de matar você... tenho... devo...".

Durante mais de duas décadas eu havia experienciado e compreendido a raiva homicida contra mim, por parte de pessoas que ficavam mortas de medo ao ouvir minha descrição científica das correntes orgonóticas. Testemunhara esse terror em candidatos presidenciais, libertadores comunistas, místicos fascistas, psicanalistas bem-ajustados, psiquiatras neuróticos de tribunais, neurocirurgiões, diretores de instituições psiquiátricas, patologistas de câncer desesperançados, esquizofrênicos, políticos de todo tipo, mulheres intrigantes de colaboradores etc. Por isso, sabia com o que estava lidando. Ela estava azul de raiva; várias vezes tentou saltar para cima de mim, agarrar minha garganta e dar-me pontapés... Fazia-o aberta e francamente, ao passo que o psicanalista biopata, ao sentir-se ameaçado por meus ensinamentos, anda por aí com mexericos e intrigas dizendo que eu estive num hospital de loucos, ou que seduzo todas as minhas clientes, ou que acabo de ser enterrado. Preferia, de longe, o comportamento de minha paciente. Algum tempo depois, ela cedeu de maneira nada esquizofrênica e chorou amargamente, como uma criança. Chorou muito tempo, e isso lhe fez bem, emocionalmente. De tempos em tempos, ficava furiosa, amaldiçoava a mãe, o pai, o mundo, todo o sistema médico e educacional, o hospital público e os médicos que ali trabalhavam. Enfim acalmou-se e explicou: depois da última sessão, *fora atormentada por movimentos espontâneos na parte inferior do abdome; sentira-os totalmente; sentira "forte comichão" no órgão genital pela primeira vez, ao que se recordava; tentara se satisfazer, mas não conseguira.*

Eu tinha de tomar grandes precauções contra um possível desastre. Sabia que se a terapia não conseguisse capacitar a paciente a tolerar e integrar as sensações corporais poderia esperar pelo pior. Aconselhei a família a dar os passos necessários para sua internação na instituição. Perguntar-me-ão por que aceitei o grande risco, por que não a internei imediatamente. Minha resposta de novo é: as consequências científicas dessa experiência eram enormes; internar a paciente significaria interromper o fluxo de informações científicas, também significaria matar qualquer esperança de melhora. Ela estava à beira da recuperação e merecia uma oportunidade de consegui-la. O resultado final mostrou que essa atitude estava correta. Mas, naquela altura, eu não sabia qual seria o resultado final.

Trigésima sexta sessão

A paciente chegou tarde; não sentira vontade de vir. "Não gosto dela [da situação]...", disse. "Senti prazer em todo o meu corpo; meu corpo é agora um só, mas não gosto dele..." Estava quase totalmente relaxada; a respiração funcionava bem. "Gostaria de voltar para meu velho mundo... eu gostava das forças... Tenho medo de desejar ardentemente dormir com um rapaz...." (Ela *nunca* abraçara um homem.)

Exibia todos os sinais bastante conhecidos de uma forte *angústia de prazer* pré-orgástico. A perspectiva era: ou ela se assustaria a tal ponto que fugiria de novo e, dessa vez, provavelmente, de modo definitivo, ou conseguiria se recuperar completamente.

Trigésima sétima sessão

Entrou queixando-se dos movimentos no abdome e na região genital. Não tinha controle sobre eles. Pelo contrário, os movimentos é que exerciam um grande poder sobre seu corpo. Antes, ela não conseguia fazer nada contra as "forças", mas poderia, disse-me ela, me matar porque fora eu que provocara aquela situação de movimentos em seu corpo. Se eu morresse, minha influência sobre ela acabaria e, assim, os movimentos no corpo.

Vamos parar um pouco, novamente, para uma reflexão: o resultado terapêutico era duvidoso, no que dizia respeito ao restabelecimento total da sanidade. Consistindo numa confirmação clínica de toda a teoria da biofísica orgônica organísmica, a situação era inestimável, rica de possibilidades, com uma vasta perspectiva de todo o campo da estrutura de caráter humana. Para resumir, as seguintes conclusões pareciam seguras:

1) o ódio homicida, que eu e meus colaboradores encontramos em tantas pessoas, era devido ao estímulo de movimentos espontâneos em corpos que nunca haviam sentido esses movimentos autônomos, bastante familiares a todos os indivíduos saudáveis e sem couraça;

2) esses movimentos, se *afastados* ou *excluídos* do domínio da percepção total (= autopercepção), constituem todos os tipos de experiências místicas. Assim, é facilmente compreensível que um psicopata como Hitler preferisse matar na primavera;

3) as "forças" influentes, na esquizofrenia, são a mesma coisa que os movimentos plasmáticos no organismo;

4) muitos tipos de crimes e assassinatos são devidos a tais alterações súbitas na estrutura de assassinos potenciais ou efetivos;

5) organismos humanos cronicamente encouraçados toleram apenas baixos níveis de bioenergia e as emoções correspondentes. Um alto nível de funcionamento bioenergético, com forte metabolismo energético – que, em indivíduos não encouraçados, constitui intensa alegria de viver, animação, vivacidade –, é terrivelmente insuportável para o indivíduo encouraçado. Mudanças *súbitas* de um alto nível de energia para um nível muito baixo produzem depressão aguda. Por

outro lado, mudanças *súbitas* de um nível de energia cronicamente baixo para um nível muito alto conduzem a situações dramáticas e perigosas, devido à incapacidade de tolerar sensações e emoções fortes.

Por isso, é de se esperar que, mais cedo ou mais tarde, a biopsiquiatria consiga descrever as estruturas humanas e as reações características em termos de *"metabolismo bioenergético"*, *"tolerância emocional"* da excitação biofísica e *"capacidade de descarga de energia"*.

Esse ponto de vista energético nos capacitaria, finalmente, a lidar com a "natureza humana", não a partir de ideias e experiências complicadas, mas de funções energéticas simples, como acontece ao lidarmos com o restante da natureza.

Trigésima oitava sessão

A paciente estava muito bem, coordenada e clara. Tentara satisfazer-se; sentira um forte latejamento na vagina. Porém, tinha "separado" o braço direito; não conseguia apertar a mão ao cumprimentar. Expliquei-lhe que alguma profunda inibição se manifestava nessa separação e que deveríamos procurá-la nas profundezas. "Isso seria perigoso demais", disse ela.

Era óbvio que se tratava de um bloqueio, muito antigo e profundo, do movimento da mão direita para a autossatisfação física.

Trigésima nona sessão

Eu sabia que deveria fazê-la experimentar emoções genitais, da maneira mais rápida e segura possível, para evitar um colapso final. Ela apresentava boa motilidade e clareza, nesse dia. Quando a respiração "bombeou para fora" bastante energia organísmica, *sua pelve começou a contorcer-se* espontaneamente. Apareceram fortes sensações de corrente, e ela se recusou a continuar. Declarou, de repente, que estava confusa (*não* estava). Na consulta seguinte com seu médico da instituição psiquiátrica, ela escondeu que se sentia muito melhor, a fim de manter as portas abertas para um eventual retorno. "Se eu for além desse ponto perderei o cérebro..." Queria dizer que perderia a consciência: a *angústia de orgasmo* surgia em primeiro plano. No fim da sessão, fez o sinal da cruz, à maneira católica.

Às onze da noite telefonou-me para dizer que a lua "lançara sombras no chão do quarto" e que esse era o "sinal para ela", mas que fora incapaz de chamar as "forças". Consegui acalmá-la.

Quadragésima sessão

Ela estava muito infeliz. Eu sabia que ela estivera muito excitada sexualmente na noite anterior, que não fora capaz de se satisfazer e que chegara a um ponto crucial em sua vida. Disse-me que tentara desesperadamente fazer as "forças" voltarem, mas que não conseguira, "a despeito do contato com a lua". Estava convencida de que as "forças" rejeitavam sua companhia porque ela era "judia". Disse também que não queria perder seu mundo, pois não conseguia viver "neste mundo".

Era óbvio o que ela queria dizer com a palavra "judia". Significava ser "sexual" e "porca" ao mesmo tempo. A ambiguidade dessas experiências emocionais derivava do fato de querer sentir as forças corporais, mas sem se sentir "porca". Isso correspondia perfeitamente à experiência clínica da biofísica orgônica: *o animal humano deseja experimentar e realizar plenamente suas emoções biossexuais; ao mesmo tempo, rejeita-as, por causa de sua distorção pervertida.* "Deus" representa as primeiras, e o "diabo", as últimas; ambos se fundem numa unidade confusa, dolorosa – o que é mais evidente em esquizofrênicos, embora também esteja presente e se manifeste com clareza no *homo normalis*.

Justificava-se sua recusa ao mundo do *homo normalis*? Claro que sim. Esse mundo arruinara sua estrutura biológica natural ("Deus") e implantara-lhe o "diabo"; a mãe fizera isso com ela. O esquizofrênico conhece os caminhos do *homo normalis* e seus resultados desastrosos. Este, por sua vez, é um Babbitt, que não compreende o mundo esquizofrênico do juízo *racional* ou, por isso mesmo, o seu próprio.

Um dos objetivos principais da apresentação deste caso clínico é descrever a crise psicótica em relação às correntes e emoções orgonóticas do biossistema. É da maior importância concentrarmos a atenção nesse único fato e não nos distrairmos com o labirinto dos mecanismos e das ideias delirantes dos esquizofrênicos. Temos de alcançar o denominador comum que caracteriza o surto esquizofrênico, sem dar importância aos conteúdos dos delírios. *O núcleo do surto esquizofrênico é determinado por irresistíveis correntes de plasma orgonótico, que inundam um biossistema incapaz de enfrentar a tempestade emocional.*

A psiquiatria compreendeu que o sistema psicótico é uma tentativa de reconstruir o *ego* perdido (= *mundo*). Mas não sabia dizer por que esse mundo do *ego* se desmorona. A reconstrução psicótica é uma consequência, e não uma causa da doença. Devemos nos lembrar bem disso. Do mesmo modo, a "fixação narcísica na infância" não é uma causa do colapso, mas apenas uma das condições em que ele ocorre. *O âmago do problema é a cisão biofísica entre a excitação e a percepção, e a consequente intolerância de emoções fortes por parte do biossistema.*

9. Crise e restabelecimento

A paciente atravessou três períodos distintos ao término e depois do tratamento: 1) grande bem-estar e sanidade; 2) súbito surto catatônico; 3) restabelecimento total e libertação da psicose, durante mais de cinco anos após o tratamento.

a) Progresso rápido em direção à saúde

O primeiro período durou cerca de um mês. No começo, ela costumava chorar com muita frequência "porque as 'forças' não me querem mais; porque sou judia...". Com as sensações corporais e a volta de sua percepção delas, as "forças" desapareceram por completo.

Então começou a gozar a saúde recém-adquirida. Costumava telefonar-me para dizer que não precisava de tratamento naquele dia, que se sentia bem e feliz, e que preferia, em vez disso, jogar tênis ou assistir a um espetáculo. Trabalhava com eficiência e alegria no escritório.

Durante a sessão respirava plenamente; dava livre curso às emoções; chorava, ria, falava com inteligência e sem vestígios de bloqueio ou de perseveração. Mas eu não confiava totalmente na situação, devido às minhas experiências com reações à intensa angústia de orgasmo. Sabia que *ela não estaria segura até que cedesse a seu papel biológico, como fêmea, no abraço com um homem a quem pudesse amar realmente.*

As "forças já não estavam ali". Não se via, à superfície, qualquer vestígio de sintomas esquizofrênicos. Mas havia muitos indícios de que ainda existiam funções esquizofrênicas operando nas profundezas sem grande intensidade bioenergética.

Hesitou em admitir o bom resultado da orgonoterapia. Sabemos que pacientes que não apreciam bons resultados, de algum modo e em algum momento, tornam-se hostis, por causa de um resto de angústia.

Ela disse enfaticamente que só agradecia suas melhoras ao bom Deus. Desenvolveu a ideia de que "saúde" significava felicidade contínua, ininterrupta, sem qualquer interferência de desgosto e aborrecimentos. Rejeitou minha afirmação de que saúde também significa a capacidade de suportar o impacto de situações desagradáveis e aborrecimentos.

Sentia a região genital como sua, e não mais como morta ou estranha; mas afirmava não ter desejos de união sexual. Não havia dúvidas de que ela não admitia um exame detalhado desta questão. Era evasiva e desconversava no que dizia respeito a falar de uma vida amorosa séria.

Depois, lentamente, os indícios que faziam suspeitar de um desastre iminente foram aumentando.

Começou a chamar-me de "charlatão" e "homem perigoso", a dizer que eu provocava "coisas ruins" nas pessoas. Não "queria nenhuma potência orgástica", disse, embora me tivesse procurado, explicitamente, porque eu havia elaborado esse conceito de saúde emocional.

Um dia, chegou com uma cruz de metal pendurada ao pescoço; comprara-a "para apaziguar as forças". Aconselhei-a a não ser muito otimista, a esperar mais coisas demoníacas vindas das profundezas das suas emoções. Riu-se disso e assegurou-me de que eu estava exagerando.

Mostrava sinais de abandonar a terapia. Só queria voltar a algumas sessões mais. Disse que eu não era bastante culto, não era suficientemente sensível para ela. Iria à polícia acusar-me de "fazer coisas nocivas".

Num outro dia, não quis cooperar de modo nenhum; sequer tirou o casaco e saiu pouco depois. Telefonou nessa mesma noite, desculpou-se por seu comportamento e disse que ainda precisava muito de mim. Então tudo mudou, rapidamente, para pior.

b) Súbito surto catatônico

A paciente chegou à sessão seguinte em péssimo estado de saúde. Passara uma "noite horrível"; coisas e formas tinham se tornado "vivas" no quarto; aparecera uma sombra na parede, que estendera um braço para se apoderar dela. "Não senti angústia, mas foi uma experiência horrível", disse ela.

Sentiu-se um pouco melhor quando as correntes corporais se desenvolveram e ela se permitiu percebê-las.

Mas no dia seguinte chegou completamente confusa, com grave dissociação na fala e nas ideias. Todas as coisas eram "estranhas"; todas as ações, terrivelmente complicadas; se alguma coisa saía errada, pensava que as "forças" interferiam em sua vontade. O trabalho no escritório tornara-se um grande fardo, difícil de suportar. A fala, durante a maior parte do tempo, esteve muito lenta e ininteligível, mas ela se esforçou bastante para se fazer entender.

Após a sessão, às 19h20, ela permaneceu na sala de terapia para se vestir. Às 20h50, um de meus assistentes encontrou-a em posição cataléptica; não conseguia se mexer; estava ali na mesma posição havia hora e meia. Muito lentamente e com grande esforço, disse-nos que não fora capaz de pedir ajuda. O organismo reagira com catalepsia catatônica, isto é, com um bloqueio total da motilidade, às fortes correntes plasmáticas que ameaçavam dominá-la.

No dia seguinte, havia se recuperado do ataque cataléptico, mas desenvolvera, então, um *delírio de grandeza*. Esse novo delírio tinha, evidentemente, a função de impedir o fluxo de bioenergia em seu organismo e a percepção da natureza em si mesma.

Quando, durante o tratamento, ocorreram fortes sensações pré--orgásticas, ela disse de repente: *"Sou grande e boa demais para ser um animal..."*. Alguns minutos depois: "As 'forças' obrigam-me a cortar fundo minha face esquerda. Mas vou me controlar; sou mais forte do que elas [as 'forças']...".

Para quem conhece o funcionamento orgonobiofísico, essa reação era nitidamente a expressão de um delírio de força, devido à nova e gratificante experiência da *expansão* vagotônica, biofísica, em seu sistema plasmático. Ainda incapaz, como estava, de aceitar e gozar plenamente a função de prazer, a paciente voltara-se contra ela por meio do delírio: agora era mais forte até do que as "forças", isto é, ainda mais forte do que o *animal* que existia nela. Isso se confirmou em breve de maneira muito drástica. No dia seguinte, ela me enviou esta carta:

Quinta-feira

Anexo acrescentado – os advogados afetivos (deviam ser efetivos) do liceu em Roma. Você não vê isso pelo poder imortal da vontade de sobreviver e realizar. "Minha mente" está num estado de confusão em relação às peças que se ajustam e meu bom patrão e meu emprego. Você não encaixou as peças, para mim ninguém o fez ou faz, e é por isso que vou a psiquiatras para descobrir. ...Os bebês aquáticos, a deusa Diana e as histórias do Dr. Doolittle quando eu era criança. Sou muito velha desde Buda e Maomé em cavernas e Ísis num altar de crucificação estou sempre deprimida por minha natureza. Tenho de ter uma resposta clara sem "mudar meus pensamentos" como você disse – isso não resolve nada – mas você é muito amável meus pensamentos não são pensamentos mas conhecimento fecundado concedido à minha cabeça. Frases escritas em livros que sabem como e por que eu sofro escrita só para os meus olhos sem conhecimento ou vontade do autor. Pensamentos fecundados.

Mas o meu pânico terrível deriva da confusão horrível que me fere.

Aqui está outra mensagem para juntar à sua coleção. Pode ser extremamente valiosa um dia – Não terei de dizer "Eu lhe disse isso".

Sabe quem eu sou? Eu disse que lhe daria o quadro completo – e os gregos e os romanos – antigos é claro – encaixam bem no quadro. Suponho que você já tenha ouvido falar de "Ísis" –

EU SOU A RESSURREIÇÃO DELA

E há aqueles que se opõem às Forças Estranhas – há provavelmente cinco ao todo. – O Senhor à esquerda, os outros mais ou menos um tanto antagônicos – São estes que às vezes provocam medo porque estão muitas vezes contra mim e me torturam inteligentemente. Você vê que a reencarnação completa não está sempre presente e quando só uma parte está lá fico aberta ao abuso por parte dessas outras forças. Não tenho mais sacerdotisas etc. – não neste mundo, por isso tenho de lutar por mim mesma – e eu não estou sempre cheia do superpoder absoluto para fazer isso tão facilmente – o Senhor, é claro – é meu aliado. Quando estou completa como esta noite em sua casa – não há NADA que eu não possa fazer – se eu quiser – ao vir para casa havia um policial mandando alguém apagar as luzes numa loja – por precaução contra ataques aéreos – Eu esperava que ele me dissesse qualquer coisa ou que alguém – me mandasse fazer alguma coisa – Tolas como são, as pessoas não podem apreciar minha grandeza – não a veem – veem apenas algo estranho, mas não veem o poder.

A questão do suicídio é difícil por causa da questão da situação depois – devo voltar atrás ao meu nascimento original ou para a frente para a futura realeza até que se resolva a questão não posso fazer nada. A morte é outra força, é uma figura muito amável, séria – veio há anos – mas desde então não mais. Aquele de hoje era o mesmo da semana passada mas esse é Mal, penso – Você vê, eu como Ísis não estou totalmente no mesmo nível que os Outros – principalmente uma razão porque estou predestinada a viver aqui na terra e levar esta vida – e a esse problema nunca me deram a resposta – qual a razão principal subjacente a esse estar na terra –

Basta de escrever
F.
Os nomes são tão pouco significativos nada reais – apenas restos de família –

Ela se tornara a deusa Ísis por causa das suas fortes sensações corporais; a distorção psicótica da sensação da força, de "missão" e de contato com o universo devia-se, claramente, à incapacidade de permitir a percepção plena da força orgonótica natural e de gozá-la como um organismo vivo sadio e integrado. Por isso, parece justificada minha afirmação de que o esquizofrênico, ao contrário do neurótico, está em plena posse de sua função energética orgonótica natural; difere do animal saudável, incluindo o homem, na medida em que separa a percepção da excitação, transformando, assim, seu sentimento de força em delírios de grandeza, e a percepção fraca da excitação distante em delírios do "além" e de perseguição.

Esses conhecimentos parecem ser de importância primordial para a compreensão de todo o campo dos delírios psicóticos; não importa se a cisão é provocada por febre alta, como na amência pós-puerperal, ou por lesões estruturais pós-sifilíticas, como no delírio paralítico, ou por uma cisão verdadeiramente esquizofrênica. A essência continua a mesma.

Uma vez que se cinde a função unitária do organismo, os processos biofísicos no organismo serão percebidos como uma força alheia ao ego, na forma de alucinações ou delírios de vários tipos. Os mecanismos específicos que distinguem um delírio na paralisia geral de um delírio na febre puerperal, ou na "dementia praecox", não têm importância aqui. Importante aqui é *a dissociação básica entre o aparelho perceptivo e o sistema biofísico da excitação.*

Nossa paciente descreveu essa situação patológica muito claramente, durante os momentos lúcidos naquele período do surto.

"*O mundo está muito longe... e, contudo, muito perto... não me diz respeito em nada... contudo, sinto tudo à minha volta de um modo doloroso...* Quando passa um avião, tenho a clara sensação de que o motor faz um barulho mais alto *para me aborrecer...* os pássaros cantam mais alto para me infernizar... Isso soa como tolice, mas creio, de fato, que fazem isso de propósito... Os seres humanos olham para mim e observam cuidadosamente tudo o que faço... Quase não posso suportar tantas impressões... Como posso, nessa situação, fazer meu trabalho? Gostaria de voltar para o hospital, onde não preciso trabalhar nem ser responsável."

Mais tarde:

"*Você me permitiria engolir esta cruz?* Isso poderia ajudar-me a suportar tudo melhor. Quando só há *uma* força à minha volta, posso suportá-la; mas, quando há muitas, não. Minha capacidade de suportar não é suficiente."

Essa é uma linguagem simples, na verdade. É necessário apenas aprender a escutar para poder compreendê-la, em vez de "dar choques" nessas pessoas sucumbidas. O *homo normalis* fecha-se no quarto e desce as persianas, quando a luz brilhante do sol o aborrece, quando não consegue suportar o impacto das forças naturais. A velha solteirona fofoqueira passa a vida contando histórias maldosas sobre pares amorosos, porque seu organismo não pode suportar a excitação que lhe é provocada pelo acontecimento do amor à sua volta. O Futre biopata mata milhões de pessoas, porque não pode suportar nenhuma expressão viva. O criminoso mata aquele que lhe desperta sentimentos de humanidade e bondade. O esquizofrênico divide-se emocional e biofisicamente.

Na mesma sessão, a paciente mergulhou em estupor, recobrou-se, e foi levada para casa por um dos familiares.

No dia seguinte, perto das 13h30, engoliu a cruz que trazia ao peito. Chegou à sessão com muitas dores. A princípio, apenas pusera a cruz na boca. Depois, "ela desceu por si mesma...". Machucara-a na faringe, mas, finalmente, deslizara pelo esôfago. Tentara "agradar a Deus" com essa ação e impedir que as pessoas olhassem para ela. Assustara-se ao engolir a cruz, mas Deus havia sorrido para ela. Queria subir a uma montanha alta, estender os braços para o céu; então Deus se aproximaria dela e a abraçaria.

Seu desejo intenso do abraço genital estava assim disfarçado pelo delírio psicótico de ser abraçada por Deus.

Mandei-a comer, imediatamente, muito pão. Ela olhou para o pão e disse: "Aqui há olhos [os buracos no pão] que olham para mim...".

Foi levada a um médico particular, que a examinou ao raio X. A cruz estava no estômago. Ele sabia da experiência orgonoterapêutica e cooperou para ajudar a mantê-la fora da instituição. Mas todos os esforços foram vãos. Em minha longa carreira de médico pesquisador, vi muitos seres humanos preferirem morrer a ter de admitir a percepção da sensação bioenergética de corrente. Vi pessoas preferirem ir para a guerra, em vez de arriscarem o castigo por dizerem a verdade. Por isso, não me surpreendi ao ver essa paciente preferir ir para a instituição, em vez de admitir a excitação genital plena em seu organismo.

A cruz foi eliminada naturalmente, mais tarde. Mas, no dia seguinte, recebi este relato de um dos familiares que tomavam conta dela.

Relatório de 23 de março de 1942

> Notei primeiro uma mudança em seu comportamento quando ela pediu à mãe que saísse, dizendo que ia preparar alguma coisa para comer. Soube, mais tarde, que insistiu para que a mãe saísse de casa. De fato, pôs a mesa. Quando olhei para ela, a seguir, estava junto da pia com um copo na mão, e batia com ele na lateral da pia. Como o copo não partisse, tentou bater com uma pequena pá de lixo, mas sem resultado. Pensei que ela poderia se ferir e ofereci-me para quebrar o copo. Deu-me o copo, que eu quebrei. Ela apanhou os pedaços e, cuidadosamente, jogou-os no balde.
>
> Não houve mais incidentes durante a refeição. Ficou na cozinha observando-me; os olhos tinham uma expressão estranha. Depois da

refeição, preparei um banho de chuveiro para mim. Então, de repente, enquanto estava debaixo do chuveiro, fiquei muito surpreso ao vê-la entrar no banheiro com uma grande faca de cozinha nas mãos. Estava completamente nua. Foi a primeira vez que a vi nua à minha frente.

Perguntei-lhe para que queria a faca. Disse que a usara para abrir a porta, para levantar a lingueta. Depois pousou a faca na pia e olhou para mim. Fingi continuar me lavando, mas observando-a sempre. Ficou ali, sem dizer nada, olhando para mim. Tentei conversar com ela, mas sem resultado. De repente, saltou para a borda da banheira onde eu estava, pôs as mãos em minha garganta e tentou empurrar-me para debaixo da água. Minha garganta estava ensaboada e o aperto dela era pouco firme. Agarrei-lhe os pulsos e forcei-a a sair da banheira. Perguntei-lhe por que fizera aquilo. Respondeu que queria ver-me debaixo da água. Ficou me olhando durante algum tempo e depois saiu.

Quando saí do banheiro, ela estava no outro quarto, com as luzes apagadas, sentada no escuro. Não entrei no quarto, mas escutei o mais atentamente possível. Pouco depois, ouvi o som de coisas rasgadas. Não pude saber o que ela estava rasgando e, assim, como continuou durante algum tempo, fui ver o que estava fazendo. Tinha rasgado completamente as páginas do livro *A Função do Orgasmo*, do Dr. Wilhelm Reich, e ia começar a rasgar outro exemplar do livro, quando o tomei das mãos dela. Agora vestia o roupão, mas continuava andando às escuras.

Quando reparei nela de novo, subira em uma mesinha no *hall* e ficou ali em estado catatônico, com um cigarro pendurado na mão. Cerca de dez minutos depois, durante os quais permaneceu ali imóvel, telefonei ao Dr. Reich para lhe perguntar o que fazer. Ele sugeriu que a fizesse descer e a trouxesse ao telefone para falar com ele. Peguei-lhe na mão e puxei-a para baixo. Caiu em meus braços com facilidade. Mas quando comecei a levá-la para o telefone desatou aos pontapés e insistiu em que a deixasse. Deixei-a. Vestiu o roupão e sentou-se para falar ao telefone com o Dr. Reich. Deixei-a sozinha e fui para outro quarto.

O Dr. Reich sugerira-me que lhe desse dois comprimidos para dormir e a metesse na cama. Mas, depois de falar ao telefone, ela ficou muito melhor e disse que queria visitar um casal amigo nosso com quem marcara um encontro. Fomos ambas visitá-los e passamos a noite com eles. Embora ela não estivesse completamente bem, estava muito lúcida. Quando chegamos em casa, cerca das duas horas da manhã, tomou os dois comprimidos e foi para a cama.

Dormiu durante todo o domingo e não quis se levantar nem para comer. Levantou-se, finalmente, na segunda-feira de manhã, mas não foi trabalhar nesse dia.

Horas depois de eu receber essa carta, a paciente telefonou-me. Queria "fazer alguma coisa, mas não podia dizer-me o quê...". Sabia que o estado dela era suficientemente bom para me assegurar de que ela não faria nada cruel. Eu sabia que mecanismos esquizoides muito profundos haviam emergido e ainda estavam emergindo; que ela estava atuando alguns deles, mas também seu apego ao tratamento e a confiança em mim eram fortes o bastante para afastá-la de ações perigosas. *O elemento da confiança mútua tinha grande peso em nossa relação.* Prometera-me que iria para o hospital, se necessário; eu tinha de confiar na promessa, se quisesse realizar a cura. Não se pode devolver a sanidade a um esquizofrênico se não se dá apoio à estrutura sã e não se confia nela. *Ela sabia que eu confiava nela, e essa era a garantia mais poderosa contra o perigo real.*

A evolução posterior, bem como o resultado final, provaram que essa era a atitude correta. Na tarde do mesmo dia, uma pessoa da família telefonou: ela se despira completamente, subira num móvel alto, e ficara ali na *posição de uma estátua*; dissera-lhe que era a deusa Ísis. Também abordara o irmão sexualmente, depois de tentar afogá-lo na banheira.

Uma hora mais tarde, o irmão telefonou outra vez: ela ainda estava parada na mesma posição, imóvel. Aparentemente, não conseguia se mexer. Aconselhei a família a ter calma; disse-lhes que ela estava passando por um determinado estado emocional e que mantê-la fora do hospital, se possível, era essencial, mas podiam chamar a ambulância se achassem que a situação era perigosa. *Não precisaram chamar a ambulância.*

Também lhes disse que me chamassem imediatamente, a qualquer hora, se houvesse qualquer alteração para pior. Só me chamaram na tarde do dia seguinte. A paciente tinha ido para a cama, na noite anterior, completamente exausta. Agora, às quatro da tarde, ainda estava na cama e não queria se levantar. A mãe tentava *puxá-la* da cama. Disse-lhes que a deixassem dormir; estava evidentemente exausta e precisava descansar, depois da grande tensão a que estivera submetida.

Ela dormiu até a tarde do *terceiro* dia, e chegou à consulta às seis da tarde. "Estive no hospital para ser admitida de novo, *mas o hospital estava fechado.*" Disse a ela que *deveria* voltar para o hospital se sentisse necessidade de fazê-lo. Ela respondeu que não sabia se deveria voltar ou não. Tinha medo de se deteriorar completamente se voltasse. Tive de concordar que esse perigo era grande e real.

Ficou bastante evidente nessa sessão, depois da grande crise, que ela estava *perfeitamente lúcida e, ao mesmo tempo, muito perto de um surto catatônico total.* Nunca vira antes tanta lucidez e sanidade concomitantes a um estado catatônico. Em geral, um estado de lucidez e sanidade retorna *depois* de o paciente sair do estupor catatônico por meio da raiva violenta. Nesse caso não havia raiva visível, mas *a luci-*

dez lutava contra a imobilização. Que função iria vencer no fim? Eu não sabia; ninguém podia dizer.

A imobilização catatônica era muito forte, aumentando a contradição de seu forte desejo de se comunicar comigo, de me dizer o que se passava com ela. Falava com clareza, mas muito devagar, proferindo cada palavra com muita dificuldade. A expressão facial parecia uma máscara; ela não conseguia mover os músculos do rosto; mas *os olhos não estavam velados*; pelo contrário, tinham um brilho de grande sanidade e discernimento. A fala, embora lenta, era clara e ordenada, lógica e objetiva.

Disse-me, no decurso de três horas, que naquele dia *"caíra completamente no outro mundo"*. As "forças" a tinham levado para esse outro mundo contra sua vontade. Finalmente, conseguira voltar para *este* mundo. Mas ainda se sentia muito, muito longe. Não tinha contato nenhum com as coisas e as pessoas. Tudo parecia afastado, e a uma grande distância. Sentia-se totalmente indiferente ao fato de serem nove horas da manhã ou da noite, de as pessoas rirem ou chorarem, de gostarem ou não dela. Esforçava-se para se aproximar das pessoas e das experiências, mas era incapaz de fazê-lo.

Olhou para um ponto brilhante no chão, onde se refletia a luz que entrava pela janela. Sabia que era luz, mas, ao mesmo tempo, parecia-lhe estranha, *"exterior"*, por assim dizer, como se fosse "uma coisa viva". Parecia-me evidente que ela percebia claramente as impressões, mas que, ao mesmo tempo, *não podia estabelecer contato com suas próprias percepções*.

A diferença entre a situação interna de antes do tratamento e a de agora era que, no início, o estado de lucidez se alternava com o estado de confusão; *agora estava confusa, mas, ao mesmo tempo, sabia muito bem sobre o que estava confusa*. Era um grande passo em direção à saúde. Esses *insights* acerca do próprio processo de cura são incomensuravelmente importantes. Eles não apenas nos informam do que está acontecendo num estupor catatônico, mas também revelam importantes funções da autopercepção e da própria *consciência*. Todo cientista natural sabe como esses *insights* são decisivos para uma compreensão futura do maior enigma de toda a ciência natural, a função da *autopercepção*. E durante toda a experiência, senti e agi muito mais como cientista natural do que como psiquiatra. Devo aconselhar que só psiquiatras com grande habilidade profissional *e* conhecimento profundo dos problemas mentais se aventurem na exploração das funções naturais. Mas, por outro lado, não há dúvida de que uma investigação arriscada como essa é indispensável caso se queira que a medicina consiga dominar um vasto campo da peste emocional.

A paciente se lembrava bem de que tentara afogar o irmão e ligar o gás. Mas alegou que "a coisa" queria fazer isso, que ela tentara inutilmente resistir *à coisa*. Por isso queria voltar ao hospital. Era evidente que, se ela conseguisse manter a lucidez, as funções psicóticas cessariam. Para isso era preciso que ela *não* se escondesse atrás dos muros protetores do hospital.

Do resto do período de catatonia, só se lembrava do dia em que adotara a pose da deusa Ísis; não conseguia se lembrar dos dois dias seguintes, em que permanecera imobilizada na cama. Estivera em estado catatônico durante dois dias e não se lembrava deles.

Deixei-a falar tudo o que quis. Descreveu repetidamente a alienação do mundo, por palavras e imagens diferentes. No fim, levei-a ao acumulador de orgone. Suas reações tornaram-se mais rápidas após cerca de vinte minutos, e ela saiu bem do consultório. Fora a primeira vitória decisiva sobre o surto catatônico.

Voltou, no dia seguinte, um pouco lentificada de novo. A irradiação no acumulador de orgone mais uma vez removeu prontamente a contração plasmática. Isso nos dava muitas esperanças. Tornara-se evidente que *um dia o acumulador de orgone desempenharia um grande papel na superação de estados catatônicos de contração biofísica do organismo.*

Devo confessar que fiquei muito espantado com os resultados obtidos com o acumulador de orgone, embora, nessa altura, já estivesse bem familiarizado – havia cerca de sete anos – com seus efeitos vagotônicos. Não obstante, tudo parecia espantoso e incrível mesmo para mim. Por isso, pude compreender bem as reações de desconfiança por parte de médicos que nunca haviam trabalhado com a energia orgone.

Informei o irmão dela das melhoras, mas o aconselhei, mais uma vez, a não ser otimista demais e a estar pronto, a qualquer momento, para internar a paciente. Ela concordou com tudo.

Então, no dia seguinte, aconteceu o desastre. Todo o significado da mentalidade policial das instituições psiquiátricas manifestou-se abertamente de maneira grotesca. *Apesar da informação que as autoridades médicas tinham sobre a terapia experimental e os bons resultados obtidos até então, e apesar de sua aprovação ao que estava acontecendo, duas enfermeiras psiquiátricas levaram a paciente, na manhã seguinte, às 7h30, para o hospital Bellevue, à força, sem contatar a mim ou seus familiares. A paciente não resistiu.*

Essa onipotência quase divina dos psiquiatras das instituições é o maior obstáculo aos esforços autênticos dirigidos a uma higiene mental racional. Poderiam e deveriam, pelo menos, ter informado os familiares e a mim. Não. Sentiam-se todo-poderosos depois de o pior ter passado, depois de a paciente ter sido tratada, com capacidade e cuidado, por um biopsiquiatra experiente, pela família e pela própria paciente. Esta se comportou admiravelmente em face da situação. Espero, sinceramente, que o movimento de higiene mental seja capaz, um dia, de cortar as asas aos psiquiatras de tribunais e instituições, obrigando-os a escutar e a prestar atenção aos novos e promissores esforços médicos, nos casos em que eles apenas demonstraram profunda ignorância. Todo o esforço de muitos meses estava arriscado a se perder por causa dessa ação das autoridades. Não consegui, na época, descobrir como isso aconteceu. Não pode haver verdadeira higiene mental enquanto se permitir que essas coisas ocorram.

É verdade que a paciente reagira de maneira perigosamente psicótica em várias ocasiões. Também é verdade, e eu sabia disso muito bem, que eu aceitara um grande risco. Mas nós aceitamos riscos todos os dias de nossas vidas, quanto mais não seja caminhar debaixo de telhados com telhas soltas. Mas não metemos na cadeia o proprietário da casa com telhas soltas. Não encarceramos os pais que produzem criminosos em massa. E não encarceramos o juiz que condenou um inocente a morrer na cadeira elétrica. Assim, não nos podemos abalar com essas ações bem controladas de um esquizofrênico. Nossa paciente era, no todo e apesar de tudo, muito menos perigosa do que um simples neurocirurgião psicopata – que impede os conhecimentos de entrarem em sua instituição psiquiátrica – ou do que um ditador que governa milhões. Ninguém pediu que Hitler fosse encarcerado; mas levaram essa paciente que lutava tão corajosamente por sua saúde. É evidente que há muito mais por trás dessas ações das instituições do que a simples proteção ao público.

Há outro fato importante aqui. Nós, orgonoterapeutas médicos, que trabalhamos com emoções humanas profundas, sabemos, por experiência, que até o neurótico mais ajustado parecerá selvagem e louco aos ouvidos de um neurologista não informado no decorrer de seu processo de orgonoterapia. Se um neurologista presenciasse uma única sessão de orgonoterapia, seguramente correria ao procurador do distrito, como, de fato, aconteceu certa vez em New Jersey. Quando as emoções profundas, especialmente o ódio, irrompem através da couraça – procedimento absolutamente necessário para a cura –, sabemos que estamos criando uma situação *artificial* que envolve forças emocionais *autênticas*. Sabemos que as emoções são *potencialmente* perigosas, mas o processo de liberação é propositado. Em geral, temos o paciente sob controle e preparamos a irrupção emocional com grande cuidado, durante dias ou semanas. É o mesmo caso de se abrir o abdome para uma cirurgia. Ninguém acusará o cirurgião de assassinato. E ninguém faz objeções ao método cruel da terapia de "choque", ou a furar o tálamo com longas agulhas, ou às frenéticas cirurgias cerebrais que matam doentes.

Dado que a ignorância com relação a assuntos emocionais é bastante difundida e, além disso, que cada ignorante pensa ser um "perito", porque ele próprio tem emoções e pode, portanto, julgar processos biofísicos ou psicológicos, a situação na biopsiquiatria é diferente daquela que existe no campo da cirurgia.

Eu próprio não estava bem certo acerca de quanto, na situação emocional dessa paciente, era devido à terapia e quanto se devia a um autêntico surto psicótico. Os carcereiros estavam muito afastados de tais considerações. Adiante falaremos mais sobre o ódio que o *homo normalis* tem do esquizofrênico. Foram precisos apenas alguns dias para me convencer totalmente de que a paciente reagira psicoticamente devido à *situação terapêutica, e não em consequência de um surto psicótico*. Aceitara a injustiça de maneira *admirável*. Do hospital escreveu esta carta lúcida ao irmão, pouco depois do internamento:

28 de maio de 1942

Muito obrigada por escrever tão depressa – sei que a maneira inesperada como parti deve ter sido um grande choque para você e para mamãe. Eu própria fiquei chocada, por isso posso avaliar como vocês se sentiram. – De qualquer modo, tudo o que posso dizer é que foi um passo desnecessário da parte das autoridades do hospital – mas visto que eu não podia fazer nada no momento para impedi-los de me trazerem – "aceitei" o melhor que pude.

Estou um pouco preocupada com meu emprego – Pergunto a mim mesma se será possível recomeçar onde interrompi, caso saia logo. Odiaria pensar em perder as referências excelentes que sei que me dariam – a não ser que estejam zangados porque saí sem avisar.

Se receber esta carta a tempo de vir no domingo, ótimo; se não, na próxima semana estará bem, também. Se possível, traga o Dr. Reich com você – gostaria de vê-lo.

Quando me escrever novamente, mande o endereço de E – está em minha agenda de endereços (na mesa de meu quarto). Diga-me se ela entrou em contato com você e se ficou zangada por eu não ter podido ir com ela ao passeio da A. Y. N. no sábado.

Logo deve chegar o diploma da Cruz Vermelha para primeiros-socorros; esperava-o pelo correio, mais ou menos dentro de uma semana.

Mantenha-se em contato com O. e M. e avise-me logo que ela tiver o bebê, e, é claro, como se sente.

Peça à mamãe que me mande alguns pares de meias. Diga-lhe também que não se preocupe – Sinto-me bem e espero sair daqui muito em breve –

Muito carinho,
F.

Descobri, mais tarde, que o internamento fora devido a um mal-entendido do médico-assistente quanto à descrição feita pela paciente das "forças" que irrompiam na orgonoterapia. A carta mandada do hospital parecia lúcida e perfeitamente racional. A cura evoluíra o bastante para capacitá-la a suportar o impacto do método cruel de internamento. Recebi da paciente a seguinte carta, mostrando claramente que suas reações eram apenas as reações comuns que ocorrem no desenrolar de uma orgonoterapia psiquiátrica:

6 de junho de 1942

Não sei o que fazer com as coisas que aconteceram – ser agarrada e trazida de volta para o hospital foi um tanto chocante – Eu pensei muito em voltar – mas nunca esperei seriamente que chegassem ao ponto de me forçar a isso – Em minha opinião – são meio atrevidos – Nunca fiz nada para lhes dar o direito de me fazerem isso – e sem aviso, também – meu irmão lhe contou? – Eu poderia ter feito um escândalo e recusado – mas sabia que eles tinham camisas de força na ambulância e que havia bastantes deles para me levarem à força – por isso cedi da maneira mais cordial que pude – Adaptei-me aqui como antes – Trabalho por aqui e ajudo – mas senti-me "ausente" algumas vezes – aqui pelo menos não faz diferença alguma – mas gostaria de dar uma "pirada" e soltar-me – o único problema é que seria levada para a enfermaria dos violentos e perderia todos os privilégios que consegui – por ser boa, bastante conhecida e trabalhar bem – Não sei se vale a pena – veremos –

De qualquer modo, Cristo etc. estão mais ou menos aqui – isto é, como uma espécie de influência – para me confundirem as coisas – mas não o suficiente para fazer qualquer diferença – até agora – Me pergunto se o choque elétrico faria algum bem –

A propósito, como é que eu poderia telefonar-lhe se eu estava aqui no domingo – você não imagina que deixem os doentes fazer telefonemas, não é? – Nem sequer posso escrever-lhe esta carta sem que os médicos, enfermeiras, atendentes a leiam e censurem, e talvez nem a mandem – por isso meu irmão vai levá-la escondida para mim –

Penso que vocês todos (médicos) cheiram mal! Não sei quem tem razão e quem não tem – ou qual é o caminho certo – ou quem é quem – Devo dizer a esses médicos que tenciono procurá-lo quando sair? Não

vejo nenhum médico aqui, de qualquer modo – só na junta médica final, quando decidem se nos deixam ir para casa ou não –
 O que é que há? – você acha que é muito importante para vir ver uma doente? Disse ao meu irmão que lhe pedisse para vir – mas ele falou que você não podia – penso que sei por quê – Não sei quem está do meu lado e quem não está –
 Há uma ameaça constante de transferência para os edifícios de trás, que são terríveis – o barulho, o fedor, o horror do lugar em geral –
 Você contou a esses médicos, ou ao médico-assistente, alguma coisa do que aconteceu quando eu estava em casa? – Foi por isso que me trouxeram de volta? –
 Se a culpa foi sua – hei de odiá-lo o resto de minha vida –

Depois o hospital começou a exercer sua influência típica:

Domingo

 Estou escrevendo enquanto espero que meu irmão volte. Não sei nada de nada – o que mais – não é de todo mau aqui – Na verdade – é excelente – temos festas todas as noites – Eu e alguns outros pacientes, que são privilegiados como eu, e alguns atendentes
 Tudo é feito às escondidas, é claro – Não vejo qualquer futuro.
 Veremos – o que mais – Cristo, a Morte etc., aparecem de novo – aborrecendo-me – Estou "sentada num barril de pólvora", porque suspeito muito desse tempo excelente que estou tendo aqui – suspeito que Cristo etc. estão acumulando tudo para uma Grande erupção que destruirá tudo isso só para me aborrecerem –
 Sinto-me num nevoeiro dia e noite – mas não hoje – muito – você sabe – entorpecida etc., distante –
 Nem sei mesmo se vou continuar com você depois – Não sei nada – É tudo falso.

Em todo caso
F.

Escrevi ao médico-assistente que interpretara mal o relato dela sobre suas reações durante a terapia. Pedi-lhe que lhe desse uma oportunidade de recuperação e a transferisse para um hospital particular. O médico concordou, mas a deterioração, que eu esperava, começou a progredir rapidamente. Vou reproduzir aqui as cartas que recebi nessa época. Dão uma imagem bastante clara do que aconteceu à paciente. Em sua luta pela vida e pela recuperação, ela mostra uma grande compreensão, que se manifestava de maneira psicótica. Se o leitor tiver o cuidado de estudar as cartas minuciosamente, para separar a expressão psicótica do conteúdo das ideias, terá que concordar que esses esquizofrênicos se deterioram, não devido a um contato muito pequeno, mas a um contato demasiadamente intenso e claro com o mundo do homem encouraçado. É verdade que a ideia de Jesus aparece de maneira tipicamente psicótica neste caso, de um modo semelhante ao que ocorre em muitas psicoses. Mas também é verdade que Jesus foi pregado na cruz por um bando de *homines normales* doentes, cruéis e assassinos.

> Quinta-feira, 19 de novembro de 1942
>
> É terrível e não sei o que fazer. A noite passada descobri o porquê do mundo e da guerra e de quase tudo. Eles bebiam galões de sangue à minha frente. O diabo é vermelho por causa disso e fica cada vez mais vermelho e depois o sangue vai para o sol e transforma-o em fogo. Jesus gotejava sangue na cruz e o sangue estava sendo engolido, depois estava sentado ao lado do diabo e bebendo também – a mesa era redonda oblonga de fluir sangue espesso (não havia pés em cima dela). A Mãe Maria estava no canto observando. Estava branca como um lençol – Todo o sangue dela tinha sido tirado e consumido. Via o filho bebendo e sofria. Eu não quis ver nem ouvir nem saber o porquê de tudo – mas eles me forçam a ver e a ouvir – Talvez por causa de Ísis – a quem usaram todos esses milhares de anos, entretanto não sei o que fazer.
>
> F.

"A noite passada descobri o porquê do mundo e da guerra e de quase tudo. Eles bebiam galões de sangue à minha frente..." *Essa afirmação era perfeitamente verdadeira, em total acordo com a realidade.* Hitler e outros militaristas derramaram milhões de galões de sangue. As relações com o vermelho do sol são psicóticas, é claro, mas apesar disso nos sentimos inclinados a pensar nessa ligação.

Não recebi correspondência da paciente durante vários meses. Depois, em fevereiro de 1943, chegou a seguinte carta. Era evidente que ainda lutava corajosamente e que tentava agarrar-se a mim:

> 14 de fevereiro de 1943
>
> As coisas estão degeneradas como o inferno – o mundo e todas as pessoas nele cheiram mal – Todo mundo está pronto a cortar o pescoço do outro – com grandes facas de açougueiro – Matam oito milhões – eram os judeus e deixam-nos aqui viver – não faz sentido – nada faz – Eu não devia comer, contudo como, assim pagam-me com intrigas e ninharias – Tudo à minha volta – só para me armarem uma cilada – Te-

nho de pesar 52 quilos – Já há muito que chego perto e como toneladas e ganho tudo outra vez – os dez discípulos ainda esperam que os tirem das catacumbas, e eu não posso tirá-los enquanto não pesar 52 quilos – Agora estão à minha direita – O Senhor e eles me ajudam em minha promessa de não comer, mas eu como e, como já disse antes, recebo bastante em paga – tanto que nem sempre consigo dar conta de tudo. Não conheço ninguém hoje só de algumas gerações anteriores – de séculos atrás – de eras atrás – velho sábio –
Só o *trabalho* é hoje *certo* e *real* – gosto dele – nunca falha – nunca – o trabalho é uma linha reta –
Você disse ao meu irmão que escreveria – por favor, por favor, faça-o – não sei nada, e gostaria de ouvi-lo falar sobre os cantos retos – muito obrigada –

F.

Um grande discernimento sobre nossa realidade social e nosso modo de viver, embora expresso de forma distorcida, era característico também dessa carta, e é assim que muitos esquizofrênicos nos veem.

A paciente ficou na instituição psiquiátrica ainda alguns meses, mais do que um ano ao todo. O irmão mantinha-me informado do seu estado de saúde. Saiu do hospital muito ferida emocionalmente, *mas manteve-se firme no terreno que ganhara durante os três meses de orgonoterapia*. Parecia agora menos psicótica, mas mudara o caráter na direção de uma neurose compulsiva. Tornara-se mesquinha, maldosa, desagradável para com a família; em resumo, transformara-se num *homo normalis* típico. A grandeza e a "centelha" do gênio tinham desaparecido. O irmão casou com uma jovem de outra religião. Anteriormente, ela não se teria importado com isso. Teria visto as coisas de modo filosófico. Agora discordava por motivos religiosos mesquinhos, exatamente como a mãe, da qual ela antes tinha uma boa visão crítica, e a quem agora imitava. Já não trabalhava no escritório, como fizera durante os períodos mais críticos do estado psicótico. Ia apenas levando a vida de maneira medíocre e sem interesse, e apegou-se à mãe odiada de uma forma tipicamente neurótica. A experiência da internação violenta fora demais para ela. Só recomeçou a orgonoterapia em outubro de 1944, um ano depois de sair do hospital.

c) Restabelecimento lento

O estado biofísico da paciente, a 4 de outubro de 1944, era o seguinte: a *respiração* funcionava bem, o ar passando pela glote, apenas ligeiramente restringido; o *reflexo do orgasmo* era produzido de maneira fácil e plena; a *autossatisfação vaginal*, com alívio orgástico, ocorria a intervalos regulares; os *olhos* estavam ainda um pouco velados, mas consideravelmente melhores; o *comportamento geral* era dócil e coordenado; as *"forças"* estavam "muito fracas", mas "ainda perto, mantendo-se a distância"; sentia, às vezes, uma *leve pressão* na região entre os olhos; e a *pele do rosto* estava rosada.

No decurso de algumas sessões, eram visíveis os indícios de catatonia, semelhantes ao estado de choque, mas, no geral, a situação parecia satisfatória. Consegui fazer com que liberasse totalmente o choro. Logo a seguir, pediu-me que a deixasse falar demoradamente e sobre "uma coisa importante". Descobrira a origem da sua ideia de ser a deusa Ísis.

Lembrava-se agora de que, quando criança, sentia que compreendia o mundo muito melhor do que os outros, especialmente os adultos. Sentira sempre que os seres humanos à sua volta estavam doentes, de um modo que ela não conseguia compreender totalmente. O aspecto principal dessas experiências fora o espanto por constatar ser ela capaz de saber muito mais do que os outros. Lentamente, desenvolvera a sensação de estar à parte do resto dos seres humanos e começou a acreditar que tinha *a sabedoria de milhares de anos*. Para poder explicar a si mesma esse fato extraordinário, supôs que isso só seria possível se a deusa Ísis tivesse reencarnado em seu corpo. Em relação aos acontecimentos mesquinhos do dia a dia, essa ideia pareceu-lhe esquisita e então sentiu-se mais à parte ainda. Começou a sentir o corpo muito concentrado nos órgãos genitais, o que se opunha a tudo o que a rodeava. Aos poucos, aprendeu que a sensação corporal poderia ser enfraquecida ou "afastada", se ela se mantivesse rígida. Em geral, as excitações se acalmavam com isso. *Percebera que tais excitações eram extremamente poderosas e estavam além de seu controle.* Mais tarde, aprendeu a dominá-las, mas sentia que elas ainda permaneciam por perto. O retorno das forças poderosas anunciava-se, geralmente, por meio de uma sensação forte na parte superior do abdome. Algumas vezes, só ficava nesse prenúncio; em outras, as forças voltavam com toda a intensidade. Compreendia agora claramente que as forças poderosas da primeira infância e as posteriores "forças más" do "além" eram a mesma coisa.

Eu tinha a impressão de que, apesar dessa compreensão, ainda havia uma certa dúvida, em sua mente, quanto ao verdadeiro significado das "forças".

O restabelecimento da paciente fazia grandes progressos. Os olhos tornaram-se mais claros, mas, de vez em quando, voltava a sentir uma pressão nos olhos. "Mas ela [a pressão] está *atrás* dos olhos, não nos olhos..." Eu só pude confirmar essa afirmação.

Quatro meses depois, a paciente sofreu um novo surto catatônico, mas venceu-o. Sugeri irradiação diária contínua com energia orgone, na região da *sella turcica*.
Vi a paciente de novo em janeiro de 1947. Lia muito, tinha bom apetite. Tivera relações sexuais com muito prazer, mas sem orgasmo final. Em novembro do mesmo ano veio de novo pedir meu conselho: o alívio orgástico na relação sexual ainda não se dava satisfatoriamente. Mas trabalhava e sentia-se bem em geral.
Aconselhei-a a não procurar mais nenhum médico, nem mesmo a mim, e a tentar esquecer toda a tragédia de sua vida. Pediu-me para continuar a terapia comigo, mas, sentindo que ela deveria tornar-se completamente independente, aconselhei-a a aprender a sê-lo.
Em 4 de agosto de 1948, recebi a seguinte carta:

> Escrevo-lhe para lhe dizer que fiquei muito impressionada com seu livro *Escuta, Zé Ninguém!* Não posso dizer que gostei do livro, pois o que você escreveu sobre o "Zé Ninguém" é muito triste, embora verdadeiro, e sinto que eu própria me pareço com ele.
> Quero que saiba que o antagonismo, e até o ódio, que demonstrei em relação a você e a seu trabalho, durante o tratamento, nascia da compreensão (às vezes até consciente) de que me aproximava da abertura de meu corpo para os sentimentos e talvez para o amor. Isso era uma coisa que eu não podia permitir – Durante toda a minha vida controlei meu corpo com severidade e conscientemente o condenei à extinção – tratando-o como porcaria, odiando-o, negligenciando-me e torturando-me como castigo pelas sensações originais e pela masturbação. Esse mesmo ódio que sentia por meu corpo, eu projetava em você. Perdoe-me por isso, doutor; esse ódio fez muitos estragos em meu corpo e em minha mente. Gostaria de lhe dizer que, apesar da minha "maldade e mesquinhez", seu trabalho me fez um grande bem. Tenho consciência do mal que faço a mim mesma e aos que me rodeiam, e por que faço essas coisas. Também tenho pensado e sentido que meu corpo quer ser saudável e que minha fuga para a "torre de marfim" da doença mental apenas modificou as cores do quadro, mas não o próprio quadro. Talvez eu me fizesse mentalmente doente para ser algo "especial", para ter a certeza de manter meu corpo distante, em último plano; aos poucos, porém, começo a descobrir que um corpo "ativo" e saudável dá mais prazer – tanto físico como mental.
> Assim, acho que você pode ver que eu, se bem que lentamente, estou conseguindo chegar lá graças ao seu auxílio. O processo é lento, visto que ainda sofro de um grande número de tensões e, às vezes, de bloqueios contra os quais parece que nada posso fazer. Muitas vezes minha pequena coragem fracassa e então retorna o quadro sombrio do ódio, dos delírios e do sofrimento, mas não de modo permanente. Por isso, obrigada por tudo, e peço a Deus para ter coragem.
>
> F.

No fim de 1948 soube que ela estava bem – exceto por uma carta que recebi dela, dizendo que estava "podre" no "núcleo" e que era "indigna de viver neste belo mundo". Disse-lhe que parasse de se preocupar com isso e que continuasse a gozar a vida. Não mencionou mais as "forças".

Algumas semanas depois procurou-me. Parecia perfeitamente coordenada, os olhos brilhavam com inteligência e saber penetrantes. Trabalhava bem e estudava muito. Mas a vida amorosa genital não estava em ordem. Não tinha namorado. Conhecera um de quem gostava. Uma noite ficaram juntos sozinhos. Ela sabia o que iria acontecer naquela noite, que ele a abraçaria. Trouxera soníferos com ela. Pôs alguns comprimidos no copo de vinho dele, e ele adormeceu. Aconselhei-a a afastar esse último obstáculo com auxílio de um dos nossos orgonoterapeutas psiquiatras.

Passaram-se sete anos desde o término da experiência terapêutica, período de tempo suficientemente longo para assegurar uma avaliação idônea acerca dos resultados obtidos, mas não longo o bastante para dar uma resposta definitiva à questão de saber se esses pacientes *permanecerão saudáveis*. Isso dependerá de uma série de condições que se encontram fora do alcance da orgonoterapia individual. São essencialmente de *natureza social*.

Trata-se, sobretudo, de saber se o *homo normalis* modificará *fundamentalmente* sua maneira de viver e de pensar – questão que espera uma resposta muito incerta. O esclarecimento do fato de que o modo de vida do *homo normalis* produz o colapso esquizofrênico em milhões de crianças recém-nascidas saudáveis será, se seriamente considerado e levado à prática, uma parte dessa resposta tão importante. É evidente que já há algum tempo, e com razão, o *homo normalis* vem sendo examinado quanto à solidez e racionalidade de seu modo de ser. Podemos conhecer, a partir dessas experiências com indivíduos esquizofrênicos, o que o *homo normalis* faz a milhões de recém-nascidos. A prevenção da doença da "esquizofrenia" implica uma mudança radical no sistema de educação de crianças pequenas, e não apenas a mudança do esquizofrênico. Esta última permanecerá sempre uma resposta individual apenas, inútil como esforço social.

Essa afirmação não significa que devemos deixar de estudar a mente esquizofrênica. Esse estudo tem muito a nos dizer sobre o funcionamento humano, os problemas da percepção e da autopercepção, a função do consciente, que é muito menos entendido que o inconsciente. Poderá dizer-nos muito acerca de como ajudar seres humanos individuais que estão no começo de um colapso. Mas o problema principal, nesta como em todas as outras tarefas semelhantes da medicina e da psiquiatria, será o mundo do *homo normalis*, na medida em que este ainda esteja preso a ideias e leis antigas, que acarretam prejuízos incalculáveis ao núcleo biológico de cada criança, em cada nova geração.

Nesse processo para superar a peste emocional, defrontaremos o que há de pior no *homo normalis*: a forma do místico virtuoso e do animal humano mecanicista, que fogem deles próprios exatamente pelas mesmas razões que levaram nossa paciente ao colapso catatônico: o pavor das correntes plasmáticas, num organismo que se tornou incapaz de lidar com fortes emoções bioenergéticas e que perdeu a função natural da autorregulação. Todos os ataques ao nosso trabalho científico, nos últimos 25 anos, vieram desses indivíduos, em várias organizações e quadros sociais. O *homo normalis* tem lutado contra a biofísica orgônica pela mesma razão que o levou a queimar milhares de feiticeiras e que o faz "dar choques" em milhões de pacientes: *o horror às forças vitais no animal humano, que ele é incapaz de sentir em si mesmo*. Se não juntarmos coragem para manter essa compreensão, fracassaremos enquanto psiquiatras, médicos e educadores.

Pela primeira vez na história da medicina, a peste emocional, que é formada e mantida pelo medo das sensações orgânicas, encontrou seu oponente médico. Este é o nosso grande dever: capacitar o animal humano a aceitar a natureza que existe dentro de si, parar de fugir dela, e passar a desfrutar daquilo que agora tanto o atemoriza.

XVI

A peste emocional

A expressão "peste emocional" não é depreciativa. Não tem uma conotação de má vontade consciente, degeneração moral ou biológica, imoralidade etc. Um organismo cuja mobilidade natural foi continuamente dificultada, desde o berço, desenvolve *formas artificiais de movimento*. Coxeia ou anda de muletas. Do mesmo modo, um homem atravessa a vida com as muletas da peste emocional quando as expressões autorreguladoras naturais da vida são suprimidas desde o nascimento. *A pessoa* que sofre de peste emocional *coxeia caracterologicamente*. A peste emocional é uma biopatia crônica do organismo. Fez sua aparição na sociedade humana com a primeira repressão em massa da sexualidade genital; tornou-se uma doença endêmica, que tem atormentado os povos do mundo há milênios. Não há razões para supor que ela passe da mãe para o filho, de maneira hereditária. De acordo com nossos conhecimentos, é inculcada na criança desde os primeiros dias de vida. É uma doença endêmica, como a esquizofrenia ou o câncer, com uma diferença notável: manifesta-se essencialmente na *vida social*. A esquizofrenia e o câncer são biopatias que podem ser consideradas resultantes da devastação produzida pela peste emocional na vida social. Os efeitos da peste emocional podem ser vistos no organismo humano, bem como na vida da sociedade. De vez em quando, ela se transforma em epidemia, como qualquer outra doença contagiosa, como a peste bubônica ou a cólera. Explosões epidêmicas da peste emocional manifestam-se em irrupções violentas e disseminadas de sadismo e criminalidade, em pequena e grande escala. A Inquisição católica da Idade Média foi uma dessas explosões epidêmicas; o fascismo internacional do século XX é outra.

Se não considerássemos a peste emocional uma doença, no sentido estrito da palavra, correríamos o risco de mobilizar a polícia contra ela, em vez da medicina e da educação. Ela necessita, por natureza, da força policial, e é assim que se espalha. Representa uma grave ameaça à vida, mas não é do tipo das que podem ser eliminadas por forças policiais.

Ninguém se sentirá ofendido se lhe disserem que sofre de uma doença cardíaca ou que é nervoso. Ninguém deveria se sentir insultado se lhe dissessem que sofre de um "ataque agudo de peste emocional". Por vezes, ouvimos dizer entre os orgonomistas: "Hoje não presto para nada, pois estou com a peste". Entre nós, quando alguém é acometido por um tipo mais brando de peste emocional, lida com isso isolando-se e esperando até que passe o ataque de irracionalismo. Em casos graves, quando o pensamento racional e o conselho amistoso não servem de nada, usa-se a orgonoterapia para se debelar a infecção. Esses ataques agudos de peste emocional são sempre provocados por uma perturbação na vida amorosa, e desaparecem depois de eliminada a perturbação. O ataque agudo da peste é um fenômeno tão familiar para mim e meus colaboradores que o aceitamos como coisa corriqueira e o tratamos objetivamente. É muito importante que os estudantes de orgonoterapia aprendam a perceber em si mesmos os ataques agudos da peste antes que estes piorem demais, para poderem impedir que atinjam o ambiente social, causando danos, e que saibam, por meio de distanciamento intelectual, esperar até que passem. Desse modo, conseguimos minimizar os efeitos nocivos em nosso trabalho conjunto. Algumas vezes não se consegue lidar adequadamente com um caso de peste emocional, e a pessoa atingida provoca danos maiores ou menores, chegando até a abandonar o trabalho. Lidamos com tais infelicidades do mesmo modo que o fazemos com uma grave doença física ou a morte de um querido companheiro de trabalho.

A peste emocional está ligada mais intimamente ao caráter neurótico do que a uma doença cardíaca orgânica, por exemplo, mas pode, em longo prazo, levar ao câncer ou à doença cardíaca. Tal como a neurose de caráter, é alimentada por pulsões secundárias. Difere dos defeitos físicos na medida em que é uma função do caráter e, como tal, fortemente *defendida*. Ao contrário do ataque histérico, um ataque da peste emocional não é sentido como um sintoma ou algo alheio ao ego. Na verdade, o comportamento do caráter neurótico é altamente racionalizado, o que também é válido em boa medida para a reação da peste emocional. Mas dificilmente nos damos conta disso. "Como reconhecer uma reação de peste e como distingui-la de uma reação racional?", perguntará o leitor. A resposta é: do mesmo modo que distinguimos uma reação racional de uma reação de um caráter neurótico: *assim que as raízes dos motivos da reação provocada pela peste são tocadas, aparece invariavelmente a angústia ou a raiva.* Veremos isso em detalhes.

Um homem essencialmente livre da peste emocional e orgasticamente potente não se deixa dominar pelo medo quando um médico discute a dinâmica dos processos naturais da vida. Pelo contrário, mostra um interesse vivo. O homem acometido da peste emocional fica inquieto ou zangado quando se discutem os mecanismos da peste emocional. A impotência orgástica nem sempre leva à peste emocional, mas a pessoa acometida da peste emocional ou sempre foi orgasticamente impotente, ou assim ficou logo antes do ataque. Assim, é fácil distinguir a reação da peste das reações racionais.

Além disso, um comportamento natural e saudável não pode ser perturbado ou eliminado por qualquer tratamento médico autêntico. Por exemplo, não há meios racionais para se "curar", isto é, perturbar uma relação amorosa feliz. Mas um sintoma neurótico pode sempre ser eliminado. Uma reação de peste é acessível à verdadeira terapia caracteroanalítica, e pode ser eliminada. É assim que a reconhecemos. Desse modo, a avareza, um traço de caráter típico da peste emocional, pode ser curada, mas a generosidade monetária não. Pode-se curar a astúcia insidiosa, mas não a franqueza caracterológica. Clinicamente, a reação da peste emocional é comparável à impotência; pode ser eliminada, isto é, curada. A potência genital, por sua vez, é "incurável".

Uma característica básica e essencial da reação da peste emocional é que a ação e o motivo da ação nunca coincidem. O motivo real está escondido, e um motivo falso é apresentado como razão da ação. Na reação do indivíduo espontâneo e saudável, o *motivo*, a *ação* e o *objetivo* formam uma *unidade orgânica*. Essa unidade é evidente. Por exemplo, para o indivíduo saudável, o único motivo de seus atos sexuais é sua natural necessidade de amar, e o único objetivo, sua satisfação. O asceta, o indivíduo acometido pela peste, por outro lado, usa códigos éticos para justificar sua debilidade sexual. Essa justificativa nada tem a ver com a maneira como ele vive, *que já estava presente antes de haver a justificativa*. A pessoa saudável não quer impor sua maneira de viver a ninguém, mas cura e ajuda os outros quando lhe pedem e ele é capaz. Nunca um indivíduo saudável irá *decretar* que todos "*têm* de ser saudáveis". Em primeiro lugar, essa exigência seria irracional, porque não se pode mandar que uma pessoa seja saudável. Em segundo lugar, o indivíduo saudável não tem nenhum desejo de impor aos outros sua maneira de viver, porque os motivos de sua conduta estão relacionados especificamente com sua própria vida, e não com a de outra pessoa. A pessoa acometida de peste emocional distingue-se do indivíduo saudável pelo fato de fazer *suas* exigências de vida não só a si próprio, mas *sobretudo àqueles que o rodeiam*. Em situações em que o indivíduo saudável faz sugestões e ajuda, em que usa suas experiências como exemplo para outros, deixando-lhes a decisão de o seguirem ou não, a pessoa acometida de peste emocional impõe *à força* seu modo de vida aos outros. Os indivíduos com peste emocional não toleram opiniões que ameacem sua couraça ou desmascarem seus motivos irracionais. A pessoa saudável fica satisfeita quando lhe é proporcionado um entendimento de seus motivos. A pessoa com peste emocional fica furiosa. Quando pontos de vista contrários aos seus lhe perturbam a vida e o trabalho, o indivíduo saudável empreende uma forte luta racional para preservar *seu* modo de vida. A pessoa acometida de peste emocional luta contra *outros modos* de vida, mesmo que não a afetem de modo algum. É levada a lutar porque sente a simples existência de outros modos de vida como uma provocação.

A energia que alimenta a reação de peste emocional deriva sempre da frustração genital, quer se trate das ações sádicas de guerra, quer da difamação de amigos. A estase da energia sexual é o ponto comum entre a peste emocional e todas as outras biopatias. Terei algo a dizer brevemente sobre as diferenças. A natureza biopática básica da peste emocional revela-se pelo fato de que, como todas as outras biopatias, pode ser curada pelo estabelecimento da capacidade natural de amar.

A suscetibilidade à peste emocional é universal. Não há uma linha nítida que distinga os indivíduos acometidos dos não acometidos. Assim como cada homem, no fundo de si, é suscetível ao câncer, à esquizofrenia ou ao alcoolismo, mesmo o mais saudável e alegre dentre nós é também suscetível de reações irracionais de peste.

É mais fácil distinguir a peste emocional da estrutura de caráter genital do que da estrutura de caráter neurótico. Na verdade, ela é uma neurose de caráter ou biopatia de caráter, no sentido estrito da palavra, mas é também mais do que isso, e é esse "mais" que a diferencia das biopatias e neuroses de caráter. *Podemos definir a peste emocional como um comportamento humano que, com base numa estrutura de caráter biopática, age de maneira organizada ou típica em relações interpessoais, isto é, sociais, e em instituições.* A peste emocional é tão disseminada quanto a biopatia do caráter. Em outras palavras, onde quer que haja biopatias de caráter, há também no mínimo a possibilidade de um efeito crônico ou de surto epidêmico agudo de peste emocional. Vamos apresentar, resumidamente, algumas áreas típicas em que ela ou é cronicamente exaltada, ou pode aparecer de modo agudo. Logo veremos que é precisamente nas esferas mais importantes da vida que a peste emocional se manifesta: misticismo em sua forma mais destrutiva; sede de autoridade passiva e ativa; moralismo; biopatias do sistema nervoso autônomo; política partidária; peste familiar, a que chamei "familite"; métodos sádicos de educação; tolerância masoquista desses métodos ou revolta criminosa contra eles; fofoca e difamação; burocracia autoritária; ideologias de guerra imperialista; tudo o que entra no conceito americano de *racket* (negociata); criminalidade antissocial; pornografia; agiotagem; ódio racial.

Vê-se, portanto, que o âmbito da peste emocional coincide aproximadamente com o vasto âmbito dos males sociais que sempre foram, e ainda são, combatidos por todos os movimentos sociais de libertação. Com algumas imprecisões, podemos dizer que a esfera da peste emocional coincide com a da "reação política" e talvez até com o princípio da política em geral. Porém, isso só seria válido se o princípio básico de toda a política, a saber, a sede de poder e de privilégios especiais, fosse levado para as esferas da vida que não consideramos políticas, no sentido usual da palavra. Por exemplo, uma mãe que recorre a métodos políticos para afastar o filho do marido entraria nesse conceito ampliado de peste emocional política. O mesmo se poderia dizer de um cientista ambicioso que ascende a uma posição social mais elevada por meio da intriga, e não através de realizações concretas.

Já dissemos que a *estase sexual* biológica é o núcleo biofisiológico comum de todas as formas de peste emocional. Baseados em nossas experiências, podemos dizer que um caráter genital é incapaz de usar os métodos da peste emocional. Isso constitui uma grande desvantagem numa sociedade governada, em tão larga escala, por instituições acometidas de peste. Há outro denominador comum em todas as formas de peste emocional: *a falta de capacidade para a satisfação sexual natural leva ao desenvolvimento de impulsos secundários, especialmente impulsos sádicos*. Há abundantes provas clínicas para apoiar essa afirmação. Daí, não nos surpreende descobrir que a energia biofísica que alimenta as reações da peste emocional provém sempre de pulsões *secundárias*. Em casos graves, nunca falta o *sadismo* humano específico.

Assim, não é de surpreender que a *sinceridade* e a *honestidade*, embora qualidades tão enaltecidas, sejam características tão raras nas relações humanas, a ponto de causar espanto e admiração quando ocasionalmente encontradas. Do ponto de vista dos nossos ideais "culturais", deveríamos esperar que a sinceridade e a retidão fossem atitudes cotidianas e naturais. O fato de não o serem, de causarem espanto, de as pessoas sinceras e honestas serem consideradas esquisitas, com "um parafuso a menos", de na verdade representarem muitas vezes graves perigos sociais – tudo isso não pode ser explicado com base na ideologia cultural dominante. Para compreendermos essas contradições, temos de nos voltar para nosso conhecimento da peste emocional organizada. Só esse conhecimento é capaz de nos proporcionar um entendimento das razões pelas quais a *objetividade* e a *sinceridade*, molas propulsoras de todas as lutas por liberdade, têm sido repetidamente frustradas através dos séculos. Não se pode supor que algum movimento de liberação consiga atingir seus fins sem enfrentar, com sinceridade, clareza e rigor, a peste emocional organizada.

O desconhecimento da peste emocional foi, até aqui, sua proteção mais segura. Uma investigação exata de sua natureza e dinâmica destruirá essa proteção. Os defensores da peste emocional terão razão em considerar essa declaração uma ameaça mortal à sua existência – o que poderá ser claramente verificado pela maneira como seus portadores e propagadores reagem às seguintes representações objetivas. Com base nessas reações, poderemos e teremos de separar aqueles que desejam ajudar na luta contra a peste emocional daqueles que querem preservar suas instituições. Vimos várias vezes que a natureza *irracional* da peste emocional se revela involuntariamente logo que se tenta chegar à sua raiz. Isso é compreensível, pois a peste emocional só pode reagir de forma irracional. Está condenada à extinção quando lhe opomos, de modo nítido e claro, o pensamento racional e o sentimento natural pela vida. Não é necessário atacá-la ou lutar com ela diretamente. A peste se enfurece automática e inevitavelmente quando descrevemos, com objetividade e sinceridade, as funções naturais do organismo vivo. Não há nada que ela odeie mais.

Diferenças entre o caráter genital, o caráter neurótico e as reações de peste emocional

a) No pensamento

O pensamento do caráter genital orienta-se para *fatos e processos objetivos*. O caráter genital distingue o essencial do não essencial ou menos essencial; tenta considerar e eliminar perturbações emocionais irracionais; é, em termos de sua natureza, *funcional*, isto é, capaz de se adaptar; *não é mecanicista nem místico*. Suas opiniões são resultado de um processo de pensamento. O pensamento racional está aberto a argumentos *objetivos*, porque tem dificuldade de funcionar sem contra-argumentos *objetivos*.

Certamente, o *caráter* neurótico tenta também orientar-se para fatos e processos objetivos. Mas nele o pensamento racional está misturado com a estase sexual crônica e afetado por esta, motivo pelo qual também se orienta em certa medida pelo princípio da evitação do desprazer. Assim, o caráter neurótico usará vários meios para evitar processos e acontecimentos que, se examinados, produziriam desprazer, ou estariam em desacordo, por exemplo, com um sistema de pensamento do caráter compulsivo; ou investigará esses processos e acontecimentos de modo tão irracional que o objetivo racional se tornará inatingível. Vamos citar um exemplo. A paz e a liberdade são desejadas universalmente. Porém, dado que a estrutura de caráter média é neurótica em termos de pensamento, *o medo da liberdade e da responsabilidade* (= angústia do prazer) mistura-se com ideias de paz e de liberdade, e, assim, esses objetivos serão discutidos de maneira mais formal do que objetiva. É quase como se os fatos mais simples e imediatos da vida, isto é, aqueles que nitidamente representam os elementos naturais de paz e liberdade, fossem evitados intencionalmente. Desprezam-se relações e ligações importantes. Por exemplo, não é segredo que a política é nociva e que a humanidade está doente, no sentido psiquiátrico da palavra. Todavia, ninguém parece ver a ligação entre esses fatos e a procura de uma ordem democrática viável. Assim, dois ou três fatos bem conhecidos, e geralmente aceitos, coexistem sem nenhuma ligação. Mostrar como esses fatos estão relacionados uns com os outros exigiria imediatamente *mudanças radicais nos assuntos práticos da vida cotidiana. Ideologicamente,* o caráter neurótico deveria estar pronto para concordar com essas mudanças. Contudo, receia sua realização *prática.* Sua couraça de caráter proíbe uma alteração no padrão de vida, que se tornou rígido. Assim, por exemplo, ele concordará com a crítica ao irracionalismo na sociedade e na ciência, mas na prática não irá reformular a si próprio nem o seu ambiente de acordo com essa crítica. Não criará um centro social modelo que reflita a ideologia que postula. Acontece muitas vezes, de fato, que o mesmo indivíduo que diz sim quando se trata de uma questão ideológica se torna um opositor veemente, na prática, quando outras pessoas promovem alterações reais. Nesse ponto, os limites entre o caráter neurótico e o indivíduo acometido de peste emocional se confundem.

O indivíduo com peste emocional não se contenta com uma atitude passiva – distingue-se do caráter neurótico por uma *atividade social* mais ou menos destruidora da vida. Seu pensamento é completamente perturbado por conceitos irracionais e governado quase exclusivamente por emoções *irracionais*. No caráter neurótico, o pensamento e a ação não coincidem. Isso não acontece com o caráter acometido de peste. Como no caráter genital, o pensamento corresponde às ações, mas há uma diferença significativa, isto é, as conclusões não resultam do pensamento. São sempre *predeterminadas* pelo seu problema emocional. Na pessoa com peste emocional, o pensamento não é usado para chegar a uma conclusão correta (como no indivíduo racional); ao contrário, serve para confirmar e racionalizar uma conclusão irracional predeterminada. Isso em geral é conhecido como "preconceito", mas não se consegue ver como este tem efeitos sociais prejudiciais em larga escala. Está disseminado universalmente e caracteriza quase tudo a que chamamos "tradição". É intolerante, isto é, não apoia o pensamento racional que poderia derrubar suas bases. Assim, o pensamento atacado de peste não é acessível a argumentos. Tem *sua própria técnica em seu próprio campo*, sua *própria "coerência"*, por assim dizer, que parece "lógica". Desse modo, dá a impressão de racionalidade sem, na realidade, ser racional.

Por exemplo, um educador severo e autoritário dirá que as crianças são difíceis de ensinar e por isso seus métodos são necessários. Nessa visão *estreita*, as conclusões parecem corretas. Se aparecer um pensador racional e lhe mostrar que a rebeldia das crianças, que ele cita para justificar seus métodos, é, em si, precisamente uma consequência social desse pensamento irracional na educação, ele se verá diante de um bloqueio mental. Precisamente nesse ponto emerge a natureza irracional do pensamento acometido de peste.

Citemos outro exemplo: a repressão sexual moralista produz pulsões secundárias, e as pulsões secundárias tornam necessária a repressão moralista. Podem-se tirar muitas conclusões lógicas com base nessa relação. Mas se o pensador objetivo mostra que as pulsões secundárias podem ser eliminadas pela satisfação *natural* das necessidades, o indivíduo atacado de peste, embora seu quadro de referência tenha sido destruído, reagirá não com compreensão e corrigindo-se, mas com argumentos irracionais, silêncio e até mesmo ódio. Em resumo, é *emocionalmente* importante para ele que *tanto o recalque como as pulsões secundárias continuem a existir. Ele tem medo dos impulsos naturais.* Esse medo atua como um motivo irracional de todo o seu quadro de referência, em si mesmo lógico, e impulsiona-o a praticar ações perigosas quando seu sistema social é seriamente ameaçado.

b) Na ação

No caráter genital, motivo, objetivo e ação harmonizam-se entre si. Os objetivos e motivos são racionais, isto é, *socialmente orientados*.

De acordo com o caráter natural de seus motivos e objetivos, isto é, com base em seu fundamento biológico, o caráter genital luta por *uma melhora de suas condições de vida e das condições de vida dos outros*. Isso é o que chamamos de "realização social".

No caráter neurótico, a capacidade de ação é sempre limitada, porque os motivos são desprovidos de afeto ou contraditórios. Dado que o caráter neurótico em geral recalcou profundamente sua irracionalidade, ele é constantemente forçado a mantê-la sob controle. E é exatamente esse recalque que constitui a limitação de sua capacidade de ação. Ele teme envolver-se por inteiro em qualquer atividade, pois nunca tem certeza se impulsos sádicos ou de outro tipo vão aparecer. Geralmente sofre, porque tem consciência de que está inibindo a própria vida, *mas não inveja as pessoas saudáveis*. Podemos caracterizá-lo com a atitude: "Fui infeliz na vida; meus filhos devem ter uma vida melhor do que a minha". Essa atitude torna-o um espectador simpatizante, embora estéril, do progresso. Não impede o progresso.

No indivíduo com peste emocional, os motivos da ação são sempre simulados. O motivo aparente nunca corresponde ao motivo real, seja este consciente ou inconsciente. Nem o objetivo aparente corresponde ao objetivo real. No fascismo alemão, por exemplo, a "salvação e pacificação da nação alemã" foram o objetivo dado, ao passo que o objetivo real – baseado na estrutura do caráter – era a guerra imperialista, a subjugação do mundo, e nada mais do que isso. É uma característica fundamental do indivíduo acometido de peste o fato de ele acreditar, séria e honestamente, no objetivo e no motivo aparentes. Gostaria de acentuar que a estrutura de caráter de uma pessoa atacada de peste emocional só pode ser compreendida se encarada a sério. *A pessoa atacada de peste age sob uma compulsão estrutural*. Por melhores que sejam suas intenções, *só pode agir como doente de peste*. Sua ação está de acordo com sua natureza, tal como a necessidade de amor ou verdade está de acordo com a natureza do caráter genital. Mas o individuo atacado de peste, protegido por sua convicção objetiva, não sofre ao reconhecer a natureza prejudicial de seus atos. Um pai que, por ódio à mulher (que lhe foi infiel, digamos), pede a custódia do filho, está seriamente convencido de que age "no melhor interesse do filho". E, se a criança sofre com a separação da mãe ou mesmo começa a ter um colapso nervoso, esse pai se mostrará totalmente impermeável a qualquer solução. O pai acometido da peste encontrará toda a espécie de argumentos superficiais para apoiar sua convicção de que "age pelo bem" do filho ao mantê-lo longe da mãe. Não é possível convencê-lo de que o motivo *real* é a punição sádica que deseja infligir à mãe.

O indivíduo com peste emocional, em contraste com o caráter neurótico, desenvolve sempre, como parte de sua estrutura, uma inveja acompanhada de um ódio mortal a tudo o que é saudável. Uma solteirona de caráter neurótico tem uma vida resignada e não interfere na vida amorosa das mulheres jovens; uma solteirona acometida de peste, por sua vez, não pode tolerar a felicidade sexual das outras mulheres. Se for professora, com certeza irá *tornar* suas alunas *incapazes* de experienciar a felicidade sexual. Isso é válido para todas as situações da vida. O caráter com peste emocional tentará, em todas as circunstâncias e com todos os meios a seu alcance, modificar seu ambiente, para que *sua* maneira de viver e de ver as coisas não seja colocada em perigo. Sente tudo o que está em desacordo com sua maneira de viver como uma provocação e, por isso, persegue-o com ódio profundo. O asceta é um bom exemplo. De uma forma ou de outra, sua atitude básica é: "Por que é que os outros têm de estar melhor do que eu? Que sofram como eu". Em todo caso, essa atitude básica está tão bem escondida sob uma ideologia ou teoria de via lógica e bem vista que só uma pessoa com vasta experiência prática e pensamento incisivo é capaz de desmascará-la. Embora triste, é preciso registrar aqui que, ainda no começo deste século, a maior parte da educação europeia oficial era talhada nesses moldes.

c) Na sexualidade

A sexualidade do caráter genital é determinada essencialmente pelas leis naturais fundamentais da energia biológica. Ele é constituído de modo que sente prazer naturalmente com a felicidade sexual dos outros. Do mesmo modo, é indiferente a perversões e tem aversão à pornografia. O caráter genital é facilmente reconhecido pelo bom contato que estabelece com crianças saudáveis. Considera natural que as crianças e os adolescentes sejam orientados *sexualmente*. Cumpre, ou, pelo menos, se esforça por cumprir as exigências, muitas vezes socialmente limitadas, que resultam desses fatos biológicos. Essa atitude é espontânea, quer ele tenha adquirido um conhecimento correspondente ou não. Em nossa sociedade, os pais e mães com esse caráter, a não ser que vivam num meio que apoie suas opiniões, estão expostos ao grave perigo de serem considerados e tratados como criminosos pelas instituições autoritárias. Merecem precisamente o contrário – a maior proteção social possível. Constituem centros da sociedade de onde surgirão um dia educadores e médicos de ação racional. A base de suas vidas e ações é a felicidade sexual que eles próprios sentiram. Pais, por exemplo, que permitem aos filhos viver o sexo de acordo com leis totalmente naturais e saudáveis estão arriscados a sofrer acusações de imoralidade (ou "depravação moral") e a serem separados dos filhos por qualquer asceta que por acaso detenha o poder.

O caráter *neurótico* tem uma vida sexualmente resignada ou dedica-se secretamente a atividades pervertidas. Sua impotência orgástica é acompanhada por uma ânsia de felicidade sexual, mas ele é indiferente à felicidade sexual de outros. É mais provável ele ser dominado pela angústia do que pelo ódio, sempre que entra em contato com o problema sexual. Sua couraça se relaciona apenas com sua própria sexualidade, e não com a dos outros. O anseio orgástico é muitas vezes incorporado a ideais religiosos ou culturais, que não são nem muito úteis nem muito nocivos ao bem-estar da comunidade. O caráter neurótico é geralmente ativo em círculos e grupos que não têm grande influência social. Não se pode negar o valor cultural de alguns desses grupos. Mas o caráter neurótico não é capaz de dar uma contribuição significativa para se criarem estruturas mais saudáveis em grande escala, porque as grandes massas estão mais ligadas à questão da sexualidade natural do que ele.

Essa atitude básica por parte do caráter neurótico, sexualmente inofensivo, é capaz de, em qualquer momento e sob condições externas favoráveis, vir a ser acometida da peste. O processo em geral é o seguinte: as pulsões secundárias, mantidas sob controle pelos ideais religiosos e culturais, irrompem. *A sexualidade do caráter atingido pela peste emocional é geralmente sádica e pornográfica.* Caracteriza-se pela *coexistência da lascívia sexual* (devida à incapacidade de conseguir satisfação) e do *moralismo sádico.* Esse dualismo faz parte de sua *estrutura*: o indivíduo acometido de peste não poderia modificá-la, mesmo que tivesse compreensão e conhecimento. *Em termos de estrutura, só pode ser pornograficamente lascivo e sadicamente moralista, ao mesmo tempo.*

Esse é o núcleo da estrutura de caráter da pessoa acometida da peste. Essa estrutura desenvolve um ódio amargo contra todo processo que incite seu próprio anseio orgástico e, por isso, a angústia de orgasmo. *A exigência de ascetismo é dirigida não só contra si mesmo, mas sobretudo, e de forma sádica, contra a sexualidade natural dos outros.* As pessoas atacadas de peste emocional têm uma forte tendência para formar círculos sociais. Esses círculos tornam-se centros que moldam a opinião pública. Sua característica mais saliente é a forte intolerância em questões de sexualidade natural. Eles estão espalhados e são bem conhecidos. Sob a bandeira da "cultura" e da "moralidade" perseguem ao máximo toda expressão de sexualidade natural. Ao longo dos anos desenvolveram uma *técnica especial de difamação.* Falaremos disso mais tarde.

As investigações clínicas não deixam lugar a dúvidas de que a fofoca e a difamação relativas a temas sexuais dão aos indivíduos com peste emocional uma espécie de satisfação sexual perversa; assim eles podem ter prazer sexual sem a função genital natural. É precisamente nesses círculos que frequentemente encontramos a homossexualidade, relações sexuais com animais e outras formas de perversão. Seus ataques sádicos dirigem-se contra a sexualidade *natural* dos outros, e *não contra a sexualidade perversa*; têm uma posição especialmente violenta contra a sexualidade *natural de crianças e adolescentes*, ao passo que, por estranho que pareça, são cegos para todas as formas de atividade sexual perversa. Têm muitas vidas humanas na consciência.

d) No trabalho

O caráter genital tem um interesse ativo no desenvolvimento de um processo de trabalho que pode seguir seu *próprio* curso; seu interesse está centrado essencialmente no próprio *processo*. O resultado do trabalho é obtido sem esforço especial, porque provém, de modo espontâneo, do processo de trabalho. *A formação do produto ao longo do processo de trabalho é uma característica essencial do prazer biológico de trabalhar*. Isso leva a uma crítica violenta de todos os métodos de educação infantil por meio de brinquedos que restringem a atividade da criança. A predeterminação de como o brinquedo deve funcionar e as instruções rígidas sobre a maneira de montá-lo sufocam a imaginação e a *produtividade* da criança. O moralismo compulsivo só tolera o êxtase místico; não tem paciência para o entusiasmo autêntico, e é por essa razão que sempre falta entusiasmo no que diz respeito ao trabalho. Uma criança que precisa montar uma casa *pré-planejada*, com blocos *pré-planejados*, de maneira *pré-planejada*, não pode usar a imaginação nem desenvolver nenhum entusiasmo. Podemos compreender facilmente que essa característica fundamental da educação autoritária faz parte da angústia de prazer dos adultos. Tem um efeito neutralizante sobre o prazer da criança no trabalho. *O caráter genital influencia o desempenho no trabalho de outros pelo estabelecimento de um exemplo, e não pela prescrição do produto e do método de trabalho*. Isso requer a capacidade de tolerar o fluxo vegetativo e de permitir-se fluir.

O caráter neurótico é mais ou menos limitado em seu trabalho. Sua energia biológica consome-se essencialmente em evitar fantasias perversas. A perturbação neurótica do trabalho pode ser sempre atribuída a um uso inadequado da energia biológica. Pela mesma razão, seu trabalho, por mais rico que seja em potencial, é superficial e sem alegria. Dado que ele é incapaz de entusiasmo genuíno, considera a capacidade de entusiasmo da criança como "inconveniente" (se, por exemplo, trata-se de um professor). De maneira neurótica compulsiva, insiste em determinar o trabalho dos outros.

O indivíduo acometido de peste emocional *odeia* o trabalho porque o sente como um fardo. Por isso, foge de qualquer responsabilidade e, particularmente, de pequenas tarefas que pedem paciência. Pode sonhar em escrever um livro importante, em pintar uma obra de arte notável, em dirigir uma fazenda etc.; mas, como é incapaz de trabalhar, evita o necessário desenvolvimento orgânico, persistente, gradual, inerente a todo o processo de trabalho. Isso o predispõe a tornar-se um ideólogo, um místico ou um político, isto é, a tomar parte em atividades que não exigem paciência nem desenvolvimento orgânico. Tanto pode-se tornar um vagabundo ocioso como um ditador nesse ou naquele campo da vida. Sua visão da vida é feita de fantasias neuróticas e, como ele próprio é incapaz de realizar coisas, quer forçar os outros a realizar essa visão doentia. O conceito *negativo* dos norte-americanos com relação à palavra *boas* (patrão) é um produto dessa constelação. Um caráter genital que esteja no controle de um processo de trabalho coletivo vai à frente, espontaneamente, com seu bom exemplo: trabalha *mais* do que os outros. Por outro lado, o caráter acometido de peste emocional desejará, tipicamente, trabalhar menos do que os outros. Quanto menor for sua capacidade de trabalho e, consequentemente, seu amor-próprio, maior será sua insistência em *chefiar* o trabalho.

Essa comparação tomou necessariamente a forma de distinção inequívoca. Na realidade, todo caráter genital também tem suas inibições neuróticas e reações de peste. Do mesmo modo, cada indivíduo atacado de peste tem dentro de si as *possibilidades* do caráter genital. As experiências com a orgonoterapia não deixam dúvidas de que pessoas atingidas pela peste emocional, que entram no conceito psiquiátrico de "insanidade moral", não só podem ser curadas, em princípio, como são capazes de desenvolver capacidades excepcionais de trabalho, sexualidade e atividade intelectual. Isso nos dá, mais uma vez, a oportunidade de salientar que o conceito de "peste emocional" não implica uma depreciação. No decurso de quase trinta anos de trabalho biopsiquiátrico, compreendi que uma predisposição para a peste emocional é indicativa de quantidades muito elevadas de energia biológica. Na verdade, a *alta tensão da energia biológica do indivíduo* faz com que ele seja acometido de peste emocional se, devido a uma rígida couraça caracterológica e muscular, não se puder realizar de maneira natural. A pessoa atingida pela peste é produto de uma educação compulsiva e autoritária. Devido à frustração do talento não realizado, ela *vinga-se* da educação compulsiva com muito mais sucesso do que o caráter neurótico, calmo e resignado. Difere do caráter genital na medida em que *sua revolta não está orientada socialmente* e, por isso, é incapaz de efetuar quaisquer mudanças racionais para melhor. Difere do caráter neurótico na medida em que *não se resigna.*

O caráter genital controla suas reações de peste emocional de duas maneiras: 1) como a estrutura de seu caráter é essencialmente de natureza racional, sente suas próprias reações de peste como estranhas e sem sentido; 2) está tão envolvido em processos racionais que imediatamente toma consciência do perigo das tendências irracionais para seu processo de vida. Essa consciência lhe permite manter-se no controle da situação. A pessoa acometida da peste emocional, por sua vez, tira tanto prazer sádico, secundário, de seu próprio comportamento, que é inacessível a qualquer correção. Os atos do indivíduo saudável fluem diretamente do reservatório de energia biológica; os atos do indivíduo acometido de peste provêm da mesma fonte, mas a cada vez precisam romper a couraça muscular e de caráter, e, nesse processo, os melhores motivos tornam-se ações antissociais e irracionais. Ao passar pela couraça de caráter, o objetivo original do ato altera sua função: *o impulso começa com intenção racional; a couraça distorce o desdobramento orgânico e regular do impulso; o caráter atingido pela peste sente essa obstrução como inibição intolerável; o impulso tem de romper primeiro a couraça* para poder se manifestar; nesse processo, a intenção original e o objetivo racional se perdem. Quando se realiza, finalmente, o ato tem pouco da intenção racional original; é um reflexo exato da *destrutividade* que teve de ser colocada em jogo no processo de romper a couraça. *A brutalidade do indivíduo atacado de peste resulta do fracasso, por parte do impulso original, em atravessar a couraça muscular e de caráter.* É impossível afrouxar a couraça, porque o ato acometido de peste nem descarrega energia orgasticamente nem produz autoconfiança racional. Esse "fracasso" permite-nos compreender algumas das contradições na estrutura do indivíduo atacado de peste emocional. Ele tem um forte desejo de amor; encontra uma mulher a quem julga poder amar; mostra-se incapaz de amar. Isso o impele a uma raiva sádica contra si mesmo ou contra a mulher desejada – raiva que, não raras vezes, termina em assassínio.

Fundamentalmente, portanto, o indivíduo acometido de peste emocional se caracteriza pela contradição entre um intenso desejo de viver e a incapacidade (devida à couraça) de conseguir uma realização de vida correspondente. Para o observador atento, o irracionalismo político da Europa caracterizou-se claramente por essa contradição. Com a lógica de uma compulsão, as melhores intenções conduziram a fins destrutivos.

Sou de opinião de que o gângster constitui uma demonstração simples do mecanismo da peste emocional, se o resultado do ato de banditismo for levado em conta juntamente com a *inibição do impulso racional*, que o transforma em ato acometido de peste.

Agora vamos tentar examinar essas diferenças em exemplos corriqueiros do dia a dia.

Tomemos como primeiro exemplo a *luta pelo filho*, que habitualmente ocorre entre pais que pedem o divórcio. Há três reações possíveis: a racional, a inibida do caráter neurótico e a da peste emocional.

a) *Reação racional:* pai e mãe lutam pelo desenvolvimento saudável da criança, com argumentos e meios racionais. Se concordarem em princípio, tudo é mais fácil; mas pode ser também que tenham ideias muito diferentes sobre o assunto. Mesmo assim, no interesse da criança, evitarão métodos dissimulados. Falarão francamente com ela e a deixarão tomar sua própria decisão. Não se deixarão levar por interesses egoístas; em vez disso, serão guiados pelas tendências da criança. Quando um dos pais é alcoólatra ou doente mental, essa informação será comunicada à criança como um infortúnio que se deve suportar com coragem, tendo o maior cuidado possível para poupar os sentimentos dela. *O motivo é sempre evitar um dano à criança*. A atitude é ditada pelo sacrifício dos interesses pessoais.

b) *Reação do caráter neurótico:* a luta pela criança é inibida por todo tipo de considerações, principalmente pelo receio da opinião pública. A necessidade de corresponder à opinião pública é mais importante do que aquilo que seja melhor para a criança. Nesses casos, os pais de caráter neurótico seguem a prática dominante: a criança fica com a mãe, em qualquer circunstância, ou submetem o caso às autoridades legais. Quando um dos pais é um bêbado ou doente mental, existe a tendência de se sacrificar, de esconder o fato; como resultado, a criança e o outro ascendente sofrem e ficam em perigo. *O divórcio é evitado*. O motivo do comportamento do casal está resumido na frase: "Não queremos complicações". *Sua atitude é determinada pela resignação*.

c) *Reação do indivíduo acometido de peste emocional:* o bem-estar da criança é sempre um motivo simulado e, como o resultado mostra, *não realizado. O motivo real é vingar-se do parceiro, privando-o do prazer de estar com a criança*. Por isso, na luta pelo filho, um parceiro recorre à difamação do outro, seja este saudável ou doente. A ausência de qualquer consideração pela criança é demonstrada pelo fato de não se levar em conta seu amor pelo outro ascendente. Para afastá-la de um ou de outro, diz-se-lhe que a mãe ou o pai é alcoólatra ou doente mental, afirmação que, em geral, não corresponde aos fatos. Como resultado, a criança é quem *sofre* mais; *o motivo é a vingança* contra o parceiro e a dominação da criança. O amor autêntico por esta não está em causa.

Há inúmeras variações desse exemplo, mas as características básicas são as mesmas e têm importância social geral. Ao tomar decisões, uma jurisprudência racional teria de dar prioridade a essas diferenças. Pode-se supor que haverá um aumento significativo do número de divórcios, e sou de opinião de que só um psiquiatra ou um educador bem treinado são capazes de medir a amplitude dos danos causados apenas por reações de peste emocional, em casos de divórcio.

Vamos dar outro exemplo, da esfera da vida privada, em que a peste emocional tem vasta influência: a infidelidade do parceiro.

a) *Reação racional:* nas relações amorosas em que um dos parceiros quer ser ou é infiel, o indivíduo saudável reage principalmente de uma de três maneiras: separação do parceiro; competição e tentativa de reconquistar o amor do parceiro; tolerância quando a outra relação não é muito séria e é temporária. Nesses casos, a pessoa saudável não se refugia na neurose, não faz reivindicações legais e só fica zangada quando as coisas acontecem de forma indecente.

b) *Reação do caráter neurótico:* ou sofre a infidelidade de modo masoquista ou a couraça o impede de reconhecer o fato. Há um medo grave da separação. Resignação, fuga para uma doença neurótica ou alcoolismo e ataques histéricos são reações típicas.

c) *Reação do indivíduo acometido de peste emocional:* em geral, a infidelidade não acontece por amor a uma outra pessoa, mas porque a pessoa se cansa do parceiro. A parte ofendida tenta prender o parceiro em casa, cansá-lo com ataques histéricos, dominá-lo com escândalos ou até vigiá-lo usando um detetive. A fuga para o alcoolismo também aparece como meio de facilitar a brutalidade sobre o parceiro. O motivo não é o amor pelo parceiro, mas a sede de poder e de posse.

As reações da peste emocional são comuns em tragédias de ciúme. Em nosso tempo, não há pontos de vista médicos nem sociais, nem medidas legais que considerem devidamente essa vasta e desolada esfera da vida.

Voltemos agora nossa atenção para um modo de reação típico da peste emocional, que é particularmente impressionante e que designaremos por *"reação específica da peste".*

A reação específica da peste tem preferência especial pela difamação sexual, isto é, moralista. Funciona de maneira semelhante ao mecanismo de projeção em delírios persecutórios, ou seja, um impulso perverso, ao atravessar a couraça, é transferido para pessoas ou objetos do mundo externo. Aquilo que, na realidade, é um impulso interno, é erroneamente interpretado como ameaça externa. O mesmo se aplica às sensações que têm origem nas correntes de plasma orgonótico. O indivíduo saudável sente essas correntes como algo alegre e agradável. O esquizofrênico, por sua vez, devido às contradições que resultam de sua couraça de caráter, percebe-as como obra secreta de um inimigo malvado que tenciona destruir-lhe o corpo com correntes elétricas. Esses mecanismos insanos de projeção são bem conhecidos. Mas a psiquiatria comete o erro de limitá-los aos doentes mentais. Não consegue ver que é precisamente o mesmo mecanismo que domina a vida social, na forma das reações específicas da peste em pessoas ostensivamente normais. Esse é nosso próximo tópico de discussão.

    O mecanismo biopsíquico é o seguinte: a moralidade compulsiva na educação e na vida produz lascívia sexual, que nada tem a ver com a necessidade natural de amor e constitui uma pulsão secundária real, como, por exemplo, o sadismo ou o masoquismo. Como a vivacidade orgonótica na experiência natural do prazer atrofiou-se, a lascívia e a sede de fofocas sexuais tornam-se necessidades secundárias desenfreadas. Assim como o paciente mental projeta suas correntes orgonóticas e impulsos perversos em outras pessoas, e os experiencia como ameaça vinda destas, o indivíduo atacado de peste projeta suas próprias perversões e sua lascívia em outras pessoas. Em contraste com o paciente mental, ele não vive masoquisticamente como ameaça os impulsos que projeta na outra pessoa; pelo contrário, utiliza a fofoca de maneira sádica, como mecanismo de defesa, isto é, imputa aos outros aquilo que não pode reconhecer em si mesmo. Isso se aplica tanto à genitalidade natural como ao impulso perverso secundário. Entrar em contato com o modo de vida da pessoa genitalmente saudável recorda-lhe, de modo doloroso, sua própria fraqueza genital, constituindo, assim, uma ameaça a seu equilíbrio neurótico. Dessa forma, agindo de acordo com o princípio "O que não posso ter, você também não pode", ele é obrigado a lançar um estigma na genitalidade natural dos outros. Além disso, como não consegue esconder totalmente a própria lascívia perversa por trás de uma fachada de moralidade ética, atribui-a à vítima da fofoca. Em todos os casos dessa forma de reação da peste, chegamos à conclusão de que se atribuem ao indivíduo saudável precisamente aquelas características contra as quais o atingido pela peste luta em vão, ou às quais se entrega *com a consciência pesada*.

    O mecanismo da reação de peste específica é facilmente transportado da esfera sexual para a não sexual. É característico que o indivíduo atribua algo que faz, gostaria de fazer ou está na iminência de fazer a alguém. Usaremos algumas ocorrências típicas e diárias para ilustrar a reação típica da peste.

Há jovens intelectuais conhecidos como "esnobes culturais" nos círculos intelectuais sérios da Europa. São inteligentes, mas sua inteligência é dedicada a um tipo de atividade artística estéril. Seus conhecimentos sobre a magnitude e seriedade dos problemas sofridos por um Goethe ou um Nietzsche são extremamente superficiais, mas eles têm grande prazer em citar a literatura clássica. Ao mesmo tempo, estão cheios de cinismo. Consideram-se modernos, liberais, livres de convenções. Incapazes de experiências sérias, encaram o amor sexual como uma espécie de brincadeira de criança. Passam as férias de verão em comunidades, meninos e meninas vivendo juntos. À noite há brincadeiras divertidas, isto é, as "brincadeiras de crianças". À mesa do café, fazem-se piadas sobre as brincadeiras, de modo despreocupado e muito inteligente. Possivelmente, a "mulher pecadora" será obrigada a corar com as alusões ambíguas. Tudo isso faz parte da maneira de viver "liberal" e "não convencional" de hoje. As pessoas são "alegres" e têm "humor". Fazem confidências sobre quantas vezes entraram na "brincadeira" na noite anterior; e informam, por meio das mais "rebuscadas" figuras de retórica, que foi "muito bom", que *ela* esteve "deliciosa" etc. O ouvinte sério, bastante familiarizado com a abissal miséria sexual das massas e com a destrutividade das trivialidades sexuais, sai com a impressão de que a lascívia desses jovens "brilhantes" resulta da fome sexual provocada pela impotência orgástica. Esses "boêmios" cultos tipicamente consideram os esforços sérios da economia sexual, na luta contra a peste emocional das massas, uma invenção de um cérebro doente. Mas esses jovens "gênios" estão bem versados na arte da "alta política". Tagarelando sempre sobre os "valores" culturais que devem ser elevados, ficam furiosos assim que se começa a traduzir sua conversa em ação social entre massas de pessoas.

Um desses boêmios encontrou uma mulher que queria estudar comigo. Naturalmente, a conversa entre eles girou em torno de meu trabalho. Ele a advertiu, dizendo não me recomendar nem ao melhor amigo nem ao pior inimigo, porque eu "era proprietário, sem licença, de um bordel público". Para esconder a flagrante natureza atacada de peste dessa afirmação, acrescentou a seguir que eu era um médico muito capaz. Essa difamação, feita de acordo com os moldes da reação de peste específica, correu de boca a boca. Apesar disso, a mulher veio estudar comigo a pedagogia econômico-sexual e em pouco tempo compreendeu aquilo que denominamos peste emocional.

É difícil manter uma atitude objetiva e correta nessas situações. Não podemos ceder ao impulso, que nasce espontaneamente e para o qual há boas razões, de dar uma boa surra num indivíduo desses, para que ele não ande por aí difamando as pessoas, se queremos conservar as mãos limpas. Ignorar o incidente de maneira elegante é fazer precisamente aquilo que o indivíduo atacado de peste espera, para poder continuar perpetrando sua ofensa social impunemente. Resta a possibilidade de uma ação judicial contra ele. Mas isso seria lutar contra a peste emocional em seu terreno, e não de maneira *médica*. Assim, permitimos que o assunto siga seu rumo. Ao fazer isso, contudo, corremos o risco de que outra pessoa atingida pela peste, talvez um "historiador científico", insista no assunto e, com a "autoridade de historiador objetivo", passe uma pessoa para a posteridade como proprietária de um bordel secreto[1].

O assunto é importante porque a peste emocional tem conseguido, repetidas vezes, por meio de boatos desse tipo, esmagar realizações honestas e importantes. A luta contra a peste emocional é socialmente necessária, porque ela causa mais dano neste mundo do que "dez mil canhões". Leia-se, por exemplo, o relato de Friedrich Lange sobre as difamações a que esteve sujeito, pela peste emocional, o cientista natural pioneiro do século XVII, De la Mettrie. Em sua grande obra *Histoire Naturelle de l'Âme* (História Natural da Alma), De la Mettrie compreendeu claramente as relações essenciais entre percepção e estímulos fisiológicos, assim como adivinhou e descreveu corretamente a ligação entre o problema corpo-alma e o processo sexual biológico. Isso foi demais para os filisteus, que são muito mais numerosos do que os cientistas honestos e ousados; eles fizeram circular o boato de que De la Mettrie só chegara a esses pontos de vista porque era um "libertino". Assim, passou para a posteridade o boato de que ele morreu ao comer um pastel que, de modo verdadeiramente voluptuoso, ele consumira com demasiada voracidade.

É claro que esse é um disparate médico. Mais ainda, é um exemplo típico de boato originado pela peste que, quando espalhado por organismos humanos incapazes de prazer, se torna uma reação específica da peste e passa para a posteridade, manchando um nome decente. É fácil reconhecer o papel catastrófico desempenhado por essas reações de peste na vida social.

---

1. Gostaria de assinalar que, para mim, uma mulher de vida fácil (*easy virtue*), de caráter decente, é social e humanamente preferível a uma tal pessoa acometida de peste emocional. Esse tipo de mulher não tem pretensões; as condições sociais, a necessidade material e o caos social existente levam-na a uma profissão que requer dela satisfazer as necessidades sexuais de marinheiros e soldados, isto é, de homens que arriscam suas vidas. Incontáveis príncipes e padres tiveram de visitar casas de prostituição para satisfazer suas necessidades ou para fugir de suas próprias misérias. Não se trata aqui de reprovar ou elogiar, mas de reconhecer um fato.

Gostaria de citar outro exemplo em que o mecanismo de projeção da peste emocional, na forma de difamação, se manifesta de modo ainda mais claro. Na Noruega, soube de um rumor de que eu ficara esquizofrênico e passara algum tempo num hospício. Com algum esforço, conseguimos encontrar a fonte do boato. Quando vim para os Estados Unidos, em 1939, verifiquei que esse boato havia se espalhado muito, mais do que na Europa, onde meu trabalho era mais conhecido. A origem do rumor era ainda mais obscura do que no caso europeu, mas certos indícios mostravam claramente que ele havia partido da mesma fonte[2].

A situação não deixava de ser cômica. Pouco depois da minha expulsão da Associação Psicanalítica Internacional, a pessoa que espalhara o boato sofreu um esgotamento nervoso e foi obrigada a passar várias semanas numa instituição psiquiátrica. Esse fato foi-me comunicado diretamente por um professor universitário, bem informado da situação. É evidente que o esgotamento nervoso provocou um medo terrível no difamador. Naquela altura, ele se encontrava numa situação difícil: por um lado, reconhecia a correção do desenvolvimento de meu trabalho; por outro, não podia separar-se de uma organização que se opunha tenazmente a esse desenvolvimento. Como é comum nesses casos, ele tirou partido das circunstâncias para desviar a atenção de si próprio e focá-la em mim, precisamente quando eu me encontrava no centro de uma grave controvérsia. Ele pensou que eu estivesse acabado, e a oportunidade de me dar mais um pontapé era tentadora demais. Sua reação foi uma projeção atacada de peste específica.

Nunca fui doente mental nem estive internado num hospício. Até hoje suportei um dos fardos mais pesados que já foram impostos a um homem, sem nenhuma perturbação na minha capacidade de trabalhar e de amar. Ficar louco não é nenhuma desgraça. Eu, como todos os psiquiatras que respeitam a si mesmos, tenho profunda simpatia pelos doentes mentais e, muitas vezes, admiração por seus conflitos. Como já salientei em algum ponto, um doente mental parece-me muito mais sério, muito mais perto daquilo que está vivo, do que um filisteu ou um indivíduo socialmente perigoso acometido de peste emocional. Essa difamação tinha a intenção de arruinar a mim e ao meu trabalho,

---

2. Nota, 1945: Um de nossos proeminentes médicos voltou de Oslo para os Estados Unidos em 1939. Ele passou alguns dias em Zurique, onde disse a um antigo colega psiquiatra que estivera trabalhando comigo. Bastante surpreso, ele disse: "Mas Fulano de Tal disse que Reich havia ficado esquizofrênico". "Fulano de Tal" era a pessoa em questão. Logo depois de seu regresso aos Estados Unidos, soube por um conhecido que seu analista havia dito a mesma coisa: "Fulano de Tal [de novo a mesma pessoa] disse-me que Reich estava esquizofrênico". Esse traficante de rumores morreu alguns anos depois de colapso cardíaco. Eu sabia havia muito tempo que ele sofria de impotência.

e o resultado foi um certo número de situações sérias, nada fáceis de dominar. Com alguns estudantes, por exemplo, tive a difícil tarefa suplementar de os convencer de que eu *não* estava mentalmente doente. Em certas fases da orgonoterapia, é inevitável o aparecimento de um mecanismo específico da peste emocional. Assim que o paciente ou o aluno entra em contato com suas correntes plasmáticas, aparece uma forte angústia de orgasmo. O que acontece então é que o vegetoterapeuta é considerado um "sujo" porco sexual ou um "louco". Quero salientar que essa reação é muito comum. A maioria de meus alunos, realmente, já tinha ouvido o boato. A teoria da economia sexual é tão revolucionária em alguns aspectos que fica muito fácil considerar a própria teoria como louca. Devo afirmar que, em consequência desse boato, certas situações complicadas se tornaram mortalmente perigosas. Deveria haver recursos legais bem definidos para evitar as consequências de uma reação atacada de peste. Só tenho a agradecer à minha experiência clínica por ter sido capaz de aguentar – além das dificuldades já existentes em meu trabalho – os perigos que resultaram do rumor sobre minha doença mental.

O caso teve efeitos cômicos, mais tarde. Quando, anos depois, se compreendeu que meu trabalho científico provava com clareza que eu não era esquizofrênico, circulou um novo boato e, outra vez, da mesma fonte. Agora dizia-se que, felizmente, eu "melhorara" de minha esquizofrenia.

Encontram-se reações de peste específicas em especial na esfera política. Repetidas vezes, durante os últimos anos, vimos que, a cada nova conquista, governos ditatoriais imperialistas atribuem à vítima a intenção que é deles próprios. Por exemplo, disseram que a Polônia estivera secretamente planejando um ataque ao império alemão, e, por isso, era justificado que este a atacasse. O ataque à União Soviética foi "justificado" do mesmo modo.

Também ilustram essa reação de peste específica os famosos "julgamentos de Moscou" dos primeiros companheiros de Lenin. Nesses julgamentos, a acusação de alta traição era feita a funcionários hostis ao Partido Comunista russo; os réus foram acusados de ter mantido contato direto com os fascistas alemães, com os quais teriam planejado a queda do governo. Para quem conhecia os antecedentes dos acusados, era óbvio que as acusações tinham sido forjadas. Mas, em 1936, ninguém podia explicar o objetivo dessa acusação nitidamente espúria. O governo russo era suficientemente forte para eliminar qualquer oposição perturbadora com argumentos pouco transparentes. Só em 1939 se esclareceu o mistério, pelo menos para aqueles que já estavam familiarizados com o mecanismo específico da peste. Em 1936 dizia-se que os acusados tinham cometido contra o Estado o crime que o próprio governo de fato cometeu em 1939, ao assinar um pacto com Hitler, que precipitou a guerra com a Polônia, repartindo-a com os fascistas alemães. Só então se percebeu que, ao difamar outros, o Estado havia conseguido se eximir do pacto com Hitler; tão bem, na verdade, que as implicações dessa ação permaneceram desconhecidas para o público. Esse caso confirmou, mais uma vez, o fato de que o povo age como se não tivesse memória. Essas reações políticas da peste, na verdade, contam com essa irracionalidade do pensamento das massas. Não faz diferença se o pacto não serviu; se, depois, a ditadura alemã entrou em guerra com a ditadura russa. Nem a racionalização subsequente alterou o fato de se ter assinado um pacto.

Citemos outro exemplo da esfera da peste emocional. Leon Trotski teve de se defender da acusação de estar envolvido numa conspiração contra a vida de seu rival. Isso era incompreensível, porque o assassinato de Stalin só teria prejudicado os trotsquistas, mas ficou esclarecido quando Trotski foi assassinado em 1941. (Esses fatos nada têm a ver com pontos de vista políticos a favor ou contra os trotsquistas.)

Se recuarmos apenas algumas décadas na história da política, encontramos o famoso caso Dreyfus. Militares de alta patente do Estado-maior francês venderam planos aos alemães; para se defenderem, acusaram o insuspeito e respeitável capitão Dreyfus do crime que eles próprios haviam cometido. Conseguiram que sua vítima fosse condenada, e Dreyfus definhou na prisão durante mais de cinco anos, numa ilha distante. Sem a corajosa intervenção de Zola, essa reação de peste específica nunca teria sido combatida. Mas o fato de Dreyfus ter sido reabilitado com honra não apaga, de modo nenhum, a atrocidade cometida contra ele. Se a política do Estado não fosse regida, em tão larga escala, pelas leis da peste emocional, seria óbvio que essas catástrofes nunca deveriam acontecer. Porém, como a peste emocional rege a formação da opinião pública, consegue sempre apresentar suas atrocidades como erros lamentáveis da justiça, só para poder continuar a prejudicar impunemente.

No caso de um governante, seu caráter pessoal tem enorme importância para a vida social como um todo. Se, por exemplo, a amante de um rei é francesa, podemos ter certeza de que, numa guerra mundial durante o reinado desse rei, seu país estará do lado da França *contra* o "ancestral inimigo" alemão. Se esse mesmo rei abdicasse do trono pouco antes, ou no começo da Segunda Guerra Mundial, e seu sucessor tivesse relações pessoais com uma mulher alemã, o mesmo país lutaria na guerra ao lado do antigo inimigo ancestral, a Alemanha, contra a França, seu aliado anterior.

Quem se der ao trabalho de examinar o mecanismo da peste emocional na esfera política mergulhará, cada vez mais, numa grave confusão. É possível, perguntará, que o clericalismo de um ditador político ou o caso amoroso de um rei possam determinar o bem e o mal de várias gerações? O irracionalismo na vida social vai tão fundo? É realmente possível que milhões de adultos trabalhadores não tenham consciência disso e, na verdade, se recusem a tomar consciência desse fato?

Essas perguntas parecem estranhas só porque os efeitos da peste emocional são fantásticos demais para serem percebidos como algo tangível. A inteligência humana, evidentemente, recusa admitir que esse absurdo possa predominar em escala tão maciça. É essa impressionante falta de lógica das condições sociais que constitui sua proteção mais forte. Precisamos compreender exatamente o quanto são amplos os efeitos da peste emocional e entender que é essa amplitude que os faz *parecerem incríveis*. Creio firmemente que nenhum mal social, de qualquer grandeza, poderá ser eliminado enquanto as pessoas se recusarem a reconhecer que esse absurdo existe e é *tão* grande que *não* é visto. Comparadas com a amplitude da irracionalidade social, que é alimentada pela peste emocional profundamente enraizada, as funções sociais básicas do *amor*, do *trabalho* e do *conhecimento*, que governam o processo vital, parecem infinitesimais; na verdade, parecem socialmente ridículas. Podemos nos convencer disso com facilidade.

Baseados em longa e extensa prática médica, sabemos que o problema da sexualidade nos adolescentes – que permanece sem solução – desempenha um papel incomparavelmente maior na formação de nossas ideologias sociais e morais do que qualquer lei financeira ou outra. Imaginemos que um deputado, que por acaso fosse médico, solicitasse ao governo a oportunidade de fazer uma apresentação minuciosa do problema da puberdade numa sessão parlamentar para ser debatido, do mesmo modo que se faz com uma lei financeira. Vamos imaginar, ainda, que esse proeminente deputado tivesse seu pedido indeferido e recorresse a uma tática parlamentar de obstrução. Creio que esse exemplo mostra, de maneira simples, a contradição fundamental entre a vida cotidiana e o modelo administrativo que a governa. Se considerarmos o assunto com calma e objetividade, descobriremos que nada há de muito especial num debate legislativo sobre o problema da puberdade. Todos, incluindo cada um dos membros do parlamento, atravessaram o inferno da neurose da adolescência, provocada pela frustração sexual. Nenhum outro conflito se compara com esse em magnitude e importância. É um problema de interesse social geral. Uma solução racional para as dificuldades da adolescência eliminaria, de um só golpe, uma multiplicidade de males sociais, como a delinquência juvenil, a assistência pública a doentes mentais, a infelicidade do divórcio, a miséria da educação das crianças etc.; milhares de leis formais sobre orçamentos e sistemas tarifários nunca conseguiriam chegar sequer aos calcanhares desse problema.

Assim, consideramos a exigência do nosso deputado de orientação médica inequivocamente racional, progressista e útil. Ao mesmo tempo, porém, nós próprios fugimos dela. Algo em nós opõe-se à possibilidade de um debate parlamentar público sobre esse tópico. Esse "algo" é precisamente o efeito e a intenção da peste emocional social, que luta constantemente para preservar a si mesma e a suas instituições. Traçou-se uma distinção nítida entre vida pública e vida privada, e esta última é impedida de chegar à tribuna. A vida pública é assexuada na superfície, e pornográfica ou pervertida abaixo da superfície. Se essa dicotomia não existisse, a vida pública coincidiria com a vida privada e espelharia, de modo correto, a vida cotidiana em amplas formas sociais. Essa unificação da vida diária e das instituições sociais seria simples e nada complicada. Mas, com isso, automaticamente desapareceria aquele setor da estrutura social que não só não contribui em nada para a preservação da vida social como, ao contrário, leva-a periodicamente à beira do abismo. Podemos situar esse setor na "alta política".

A continuação do fosso entre a vida real da comunidade e sua fachada oficial é uma das intenções da peste emocional, ardorosamente defendida. Não há outra maneira de se explicar o fato de que a peste emocional sempre recorre à força das armas quando se tenta abordar esse abismo de modo racional e objetivo. Representantes da alta política, fossem eles pessoalmente afetados ou não, sempre tentaram impedir a disseminação do reconhecimento econômico-sexual da relação entre o organismo biológico do homem e o Estado. Em sua forma *mais branda*, seus ataques eram mais ou menos os seguintes: "Essas 'filosofias do sexo' são abscessos imorais no corpo social, que arrebentam de vez em quando. É certo que o animal humano tem uma sexualidade, mas isso é lamentável. Além disso, a sexualidade não é tudo na vida. Há outros problemas, muito mais importantes, como os políticos e econômicos. A economia sexual exagera. Seguiríamos bem melhor sem ela".

Esse é um argumento típico, que encontramos regularmente quando queremos curar uma pessoa de alguma biopatia, ou mesmo quando temos de treinar um aluno. Estamos convencidos de que esse argumento tem origem na angústia do orgasmo e que seu objetivo é impedir uma perturbação na atitude resignada da pessoa. Perante o mesmo argumento, numa reunião pública sobre higiene mental, não podemos desarmar o advogado dos "valores" culturais e outros assinalando-lhe a sua própria couraça pessoal e angústia do prazer. Um economista sexual que usasse essa abordagem reuniria todas as pessoas *contra ele próprio*, pois o opositor da economia sexual partilha com os outros esse traço de caráter e o argumento irracional que provém dele. Muitos médicos e professores tropeçaram nesse ponto. Mas há um contra-argumento incontestável e puramente lógico, baseado na experiência, que é bem-sucedido.

Concordamos com o opositor: a sexualidade não é tudo na vida. Até acrescentamos que, em pessoas saudáveis, a sexualidade não é um tópico de conversa ou o centro de seu pensamento. Mas como explicar que a sexualidade, que não é tudo na vida, realmente assuma o lugar mais importante na vida e no pensamento do homem? Esse fato não pode ser negado. Vamos citar outro exemplo para ilustrar essa questão.

A circulação de vapor nos tubos de uma fábrica é condição indispensável para seu funcionamento. Contudo, os trabalhadores da fábrica dão pouca atenção à circulação de vapor. A atenção concentra-se no trabalho. A energia produzida pelo vapor *"não é tudo"* na fábrica. Há outros interesses importantes, por exemplo, a fabricação de máquinas e coisas semelhantes. Imaginemos que, de repente, uma ou mais válvulas ficassem obstruídas. O fluxo de energia produzido por vapor cessaria imediatamente. Os êmbolos parariam; as rodas não poderiam girar; não se poderia pensar em trabalho. Todos os operários teriam de canalizar sua atenção rapidamente para o fluxo de corrente obstruído nos canos. Todo o pensamento se centraria numa questão: como restabelecer uma circulação regulada de vapor no mais curto espaço de tempo.

Imaginemos ainda que os operários começassem a discutir sobre essa situação da seguinte maneira: "Essa confusa teoria de calor exagera o papel do vapor. Sim, na verdade, aquele vapor é necessário, mas está longe de ser tudo nesta fábrica. Não veem que há outras coisas com que nos preocuparmos? E a economia?". Num caso como esse, as *"brainstorms"* seriam ridicularizadas e se procuraria eliminar o distúrbio básico na circulação do vapor, antes de se voltar a atenção para "outras coisas". É inútil considerar os interesses econômicos quando as válvulas de vapor estão obstruídas.

Esse exemplo ilustra a natureza do problema sexual em nossa sociedade. O fluxo de energia biológica, isto é, de energia sexual, está perturbado na maioria das pessoas. O mecanismo biossocial da sociedade funciona mal por isso, e às vezes nem funciona. Daí a política irracional, a irresponsabilidade das massas, as biopatias, os homicídios, em resumo, a peste emocional. Se todos satisfizessem suas necessidades sexuais naturais de maneira natural, pouco se falaria do problema sexual; esse problema não existiria. Então haveria razão para se argumentar que "há também outras coisas".

Por interessar-se em que as chamadas *outras coisas tenham o devido valor*, a economia sexual gasta muito tempo e esforço tentando eliminar o problema básico. O fato de, hoje em dia, tudo girar em torno do sexo é a indicação mais segura de que há uma perturbação grave, não só no fluxo de energia sexual do animal humano, mas, em consequência dessa perturbação, em seu funcionamento biossocial. A economia sexual procura abrir as válvulas que bloqueiam o fluxo de energia biológica no animal humano, para que as *outras* coisas importantes, como o pensamento límpido, a decência natural e o trabalho agradável, possam funcionar e para que a sexualidade pornográfica deixe de ocupar a *todo* o pensamento das pessoas como hoje.

A perturbação do fluxo de energia tem um efeito profundo na base do funcionamento biossocial e assim regula tanto as funções limitadas como as mais elevadas do animal humano. Creio que o caráter biológico fundamental dessa perturbação não foi compreendido, em toda a sua amplitude e profundidade, até mesmo por alguns orgonomistas. Citemos ainda um outro exemplo para mostrar essa profundidade e a relação da orgonomia com outras ciências.

Comparemos as ciências naturais, que desprezam essa perturbação biológica fundamental, com um grupo de engenheiros de ferrovias. Imaginemos que esses engenheiros escrevem milhares de livros altamente técnicos, em que descrevem a construção de comboios, seu tamanho e o material empregado nas portas e janelas, os assentos e as acomodações para dormir, a composição química específica do ferro e da madeira, a força dos freios, as velocidades em que os comboios devem andar, os horários, as estações, todos os pormenores de cada linha férrea. Em todos os livros, porém, os engenheiros omitem regularmente *um* detalhe: não mencionam a dinâmica do vapor. As ciências naturais não estão familiarizadas com o estudo dos processos vitais a partir de um ponto de vista funcional. Por isso podem ser comparadas com esses engenheiros. O *orgonomista* só pode realizar esse trabalho se compreender que é o *engenheiro do aparelho vital*. Não é culpa nossa se, como engenheiros do aparelho vital, estamos interessados, em primeiro lugar, na energia biossexual. Não temos a menor razão para nos sentirmos rebaixados por causa disso. Pelo contrário, temos todas as razões para nos orgulharmos de nossa difícil tarefa.

Perguntar-se-á, com espanto, como foi possível ter-se negligenciado tão completamente uma doença que tem assolado a humanidade há tanto tempo. Quem chega ao núcleo da peste emocional sabe que a dissimulação faz parte de sua natureza. A impossibilidade de se chegar até ela, de se ver através dela, de compreendê-la, é sua intenção e a causa do seu sucesso. Já acentuei antes que a doença é *tão evidente que não chama a atenção*. (Nas palavras de Hitler, "quanto maior a mentira, mais facilmente se acredita nela".) Antes da análise do caráter, não havia métodos científicos para a descoberta e o desmascaramento da peste emocional. A política e a expressão da opinião política pareciam ter um tipo de razão especial; estava-se muito longe de se intuir o caráter irracional da peste política. E a própria peste emocional controlava as instituições sociais mais importantes, e estava, portanto, em condições de impedir o reconhecimento de sua natureza.

Temos de lidar com a peste emocional sempre que tratamos de biopatias e sempre que precisamos reestruturar um professor ou um médico. Assim, até na realização desse programa de treinamento, a peste emocional dificulta nossos esforços, sob a forma de reações de resistência por parte do caráter. Foi dessa forma que aprendemos a conhecê-la clinicamente, e nessas experiências baseamos nossa afirmação de que ela não deixou ileso um único ser humano.

Também aprendemos a conhecer sua natureza por meio das reações típicas às descobertas científicas da orgonomia. Mesmo que as pessoas atingidas pela peste emocional não sejam diretamente afetadas por nosso trabalho científico, mesmo que estejam muito afastadas ou pouco familiarizadas com o assunto, elas de algum modo percebem e se sentem ameaçadas com o desmascaramento da peste emocional nos consultórios sossegados dos analistas do caráter e dos orgonoterapeutas. Apesar de não terem sido diretamente afetadas, reagiram com a difamação e a reação específica da peste, muito antes de um único orgonomista ter imaginado que estava prestes a começar a luta mais difícil que os médicos e educadores já travaram. Falaremos mais detalhadamente desse assunto quando discutirmos a formação de médicos e educadores. Aqui é importante apenas uma descrição minuciosa das características gerais da peste emocional, para que cada um possa reconhecê-las em si mesmo e nos outros.

A peste emocional tem conseguido se antecipar a possíveis revelações de seus mecanismos, e o faz por meio de ações bem dissimuladas e racionalizadas. Atuou como um assassino, com roupagens nobres, a quem se arrancou a máscara. Ela foi bem-sucedida durante mais de uma década: quase conseguiu assegurar sua existência nos séculos vindouros. Na verdade, teria triunfado se não se tivesse manifestado de modo tão destrutivo e ruidoso, na forma de ditaduras e infestação das massas. Provocou uma guerra de dimensões inimagináveis e fomentou o assassinato cotidiano, crônico. Tentou se esconder por trás de sonoros "ideais políticos" e "novas ordens", por trás de "antigos impérios" e de "reivindicações raciais". Durante anos teve o crédito de um mundo psiquiatricamente doente. Mas seus atos de traição foram demais. Insultou os sentimentos naturais pela vida, em todos os homens e mulheres, sem respeitar a família e a profissão. Os fenômenos que os analistas do caráter e os orgonoterapeutas aprenderam a estudar e a combater tão bem, durante tanto tempo, na quietude de seus consultórios, de repente uniram-se aos fenômenos da catástrofe mundial.

Em pequena ou grande escala, as características básicas eram as mesmas. Assim, a própria peste emocional veio ajudar a ciência natural e o trabalho de alguns psiquiatras e educadores. O mundo começou a se interrogar sobre sua natureza e a exigir uma resposta. Essa resposta será dada de acordo com nosso melhor conhecimento e nossa consciência. Cada pessoa conscienciosa descobrirá a peste emocional em si mesma e, desse modo, compreenderá melhor aquilo que sempre mergulha o mundo na tragédia de novo. A "nova ordem" sempre começa em nossa própria casa.

O desmascaramento dessas atividades e mecanismos dissimulados de uma vida decadente tem dois objetivos: primeiro, a realização de uma obrigação para com a sociedade. Se, em caso de incêndio, o fornecimento de água falhar e alguém souber a causa da falha, tem o dever de o dizer. Segundo, o futuro da economia sexual e da biofísica orgônica deve ser protegido da peste emocional. Sinto-me quase tentado a agradecer àqueles que, na Áustria, em 1930, na Alemanha, em 1932 e 1933, na Dinamarca, em 1933, em Lucerna, em 1934, na Dinamarca e na Suécia, em 1934 e 1935, e na Noruega, em 1937 e 1938, fizeram ataques injustificados a meu trabalho honesto sobre a estrutura humana, porque puseram fim à minha franqueza bem-humorada e me abriram os olhos para um sistema de difamação e perseguição comumente perigoso, embora patológico. Quando um ladrão deixa de ser cauteloso, corre um risco maior de ser apanhado e preso. Até cerca de dez anos, as pessoas acometidas e propagadoras da peste emocional sentiam-se seguras. Estavam muito certas de sua vitória. Na verdade, durante muitos anos, a vitória pareceu estar do lado delas. Uma grande perseverança, um envolvimento profundo com o trabalho científico natural e experimental, e uma independência da opinião pública – independência a que se deve agradecer – impediram essa vitória. A peste emocional nunca sossega ou descansa até que tenha invalidado os grandes feitos, até envenenar os frutos da persistência humana, da investigação e da descoberta da verdade. Não penso que tenha conseguido, dessa vez, ou que conseguirá. É a primeira vez que a peste emocional enfrenta não apenas atitudes honestas, mas também o conhecimento necessário dos processos vitais, que sempre compensam com a clareza o que lhes falta em força. A força e a aplicação consistente da ciência natural orgonômica permitiram que eu me recuperasse dos golpes pesados e perigosos que recebi da peste emocional. Se isso foi possível, parece-me que a parte mais difícil foi superada.

No que diz respeito a mim e ao meu trabalho, gostaria de apresentar um fato simples à consideração do leitor. Psicanalistas neuróticos declararam que eu era doente mental; os comunistas fascistas denunciaram-me como trotsquista; pessoas sexualmente frívolas afirmaram que eu era proprietário de um bordel sem licença; a Gestapo perseguiu-me com a acusação de ser bolchevista (o FBI fez o mesmo acusando-me de ser espião alemão); mães dominadoras queriam que eu passasse à posteridade como sedutor de crianças; charlatães no campo da psiquiatria chamaram-me de charlatão; pretensos salvadores da humanidade chamaram-me de novo Jesus ou Lenin. Por mais lisonjeiros ou ofensivos que possam ter sido esses diversos rótulos, uma coisa é certa: é muito pouco provável que eu, sendo *uma* pessoa, pudesse ter sido proprietário de bordel, espião, trotsquista, esquizofrênico e salvador ao mesmo tempo. Cada uma dessas atividades teria preenchido toda uma vida. Mas não posso ter sido todas essas coisas pela simples razão de que meus interesses e esforços se concentram em outra atividade, no trabalho sobre a estrutura humana irracional e no trabalho extremamente absorvente de compreender a energia vital cósmica, recentemente descoberta – em resumo, na economia sexual e na biofísica orgônica. Talvez essa consideração lógica ajude a dissolver o mal-entendido que o mundo criou a meu respeito.

Aqueles que leram e realmente compreenderam as obras de grandes homens e mulheres conhecem a esfera que caracterizamos como peste emocional. Infelizmente, *essas grandes realizações não tiveram nenhum efeito social essencial*. Não estavam organizadas nem formavam a base de instituições que afirmavam a vida. Se isso tivesse acontecido, dificilmente a peste emocional chegaria ao ponto a que chegou nas catástrofes de 1933-1945. Na verdade, ergueram-se monumentos em honra dos grandes mestres da literatura, mas, muitas vezes, a peste emocional soube erguer grandes museus, onde essas grandes realizações foram trancadas e tornadas inofensivas pela *falsa* admiração; qualquer uma dessas realizações teria bastado para construir um mundo racional se tivesse sido seriamente considerada como possibilidade prática.

Não sou o primeiro a tentar compreender e combater a peste emocional. Apenas julgo ser o primeiro *cientista natural* que conseguiu, pela descoberta do orgone, uma base sólida para *compreender* e *vencer* a peste emocional.

Hoje, cinco, oito, dez e catorze anos depois de várias catástrofes inesperadas e incompreensíveis, meu ponto de vista é este: *tal como um bacteriologista dedica todos os seus esforços e energias à eliminação total das doenças infecciosas, o médico orgonomista dedica todos os seus esforços e energias ao desmascaramento e combate da peste emocional como uma importante doença dos povos do mundo.* O mundo aos poucos se acostumará com essa nova forma de atividade médica. As pessoas aprenderão a reconhecer a peste emocional em si mesmas e nos outros, e a procurar centros científicos, em vez de procurar a polícia, os advogados ou líderes de partido. Existem policiais, advogados e até salvadores da humanidade que estão interessados em dominar a peste emocional, dentro e fora de si mesmos, pois os dois primeiros têm de lidar com a criminalidade biopática, e o último lida com o desamparo e as biopatias das massas. Queremos, de agora em diante, fazer uma distinção nítida entre aqueles que se dirigem à polícia ou usam a perseguição política para resolver uma controvérsia e aqueles que usam o raciocínio científico. Assim, estaremos em condições de distinguir os que estão acometidos da peste emocional dos que não estão. Quero acentuar, aqui, que não vamos entrar em discussões sobre política e polícia. Por outro lado, acolhemos todo tipo de discussão científica; na verdade, esperamos por isso.

Creio que chegou o momento em que a impotência diante da peste emocional começa a desaparecer. Até agora, sentiram-se seus ataques como se sente uma árvore tombando ao solo ou uma pedra rolando do telhado. Tais coisas aconteciam, simplesmente, e aí, ou se tinha sorte e se saía vivo, ou se tinha azar e se acabava morto. Daqui para frente, sabemos que a árvore não tomba por acaso e que a pedra não cai do telhado por vontade própria. Sabemos agora que, nos dois casos, animais humanos bem dissimulados, mentalmente perturbados, faziam a árvore tombar ou a pedra rolar do telhado. O resto compreende-se por si.

Por isso, quando algum médico ou qualquer outro denuncia um orgonomista por esta ou aquela "atividade ilegal"; quando um político acusa um orgonomista de "fraude nos impostos", "sedução de crianças", "espionagem", "oposição trotsquista"; quando ouvimos boatos de que algum orgonomista é doente mental, seduz seus pacientes, dirige um bordel ilegal etc. – então sabemos que estamos lidando com táticas policiais ou políticas, e não com argumentos científicos. Os requisitos de treinamento do Instituto Orgone e as exigências do trabalho diário são uma garantia pública de que nós estamos fazendo o máximo para combater as características fundamentais da peste emocional.

Não escondemos, nem hoje nem nunca, que só acreditaremos na realização da existência humana quando a biologia, a psiquiatria e a pedagogia se unirem para lutar contra a peste emocional universal, combatendo-a tão implacavelmente como se combatem os ratos portadores de peste bubônica. Nem escondemos o fato de que investigações clínicas extensas, cuidadosas e meticulosas nos levaram à conclusão de que *só o restabelecimento da vida amorosa natural das crianças, adolescentes e adultos pode livrar o mundo das neuroses de caráter e da peste emocional em suas diversas formas.*

3ª edição 1998 | **6ª reimpressão** março de 2022
Papel Offset 70 g/m² | **Impressão e acabamento** Imprensa da Fé